U0095381

Report on Low-carbon Economy Development in China

中国低碳经济发展研究报告

李　士　方　虹　刘春平　编著

科　学　出　版　社

北　京

图书在版编目（CIP）数据

中国低碳经济发展研究报告/李士，方虹，刘春平编著．—北京：科学出版社，2011.3

（中国科协发展研究中心软科学战略研究系列报告）

ISBN 978-7-03-030104-8

Ⅰ．①中… Ⅱ．①李… ②方… ③刘… Ⅲ．①气候变化-影响-经济发展-研究报告-中国 Ⅳ．①F124

中国版本图书馆CIP数据核字（2011）第013968号

责任编辑：胡升华 张 凡 王昌凤／责任校对：刘亚琦

责任印制：赵德静／封面设计：无极书装

编辑部电话：010-64035853

E-mail：houjunlin@mail.sciencep.com

科学出版社 出版

北京东黄城根北街16号

邮政编码：100717

http：//www.sciencep.com

中国科学院印刷厂 印刷

科学出版社发行 各地新华书店经销

*

2011年3月第 一 版 开本：787×1092 1/16

2011年3月第一次印刷 印张：21 1/2 插页：2

印数：1—3 000 字数：460 000

定价：55.00元

（如有印装质量问题，我社负责调换）

课题组成员名单

课题组顾问：冯之浚

课题组组长：李　士　方　虹

课题组副组长：刘春平

课题组成员：殷　玉　　冯　哲　　罗　炜　　彭　博
牛晓燕　　王方良杰　蒋子彦

PREFACE

序

新世纪新阶段，我国以科学发展观统领全局，提出要转变发展观念，创新发展模式，提高发展质量，把科学发展理念落实到“十一五”规划的各个方面和全过程，建设资源节约、环境友好、经济优质、自主创新、社会和谐的小康社会。发展包括低碳经济在内的循环经济和节能经济、清洁生产、生态经济以及绿色消费，促进绿色发展，是落实科学发展观的重要途径。

低碳经济是低碳发展、低碳产业、低碳技术、低碳生活等一类经济形态的总称。它以低能耗、低排放、低污染为基本特征，以应对碳基能源对于气候变暖影响为基本要求，以实现经济社会的可持续发展为基本目的。低碳经济的实质在于提升能源的高效利用、推行区域的清洁发展、促进产品的低碳开发和维持全球的生态平衡。这是从高碳能源时代向低碳能源时代演化的一种经济发展模式。

低碳经济是在温室效应及由此产生的全球气候变暖问题日趋严重的背景下提出的。联合国政府间气候变化专门委员会（IPCC）全球气候变化研究第四次评估报告表明，气候变暖的原因除了自然因素影响以外，主要是归因于人类活动，特别是与人类活动中排放二氧化碳的程度密切相关。高碳排放引起了全球碳平衡失调，对人类可持续发展带来了巨大冲击。前世界银行首席经济学家、现任英国首相经济顾问的尼古拉斯·斯特恩爵士领导编写的《斯特恩回顾：气候变化的经济学》评估报告，全面分析全球变暖可能造成的经济影响，认为如果在未来几十年内不能及时采取行动，全球变暖带来的经济和社会危机将堪比两次世界大战和大萧条，届时，全球将每年损失5%～20%的国内生产总值（GDP)。欧盟的研究也声称，100多个国家已接受了全球增温2℃的极限值。人们日益认识到，要解决全球气候变暖问题，必须全人类共同携手，改变高碳经济模式。由此，低碳经济模式被提上日程，并得到了国际社会的广泛认可。“低碳经济”的概念最早出现，是在2003年的英国能源白皮书《我们能源的未来：创建低碳经济》中。2008年的世界环境日主题定为“转变传统观念，推行低碳经济”，更是希望国际社会能够重视并采取措施使低碳经济的共识纳入决策中。

低碳经济是一种新的发展模式，是21世纪人类最大规模的经济、社会和环境革命，将比以往的工业革命意义更为重大，影响更为深远。低碳经济将创造一个新的游戏规则，碳排放是其新的价值衡量标准，从企业到国家将在新的标准下重新洗牌；低碳经济将催生新一轮的科技革命，以低碳经济、生物经济等为主导的新能源、新技术将改变未来的世界经济版图；低碳经济将创造一个新的金融市场，基于美元和高碳企业的国际金融市场元气大伤之后，基于能源量和低碳企业的新的金融市场正蓬勃欲出；低碳经济将创造新的龙头产业，蕴藏着巨大的商业机遇，这是一个转型的契机，可以帮助企业实现向低碳高增长模式的转变；低碳经济将催生新的经济增长点，成为国际金融危机后新一轮增长的主要带动力量，在此方面首先取得突破的国家可能成为新一轮增长的领跑者。

在理论研究方面，国内外许多专家通过不同的理论途径阐释低碳经济的内涵和发展的必要性、可能性及发展态势等内容，构成了低碳经济的重要理论基础，包括生态足迹理论、“脱钩”理论、库兹涅茨曲线等，这些理论为我们理解、实践低碳经济提供了重要指导。

在实践方面，发展低碳经济作为应对全球气候变化、保障能源安全的基本途径和战略选择，作为未来国际竞争的焦点和核心，正在全球范围内得到广泛认同。当前，各主要国家已经纷纷向低碳经济转型，如英国在全球范围内倡导低碳经济并积极践行、美国奥巴马政府提出“绿色能源新政”、欧盟大力发展低碳产业等。随着哥本哈根会议的召开，全球进入了一个新的后京都时代，在此期间的谈判进程将影响每一个国家的环境容量和发展空间，也将决定未来全球能源和气候变化的格局。

中国作为最大的新兴发展中国家，本着对本国人民、对全人类利益高度负责的态度，采取了一系列积极措施应对气候变化。近年来，我国正在深入实践科学发展观，努力建设资源节约型、环境友好型社会。科学发展观的核心是在保持经济又好又快增长的同时，降低资源消耗和环境代价，最终建成“两型社会”。目前，我国在调整经济结构、发展循环经济、节约能源、提高能效、淘汰落后产能、发展可再生能源、优化能源结构等方面取得了显著的成果。这些正在进行的节能减排的努力符合低碳经济的内涵和要求，与低碳经济在实质内涵上是高度一致的。因此，低碳经济并非新的、额外的努力，而是对现在的国家能源、环境对策进行的扩展。

我国发展低碳经济既是国际上应对全球气候变化的必然要求，更是实现我国经济社会可持续发展的当务之急。研究指出，2007 年我国消费煤炭约 23 亿吨，碳基燃料共排放二氧化碳达到 54.3 亿吨，居全球第二。在 2007 年，我国每建成 1 平方米的房屋，约释放出 0.8 吨二氧化碳；每生产 1 度电，要释放 1 千克二氧化碳；每燃烧 1 升汽油，要释放出 2.2 千克二氧化碳。这些数字表明，中国的能源消费处于“高碳消耗”状态，加上中国的化石能源占总能源数量的 92%，其中煤炭要占 68%，电力生产中的 78%依赖燃煤发电，而能源、汽车、钢铁、交通、化工、建材等六大高耗能产业的加速发展，使得中国成为“高碳经济”的典型代表。而未来的 30 年，中国的工业化、城市化和现代化仍处于加速推进的阶段，也是能源需求快速增长的时期；13 亿人口的生活质量提高，也会带来能源消耗的快速增长；生产领域、消费领域和流通领域都处于高碳经济的状况，必然导致温室气体的高排放，产生一系列政治、经济、外交、生态等严重后果。这些严峻的挑战，使得我们必须把推行低碳经济模式提到国家战略层面上加以思考，也促使我们从转变经济发展方式、实现经济社会可持续发展的角度来审视和发展低碳经济。

发展低碳经济为中国实现经济方式的根本转变提供了难得的机遇。发展低碳经济有利于中国突破经济发展中的资源和环境约束，走新型工业化道路；有利于中国抓住机遇，在低碳经济催生的国际游戏规则中掌握话语权，在新的技术革命中取得突破，在新的金融市场和产业发展中完善体系，打造中国未来的国际核心竞争力；有利于推进世界应对气候变化的进程，树立中国负责任大国的良好形象。同时，我国发展低碳经济也有着自身的潜在优势：一是减排空间比较大，二是减排成本比较低，三是技术合作潜力比较大。

低碳革命的大幕已经拉开，我国各级政府、各类企业和全体人民要高度重视温室气体减排导致的国际经济格局和贸易规则的变化，充分认识低碳革命给产业发展、国际贸易、生活消费等带来的一系列重大影响，切实转变发展观念，创新发展模式，提高发展质量。这不仅关系到我们的产业繁荣、国家实力和生存环境，也关系到我们每个人的财富、健康和未来。对于中国来说，挑战与机遇并存。如何更好地迎接低碳革命掀起的新浪潮这次历史机遇，以低碳经济发展带动经济发展方式的转型，实现经济社会的可持续发展是摆在我们面前的一项重大的历史性课题，需要认真加以研究。

中国科协发展研究中心李士研究员及“中国低碳经济发展研究”课题组以中国整体发展战略为指导，对如何走中国特色的低碳经济发展之路进行了认真研究，完成了《中国低碳经济发展研究报告》一书。该书分析了国内外低碳经济发展状况，系统阐述了低碳经济发展理论，并构建了低碳经济发展指标体系，对中国发展低碳经济的战略选择和实现途径进行了全面分析，并提出了有针对性的对策建议。该书强调通过发展低碳经济转变中国经济发展方式，实现产业结构的调整、地区结构的优化以及科技创新的加快发展，从而真正实现中国经济社会的可持续发展。

遵课题组之嘱，是为序。

冯之浚
国务院参事
国家软科学工作指导委员会副主任
第十届全国人大环境与资源保护委员会副主任
国际欧亚科学院院士
2010 年 7 月

CONTENTS 目录

CONTENTS 目录

Theoretical Foundation and Evaluation System of Low-carbon Economy Development

Analysis and Comparison of the Low-carbon Economy Development in World's Major Countries

China's Strategic Option and Practical Path of the Development of Low-carbon Economy

Prospects and Policies of the Development of China's Low-carbon Economy

绪论 走进低碳经济时代

低碳经济（low-carbon economy，LCE），是指一个经济系统只有很少或没有温室气体排出到大气层，或指一个经济系统的“碳足迹”接近于或等于零，是以低能耗、低污染、低排放为基础的经济模式，是人类社会继农业文明、工业文明之后的又一次重大进步。人类的每一次变革都是以新旧生产方式的更替为核心，第一次工业革命使得蒸汽机代替了人力，第二次工业革命使得电器化取代了机械化，第三次工业革命微电子带人们进入了信息时代。而这场低碳革命的核心技术突破来自于新的能源生产技术和能源使用技术领域，它是一场以风能、太阳能、核能等低能耗、低污染、低排放的清洁新能源，代替煤炭、石油、天然气等高能耗、高污染、高排放的传统能源的绿色革命，这场革命不仅仅是能源和减排技术的创新，也是产业结构和制度的创新，更重要的是人类生存发展观念的根本性转变。因此，低碳经济的实质在于能源的高效利用、清洁能源的持续开发和“绿色GDP”的实现，核心是能源技术和减排技术创新、产业结构和制度创新以及人类生存发展观念的根本性转变。可以说，低碳经济发展是人类价值观念、生活方式和生产方式的一场革命，是关乎人类社会可持续发展的重大课题。

人类活动所排放的温室气体主要有六种，最主要的是二氧化碳，占整个温室气体的75%左右，大量研究表明，二氧化碳正是“温室效应”的罪魁祸首之一。“低碳经济”概念中的“低碳”，主要是指低水平的二氧化碳排放，但单纯的“低碳”并不能保证其行为的可持续性，因而它必须建立在“低碳＋经济”的基础上，必须以合理的制度形式、高效的产业结构、创新的低碳技术、健康的生活方式为其主要支撑要素。在这个意义上，人们把低碳经济看做低碳能源、低碳产业、低碳技术、低碳生活等一类经济形态的总称，是一种从高碳能源时代向低碳能源时代演化的经济发展模式。

在低碳经济问题上，需要澄清一些认识上的误区。第一，低碳经济并不是发达国家的专利，包括中国在内的发展中国家可以与发达国家站在同一条起跑线上，共同探索这种新的发展模式；第二，低碳不等于贫困，贫困不是低碳经济，低碳经济的目标是低碳高增长，发展低碳经济不会完全限制高能耗产业的引进和发展，只要这些产业的节能减排技术水平领先，产品符合低碳经济发展需求；第三，发展低碳经济不一定需要很高成本，减少温室气体排放甚至会帮助节省成本，并且不需要很高的技术，但需要克服一些政策上的障碍；第四，发展低碳经济并不是未来才需要做的事情，而是应该从现在做起；第五，发展低碳经济是关乎每个国家和地区、关乎每个人的事。

发展低碳经济作为应对全球气候变化、保障能源安全的基本途径和战略选择，正在全球范围内得到广泛认同。当前，发达国家已经纷纷向低碳经济转型，制定了一系列符合本国发展战略的低碳政策，抢占战略制高点。同时，由于发达国家大多数是低碳和清洁能源技术大国，它们很可能会利用减排指标、气候变化税、碳市场、碳信用等来主导全球低碳经济革命和新能源市场，一方面限制发展中国家的所谓高碳商品和产业，另一方面通过提升全球环境贸易标准，实现其低碳产业垄断全球市场的目的，重新拉大与发展中国家的经济竞争优势。

改革开放以来，我国经济发展取得了举世瞩目的成就，同时，随着经济全球化深入发展和我国对外开放力度的加大，我国的经济发展与世界经济越来越相互融合，相互依赖。但是，我们应该清醒地认识到，目前我国还处在国际产业分工的低端，传统产业升级的进程还未完成，中国生态环境总体恶化的趋势还未根本扭转。我国作为能源消耗和碳排放大国，不仅自身发展日益受到资源和环境的约束，同时也面临国际社会的压力，这种压力，一方面来自于环境保护和遏制气候变化的压力，另一方面来自于低碳技术、低碳标准所带来的全球低碳产品竞争和基于环境保护的新的贸易壁垒。如果我们不及时采取有效措施，对目前经济发展方式听之任之，那么不仅无法以有限的资源支撑高速发展的经济，而且更严重的是可能要面临低碳发展的“锁定效应”（lock-in effect），并将为此付出高昂的代价。因此，我们现在必须要走低碳经济发展之路。发展低碳经济不仅是我国转变发展方式、调整产业结构，提高资源能源使用效率，保护生态环境的需要，也是增强国内产品的国际竞争力、扩大出口的需要，还是缓解在全球温室气体排放等问题上面临的国际压力的需要。目前普遍的共识是：中国应当借世界范围内低碳经济这一新的浪潮，加快转变经济增长方式的，使其从主要依赖能源、资源和其他要素的投入向主要依赖科技创新和提高效率的轨道上来；使经济结构随着经济规模的扩大和收入水平的提高，及时向高附加值、高知识和技术含量成分的比重日益上升的方向转变。这样的转变是发展进程的必然规律，也是中国经济可持续发展的必然要求，决定了中国社会经济发展的质量和健康程度，涉及中国未来的发展前途和竞争力，也关系到中国和世界人民的福祉。

立足于中国所处的发展阶段和面临的机遇及挑战，本书研究的低碳经济发展要实现两个目标：一是通过发展低碳经济，实现经济结构的调整和优化，实现经济发展方式的转变，促进经济社会的可持续发展，增强发展能力；二是实现生态环境的改善，确保大气中温室气体含量的稳定乃至减少，减缓气候变化，增强适应能力。

关于如何实践低碳经济，本书主要从走进低碳经济时代、中国低碳经济发展状况与面临的机遇和挑战、低碳经济发展理论与评价指标体系、世界主要国家低碳经济发展的分析与比较、中国低碳经济发展的战略选择与实现途径、中国低碳经济发展的前景预测与政策抉择等六个层面展开研究。第一，对低碳经济的基本概念、发展特点以及相关研究综述进行分析，提出中国发展低碳经济的总体思路。第二，研究低碳经济对世界格局的影响、对城市和农村的影响、对人类生产和生活方式的影响，分析中国经济发展面临的困境、中国开启低碳经济革命的战略意义以及面临的机遇和挑战。第三，从理论层面分析低碳经济发展的必要性、可能性和发展态势，比较分析与低碳经济的相关理论，构建中国低碳经济发展的理论框架；分析全球温室气体减排目标及节能减排目标下的低碳经济发展规划指标；

在上述分析的基础上，构建低碳经济发展指标体系。第四，分析世界低碳经济总体发展态势，对主要发达国家和发展中国家的低碳经济发展进行对比研究。第五，构建中国低碳经济发展的总体战略框架，着重从经济结构调整、低碳产业统筹规划、地区低碳经济建设与发展、低碳技术创新与发展等方面进行研究。第六，对中国低碳经济的发展前景进行预测，并提出中国发展低碳经济的政策抉择。

“低碳革命”的成功不仅要依靠政府出台政策引导社会资金转向节能减排和新能源产业，也需要企业加快淘汰高能耗、高污染的落后生产能力，推进科技创新，更离不开公众的参与，改变浪费能源、增排污染的消费模式和生活方式。而技术、制度以至价值观大变革的结果，将开辟人类历史上一种全新的文明——生态文明。

第一节 低碳经济的基本概念

一 低碳经济提出的背景

低碳经济是在“温室效应”及由此产生的全球气候变暖问题日趋严重的背景下提出的。“随着全球人口和经济规模的不断增长，能源使用带来的环境问题及其诱因不断地为人们所认识，不止是烟雾、光化学烟雾和酸雨等的危害，大气中二氧化碳浓度升高带来的全球气候变化业已被确认为不争的事实。”[①] 具体而言，低碳经济提出的背景包括以下几点。[②]

第一，应对气候变化，是低碳经济提出的最直接和最根本的原因。联合国政府间气候变化专门委员会（IPCC）全球气候变化研究第四次评估报告表明，气候变暖的原因除了自然因素影响以外，主要是归因于人类活动，特别是与人类活动中排放二氧化碳的程度密切相关。据世界银行统计，在20世纪整整100年中，人类共消耗煤炭2650亿吨，消耗石油1420亿吨，消耗钢铁380亿吨，消耗铝7.6亿吨，消耗铜4.8亿吨，同时排放出大量的温室气体，使大气中二氧化碳浓度在20世纪初不到300ppm（百万分之一单位）上升到目前接近400ppm的水平，并且明显地威胁到全球的生态平衡。高碳排放引起了全球碳平衡失调，对人类可持续发展带来了巨大冲击。预测指出，到2050年世界经济规模比现在要高出3～4倍，而目前全球能源消费结构中，碳基能源（煤炭、石油、天然气）在总能源中所占的比重高达87%，未来的发展如果仍然采用这种高碳模式，到21世纪中期地球将不堪重负。[③] 降低碳排放强度就成为保护我们共同的地球的客观需要。

第二，石油、煤炭等能源资源耗竭是发展低碳经济的内在要求。世界经济的现代化，得益于化石能源，如石油、天然气、煤炭与核裂变能的广泛的投入应用。因而它是建立在

---

① 孟赤兵．循环经济是发展低碳经济的基本路径．中国科技投资，2009，(6)：66-68.

② 楚国良．关于发展低碳经济问题的课题研究．http：//www.chinavalue.net/Article/Archive/2010/1/29/190307.html. 2010-01-29.

③ 见世界银行网站．http：//www.worldbank.org.cn/Chinese/.

化石能源基础之上的一种经济。然而，20世纪50年代以后，历次能源危机的爆发，对世界经济产生了巨大影响。世界能源危机是人为造成的能源短缺。石油资源的蕴藏量不是无限的，容易开采和利用的储量已经不多，剩余储量的开发难度越来越大，到一定限度就会失去继续开采的价值。在世界能源消费以石油为主导的条件下，如果能源消费结构不改变，就会发生能源危机。煤炭资源虽然也较为丰富，但也不是取之不尽的，并且产生的环境问题也日趋严重。代替石油的其他能源资源，除了煤炭之外，能够大规模利用的还很少。人类使用化石能源的经济成本越来越高，技术要求越来越强。因此，开发利用非化石能源资源，将注意力转移到新的能源结构上，尽早探索、研究开发利用新能源资源，是人类生存发展的迫切要求。因此，发达国家把应对气候变化的重点放在了开发利用可再生能源等领域上，正是出于对能源资源可持续利用的考虑。

第三，发展低碳经济是发达国家重塑经济竞争力的战略要求。近20年来，发达国家主要致力于发展以信息服务业和现代金融业为代表的虚拟经济，将以制造业为核心的实体经济转移给了发展中国家，在此过程中，发达国家在实体经济中的传统优势逐步消失。与此同时，以中国为代表的发展中大国的经济实力不断增强，对发达国家的经济竞争力造成了明显冲击。一方面，应对气候变化、促进本国经济可持续发展引发了发达国家向低碳经济转型的自主动力；另一方面，由于发达国家大多数是低碳和清洁能源技术大国，它们基本上迈过了以使用高碳能源为主要动力的发展阶段，很可能会利用减排指标、气候变化税、碳市场、碳信用等来主导全球低碳经济革命和新能源市场，限制发展中国家的高碳商品和产业，同时，通过提升全球环境贸易标准，实现其低碳产业垄断全球市场的目的，重新拉大与发展中国家的经济竞争优势。

在上述背景下，低碳经济应运而生。

二 低碳经济的内涵

“低碳经济”的概念是由英国率先提出的。作为第一次工业革命的先驱和资源并不丰富的岛国，英国正在从自给自足的能源供应走向主要依靠进口的时代，按目前的消费模式，预计2020年英国80%的能源都必须进口，同时，气候变化已经迫在眉睫。英国充分意识到了保障能源安全的重要性和应对气候变化的必要性，2003年2月24日英国政府发布了《我们能源的未来——创建低碳经济》白皮书（DTI2003）。白皮书中提到了未来能源面临的挑战、政府政策目标以及对发展前景的展望，其结论显示二氧化碳排放是气候变暖的主要影响因素。为此，英国设定了二氧化碳减排目标，其总体目标是2050年将二氧化碳的排量在1990年的基础上削减60%，并建议发展稳定的能源供应体系，建立新的碳排放交易制度与竞争体系，从根本上把英国变成一个低碳经济国家。从白皮书可以看出，英国的低碳经济是通过政府引导、商业激励的方式，鼓励市场运用最新的低碳术，为工业和投资者提供一个明确而稳定的政策框架，促进整个经济结构的转变。

低碳经济代表了对未来能源安全和更高环境标准的期望，并派生出新的技术标准和国际规则，使拥有低碳技术的国家和企业更加受到国际社会的认可。因此，白皮书中的低碳经济的概念得到了许多发达国家以及发展中国家较广泛的响应和支持。美国虽然没有明确表示接受或者反对低碳经济的概念，但却一直主张通过技术途径解决气候变化问题，这与低碳经济的内涵是一致的。①

低碳经济的概念在不断丰富和发展。一般来讲，低碳经济是低碳发展、低碳产业、低碳技术、低碳生活等一类经济形态的总称。它以低能耗、低排放、低污染为基本特征，以应对碳基能源对气候变暖影响为基本要求，以实现经济社会的可持续发展为基本目的。其低碳经济的实质在于提升能源的高效利用、推行区域的清洁发展、促进产品的低碳开发和维持全球的生态平衡。这是从高碳能源时代向低碳能源时代演化的一种经济发展模式。可以看出，低碳经济是一种发展新理念，是一种发展新模式，是一个规制世界经济社会发展的新规则，也是一个涉及能源、环境、经济系统的综合性问题。②

1. 低碳经济是一种发展新理念

低碳经济首先是一种经济发展理念。这种发展理念以低能耗、低污染、低排放为基础前提，以“大气中温室气体的浓度稳定在防止气候系统受到具有威胁性的人为干扰的水平”为最终目标。它是人类对人与自然、人与社会、人与人和谐关系进行理性思考之后，开始在经济增长与福利改进的关系、经济发展与环境保护的关系中积极寻求一种理性权衡，是人类在“后工业时代”经济发展的方向。

2. 低碳经济是一种发展新模式

低碳经济是将传统的高碳型经济发展模式改造成低碳型的新经济发展模式。这种经济发展模式重点在于减少碳排放，目的在于实现可持续发展，即在保证经济社会健康、快速和可持续发展的条件下最大限度减少温室气体的排放；这种发展模式是以节能减排为发展手段，在尽可能地减少能源消耗、温室气体排放量的前提下，获得与原来等效甚至更高的经济产出，以实现节约发展、低碳发展、清洁发展、低成本发展、低代价发展；这种发展模式以碳中和技术为发展方法，通过温室气体的捕集、温室气体的埋存、低碳或零碳新能源等碳中和技术的研发和应用，减少未来温室气体排放的规模。

3. 低碳经济是一种发展新规则

发展低碳经济已成为一个涉及环境、经济和政治的外交“大拼盘”。以欧盟为首的发达国家正在不遗余力地发展低碳经济，同时正在加紧推进《联合国气候变化框架公约》（United Nations Framework Convention on Climate Change，UNFCCC）的实施。《联合国气候变化框架公约》的本质就是抢占话语权、分配排放权、划分环境容量空间、争夺经济发展空间，此公约是继《联合国宪章》、《关税与贸易总协定》之后的又一规制世界发展的新规则。

4. 低碳经济是一个涉及能源、环境、经济系统的综合性问题

低碳经济是将能源、环境、经济三者联系起来的一种可持续发展理念和模式。低碳经

---

① 崔长彬．低碳经济模式下中国碳排放权交易机制研究．河北师范大学硕士学位论文，2008.

② 朱有志，周少华，袁男优．发展低碳经济应对气候变化——低碳经济及其评价指标．中国国情国力，2009，(12)：4-6.

济以降低对自然资源依赖为目标，以能源可持续供应为支撑，在发展过程中注重生态环境的保护，是可持续发展的经济。发展低碳经济就是要在保持现有经济发展速度和质量不变甚至更优的条件下，通过改善能源结构、调整产业结构、提高能源效率、增强技术创新能力、增加碳汇等措施实现碳排放总量和单位排放量的减少以及能源的可持续供给。

三 低碳经济的本质

低碳经济的解读是比较纷杂的，对其本质也缺乏统一认识。不同国家、不同组织、不同的人，都从自身所处的位置并基于自身目的进行“为我所用”的理解，理论界也从不同的学科对其进行理论诠释。我们认为，低碳经济属于经济范畴，但从本质上讲，低碳经济首先是一个技术创新问题，其次才是一个经济问题，最终应归属为政治问题。

1. 低碳经济是一个技术创新问题

低碳经济的核心在于通过能源技术和减排技术的创新，以及由此而致的产业结构调整、制度创新以及人类消费观念的根本性转变，有效控制碳排放，防止气候变暖，促进和保持全球生态平衡。可以说，无论是节能、降耗、减排，还是开发利用可再生能源、优化能源消费结构，都必须以低碳技术的研究、开发、普及和推广为基础。也就是说，技术创新是解决环境和能源问题的根本出路，也是低碳经济发展的本质所在。

研究表明，人类要控制和降低大气中的二氧化碳浓度，主要途径有四：一是提高能源使用效率；二是发展碳捕捉和封存技术，将燃烧化石燃料产生的二氧化碳捕捉并封存起来；三是发展清洁能源，增加风能、太阳能等可再生能源的使用；四是植树造林。就目前而言，这四条途径都存在着明显的技术瓶颈。第一，要提高能源使用效率，就必须寻找到新的工业生产加工方法，如新的水泥生产方法、新的钢铁生产方法，以及新的汽车驱动途径和新的存储技术，也必须在建筑领域和交通领域寻找到新的节能减排技术。目前，一般企业没有足够的资金和内在动力进行传统技术的创新变革。特别是既有利益集团为保护自身利益，通常会阻止一些创新技术的大规模推广应用。对于发展中国家而言，要使其产业发展绕过高耗能而建基于低耗能、低排放技术，像发达国家那样致力于以高新技术产业和服务业为主体的产业发展，绝对是天方夜谭。第二，大力开发和推广风能、太阳能、地热、生物燃油等可再生能源，尽管符合节能减排和低碳经济发展的方向，但这些貌似取之不竭的可再生能源，通常会受到季节、天气变化等自然条件的影响，难以稳定获取，唯一可行的办法是把用风力、太阳能等发的电储存起来。但短期内大规模储能技术难以成熟，而且现有的技术将使得风能、太阳能等可再生能源在10年乃至50年内不具备商业竞争优势。第三，对于碳捕捉和封存，其广泛应用也面临相当大的技术和资金障碍。因为这不仅涉及巨大的成本问题，而且也面临着修建数千个碳捕捉厂、数十万公里长的管道把碳排放储存于地下的巨大困难。第四，植树造林看上去是降低大气中二氧化碳浓度的一个简单易行的办法，但是制约造林面积增加的最大因素是水资源的短缺，如何解决水资源短缺问题，目前还缺乏技术支撑。

由此可见，发展低碳经济首先必须在技术上实现突破和创新。没有技术创新，低碳经济不过是人类的一个“美好幻想”而已。在技术创新方面，政府和社会各界必须加大对节能减排技术和新能源技术创新的支持，积极致力于先进低碳技术的开发；各经济主体也必须积极应用先进成熟技术，提高能效水平。目前，要大规模推广应用成熟先进的能效技术、节能建筑、太阳能热利用、热电联产、热泵、超临界锅炉、第二代加核电、混合动力汽车等，同时必须从战略上致力于新一代低碳技术的研究开发和运营，如第三代核电、风电、电动汽车、太阳能光伏发电技术，加快其商业化进程。在此基础上，应积极开展第四代核能、太阳能热发电、第二代生物燃料、先进材料等技术的基础研究。

2. 低碳经济是一个经济问题

低碳经济尽管在逻辑起点上属于一个技术问题，但它是关于低碳产业、低碳技术、低碳生活等经济形态的函数集合。发展低碳经济本质上就是要调整传统经济结构，提高能源利用效益，发展新兴工业，建设生态文明。经济发展的目的是提高人类生存和生活的质量，而不仅仅是物质的丰裕，更不是单纯的 GDP 增长。从 1962 年蕾切尔·卡逊的《寂静的春天》到 1972 年罗马俱乐部的《增长的极限》，人们就已经对现代工业经济发展模式进行了深刻的反思和批判，表达了对以环保为核心的“后工业时代”的憧憬和向往。

全球气候问题，导致“温室效应”的深层原因是多方面的。但是传统的工业化模式则难辞其咎。发展低碳经济，首先必须触动和改变这一发展模式，如果不能实现经济发展模式的转换，仅仅依靠技术力量，低碳经济不会有实质性的进展，也不会走得太远。人类发展面临的危机是双重的：一是“温室效应”造成的环境与气候的危机；二是工业经济模式本身带来诸多危机。其中，传统的工业经济发展模式是当代人类文明危机的根源。发展低碳经济的本质就是在于建立高能效、低能耗、低排放的经济发展模式，其中包括生产模式、消费模式和国际贸易关系模式。

可以预见，人类转变经济发展模式将面临巨大挑战。因为大多数国家难以跨越资本密集型的工业化阶段，而传统的工业化产业的发展不可能仅仅依靠低排放或无排放的诸如风能、太阳能等可再生能源。例如，钢铁生产中一个电机至少是几十万千瓦，而一个风机提供的能源远远不够，而且风机是间歇性的，太阳能更不可能提供足够的能源，尽管它的成本相对较低。现有的消费模式难以短期内得到改变。无论是发达国家还是发展中国家乃至小岛国家和贫穷国家，消费模式基本上是趋同的。处于不同发展阶段的消费者都追求和向往高碳生活，房子越大越好，空调匹数越大越好，汽车排量越大越好。在发达国家不放弃高消费、发展中国家追求高消费的消费心态和消费模式下，世界不可能由高碳经济走向低碳经济。

3. 低碳经济是一个关于国际政治话语权重组争夺的问题

低碳经济是一个经济问题，在世界多极化发展格局下，它已经上升为政治范畴，是发达国家在其世界主导地位遭受新兴国家挑战后，试图利用科技话语和法律话语来继续管控世界的新方式，是约束新兴国家经济和社会发展的利器。从历史的逻辑看，低碳经济是“碳政治”的演进和合法化。“碳政治”发端于一套环保理念以及由此而形成的环境政治，环保运动进入欧洲政治的主流。随着欧盟的建立，环境政治加速兴起，进而为欧洲的“后现代生活方式”提供了一种特别的话语建构，并建立起相对于美国以及其他民族的优越感和使命感。其实，环境问题在很大程度上是一个局部问题。这是因为，人类面临的生态环境问题包括各种生态环境变化，既可能是气候变暖问题，也可能是气候变冷或时冷时热所造成或即将造成的各种问题，更包括范围更加广泛的诸如河流、湖泊、山脉、植物、动物种群、城市居住条件恶化、工业生产污染、地震或地质灾害甚至饮用水、食品等一系列关乎人类日常生存的基本问题。因此，欧洲的环境政治最初只能局限于欧盟，难以成为全球政治。可是，欧洲为了推行其“世界主义”，将环境问题政治化、全球化，就必须在环境问题上建构出属于全人类共同关心的“公共”问题。全球环境政治就不能选择河流污染、土地污染问题，而只能选择“气候问题”作为全球环境政治的话题。

欧洲人正是利用人们对科学的信仰，精心建构了一套科学话语和政治话语：首先建构出全球气候变暖与人类毁灭之间的科学联系，然后再建构出人类活动与气候变暖之间的科学关系。而人类活动与全人类毁灭的中介环节就是二氧化碳排放导致气候变暖的“温室效应”来临，因此控制二氧化碳排放就成为“碳政治”的核心内容。作为一种理念、一种话语、一种技术，要变成稳定的、可持续的政治或经济收益，就必须上升到法律层面，通过法律固定下来。因此，在科学话语建构基础上，欧盟进一步推动这套科学话语进入国际公共空间，并通过协商谈判机制来制定国际法，才有了1992年《联合国气候变化框架公约》的签署。公约确立了解决问题采取的“公平原则”和发达国家与发展中国家在应对气候变化中“共同但有区别的责任原则”，从而有效地将所有发展中国家纳入其中。在长达40年的全球气候谈判中，欧美等西方发达国家一直掌握着气候与环保的国际话语权。但是，这些国家在应对气候变化问题上“只说不练”，对发展中国家没有履行技术和金钱上的承诺；相反，却向中国和印度等发展中国家施加压力，要求发展中国家承担更多的责任。尤其是，即使在英美等发达国家国内，它们在低碳经济方面也遇到了强大既得利益的阻力，政府当局也无所作为。

表面上，低碳经济是基于对全球气候变暖危及全人类生存的道德关怀，实质上，它是新技术革命背景下对全球政治和经济利益的再分配。新技术革命背后隐含着巨大的政治经济利益；“碳”这种物质经过法律建构以后，具有引发金融扩张甚至金融革命的潜力。这种潜力的最大获利者，不可能是发展中国家，而是处于制定交易规则强势地位的发达国家，属于那些能够娴熟掌握交易工具的发达国家的商家。在碳减排方面，发达国家与发展中国家的争论分歧由来已久。鉴于低碳经济问题属于全球的公共经济问题，其实施却有赖于追求本国私利最大化的各国主体。发达国家与发展中国家之间的协商谈判在理论上是无法成功的。哥本哈根会议未能形成一致性原则即为佐证。因此，相关的争论分歧和政治博弈未来将会继续下去。

四 低碳经济发展简述

1. 低碳经济的产生

低碳经济是在气候变化背景下产生的。根据IPCC的研究报告，全球气候变暖已经是不争的事实。目前政府间气候变化专门委员会第四次评估报告表明，大气中二氧化碳浓度已从工业革命前的280ppm上升到2005年的379ppm，超过了近65万年以来的自然变化范围。近百年来全球地表平均温度上升0.74℃，将来可能还有上升的趋势；全球海平面也在上升，过去20世纪全球海平面平均上升了0.17米；北半球的积雪在融化，全球大部分积雪在退缩。如果说全球升温1℃，会导致地球1/3表面的水资源流失；升温2℃，冰河逐渐消融，全球海平面上升7米；升温6℃，高达95%的物种灭绝，除了细菌之外，没有任何生物能够存活。

全球气候变暖有自然的原因，也有人为的原因，根据政府间气候变化专门委员会的报告，最近50年的全球气候变暖有90%以上可能是由人类活动所排放的温室气体造成的。研究表明，自1750年以来，全球累计排放了1万多亿吨二氧化碳，其中发达国家排放占80%。尽管人类活动所排放的温室气体包括二氧化碳、甲烷、氧化亚氮等6种温室气体，但"温室效应"的罪魁祸首是二氧化碳，其大约占整个温室气体的75%。

全球气候变暖的影响有正有负，但主要以负面影响为主，全球气候变暖有一个显著特征就是极端天气事件的发生频率在增大，发生强度在增强，例如，全球气候变化会引发干旱、高温、暴风、大风、暴雨、沙尘暴等。排放的温室气体大气由于是全球的公共资源，因此对于全球公共资源的利用和保护就是对全球公共物品的利用和保护问题，因此必须通过国际合作来应对全球气候变暖。正是在这样一种背景下，在1992年的5月，达成了《联合国气候变化框架公约》，这个公约在1994年3月正式生效。这是世界上第一个为全面控制二氧化碳等温室气体的排放，以应对全球气候变暖给人类经济和社会带来不利影响的国际公约，也是国际社会在应对全球气候变化问题上进行国际合作的一个基本框架。《联合国气候变化框架公约》有一个非常重要的原则就是"共同但有区别责任"的原则，即防范气候变暖保护地球是所有国家的共同责任，有区别的责任是指当前的全球气候变暖主要是工业国家在工业化革命以来的200年间，由于化学能源的使用所排放的温室气体造成的，因此发达国家负有历史责任，应该率先减排温室气体，同时向发展中国家转让资金和技术。

2. 低碳经济的发展

由于《联合国气候变化框架公约》只是一个框架性的公约，并没有规定对各国有法律约束力的意义，它不能实现把大气温室气体稳定在一个安全水平上的目标，为此必须要达成一项有法律约束力的议定书。于是1997年12月在日本京都，由《联合国气候变化框架公约》参加国三次会议制定的《京都议定书》(Kyoto Protocol)，全称为《联合国气候变化框架公约的京都议定书》是《联合国气候变化框架公约》的补充条款。其目标是"将大气中的温室气体含量稳定在一个适当的水平，进而防止剧烈的气候改变对人类造成伤害"。

1997年12月在日本的京都达成的《京都议定书》历经8年，于2005年2月16日正式生效，成为人类社会第一个防范全球气候变暖有法律约束力的法律文件，它率先为发达国家规定了具有法律约束力的减排义务。截至2009年2月，一共有183个国家通过了该条约(超过全球排放量的61%)。《京都议定书》从量上规定了发达国家温室气体排放指标，发展中国家并不受约束。

由于《京都议定书》的目标年只是到2012年，2012年以后国际社会如何来应对气候变化的挑战，就需要进一步的谈判来解决这些问题。在此背景下，2007年12月在印度尼西亚的巴厘岛，联合国气候变化大会上达成了《巴厘路线图》。其主要内容包括：大幅度减少全球温室气体排放量，未来的谈判应考虑为所有发达国家（包括美国）设定具体的温室气体减排目标；发展中国家应努力控制温室气体排放增长，但不设定具体目标；为了更有效地应对全球变暖，发达国家有义务在技术开发和转让、资金支持等方面，向发展中国家提供帮助；在2009年年底之前，达成接替《京都议定书》的旨在减缓全球变暖的新协议。《巴厘路线图》为全球进一步迈向低碳经济起到了积极的作用，具有里程碑意义。

2009年12月，《联合国气候变化框架公约》第15次缔约方会议，即哥本哈根世界气候大会召开，重新讨论和界定“后京都时代”的碳减排义务、减排量指标等条件。哥本哈根会议的规格和规模是前所未有的，一共有192个国家的领导人参加了此会议，同时还有43 000名代表参加了会议。各方为会议做了精心准备，会议博弈激烈。发达国家千方百计谋求改写对其不利的公约原则，试图废弃《京都议定书》，竭力弱化自己的减排责任和义务。发展中国家则坚持《京都议定书》和《巴厘路线图》，要求发达国家承担历史责任，并切实履行向发展中国家提供资金和技术的义务。可以说，各方争论的目的就是为未来的发展争取排放空间，同时创造条件，拼抢政治、经济利益和道德的制高点。

尽管《哥本哈根协议》没有在所有缔约方中达成一致，但此次会议仍然取得了三项重要而积极的成果：首先是坚定维护了《联合国气候变化框架公约》及其《京都议定书》确立的“共同但有区别的责任”原则；其次是在发达国家实行强制减排和发展中国家采取自主减缓行动方面迈出了新的坚实步伐；最后是就全球长期目标、资金和技术支持、透明度等焦点问题达成广泛共识。从此会议的结果来看，除了在公约框架和议定书框架下，形成了两个主题框架之外，还有一个成果就是比较有争议的《哥本哈根协议》，到目前为止一共有120个国家表示支持《哥本哈根协议》并签名，其中有72个国家给出了明确的减排指标。从哥本哈根会议以及到目前为止国际社会各国在应对气候变化谈判方面的博弈来看，各国在应对气候变化方面都有各自的战略考虑，欧盟一直是国际气候谈判的领导者，欧盟想占领维护全人类利益的制高点，同时推动经济可持续发展，保持竞争力的战略实施。

3. 各国发展低碳经济的实践

英国是第一次工业革命的先驱，进入21世纪之后，又成为全球低碳经济的积极倡导者和先行者。英国政府充分意识到气候变化和能源安全的威胁，早在2003年，就率先以政府文件形式，正式提出了低碳经济概念，宣布英国将实现低碳经济作为能源战略的首要目标，到2050年要把英国变成一个低碳经济国家。与此同时，英国先后引入了气候变化税、气候变化协议、排放贸易机制、碳信托基金等多项经济政策，推动低碳经济发展。

欧美主要发达国家开始采取一系列实际行动向低碳经济转型。丹麦、芬兰、荷兰、挪威、意大利和瑞典等国，对燃烧产生二氧化碳的化石燃料已开征国家碳税；德国、日本和奥地利等国也相应引入了能源税和碳税制度；美国发布了《低碳经济法案》，表明低碳经济的发展道路有望成为美国未来的重要战略选择，并投入巨资研发低碳技术。①

---

① 金乐琴．中国如何理智应对低碳经济的潮流．经济学家，2009，(3)：38-40.

发展中国家也在积极行动。印度当前从政府措施和市场机制两方面入手，减少二氧化碳排量，致力于发展低碳经济，创造未来“绿色经济”大国；巴西近年来在环保意识普及、清洁能源使用以及政府对低碳产业的支持等方面收效明显，巴西民众正逐步走向绿色生活；韩国提出，通过低碳绿色增长重振韩国经济。面对低碳经济引起的新一轮的国际竞争，中国政府快速反应，提出了一系列的政策措施，以发展低碳经济来促进经济发展方式的转变，实现经济社会的可持续发展。可以看出，“低碳”由“应对气候变化”、“防止和遏制全球变暖”发端，迅速延伸至环保的全面范畴，进而进入经济、科技、人文等全方位社会领域。

第二节 低碳经济的发展特点

低碳经济是指以低能耗、低排放、低污染为基础的经济发展模式，是人类社会继农业文明、工业文明之后的又一次重大进步。低碳经济实质是能源高效利用、清洁能源开发、追求绿色 GDP 的问题，核心是能源技术和减排技术创新、产业结构和制度创新以及人类生存发展观念的根本性转变。

一 低碳经济的特征

随着全球人口数量和经济规模的不断增长，能源使用带来的环境问题及其诱因不断地为人们所认识，不止是烟雾、光化学烟雾和酸雨等的危害，大气中二氧化碳浓度升高带来的全球气候变化也已被确认为不争的事实。在此背景下，“碳足迹”、“低碳经济”、“低碳技术”、“低碳发展”、“低碳生活方式”、“低碳社会”、“低碳城市”、“低碳世界”等一系列新概念、新政策应运而生。而能源、经济乃至价值观实行大变革，可能将为逐步迈向生态文明走出一条新路，即摈弃 20 世纪的传统增长模式，直接应用新的创新技术与创新机制，通过低碳经济模式与低碳生活方式，实现社会可持续发展。低碳经济除以低能耗、低物耗、低排放、低污染为特点外，还具有以下特性。

（1）综合性。低碳经济不是一个简单的经济或技术问题，而是一个涉及经济、社会、环境系统的综合性问题。从第一个层面理解，低碳经济意味着经济发展与温室气体排放之间关系的“脱钩”，即 GDP 的增长率高于温室气体排放的增长率（相对脱钩），或经济稳定增长而温室气体排放量零增长甚至减少（绝对脱钩）；从第二个层面看，低碳经济所确立的是一种在促进发展的前提下解决气候变化问题的基本思路，与单纯的节能减排思路不同，它强调发展与减排的结合，重点在低碳，目的在发展，通过改善经济发展方式和消费方式来减少能源需求和排放，而不是以降低生活质量和经济增长为代价实现低碳目的；从第三个层面看，低碳经济还关系到人类的发展权和社会公平问题。因为几乎人类所有的生产和消费活动都一定程度地依赖能源，产生相应的温室气体排放，不同的国家由于发展水平不同，面临的发展潜力和减排空间不同，要设计合理的、能为国际社会所认同的碳排放方案，必须从社会公平与人类可持续发展的角度进行考虑。

（2）全球性和战略性。气候系统是一个整体，气候变化的影响具有全球性，涉及人类共同的未来，超越主权国家的范围。任何一个国家都无力单独面对全球气候变化的严峻挑战，低碳发展需要全球合作。气候变化所带来的影响，对人类发展的影响是长远的。多年来，各国围绕着气候问题展开了一系列的谈判，从而形成全球性的制度框架，如《京都议定书》。但是，由于没有一个世界政府，这种全球性的制度规范往往在参与和执行方面受到国家利益的左右而大打折扣。低碳经济要求进行能源消费方式、经济发展方式和人类生活方式进行一次全新变革，是人类调整自身活动、适应地球生态系统的长期的战略性选择，而非一时的权宜之计。

（3）博弈与均衡性。这包括两层含义：一是低碳经济应按照市场经济的原则和机制来发展，二是低碳经济的发展不应导致人们的生活条件和福利水平明显下降。也就是说，既反对奢侈或能源浪费型的消费，又必须使人民生活水平不断提高。更通俗地说，发展低碳经济不能也不是让人类回到农耕社会。因此，发展低碳经济的目标应该是，将大气中温室气体的浓度保持在一个相对稳定的水平上，不至于带来全球气温上升影响人类的生存和发展（如海平面上升导致小岛屿国家的淹没等），从而实现人与自然的和谐发展。低碳发展就是通过技术进步，在提高能源效率的同时，也降低二氧化碳等温室气体的排放强度。前者要求在消耗同样能源的条件下人们享受到的能源服务不降低；后者要求在排放同等温室气体情况下人们的生活条件和福利水平不降低，这两个“不降低”需要通过能效技术和温室气体减排技术的研发和产业化来实现。

二 低碳经济要求全方位的低碳化

低碳经济作为一种新的经济形态，意味着在经济社会活动全方位的低碳化（decarbonization），包括生产的低碳化、流通的低碳化、分配的低碳化和消费的低碳化四个体系。[①]

1. 生产的低碳化

生产的低碳化包括两个方面：一是物质资料生产的低碳化；二是人口生产的低碳化。物质资料的生产是人类生存的基础，决定了人类能消费的产品的多少，是生产力水平的体现，物质资料生产的低碳化就是要在物质资料的生产过程中注重科学的统筹规划，避免盲目地扩大再生产和资源浪费；注重新科技的运用，提高产品的附加值；注重废旧资源的循环再利用，做到“再减量、再回收、再利用”，发展循环经济。马克思指出资源节约包括由科技发明带来的节约和由废弃物的再利用带来的节约[②]，这一点在今天仍具有现实指导意义。科技创新是推动经济发展的不竭动力，而人才就是这不竭动力的智力保障。人口生产的低碳化，就是控制人口发展的数量，提高人口的质量，使人口的再生产与整个社会的经济发展水平和环境承载力相适应，由人力资源大国变为人力资源强国。

---

① 李胜，陈晓春．低碳经济——内涵体系与政策创新．科技管理研究，2009，(10)：41－44.

② 卡尔·马克思．资本论．第三卷．第二版．中共中央马克思恩格斯列宁斯大林著作编译局译．北京：人民出版社，2004：115－118.

2. 流通的低碳化

商品的流通是连接商品生产和消费的纽带，商品不流通则无法正常地生产和消费，导致经济体系的病态，出现经济病。流通的低碳化就是要使生产要素和生产的产品能够自由流通，实现资源的优化配置。这一方面要实现硬件设施的低碳化，发展现代物流，建设节能环保高效的立体交通体系，水陆空和地下轨道综合平衡利用；另一方面要实现软件设施的低碳化，发展现代金融服务业，转变政府职能，将政府工作的重心由社会管治转移到服务上来，为经济转型的生产提供组织和制度上的保障，实现生产要素配置的高效化。

3. 分配的低碳化

分配的低碳化主要是指政府在对要素收入进行再分配的过程中，通过法律和税收，以及财政转移支付等政策手段对资源节约和环境友好的产业进行倾斜和优惠，而对传统的高污染和低附加值的产业给予限制，从而促进低碳经济的发展，实现产业的低碳化。据资料显示，2008 年全球金融危机以来，中国对风能的投入增加了 88%、对核能的投入增加了 72%、对水电的投入增加了 19.2%。① 同年，中央财政安排 400 多亿资金支持节能工程和环保设施的建设，这一系列措施反映出政府对资源节约和环境友好的低碳经济的关注和敏感的反映。这一观点同时也在 2009 年“中国十大产业振兴计划”对电子信息产业和新型能源的支持中得到体现。

4. 消费的低碳化

消费是经济活动的终结环节，也是人类生产的目的。经济转型不是不让人消费，反而是鼓励消费、扩大消费，但消费的观念和消费的结构却有所不同。消费的低碳化就是要在消费的过程中形成文明消费、适度消费、绿色消费，反对铺张浪费的消费观念；在消费的结构上更加注重精神消费、文化消费，提高对人力资本的投资。实践证明，对精神和文化消费等人力资本的投资，不仅能带动相关产业的发展，实现产业的资源节约和环境友好，而且将大大提高一个国家和地区的可持续发展能力。当前国际上仍然受到金融危机的影响，“保增长、调结构、促内需”成为我们的经济工作方针。在此，我们应更加明确“调结构”的含义，把扩大内需的工作方针引导到正确、合理和可持续的轨道上来，避免扩大内需中的盲目消费和浪费消费。低碳化的消费不仅有利于节约有限的资源，而且可以减少对自然界的废弃物的排放，是一举两得。②

三 低碳经济加速世界科技革命进程

作为新一轮增长的推动力量，低碳经济将催生新的经济增长点，成为金融危机后带动新一轮世界经济增长的强大力量。

---

① 张宁．能源局：中国风能开发最现实可行．证券日报．http：//www.p5w.net/news/gncj/200903/t2243754.htm.2009-03-25.

② 李胜，陈晓春．低碳经济——内涵体系与政策创新．科技管理研究，2009，(10)：41-44.

1770年，瓦特发明蒸汽机，开启了第一次工业革命，人类进入机器动力时代。1880年，爱迪生发明电灯，开启了第二次工业革命，人类进入电力工业时代。1950年，固态电子元件发明，开启了第三次工业革命，人类进入信息时代。每次工业革命，背后都有一个巨大的推动力量，使人类发展突破某个瓶颈，进入一个更宽广的世界。前两次革命的技术突破都来自动力领域，人类分别驾驭了蒸汽动力和电力，从而推动了工业生产规模和日常活动范围的扩大。第三次革命的技术突破则来自信息通信技术，使人们的信息交换成本极大降低、信息传播范围空前扩大。而这三次革命所消耗的实体能量，则主要来自燃烧煤炭和石油等碳基能源。

第四次工业革命的要旨，则在于低碳高增长。这场革命的核心技术突破来自新的能源生产技术和能源使用技术领域，它是一场以风能、太阳能、核能等低能耗、低污染、低排放的清洁新能源代替煤炭、石油等高能耗、高污染、高排放传统能源的绿色革命，在能源使用方面要求更清洁、更聪明、更高效。它的基础架构是“清洁能源＋超导传输＋智能网络＋节约使用”，是新的能源生产方式、先进的材料和工程技术、灵巧的信息管理手段、高度的公众节能环保意识和强有力的政府政策引导诸多因素集合在一起，带来的一场生产方式和生活方式的全面革命。这场革命不仅仅是能源和减排技术的创新，也是产业结构和制度的创新，更重要的是人类生存发展观念的根本性转变。发展低碳经济将开辟人类历史上一种全新的文明——生态文明。

美国奥巴马政府提出的耗资巨大的美国新能源政策，实际上按下了这场革命的启动键，随后世界各主要经济体纷纷开始推行绿色“新政”，这一方面是力图借此摆脱目前的经济衰退，另一方面是为了突破“增长的极限”，谋求一种可持续的长期稳定增长的新经济发展模式。

第一次工业革命开始的时候，中国还在沉睡；第二次工业革命启动的时候，中国已经陷入长期的动荡和战乱；第三次工业革命成型的时候，中国刚刚从动荡的废墟中站起来；现在，第四次工业革命来临之际，中国第一次进入了首发方阵，与发达国家几乎站在了同一起跑线上，这也是我们实现超越的历史性机遇。

四 要在发展经济中发展低碳经济

西方发达国家的工业革命已经进行了200多年，消耗了大量的化石能源，实现了从工场手工业向机器大工业的过渡。它们已经完成了污染环境的原始积累过程。科技进步和资金大量投入又使得西方发达国家具备了节能减排的能力。同时，大量高污染的生产企业向国外转移也大大降低了发达国家的排放量。发展中国家历史排放少、人均排放低，目前受发展水平所限，缺少资金和技术，缺乏应对气候变化的能力和手段，在经济全球化进程中处于国际产业链低端，承担着大量转移排放。而广大发展中国家正在向工业化发展，与发达国家并非完全处在发展低碳经济的同一起跑线上。[1]

---

① 《时事报告》杂志社．热点追踪——在发展经济中发展低碳经济．http://shishi.china.com.cn/txt/2010-07/01/content_3588202_4.htm. 2010-07-01.

然而，应对气候变化，涉及全球共同利益。所以落实低碳经济的关键，是发达国家应该承担起责任，向发展中国家提供相关资金支持，因为气候变化没有国界。更重要的是，发展中国家发展低碳经济应该在发展过程中推进，统筹协调经济增长、社会发展、环境保护，增强可持续发展的能力，与发达国家共同发展来解决。

经济发展水平的差异并不代表机会的不均。目前，全球还没有任何低碳经济发展的“样本”，在发展低碳经济的道路上，世界各国拥有同等机会。谁能抢先发展好低碳技术和低碳产业，谁就能在新一轮经济增长中占据主动权，成为世界经济发展的“领头羊”。对此，一些发展中国家，尤其是中国，已经将发展低碳经济摆放到战略高度，通过明确战略目标、完善法律框架、加强制度建设、利用市场机制、推动科技创新等措施迎接低碳革命的到来，走出一条真正具有本国特色的低碳之路。

第三节 低碳经济研究概述

国内外专家学者对低碳经济的研究，主要集中在三个方面：发展低碳经济的必要性论证与实现方式初探、经济增长与温室气体排放的脱钩研究、温室气体排放与经济增长关系的实证研究。[①]

一 国外主要研究进展

1.《斯特恩报告》

2006 年 10 月 30 日，英国发布了由前世界银行首席经济学家尼古拉斯·斯特恩牵头完成的《斯特恩回顾：气候变化的经济学》（以下简称《斯特恩报告》），对全球变暖可能造成的经济影响做出了具有里程碑意义的评估。总体来看，《斯特恩报告》以气候科学为基础，用“成本-效益分析”方法对欧盟提出的全球 2℃升温上限[②]加以论证（进行学术和方法论阐释），呼吁各国迅速采取切实的行动，尽早向低碳经济转型。报告认为，实现温室气体浓度稳定是一个棘手和复杂的过程，“很难达到温室气体减排速度高于每年 1%的目标，除非发生经济萧条的情况。即使有些国家采取了显著的减排措施，温室气体的排放也会高于同期的水平”。在全球范围内，“如果没有政策的干预，收入增长和人均排量的长期正比关系将持续下去。打破这种联系需要人们在选择上发生巨大转变，对碳密集型商品和服务定价，或者在科技发展上有重大突破”。只有采取“适当的政策”，才可以改变这种联系。否则，“仅靠生产效率并不能消除收入增长所带来的影响。在全球范围内，几乎看不到人们在变富后渴望减排而导致的大量主动减排气”。[③]

---

① 崔长彬．低碳经济模式下中国碳排放权交易机制研究．河北师范大学硕士学位论文，2008.

② Stern N. Stern Review：The Economics of Climate Change. Cambridge Clniversity Press，2007.

③ 崔长彬．低碳经济模式下中国碳排放权交易机制研究．河北师范大学硕士学位论文，2008.

《斯特恩报告》的核心观点主要有三个：

（1）如果各国政府在未来10年内不采取有效行动遏制“温室效应”，那么气候变化的总代价和风险相当于每年至少失去全球GDP的5%～20%。相比之下，采取行动的代价可以被控制在每年全球GDP的1%左右。

（2）在2050年以前，如果大气中的温室气体浓度控制在550ppm以下，全球温室气体排放必须在今后10～20年达到峰值，然后以每年1%～3%的速率下降。

（3）到2050年，全球排放必须比现在的水平低大约25%，即发达国家在2050年前把绝对排放量减少60%～80%，发展中国家在2050年的排放与1990年相比，增长幅度不应超过25%。

2. 低碳经济脱钩研究

在脱钩研究方面，Sturluson[①]认为脱钩指标虽然有很多缺点，如缺乏与环境容量的自动联系，难以兼顾各国国情以及受环境压力的最初水平和使其选择的影响等，但脱钩仍然是非常重要的。经济合作与发展组织（OECD）[②]研究了环境压力与经济增长脱钩指标的国家差别，发现环境与经济脱钩的现象普遍存在于OECD国家中并且环境与经济的进一步脱钩是有可能的，从而得出结论：在OECD国家，环境与经济的冲突，已经得到有效的控制，并在继续向好的方面转化。可以预计，在不远的将来，环境与经济的冲突，可以得到满意的解决方案。Tapio[③]利用“脱钩弹性”（decoupling elasticity）的概念，进一步将脱钩指标由原有的初级脱钩（经济增长与资源利用即能源与GDP的脱钩）、次级脱钩（自然资源与环境污染即二氧化碳与能源的脱钩）、双重脱钩（同时达到初级脱钩和次级脱钩）的基础上进一步细分为连接（coupling）、脱钩和负脱钩三种状态，再依据不同弹性值，进一步细分为弱脱钩、强脱钩、弱负脱钩、扩张负脱钩、扩张连接、衰退脱钩与衰退连接等八大类，使得脱钩指标进入新阶段。该指标的优点在于对环境压力指标与经济驱动力指标的各种可能组合给出了合理的定位。除此之外，国外许多学者都对本国及世界温室气体排放与经济发展的环境库兹涅茨曲线进行了检验。Panayotou[④]认同格鲁斯曼等人对部分环境污染物（如颗粒物、二氧化硫等）排放总量与经济增长长期关系呈倒“U”形关系的论断，并从人们对环境服务的消费倾向角度解释了原因：随着国民收入的提高，产业结构发生了变化，人们的消费结构也随之产生了变化。此时，人们开始关注环境的保护问题，环境服务成为正常品，环境恶化的现象逐步减缓乃至消失。Ankarhem[⑤]考察了瑞典的情况，指出1918～1994年，二氧化碳、二氧化硫和挥发性有机物（VOC）的排放状况也呈环境库兹涅茨曲线

---

① Sturluson J T. Economic instrument for decoupling environmental pressure from economic growth. Project Description，August 13，2002.

② OECD. Indicators to measure decoupling of environmental pressure from economic growth. Summary Report，OECDSG/SD，2002.

③ Tapio P. Towards a theory of decoupling：degrees of decoupling in the EU and the ease of road traffic in finland between 1970 and 2001. Journal of Transport Policy，2005，(12)：137-151.

④ Panayotou T. Economic growth and the environment. Economic Survey of Europe，2003，2：45-72.

⑤ Ankarhem M. A dual assessment of the environmental kuznets curve：the case of Sweden. Umea Economic Studies，Umea University，Sweden，2005：660.

分布。而 Friedl 等认为，1960～1999 年奥地利的二氧化碳排放状况与经济增长呈“N”形而非倒“U”形关系。[①] Grubb 等认为，在工业化初期，随着人均收入的增加，人均二氧化碳排放量也较高[②]，但是跨越这一阶段以后，人均二氧化碳排放量将在不同的水平上趋于饱和。[③]

二 国内主要研究进展

国内文献主要涉及国外发展低碳经济的经验、中国发展低碳经济的途径与潜力、机遇与挑战、低碳经济发展的社会经济与技术分析。国内研究进展主要表现在以下几个方面。

1. 国外发展低碳经济的经验

赵娜、何瑞、王伟全面介绍了英国在发展低碳经济方面的举措与成就，并提出了对英国低碳经济发展的担忧，最后展望了英国低碳经济发展的未来[④]；姚良军、孙成永系统介绍了意大利发展低碳经济的政策措施[⑤]；胡涂洋介绍了发达国家近几年的低碳经济发展历程，分析了它们对中国低碳经济发展的启示[⑥]。

2. 中国发展低碳经济的途径与潜力、机遇与挑战

李俊峰、马玲娟介绍了丹麦向低碳经济转型的进程，并在宏观层次上对中国的低碳经济发展提出了建议。[⑦] 胡鞍钢对中国低碳经济发展模式进行了深度思考，并就中国减少碳排放的目标和措施以及如何开展国际合作问题进行了有益探索。[⑧] 孙佑海等从完善法律制度的角度对低碳经济发展的现实路径进行了研究。[⑨] 庄贵阳对中国发展低碳经济所面临的机遇和挑战进行了分析，并对主要温室气体排放国的脱钩特征进行了实证分析。[⑩] 王春峰对低碳经济下的林业选择进行了研究，提出了具操作性的林业政策。[⑪] 姬振海针对国际社会广泛关注的气候变化和碳减排问题，介绍了低碳经济、清洁发展机制以及实现低碳经济的基本途径[⑫]，量化了河北省碳减排潜力，分析了河北省电力、钢铁两大行业的碳减排途径，最后从项目技术开发因素和项目外部环境因素两方面，提出了河北省发展低碳经济和清洁发展机

---

① Friedl B，Getzner M. Determinants of CO_2 emissions in a small open economy. Ecological Economics，2003，45(1)：133－148.

② Grubb M，Muller B，Butter L. The relationship between carbon dioxide emissions and economic growth. Oxbridge Study on CO_2-GDP Relationships，Phase I Results，2004.

③ 崔长彬．低碳经济模式下中国碳排放权交易机制研究．河北师范大学硕士学位论文，2008.

④ 赵娜，何瑞，王伟．英国能源的未来——创建一个低碳经济体．现代电力，2005，(8)：90，91.

⑤ 姚良军，孙成永．意大利的低碳经济发展政策．中国科技产业，2008，(3)：58－60.

⑥ 胡涂洋．低碳经济与中国发展．科学对社会的影响，2008，(1)：11－18.

⑦ 李俊峰，马玲娟．低碳经济是规制世界发展格局的新规则．世界环境，2008，(2)：17－20.

⑧ 胡鞍钢．“绿猫”模式的新内涵——低碳经济．世界环境，2008，(2)：26－28.

⑨ 孙佑海，丁敏．依法促进低碳经济的快速发展．世界环境，2008，(2)：29，30.

⑩ 庄贵阳．低碳经济引领世界经济发展方向．世界环境，2008，(2)：34－36.

⑪ 王春峰．低碳经济下的林业选择．世界环境，2008，(2)：37－39.

⑫ 姬振海．低碳经济与清洁发展机制．中国环境管理干部学院学报，2008，(6)：1－4.

制的对策。付允、汪云林、李丁以低碳城市为主要研究对象，重点阐述低碳城市的理论内涵，简要介绍了国内外典型低碳城市的发展现状，最后提出基底低碳（能源发展低碳化）、结构低碳（经济发展低碳化）、方式低碳（社会发展低碳化）和支撑低碳（技术发展低碳化）的低碳城市概念。[①] 崔长彬则在低碳经济模式下探讨了中国碳排放权的交易机制，从碳排放交易的经济学原理、中国发展低碳经济的现实路径及中国发展低碳经济的必然性，森林碳汇服务交易市场等方面进行具体论述。[②]

3. 发展低碳经济的必要性和重要性

张愉、陈徐梅、张跃军等围绕当今世界发展低碳经济的大环境、发展低碳经济的必要性和重要性、发展低碳经济的瓶颈等问题，分析指出向低碳经济转型已经成为世界经济发展的大趋势；化石能源消费将持续增长；温室气体减排形势严峻；发展低碳经济刻不容缓，而技术进步是发展低碳经济的关键，但技术瓶颈问题还将继续存在。[③] 任卫峰从环境金融的角度，总结了国内外研究与实践经验，探讨了环境金融创新的各种途径，并针对中国实际存在的问题提出了一些建议。[④] 谭丹、黄贤金、胡初枝首先测算了中国工业各行业近十几年来的碳排放量，并总结了中国工业行业碳排放的特征，进而运用灰色关联度方法分析了中国工业行业碳排放量与产业发展之间的关系。[⑤] 研究结果表明：产业产值与碳排放之间存在着密切联系，通过测算工业各行业单位 GDP 碳排放量的变化，分析了工业行业产业结构与碳排放的关系。

4. 低碳经济发展的社会经济与技术分析

张雷用多元化指数方法分析了经济发展对碳排放的影响，认为经济结构的多元化和能源消费结构的多元化会导致国家从以高碳燃料为主转向以低碳为主。[⑥] 赵云君等通过选择多个单一国家的不同样本，发现有些指标的实证结果相互矛盾，从而提出了“环境库兹涅茨曲线只是一个客观现象，而不是一个客观规律”的论断。[⑦] 赵一平等根据“脱钩”和“复钩”的思想，提出中国经济发展与能源消费相对“脱钩”与“复钩”的概念模型，并对中国经济发展与能源消费的响应关系进行实证研究，对中国能源弱“脱钩”现象背后存在的深层次问题及主要矛盾进行识别与分析。[⑧]“脱钩”指标研究初步显示出其重要价值。王中英等通过相关分析探讨了中国 GDP 增长与碳排放的关系，结果表明，二者有明显的相关性 ($R^2=0.9581$)。[⑨] 吴瑞林认为经济学对环境库兹涅茨曲线的应用多于实质研究，没有理由证

---

① 付允，汪云林，李丁．低碳城市的发展路径研究．科学对社会的影响，2008，(2)：5－10.
② 崔长彬．低碳经济模式下中国碳排放权交易机制研究．河北师范大学硕士学位论文，2009.
③ 张愉，陈徐梅，张跃军．低碳经济是实现科学发展观的必由之路．中国能源，2008，(4)：21－23.
④ 任卫峰．低碳经济与环境金融创新．上海经济研究，2008，(3)：83－87.
⑤ 谭丹，黄贤金，胡初枝．我国工业行业的产业升级与碳排放关系分析．环境经济，2008，(4)：56－60.
⑥ 张雷．经济发展对碳排放的影响．地理学报，2003，(4)：629－637.
⑦ 赵云君．文启湘．环境库兹涅茨曲线及其在我国的修正．经济学家，2004，(5)：69－75.
⑧ 赵一平，孙启宏，段宁．中国经济发展与能源消费响应关系研究．科研管理，2006，(3)：128－134.
⑨ 王中英，王礼茂．中国经济增长对碳排放的影响分析．安全与环境学报，2006，(5)：88－91.

明它可以演绎为具有全球普遍适用的必然规律。[①]《中国现代化报告：2007》[②] 根据1960～2002年各国人均二氧化碳排放量的变化趋势，认为部分国家符合环境库兹涅茨曲线，部分国家不符合环境库兹涅茨曲线。杜婷婷等对中国二氧化碳排放量与人均收入增长的关系进行时间序列分析，认为二者之间呈现“N”形而非倒“U”形的演化特征。[③] 付允、马永欢、刘怡君、牛文元等从温室气体减排压力、能源安全和资源环境等三个方面分析了中国发展低碳经济的紧迫性。[④] 在对国内外低碳经济理论和实践综述的基础上，从宏观、中观和微观三个层次论证了低碳经济的发展方向、发展方式和发展方法，即以低碳发展为发展方向，以节能减排为发展方式，以碳中和技术为发展方法。最后提出了中国实施低碳经济发展模式的政策措施：①节能优先，提高能源利用效率；②化石能源低碳化，大力发展可再生能源；③设立碳基金，激励低碳技术的研究和开发；④确立国家碳交易机制。邢俐以能源利用方式转变为视角，从低碳技术开发应用对传统能源利用方式的挑战、低碳经济范式下能源利用方式的转变等角度，探讨了低碳技术在人类能源利用方式转变中的作用及中国低碳技术发展中存在的问题。[⑤]

三 中国发展低碳经济的研究思路

1. 低碳发展已成为中国经济可持续发展的重大课题

中国是发展中国家，发展经济、改善民生的任务十分艰巨。当前中国还正在处于工业化、城镇化的关键阶段，经济发展和人口增长与资源环境约束的矛盾日益突出，能源结构以煤为主，减少排放困难重重。2007年中国消费煤炭约23亿吨，碳基燃料共排放出二氧化碳达到54.3亿吨，居全球第二。在2007年，中国每建成1平方米的房屋，约释放出0.8吨二氧化碳；每生产1度电，要释放1千克二氧化碳；每燃烧1升汽油，要释放出2.2千克二氧化碳。这些数字表明，中国的能源消费处于“高碳消耗”状态，加上中国的化石能源占总能源数量的92%，其中煤炭要占68%，电力生产中的78%依赖燃煤发电，而能源、汽车、钢铁、交通、化工、建材等六大高耗能产业的加速发展，就使得中国成为“高碳经济”的典型代表。

未来的30年，中国的工业化、城市化和现代化仍处于加速推进的阶段，也是能源需求快速增长的时期；13亿人口的生活质量提高，也会带来能源消耗的快速增长；生产领域、消费领域和流通领域都处于高碳经济的状况，必然导致温室气体的高排放，产生一系列政治、经济、外交、生态等严重后果。这些严峻的挑战，使得我们必须把推行低碳经济模式提到国家战略层面上加以思考。因此，中国发展低碳经济既是国际上应对全球气候变化的

---

① 吴瑞林．不能躺在“环境库兹涅茨曲线上等拐点”．中国环境报．http：www.cenews.com.cn/historynews/06-07/200712/t20071229.29864.html.2006-08-04.

② 中国现代化战略研究所，中国科学院中国现代化研究中心．中国现代化报告2007年——生态现代化研究．北京：北京大学出版社，2007.

③ 杜婷婷，毛锋，罗锐．中国经济增长与CO_2排放演化分析．中国人口·资源与环境，2007，(2)：94-99.

④ 付允，马永欢，刘怡君，等．低碳经济的发展模式研究．中国人口·资源与环境，2008，(3)：41-46.

⑤ 邢俐．低碳经济范式下能源利用方式转变研究．中共中央党校硕士学位论文，2009.

必然要求，更是实现中国经济社会可持续发展的当务之急。

目前普遍的共识是：中国应当借世界范围内低碳经济这一新的浪潮而加速增长方式的转变，使其经济发展从主要依赖增加能源、资源和其他要素的投入，转到主要依赖效率提高的轨道上；使经济结构随着经济规模的扩大和收入水平的提高及时发生高附加值、高知识和技术含量成分的比重日益上升的变化。这样的转变是发展进程的必然规律，也是中国经济可持续发展的必然要求，决定了中国社会经济发展的质量和健康程度，涉及中国未来的发展前途和竞争力，也关系到13亿中国人民和几十亿世界人民的福祉。

2. 本书研究的重点是推进经济发展方式的转型

本书研究的低碳经济的立足点是推进经济发展方式转型。一个国家或地区的长期经济发展，不仅取决于一定时期的经济发展速度，更取决于其经济发展速度的可持续性以及经济发展的质量。国内外经济增长经验表明，单纯依赖生产要素投入实现经济扩张，只能在一定时期内实现经济高速发展，但都不具有可持续性。

改革开放以来，我们在享受经济高速发展带来的繁荣的同时，也正在为能源紧缺、环境污染付出巨大代价，资源环境恶化正日益成为中国经济发展的瓶颈。中国经济良性发展的关键就在于实现经济的可持续高质量发展，节能减排、发展低碳经济是转变经济发展方式，提高经济增长质量的内在要求和突破口。因此，促进经济增长要以节能减排为基础和落脚点，通过调整经济结构，转变经济发展方式，走节约发展、清洁发展、安全发展之路。只有这样，才能真正实现经济可持续发展。需要认识到，中国大部分地区的发展在相当长一段时期，将始终面临在经济结构调整中实现经济快速增长与低碳转型的探索、实践。以“调优、调强、调轻”为目标，牢牢把握住“实现经济快速增长”与“低碳转型”这两个关键词。逐步降低重化工业在工业增加值中的比重，培育壮大战略性新兴产业；利用先进技术改造传统产业，利用市场准入和产业政策，淘汰落后产能，减少污染和排放；改变不合理的资源利用方式，改变不合理的能源结构，改变不合理的生态补偿机制，改变不合理的物流运输结构，甚至改变不合理的生活方式。低碳经济将会成为中国经济发展一个新的增长点，实现经济结构的成功调整，促进经济的可持续发展，改善人民群众的生活。

目前，国内外资源环境领域蕴藏着很大的需求潜力，为调整经济结构、转变经济发展方式、提高经济增长质量创造了有利时机。只要积极调整投资政策，将节能减排作为重点投资领域，把环境保护和资源节约作为扩大内需的重要方面，大力扶持节能环保产业和产品研发，促进中国高质量经济增长和环境保护的双重发展。促进经济增长和推进节能减排终极目标的一致性，决定了二者之间存在共同的路径选择，即大力调整和优化产业结构，尽快改变“高投入、高消耗、高污染、低效益”的粗放型经济增长方式，构建资源节约型、环境友好型经济发展体系。

3. 中国发展低碳经济的研究思路与框架

本书研究的一个基本目标和思路就是要探索通过发展低碳经济，以转变经济发展方式，调整和优化经济结构为根本出发点和落脚点，通过优化经济结构、能源结构，发展低碳技术等措施，提升中国的可持续发展的能力，是中国经济结构优化升级的一条新的路子，从而实现从经济发展大国向经济强国的转变。

本书以气候问题为切入点，引出低碳经济理念和发展方式转型，在实施中注意与中国的实际相结合，即吸收有关新能源、技术创新等积极内容，又要充分体现中国的国情、发展阶段和利益。我们所谈的低碳经济不应以单纯的碳减排为核心，而应以节能减排为核心，重点解决提高能源利用效率，发展可再生能源，提高环境质量，为中国的经济转型和结构调整打好基础，避免走发达国家曾经走过的道路。在推进新能源等技术研发的同时，必须兼顾传统工业生产能效与资源利用效率的提高，对其加以绿色改造，开发适合中国国情的能源和环境新技术、新工艺、重大装备，为发展绿色经济提供技术支撑。在绿色经济框架下，探索符合中国国情的发展道路。这样不仅可以增强对气候变化的适应能力，更能够增强中国的发展能力，提升综合竞争力，并以此为指导思想，制定中国的战略规划和实现途径。如图 0-1 所示。

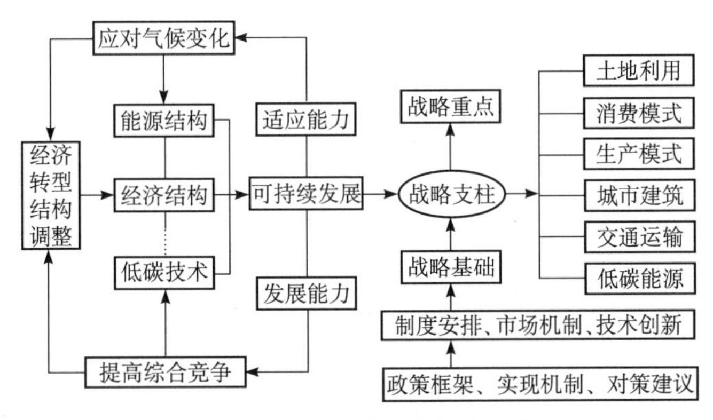

图 0-1 中国低碳经济发展思路

从这个意义上讲，要用新型发展方式的思维来推进产业结构优化升级需要我们重新构建一个理论，适合中国的国情，并从理论的高度上探讨协调经济发展当中的各种矛盾和冲突的解决方法，寻找可靠可行的研究框架和路径。为此，课题研究在就低碳经济的基本概念、发展特点和低碳经济研究等问题进行论述的基础上，主要分五个部分：第一篇中国低碳经济发展状况与面临的机遇和挑战，从低碳经济改变我们的世界和生活、中国低碳经济发展的困境与开启低碳革命、中国发展低碳经济面临的机遇与挑战等三个层面进行了论述；第二篇低碳经济发展理论与评价指标体系；第三篇世界主要国家低碳经济发展的分析与比较；第四篇中国低碳经济发展的战略选择与实现途径，主要包括发展低碳经济的战略框架、调整结构向低碳经济转型、统筹规划推进低碳产业发展、结合实际打造特色低碳经济、科技创新抢占低碳发展制高点等五个方面；第五篇中国低碳经济发展的前景预测与政策抉择。

4. 本书的研究方法

本书研究采用文献分析、实证研究、现状调查和政策梳理等系统研究方法进行研究。通过文献研究，分析低碳经济相关概念界定、理论基础等；通过相关数据资料分析和实证研究，分析国内外低碳经济发展状况、指标解析与体系构建；通过系统分析与情境分析，构建中国低碳经济发展总体框架和关键领域主要措施；通过政策梳理与设计，分析主要国家低碳经济政策，构建适合中国国情的低碳政策体系与配套体系。

第一篇

中国低碳经济发展状况与面临的机遇和挑战

发展低碳经济作为全球应对气候变化的根本途径，已经越来越成为全球的共识。但是由于各国的经济社会背景、发展目标和经济技术基础不同，发展低碳经济的起点、路径和重点也不同。中国作为世界上最大的发展中国家，发展低碳经济是实现经济方式根本转变的机遇，是可持续发展的内在要求。然而，中国目前的市场化、城市化、现代化，步伐快、任务重，“富煤、少气、缺油”的资源条件，决定了能源结构以煤为主，在“高碳”占绝对统治地位、“发展排放”难以回避的背景下，中国发展低碳经济必然是机遇和挑战并存。

第一章 低碳经济改变我们的世界和生活

对于一直被发财致富的物质追求所驱使的人类社会来说，气候变化与低碳转型其实是一体两面，既是气候问题，也是政治问题，既是技术问题，也是经济问题，既是环境问题，也是社会问题。现代社会很少有一个课题像它一样无所不包，牵一发而动全身，关系到这么多人的福祉和安全，既汇聚了无比沉重的压力，又带来了前所未有的变革机遇和希望。

第一节 低碳经济重塑世界格局

发展低碳经济作为协调社会经济发展、保障能源安全与应对气候变化的基本途径，已得到各国的认同。金融危机后，低碳经济成为实现全球减排目标、促进经济复苏和可持续发展的重要推动力量。主要发达国家则凭借低碳领域的技术和制度创新优势，加紧实施低碳经济发展战略，构筑世界新一轮产业和技术竞争新格局，企图实现全球经济的低碳重塑。低碳经济正在改变世界经济格局、政治格局和贸易格局。

一 低碳经济掀起世界经济革命新浪潮

世界经济历经工业化、信息化之后，正在走向“低碳化”。当前低碳经济正在改变世界各国经济发展模式，促进各国产业结构的改革，催生了新的经济增长点。

1. 世界经济低碳化

世界经济正在加速向低碳经济转型，低碳化成为世界经济发展新趋势。当前，发达国家经济和能源结构能耗低效率高，更具有向低碳经济转型的条件。欧盟把低碳经济作为未来发展方向，提出3个20%的目标：2012年温室气体排放量比1990年减少20%，一次能源消耗量减少20%，再生能源比重提高20%；美国出台《新能源法》，加快可再生生物能开发，《气候安全法案》将在全美引入“限排交易体系”；日本承诺到2050年减排60%～80%，建立核证减排量交易市场。中国、印度、巴西等发展中国家也都已制定有关发展可再生能源的法律和计划。世界经济走向低碳化已是大势所趋。

2. 产业结构“低碳化”

为适应低碳经济的发展，发达国家产业结构正向“低碳化”发展。例如，美欧日汽车产业竞相开发“低能耗、低排放”的新型动力车。丰田则推出8款油电混合动力车，通用计划4年内推出16款混合动力车，欧盟积极支持发展氢能动力车。美欧能源产业也在加大对低碳能源及技术的开发，提高核能、风能、太阳能、可再生生物能、清洁煤等替代能源的开发比重，积极研发碳捕获及埋存技术。英国石油（BP）公司计划未来10年投资80亿美元建立风力、太阳能板和氢能发电厂，转型成全球最大再生能源公司。

3. 未来低碳发展竞争力的争夺

世界各国和企业纷纷采取行动，企图增强未来发展的竞争力。发达国家纷纷提出减排计划，建立碳权交易市场，推出“低碳”技术和产品标准，争夺全球涉碳的话语权和规则制定权。日本早已实施产业技术升级战略，成为21世纪领先的环保国家。而多数发展中国家对低碳经济及其规则重视不够，在未来国际竞争中可能处于弱势，有继续被边缘化的风险。部分跨国公司则大力发展低碳技术，创造先行优势，如西门子公司在环境和气候领域已坐拥3万项专利，而发展中国家实行节能减排必须向其购买这些专利技术和产品。

4. 低碳经济催生新的经济增长点

低碳经济催生新的经济增长点。英国《斯特恩报告》预测，2050年全球低碳产品市值将达每年5000亿美元。发展低碳经济将创造大量市场机会。一是低碳产品、服务和技术。目前全球低碳产业开发投资已达13万亿美元。联合国预计，全球可再生能源投资2012年可达到4500亿美元，2020年6000亿美元。二是节能产业。未来5年，美国政府节能投资超过70亿美元。过去10年杜邦公司通过节能减排使产能提高30%，能耗降低7%，温室气体减排72%，节省成本20亿美元以上。三是预防和适应气候变化技术。2000年以来，中国气象灾害损失每年高达2000亿～3000亿元，预防和适应气候变化技术市场潜力十分巨大。四是清洁发展机制（CDM）带来互利双赢机会。[①] 发展中国家在这次由低碳经济带来的新一轮的世界经济革命浪潮中，应抓住低碳经济催生的新经济增长点，发展本国低碳经济，从而使本国受益。

二 低碳经济改变世界利益格局

从全球政治领域看，气候外交成为国际政治外交的焦点议题。气候外交的背后是发展问题，发展权的焦点则是碳排放权，大气环境还能承载多少碳排放量，就意味着世界经济还有多少发展空间。正是由于这个原因，发达国家和发展中国家围绕气候变化这一全球性问题展开博弈。

低碳经济的核心是能源，其深入发展势必出现这样的结果：世界各国能源战略的重心

---

① 龚雄军．世界经济加速向低碳经济转型．http：//www.chinavalue.net/Blog/301902.aspx. 2010－03－19.

将由占有能源向清洁使用能源转变。所以，低碳经济的背后实际是能源使用技术、经济发展的世界支配权争夺。目前，积极鼓吹低碳经济的国家无一例外都是后工业化的发达国家，它们面临的共同问题是：对能源的依赖（能源消耗）逐步降低、都面临来自发展中国家的贸易竞争、在能源使用技术方面都处于世界先进水平。欧盟、日本、美国等推行低碳经济，主要的考虑是：降低对世界上主要产油国、煤炭大国的依赖，转向能源的高效使用与新能源，使得主要竞争对手失去制约他国的能源优势，从而减轻其在世界政治经济中的话语权。从这个角度分析，低碳经济将逐渐成为发达国家之间、发达国家与发展中国家间的利益博弈枢纽，这将对世界利益格局产生深远的影响。

为了应对气候变暖的危机，按照《京都议定书》和《巴厘路线图》的安排，在2009年12月召开了有192个国家和地区参加的哥本哈根世界气候大会，共同商讨制定全球应对气候变化协议。在哥本哈根会议上，各国展开激烈角逐。虽然没有达成有效协议，但根据减排目标和谈判立场，形成了由五大集团构成的低碳利益格局：欧盟、基础四国、伞形国家、小岛国联盟和一般发展中国家。[①] 基于地理条件和现实经济社会状况，各国对于气候危机有不同的利益和关注点，可主要分为保生存、保发展和保主导三种。这三种不同的利益和关注点，相应地构成了世界低碳利益格局的三重体系，即生存体系（低端）、发展体系（中端）和主导体系（高端）。

1. 世界低碳利益格局中的低端体系

生存问题，任何国家都要面对。但生存问题对于一般发展中国家特别是小岛国家利害攸关。小岛国联盟认为海平面上升将威胁到它们的生存；希望气温上升幅度能控制在工业化之前水平的1.5℃之内；希望全球排放量到2015年达到峰值，并到2050年，下降到1990年水平的15%；希望发达国家至少拿出国内生产总值的1%用以弥补“气候变化引起的损失”。如果气候继续变暖，导致国土消失，这些岛国将无立足之地。应对气候危机就是保生存，这是由小岛屿国家的现实状况决定的。在世界经济发展方式的转变中，这些国家也最难“化危为机”，创新生存的空间很窄，只能是被动地适应。

2. 世界低碳利益格局中的中端

随着气候变暖，国际社会要求节能减排，必然制约发展中国家工业化的发展，延缓整个国家实现现代化的速度。以基础四国为代表的发展中国家争夺的是发展权，这形成了世

---

① 欧盟是世界第三大温室气体排放体，也是提出节能减排、实行低碳经济的积极倡导者；基础四国是指中国、印度、巴西和南非，是四个最主要的发展中国家，2009年齐聚北京，共商这次气候大会上的基本立场，由此被称为基础四国；伞形国家主要由美国、加拿大、澳大利亚、新西兰、哈萨克斯坦、挪威、俄罗斯、乌克兰及日本等非欧盟发达国家组成，由于这些国家在地图上的连线像一把伞，因此被称为伞形国家集团。小岛国联盟是指气候变暖直接导致国土丧失并且经济发展滞后的岛屿国家，目前由43个小岛及低洼海岸线国家构成，其中10个国家在联合国系统内享有“最不发达国家”地位。这些国家分为三个地区：加勒比海、太平洋、AIMS（包括非洲、地中海、印度洋和中国南海），地理面积总和约为77万平方公里，人口总和4000多万。小岛国面积总和不大，人口总数不多，但其领海面积总和却占了地球表面的1/5，负责管理占地球表面1/5的海洋环境，其重要地位不容忽略；一般发展中国家是指经济发展和气候变暖影响处于中下等程度的国家。与小岛国联盟相比，这些国家面临的气候危机还不是最为严重，与发展中大国相比，经济社会发展又处于劣势。因此，这些国家往往既与小岛国联盟同病相怜，又有一定的发展经济的愿望和能力。

界低碳格局中保发展体系。这些发展中国家面临着发达国家给予的双重压力，一方面，全球温室气体排放空间已被发达国家抢先消费，所剩无几，而发展中国家又要用生产性排放与发达国家的消费性排放相抵，发展中国家的发展程度受到严重压制；另一方面，发达国家在应对气候危机的科技、资金、人才等方面占有显著优势，在实现低碳经济或者低碳社会的转型中，发展中国家有可能陷入新一轮的被动局面，不得不依附于发达国家主宰的世界体系。2009年美国众议院通过了《美国清洁能源安全法案》。该法案规定，美国有权对包括中国在内的不实施碳减排限额国家进口产品征收碳关税。通过向低碳经济转变，美国意图摆脱对石油的严重依赖，削弱中东、俄罗斯、巴西等石油国家在国际上的影响力，进一步压缩高能耗的发展中大国，特别是中国与印度的发展。可见，四国一致认为，气候变化谈判应该在《联合国气候变化框架公约》、《京都议定书》、《巴厘路线图》的框架下进行。到2020年，四国的目标分别是：中国自主减排并不附带任何条件，单位GDP碳排放下降40%～45%，并建立碳指标的国内考核和监控体系；印度声称不接受任何强制性减排目标，自觉实现碳密度比2005年降低20%～25%的目标；南非削减34%的预期排放增加量；巴西每年排放不超过22亿吨，森林砍伐将减少80%，这将会减少48亿吨二氧化碳的排放。

发展中国家一直主张，气候变化问题的本质是发展问题。发达国家继续履行自己的义务，承担中期大幅量化减排指标，并在资金、技术转让、能力建设等方面向发展中国家提供支持。应对气候变化，必须确保发展中国家消除贫困、发展经济的优先需要，不能以牺牲发展中国家的发展权益为代价。

3. 世界低碳利益格局中的高端

主导世界的发展，一直是发达国家的战略重点。在世界低碳利益格局中，存在着发达国家之间、发达国家和发展中国家对世界主导权的博弈。由于发展中国家关注的重点在于自身的生存和发展，因此，争夺主导权主要体现在发达国家之间。对于世界低碳利益格局来说，主要表现为美国和欧盟之间的争夺。20世纪60年代，欧洲就开始出现对全球政治产生深刻影响的“环境政治”。正是在欧盟的推动下，1992年联合国通过《联合国气候变化框架公约》，1997年形成《京都议定书》。在这些法律文件中，环境问题转化为气候问题并进而在技术上转化为“二氧化碳”的排放，从而产生各国围绕“碳排放权”展开的全球政治博弈。2003年，英国政府出版的能源白皮书：《我们能源的未来：建立低碳经济》中首次提出了“低碳经济”这一概念。欧盟在低碳理念、绿色科技、协调国际社会方面占有一定的先机。为了应对来自欧盟对世界主导权的挑战，奥巴马执政之后，美国在环保上的立场发生根本性改变。奥巴马政府积极推动新能源政策，把气候问题与反恐问题一并提升到国家安全的战略高度。

《京都议定书》下的国际减排机制实际是一种标准之争，发达国家之间，主要是欧盟和美国之间争夺的是低碳经济发展标准、主导权，而发达国家与发展中国家的争夺主要体现在双方的权利与义务方面。近10年来，欧盟打着环境保护的旗帜，积极实施排放权交易计划，以实现欧盟在《京都议定书》中承诺的8%的减排目标。欧盟要与美国在温室气体减排国际合作规范上争夺主导权，以取得世界经济控制权，这也是欧盟内部为了应对全球低碳经济发展而进行的国内适应性安排。① 因此，欧盟支持发达国家在减排问题上承担主要责任，支持《巴厘路线图》中提到的工业国到2020年前将温室气体排放量减少至比1990年低25%～40%的水平。但是，美国并不想被欧盟设计的框架牵着走，采取退出《京都议定书》，否定“共同但有区别责任”，对国际减排机制提出质疑，减排目标大打折扣，对中国施压等措施，均为了打乱欧盟的部署，择机确立自己的主导地位。

以美国为首的伞形国家，反对《京都议定书》的条约，反对强加的国际法定义务，坚持认为中国、印度、南非和巴西必须承诺放缓温室气体排放量的增长速度。伞形国家集团到2020年的减排目标是：美国在1990年基础上减排4%，日本则是在1990年基础上减排25%；俄罗斯温室气体排放较1990年降低30%；澳大利亚在2000年基础上减排25%；挪威在1990年基础上减排40%；加拿大在2006年基础上减排20%。

日本作为能源使用最有效率的国家，主张采用其他方法来减缓全球变暖的趋势。日本不仅支持全球二氧化碳排放权交易，近年还出台了一些法律，制定具体的能源效率标准，不断地开发新科技，利用新能源。但是，其主要出发点还是其国内利益，并非出于一个发达国家的责任。日本虽然在碳排放控制上有一定的贡献，但是很难达到《京都议定书》的要求。究其根本原因，主要是日本经济长期萧条，减排成本巨大，所造成的GDP下降是日本任何一个政党无法承担的。

保生存、保发展、保主导三个体系交织于世界低碳利益格局之中，使得世界低碳利益格局更加复杂而具有变数。随着时间的推移和各国实力的消长，各国在体系中的地位和作用也会发生变化，世界低碳利益格局也会更加深入地分化和整合。中国在争夺低碳经济发展控制权方面的原则和立场对欧盟与美国来说都有重要意义。中国与美国的合作具有非常大的潜力。这是因为，中美两国同是能源消耗大国与温室气体排放大国，都面临着巨大的国际压力，中美两国的能耗占全球的35%，而中美两国温室气体排放量超过全球总排放量的40%。不管是与美国，还是与欧盟之间的谈判或合作，中国的基本原则是贯彻始终并尽量争取更多发展中国家的支持，即从发展中国家的角度强调“共同但有区别的责任”原则，从人均碳排放量的角度衡量中国应该承担的义务。这个原则不但对中国有利，也有利于非洲等其他人均排放很低的国家通过排放权额度交易获得世界上其他国家的资金支持。② 在全球复杂的气候博弈局势中，“低碳经济”既是远景规划，也有具体行动，各国都努力争夺低碳经济话语权。

三　低碳经济将改变现有的经济体系

碳排放表面上是应对气候变暖的手段，本质上则是各国根据自身经济实力和碳排放量所得到的额度，这类似于国际货币基金组织创设的特别提款权。碳排放权，目前仅仅是大部分发达国家的主动承诺，在《哥本哈根协议》的规定下，未来世界各国必须遵循规定碳排放指标和减排额度。今后，各国国际收支平衡、贸易摩擦、汇率问题都会与碳市场高度

① 唐方方，宗计川．低碳新规则下的世界与中国．时事报告，2009，(12)：24-32.
② 唐方方，宗计川．低碳新规则下的世界与中国．时事报告，2009，(12)：24-32.

联系起来。可以预计，在目前这种美元继续衰落、欧元难以担当重任的国际金融体系下，基于经济实力、地缘政治等诸多因素进行多方博弈所形成的碳排放量，有可能成为未来重建国际货币体系、国际金融秩序和国际贸易格局的基础性因素。

1. 低碳经济将改变现有的金融体系

实际上，早在五年前，以高盛集团为代表的美国投资银行界就预感到碳交易将对金融业产生深远影响，并带来巨大商机。高盛一方面向各个自然保护组织大量捐款，一方面游说政府和国会通过立法来限制碳排放量，并同时从各个方面做好了从碳排放交易、清洁能源开发中获得巨额收益的准备。奥巴马上台后，以“可再生清洁能源”为核心的振兴计划正在全面展开；提名支持减排的新能源技术专家朱棣文出任能源部长；在失业率节节攀升的情况下却放手让通用汽车和克莱斯勒破产重组，彻底转轨为生产新型低油耗和电动汽车的企业，美国这样做不仅可以保护能源和环境，而且能够继续维持美元的统治地位。沿着这样一种思路，我们不难理解一切与碳排放相关的交易的全球定价权是何等的重要。所以，发展低碳经济必然要产生与碳交易相关的金融活动，即碳金融。换句话说，发展低碳经济必然要使传统金融转向碳金融。

“碳金融”是指与碳排放交易有关系的一切金融活动，包括直接投融资、碳指标交易和银行贷款等。虽然历史很短，却是近年来国际金融领域出现的一项重要金融创新。《安然错在哪里》一书的作者、被称为能源行业思想先驱的彼得·C. 福萨洛，早在三年前就在他的著作《能源与环境对冲基金——新投资范式》中说：金融模型现在已经发生了变化，其包括更多的股权投资、商品交易，开始模糊了投资银行、风险投资和对冲基金的业务范围。推动金融市场发生很大变化的另一个原因是最近出现的“环境金融市场”，这既是导致金融市场变化的因素，也是新的投资机会。这里，福萨洛所说的“环境金融市场”就是碳金融。目前在全球范围内的12 000家对冲基金，管理着约20 000亿美元的资产，其中超过5%的对冲基金选择和环境与气候相关的金融产品作为投资对象。但福萨洛说，这一数字还在快速增加。可以预计，随着碳交易市场规模的不断扩大，与碳交易相关的金融创新会迅速发展，参与机构也会越来越多。

低碳经济产业也为资本市场提供了一个新的板块——低碳经济板块。由于符合国际发展趋势和国家产业政策导向，加之成长性好、盈利能力强等原因，低碳企业在资本市场上通常会受到投资者欢迎。低碳经济产业在资本市场的登场，有助于从整体上提高上市公司的质量，有助于资本市场的长远发展。

美国著名的股票分析师理查德·W. 阿斯普特朗在他最近出版的《清洁能源投资》一书中写道：截至2007年，在美国上市的12家最大的太阳能公司总市值为200亿美元，11家多晶硅和太阳能电池公司总市值为580亿美元。这些企业大多数都是盈利的，行业平均收益增长率为30%，即使对于机构投资者来说，这些低碳行业也已经成为稳定的投资领域。此外，这位分析师还提到了中国的清洁能源企业——无锡尚德采取发行存托证券（ADR）的方式在美国上市的例子。

2. 低碳经济影响国际贸易格局

当前，发展低碳经济已经成为世界不可逆转的趋势。在经济全球化的背景下，国际贸易的低碳化自然也是与时俱进的。低碳经济这个概念的提出，必将对世界经济贸易的格局产生非常大的影响。具体来说，对世界的实体经济、产业结构的调整，对世界贸易格局的影响和变化，都会产生重大的影响。另外，绿色壁垒等新的贸易壁垒随着低碳经济的发展也将出现或者增多，这对各个国家的出口产品也将产生重大的影响。[①]

第一，碳要素使各国比较优势发生变化。低碳经济的出现使生产要素的种类发生变化，除了原有的劳动力、资本、技术、自然资源等要素之外，多出了一个碳要素，因而各国在参与国际分工过程中所拥有的比较优势也会发生变化。相对来说，发达国家在新能源技术上占有领先地位，因而希望通过发展低碳经济占据未来国际市场竞争制高点，而尚未完成工业化进程的广大发展中国家就不那么幸运了，由于劳动密集型产业，粗加工产业比重大、耗能多、污染大，要在短时间内立时大幅度削减碳排放量，无异于令其退出国际分工。

第二，碳关税将气候变化与国际贸易挂钩。当前发达国家力图用碳关税将应对气候变化与国际贸易挂钩。所谓碳关税，实则为绿色贸易壁垒的新形式。总的来看，发达国家将实行更加严格的环境标准。发展中国家高能耗、高排放、低能效的生产模式还将持续相当长的时间，其产品出口势必越来越频繁遭遇绿色壁垒，并由此引发更多的贸易摩擦。可见，发达国家在低碳经济发展中所拥有的竞争优势，以及它们制定低碳经济“游戏规则”的主导权将影响国际贸易格局，从而为发展中国家“高碳经济”增长带来新的障碍。

发达国家实施碳关税使气候成本内部化，将改变国际贸易商品结构，使发展中国家出口商品的比较优势下降甚至发生逆转。根据世界资源研究所（WRI）对各国各部门碳排放的统计，中国的出口商品中所含的碳排放量是最高的。这也就意味着，一旦实施碳关税，中国的出口商品将受到更大的冲击。目前机电、建材、化工、钢铁等高碳产业占据了中国出口市场一半以上的比重。作为“高耗能产品”品类之一，2008 年中国对美国出口机电产品 1528.6 亿美元，约占中国对美国出口总额的 61.%。显然，征收碳关税在短期内对上述行业将产生严重的负面影响。[②]

2009 年 6 月通过的《美国清洁能源安全法案》规定，美国有权对从不实施温室气体减排限额的国家进口能源密集型产品征收碳关税。法国政府也建议欧盟对发展中国家的进口产品征收碳关税。美欧将应对气候变化与国际贸易联系起来，试图通过碳关税这一贸易措施促使发展中国家在后京都国际气候谈判中承诺采取强有力的减排行动，中国、印度等发展中国家面临巨大的减排压力。

第三，低碳经济催生国际排放权贸易。据测算，日本减少 1 吨二氧化碳排放的成本为 234 美元，美国为 153 美元，欧洲为 198 美元，发展中国家平均仅几美元至几十美元。减排成本的巨大差异使碳交易发展迅猛。2007 年，全球碳交易额达 640 亿美元，交易量达 29.8 亿吨二氧化碳当量，预计 2030 年碳排放交易可达 6000 亿美元，有望成为全球最大的商品交易品种。[③] 随着未来碳排放权交易的日益扩大，碳排放权有可能像劳动力、资本、技术、

---

① 国际商报．低碳对世界贸易格局影响重大．http：//www. sinotf. com/GB/136/opinion/2010 - 04 - 21/0NMDAwMDA1-MDM0Nw. html. 2010 - 04 - 21.

② 中央农业广播电视学校．发达国家纷纷试行碳税政策 威胁发展中国家出口贸易．http：//www. cnapt. com/zhuanti/forty3/2010/content _ 222607. shtml. 2010 - 04 - 20.

③ 龚雄军．世界经济加速向低碳经济转型．http：//www. chinavalue. net/Blog/301902. aspx. 2010 - 03 - 19.

自然资源等其他要素一样跨国流动，甚至还会更加自由地流动，因而很可能替代一部分货物贸易。当前发达国家在国际排放贸易中占据优势，这也对发展中国家十分不利。

因此，在发展低碳经济的大趋势下，未来的世界贸易发展也必然要呈现出低碳化特征。为此，中国对外贸易的发展也必须及时调整思路，在适应世界贸易低碳化过程中以变应变。

第二节　低碳经济改变城市和农村

低碳城市和低碳农村是低碳经济的重要组成部分。当前国内外已有许多城市和农村提出低碳城市、低碳农村的构想并进行了实践。我们应在借鉴国际实践经验的基础上，总结国内实践的不足，最终实现中国城市和农村的低碳建设。

一　发达国家低碳城市的建设实践

低碳经济宏观上改变了世界格局，微观上则改变了世界各国的城市和农村。低碳经济提出后，国际上众多城市开展了构建低碳城市的实践，本书主要介绍日本和英国低碳城市的建设。

1. 日本模式

低碳城市建设的日本模式主要通过低碳社会行动计划。2008 年 6 月，日本首相福田康夫提出日本新的防止全球气候变暖对策，即“福田蓝图”。该蓝图指出，日本温室气体减排的长期目标是：到 2050 年日本的温室气体排放量比目前减少 60%～80%。2008 年 7 月 29 日的内阁会议通过了依据“福田蓝图”制定的“低碳社会行动计划”，提出了数字目标、具体措施以及行动日程。[①] 具体来看，日本的低碳社会建设有如下特征[②]：

（1）主导性。低碳社会建设具有政府主导性。行动计划指出政府应加强公共交通网络建设；根据对环境的影响征收环境税，完善相关制度，促进有利于温室气体减排的经济活动；城市建设应推行紧凑的城区布局，让居民徒步或依靠自行车就能方便出行；农村应推广使用生物燃料的汽车；引进高效、低价的可再生能源。值得一提的是，该计划还特别强调低碳基础设施的发展，从制度设施、软设施、硬设施和自然资本等方面给地方政府提供政策工具参考。

（2）共同参与性。低碳社会实现途径中体现了各部门的共同参与性。日本低碳社会规划的第一条原则就是在所有部门实现碳排放的最小化，最大限度挖掘各经济部门的碳减排潜力。企业应开发温室气体排放量少的商品；民众也应改变生活方式，选择环保产品；向普通家庭普及太阳能电池板；推广高效的热泵等。

---

① “2050 Japan Low-carbon Society” Scenario Team. Japan Scenarios and Actions towards Low-Carbon Societies，http：//2050. nies. go. jp/material/2050-LCS-Scenarios-Actions-English-080715. pdf. 2008－07－15.

② 刘志玲，戴亦欣，董长贵．低碳城市理念与国际经验．城市发展研究，2009，(6)：1－8.

（3）灵活性。日本低碳社会规划目标具有灵活性。该社会规划目标考虑了两种情境，可以依据实际情况进行选择。两种模式的思维方式不完全一样，模式A侧重于城市集中地区形成高密度、高科技的社会方式。模式B则侧重将人口、资源分散化，倡导一种轻松、悠闲的生活方式。模式A追求GDP的增长，而模式B则追求舒适、慢节奏的生活，不追求GDP的高增长。

（4）多元性。低碳社会规划重点领域具有多元性。低碳社会规划在强调所有部门共同参与原则的同时，在具体实施上有所侧重，尤其以交通、住宅与工作场所、工业、消费行为、林业与农业、土地与城市形态等为低碳转型的重点领域。

2. 英国模式

为推动英国尽快向低碳经济转型，英国政府成立了碳信托基金会（Carbon Trust），负责联合企业与公共部门，发展低碳技术，协助各种组织降低碳排放。碳信托基金会与能源节约基金会（EST）联合推动了英国的低碳城市项目（low carbon cities programme，LCCP）。其首批3个示范城市（布里斯托尔、利兹、曼彻斯特）在LCCP提供的专家和技术支持下制定了全市范围的低碳城市规划。[①] 伦敦市也就应对全球气候变化提出了一系列低碳伦敦的行动计划，特别是2007年颁布的《市长应对气候变化的行动计划》（The Mayor's Climate Change ActionPlan）。英国的低碳城市规划和行动方案有如下特点。[②]

（1）低碳城市的主要实现途径是推广可再生能源应用、提高能效和控制能源需求。例如，在布里斯托尔市的《气候保护与可持续能源战略行动计划2004/2006》中，控制碳排放的重点在于更好的能源利用，包括减少不必要的能源需求、提高能源利用效率、应用可再生能源等。

（2）低碳城市规划的重点领域是建筑和交通。以布里斯托尔市为例，在2000年全市碳排放量中，住宅和商用建筑的排放量占37%，交通占全部碳排放量的36%，工业碳排放占22%。伦敦市碳排放总量中，家庭住宅占到38%，商用和公共建筑占33%，而交通占22%。因此低碳城市的重点在于降低这三个领域的碳排放。

（3）英国低碳城市规划具有目标单一性，即促进城市总的碳排放量降低，并为此提出了量化指标。减碳目标的设定基本是依照英国政府承诺的在2020年全英国二氧化碳排放在1990年水平上降低26%～32%，2050年降低60%来进行。各种措施的制定、实施和评估都是以碳排放减少量来衡量。根据英国全国目标，伦敦市行动计划明确提出要将2007～2025年的碳排放量控制在6亿吨之内，即每年的碳排放量要降低4%。

（4）低碳城市建设强调技术、政策和公共治理手段并重。在推广新技术、新产品应用的同时，构建鼓励低碳消费的城市规划、政策和管理体系。特别是，政府发挥引导和示范作用，并鼓励企业和市民的参与，综合运用财政投入、宣传激励、规划建设等手段，鼓励企业和市民的参与，并结合城市实际情况，通过重点工程带动低碳城市的全面建设。例如，

---

① 陈柳钦．低碳城市发展的国内外实践．价值中国．http：//www.cdss.gov.cn/ZJzL./clg/201011/3431.htm. 2010-11-19.

② 刘志玲，戴亦欣，董长贵．低碳城市理念与国际经验．城市发展研究，2009，（6）：1-8.

英国碳信托基金会还与143个地方政府合作制定地方政府碳管理计划（local authority carbon management，LACM），旨在控制和减少地方政府部门和公共基础设施的碳排放。

（5）低碳城市规划强调战略性和实用性相结合。在提出可测量的碳减排目标和基本战略的同时，实现途径的选择强调实用性，以争取最大程度的公众支持。如《市长应对气候变化的行动计划》中专门指出，存量住宅是伦敦最主要的碳排放部门（占全市碳排放的40%），但只要2/3的伦敦家庭采用节能灯泡，每年能够减少57.5万吨二氧化碳排放；如果所有炉具都转换为节能炉具，则能够再减少62万吨二氧化碳排放。①

二 中国低碳城市建设的探索

目前国内已经进行了很多低碳城市建设的探索，多集中于战略规划的研究以及示范城市、示范园区或示范项目的探讨。

2008年，世界自然基金会启动了“中国低碳城市发展项目”，以期推动城市发展模式的转型，保定和上海是首批试点城市。气候组织于2008年推出“城市低碳领导力”项目，通过实施该项目，推动国家和地方的相关政府部门以及工商企业、科研机构、新闻媒体等利益相关方，共同构建中国城市低碳领导力体系，发展低碳经济。国内许多城市纷纷开展了低碳发展的试点实践。② 例如，位于中国第三大岛崇明岛的上海市东滩地区，正着手打造东滩生态城，该生态城有望成为世界上第一个碳中和区域。在新城中，热能和电力将通过风能、生物质能、垃圾发电和城市建筑物上的太阳能光伏发电直接获得；为满足燃料电池的需求，将建立全国第一个氢能电网；建筑物均采用环保技术；步行、自行车、燃料电池公交车等将是人们的出行方式。再如保定市，提出建设“中国电谷”的概念，依托保定国家高新区新能源和能源设备产业基础，打造光伏、风电、输变电设备、高效节能、电力自动化等七大产业园区。“中国电谷·低碳保定”已成为保定产业发展与城市建设的新亮点与新品牌。随着人们对低碳发展的认同，越来越多的城市提出建设低碳城市或示范区的理念，开始依托自身的资源、产业特点探索适宜的发展方式。目前国内典型城市针对低碳城市建设提出的发展愿景和已经采取的行动措施或制定的规划的具体情况如表1-1所示。

表1-1　中国国内低碳城市发展探索

示范城市或示范区	理念与发展愿景	行动措施
南昌	低碳经济先行区	围绕太阳能、LED（发光二极管）、服务外包、新能源汽车等的低碳产业定位；打造三大经济示范区
上海崇明东滩	碳中和地区	新能源、氢能电网、环保建筑、燃料电池公交
珠海	低碳经济示范区	新能源发展战略
重庆	低碳产业园	地热能利用，将建设低碳研究院
天津	中心天津生态城	绿色建筑、绿色交通，新能源开发利用
科技部	低碳经济科技示范区	开展低碳技术集成、技术推动和完善推广试点
苏州	低碳示范产业园	以节能环保为核心的产业升级

① 刘志玲，戴亦欣，董长贵．低碳城市理念与国际经验．城市发展研究，2009，(6)：1-8.

② 戴亦欣．中国低碳城市发展的必要性和治理模式分析．中国人口·资源与环境，2009，(3)：12-17.

续表

示范城市或示范区	理念与发展愿景	行动措施
北京中央商务区	低碳商务区	绿色能源利用，建筑实行低碳标准，发展环形有轨电车，打造国际金融文化中心
保定	绿色、低碳、新能源基地	“中国电谷”，“太阳能之城”，打造以电力技术为基础的产业和企业群
德州	低碳产业	风电装备开发，生物质发电，“中国太阳谷”
无锡	低碳城市	低碳城市发展研究中心
杭州	地毯产业、低碳城市	公共自行车项目，低碳科技馆
厦门	低碳城市	LED照明，太阳能建筑，能源博物馆
贵阳	生态城市	生态低碳避暑社区
吉林	低碳示范区	探索重工业城市的结构调整战略
四川	低碳重建	彭州“低碳生态乡村”

资料来源：刘文玲，王灿．低碳城市发展实践与发展模式．中国人口·资源与环境，2010，(4)：17－22.

由表1-1可知，中国已有众多地区开始探索低碳城市的构建，不同地区发展愿景与采取的行动措施不尽相同。当前，中国低碳城市的构建尚处于初级阶段，这些城市或地区的低碳发展经验和低碳城市的探索中将为中国其他城市的低碳发展提供借鉴。中国应认真总结国内低碳城市发展的经验，并吸取国外相关经验，全面展开低碳城市的建设。

三 低碳农村建设

低碳农村是在提高农村生活水平的基础上，通过科学规划和有效实施，最大限度降低碳排放，促进乡村经济健康可持续发展，从乡村发展的各个方面，包括经济模式、能源使用、农业种植、生产消费以及村民生活方式等出发，综合考虑经济与人口、资源及环境因素，构建低碳化发展轨迹和循环体。

1. 新型农业种植方式

农作物种植的浇灌方式有很多种，传统浇灌主要有漫灌、快灌等，漫灌、快灌适于水资源较丰富的地区，需水量大，但浇水效果并不理想，水资源浪费现象很严重，尤其在那些视水如金的干旱缺水地区，这些方式很难使用。新型浇灌包括喷灌及滴灌是一项节约浇灌方式，对水的利用率比传统浇灌要高很多，但仍然存在水电的无效蒸发等问题。而滴灌作为一种新型的节水浇灌方式，在农村农业种植技术低碳化发展趋势下，具有很强的适用性。

所谓滴灌是利用塑料管道将水通过直径约10毫米毛管上的孔口或滴头送到作物根部进行局部灌溉。它是目前干旱缺水地区最有效的一种节约灌溉方式，水的利用率可达95%。滴灌较喷灌具有更高的节水增产效果，同时可以结合施肥，提高肥效1倍以上，该方法可适用于果树、蔬菜、经济作物以及温室大棚灌溉，在干旱缺水的地方也可用于大田作物灌溉、滴灌能够将经济效益与环境效益相结合，实现低碳方式发展。滴灌作为新型的耕作方式，经济效益很明显，同时相比传统的耕作方式，又实现了节约水资源、节约肥料、节约人工，对乡村低碳农业种植具有重要意义。

2. 沼气生产与生活

中国是人口众多、生态环境脆弱的发展中大国，尤其是在农村，资源和环境承载力十分有限。发展农业和农村经济，不能以消耗农业资源、牺牲农业环境为代价。推广沼气开发，既是一项促进农业增效、农民增收的富民工程，也是一项推动低碳乡村经济可持续发展的生态工程，更是一项改善农民居住环境、提高生活质量的文明工程。

沼气项目是《京都议定书》下清洁发展机制的重要项目来源之一。沼气作为一种清洁能源，相对于传统乡村柴薪能源大大减少了二氧化碳的排放。在低碳乡村的愿景中，沼气作为生物质能源的代表，是最适合农村生产和生活条件和清洁能源要求的能源利用方式。中国近年来不断加大对沼气资源的开发和利用，近 6 年来，中央累计投入资金 190 亿元支持农村沼气建设，成效显著。截至 2008 年年底，全国农村户用沼气达到 3050 万户，生产沼气 122 亿立方米，生产沼肥约 3.85 亿吨，相当于替代 1850 万吨标准煤，减少排放二氧化碳 4500 多万吨，节能减排、节支增收效果十分明显，替代柴薪相当于 1.1 亿亩林地的年蓄积量，年可为农户直接增收节支 150 亿元。

中国应继续加大农村沼气能源建设，把沼气建设与解决畜牧业粪尿治污、农民生活用能、发展循环农业结合起来，因地制宜种植农作物，有效利用养殖业带来的剩余物和排放物，走上循环农业“零排放”的新路。

3. 退耕还林与退耕还草

农村往往是耕地与林地、草地毗邻，近年来一些地区出现经济增长压倒一切，出现了肆意挤占林地、草地，过度开垦破坏生态的短视行为。

森林作为温室气体的储藏库和吸收源，所蕴涵的“碳汇”是调节一地甚至更大范围气候的稳定阀。森林碳汇潜力大，全球植物年固定二氧化碳 2852 亿吨，约占大气中二氧化碳量的 11%，其中森林年固定二氧化碳 1196 亿吨，占植物年固碳约 42%；陆地上有机物中的碳为 11 500 亿吨，其中 90%储存于森林中。目前，全球森林面积自 20 世纪以来每年约减少 0.2 亿公顷，相当于森林从大气中吸收和固定二氧化碳每年减少 48 亿吨。森林碳汇具有在短期内完成减排目标的最经济、最直接、最快捷的优越性，成为应对气候变化的重要措施之一。

在中国，全国水土流失面积已达 356 万平方公里，占国土面积的 36.9%。森林草地大面积的流失使二氧化碳排放不断增加，严重的水土流失致使洪涝、干旱、沙尘暴等自然灾害频频发生，退耕还林、还草势在必行。中国农村土地由集体所有、农户使用，体现为享有土地资源的直接价值、间接价值和选择价值。土地若作为耕作用途，将获得农产品等经济利益，即直接价值。土地若作为林地，能扩大植被覆盖，改善气候环境，保持水土，有利于周边地区的农业生产，是农民间接获益。因而退耕还林、还草是一个价值重整和利益分配的过程。通过明细产权、保障农民权益，能够大大提升林地和草地的使用价值，这是优化资源配置的过程，同时也是低碳农村发展的必由之路。

第三节　低碳经济改变生产和生活方式

对于人类来说，每个人都有自己的碳足迹，用以说明每个人都在天空不断增多的温室气体中留下了自己的痕迹。“碳”就是石油、煤炭、木材等由碳元素构成的自然资源。“碳”耗用得多，导致地球暖化的“元凶”二氧化碳也制造得多，碳足迹就大，反之碳足迹就小。人类应该倡导低碳的也就是碳足迹小的生产生活方式。低碳经济主要有两个表现形式：一是低碳生产；二是低碳消费。

一　人类生存空间尺度：生态足迹

生态足迹（ecological footprint）也称“生态占用”，是指特定数量人群按照某一种生活方式所消费的、自然生态系统提供的，各种商品和服务功能，以及在这一过程中所产生的废弃物需要环境（生态系统）吸纳，并以生物生产性土地（或水域）面积来表示的一种可操作的定量方法。它的应用意义是：通过生态足迹需求与自然生态系统的承载力（亦称“生态足迹供给”）进行比较即可以定量地判断某一国家或地区目前可持续发展的状态，以便对未来人类生存和社会经济发展做出科学规划和建议。

20 世纪 90 年代初，加拿大大不列颠哥伦比亚大学规划与资源生态学教授里斯（Willian E. Rees）提出生态足迹。它显示在现有技术条件下，指定的人口单位内（一个人、一个城市、一个国家或全人类）需要多少具备生物生产力的土地（biological productive land）和水域，来生产所需资源和吸纳所衍生的废物。生态足迹通过测定现今人类为了维持自身生存而利用自然的量来评估人类对生态系统的影响。例如，一个人的粮食消费量可以转换为生产这些粮食的所需要的耕地面积，他所排放的二氧化碳总量可以转换成吸收这些二氧化碳所需要的森林、草地或农田的面积。因此它可以形象地被理解成一只负载着人类和人类所创造的城市、工厂、铁路、农田……的巨脚踏在地球上时留下的脚印大小。它的值越高，人类对生态的破坏就越严重。通过这个脚印的大小，我们可以评估人类对生态系统的影响，小到一个人和一个城市，大到一个国家，概莫能外。

生态足迹提供了一个核算地区、国家和全球自然资本利用的简明框架，通过量化的土地面积来折算人们不断发展的生产、生活需求。地球以自身的生物生产力面积来制造资源的能力被称为生物承载力，当人类每年的生态足迹小于地球生物承载力时，人类活动造成的资源消耗可以被及时恢复，而当生态足迹大于地球生物承载力时，人类对资源的消耗就超过了极限，不能可持续发展。地球的生物承载力，就是人类生存空间的最大尺度，我们无法突破这个尺度。

研究表明，就世界整体而言，1980 年生态足迹已超过了地球生产能力。2001 年的地球生态足迹为 113 亿全球公顷（1 全球公顷指生物生产力与全球平均值相等的 1 公顷土地），约为地球表面积的 1/4，即每人 1.8 全球公顷，超出地球生物承载力约 20%。1992～2002 年，世界上高收入的 27 个国家人均生态足迹增加了 8%，但中低收入国家却减少了 8%。

联合国开发计划署认为，一个国家的人类发展指数超过 0.8，就是高人文发展水平，人均生态足迹低于全球人均可用生物承载力 1.8 全球公顷，意味着这个国家的生活方式可以在全世界范围内持续复制。从现在的人类社会发展速度要求的生物承载力和人均 GDP 变化来看，生态足迹的快速增加是显而易见的，这种生态承载力严重超载的现象将使得地球的生态系统日趋失衡，社会发展不可持续。

为了让各国对自己的生态足迹有清楚的认识，世界自然基金会和联合国环境规划署在《2004 地球生命力报告》中列出了一份“大脚黑名单”。阿联酋以其高水平的物质生活和近乎疯狂的石油开采“荣登榜首”，其人均生态足迹达 9.9 全球公顷，是全球平均水平（2.2 全球公顷）的 4.5 倍；美国、科威特紧随其后，以人均生态足迹 9.5 全球公顷位居第二；贫困的阿富汗则以人均 0.3 全球公顷生态足迹位居最后。资源稀缺的日本人均生态足迹为 4.3 全球公顷，是世界人均值（1.8 全球公顷）的 2.4 倍，远远超过日本土地、水源所具备的生产能力（0.8 全球公顷），只好依赖进口别国资源。而在那些生态足迹小于生态承载力的“生态盈余榜”上，位居榜首的是生态足迹小国巴西，它提供了高达 37%的生物承载力；加拿大、印度尼西亚等国由于国土面积辽阔、人口相对稀少而同样位居前列。

人类最近 100 年的消耗，超过以前全部人类历史消耗的资源的总和。生命地球指数显示，仅在过去的 35 年里，人类就丧失了近 1/3 的地球生态资源。然而，由于人口增长和个人消费的不断增加，我们的需求还在持续扩大，我们的全球生态足迹已经超出地球承载力的 30%。2003 年，仅美国、欧盟和中国三个经济体就占到世界全部生态足迹近一半，而其生物承载力只有全球的 30%，属于“生态赤字”国家。

《2006 地球生命力报告》指出：人类的消费方式和需求已经远远超出了地球的可承受力。这是一种不可持续的消费型方式，我们不能再继续这样消耗了。西方人正在以难以持续的极端水平消耗自然资源，北美人均资源消耗水平不仅是亚洲或非洲人的 7 倍，甚至是欧洲人的 2 倍。到 2050 年，如果人类都像美国人那样生活，则需要 5 个地球，如果都像日本人那样生活则要准备 24 个地球。即使以目前世界平均增速来算，也必须有 2 个地球的自然资源量才能满足人类每年的需求。①

2003 年中国人均生态足迹为 1.6 公顷，在 147 个国家中列第 69 位，尽管低于全球平均生态足迹，但乘以 13 亿之众的庞大人口，仍使得中国的总生态足迹毫无悬念地冲到了世界的前列。2005 年，中国人均生态足迹进一步增加到 2.1 全球公顷，资源消耗是承载能力的 2.3 倍。而在《2008 地球生命力报告》中，中国的生态足迹总量已经和美国相同，约为全球生物承载力的 21%，人均足迹也已接近全球平均人均生态足迹。

我们的生产和生活所带来的副产品不但改变了地区土壤和水的成分，改变了地球大气的构成，改变了亿万年来太阳能在大气圈、水圈、地圈和生物圈中的均衡分布。这是一种无比巨大的能量，而它的反作用力也同样巨大，今天已经开始通过融化的冰川、上涨的海水和变幻莫测的气候显现出来了。如果说美国人过度的消费透支引爆了全球经济危机，那么在人类过度的资源透支之后，等待我们的又会是什么，其实已经不难想见。在震怒之日到来之前，我们必须尽快转换航道，避开大自然即将对我们展开的环境清算。

---

① WWF. 地球生命力报告 2008. 世界自然基金会（瑞士）北京代表处 . www. wwfchina. org. 2008.

二 低碳生产方式

1. 企业社会责任与低碳生产

企业社会责任（corporate social responsibility，CSR）是指企业在创造利润、对股东承担法律责任的同时，还要承担对员工、消费者、社区和环境的责任。CSR 要求企业必须超越把利润作为唯一目标的传统理念，强调要在生产过程中对人的价值的关注，强调对消费者、对环境和对社会的贡献。企业社会责任已经成为 21 世纪企业价值的重要衡量指标之一。而企业社会责任的重要体现领域，就是环境保护和低碳化可持续发展。

据统计，全球已有 2500 多家企业发布了各种类型的 CSR 报告，包括安全报告、HSE（健康、安全和环境）报告、企业公民报告和可持续发展报告等。近年来在众多跨国公司的 CSR 报告对环境表现的描述中，越来越多地出现“碳排放”的内容。国内已有十几个行业的 50 多家公司陆续发布了年度 CSR 报告，受此影响，在华跨国公司也发布了各种类型的 CSR 报告。著名会计师事务所毕马威中国更是在所有办事处推出了碳排放量评估，按其评估，2008 年毕马威中国每名全职员工的碳排放量与 2007 年相比，减少 18.4%。中国的企业社会责任整体刚起步。目前处于发展阶段的中国企业的 CSR 更多的是为其商业利益服务的。

然而，现实情况是，在以清洁生产为特点的生态经济以及以节约自愿和再生资源为特点的循环经济领域，我们的企业正面临严峻挑战。从全球平均水平来看，2001 年碳排放最多的行业是公共电力和发热部门，按照从高碳到低碳的排序，依次是交通运输部门、制造业和建筑业、居民部门、其他商业、公共和农业部门，以及其他能源行业。各国的情况大致相仿，碳排放最高的前三名行业是公共电力和发热、制造业和建筑业、交通运输。过去，低碳发展一般是企业环境部门负责的领域，而这些部门往往是远离决策中心的。但在认真考量低碳问题后，企业也许很快会发现，碳排放或碳减排不仅是环境问题，也是社会责任问题，更是企业发展战略问题。如何改善流程，以更低能耗、低成本、低排放的方式运营？如何加强投资和研发，以提供更低能耗的产品以及低碳解决方案？这些都与企业运营模式和核心竞争力直接相关。

低碳时代的到来，将导致我们企业的标准，包括其价值标准和评价体系等发生深刻变化。在这场变革面前，可能会有一批今天看起来还生机勃勃明天会突然倒闭的企业，因为它所产生的利润远不足以抵消高排放所需的成本，或者说因超排而接受的惩罚；与此同时，也有一批企业，尽管今天看起来很弱小，但围绕着节能环保等新兴的战略性产业发展，于是在不久的将来可能会有爆发性的增长。过去几次技术革命，都没有发生在中国，以至于我们今天仍然只能是后发的模仿国。这一次，距离低碳革命的机遇，中国与最发达国家非常靠近，在全球低碳背景下，中国的企业要想把握机会，赢得低碳竞争力，与世界企业同台竞技，就必须以超前的极为敏锐的动作迎头赶上，屹立时代潮头。

2. 企业实行低碳生产是发展的趋势

企业要想获得可持续发展，必须实行以利益相关者共同参与为基础的发展战略。从企业低碳发展的角度来看，企业的利益相关者主要包括政府部门、低碳非政府组织（NGO）、低碳消费者、低碳投资者和低碳雇员等，他们要么受到企业经营活动所产生的环境问题的影响，要么会对企业在环保问题上采取的经营措施施加影响，也可能两者兼有。基于利益相关者共同参与的企业低碳发展，要求企业不是被动适应社会向低碳发展模式转型的要求，也不仅仅是企业主动开展节能减排和绿色生产，而是在企业利益相关者的共同参与下，为低碳化发展做足提前量，并把企业对环境挑战的种种反应记录并系统整合到各项工作之中。

首先，政府在环境问题上对企业的影响日益增大，各级政府通过立法、税收和行政管制等形式在环境问题上对企业的经营行为提出了越来越严格的要求。政府在企业低碳转型中的角色是：规则制定先行，政策引导跟进，管理措施得力。对于企业来讲，企业的低碳战略应该保持与政府政策一致，从而获得政府的支持。与政府密切沟通与交流，避免与政府的规章制度或者将要制定的规章制度法律法规相冲突。美国于 1970 年通过《国家环境政策条例》，表明政府开始大规模涉足企业的环境问题，并于同年设立了美国环境保护署（EPA），以监控企业的环保行为。1972 年制定的《联邦水污染控制法》、1976 年制定的《固体废物处理法修正案》和《有毒物质控制法》、1990 年进行重大修正后通过的《干净空气法案》要求企业的经营活动必须保护水质、土地和空气，由此影响了包括施乐、杜邦、美国联合信号公司等在内的知名跨国公司的经营战略和经营行为。欧盟和各成员国政府在气候变化问题上的积极作为。为积极应对气候变化，2003 年 6 月，欧盟立法委员会通过了“排放权交易计划”（emission trading scheme，ETS），对工业界排放温室气体（green house gas，GHG）设下限额，创立全球最大的排放权配额市场，欧盟还负责确定各个排放源企业是否被 ETS 覆盖的标准以及违规惩罚措施。

近年来，中国政府已经意识到商业部门在保护环境方面的潜在重要作用，不仅加强了其执法能力，而且在鼓励企业自发努力方面也取得了进展。政府向环境绩效杰出的企业授予荣誉称号，在媒体上对企业的良好做法予以宣传，制定了企业环境绩效评价制度，并就企业如何以对环境负责的态度开展业务提供了准则。

其次，低碳 NGO 的影响。20 世纪 70 年代末期以后，世界范围内的环保组织数量不断增大，一些重要组织如“绿色和平组织”等在全球范围内取得了广泛胜利，并直接影响了企业的环境管理。许多企业逐渐意识到，如果不与环保组织进行合作，就有可能形成与这些组织及其不断扩的大追随者队伍的对立关系，最终受损的还是企业。例如，麦当劳公司在 20 世纪 80 年代末就曾陷入对其餐馆产生的大量固体废物的广泛批评之中。1992 年该公司同环境保护基金（Enviromental Defense Fund）联合研究，共同规划出一项综合性的废弃物减少计划，其目标是将公司的废弃物削减 80%，由此重新赢得了公众的理解。国际 NGO 对于企业低碳化转型的作用是明显的，特别是在中国这样的发展中国家，环保组织帮助企业进行低碳能力建设、自愿减排技术改造以及参与碳市场经验积累方面，具有相当大的灵活度和亲和力。

3. 低碳生产是可持续的生产方式

低碳的生产方式，可以分为三种方式。第一种方式是产出单位的产品或服务，所使用的资源或能源尽可能少。第二种方式是所使用的生产方式排放的东西尽可能少，可持续或可循环，能够用完下次还能接着用，循环生产，循环能源。第三种方式是生产过程不仅能少排放二氧化碳，甚至能够吸收二氧化碳。显然，第一种方式相对来说是比较好理解的，同传统的节能减排理念也是相符的。第二和第三种方式都同企业的生产技术息息相关。这同国家目前在倡导扶持新能源、新技术，淘汰落后产能上的政策导向也是两相吻合的。

低碳生产是一种可持续的生产模式，要实现低碳生产，就必须实行循环经济和清洁生产。循环经济是一种与环境和谐的经济发展模式，它要求把经济活动组织成一个“资源—产品—再生资源”的反馈式流程，其特征是低开采、高利用、低排放。所有的物质和能源在经济和社会活动的全过程中不断进行循环，并得到合理和持久的利用，以把经济活动对环境的影响降低到最低限度。清洁生产是从资源的开采、产品的生产、产品的使用和废弃物的处置全过程中，最大限度地提高资源和能源的利用率，最大限度地减少它们的消耗和污染物的产生。循环经济和清洁生产的共同目的都是最大限度地减少高碳能源使用和二氧化碳排放，最重要的操作模式是“减量化、再利用和再循环”。两者不同之处是范畴的不同，前者是一种经济模式，包括了生产和消费，后者只是一种生产模式，是循环经济的组成部分。中国在电力、钢铁、化工和轻工等许多行业，已开展了循环经济和清洁生产工作。

推行低碳生产，需要相关政策和配套措施，为此要做好以下工作。一是要完善发展循环经济的相关法律法规，制定和实行有利于循环经济发展的经济政策；完善评价指标体系；建立促进循环经济发展的技术体系；推进重点行业、产业园区和省市循环经济试点工作等。二是要按照低投入、低消耗、高产出、高效率、低排放、可循环和可持续的原则发展低碳产业，改造传统产业，把节能、节水、节地与削减污染物总量有机结合起来，实行统筹规划、同步实施。三是要发展清洁能源，推动能源结构的低碳化，提升新能源在国家能源战略中的地位，做好新能源产业发展规划；大力发展风能、太阳能、地热、生物质能、氢能等，提高可再生能源的比重；在采用最安全最先进技术的前提下，积极发展核电等。四是要加大科技投入，促进低碳技术创新，把可再生能源、先进核能、碳捕集和封存等先进低碳技术作为提升国家技术竞争力的核心内容，列入国家和地区科技发展规划；加强应对气候变化的重大科学、战略与政策的研究。

中国正处于工业化进程中的关键时期，不可能在减排方面“唱高调”，应强调节能优先，从节能与减少二氧化碳排放的一致性上，强调低排放发展。要从产业链的各个环节上，产品设计、生产、消费的全过程中寻求节能途径，推广节能技术，打造“低碳经济”生产模式。

三　低碳生活方式

所谓低碳生活（low-carbon life），就是指生活作息时所耗用的能量要尽力减少，从而减低二氧化碳的排放量。低碳生活是一种态度，我们应从小事做起。低碳生活在于提倡与鼓励人们从自己的生活习惯做起，树立“关联型”节能环保意识，进而控制或者减少个人及设备的碳排量。例如，树立“节约用水，就是节约用电，就是减少二氧化碳排放”的理念；尽可能地减少或放弃一次性用品用具的使用；选择购买节约建筑材料、节能节电、建造和使用成本等方面都优于大户型的小户型住房；购买与使用低价格、低油耗、低污染，同时安全系数不断提高的小排量车；尽可能地减少用车量，多用电话、电子邮件、MSN等即时通信工具，少用打印机和传真机，外出和休息时关闭电脑及显示器。

低碳生活方式是发展低碳经济的重要组成部分。低碳生活倡导的是一种公众环保和社会责任理念，对于我们普通人来说既是一种态度，也是一种责任。在发展低碳经济的过程中，消费低碳化是未来公共生活的主流和趋势，要大力宣传低碳生活方式，开展低碳社会的构建活动，动员社区居民和村镇居民去实践低碳生活，随时随处注意节电、节油、节气，从日常生活中的点滴做起。

不丹模式

地处喜马拉雅山的不丹，土地总面积 4.7 万平方公里，人口只有 170 万。这个不为大多数中国人知道的小国，因其所倡导的“不丹模式”，近年来受到国际社会高度关注。所谓不丹模式就是注重物质和精神的平衡发展，将环境保护和传统文化的保护置于经济发展之上，衡量发展的标准是国民幸福总值（gross national happiness，GNH），而不是我们通常采用的 GDP。

国民幸福总值最早由不丹国王旺楚克在 1970 年提出，他认为政府施政应该关注幸福，并应以实现幸福为目标。他提出，人生基本的问题是如何在物质生活和精神生活之间保持平衡。在这种执政理念的指导下，不丹创造性地提出了由政府善治、经济增长、文化发展和环境保护四级组成的国民幸福总值指标。追求 GNH 最大化是不丹政府至高无上的发展目标。实践的结果是在人均 GDP 仅为 700 多美元的不丹，人民生活得很幸福。

不丹环保优先的发展道路，在国民收入增长的同时，将自然环境很好地保护起来，原始森林的覆盖面积在亚洲排名第一，整个国土的 74%在森林的覆盖之中。不丹拥有丰富的旅游资源，但是为了保护环境，不丹一直执行严格限制游客入境人数，去年一年获得签证进入不丹的人数不到 6000 人。由于不丹对环境的良好保护，今年获得了联合国环保署的“地球卫士”奖。与此相对应的是部分发展中国家以牺牲环境、牺牲资源来确保经济发展优先的道路。这条道路最终使得全民付出了巨大的甚至是得不偿失的代价。

资料来源：吴洪森．不丹模式与幸福总值．经济观察报．http：//www.china-up.com/international/message/showmessage.asp? id=867. 2005-12-20.

1. 寻找碳足迹——从衣食住行开始

碳足迹用来形象地说明我们每个人在向大气中排放温室气体所留下的痕迹，是用来衡量人们在日常生活中排放二氧化碳的一种方式。无论是在生活中使用计算机、电灯，还是开车上班等都在间接地消耗煤、石油等化石燃料，从而排放二氧化碳。为了推行低碳生活，首先让我们从日常生活中的衣食住行开始，寻找碳足迹。

衣服是我们日常生活中的必需品，然而衣服在其生产、运输等过程中都在排放二氧化碳。衣服从采购—加工—运输—进入销售终端，再到穿在身上是一个漫长的过程。为了减少碳排放，美国提出了“可持续服饰”的概念，即在服装设计过程中，使用环境友好材料，从而达到保护环境和减少碳排放的目的，如使用在没有用任何化肥和农药的天然状态下生长的棉花；同时，利用回收材料或全线由本土生产服装，从而减少在交通运输过程中的碳排放。现在越来越多的人关注低碳时装。鞋类在生产过程中同样会排放大量的温室气体，尤其是充气运动鞋。充气运动鞋的气垫鞋垫充了六氟化硫，六氟化硫是最强的温室气体之一，其效果是二氧化碳的 22 200 倍。而耐克运动鞋的生产曾经一年用掉 288 吨六氟化硫。据美国《商业周刊》报道，1997 年生产的耐克鞋里携带的温室气体相当于 700 万吨的二氧化碳，等于 100 万辆汽车一年排出的尾气。目前，欧洲各国已禁止运动鞋等多类产品排放氟化温室气体。

我们吃的食物、喝的饮料在其生命周期中也会直接或间接地排放大量的二氧化碳。联合国粮食及农业组织（FAO）报告表明，我们的日常饮食，特别是肉类，向大气排放的温室气体比运输业或工业还多。目前全世界每年产生的 360 亿吨二氧化碳当量的温室气体，其中属于肉类生产排放的占 14%～22%。一个约 230 克的汉堡包中的肉饼，释放的温室气体相当于一辆 1000 磅重的轿车行驶 10 英里[①]所产生的温室气体量。每提供 1000 克牛肉还会释放 160～290 克甲烷，而甲烷的“温室效应”是二氧化碳的 23 倍，即生产 1000 克牛肉相当于向大气排放 3600～6800 克二氧化碳。同时饮料包装在生产过程中也会产生二氧化碳。德国研究机构 IFEU 研究了各种不同饮料包装产生的碳足迹。其中，玻璃瓶是 230～250 克/升，塑料瓶是 115～190 克/升，利乐包是 60～90 克/升。

建筑的能源消耗占全社会总能耗的 1/3 以上，尤其是大城市的公寓。一般而言，大城市公寓由于维修、取暖、空调使用等每年约排放 3 万～10 万吨二氧化碳，如英国 40%以上的碳排放来自建筑物。家庭碳排放主要来自于供暖和空调能源消耗、电器使用的能源消耗、照明设备的能源消耗。因而为了降低能源消耗，我们应养成良好的节能生活习惯，如没有人时将房间的灯关掉，不用计算机等电器设备时将其关掉而不是保持待机状态，使用淋浴而不是盆浴等。

日常生活中的行所带来的二氧化碳排放主要体现在使用的交通工具上，各国交通部门的碳排放量占总碳排放量的 20%左右。开车造成二氧化碳排放的原因，主要是含碳燃料的燃烧，这些含碳燃料包括汽油、柴油、液化石油气（LPG）、液化天然气（LNG）等。英国华威大学碳足迹项目研究组的碳足迹计算公式中，用来估算搭乘公车的排放系数是每人每公里为 30 克二氧化碳，而一般家用小客车，排放系数为每公里排放量约 200 克二氧化碳。因而使用大众运输工具，能大大减少汽机车上路与燃料造成的温室气体排放量。

2. 树立绿色消费观

消费是人类生存和发展的基本行为，然而，伴随物质财富增加而来的人类日益膨胀的消费欲望和消费主义的盛行，生产规模和能源消耗巨大，给地球上的自然资源和生态环境带来了沉重的压力。研究表明，30%～40%的环境质量下降是由家庭消费活动造成的。因此，低碳经济不仅需要通过在生产领域内提高能源使用效率、发展可再生能源等新能源技术来实现，更需要在消费领域大力倡导可持续的生活方式，改变消费者“大为美、多即好”的消费心理，引导消费者树立与低碳经济发展相适应的绿色消费观。

---

① 1 英里=1. 609 344 公里。

所谓绿色消费观，就是倡导消费者在与自然协调发展的基础上，从事科学合理的生活消费，提倡健康适度的消费心理，弘扬高尚的消费道德及行为规范，并通过改变消费方式来引导生产模式发生重大变革，进而调整产业经济结构，促进生态产业发展的消费理念。

绿色消费观主要强调以下三个方面：首先，绿色消费体现适度消费的理念，即在经济发展水平和资源环境承载能力许可的范围内，将物质消费保持在合理的水平，反对不顾资源环境因素的过度消费，以及消费中的挥霍和浪费。其次，绿色消费观体现了生态消费的理念。传统经济理论认为，只有人们消费更多的产品，才能促进经济发展和社会繁荣，因而形成了“大量生产、大量消费、大量废弃”的线型消费模式，绿色消费观反对传统消费观念，认为一方面达到消费目的，另一方面考虑生态因素，以可持续性和更负社会责任的方式来消费。最后，绿色消费观体现健康消费的理念。消费者在消费时选择未被污染或有助于公众健康的绿色产品，同时在消费过程中注重对垃圾的处置，不造成环境污染。

自从绿色消费观作为一种生活理念进入人们生活以来，便不只是一个时尚词汇，而是日渐渗透到人们的日常生活中，逐渐引导消费者的消费意识发生转变。理性、节约、健康正在成为公众的消费宗旨，正如很多“80后”，在消费中只买对的不选贵的，这也正是绿色消费观的一种体现。

3. 低碳生活从我做起，从小事做起

我们日常生活中的不良生活习惯和现代化的生活方式是造成大气中二氧化碳含量增多、臭氧层受到严重破坏、全球气候变暖及“温室效应”等的一个重要方面。正如本节第一部分所述，我们衣食住行的不当，都会造成大量温室气体排放。为了有效遏止环境的进一步恶化，我们应努力实现低碳生活方式，树立绿色消费观，在生活中做到从我做起，从小事做起。具体而言，可以从以下几个方面着手。①

第一，改变以高耗能为代价的“便利消费”嗜好。“便利”是现代商业营销和消费生活中流行的价值观。不少便利消费方式在人们不经意中浪费着巨大的能源。比如，据制冷技术专家估算，超市电耗70%用于冷柜，而敞开式冷柜电耗比玻璃门冰柜高出20%。由此推算，一家中型超市敞开式冷柜一年多耗约4.8万度电，相当于多耗约19吨标准煤，多排放约48吨二氧化碳，多耗约19万升净水。

第二，改变以消耗能源、大量排放温室气体为代价的“面子消费”、“奢侈消费”的嗜好。一方面，2009年第一季度全国车市销量增长最快的是豪华车，其中高档大排量的宝马进口车同比增长82%以上，大排量的多功能运动车SUV同比增长48.8%。与此相对照，不少发达国家都愿意使用小型汽车、小排量汽车。提倡低碳生活方式，并不一概反对小汽车进入家庭，而是提倡有节制地使用私家车。日本私家车普及率达80%，但出行并不完全依赖私家车。在东京地区，私家车一般年行驶3000～5000公里，而上海私家车一般年行驶1.8万公里。国内人们无节制地使用私家车成了炫耀型消费生活的嗜好，导致了日常生活越来越依赖于高能耗的动力技术系统，往往几百米的短程或几层楼的阶梯，都要靠机动车和

① 博锐管理在线．转向低碳经济生活方式的途径．http：//www.aliqidian.cn/XinWen_detail.aspx? newId=594.2010-02-25.

电梯代步。另一方面，人们的膳食越来越多地消费以多耗能源、多排温室气体为代价生产的畜禽肉类、油脂等高热量食物，肥胖发病率也随之升高。而城市中一些减肥群体又嗜好在耗费电力的人工环境，如空调健身房、电动跑步机等地进行瘦身消费，其环境代价是增排温室气体。

第三，不使用“一次性”消费用品。2009年6月全国开始实施“限塑令”。无节制地使用塑料袋，是多年来人们盛行便利消费最典型的嗜好之一。要使戒除这一嗜好成为人们的自觉行为，仅让公众理解“限塑”的意义在于遏制白色污染，这只是“单维型”环保科普意识。其实，“限塑”的意义还在于节约塑料的来源——石油资源、减排二氧化碳。据中国科技部《全民节能减排手册》计算，全国减少10%的塑料袋，可节省生产塑料袋的能耗约1.2万吨标准煤，减排31万吨二氧化碳。

第四，全面加强以低碳饮食为主导的科学膳食平衡。低碳饮食，就是低碳水化合物，主要注重限制碳水化合物的消耗量，增加蛋白质和脂肪的摄入量。目前中国国民的日常饮食，是以大米、小麦等粮食作物为主的生产形式和“南米北面”的饮食结构。而低碳饮食可以控制人体血糖的剧烈变化，提高人体的抗氧化能力，抑制自由基的产生，还有保持体型、强健体魄、预防疾病、减缓衰老等益处。但由于目前国民的认识能力和接受程度有限，不能立即转变，因此，低碳饮食将会是一个长期的、艰巨的工作。随着人民大众认识水平的普遍提高，低碳饮食将会改变中国人的饮食习惯和生活方式。①

作为世界第一人口大国，每个人生活习惯中浪费能源和碳排放的数量看似微小，一旦以众多人口乘数计算，就是巨大的数量。发展低碳经济，是中国的“世界公民”责任担当，也是中国可持续发展、转变经济发展模式的难得机遇。

推进低碳经济，不仅意味着制造业要加快淘汰高能耗、高污染的落后生产能力，推进节能减排的科技创新，而且意味着引导公众反思哪些习以为常的生活方式和消费模式是浪费能源、增排污染的不良嗜好，从而充分发掘生活领域节能减排的巨大潜力。假如全国照明有1/3使用LED节能灯，每年节省的耗电量可相当于两座三峡水电站的发电量。因此，倡导低碳节能的生活方式是低碳经济顺利开展的保证。

无论如何，低碳经济时代已经到来，对于每一个人来说，树立正确的低碳观念，养成良好的低碳生活工作习惯，使用新型低碳节能设备等，就是对可持续发展最好的行动支持。总之，低碳经济最终的发展目标，就是要通过不断的科技探索与技术创新，研发出崭新的无碳能源及其相关装备，创造无碳经济，从而彻底摆脱化石能源潜在的危机，消除二氧化碳气体对环境的巨大危害，开拓人类文明新纪元。

---

① 博锐管理在线．转向低碳经济生活方式的途径．http：//www.aliqidian.cn/XinWen _ detail.aspx? newId=594.2010-02-25.

第二章 中国经济发展困境与开启低碳革命

改革开放30多年，不仅使中国取得了举世瞩目的伟大成就，也使中国所面临突出的问题——粗放的增长方式面临增长动力日益式微，高能耗高污染问题日益突显，环境与资源已成为社会经济发展的瓶颈因素，内外部不均衡日益扩大，国际贸易摩擦日益加剧，社会改革的严重滞后导致民生问题恶化等。这些形势的变化在目前国际国内一阵阵“低碳经济”、“低碳社会”、“低碳技术”的热潮冲击下越来越显得严峻。因此，摆在我们面前的问题是中国应当如何进行战略和战术的调整，使我们做出有远见的、智慧的和务实的决策，把握挑战和机遇，以保证我们的发展成果给更多的人带来实惠，保证我们的增长更有实效、更可持续。

第一节　中国经济发展奇迹的代价

一 中国面临的气候失调

1. 极端气候事件频发

随着社会文明的进步，人类活动对自然灾害的影响日益显著，特别是工业革命以来，人类超强度地开发利用自然资源、破坏生态环境，造成了环境污染严重、环境容量透支、全球气候变化等一系列自然环境恶化现象，致使当前的环境系统更加趋于不稳定，从而导致多种自然灾害频发。

2010年，世界多个地区正在应对极端天气带来的灾害，如亚洲大部和部分中欧地区发生的暴雨洪水、俄罗斯热浪和干旱，以及南撒哈拉非洲的严重干旱等，已经造成了大量生命财产损失。2007年的IPCC第四次评估报告称，伴随地球气候变化，极端事件的种类、频率和强度将发生改变。人们已经观察到一些极端事件的变化，例如，热浪和强降水的频率和强度在上升。目前的事实与报告的推测完全一致。

中国人关于极端天气事件最新最强烈的记忆，或许莫过于2008年初席卷全国的雨雪冰冻灾害了。在春节将至的寒冬季节，一场史上罕见的寒潮突然袭来，让整个中国南部猝不及防，一时间，高速公路冰封、电网被冻雨和冰挂压塌、城市断电停热、上亿的春运人潮滞留在南方几个主要车站附近，南方几个省的日常生活和运作几乎都被冻住了。由于冰灾导致电网崩溃，湖南省郴州市全城居民更是在黑暗和寒冷中几乎与世隔绝地生活了十几天。冰雪灾害还使贯通中国南北的大动脉京珠高速被迫关闭，这不但冻结了中国南方的公路物流，也阻断了大批民工的回乡之路。中国南方10省市爆发冰冻雨雪天气造成107人死亡，8人失踪，直接经济损失达1111亿元。

2010年夏天我国经历了持续大范围的高温“烤验”，许多地方的气温记录超出了历史同期极值。同时，洪涝、干旱、滑坡、泥石流、台风、暴风雪等自然灾害事件也较往年增多，强度和影响范围也比较广，总体来说，呈现灾害种类多、分布地域广、发生频率高、影响强度大、造成损失严重的特点。

2. 极端天气对环境的负面影响

极端天气事件对环境的巨大负面影响是毋庸置疑的，主要表现在：持续高温使一些本来可以溶解在水中，甚至可以停留在土壤环境作为基本组成的气体如二氧化碳、甲烷等不同程度地释放到大气环境，加剧了气溶胶形成和大气污染等；气候干暖化会使河水流量减少，污染物浓度加大，水温上升使污染物的溶解度增大，促进底泥废弃物的分解，使水质下降，干旱、洪水等极端事件将对污染物迁移转化及水生生物产生一定影响，从而影响水体环境质量，易引发瘟疫和塌方等次生环境灾害；气候变化及某些极端气候事件的增加将使一些保护区的自然风景、自然遗迹及生态系统功能退化，一些保护物种的栖息地丧失，一些物种可能消失，另一些物种入侵，增加了自然保护区的脆弱性；极端天气会导致一些物种灭绝、部分有害生物危害强度和频率增加，使一些生物入侵范围扩大、生态系统结构与功能发生改变等，对生物多样性产生严重影响；极端降水事件可加速水土流失，气候变化改变土壤污染物的迁移和转化，加剧土地退化，有可能增加某些土壤污染物的累积和危害等。

3. 极端气候带来巨大损失

中国极端气候事件增多增强，区域降水和河川径流变化波动明显增大，直接导致干旱灾害发生频率升高，重大、特大旱灾年份增多，灾害损失加重。2010年，中国极端天气灾害似乎如影随形，接踵而来。从年初的冰雪灾害，到西南5省（自治区、直辖市）的大旱，再到近期南部地区的特大暴雨以及北方地区的罕见高温，中国频繁经历了各种极端天气的考验。据国家防汛抗旱总指挥部办公室最新数据显示，截至7月26日9时，2010年以来全国共有28个省（自治区、直辖市）遭受洪涝灾害，累计农作物受灾7874千公顷，受灾人口1.24亿人，直接经济损失1541亿元。[①]

自20世纪90年代以来，中国旱灾呈现以下发展趋势：一是旱灾损失呈增加的趋势。全国年均受灾面积、因旱损失粮食及其占全国粮食总产的比例不断增加，旱灾对经济社会的影响越来越大。二是干旱灾害的范围扩大。近几年，在传统的北方旱区旱情加重的同时，

---

① 宛霞．洪灾或推高7月CPI，机构料达年内高点．http：//www.chinanews.com.cn/cj/2010/07-28/2429826.shtml.2010-07-28.

南方和东部多雨区旱情也在扩展和加重。三是旱灾影响的领域在扩展。旱灾影响的领域已由农业为主扩展到林业、牧业、工矿企业和城乡居民生活，甚至影响航运交通、能源等基础产业，成为影响经济社会可持续发展的制约因素。四是干旱灾害加剧了生态环境恶化。干旱灾害使得原本就十分匮乏的水资源变得更为紧缺，以至于生态环境用水濒临枯竭，从而进一步加剧了草场退化、土地沙化、地下水下降、湿地萎缩、生物多样性锐减等生态危机。

由于极端天气和自然灾害的影响不能完全避免，造成这些灾害的气候原因难以准确定量预测，气候系统的变化也可能比现在预计的更迅速和更显著。虽然不能单纯把这种现象归结为人类对环境的破坏，但人类活动所造成的温室气体增加，全球气候变暖却是不争的事实。因此，节能减排、发展低碳经济有着重要意义。

二 中国面临的生态瓶颈

世界气象组织警告，如果不降低温室气体排放，地球升温将使剧烈天气现象造成的伤亡同步攀升，人类生活环境将面临一个“巨大的浩劫”，与之相比，目前困扰我们的这些极端天气事件不过是小巫见大巫。

把中国经济增长中的高物质化倾向推向极端的另一个关键变量，是我们发展模式的粗放和低效。作为看得见的政绩，硬件投资建设项目在各级地方政府大受欢迎；作为近乎免费获得的资源使用权，无论是国企还是私营企业，首先关注的都是如何把它们快速变现，很少顾及它们的开发效率和长远发展。

这是一个巨大的失去平衡的经济体，而它对生态环境的冷酷无情、对能源和自然资源消耗的速度及规模，在历史上都是空前的。2008 年 6 月，中国环境与发展国际合作委员会和世界自然基金会共同发布的《中国生态足迹报告》，在评估中国的生态资源消耗方面给我们提供了一个概览。

在过去的 40 多年（1961～2003 年）中，中国因为人文发展指数快速增加，尽管生物承载力也在不断增加，但中国消耗的资源还是已经超过了其自身生态系统所能提供资源的 2 倍以上，平均每 10 年增加 0.2 公顷。中国从 20 世纪 70 年代中期起就出现生态赤字，即每年需要的生物承载力大于其自身生态系统的供给能力，大部分生态赤字来源于化石燃料燃烧产生的碳排放。不断发展的能源需求，迫使中国只能通过以自然资源的形式进口生物承载力来弥补部分生态赤字，到 2003 年，中国进口的自然资源几乎等于德国全国的生物承载力。这一年，中国的消费需求加上排放的废弃物，需要两个中国的生物承载力才能满足。而在《2008 地球生命力报告》中，中国的生态足迹总量已经和美国相同，约为全球生物承载力的 21%，人均足迹也已接近全球平均人均生态足迹。

知名记者托马斯·弗里德曼 2006 年在《纽约时报》的一篇专栏中指出，近 30 年来，年均增速高达 10%的中国创造了一场经济奇迹，但数量空前的中国工厂毫无顾忌地将废弃物排进江河、将废气排入天空，同时也带来了一场环境噩梦。今天在设计、运输、生产和发电等所有环节，中国必须进行根本变革，摸索出一条更具持续性的发展模式。弗里德曼援引彼得森国际经济研究所研究员丹尼尔·罗森的话说，中国著名的“猫论”应该进行版本升级了：“现在这只猫最好是绿色的，否则还没等捉到老鼠它就死了。”

工业文明赋予了人类前所未有的巨大能力，上天、入地、登月、下海均无所不能，地球上几乎已经没有人类无法到达的地区，只要我们愿意。农耕时代的人们只能在几公里的范围内安排自己的日常生活，巨大的自然环境对他们而言意味着永恒；而今天，我们的生活足迹已经可以扩展到全国甚至全球范围，在征服了地理限制的同时也让自己从此远离了永恒，因为我们实际上把属于后世若干代人的资源都提前预支了，从地球资源消耗的代际分布角度看，我们已经把人类时代大大缩短了。

三　中国经济面临“高碳”困扰

煤、石油、天然气是目前全球最主要的能源，2006年这些化石能源在全球能源结构中占87.9%，中国更高达93.8%。像化石一样，它们是千百万年前埋在地下的动植物经过漫长的地质年代变化形成的，它们的主要成分是碳氢化合物或其衍生物，因此也被称为化石能源或碳基能源。200多年来，人类依赖碳基能源创造了很多人间奇迹，但它们燃烧过程中排放的大量二氧化碳和二氧化硫等温室气体，是造成大气褐云、灰霾、酸雨和导致全球气候变暖的罪魁祸首，同时大部分碳基能源将在21世纪内被开采殆尽。如何改变以碳基能源作为人类社会基本动力来源的状况，成了当代社会必须面对的一个问题。

中国“富煤、少气、缺油”的资源条件决定了其高碳经济的特质和发展模式，在中国能源结构中，水电占比只有20%左右，火电占比达77%以上，“高碳”占绝对的统治地位。如果中国经济以现在的速度发展的话，至少到2030年，甚至到2050年，能源消费以煤为主的长期格局仍然存在。中国的能源消费——煤炭至少要占到40%以上。[①] 同时，中国面临的现实是，正处于工业化、城市化、现代化快速发展阶段，重化工业发展迅速，大规模基础设施建设不可能停止，能源需求的快速增长也一时难以改变，尤其是中国经济的主体是第二产业，这决定了能源消费的主要部门是工业，而工业生产技术水平落后，又加重了中国经济的高碳特征。

中国经济“高碳”的特质和“高碳”发展模式已经对社会经济发展造成了巨大的冲击和影响。1949年之后，中国人口倍增。中国正以历史上最脆弱的生态环境承载着历史上最多的人口，担负着历史上最空前的资源消耗和经济活动，面临着历史上最为突出的生态环境挑战。除了造成严重的污染之外，碳基能源的不可持续性还在于它越来越昂贵的价格、越来越不定的波动。在当前复杂多变的国际经济金融形势下，国际市场石油价格的大起大落已经成为常态。碳基能源是当代社会的基础动力，也是每个国家生存与发展的关键资源，如何确保其稳定供给，就成了大国博弈的一个核心主题。确保能源安全，减少外界的冲击和对其的依赖，是摆在包括中国在内的利益相关国面前的重大问题。

可以看出，“高碳”模式将会严重影响和制约中国未来的发展，中国的自然国情和世界资源供给的有限性、环境负荷的有限性，迫使中国必须摆脱和抛弃“高碳”发展之路，既不能沿袭传统的高能耗、高污染、低效率的苏联式的重工业化模式，也不能模仿和采用高

① 陈霞枫．新技术推动高碳能源的低碳化发展．国际在线报道．http：//www.chinadaily.com.cn/hqgj/jryw/2010-04-28/content_232276.html.2010-04-28.

消费、高消耗、高排放的西方发达国家的现代化模式，必须独辟蹊径寻求创新中国的特色发展之路，而低碳经济将成为中国发展模式的重要突破口。

第二节　中国经济发展的困境

一　中国经济发展难以为继

1. 经济结构亟待调整

持续多年高速增长的中国经济给低迷中的世界经济注入了新的活力。尽管受金融危机的影响，2008 年后中国 GDP 增长速度放缓，但仍维持在 8%的高速增长水平（图 2-1）。然而，中国较高的经济增长速度靠什么来维持、能维持多久、增长的背后是否存在剧烈的波动，这些问题直接关系到中国经济的可持续发展性。

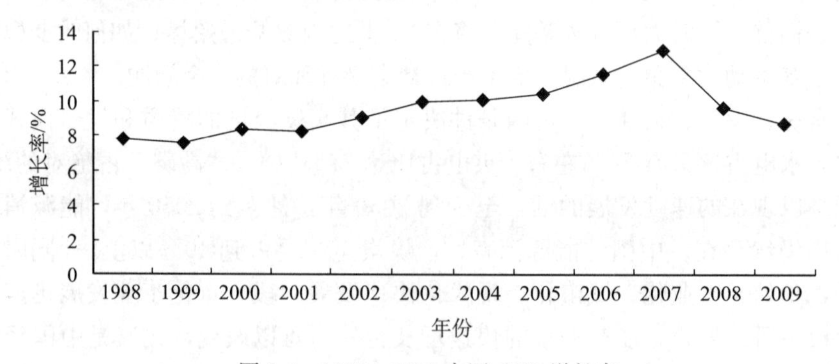

图 2-1　1998～2009 中国 GDP 增长率

资料来源：国家统计局．中国统计年鉴 2009．北京：中国统计出版社．2009.

不难发现，中国经济增长主要依靠投资拉动，增长方式相对粗放。一些产业的盲目投资和低水平重复建设，虽实现了产量的增长，但却以消耗大量资源能源为代价，不但不利于产业结构的调整优化，而且也无益于国民经济的健康发展[①]；经济增长背后的结构失衡问题也在不断地暴露和显现，特别是以地方政府为主体的投资扩张，引发了中国土地、能源及原材料的紧张；更为严重的是在经济高速增长的同时，中国经济原有的二元结构状况非但没有改善，相反城乡之间的差距在经济增长的年份中正在逐步拉大。

中国经济持续多年的高速增长的另一个重要支撑是对外贸易的发展，中国的外向型经济发展模式能够成功地避免东亚危机的一个重要原因在于，中国不仅具有强大的制造能力，也同样具有规模巨大的市场。然而，值得注意的是，缺乏原创技术支持的出口增长，并不是以比较优势，而是靠资源投入赢得市场竞争，其结果是不仅廉价劳动力向着外向型部门倾斜，而且土地、资金也往这一部门流入。沿海地区经济开发区的平面增长，不仅使土地资源趋于短缺，另外，能源、电力、原材料也日趋紧张，凸显了结构失衡所造就的通胀压

① 钱淑萍．我国经济发展方式的转变及其财税政策研究．江西财经大学博士学位论文，2009.

力。在通胀环境中，如果结构问题不解决，收入差距进一步加大的话，中国将会出现内需不足的局面，这对于中国防范外部经济危机的冲击是非常不利的。对于一个发展中的外向型经济而言，中国始终面临着这种外部冲击的潜在可能。①

低碳经济发展的动力在于持续不断地创新。增强创新能力，形成多方合力，才能为低碳经济的发展提供不竭的动力来源。中国的创新能力居发展中国家前列，但与发达国家差距较大。一方面，企业创新能力较弱，尚未真正成为创新主体。目前企业创新存在的主要问题，一是研究开发强度较低。大中型工业企业研发投入占销售收入比例低，有研究开发机构的企业数量下降。二是企业缺少拥有自主知识产权的核心技术，目前，将近99%的企业没有申请专利。三是资金实力仍然很弱；四是人才仍有较大缺口。另一方面，各方面科技力量自成体系、分散重复，整体运行效率不高，社会公益领域科技创新能力尤其薄弱：大学、科研院所与企业的合作不够，各自为战，创新链条上的各个环节衔接不够；科技资源不能共享，如重大科研基础设施重复购置、闲置和短缺并存；研究项目简单重复，浪费有限资源。

2. 产业结构亟待优化

目前中国产业结构不合理，传统产业仍占主导地位，高技术产业比重低。在三次产业结构方面，仍存在农业基础薄弱、工业素质不高、服务业发展滞后等问题。

一方面，改革开放以来，中国第一产业所占比重明显下降，第二产业所占比重基本持平，第三产业所占比重大幅上升。三次产业增加值在GDP中所占的比例由1978年的28.2∶47.9∶23.9调整为2008年的11.3∶48.6∶40.1。但从国际上看，中国第一、第二产业尤其是物质资本密集的第二产业所占比重仍然过高，而人力资本相对密集的第三产业所占比重仍然过低。

另一方面，从三大产业对GDP增长的拉动作用来看，根据《中国统计年鉴2009》，2008年第一产业、第二产业和第三产业对经济增长的贡献率分别为0.7、4.5、3.8。其中第一产业和第三产业贡献率比较低，而第二产业的贡献率过高。

中国第二产业占主导地位的产业结构亟待调整。第二产业中的中国六大高能耗产业（石油加工、炼焦及核燃料加工业，化学原料及化学制品制造业，非金属矿物制品业，黑色金属冶炼及压延加工业，有色金属冶炼及压延加工业，电力、热力的生产和供应业）的能源消费迅速增长，2007年其总量为13.8亿吨标准煤，是2002年的2倍。六大高能耗产业的能耗占中国总能耗的比例也在不断上涨，由2002年的46%增至2007年的52%，已经超过了中国能源消费的一半，能源消费的集中度进一步增强，如图2-2所示。

在六大高能耗产业中，黑色金属冶炼及压延加工业能耗最多，而且增长最快，2007年其能耗为4.28亿吨标准煤（占六大高能耗产业总能耗的34.0%），是2001年的2.5倍（占六大高能耗产业总能耗的27.9%），年均增长20.1%；其次是化学原料及化学制品制造业，2006年其能耗为2.48亿吨标准煤（占六大高能耗产业总能耗的19.7%），是2001年的1.9

① 雷达．解读中国经济结构调整．http：//www.businessweekchina.com/article _ p.php? BusinessweekID＝449.2010－03－15.

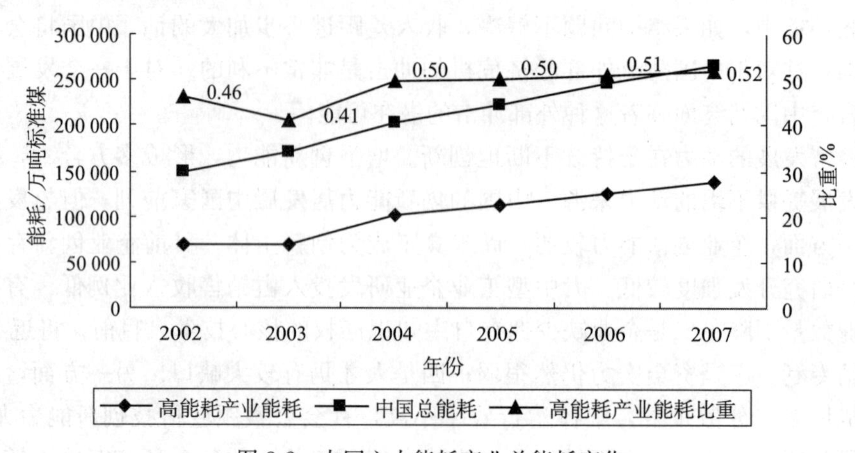

图 2-2 中国六大能耗产业总能耗变化

资料来源：国家统计局．中国统计年鉴 2009．北京：中国统计出版社．2009.

倍（占六大高能耗产业总能耗的 21.0%），年均增长 14%；次之为非金属矿物制品业和电力、热力的生产和供应业，两者的能耗与增速比较相近，2006 年的能耗分别为 1.99 亿吨标准煤和 1.74 亿吨标准煤，与 2001 年相比年均增长率分别为 14.9%和 12.4%；再次为石油加工、炼焦及核燃料加工业，2006 年其能耗为 1.24 亿吨标准煤，是 2001 年的 1.6 倍，年均增长率为 9.5%；有色金属冶炼及压延加工业能耗最少，但其增速较快，2006 年其能耗为 0.86 亿吨标准煤，是 2001 年的 2.2 倍，年均增长率为 17.3%（图 2-3）。

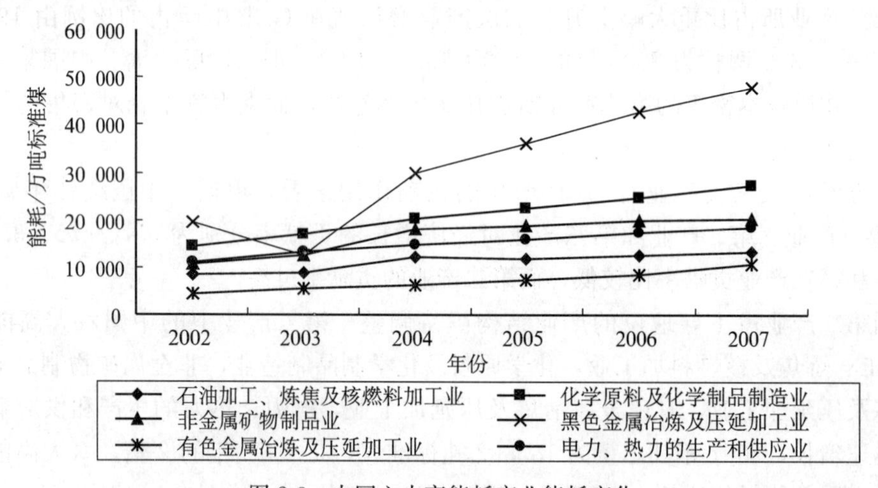

图 2-3 中国六大高能耗产业能耗变化

资料来源：国家统计局．中国统计年鉴 2009．北京：中国统计出版社．2009.

中国目前正处于工业化中期，服务业占 GDP 比重较小，只有 40%左右，国际上比较发达的国家一般都在 70%以上。[①] 三次产业间的不协调，已经到了不仅影响整个社会经济健康发展，也影响到第二产业本身持续发展的地步。产业结构的调整也刻不容缓。

① 赵耕，厉以宁：印花税有必要改为单边征收．北京日报．http：finance. sina. com. cn/stock/stocktalk/20080311/07094605395. shtml. 2008－03－11.

二 中国能源资源难以支撑

随着中国经济的快速增长，工业化和城镇化进程加快，经济社会发展对能源的需求不断增大，再加上粗放型的能源消耗，使得中国的能源消费缺口不断增大，能源资源对经济发展的支撑力出现困难。

1. 中国能源结构及能源消费现状

中国能源消费缺口不断扩大。2008 年中国一次能源生产总量为 26.0 亿吨标准煤，同比上升 9.6%，是 1998 年 12.42 亿吨标准煤的 2.1 倍；同期一次能源消费总量从 13.22 亿吨标准煤增加到 28.5 亿吨标准煤，增长了 53.6%。2008 年供需缺口为 2.5 亿吨标准煤，如图 2-4 所示。从 1998 年到 2008 年，虽然中国能源生产持续增长，但其增长速度小于能源消费的增长速度，因此能源缺口不断扩大。

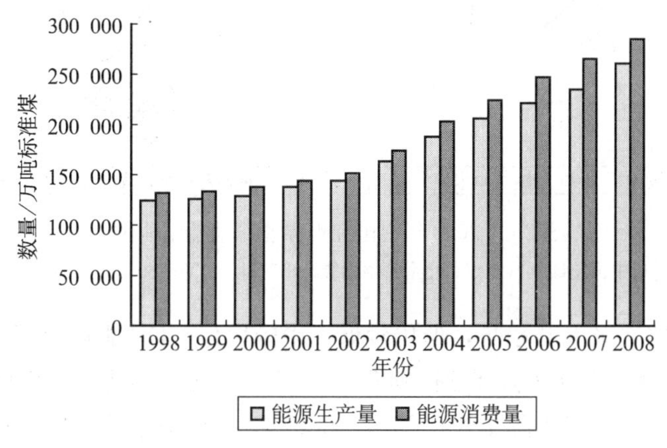

图 2-4 中国一次性能源生产量和消费量

资料来源：国家统计局 . 中国统计年鉴 2009. 北京：中国统计出版社 . 2009.

中国以煤为能源消费主体的格局还将持续很长一段时间。中国是世界上少数几个以煤为主的能源消费国，2000～2008 年，在中国一次能源构成中，煤的比例从 67.8%上升到 2007 年的 69.5%，由于金融危机等原因，2008 年中国能源消耗量减少，但煤的比例仍维持在 68.7%。煤、石油、天然气、水电和核电的比例具体如图 2-5 所示，中国能源消费中，煤一直占 2/3 以上的份额，因此以煤为消费主体的格局短期内不会改变，这就决定了中国以煤为主的能源结构，亟待优化，同时也将给中国实现低碳经济带来极大的压力。

根据《BP 世界能源统计 2009》，2008 年全球一次能源消费 112.949 亿吨油当量，比 2007 年的 111.044 亿吨油当量增长 1.905 亿吨油当量。其中中国增长 1.397 亿吨油当量，约占全球增量的 3/4。2008 年，中国在全球一次能源消费市场中所占比重为 17.7%，居于美国之后，位列全球第二。同世界能源结构相比，中国煤消费所占比例相对较大，比世界平均水平高 39.5 个百分点，石油和天然气分别比世界平均水平低 16.1 个百分点和 20.3 个百分点，如图 2-6 所示。因而中国必须调整产业结构，加快对新能源的开发和利用。

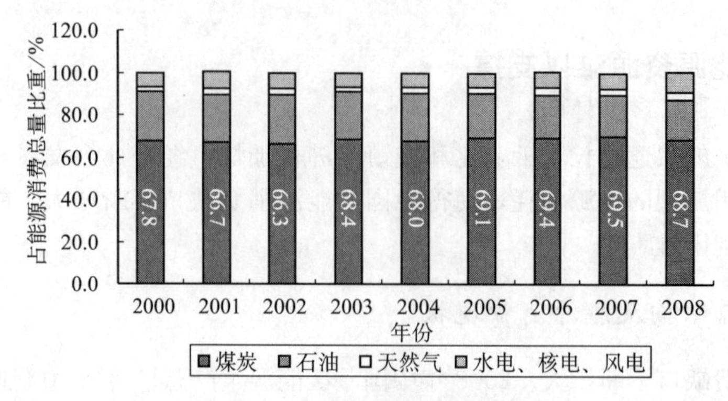

图 2-5 中国一次性能源结构图

资料来源：国家统计局．中国统计年鉴 2009. 北京：中国统计出版社．2009.

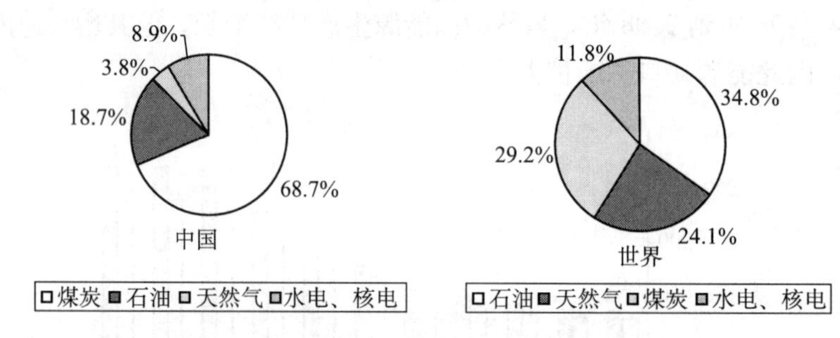

图 2-6 2008 年中国和世界能源消费结构图

资料来源：国家统计局．中国统计年鉴 2009. 北京：中国统计出版社．2009；Statistical review of world energy 2008.

中国能源利用效率呈上升趋势，但仍较低。中国单位 GDP 能耗处于下降态势，由 2001 年的 11.47 吨标准煤/万美元降低到 2007 年的 8.06 吨标准煤/万美元，年均下降率为 5.7%，尤其是 2004 年以来下降更快，2004～2007 年 4 年间单位 GDP 能耗下降了 3.89 吨标准煤/万美元，年均下降率为 12.3%。这表明，近年来，国家十分重视节能减排的工作，并取得了很大的成效。但与世界其他国家相比，中国的能源利用效率还比较低，2006 年中国单位 GDP 能耗是世界平均水平的 2.9 倍，分别是美国和日本的 3.7 倍和 5.4 倍，是印度和巴西的 1.4 倍和 3.3 倍。①

2. 中国能源加工转换效率总体不高

能源加工转换效率指一定时期内能源经过加工、转换后，产出的各种能源产品的数量与同期内投入加工转换的各种能源数量的比率。它是观察能源加工转换装置和生产工艺先进与落后、管理水平高低等的重要指标。近几年，中国能源加工转换效率变化不大，其总效率从 2001 年到 2006 年仅提高了 2.2 个百分点，在 70%上下浮动，总体水平不高。其中发电及电站供热的能源加工转换效率尤其低，2006 年最高仅为 39.87%，5 年来的平均值为 39%（图 2-7）。

① 崔荣国，刘树臣，王淑玲，等．国土资源情报．http：//www.czlra.gov.cn/html/gtxxzy_gtzyqb/2009-7-10/097109292246243215.html. 2009-06-22.

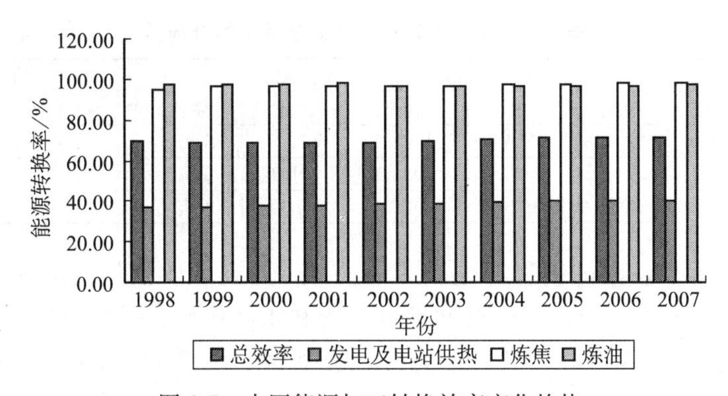

图 2-7　中国能源加工转换效率变化趋势

资料来源：国家统计局．中国统计年鉴 2009. 北京：中国统计出版社，2009.

三 中国生态环境难以承受

中国经济增长主要依赖固定资产投资扩张的模式尚未从根本上得到转变，钢铁、电力、水泥、电解铝等重工业投资规模较大，产品产量增加较快，对环境的压力继续增加。

1. 水污染状况

全国地表水污染依然严重。七大水系水质总体为中度污染，浙闽区河流水质为轻度污染，西北诸河水质为优，西南诸河水质良好，湖泊（水库）富营养化问题突出。

2008 年，全国废水排放总量为 572.0 亿吨，比上年增加 2.7%；化学需氧量排放量为 1320.7 万吨，比上年下降 4.4%；氨氮排放量为 127.0 万吨，比上年下降 4.0%（表 2-1）。

表 2-1　全国近年废水和主要污染物排放量

年份	废水排放量/亿吨			化学需氧量排放量/万吨			氮氧排放量/万吨		
	合计	工业	生活	合计	工业	生活	合计	工业	生活
2006	536.8	240.2	296.6	1428.2	541.5	886.7	141.3	42.5	98.8
2007	556.8	246.6	310.2	1381.8	511.1	870.8	132.3	34.1	98.3
2008	572.0	241.9	330.1	1320.7	457.6	863.1	127.0	29.7	97.3

2. 大气污染状况

2008 年全国城市空气质量总体良好，比上年有所提高，但部分城市污染仍较重；全国酸雨分布区域保持稳定，但酸雨污染仍较重。

全国有 519 个城市报告了空气质量数据，达到一级标准的城市 21 个（占 4.0%）、二级标准的城市 378 个（占 72.8%）、三级标准的城市 113 个（占 21.8%）、劣于三级标准的城市 7 个（占 1.4%）。全国地级及以上城市的达标比例为 71.6%，县级城市的达标比例为 85.6%。

2008 年，二氧化硫排放量为 2321.2 万吨，烟尘排放量为 901.6 万吨，工业粉尘排放量为 584.9 万吨，分别比上年下降 5.95%、8.61%、16.28%（表 2-2）。

表 2-2　全国近年废气中主要污染物排放量　（单位：万吨）

年份	二氧化硫排放量			烟尘排放量			工业粉尘排放量
	合计	工业	生活	合计	工业	生活	
2006	2588.8	2234.8	354.0	1088.8	864.5	224.3	808.4
2007	2468.1	2140.0	328.1	986.6	771.1	215.5	698.7
2008	2321.2	1991.3	329.9	901.6	670.7	230.9	584.9

2008 年，全国工业固体废物产生量为 190 127 万吨，比上年增加 8.3%；排放量为 782 万吨，比上年减少 34.7%；综合利用量（含利用往年贮存量）、储存量、处置量分别为 123 482 万吨、21 883 万吨、48 291 万吨，分别占产生量的 64.9%、11.5%、25.4%。危险废物产生量为 1357 万吨，综合利用量（含利用往年储存量）、储存量、处置量分别为 819 万吨、196 万吨、389 万吨。

3. 环境污染治理投资状况

随着中国环境污染状况的严重，以及中国环保力度的加大，近年来中国环境污染治理投资总额逐年增加，由 2000 年的 1014.9 亿元增加到 2008 年的 4490.3 亿元。投资总额的逐年增加，伴随的是全国环境污染治理投资总额占 GDP 总额比重的增加，中国环境污染治理投资总额占 GDP 的比重由 2000 年的 1.13%增长到 2008 年的 1.49%，增长了 0.36%。如图 2-8 所示。

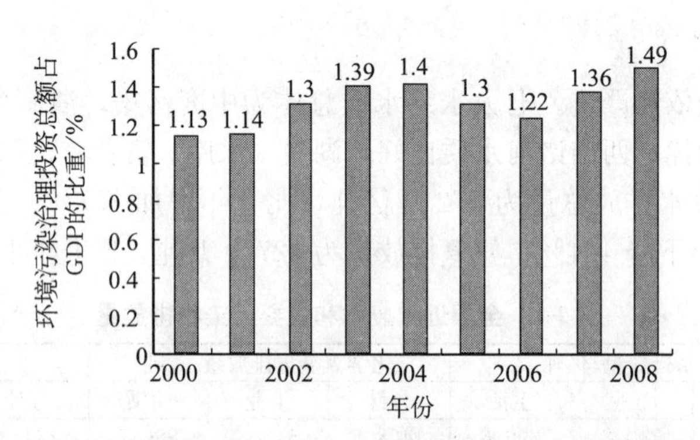

图 2-8　中国环境污染治理投资总额占 GDP 的比重

以上统计仅仅是投入到环境污染治理中的费用，而实际上中国因为环境污染和生态破坏所遭受的损失是巨大的。据统计，全国有 70%的江河水系受到污染，其中 40%基本丧失了使用功能，流经城市的河流 95%以上受到严重污染；3 亿农民喝不到干净水，4 亿城市人呼吸不到新鲜空气；1/3 的国土被酸雨覆盖，世界上污染最严重的 20 个城市中国占了 16 个。综合世界银行、中国科学院和国家环境保护总局的测算，中国每年因环境污染造成的损失占 GDP 的 10%左右。①

与发达国家相比，中国废弃物排放水平大大高于发达国家，每增加单位 GDP 的废水排放量比发达国家高 4 倍，单位工业产值产生的固体废弃物比发达国家高 10 多倍。2006 年中

① 瞭望新闻周刊．中国每年因环境污染造成损失达 GDP 的 10%．http：//www.dahe.cn/xwzx/cj/t20070319_886629.htm.2007-03-19.

国工业和生活废水排放总量453亿吨，其中化学需氧量排放1348万吨，居世界第一；二氧化硫排放量2120万吨，居世界第一；二氧化碳年排放量仅次于美国，居世界第二。中国环境资源问题所面临的国际压力骤然增加。

第三节 中国开启低碳革命

为了摆脱碳基能源对各国、世界的影响和控制，近年来许多国家抛出了新能源计划，大力投资可再生能源、节能技术，走低碳发展道路。如果人类能够借此走出石油困局，也许将意味着人类低碳能源时代的到来。虽然碳基能源时代还没有真正结束，甚至还会延续很长一段时间，但这只是暂时现象，低碳新能源时代的气息已经开始扑面而来。

一 中国低碳经济的发展

今天，因为能源问题与应对气候变化，我们需要开启一场新的工业革命：低碳革命。这场革命所消耗的实体能量，不再主要来自燃烧煤炭和石油等碳基能源，其基础架构是“清洁能源＋超导传输＋智能网络＋节约使用”，是新的能源生产方式、先进的材料和工程技术、灵巧的信息管理手段、高度的公众节能环保意识和强有力的政府政策引导诸多因素集合在一起，带来的一场生产方式和生活方式的全面革命，是旨在实现低碳高增长的一场革命。

回顾中国的低碳经济发展历程，可以追溯到20世纪70年代，正是1972年斯德哥尔摩召开的第一次人类环境会议推动了中国当代环保的起步。那次会后，在周恩来总理的主持下，中国开始建立环保机构，防治工业“三废”（废水、废气和固体废物），制定环境规划。1973年，在第一次全国环境保护会议上，确定了环境保护“32字方针”（全面规划，合理布局，综合利用，化害为利，依靠群众，大家动手，保护环境，造福人民），强调了规划布局、综合利用和群众路线等理念。1979年，《环境保护法（试行）》颁布。随后，一些主要的环境法律法规逐步完善。

1992年，联合国环境与发展会议结束不到两个月，《中国环境与发展十大对策》发表，提出了10个方面的政策，宣布中国要实施可持续发展战略。1994年，《中国21世纪议程》公布，这是全世界第一部国家级的《21世纪议程》。1995年，中国确定“实施两个根本性转变”（经济体制与经济增长方式），并开始了对污染严重的淮河流域的治理。自1996年起，随着“九五”计划的实施，全国推行“总量控制”和“绿色工程”两大举措。

改革开放30多年来，中国的经济增长举世瞩目，人均国民生产总值从改革开放初的不足300美元上升到2009年的3000美元，但同时也付出了很大的资源和环境代价，面临着严峻的挑战。如果不及时转变增长方式、加快调整结构，就有可能出现资源难以支撑、环境难以容纳、社会难以承受、发展难以为继的窘迫局面。为此，“十一五”（2006～2010年）规划纲要提出了经济社会发展的新目标，力图优化结构、提高效益和降低消耗，同时提出在“十一五”期间，单位GDP能源消耗要降低20％左右、主要污染物排放总量要减少

10%的目标。这些举措充分体现了中国政府高度重视可持续发展的政治决心和国家意志。同时，面对低碳经济带来的机遇与挑战，中国政府快速反应，制定了一系列的政策措施，以促进中国低碳经济的发展。

（1）2006年年底，科技部、中国气象局、国家发展和改革委员会、国家环境保护总局等六部委联合发布了中国第一部《气候变化国家评估报告》。

（2）2007年6月，中国政府发布实施了《应对气候变化国家方案》，明确到2010年应对气候变化的具体目标、基本原则、重点领域和政策措施。中国成为第一个制定应对气候变化国家方案的发展中国家。中国还成立了国家应对气候变化及节能减排工作领导小组，部署全国范围应对气候变化工作。

（3）2007年9月8日，中国国家主席胡锦涛在亚太经济合作组织（APEC）第15次领导人会议上，本着对人类、对未来的高度负责的态度，对事关中国人民、亚太地区人民乃至全世界人民福祉的大事，郑重提出了四项建议，明确主张“发展低碳经济”，令世人瞩目。

（4）2009年8月，全国人大常委会通过了《关于积极应对气候变化的决议》，强调要立足国情发展绿色经济、低碳经济，把积极应对气候变化作为实现可持续发展战略的长期任务纳入国民经济和社会发展规划。

（5）2009年9月，胡锦涛主席在联合国气候变化峰会上发表讲话，第一次就气候变化问题阐述中国立场，讲话还承诺，中国将继续采取有力措施，争取到2020年单位GDP的二氧化碳排放比2005年有显著下降。

（6）2009年11月，国务院常务会议提出2020年单位GDP的二氧化碳排放比2005年下降40%～45%，并作为约束性指标纳入国民经济和社会发展中长期规划。会议还指出，到2020年非化石能源占一次能源消费的比重达到15%左右；森林面积比2005年增加4000万公顷，森林蓄积量比2005年增加13亿立方米。这些数据的公布，是中国低碳经济领域的里程碑事件，表明中国正在积极为全球气候变化承担义务。

（7）在2010年两会上，生态环保、可持续发展成为两会的主题，全国政协“一号提案”的内容就是谈低碳环保。温家宝政府工作报告在今年要重点抓好的八个方面的工作中指出：国际金融危机正在催生新的科技革命和产业革命。发展战略性新兴产业，抢占经济科技制高点，决定国家的未来，必须抓住机遇，明确重点，有所作为。要大力发展新能源、新材料、节能环保、生物医药、信息网络和高端制造产业，同时指出要打好节能减排攻坚战和持久战；要大力开发低碳技术，推广高效节能技术，积极发展新能源和可再生能源建设。这都为2010年中国经济发展的“低碳之路”指明了方向。

二 开辟中国可持续发展的新途径

中国目前正处于工业化的中后期，如何化解经济快速发展对资源、能源消耗的高度依赖，如何跨越资源、能源的“瓶颈”约束，成为这一时期中国面临的主要难题。

低碳之路无疑为中国可持续发展提供了一条新的途径。低碳经济的概念一经提出，就引起国际社会的广泛关注，并推动了世界经济向低碳经济转型的大趋势。除了英国和其他欧盟国家期望以低碳经济在后工业革命时代继续引领世界经济之外，日本凭借其长期积累的能源效率和技术优势，提出要把日本打造成全球第一个低碳社会。美国虽然拒绝重返《京都议定书》，但2007年提交到美国国会的法律草案中就包括一项"低碳经济法案"，这表明低碳经济的发展道路有望成为美国未来的重要战略选择。从国际层面看，低碳发展是大势所趋。从国内来看，低碳转型也是势在必行，没有任何悬念。从内涵看，低碳经济模式适合中国具体国情，兼顾了"低碳"和"经济"，中国既需要摆脱对化石燃料的过分依赖，减轻高油价的压力，实现经济转型，又需要保持适度、快速的经济增长，解决发展中的诸多问题。世界各国都在努力，如果我们能够尽快发展低碳产业，尽快低碳转型的话，那么我们就有可能在世界新的低碳革命中占据领先地位。发展低碳经济不仅是为了应对气候变化，而且也是为了我们的可持续发展和能源安全，为了我们生活品质的持续改善。我们实现低碳转型实际上是在加速走向可持续发展的进程。而对于中国来讲，这个任务更为艰巨和紧迫。

三　引领低碳转型的契机

中国是研究向低碳经济转型的绝好案例。很多发展中国家也希望中国能够探索低碳经济发展模式，为其他发展中国家的探索提供宝贵的经验。目前虽然全球向低碳经济转型尚未有可资借鉴的成熟模式，但也为中国提供了一个跨越式赶超世界的契机。[①]

从整体来看，中国正在成为"世界加工厂"，投资规模在世界历史上几乎都是前所未有的。如果只是对常规技术的简单复制，一经投入，便有一个投资回报期技术和资金的"锁定效应"。目前许多国家的产业发展也面临着同样的问题。因此，把气候政策与国家发展目标结合起来，走低碳发展道路，是包括中国在内的发展中国家发展经济、应对气候变化挑战的必然选择。

同时，包括中国在内的许多发展中国家正处在快速工业化和城市化进程之中，中国城市在发展和繁荣的同时，也面临很多严峻的挑战，其中城市能源问题是亟待解决的核心问题之一。未来40～50年，中国将有约一个欧洲的农村人口移居到城市。如何让未来即将涌现在中国大地的几百座新的大中型城市直接进入低碳世界？这些问题亟待研究，并大有文章可做。

而从地区来看，中国经济发展呈现出明显的地区不均衡性。其差异不仅源自地理位置、气候条件、自然资源禀赋、历史因素等，更与国家的总体政策密不可分。政策规划如何克服这种地区不均衡性，如何将现有的低碳试点推而广之，如何在生产方式和生活方式的整体层面实现地区经济均衡发展，不仅是摆在中国人面前的重大课题，更是世界许多国家，尤其是发展中国家希望能有所收获和有所借鉴的。

可见，中国发展好低碳经济不仅是实现中国可持续发展的必然要求，也将是对低碳世界发展的重大贡献。

---

① 庄贵阳．低碳经济：中国赶超世界的契机．http：//news. sohu. com/20080626/n257765443. shtml. 2008－06－26.

第三章 中国发展低碳经济面临的机遇与挑战

全球气候变暖对人类生存和发展提出了严峻挑战。在此背景下，“低碳经济”等一系列概念、理念、增长模式应运而生。它要求各国摈弃20世纪的传统经济增长模式，直接采用低碳经济生产方式和生活方式下的创新技术、创新机制、创新制度，实现向以低能耗、低污染为特征的低碳经济模式与低碳生活方式的转变，实现社会可持续发展。

欧美发达国家大力推进以高能效、低排放为核心的“低碳革命”，着力发展“低碳技术”，并对产业、能源、技术、贸易等政策进行重大调整，以抢占先机和产业制高点。低碳经济的争夺战，已在全球悄然打响。这对于中国发展低碳经济，既是机遇，也是巨大的压力与挑战。

第一节　中国将从低碳经济发展中受益

发展低碳经济为中国实现经济方式的根本转变提供了难得的机遇。走低碳发展道路，既是应对全球气候变化的根本途径，也是国内可持续发展的内在需求。发展低碳经济有利于突破中国经济发展过程中资源和环境的瓶颈性约束，走新型工业化道路；有利于顺应世界经济社会变革的潮流，形成完善的促进可持续发展的政策机制和制度保障体系；有利于推动中国产业升级和企业技术创新，打造中国未来的国际核心竞争力；有利于推进世界应对气候变化的进程，树立中国对全球环境事务负责任的发展中大国的良好形象。

一 争取中国的发展权

气候问题从本质上讲是个发展问题，既关系到发展的成本和代价，也关系到发展的权利。《京都议定书》所确立的“共同但有区别的责任”原则，以及《巴厘路线图》建立的资金、技术转移和能力建设机制，就是在兼顾历史和现实的基础上确立的一套解决气候问题的根本制度。它确立了人类整体应对气候变化的共同意愿，也在责任、能力和义务相称的基础上建立了行动框架。从制度设计上看，这应该是当前各国的最大公约数，也是最简明有力的行动指南。

这套制度在历史排放、人均排放和转移排放等问题上分清了责任，明确发达国家应主动承担其高标准的量化减排指标，到目前为止的绝大多数排放总量都应该由它们负责，而且它们那套高碳的生活方式本身也已经不可持续，对人类的整体生存权是个重大威胁。它们有能力、也有义务通过资金、技术和能力建设等途径，帮助发展中国家实现减排，减缓和适应气候变化带来的冲击。发展中国家对气候变化并没有多大的责任，相反却是气候变化最大的受害者，而且它们目前还处在发展的早期阶段，面临着艰巨的减贫和脱困的压力，它们的发展权应该得到尊重和保护，并在力所能及的范围内努力节能减排，减缓和适应气候变化。

但是，再完美的理论设计，在面对现实的人性挑战时，常常就会显得脆弱无比。这个制度设计其实是反“马太效应”的，它要求富有强大的一方展现自律，做出适当的贡献，包括在生活方式方面做出一定程度的牺牲，维持系统的平衡和稳定，以使贫穷弱小的一方免遭灭顶。但由俭入奢易，由奢入俭难，要做到这一点，实属不易。《京都议定书》附件一国家没有一个完全兑现自己的减排承诺指标，即使取得现有的成绩，很多也是通过 CDM 项目从发展中国家购买的减排指标，这实际上意味着它们自身真正所做的减排努力极其有限；至于对发展中国家的技术转移，就更是无限接近于零了。

中国是一个发展中大国，尤其是中国因为发展速度最快、增长势头最猛、排放总量最大、在经济危机中脚跟最稳，更成了发达国家的头号目标。不得不承认，这种指责至少有一半是我们无法回避的。尽管中国发展水平还相当低，但是她无与伦比的规模决定性地改变了整个局面。几乎没有一个国家像今天的中国这样被尴尬地夹在了历史的“三明治”中间：我们本身是别人历史上污染的受害者，今天却同时被别人当成了新兴的污染加害者；我们还在苦苦争取今天的发展权，却同时又要为明天人类的生存权承担起责任，只因为我们块头太大。这是一个和平崛起的大国必须承受的代价。在两种压力的夹击之下，我们除了小心翼翼地维持一个动态平衡之外，更重要的是转换观念和思路，主动出击，把困难和压力转化为新的发展机遇。因为发展与减排之间的动态平衡，其实是所有国家都绕不开的一个关口，如果我们能够早日打通这个关口，也就找到了未来制胜的钥匙，同时也进入了一个新的境界。因此，我们必须强化应对气候变化和结构调整的紧迫感，企业尤其应当登高望远，尽快行动起来，抓住政府在国际谈判中争取到的这段难得的缓冲期，把它变成自己实现转型的战略机遇期。

从更宏观的角度来看，节能减排应该被当成我们国家的核心国家利益之一，因为气候变化已经对中国的粮食安全、供水安全、减贫努力和减灾行动等构成了重大挑战。在中国的不同地区，气候变化带来的“马太效应”式损害也已经显现出来。绿色和平组织与乐施会对甘肃永靖、四川马边和广东阳山 3 个典型贫困县的调查表明，气候变化已成为我国贫困地区致贫甚至返贫的重要原因。95%的中国绝对贫困人口生活在生态环境极度脆弱的地区，已经成为气候变化的最大受害者，他们无法分享到经济发展的成果，反而要为此付出沉重的代价。种种迹象表明，我国已经开始成为气候变化的最大受害者之一，而不能再对此无动于衷。

生态安全和环境保护已成为国家核心利益之一，与国家安全与领土完整、经济发展和经济稳定、社会公正与人类安全以及政治清明与社会稳定共同组成国家基本制度建设的五大目标，是实现国家利益最大化和全社会人民福利最大化的基本保障。中国要成为一个真正具备足够实力的大国，必须争取自己的发展权。中国要成为一个具有实力受人尊敬的大国，必须在兼顾自己发展权的同时关注人类整体的生存权，并为此承担起与自己的实力相称的责任。

二 发展低碳经济事关中国国家形象

改革开放30多年以来，中国硬实力已经在全球没有人可以否认，但是中国的软实力不够。实际上现在发展低碳经济的问题，在全世界来看也是一个重要的事关国家形象的问题。英国、德国这样一些国家在全球的低碳经济发展过程中已经走在前面。一个国家在低碳经济方面走得多远、多快，确实显示了一个国家经济发展的文明程度，也显示了一个国家良好的国际形象问题。在某种意义上讲，实践科学发展观也是加强我们中国软实力的重要战略措施。如果不坚持科学发展观原则，这个国家不管发展得多快、多好，都不会引起世界的尊重。

中国经济的发展，对于提升国家形象、对于我们进一步贯彻科学发展观有着很重要的意义。中国是一个经济大国，在快速发展的经济中，为了赢得全球的尊重、为了进一步扩大影响力，在发展低碳经济过程中我们应建立一个节约型的社会、倡导低碳生活方式。对于中国来说这是一个非常重要的革命性的发展进程，建立一种新的生活方式、新的生活模式角度来看待低碳经济问题，把低碳经济发展当成我们学习和实践科学发展观的重要措施，当成我们提倡一种新的生活方式、一种新的经济增长方式的一个重要措施来做。

2008年12月，中国首个官方碳中和标识——中国绿色碳基金碳中和标识发布。碳中和标识是由国家林业局气候办公室设计注册、中国绿色碳基金捐资人实践低碳生活的一种证明。碳中和也叫碳补偿（carbon offset），是现代人为减缓全球变暖所作的努力之一。利用这种环保方式，人们计算自己日常活动直接或间接制造的二氧化碳排放量，并计算抵消这些二氧化碳所需的经济成本，然后个人付款给专门企业或机构，由他们通过植树或其他环保项目抵消大气中相应的二氧化碳量。2009年11月，中国在“十一五”期间减排逾15亿吨二氧化碳。

中国正在积极致力于环境改善，在减少二氧化碳排放方面有很多尝试。碳中和，一个听起来似乎非常陌生的名词，就在2008年借北京“绿色奥运”的契机，迅速地走向流行。为兑现“绿色奥运”的承诺，北京市修建了奥林匹克森林公园和一批郊野公园。同时，奥运工程大量使用了节能、环保新技术。一系列举措不仅有效减轻了奥运会对当地环境的不良影响，也使北京奥运会成为一届绿色减排的体育盛会。

三 中国发展低碳经济的战略意义

1. 有利于调整经济结构、转变经济发展方式

中国经济虽然保持高速增长，但是发展的质量并不高，资源消耗高、资源利用率偏低，产业发展的结构和经济增长的机构亦不甚合理，环境污染严重，在经济高速发展的同时付

出的代价较大。当前中国经济已经到了加快转变经济发展方式的重要关口，把调整经济结构作为转变经济发展方式的战略重点。

发展低碳经济，涉及三次产业的各个领域，是产业结构调整、自主创新、经济社会协调发展、生产方式转变的主导因素，必须从战略的高度给予足够的重视。事实证明，产业结构影响能源消耗总量和经济能耗强度，我们要发展低碳经济，必须加快产业结构的优化升级，降低第二产业的能耗强度和碳排放强度，推动高碳产业向低碳经济转型。建立推进低碳经济发展的科技支撑体系。低碳经济的发展，除了依赖于思想观念的根本转变、法律政策的支持与保障以及产业结构、能源结构和消费结构的调整，还有赖于科技创新的支撑。与发达国家相比，我们在发展低碳经济技术方面，虽然取得了一定的成效，但相对还是比较落后的。[①] 加快转变经济发展方式是一场深刻变革，是一场持久战。只有真正走出适合自身的低碳发展之路，中国发展的质量才会越来越高、发展空间才会越来越大、发展道路才会越走越宽。

2. 有利于优化能源结构、保障能源安全

优化能源结构、保障能源安全是中国发展低碳经济的主要驱动力。中国 90%的温室气体排放来自化石燃料的燃烧排放，因此优化能源结构、大力发展低碳能源、提高能源转化效率可以有效降低二氧化碳排放，是实现减排的主要途径之一。发展低碳经济，可以在以下几方面促进能源结构的优化：

一是集约、清洁、高效地利用煤炭。中国煤炭资源丰富，在一定程度上鼓励了我们对煤炭的过度依赖。发展低碳经济就意味着要控制煤炭的过快增长，大力发展先进燃煤发电技术，提高煤炭转化效率；大力推进热电、热电冷联供等多联产技术，提高煤炭资源的综合利用效率；集中利用煤炭，提高电气化水平。

二是优化石油天然气供应。大力发展电动汽车、生物燃料等节能与新能源汽车，加快发展公共交通，控制石油消费的过快增长；通过扩大国内天然气资源的开发利用和进口周边国家天然气以及 LNG，增加天然气对煤炭和石油的替代，提高天然气在能源消费中的比重。

三是大力发展低碳能源。低碳能源是低碳经济的基本保证。与化石能源相比，可再生能源是低碳能源，应重点开发。可再生能源包括生物质能、水能、风能、地热能、潮汐能等。可再生能源开发需要对开发过程的全生命周期能耗进行分析。例如，太阳能光伏电池，要计算硅材料生产中所排放的二氧化碳量和光伏电池的使用寿命期间的发电总量，以得出正确的评价标准。核能在扣除核材料生产和废物处理过程中所消耗能量后可视为无碳排放能源，欧洲（如法国等）的核电比例较大，对推进低碳经济起了很大作用。中国也要逐步加大核电站的建设。届时中国能源结构实现三分天下的结构，即煤炭占 1/3，油气占 1/3，低碳能源占 1/3，实现能源供应的多元化、清洁化和低碳化。

四是构建坚强的智能电网。随着低碳能源在能源供应中的比重越来越大，对电网的基础设施和调度能力提出更高的要求。一是要建设坚固的电网骨架，扩大资源配置的范围，

---

① 戚建庄．实施低碳经济发展战略推动经济发展方式转变．决策探索，2010，(4)：24，25.

将大风电、大核电等新能源基地的电力输送出来。二是要提高配电网对供需信息变化的反应能力，特别是和电动汽车、蓄能装置利用等需求侧管理结合起来，增加可再生能源消纳能力，就地利用可再生能源。

3. 有利于绿化生态环境

长期以来人类在面临着两难选择：一是要保护生存环境，一是要保持经济持续发展。这是一个两难选择，经过多年探索，把二者兼顾，实现经济的低碳化，实现绿色经济。低碳经济的提出既是为了应对气候变化，但又超出了气候变化本身。低碳经济以能源的变革为核心，但涉及人类吃住行各个方面、各行各业，主要又与能源、工业、建筑、交通部门有关。据 IPCC 的报告，全球 1970～2004 年温室气体排放近 70%来自于能源、工业、交通以及住宅和建筑四大部门，其中，能源供应占 25.9%，工业占 19.4%，交通占 13.1%，住宅和商业建筑占 7.9%。低碳经济就是要对这些部门进行“减碳”的改造和转型，以减少温室气体排放为前提来谋求最大产出，是通过人类的经济行为实现人与自然的和谐相处，进而增强人类活动可持续性的一种新的发展模式。

4. 有利于增强国际竞争力

在全球减排的背景下，循环的、生态的、绿色的产品如没有低碳标签，可能会失去国际竞争力，发达国家消费者可能不认可，最不发达国家和小岛国也有可能抵制。低碳关乎产品竞争力，并成为塑造企业乃至国家形象的一个重要因素。① 全球应对气候变化对低碳技术需求强劲，推动了低碳技术创新和低碳新兴产业的快速发展。夺取低碳技术的竞争优势和领先地位，是大国参与气候变化领域博弈的重要动因和战略目标。欧盟等发达国家积极推动应对气候变化进程，也有凭借自身在能效和新能源领域的技术优势，扩充新的经济增长点和新的国际市场，保持和扩大与发展中国家差距的战略意图。在国际贸易中，发达国家也有不断提高产品的能效和环保标准，制造绿色贸易壁垒的趋势，甚至要采取征收边境碳调节税的单边贸易措施，保护本国产品的竞争力，向发展中国家施加减排压力。因此，加强技术创新，发展以低碳排放为特征的产业体系，打造产品的低碳竞争力，是中国当前应对国际经济、贸易和技术领域新一轮竞争的核心对策。②

5. 有利于应对气候变化

实现《气候变化框架公约》中稳定大气中温室气体浓度的最终目标，将极大压缩未来全球的碳排放空间。全球有限的大气容量资源已被发达国家历史上、当前和今后相当长时期的高人均排放所严重挤占，发展中国家实现现代化所必需的排放空间已严重不足，这对发展中国家未来经济发展和能源需求带来了新的制约。同时，中国经济和社会发展也受到国内能源资源保障和区域环境容量的制约。中国当前所处的国际大背景以及自身的国情与

① 潘家华．权威论坛：走低碳之路提高国际竞争力．http：//world.people.com.cn/GB/89881/97035/11340164.html. 2010-04-12.

② 中国环保联盟．发展低碳经济提升我国国际竞争力．http：//www.epun.cn/huanbao/32432.htm. 2010-04-12.

发展特征，决定了在应对气候变化领域面临比发达国家更为严峻的挑战。我们的根本出路在于加强技术创新，节约能源、优化能源结构，转变经济发展方式，走低碳发展的道路。这不仅是应对气候变化、减缓二氧化碳排放的核心对策，也是中国突破资源环境的瓶颈性制约，实现可持续发展的内在需求，两者具有协同效应。中国强调发展过程和途径，通过低碳能源技术的开发和经济发展方式的转变，减缓由于经济快速增长新增能源需求所引起的碳排放增长，以相对较低的碳排放水平，实现现代化建设的目标。在短期和中期内，要大幅度提高能源效益，提高单位碳排放产生的经济效益，长期控制甚至减少二氧化碳排放总量，建立并形成以新能源和可再生能源为主体的可持续能源体系，转变经济发展方式，实现经济发展与二氧化碳排放脱钩，实现经济、社会与资源、环境相协调的可持续发展。①

第二节　中国发展低碳经济优势与劣势

当前，发达国家已经纷纷向低碳经济转型。在国际社会高度重视低碳经济的条件下，在世界各国都纷纷制定自身低碳发展战略时，中国发展低碳经济需要认清自身面临的潜在优势以及制约因素，因地制宜，因时制宜。

一　中国发展低碳经济的优势

目前，中国正在深入实践科学发展观，努力建设资源节约型、环境友好型社会。科学发展观的核心是在保持经济又好又快增长的同时，降低资源消耗和环境代价，最终建成“两型社会”。这与低碳经济在实质内涵上是高度一致的。在中央文件和领导人讲话中，多次提出要将节能减排、推行低碳经济作为国家发展的重要任务。这充分体现出中国政府实现科学发展、低碳发展的强烈意愿。在实践中，近年来中国在调整经济结构、发展循环经济、节约能源、提高能效、淘汰落后产能、发展可再生能源、优化能源结构等方面采取了一系列政策措施，取得了显著的成果，这些都增强了我们发展好低碳经济的决心和信心。虽然中国的减排压力不容小视，但中国发展低碳经济也有着自身减排空间比较大、减排成本比较低、技术合作潜力比较大的潜在优势。

（1）减排空间比较大。从总体碳排放情况看，根据荷兰环境评估局（MNP）日前公布的数据显示，2007 年中国的二氧化碳排放量约占世界总体的 1/4，当前二氧化碳排放总量已与美国相当，两国所排放的二氧化碳共占了全球二氧化碳总排放量的 46%。② 根据美国

---

① 何建坤．发展低碳经济　应对气候变化．http：//www.gmw.cn/content/2010-02/15/content_1055944.htm. 2010-02-15.

② 环球能源网．荷兰环境评估局：中国是 2007 年最大二氧化碳排放国．http：//www.yzhbw.net/news/shownews-5_7864.dot. 2008-06-19.

世界资源研究所的研究和统计，大气中现存的人为排放的温室气体70%以上来自发达国家[①]，就人均排放而言，1990年中国为世界平均水平的50%，2000年为60%，当前已与世界平均水平相当。从人均累计排放来看，欧盟542吨，德国958吨，英国1125吨。世界人均173吨，中国仅71吨。[②] 近些年来中国经济高速发展，粗放式的发展方式刺激了碳排放量的攀升，但目前的能耗强度和能源效率明显偏低，通过结构调整、技术革新和改善管理等途径，实现节能减排的余地较大。

（2）减排成本比较低。从国际上看，《联合国气候变化框架公约》规定每吨减排成本超过30美元，中国的成本大体为15美元。中国能源需求增长较快，符合减排条件的项目多，规模经济效应非常明显，有利于开展国际碳排放交易，吸引国际资金进入减排项目。目前中国CDM项目达到了3637万吨，已经成为全球最大的CCM碳交易量国家。

（3）技术合作潜力比较大。中国与发达国家在电力、交通、冶金、化工、建筑等领域的节能技术及新能源技术方面还存在较大差距，而《联合国气候变化框架公约》、中欧之间签署的《中欧关于气候变化的共同宣言》、美国发起的《亚太地区清洁发展与气候新伙伴计划》等多边及双边公约和合作计划都高度重视低碳技术的合作，发达国家承诺要向发展中国家大规模转让温室气体减排技术。

中国是世界经济发展大国，也是碳排放大国，因而实现低碳中国对全球低碳的实现起到举足轻重的作用。在强化低碳政策的情景下，考虑到中国的GDP增长、发展阶段、科技水平、资源禀赋、国际合作等综合因素，中国碳排放有可能于2030～2035年达到峰值，在经过10年之后将处于一个平稳发展期，2050年达到大幅度减排，实现低碳经济发展和低碳社会，促进全球实现气候变化减缓目标。

二 中国发展低碳经济的制约因素

目前，中国的经济发展和基础设施建设具有明显的高排放特征，而中国“减碳”之路也面临诸多困难和障碍。

1. 发展阶段的制约

发达国家提出的低碳经济是在基本解决了工业化带来的传统环境问题之后倡导的有利于发达国家的发展模式。但中国还处在工业化的中期阶段，发展低碳经济不可避免地要受到发展阶段的制约。

从国内经济发展程度来看，中国正处于工业化和城市化加速发展阶段，工业特别是重化工业比重仍在持续增加，能源密集度不断提高，能源消费呈现迅速增长态势，由此决定了中国温室气体排放总量大、增速快，单位GDP的二氧化碳排放强度高。目前，中国已经成为名副其实的全球制造业大国。据工业和信息化部的数据显示，截至2008年，我国工业

① 张安华．全球碳排放的历史与现状．中国经济时报．http：//finance. sina. com. cn/roll/20100105/10077194381. shtml. 2010-01-05.

② 张安华．全球碳排放的历史与现状．中国经济时报．http：//finance. sina. com. cn/roll/20100105/10077194381. shtml. 2010-01-05.

产品产量居世界第一位的已有 210 种；装备制造业迅猛发展，总量规模居世界第二位，数控机床、发电设备产量均居世界第一；2009 年汽车产销已连续超过了 100 万辆，居世界第一。因此，中国工业化的最终完成和全球制造业大国地位将持续相当长一个时期，由于能源结构的刚性，以及能源效率的提高受到技术和资金的制约，中国控制二氧化碳排放的前景“不容乐观”。

中国今后所走的新型工业化道路，是要在更高起点上实现工业化目标，完成发达国家所完成的工业化任务，但由于工业化任务尚未完成，“高碳”成分的工业仍然需要保持相当长的快速增长时期。如何在工业化保持高速发展的同时，抑制二氧化碳排放的增速，是中国经济发展所面临的最大挑战。通常情况下，处于工业化进程中的发展中国家，工业在国民经济中的比例会在相当长的时期内占据主导地位，只有在充分工业化之后，才可能由服务业来主导国民经济。由于中国经济的发展在继续完成工业化的重任，经济的低碳转型就不可能全部抛弃“高碳”成分的主业——工业品的生产制造，转向“低碳”成分的服务业等行业。作为“高碳”成分的制造业，虽然通过优化结构和节能，能够相应地减少碳的排放，但无论从投入来讲，还是从科技攻关和市场开拓来讲，都将面临较大的困难和挑战。

城市通常被认为是温室气体的主要排放源，中国经济的低碳转型在很大程度上有赖于城市的低碳化，包括城市的能源低碳化、生产低碳化和消费低碳化等。我国不仅处于工业化快速发展阶段，而且处于城市化的加速发展时期。有分析认为，到 2020 年城市化水平会达到 50%左右。今后 30 年，约有 5 亿农村人口将进城，城市化水平提高到 75%。随着城市化的加速发展，城市的人口数量不断增加，产业规模不断扩大，市政设施不断增加，交通承载量不断扩大，由此导致流入城市系统的化石燃料快速增加。流入城市系统化石燃料的不断增加，经生产过程和消费过程消耗产生的二氧化碳排放也将随之不断增加。在低碳技术尚未得到重大突破的情况下，城市化的加速发展必然影响和制约中国经济的低碳转型。

从所处国际背景来看，发展低碳经济不可避免地要与全球控制温室气体排放的国际努力联系在一起。其中不可或缺的一项重要内容就是减少温室气体排放或降低温室气体排放的增长速度。根据 Kaya 恒等式①，一个国家（或地区）二氧化碳排放量的增长，主要取决于四个因素的贡献：人口、人均 GDP、能源强度（单位 GDP 能耗）和能源结构。从人口因素看，虽然中国人口的出生率、人口自然增长率、婴儿死亡率、总和生育率都低于世界平均水平，但中国毕竟有 13 亿的人口基数；从人均 GDP 看，中国为了满足人们日益增长的物质文化生活的需要的决心和努力不会动摇，这是实现社会政治稳定的必要条件，中国不会以降低人均收入或减缓经济增长来实现控制温室气体排放目标；从能源强度看，由于中国的大部分二氧化碳排放是燃烧化石燃料而产生的，并且产业尤其是重工业的能源利用效率水平提高有限，重工业在经济中仍然占有较大比重，并且这种产业结构具有一定的刚性，因此，中国的能源强度仍然相对较高；从能源结构因素来看，虽然通过落实《可再生能源法》和 CDM 项目实施，可再生能源开发呈现快速发展趋势，但快速增长的能源消费需求，决定了以煤炭等化石燃料为主的能源结构在今后相当长的一段时期内不会发生根本性改变，

① Yoichi Kaya. Impact of carbon dioxide emission control on GDP growth: Interpretation of proposed scenarios. Paper Presented at IPCC Energy and Industry Subgroup Response Stratedies Working Group, Paris, France, 1990.

能源结构对控制温室气体排放的增长贡献有限。[①]

2. 技术储备、创新、转让与应用的障碍

实现一个从传统发展路径向一个创新性的发展路径转变，低碳技术创新与技术转让是关键。然而目前低碳技术的创新、转让及应用环节还存在很多障碍。

第一，缺乏一定数量的低碳技术储备。我国低碳技术的储备特别是其中的低碳核心技术储备，远远滞后于西方发达国家。从低碳技术的发展情况看，美国具有能源技术储备，美国在低碳技术研发上投入大量资金，并在碳搜集和储存方面取得了相当的成果。奥巴马执政后，大力推行绿色经济增长路线，将清洁能源的溢出效应渗透到经济的各层面。欧日具有先行优势，欧洲和日本由于政府和产业界对低碳革命的认识和举措更具前瞻性，并以直接财政补贴、低息信贷支持和税收减免等措施鼓励发展低碳技术，欧日已在低碳技术产业化上获得不可忽视的先行优势。例如，欧洲拥有全球领先的风电设备商 LM、Vestas（维斯塔斯）集团，日本拥有全球领先的混合动力汽车厂商——丰田和本田。面对这样一种情形，中国经济的低碳转型有可能陷入比较尴尬的局面。要么花费大量时间用巨资从头开始研发自主低碳技术，要么再次冒因被人绑架而危及产业安全的风险，从发达国家直接引进和利用低碳成熟技术，从而产生所谓的“锁定效应”。

缺乏核心技术的前期积累，我国低碳技术的发展现状令人担忧。有些技术只是简单模仿和照搬欧美等发达国家（地区），这种短视行为不仅引发水土不服问题，而且直接影响和制约低碳技术的自主创新。实际上，中国与欧洲的自然环境差异性很大，针对欧洲自然环境开发的风电生产设备功能难以在中国得以有效发挥。这种不经过详细研究而对低碳技术的简单照搬，不仅会丧失技术上的自主权，而且有可能使中国新兴的绿色产业受到致命打击。由于绿色产业在我国刚起步，利润和发展相对比较大，容易遭遇“高额利润诱惑—疯狂投资—产能过剩—最终泡沫破灭”的循环。在缺乏低碳技术积累的情况下，中国经济的低碳转型一旦陷入这种路径，处理不好会成为套在中国经济头上的“绞索”，给国民经济的发展带来隐患。

缺乏必要的低碳技术积累，还容易在方兴未艾的国际碳交易市场处于被动地位。某些发达国家企业通过向中国企业输出技术获得碳排放权，会给中国企业的长远发展带来不利影响。有资料显示，一家日本企业向中国某煤矿提供环保项目贷款，用来引进和购买日方先进环保技术和设备，由此减少二氧化碳排放，其减少的额度核算成标准单位，由日方企业向该中国煤矿购买。表面上看，中国企业似乎没有损失，得到了资金和技术，失去的不过是些无形的“碳排放额度”，可从长远看，日方向外输出储备已久的环保、节能技术，占领市场，由此形成产业标准和技术垄断，中国企业如果将来发展自主环保技术，就可能受制于人。

第二，科技创新能力不足。目前中国由“高碳”向“低碳”转变的最大障碍就是整体技术水平的落后。不管是从科技投入强度来看还是从投入构成来看，都离发达国家的水平相去甚远。科技能力不足、资金不足也是科技创新能力不足的重要原因。目前技术创新存

① 庄贵阳．低碳经济引领世界经济发展方向．世界环境，2008，(2)：34－36.

在很多不确定性，而且创新成果又非常容易被盗版、流失，使得技术创新所要求的环境、条件比其他投资要苛刻得多。因此，创造有利于技术创新的环境条件，最重要的就是通过实施一系列有效的政策，强化企业技术创新的动力机制。而环保法律、技术标准、安全卫生法规、市场准入门槛等都是政府推进技术进步的有效措施，只有有了使成功的技术创新能安全地获得应有的高回报的政策环境，企业才会把技术创新作为提高市场竞争力的主要途径，才有技术创新的持久动力。

第三，国际技术转让障碍。联合国开发计划署在《2010 年中国人类发展报告——迈向低碳经济和社会的可持续未来》中指出，中国实现未来低碳经济的目标，至少需要 60 多种骨干技术支持，而在这 60 多种技术里面，有 42 种是中国目前不掌握的核心技术。这表明，对中国而言，70%的减排核心技术需要“进口”[①]。尽管哥本哈根会议的一项重要议程就是发展中国家呼吁发达国家将本国成熟的节能减排技术免费转让给发展中国家，以补偿发达国家在历史上的巨大碳排放，但实际情况却是，发达国家与发展中国家在节能减排方面的合作实质性突破不大。为了维护自身的竞争力，发达国家不太可能把技术转让给甚至是卖给竞争对手中国，尤其在中国等发展中国家企业制造能力日益增强的前提下，发达国家还是选择只将有关的设备卖给发展中国家。

第四，低碳技术应用障碍。世界可持续发展商业委员会（WBCSD）基于自身的经验，总结了以下几条低碳技术应用方面的障碍，并给出了具体的政策建议（表 3-1）。

表 3-1　低碳技术应用障碍原因与解决方案

障碍	存在原因	解决方案
低能源价格	补贴 价格没有包括环境成本	减少普遍存在的补贴 给碳定价
高前期成本和长回报期	许多消费者看重当前消费或成本	经济激励（如减税）以减少第一成本
技术扩散慢	缺乏技术利用的技能、知识和支持 分散和非一体的工业结构（如建筑部门）	技术标准
根深蒂固的商业模式	能源公司缺乏减少消费者需求的激励	把碳价在能源服务中内部化 财政奖励终端能源效率举措 促进节能服务公司的发展
消费者和能源需求的多样性	没有一刀切的解决方案	促进资源的部门倡议和谈判达成的协议
信息失灵	缺乏信息或不完善的信息关于未来能源价格和能效选择	更有效的技术标准（如建筑标准） 产品能源标签 对能源只能计量的建议
分散激励（委托代理问题）	对能源效率做决策的人没有受益（如建筑的拥有者和租客）	提供清晰的信息和激励（如出口退税、按揭、退税、优惠贷款）
投资和风险的不确定性	不确定性增加了投资溢价	承担这些风险的经济激励 发展稳健的能源和碳市场
消费者行为	能源效率投资较低的优先性 对于能源信息和成本缺乏意识和信息	开发碳市场 对更新旧设备给予激励 增加关于能效方面的教育和意识
投资成本高于预期	没有包括所有交易成本	促进最佳实践分享和能源效率教育

资料来源：庄贵阳．中国发展低碳经济的困难与障碍分析．江西科学社会，2009，(7)：25.

① 经济参考报．中国低碳革命遇技术瓶颈，70%核心技术需要进口．http：//www.gkong.com/html/news/2010/5/47854.Html. 2010－05－20.

客观来讲，低碳经济毕竟还是新生事物，不仅是中国的技术，世界上的技术也是这样，还不允许人类将一些绝对零碳的能源变得具有充分的商业竞争力。例如，风能、太阳能、生物质能这些新能源虽然很有前景，但是短时期内，在现有的技术创新的条件下，仍然可能不太具有竞争优势。技术对低碳经济发展的制约是全世界的难题。

3. 生活方式的制约

随着人们生活水平的提高，城镇化进程的加快发展，我们现在的生活观念和生活方式发生了较大的改变。"便利"是现代商业营销和消费生活中流行的价值观。不少便利消费方式让人们在不经意中浪费着巨大的能源。例如，超市电耗70%用于冷柜，而敞开式冷柜电耗比玻璃门冰柜高出20%。由此推算，一家中型超市敞开式冷柜一年多耗约4.8万度电，相当于多耗约19吨标准煤，多排放约48吨二氧化碳，多耗约19万升净水。[①] 又如，越来越多的消费者倾向于购买排量大、奢华体面的私家车，代替公共交通工具，越来越多的室内安装了空调，住宅、汽车成为居民的主要能源消费载体。

中国居民整体的能源消费水平尚处在生存消费阶段，可以预见，在全面建设小康社会的进程中，能源消费还将继续增长。因此，引导合理的能源消费成为减少消费过程碳排放的重点。而我们讲的低碳生活不是压抑人们正常的生活需求，不是降低人们努力换来的生活质量，不是让我们当现在的苦行僧，在保证这些质量的同时，降低那些高档的消费，戒除以高耗能源为代价的"便利消费"嗜好。

4. 人才的制约

如同多数新的投资领域一样，低碳经济的发展也正在遭遇人才制约。中国改革开放已经进行了30多年，现在进入了第二个转型期。过去的政策、方针、规划，甚至产业结构调整、队伍建设、人才培养都主要是考虑经济的发展。但现在要重新考虑。发展低碳经济已成为中国经济可持续发展的方向，作为未来经济的发展方式，低碳经济人才缺乏已经显而易见，如何培养优秀的相关人才必须及时跟进。

中国正处于工业化、城镇化和国际化的关键阶段，工业化是未来几十年中国经济发展的主线，也是中国经济发展的主要任务。在能源危机、气候危机的大背景下，中国的工业化必须走出一条低能源消耗、低温室气体排放的新型工业化道路。低碳经济的提出是在工业化进程中提出的，要靠新型工业化发展来解决发展中遇到的问题。低碳经济并不限制发展，而是强调低碳化发展。

第三节　中国发展低碳经济面临的挑战

在21世纪，攸关可持续发展的生态环境和气候变化问题是人类社会面临的最大挑战，

① 《现代营销》编辑部．转向低碳经济生活方式的途径．http：//www.qikan.com.cn/Article/xdxy/xdxy201001/xdxy20100106.html.2010-01-06.

而低碳经济为我们提供了一个最新的解决方案。低碳经济将成为减缓气候变化与实现可持续发展的主要途径和必由之路。毋庸讳言，低碳经济为人类社会提供了通过国际合作，共建低碳经济、创建和谐世界的一个千载难逢的机遇，但是低碳经济是对包括中国在内的所有国家的巨大挑战。

一 发展低碳经济面临的不确定性

低碳经济使得各国几乎站在同一起跑线的事实意味着各国都要共同面对发展中各种的不确定因素。这种不确定性主要表现在以下几个方面：①成本和市场问题。目前我们还难以估算发展低碳经济需要付出的全部成本，它远非只计算采用低碳技术需要支付的直接成本那么简单；而低碳技术和产品市场的创建也需要时间。尽管不少专家学者认为，应对长期的气候变化可以给经济复苏带来机会，但这需要时间和具体行为；而美国、中国、印度等国以何种方式加入低碳市场的创建也是非常关键的因素，但目前情况尚不明朗。②建立公平的国际气候体制及制定中长期应对气候变化目标问题。发展低碳经济在一定程度上还取决于国际气候谈判的进程和结果，尤其取决于能否产生有全球约束力的量化减排指标、分摊方案及配套的技术转让和资金机制。③技术问题。相比现有技术，低碳技术创新面临更大的不确定性。低碳技术大多是比较新的技术，面临较大的技术风险，未来绩效存在很大的不确定性，诸如能源电力企业等低碳技术的潜在投资者和使用者的创新积极性会相应降低。而现有技术系统经过长期演变发展，逐渐成熟，风险相应减少。④到目前为止，虽然一些欧盟国家实现了经济增长和碳排放的脱钩，但发展低碳经济还没有获得普适性的成功经验，而已有经验对于发展中国家到底具有多大的参考价值，也还需要实践的检验。①

二 中国发展低碳经济面临的挑战

低碳经济对所有国家来说都是具有挑战的，而对于广大发展中国家，尤其是中国来说，其带来的挑战不仅没有任何经验可参考，同时还要面临着国内经济发展的压力和国际社会不断增加的“逼迫”。

1. 发展低碳经济对保持和提高我国现有发展水平提出了重大挑战

发展低碳经济对中国现有发展模式提出了重大挑战。世界各国的发展历史和趋势表明：人均二氧化碳排放量、商品能源消费量和经济发达水平有明显关系。在目前的技术水平下，达到工业化国家的发展水平意味着人均能源消费和二氧化碳排放必然达到较高水平，世界上目前还没有出现既有较高的人均 GDP 水平又能保持很低的人均能源消费量的先例。随着经济发展和人民生活水平的提高，中国能源消费和二氧化碳排放量必然还要持续增长。② 中

---

① 王毅．当前低碳转型的不确定性和难点．http：//press. idoican. com. cn/detail/articles/20091210069B46/．2010-03-17.

② 徐华清．发展低碳经济：挑战和机遇．http：//wenku. baidu. com/view/8ad0dd50ad02de80d4d8409f. html. 2010-08-29.

国经济发展水平的提升也带动了人民生活水平的提升，全国基本上刚刚达到小康水平。在此时期，提出发展低碳经济，倡导低碳生活，节约型的生活方式虽然不意味着苦行僧式的生活，但必然会在一定程度上影响人们的生活质量，从而也影响人们对低碳的认同，再加上国际上还没有低碳消费成功的经验可以推广，也为改变人们自身行为增加了难度。

2. 发展低碳经济给我国转变经济发展方式带来了前所未有的压力

一方面，“高能耗、高污染、高排放”的经济发展模式具有自身的惯性和转型难度。长期以来，中国经济发展呈现粗放式的特点，对能源和资源依赖度较高，单位GDP能耗和主要产品能耗均高于主要能源消费国家的平均水平。中国电力、钢铁、有色、石化、建材、化工、轻工、纺织八个行业主要产品单位能耗平均比国际先进水平高40%；机动车油耗水平比欧洲高25%，比日本高20%；单位建筑面积采暖能耗相当于气候条件相近发达国家的2～3倍。虽然中国早在“九五”计划中就提出要促进经济增长方式由粗放型向集约型转变，但以粗放型为主的增长方式迄今仍未发生根本改变。经济发展方式产生的惯性不仅使得能源资源对经济发展的支撑能力受到影响，更重要的是可能导致“锁定效应”，贻误发展最佳时机。

另一方面，转变经济发展方式缺乏必要的动力支持。低碳经济不同于工业文明或者信息革命这些技术创新导致的内源型经济革新概念，而是一个外在环境“逼迫”下的经济模式转化。也就是说，没有外在环境的限制和法律的约束，就不存在低碳经济，也没有必要走低碳发展道路。目前对于中国来说，缺乏经济转型的强大推动力。这不仅表现在中国调整经济结构面临的难度前所未有，也表现在中国低碳技术整体的开发和储备还远不适应现实需求。

中国所处的发展阶段和世界工厂地位客观上决定了经济结构调整的难度。原因有以下几个方面：①“富煤、少气、缺油”的资源条件，决定了中国能源结构以煤为主，低碳能源资源的选择有限性和节能减排的艰巨性。在中国能源探明储量中，煤炭占94%，石油占5.4%，天然气占0.6%，这决定了中国以煤为主的能源供需格局将长期存在。在电力中，水电占比只有20%左右，火电占比达77%以上，“高碳”占绝对的统治地位。据计算，每燃烧1吨煤炭会产生4.12吨的二氧化碳气体，比石油和天然气每吨多30%和70%。中国节能减排虽然取得了一定的成绩，但目前节能减排的成效仍然较为脆弱。落实节能减排还存在不少障碍，实现节能减排约束性目标任重道远。②中国的高能耗工业部门大都是国民经济的支柱产业，经济要发展、人民生活水平要提高，都还有赖于这些产业的基础性支持，在就业压力和税收压力较大的情况下，要在短期内实现产业结构的有序进退，淘汰落后产能、加快结构调整，仍存在难度。从行政手段向市场化的方式过渡，建立节能减排的长效机制尚需时日。③当前中国正处于工业化和城市化的快速发展时期，这客观上会造成能源消费和温室气体排放不断增长，从中国的经济结构来看，经济主体是第二产业，这决定了能源消费的主要部门是工业，而工业生产技术的高碳消费特征，加重了中国经济的高碳倾向。中国人口在今后15年将以年均800万～1000万人的速度增长，目前每年约有1800万人口从农村涌入城市，城市人口所占比例到2050年将达到75%左右。城镇人口年均消耗的能源是农村人口的3.5倍，这必将产生大量的新增能源需求和碳排放。第二产业在整个国民经济中的比重还在增加，产业结构不合理的问题仍很突出，低耗能的第三产业发展滞后、比重偏低，低于世界平均水平约 30 个百分点。④中国在国际贸易分工中的“世界工厂”地位决定了由“高碳”向“低碳”转变。在现阶段全球产业分工体系中，美、日、欧等发达经济体已进入知识经济或服务经济时期，它们享受着占据研发、设计、全球营销等产业价值链高端的高额利润，同时不断将高排放的制造业转移到发展中国家。中国产业仍处于低端位置，中国出口的商品相当一部分为高能耗、高度依赖原料加工的劳动密集型和资源密集型商品。在新一轮国际产业结构调整过程中，中国又承接了相当一部分劳动、资本密集型、高消耗、高污染的产业。在成为“世界工厂”的同时，中国直接或间接地出口了大量能源资源，并为之付出了巨大的环境代价。中国经济的高排放实际上在相当程度上是为发达国家承担了责任。

中国低碳技术的开发和储备滞后使低碳转型易陷入被动。作为发展中国家，中国经济由“高碳”向“低碳”转变的最大制约，是整体科技水平落后，技术研发能力有限，面临低碳技术的开发与储备不足的难题。尽管《联合国气候变化框架公约》规定，发达国家有义务向发展中国家提供技术转让，但实际情况与之相去甚远，中国不得不主要依靠商业渠道引进。据估计，以 2006 年的 GDP 计算，中国由高碳经济向低碳经济转变，年需资金 250 亿美元。这样一个巨额投入，显然是尚不富裕的发展中国家的沉重负担。资金是实现低碳发展的资金保证。中国实现低碳发展要每年增加上万亿人民币甚至更多的额外投资。而与此同时，中国目前正面临着能源基础设施建设的高峰期，据国际能源机构估计，中国在 2006～2030 年需要在能源部门累计投资 3.7 万亿美元，而能源基础设施所采用的技术、设备一旦投入使用，将面临可能存在的“锁定效应”，从而对国家经济发展和温室气体减排产生长期影响。

3. 中国发展低碳经济面临国际社会的压力

历次国际气候大会争论的焦点大多集中在减排的程序、责任和义务上，一些发达国家不顾历史发展差异，不断地给包括中国在内的发展中国家施加压力。中国在气候议题上“出镜率”的增加伴随的是许多无端的指责，中国在国际气候政治中正面临多重困境。[①]

第一，中国面临的国际压力加大。作为全球两大排放国，中美在排放总量上虽然相差不多，但排放趋势却大不相同。中国温室气体增长的势头很猛，2005 年比 1990 年增长了一倍多，到 2010 年，即使中国单位 GDP 能耗按计划比 2005 年下降 20%，二氧化碳排放也将比 2005 年增长 20%以上。在此趋势下，国际社会对中国在未来国际气候合作中的表现异常期待，要求其承担量化减排的呼声也越来越高。这种期待不仅来自于谈判桌，也来自于非政府组织和民间；不仅来自于工业国家，也来自于一些发展中国家。实际上，这种期待和呼声的背后潜藏着关于气候谈判的争论，即继续实行双轨谈判还是进行并轨。发展中国家认为，双轨制谈判体现了共同但有区别的责任原则，《京都议定书》规定发达国家率先减排，提供资金技术，帮助发展中国家适应和减缓气候变化。但美国和欧盟坚持要求发展中

---

① 张磊．国际气候政治的中国困境——一种微观层次的梳理．教学与研究，2010，(2)：68－74；中国天气网．哥本哈根气候会议的争议焦点与反思．http：//weather. news. sina. com. cn/news/2010/0321/53553. html. 2010－03－21.

大国参与减排，反对双轨谈判。

第二，中国的立场空间越来越小。2008年在日本北海道举行的八国峰会提出“50—50”目标，即2050年全世界温室气体排放量比当前降低50%。2009年7月在意大利举行的“8+5”（8个工业化国家加5个发展中国家）峰会进一步明确长远目标：一是2℃温升上限；二是进一步确认“50—50”目标；三是发达国家要减排80%。从历史排放来看，减排必须考虑历史责任；从未来发展看，发展中国家需要一定的排放空间。如果按照“50—50”目标，1850～2050年，发达国家人均累计排放接近1000吨，发展中国家只有200吨，相差近5倍。发达国家现在人均15吨，如果减80%，还有3吨；美国人均20吨，减80%还有4吨；发展中国家平均只有2.5吨，减20%只有2吨。但发展中国家仍需要发展空间。同时，多年来中国在气候政治中的一个重要策略是，强调温室气体的人均排放权，也就是依据“人均排放量”，尤其是“人均历史累积排放”，来衡量《联合国气候变化框架公约》的公平原则。然而，这一策略在当前形势下正趋于弱化。中国人均历史累积排放量也很有可能在21世纪20～30年代初期达到全球平均水平。如果美国、欧盟等加大减排力度，中国达到人均历史累积排放的全球平均水平的时间还会提前。这意味着，中国的立场空间越来越小。

第三，中国面临新的、更严峻的贸易保护主义。在气候谈判中，欧盟、美国声称要征收碳关税。碳关税虽不是气候政治的直接范畴，却是气候政策的一个重要衍生产品。一旦出现征收碳关税的政策，将可能引发一系列的涟漪效应，如贸易保护主义、贸易战等。作为严重依赖出口的国家，碳关税对中国经济的影响将是非常消极而深刻的。2009年6月，美国众议院通过《美国清洁能源安全法案》，提出未来将对部分国家征收“碳关税”，矛头直指发展中国家，中国是首要对象。当然，碳关税问题在美国仍处于可行性研究阶段，其中重要的一项是研究其是否违反WTO规则。即使不直接征收碳关税，欧美等国也会采取其他变相政策，在贸易问题上对中国施压。碳关税问题将很可能成为中国在未来气候政治中的一个重要压力之源。

三 低碳发展成为中国的必然选择

在发展低碳经济的道路上，机遇与挑战并存，但低碳经济发展却是中国的必然选择。

进入21世纪，中国进入了新的发展阶段，以科学发展观统领全局，提出要转变发展观念，创新发展模式，建设资源节约、环境友好、经济优质、自主创新、社会和谐的小康社会。低碳发展对中国来说是最佳途径，它能够造就一个既富有创造性又繁荣昌盛的社会，充分体现积极倡导的科学发展观，有助于建设资源节约、环境友好型社会和发展循环经济，与中国科学发展理念是一致的。从高碳经济向低碳经济转型，努力维持安全的气候符合中国构建和谐社会的精神，并且与中国目前进行的节能环保努力相一致。低碳经济为中国正在积极探索的转变经济发展模式和新型工业化提供了一条路径。在综合国力方面，经过改革开放30多年的快速发展，中国经济迅速腾飞，目前已成为世界第三大经济体和第一大出口国，而发展低碳经济可以使其经济地位得到进一步提升，更好地实现资源节约型、环境友好型社会的建设。

低碳经济是落实科学发展观的重要突破口。发展低碳经济意味着中国能够避免走西方国家的高消耗、高污染的工业化发展道路，走出一条低消耗、低排放的新型工业化道路。中国转向更为高效的制造业和低碳产业结构，这有利于中国保持国际贸易领域的持久竞争力。中国发展低碳经济是必要的，也是紧迫的。中国及早采取措施将会使中国受益，避免碳锁定和路径依赖，避免出现高耗能的工业生产能力和城市基础设施，可以通过投入研发和商业活动，发挥中国的独特优势，使中国成为国际低碳技术、产品和服务的主要供应者，从而减少对高耗能产品出口的依赖，而成为以高技术高信息含量的产品和服务为主的市场领导者。①

① 中国环境与发展国际合作委员会．国合会政策研究报告2009：中国发展低碳经济途径研究．2009.

第二篇

低碳经济发展理论与评价指标体系

低碳经济是一种经济形态，其本质是生态和谐、经济和谐、社会和谐一体化的生态文明社会经济形态。低碳经济发展理论，不仅是一种生态经济发展理论，还是一种可持续经济发展理论，是生态经济协调可持续发展理论的新发展。低碳经济发展过程具有阶段性特征，其中生产过程、能源结构、消费模式等的低碳化都与发展阶段密切相关。在此基础上，依据一定方法和原则，本篇将从多个维度构建低碳经济的评价指标体系，以期为定量评估低碳经济发展潜力提供参考依据。

第四章 低碳经济的理论基础

低碳经济是一种新的经济发展形态。国内外许多专家通过不同的理论途径阐释低碳经济的内涵和发展的必要性、可能性以及发展态势等内容，构成了低碳经济的重要理论基础，为我们理解、实践低碳经济提供了重要指导。

第一节 低碳经济的理论支点

一 低碳经济发展的必要性:生态足迹理论

生态足迹（ecological footprint，EFP）由加拿大生态学家 W. Rees 于 1992 年提出，用以衡量人类对自然资源利用程度以及自然界为人类提供的生命支持服务功能的方法。

生态足迹是指生产某人口群体所消费的物质资料的所有资源和吸纳这些人口所产生的所有废弃物质所需要的具有生物生产力的地域空间（biological productive areas，BPA），包括生产性生态足迹和消费性生产足迹。它的应用意义是：通过将生态足迹需求与自然生态系统的承载力（亦称生态足迹供给）进行比较即可以定量地判断某一国家或地区目前可持续发展的状态，以便对未来人类生存和社会经济发展做出科学规划和建议。

生态足迹的计算公式为

$$\mathrm{EFP}=N\cdot \mathrm{ef}=N\cdot\sum(\mathrm{aa}_i)=\sum r_jA_j=\sum(c_i/p_i)$$

其中，EFP 为总的生态足迹；N 为人口数；ef 为人均生态足迹；c_i 为 i 种商品的人均消费量；p_i 为 i 种消费商品的平均生产能力；aa_i 为人均 i 种交易商品折算的生物生产面积，i 为所消费商品和投入的类型；A_j 为第 j 消费项目折算的人均占有的生物生产面积；r_j 为均衡因子。

生态承载力的计算公式为

$$\mathrm{BPA}=a_j\times r_j\times y_j,\ (j=1,\ 2,\ 3,\ \cdots,\ 6)$$

其中，BPA 为人均生态承载力（公顷/人），a_j 为人均生物生产面积，r_j 为均衡因子，y_i 为产量因子。

EFP<BPA 时，生态盈余；

EFP>BPA 时，生态赤字。

区域生态足迹如果超过了区域所能提供的生态承载力，就会出现生态赤字；如果小于区域的生态承载力，则表现为生态盈余。区域的生态赤字或生态盈余，反映了区域人口对自然资源的利用状况。

Willian Rees 的博士生 Wackernagel 等曾对世界上 52 个国家和地区 1997 年的生态足迹进行的实证计算研究表明，人类的生态足迹已超过了全球生态承载力的 35%，人类现今的消费量已超出自然系统的再生产能力，即人类正在耗尽全球的自然资产存量。

2004 年，世界自然基金会（WWF）的《2004 地球生命力报告》使用了“生态足迹”这一指标，并列出了一份“大脚黑名单”。美国、日本、德国、英国、意大利、法国、韩国、西班牙、印度均是这份名单上生态赤字很大的国家。

2006 年 4 月 19 日公布的《亚太区 2005 生态足迹与自然财富报告》显示，亚太区人民耗损资源的速度接近该地区自然资源复原速度的 2 倍，而居住在该地区的人类所需的地球资源比该地区生态系统可提供的资源量高出 1.7 倍。

一些专家认为，生态足迹的计算结果只能反映经济决策对环境的影响，也就是只注意经济产品和社会服务能的耗费，而未注意生态产品和生态服务能的耗费，而且在考虑资源的消费时，只注意资源的直接消费而未考虑间接消费，同时忽略了资源开发利用中其他的重要影响因素。生态足迹方法并没有设计成一个预测模型，是一种基于现状静态数据的分析方法，其结论具有瞬时性。同时在将生产能力差异很大的耕地、化石能源土地、牧草地、林地等转化为可比较的生物生产型面积时，采用乘转化因子（均衡因子和产量因子），转化因子的确定显然假定了不同的生物生产面积类型之间固定的替代弹性，事实上，它们之间的环境影响是不可相互替代的。计算能源净消费所需的生物生产面积是通过计算吸收燃烧化石燃料所产生的二氧化碳所需的生物生产面积，这显然忽略了另外一种重要的温室气体——甲烷。当前生态足迹分析方法及其指标还是一个在不断改进的新生事物。“加拿大生态研究小组”等很多科研机构和学者正在研究如何将环境污染的生态影响纳入生态足迹的计算表格中。生态足迹分析法将逐渐完善，并有效地促进人类对可持续发展的探索。

根据“生态足迹”理论，逐渐引申出“碳足迹”的概念，用于衡量各种人类活动产生的温室气体排量。“碳”耗用得多，导致地球变暖的二氧化碳和其他温室气体也就制造得多，“碳足迹”也就越大。

二 低碳经济发展的可能性:脱钩理论

解决气候变化问题、实现低碳经济发展的最终途径是切断经济增长与温室气体排放之间的联系。国际上通常用“脱钩”指标来反映经济增长与物质消耗不同步变化的实质。

“耦合（coupling）-脱钩（decoupling）”理论用以分析经济发展与资源消耗之间的关联关系，具体指：一国或一地区工业发展初期，物质消耗总量随经济总量的增长而同比增长、甚至更高；但在某个特定阶段后会出现变化，经济增长时物质消耗并不同步增长，而是略低、甚至开始呈下降趋势，即从耦合走向脱钩。

国外有学者利用脱钩弹性（decoupling elasticity）的概念来划分碳排放和经济增长不同情形的社会状态，将脱钩指标细分为连接、脱钩和负脱钩三类状态，再依据不同弹性值，再进一步细分为弱脱钩、强脱钩、弱负脱钩、强负脱钩、扩张负脱钩、扩张连接、衰退脱钩与衰退连接等八种状态。[①]

在脱钩研究方面，Sturluson 认为脱钩指标虽然有很多缺点，如缺乏与环境容量的自动联系，难以兼顾各国国情以及受环境压力的最初水平和使其选择的影响等，但脱钩仍然是非常重要的。[②] OECD 研究了环境压力与经济增长脱钩指标的国家差别[③]，发现环境与经济脱钩的现象普遍存在于 OECD 国家中，并且环境与经济的进一步脱钩是有可能的，从而得出结论：在 OECD 国家，环境与经济的冲突，已经得到有效的控制，并在继续向好的方面转化。可以预计，在不远的将来，环境与经济的冲突，可以得到满意的解决方案。该指标的优点在于对环境压力指标与经济驱动力指标的各种可能组合给出了合理的定位。

从脱钩理论看，通过发展低碳经济大幅度提高资源生产率和环境生产率，能够实现用较少的水、地、能、材消耗和较少的污染排放，换来较好的经济社会发展。

三　低碳经济的发展态势：库兹涅茨曲线

库兹涅茨曲线是美国著名经济学家，诺贝尔经济学奖获得者西蒙·库兹涅茨通过研究增长与收入的不均等时指出的。1991 年，G. Grossman 和 A. Krueger 对 66 个国家和地区的 14 种空气污染物（1979～1990 年）和水污染物（1977～1988 年）的变动情况进行研究发现，大多数污染物的变动趋势与人均国民收入的变动趋势间呈倒“U”形关系，即“在经济发展的初级阶段，不同地区间的收入差距都会很小。随着工业的发展，各个地区之间不同的自然条件和区位条件对经济的巨大影响就会越来越明显，收入差距产生并且扩大，直至达到倒‘U’形的顶点。伴随着社会的不断发展，当个别地区的财富积累达到一定水平，生产要素便会向欠发达地区转移。反映到倒‘U’形曲线上时，就是收入差距的缩小”。这个理论也被称为“过山车”理论。

环境库兹涅茨曲线是通过人均收入与环境污染指标之间的演变模拟，说明经济发展对环境污染程度的影响，也就是说，在经济发展过程中，环境状况先是恶化而后得到逐步改善。对这种关系的理论解释主要是围绕三个方面展开的：经济规模效应（scale effect）与结构效应（structure effect）、环境服务的需求与收入的关系和政府对环境污染的政策与规制。

Grossman 和 Krueger 指出，对于一个发展中的经济，需要更多的资源投入。[④] 而产出的提高意味着废弃物的增加和经济活动副产品——废气排放量的增长，从而使得环境的质量水平下降。这就是所谓的规模效应。随着人均收入的增长，经济规模变得越来越大。规模效应是收入的单调递增函数。同时，经济的发展也使其经济结构产生了变化。Panayotou

① Petri T. Towards a theory of decoupling: degrees of decoupling in the EU and the case of road traffic in finland between 1970 and 2001. Transport Policy, 2005, 12: 137-151.

② Sturluson J T. Economic Instrument for decoupling Environmental Pressure from Economic Growth. Project Description, August13, 2002.

③ OECD. Indicators to measure decoupling of environmental pressure from economic growth. Summary Report, OECDSG/SD, 2002.

④ Grossman G M, Krueger A B. Economic growth and the environment. The Quarterly Journal of Economics, 1995, 110: 353-377.

指出，当一国经济从以农耕为主向以工业为主转变时，环境污染的程度将加深，这是因为，伴随着工业化的加快，越来越多的资源被开发利用，资源消耗速率开始超过资源的再生速率，产生的废弃物数量大幅增加，从而使环境的质量水平下降；而当经济发展到更高的水平，产业结构进一步升级，从能源密集型为主的重工业向服务业和技术密集型产业转移时，环境污染减少，这就是结构变化对环境所产生的效应。[①] 实际上，结构效应暗含着技术效应。产业结构的升级需要有技术的支持，而技术进步使得原先那些污染严重的技术为较清洁技术所替代，从而改善了环境的质量。正是因为规模效应与技术效应二者之间的权衡，在第一次产业结构升级时，环境污染加深，而在第二次产业结构升级时，环境污染减轻，从而使环境与经济发展的关系呈倒“U”形曲线。

另外一种理论解释是从人们对环境服务的消费倾向展开的。在经济发展初期，对于那些正处于脱贫阶段或者说是经济起飞阶段的国家，人均收入水平较低，其关注的焦点是如何摆脱贫困和获得快速的经济增长，再加上初期的环境污染程度较轻，人们对环境服务的需求较低，从而忽视了对环境的保护，导致环境状况开始恶化。可以说，此时，环境服务对他们来说是奢侈品。随着国民收入的提高，产业结构发生了变化，人们的消费结构也随之发生变化。此时，环境服务成为正常品，人们对环境质量的需求增加了，于是人们开始关注对环境的保护问题，环境恶化的现象逐步减缓乃至消失。[②]

再有一种理论解释是通过政府对环境所实施的政策和规制手段来阐述的。在经济发展初期，由于国民收入低，政府的财政收入有限，而且整个社会的环境意识还很薄弱，因此，政府对环境污染的控制力较差，环境受污染的状况随着经济的增长而恶化（由于上述规模效应与结构效应）。但是，当国民经济发展到一定水平后，随着政府财力的增强和管理能力的加强，一系列环境法规的出台与执行，环境污染的程度逐渐降低。若单就政府对环境污染的治理能力而言，环境污染与收入水平的关系是单调递减关系（有人称之为消除效应，abatement effect）。

从高碳经济到低碳经济的转型轨迹就是人类经历生态环境质量的“过山车”。相关的制度创新、技术创新和生态创新也许不能够改变倒“U”形轨迹，但人类应当可以削减倒“U”形轨迹的“峰度”和“上坡路”的里程，最低的现实要求是控制倒“U”的峰顶不高于人类持续生存的生态阀值，并促进倒“U”尽早经过“拐点”。

第二节 低碳经济的相关理论

低碳经济与循环经济、节能减排一脉相承，都是追求绿色 GDP、实现可持续发展的问题，但在内涵上三者有所区别。循环经济以“减量化、再利用、资源化”为原则，侧重于能源、物质的高效利用，是把清洁生产和废弃物的综合利用融为一体的经济。节能减排强

---

① Panayotou T. Empirical test and policy analysis of environmental degradation at different stages of economic development. ILD Tech nology and Employ ment. Programme Working Paper. WP 238 (Geneva), 1993.

② Panayotou T. Economic growth and the environment. Economic Survey of Europe, 2003, 2: 45-72.

调节约物质资源和能量资源、减少废弃物和环境有害物的排放。低碳经济侧重于严格控制温室气体的排放。由于高碳能源的使用在长期内仍将继续甚至增长，控制温室气体的排放不仅意味着要改造传统高碳行业技术、开发新的清洁能源、提高能源使用率，还包括发展碳捕获和利用存储技术、推进固碳工作、建立低碳社会生活方式等，低碳经济的核心是能源技术和减排技术创新、产业结构和制度创新以及人类生活方式、生存发展观念的根本性转变，对实现工业文明向生态文明的跨越有重大意义。由此，可持续发展理论、循环经济理论、生态经济理论和绿色经济理论等构成了低碳经济的基本理论。

一 可持续发展理论

1. 可持续发展概念的产生与发展

可持续发展（sustainable development）是既满足当代人的需求，又不对后代人满足其需求的能力构成危害的发展。它们是一个密不可分的系统，既要达到发展经济的目的，又要保护好人类赖以生存的大气、淡水、海洋、土地和森林等自然资源和环境，使子孙后代能够永续发展和安居乐业。发展是可持续发展的前提；人是可持续发展的中心体；可持续长久的发展才是真正的发展。

可持续发展与环境保护既有联系，又不等同。环境保护是可持续发展的重要方面。可持续发展的核心是发展，但要求在严格控制人口、提高人口素质和保护环境、资源永续利用的前提下进行经济和社会的发展。

可持续发展的概念最早是1972年在斯德哥尔摩举行的联合国人类环境研讨会上正式讨论提出的。这次研讨会云集了全球的工业化和发展中国家的代表，共同界定人类在缔造一个健康和富有生机的环境上所享有的权利。自此以后，各国致力于界定“可持续发展”的含义，现时已拟出的定义已有几百个之多，涵盖范围包括国际、区域、地方及特定界别的层面。

1980年国际自然保护同盟的《世界自然资源保护大纲》指出：“必须研究自然的、社会的、生态的、经济的以及利用自然资源过程中的基本关系，以确保全球的可持续发展。”1981年，美国布朗（Lester R. Brown）出版《建设一个可持续发展的社会》，提出以控制人口增长、保护资源基础和开发再生能源来实现可持续发展。1987年，世界环境与发展委员会出版报告《我们共同的未来》，将可持续发展定义为“既能满足当代人的需要，又不对后代人满足其需要的能力构成危害的发展”。它系统阐述了可持续发展的思想。1992年6月，联合国在里约热内卢召开的“环境与发展大会”，通过了以可持续发展为核心的《里约环境与发展宣言》、《21世纪议程》等文件。

中国政府编制了《中国21世纪人口、资源、环境与发展白皮书》，首次把可持续发展战略纳入我国经济和社会发展的长远规划。1997年的中共十五大把可持续发展战略确定为我国“现代化建设中必须实施”的战略。

2. 可持续发展与低碳经济的关系

低碳经济已经不仅仅是为了应对气候变化，更是实现我国经济社会可持续发展的当务之急。低碳经济的实质是提高能源效率、清洁能源结构和促进产品低碳开发，核心是能源技术创新和制度创新。低碳经济的发展模式为节能减排、调整经济结构、转变发展方式、构建和谐社会提供了操作性诠释，是实现可持续发展的必由之路。

发展低碳经济的根本方向是可持续发展。低碳经济是目前最可行的、可量化的可持续发展模式的最佳形态。发展低碳经济是我国可持续发展的内在要求，可持续发展是中国低碳经济的发展重心。

二 循环经济理论

1. 循环经济概念的产生与发展

循环经济（cyclic economy）即物质闭环流动型经济，是指在人、自然资源和科学技术的大系统内，在资源投入、企业生产、产品消费及其废弃的全过程中，把传统的依赖资源消耗的线形增长的经济，转变为依靠生态型资源循环来发展的经济。

循环经济是以资源的高效利用和循环利用为目标，以“减量化、再利用、资源化”为原则，以物质闭路循环和能量梯次使用为特征，按照自然生态系统物质循环和能量流动方式运行的经济模式。它要求运用生态学规律来指导人类社会的经济活动，其目的是通过资源高效和循环利用，实现污染的低排放甚至零排放，保护环境，实现社会、经济与环境的可持续发展。循环经济是把清洁生产和废弃物的综合利用融为一体的经济，它要求把经济活动组成一个“资源—产品—再生资源”的反馈式流程；其特征是低开采，高利用，低排放。它本质上是一种生态经济，要求运用生态学规律来指导人类社会的经济活动。

循环经济的思想萌芽可以追溯到环境保护理念兴起的20世纪60年代。1962年美国生态学家蕾切尔·卡逊发表了《寂静的春天》，指出生物界以及人类所面临的危险。“循环经济”一词，首先由美国经济学家K. 波尔丁提出，主要指在人、自然资源和科学技术的大系统内，在资源投入、企业生产、产品消费及其废弃的全过程中，把传统的依赖资源消耗的线形增长经济，转变为依靠生态型资源循环来发展的经济。其“宇宙飞船经济理论”可以作为循环经济的早期代表，大致内容是：地球就像在太空中飞行的宇宙飞船，要靠不断消耗自身有限的资源而生存，如果不合理开发资源、破坏环境，就会像宇宙飞船那样走向毁灭。因此，宇宙飞船经济要求一种新的发展观：第一，必须改变过去那种“增长型”经济为“储备型”经济；第二，要改变传统的“消耗型经济”，而代之以休养生息的经济；第三，实行福利量的经济，摒弃只着重生产量的经济；第四，建立既不会使资源枯竭，又不会造成环境污染和生态破坏、能循环使用各种物资的“循环式”经济，以代替过去的“单程式”经济。

20世纪90年代之后，发展知识经济和循环经济成为国际社会的两大趋势。我国从20世纪90年代起引入了关于循环经济的思想。此后对于循环经济的理论研究和实践不断深入。

1998年引入德国循环经济概念，确立“3R”原理的中心地位；1999年从可持续生产的角度对循环经济发展模式进行整合；2002年从新兴工业化的角度认识循环经济的发展意义；2003将循环经济纳入科学发展观，确立物质减量化的发展战略；2004年，提出从不同的空间规模：城市、区域、国家层面大力发展循环经济。

2. 循环经济与低碳经济的关系

循环经济和“低碳经济”都是一种正在兴起的经济模式，其核心是在市场机制基础上，通过制度和政策措施的制定和创新以及科学技术进步，推动高投入、高消耗、高排放、低效益的整个社会经济模式朝向低投入、低效耗、低排放、高效益的模式转型，实现社会步入可持续发展的良性循环轨道。众所周知，中国循环经济从初始就强调从源头控制，突出“减量化”，从资源开采、生产领域入手，减少投入，提高资源利用效率，节能减排。同时，大力推进废弃物的资源化、再利用和可再生能源与清洁能源，全面贯彻循环经济“3R”原则。我国的循环经济是生产、流通、消费领域减量化、生态化与废弃物资源化、再利用，即动脉产业与静脉产业有机统一，协调发展。因此说，循环经济和“低碳经济”的根本宗旨是完全一致的，名异而实同。

发展低碳经济是发展循环经济的必然选择、最佳体现与首选途径，同时又向循环经济发展提出了新要求：在发展循环经济的目标中，“最少的废物排放”，首先应该是碳排放量最小化与无碳化。因此，发展循环经济要求发展低碳经济，低碳经济发展是循环经济发展的重要特征。

三 生态经济理论

1. 生态经济概念的产生与发展

生态经济（ecological economy）是指在生态系统承载能力范围内，运用生态经济学原理和系统工程方法改变生产和消费方式，挖掘一切可以利用的资源潜力，发展一些经济发达、生态高效的产业，建设体制合理、社会和谐的文化以及生态健康、景观适宜的环境。生态经济是实现经济腾飞与环境保护、物质文明与精神文明、自然生态与人类生态的高度统一和可持续发展的经济。

生态经济的研究开始于20世纪60、70年代。1962年，美国学者蕾切尔·卡逊在《寂静的春天》中猛烈抨击了西方发达国家在农业生产中滥用化学药品，导致生态危机爆发的错误做法，其矛头直指化学药品生产企业及与之利害攸关的经济部门。20世纪60年代末，美国经济学家肯尼思·鲍尔丁在他的论文《一门科学——生态经济学》中首次使用了“生态经济学”这一术语，成为生态经济学学科的最早倡导者。他在该书中倡导用市场经济体制控制人口的增长、环境污染和协调消费品的分配、资源的开发利用。此后，生态经济学在西方逐渐成为一个引人注目的研究领域。20世纪90年代初，西方学者开始在可持续发展的理论平台上探索自然资本的相关问题，并把它纳入生态经济学的理论框架，促进了西方生态经济学理论的新发展。90年代中期以来，生态服务理论受到经济学家和生态学家的广泛青睐，成为西方生态经济学研究的前沿。西方生态经济学在发展的过程中，各种理论观点呈现出多元化的特点，其主流学派的理论发展已经从生态经济协调发展论走向生态经济可持续发展论。研究方法与分析工具的多样性也成为西方生态经济学理论研究的一个新趋势。[①]

2. 生态经济与低碳经济的关系

生态经济与低碳经济有着相同的理论基础，都是生态经济理论和系统理论，都强调把经济系统与生态系统的多种组成要素联系起来进行综合考察与实施，追求经济社会与生态发展全面协调，实现生态经济的最优目标。两者所依靠的技术手段相同，都是以生态技术为基础，将经济活动和生态环境作为一个有机整体，追求自然生态环境承载能力下的经济持续增长。两者有着相同的目的，都是追求保护、改善资源环境，都是追求人类的可持续发展和环境友好型社会的实现。

两者的不同之处在于，生态经济强调经济与生态系统的协调，注重两大系统的有机结合，强调宏观经济发展模式的转变，要求产品生产、消费和废弃的全过程密闭循环，而低碳经济重点从建立低碳经济结构、减少碳能源消费入手，建立全社会减少温室气体排放、应对全球气候变暖的应对机制和发展模式。

四 绿色经济理论

1. 绿色经济概念的产生与发展

绿色经济（green economy）是以市场为导向、以传统产业经济为基础、以经济与环境的和谐为目的而发展起来的一种新的经济形式，是产业经济为适应人类环保与健康需要而产生并表现出来的一种发展状态。它指能够遵循“开发需求、降低成本、加大动力、协调一致、宏观有控”五项准则，并且得以可持续发展的经济。“绿色经济”既是指具体的一个微观单位经济，又是指一个国家的国民经济，甚至是全球范围的经济。

绿色经济与传统产业经济的区别在于：传统产业经济是以破坏生态平衡、大量消耗能源与资源、损害人体健康为特征的经济，是一种损耗式经济；绿色经济则是以维护人类生存环境、合理保护资源与能源、有益于人体健康为特征的经济，是一种平衡式经济。

“绿色经济”一词最初是由英国经济学家皮尔斯在1989年出版的《绿色经济蓝皮书》中提出来的，但其萌芽却要追溯到30年前的一场“绿色革命”。20世纪60年代开始的“绿色革命”，主要针对的是绿色植物种植的改进，随后这场革命演变成一场全球的“绿色运动”，不仅涉及资源与环境问题，还渗透到社会各个方面。

Jacobs与Postel等人在20世纪90年代所提出的绿色经济学中倡议在传统经济学三种生产基本要素：劳动、土地及人造资本之外，必须再加入一项社会组织资本（social and organization capital，SOC），并将其他三项成本的定义略作修正：人类资本（human capital）强调“人力”的健康、智识、技艺及动机（motivation）；将土地成本扩充成为生态资本

① 方时姣．西方生态经济学发展的前沿和趋势．http：//www.cass.net.cn/file/20090702236771.html.2009－07－02.

(ecological capital)，或自然资本(natural capital)；人造资本(man-made capital)保持不变，或称制造资本(manufactured capital)。绿色经济特别提出的社会组织资本，指的是地方小区，商业团体、工会乃至国家的法律、政治组织，到国际的环保条约(如《海洋法》、《蒙特娄公约》)等。他们认为，这些社会组织不止是单纯的个人的总和而已。无论哪一种层级的组织，都会衍生出其个别的习惯、规范、情操、传统、程序、记忆与文化，从而培养出相异的效率、活力、动机及创造力，投身于人类福祉的创造。

2. 绿色经济与低碳经济的关系

发展绿色经济要求人们经济活动从高耗资源能源、高污染环境与高损生态的非持续发展经济到资源能源消耗最少化、环境污染最轻化与生态损害最小化的可持续发展经济的根本转变。因此，两者在本质上完全一致，可以说，低碳经济是绿色经济发展的理想模式。

两者的不同在于：一是提出的背景不同，低碳经济是人类为应对全球气候变暖、减少人类的温室气体排放提出的经济形式；绿色经济是人类为了应对资源危机，减少人类对资源环境的破坏提出的经济形式。二是低碳经济是一种经济的发展形态，绿色经济是一种经济发展的核算方式；低碳经济侧重的是资源的温室气体排放，绿色经济侧重的是资源节约利用。三是低碳经济的考核指标是单位 GDP 的二氧化碳的排放量，是个量指标的考核；绿色经济是 GDP 的核算方式，是总量指标的考核。四是目标不同，低碳经济的目标是减少了多少气体排放，绿色经济是经济净增长了多少。绿色经济不等于低碳经济，绿色包括了伦理的、经济的、环境的方方面面，低碳经济的针对性特别强，其范围比绿色经济要小。

就循环经济、绿色生态经济与低碳经济的关系看，它们在内容上是互有重合、彼此交织的。它们具有相同的系统观，即人类和自然界相互依赖、互相影响；也具有相同的发展观，即经济发展要在资源环境的承载力范围内；同时也具有相同的生产观，即节省资源的投入，提高利用效率，清洁生产；更具有相同的消费观，即物质适度消费、废物尽可能地循环使用。它们都没有停留在对资源和环境问题的一般性关注上，而是深入剖析传统经济发展模式的弊端，揭示资源和环境问题与传统线性经济发展模式的内在联系，探究人与自然关系的传统理念对资源和环境问题的深刻影响，寻求通过发展模式的创新与人类环境价值观念的革新，实现经济发展与环境保护的双赢。但是，三者之间也存在着区别，它们在内涵的核心、研究的侧重点、实现途径等方面存在不同，各有各的特点。循环经济的核心是物质的循环，使各种物质循环更好地被利用起来，以提高资源效率和环境效率。绿色经济以人为本，以发展经济、全面提高人民生活福利水平为核心，保障人与自然、人与环境的和谐共存，人与人之间的社会公平最大化的可持续发展，使社会系统的最大公平目标得以实现。低碳经济是以低能耗、低污染为基础的经济，其核心是能源技术创新、制度创新和人类消费发展观念的根本性转变。它以无碳、低碳能源为基础，实现温室气体的减排，遏制全球气候变暖的趋势，保护人类家园——地球环境，实现人类社会的可持续发展。因此，发展低碳经济是发展绿色经济的必要选择、最佳体现与首选途径，同时又向绿色经济发展提出了新要求。发展绿色经济要求发展低碳经济，低碳经济发展是绿色经济发展的重要特征。

第三节　中国低碳经济发展的理论架构

低碳经济理论是建立在自然规律基础上的经济理论。它依据基本的地球物质循环，尤其是碳循环和碳平衡的原理，计算各种公共工程和商业活动的碳排放及碳预算收支，同时，通过衍生产品市场机制和《京都协议书》的三大机制使得碳排放权得以自由交易。简言之，低碳经济指的是在发展中排放最少的温室气体，同时获得整个社会最大的产出。

一　低碳经济引发理论研究

人类从根源上重新审视各种经济社会活动，有利于从机制和制度层面控制温室气体排放，从而使低碳经济理论和模式成为解决全球气候变化问题的途径。从目前的发展看，世界各国及科学界在碳排放的方式、过程及循环状态等方面取得了很大突破，其中人类经济活动对碳排放的影响是研究的热点。

1. 创建低碳经济学的理论

低碳经济学的理论主要涉及的问题包括：①能源与低碳经济，包括能源、宏观经济变量与公共政策、能源与环境、能源资源的优化配置、能源价格和税收、节能减排、能源的内部替代和外部替代。②产业经济与低碳经济，包括如何在减缓二氧化碳等温室气体排放的同时促进和实现产业可持续发展的问题。③全球治理与低碳经济，将发展低碳经济、转变经济发展模式与跨国公司对外直接投资与跨国经营结合起来，既研究宏观经济形势、宏观调控与国际协调，又研究微观经济主体的响应和行动。④国际贸易与低碳经济，从国际贸易的角度研究低碳经济，构建“贸易-经济发展-碳排放”模型，利用定量研究将碳排放分别分解为由国内需求导向的和由贸易导向的两部分，并扩展为社会核算矩阵（SAM），从而全面衡量低碳经济-国际贸易-收入分配等相关政策问题（包括整体和分产业），厘清碳排放的生产核算准则和消费核算准则。⑤金融市场与碳交易，包括碳信用交易机制和定价理论，大力促进深化财税、金融体制的改革，建立健全生态环境补偿机制，使我国利用碳信用交易机制得到落实，有利于科学发展的金融制度。

2. 低碳发展理论引发众多问题

第一，政府作用与角色定位问题。人类社会的每一次经济模式的重大转变，几乎无一例外地引起了政府角色定位的重大转变。低碳经济也引起了对政府角色重新定位的新讨论。对低碳经济时期政府的战略角色进行了新的定位。与工业文明时代的“参与式国家”中政府的辅助者角色不同的是，在低碳经济条件下，政府的领导、指导与引导者的角色更为突出，政府的战略地位更为显著。因为在全球变暖的大背景下，希望碳排放的自动减少和低碳经济的自动实现几乎是不可能的，而必须依赖政府从法律法规、政策环境、技术发展等方面加以强力推动，这就决定了低碳经济发展中政府的重要地位与作用。例如，低碳技术因为成本相对较高、收益相对较低而公益性突出，政府就必须对新的低碳技术研发进行投资，并通过相关政策和激励机制保障低碳技术应用与低碳产业发展，这就决定了推动低碳科技创新是发展低碳经济的重要政府行为。因此，在低碳经济发展过程中，政府要扮演更为重要的战略角色。

第二，政府法律责任与行政责任问题。与工业文明时代政府责任的限权立法不同的是，低碳经济时代对政府的责任进行了积极的立法规定，赋予了政府在低碳经济发展中的重要的规划权力以及相应的裁量权力。通过立法来强化政府在低碳经济发展中的法律责任与行政责任，是发达国家的一条重要经验。

第三，政府职能转变问题。为实现低碳经济的战略目标，政府职能必须加以相应的调整与转变。首先是要调整政府与市场的关系，政府要充分发挥制定规则和弥补市场失灵的作用，同时要充分利用市场机制，尽可能地调动企业、消费者等微观经济主体在低碳经济发展中的积极性。为弥补低碳经济发展中的市场失灵，应采取碳基金、配额制度、行政法律强制、碳排放税、建立排放贸易体系等低碳政策工具。在低碳经济发展的过程中，要将碳减排纳入国民经济与社会发展调控的总体框架，要协调低碳发展与政府经济调节、市场监管、社会管理、公共服务职能的关系。要正确处理碳排放需求与人类发展需求、公共服务需求之间的关系，人类发展需求、公共服务需求离不开一定的物质与能源消费，发展中国家要实现工业化与城市化、达到与发达国家一样的生活水平，需要以一定的碳排放为基础；这就需要我们遵循碳排放权的公平分配原则，按照国际公平原则与人际公平原则，合理确定发展中国家的人均碳预算与碳配额。在实行碳预算的情况下，政府还要为因实施碳预算而导致能源贫困的人买单。

第四，公共政策转型问题。为实现低碳转型，就必须实现公共政策流程的“低碳化”、“减碳化”乃至于“无碳化”（de-carbonize），也就是要优化政府决策程序，在决策中结合推进低碳经济的发展思维，支持实现发展低碳经济的目标。国际经验表明，政府通过明确发展规划、完善法律法规、创新体制机制、推动科技创新等方面的公共政策导向，综合运用碳预算、征税、补贴、基金、市场交易等政策工具，可以有效推动低碳经济的发展。低碳经济先行国家在政府发展战略、财税政策、能源政策方面进行了积极转型，将以气候变化为代表的环境问题纳入国家宏观发展政策统筹考虑，促进了低碳经济发展的政策工具创新。

碳预算被赋予公共政策内涵，开始作为一种政策管理工具出现。从长远来看，碳预算将与财政政策、产业政策紧密结合，并将因实施碳关税而与国际贸易政策结合起来，将对世界政治、经济格局产生日益重大的影响。碳排放交易市场的建立，对节能、可再生能源等减排二氧化碳技术给予税收优惠或财政补贴，确定能源效率标准与建筑节能标准等，也都是促进低碳发展的重要政策工具。政府管理方式转变问题，发展低碳经济，必须实现从高碳政府模式向低碳政府管理模式的重大转变。要强化对气候变化的政府管理，提升政府气候管理部门的战略地位。

第五，公共治理结构问题。发展低碳经济，必须完善政府、市场、公民三方互动的低碳治理模式。政府在低碳社会建设中起领导作用，要制定低碳城市发展目标与规划，促进多方合作，建设相应的监管制度；要通过市场体系促进节能技术升级，形成低碳技术与低碳产品开发的市场环境；要促进政府、企业、行业协会、咨询公司、投资公司、科研机构及媒体等多方面力量的参与和合作，共同促进低碳发展。公民要深化低碳理念、改变消费观念，参与低碳决策。

二 本书研究的理论基础与框架

目前全球尚无一个低碳经济的理论体系，而没有理论指导的发展是盲目的，容易出问题。在一般层面上，低碳经济的理念需要普及，很多人还没有弄懂什么是真正的低碳经济；在理论研究层面上，创建低碳经济学这门新学科，也是理论研究的需要，可见低碳经济理论体系的创建是十分必要的。国际低碳经济研究所邀请罗马俱乐部的创始人之一——汉斯·德尔担任顾问，就是想从罗马俱乐部那里学到一些创新的东西。罗马俱乐部的报告《增长的极限》，对人类发展的传统模式提出了警告，提出了一些当时看来耸人听闻的观点。但是，这份报告集各个学科专家的研究成果之大成，提出了"可持续发展"理念，促进了一门新的学科"环境经济学"的诞生。本书的目标不是创建一个"低碳经济学"的理论体系，但需要从理论上明确有中国特色的低碳经济，构建一条有中国特色的低碳经济发展道路。

根据已有的相关理论，我们从低碳经济的发展理论支撑点出发，其中，生态足迹理论证明低碳经济发展的必要性，脱钩理论阐述了低碳经济发展的可能性，而库兹涅茨曲线则给出了发展态势，结合可持续发展、循环经济、生态经济以及绿色经济的理论基础，得出了发展低碳经济的理论框架，如图 4-1 所示。

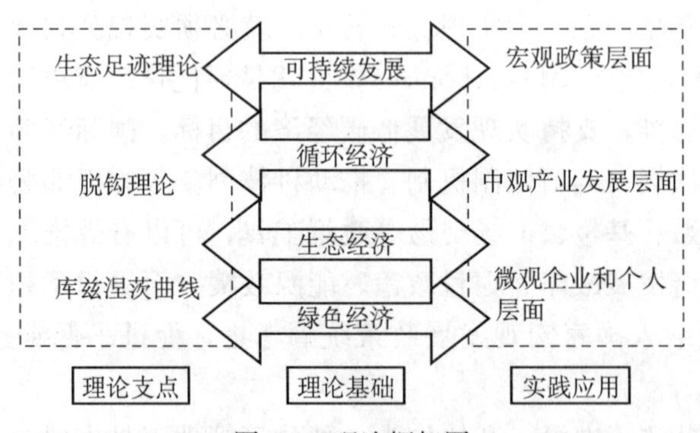

图 4-1　理论框架图

低碳经济是人类从工业文明向生态文明转变的一种新的经济模式与生活方式，与此相适应，发展方式也将从高碳发展模式向低碳发展模式转变。低碳发展理论就是对这一发展趋势的理论回应。

第五章 节能减排目标下的低碳经济主要规划指标

实现低碳经济发展是一项全球课题，需要国际社会的共同努力，也需要各个国家付诸实践。低碳经济发展也是一项系统工程，必须从经济和社会的整体出发，努力构建低碳化发展新体系。

第一节 全球温室气体减排目标分解与指标

气候变化已经越来越为大家所认识，国际社会应对气候变化的共同意愿也越来越强烈，减少温室气体排放已经在世界范围内达成广泛共识，许多国家都许下了减排的承诺。

一 温室气体减排总体要求

1992 年 6 月在巴西里约热内卢举行的联合国环境与发展大会上，150 多个国家制定了《联合国气候变化框架公约》（以下简称《公约》）。它是世界上第一个为全面控制二氧化碳等温室气体排放，应对全球气候变暖给人类经济和社会带来不利影响的国际公约，也是国际社会在应对全球气候变化问题上进行国际合作的一个基本框架。《公约》的最终目标是“将大气中温室气体的浓度稳定在防止气候系统受到危险的人为干扰的水平上。这一水平应当在足以使生态系统能够自然地适应气候变化、确保粮食生产免受威胁并使经济发展能够可持续地进行的时间范围内实现”。

《公约》将参加国分为三类：第一类是工业化国家。这些国家答应要以 1990 年的排放量为基础进行削减，承担削减排放温室气体的义务。如果不能完成削减任务，可以从其他国家购买排放指标。第二类是发达国家。这些国家不承担具体削减义务，但承担为发展中国家进行资金、技术援助的义务。第三类是发展中国家。这些国家不承担削减义务，以免影响经济发展，可以接受发达国家的资金、技术援助，但不得出卖排放指标。

《公约》首先要求发达国家应当率先对付气候变化及其不利影响，也充分考虑发展中国家缔约方尤其是特别易受气候变化不利影响的那些发展中国家缔约方的具体需要和特殊情况，也应当充分考虑那些按本公约必须承担不成比例或不正常负担的缔约方特别是发展中国家缔约方的具体需要和特殊情况。

批准《公约》的国家被称为《公约》缔约方。《公约》要求各缔约方采取预防措施，预测、防止或尽量减少引起气候变化的原因，并缓解其不利影响。政策和措施应当考虑到不同的社会经济情况，并且应当具有全面性，包括所有有关的温室气体源、汇和库及适应措施，并涵盖所有经济部门。应付气候变化的努力可由有关的缔约方合作进行。《公约》只是说明应该在社会发展中将低碳经济的发展考虑进去，并且应该互相合作，但是没有说明具体应该如何去做，也并没有明确各个缔约国的具体目标。

二 温室气体减排目标解析

1.《京都议定书》

1997 年 12 月，在日本京都召开的《联合国气候变化框架公约》缔约方第三次会议通过了旨在限制发达国家温室气体排放量以抑制全球变暖的《京都议定书》。《京都议定书》是人类历史上首次以法规的形式限制温室气体排放。

《京都议定书》规定，到 2010 年，所有发达国家二氧化碳等 6 种温室气体的排放量，要比 1990 年减少 5.2%。具体来说，各发达国家从 2008 年到 2012 年必须完成的削减目标是：与 1990 年相比，欧盟削减 8%、美国削减 7%、日本削减 6%、加拿大削减 6%、东欧各国削减 5%～8%。新西兰、俄罗斯和乌克兰可将排放量稳定在 1990 年水平上。《京都议定书》同时允许爱尔兰、澳大利亚和挪威的排放量比 1990 年分别增加 10%、8%和 1%。

《京都议定书》需要在占全球温室气体排放量 55%以上的至少 55 个国家批准，才能成为具有法律约束力的国际公约。中国于 1998 年 5 月签署并于 2002 年 8 月核准了该议定书。欧盟及其成员国于 2002 年 5 月 31 日正式批准了《京都议定书》。2004 年 11 月 5 日，俄罗斯总统普京在《京都议定书》上签字，使其正式成为俄罗斯的法律文本。截至 2005 年 8 月 13 日，全球已有 142 个国家和地区签署该议定书，其中包括 30 个工业化国家，批准国家的人口数量占全世界总人口的 80%。

美国人口仅占全球人口的 3%～4%，而排放的二氧化碳却占全球排放量的 25%以上，为全球温室气体排放量最大的国家。美国曾于 1998 年签署了《京都议定书》。但 2001 年 3 月，布什政府以“减少温室气体排放将会影响美国经济发展”和“发展中国家也应该承担减排和限排温室气体的义务”为借口，宣布拒绝批准《京都议定书》。

2005 年 2 月 16 日，《京都议定书》正式生效。这是人类历史上首次以法规的形式限制温室气体排放。为了促进各国完成温室气体减排目标，议定书允许采取以下四种减排方式：①两个发达国家之间可以进行排放额度买卖的“排放权交易”，即难以完成削减任务的国家，可以花钱从超额完成任务的国家买进超出的额度；②以“净排放量”计算温室气体排放量，即从本国实际排放量中扣除森林所吸收的二氧化碳的数量；③可以采用绿色开发机制，促使发达国家和发展中国家共同减排温室气体；④可以采用“集团方式”，即欧盟内部的许多国家可视为一个整体，采取有的国家削减、有的国家增加的方法，在总体上完成减排任务。值得注意的是，美国并没有因为退出了《京都议定书》而放弃走“低碳之路”。同时，与美国一样，世界其他国家都在这期间展开了较为显著的减排行动。

因为有了《京都议定书》的法律约束，各国的碳排放额开始成为一种稀缺的资源，因而也具有了商品的价值和进行交易的可能性，并最终催生出一个以二氧化碳排放权为主的碳交易市场。表 5-1 比较了三种交易机制。表 5-2 是两大类型市场的比较。

表 5-1　三种交易机制的区别

减排交易机制	区　别
清洁发展机制（clean development mechanism，CDM）	是唯一与发展中国家直接相关的减排机制。其核心内容就是具有减排义务的国家，通过和没有减排义务国家合作，发达国家获得项目产生的全部或部分经认证的减排量，分别称为核准减排量（certified emission reduction，CER）和减排单位（emission reduction unit，ERU）的额度，两种额度也都相当于 1 吨二氧化碳当量，可以用来抵扣获得项目开发商所在国按照《京都议定书》要求的减排要求
联合履行（joint implementation，JI）	发达国家之间通过项目级的合作，其所实现的减排单位，可以转让给另一发达国家缔约方
排放贸易（emissions trade，ET）	采用总量管制和排放交易的模式，即环境管理者设置一个排放量的上限，向受该体系管辖的每个发达国家分配"分配数量单位"（AAU），每个 AAU 等于 1 吨二氧化碳当量。如果在承诺期中某国家的排放量低于该分配数量，则剩余的 AAU 可以通过国际市场有偿转让给另外一个未能完成减排义务的发达国家；反之，则必须到市场上购买超额的 AAU，否则会被重罚

资料来源：财经 NGO. 第七期财经青年 NGO 邦活动——低碳经济和碳金融来龙去脉 . http：//blog. sina. com. cn/s/blog _ 60ae56080100fhcq. html. 2009 - 08 - 23.

表 5-2　两大类型市场的比较

<table>
<tr><td colspan="2">以项目为基础的交易市场</td><td colspan="2">以配额为基础的交易市场</td></tr>
<tr><td>清洁发展机制（CDM）</td><td>联合履行机制（JI）</td><td>强制碳交易市场</td><td>自愿碳交易市场</td></tr>
<tr><td rowspan="2">核定减排量（CER）</td><td rowspan="2">减排单位（ERU）</td><td>欧盟排放交易系统</td><td>芝加哥气候交易所</td></tr>
<tr><td colspan="2">派生出期货和期权等衍生品</td></tr>
</table>

资料来源：财经 NGO. 第七期财经青年 NGO 邦活动——低碳经济和碳金融来龙去脉 . http：//blog. sina. com. cn/s/blog _ 60ae56080100fhcq. html. 2009 - 08 - 23.

全球碳交易市场发展飞快，据世界银行发布的研究报告，全球碳排交易市场价值已从 2005 年的 110 亿美元上升到 2008 年的 1300 亿美元。2008～2012 年，全球碳交易市场规模每年预计新增 600 亿美元，2012 年全球碳交易市场规模将达到 1500 亿美元，有望超过石油市场，成为第一大市场。

2. 《巴厘路线图》

2007 年 12 月，《联合国气候变化框架公约》第十三次缔约方大会在印度尼西亚巴厘岛举行，会议着重讨论"后京都"问题，即《京都议定书》第一承诺期在 2012 年到期后如何进一步降低温室气体的排放。15 日，联合国气候变化大会通过了《巴厘路线图》，启动了加强《公约》和《京都议定书》全面实施的谈判进程，致力于在 2009 年年底前完成《京都议定书》第一承诺期 2012 年到期后全球应对气候变化新安排的谈判并签署有关协议。

《巴厘路线图》主要包括三项决定或结论：第一是旨在加强落实气候公约的决定，即《巴厘行动计划》。"计划"主要包括四个方面的内容，即减缓、适应、技术和资金。其中，减缓主要包括发达国家的减排承诺与发展中国家的国内减排行动。它要求加强国际合作执行气候变化适应行动，包括气候变化影响和脆弱性评估，帮助发展中国家加强适应气候变化能力建设，为发展中国家提供技术和资金，灾害和风险分析、管理，以及减灾行动等；

要求加强减缓温室气体排放和适应气候变化的技术研发和转让，包括消除技术转让的障碍、建立有效的技术研发和转让机制、加强技术推广应用的途径、合作研发新的技术等；要求为减排温室气体、适应气候变化技术转让提供资金和融资；要求发达国家提供充足的、可预测的、可持续的新的和额外的资金资源，帮助发展中国家参与应对气候变化的行动。第二是《京都议定书》下发达国家第二承诺期谈判特设工作组关于未来谈判时间表的结论；第三是关于《京都议定书》第 9 条下的审评结论，确定了审评的目的、范围和内容，推动《京都议定书》发达国家缔约方在第一承诺期（2008～2012 年）切实履行其减排温室气体承诺。

该“路线图”为 2009 年前应对气候变化谈判的关键议题确立了明确议程，要求发达国家在 2020 年前将温室气体减排 25%～40%。《巴厘路线图》在 2005 年蒙特利尔缔约方会议的基础上，进一步确认了气候《公约》和《京都议定书》下的“双轨”谈判进程，并决定于 2009 年在丹麦哥本哈根举行的气候公约第十五次缔约方会议暨议定书第五次缔约方会议上最终完成谈判，加强应对气候变化国际合作，促进对气候《公约》及《京都议定书》的履行。

3. 哥本哈根气候变化大会

2009 年 12 月在丹麦首都哥本哈根召开《联合国气候变化框架公约》第十五次缔约方会议暨《京都议定书》第五次缔约方会议，来自 192 个国家的谈判代表召开峰会，商讨《京都议定书》一期承诺到期后的后续方案，即 2012～2020 年的全球减排协议。会议的焦点问题主要集中在责任共担，最终达成不具法律约束力的《哥本哈根协议》。《哥本哈根协议》维护了《联合国气候变化框架公约》及其《京都议定书》确立的“共同但有区别的责任”原则，就发达国家实行强制减排和发展中国家采取自主减缓行动作出了安排，并就全球长期目标、资金和技术支持、透明度等焦点问题达成广泛共识。

会议从科学角度出发，依照 IPCC 第四次评估报告所述愿景，将全球气温升幅控制在 2℃以下，并在公平的基础上行动起来以达成上述基于科学研究的目标。会议还决定采取各种方法，包括使用碳交易市场的机会，来提高减排措施的成本效益，促进减排措施的实行；应该给发展中国家提供激励，以促使发展中国家实行低排放发展战略。

考虑到各个国家的发展水平不同，在解析低碳经济发展途径时，实现低碳发展的时间区间也各不相同。此次会议各国都制定了相对具体的目标，也做出了承诺，根据《哥本哈根协议》，具体情况如表 5-3（发达国家）和表 5-4（发展中国家）所示。

表 5-3　发达国家承诺细节

与会方	承诺细节		承诺状态	是否包括土地利用、土地利用变化和林业（LULUCF）	机制引入
	2020 年减排范围	参照年			
澳大利亚	5%～15%或 25%	2000	官方宣布	是	是
白俄罗斯	5%～10%	1990	考虑中	是	量化限制和减排目标（QELROs）依据具体条件而定
加拿大	20%	2006	官方宣布	初步定为 2006 年总排放量的 2%～－2%	无重要使用

续表

与会方	承诺细节		承诺状态	是否包括土地利用、土地利用变化和林业（LULUCF）	机制引入
	2020年减排范围	参照年			
克罗地亚	5%	1990	考虑中	是	待定
欧盟	20%～30%	1990	立法通过	若减排为20%则不包括；若减排为30%则在−3%～3%	初步估计：若减排20%则为4%
冰岛	15%	1990	官方宣布	可观贡献	限制机制使用
日本	25%	1990	官方宣布	初步定为1990年排放量的1.5%～−2.9%	待定
哈萨克斯坦	15%	1992	官方宣布	待定	待定
列支敦士登	20%～30%	1990	官方宣布	否	10%～40%
摩纳哥	205%	1990	官方宣布	否	是
新西兰	10%～20%	1990	官方宣布	是	是
挪威	30%～40%	1990	官方宣布	约6%	是
俄罗斯	15%～25%	1990	官方宣布	待定	待定
瑞士	20%～30%	1990	官方宣布	是（根据现有计算规则）	初步估计，多减少20%则为36%，若减排30%则为42%
乌克兰	20%	1990	考虑中	待定	是
美国	14%～17%	2005	考虑中	是	是

表5-4　发展中国家承诺目标

序号	国家	目标
1	巴西	到2020年按BAU削减排放36.1%～38.9%
2	中国	到2020年在2005年水平上削减碳密度40%～45%
3	哥斯达黎加	到2021年实现碳中立
4	印度	到2020年在2005年水平上削减碳密度20%～25%
5	印度尼西亚	到2020年按BAU削减排放26%，在国际支援下削减41%
6	马尔代夫	到2019年实现碳中立
7	墨西哥	到2050年在2000年的水平上削减碳排放50%
8	菲律宾	在1990年水平上削减碳排放50%（未透露实现该目标的具体时间）
9	朝鲜	至2020年削减排放低于2005年水平4%或按BAU水平削减30%（单方）
10	新加坡	到2020年按BAU水平削减碳排放16%
11	南非	到2020年按BAU水平削减碳排放34%，到2025年削减42%（都将在支援的情况下实现）

稳定全球温室气体浓度的目标在未来全球排放总量上施加了一个量的约束，在这一阈值下，社会发展和碳排放需求的扩张会受到限制。由于技术进步等因素的影响，人均碳排放需求会随着社会发展潜力的实现而趋向于一个较低的水平。以往各国的经验表明，人均排放量经过了一个低收入、低碳排放，继而随着收入提高而碳排放需求增加，到高收入而碳排放降低的过程。从人均能源消费趋势看，各国在工业化完成之前普遍呈上升状态，但差距在不断缩小。从人均碳排放情况看，发达国家和发展中国家呈现一种趋同态势。但是

减排对于发达国家与发展中国家的意义和影响并不相同。[①]

第二节　中国低碳经济发展规划指标解析

低碳经济作为一种社会经济形态，是人类在一定历史发展阶段上的经济基础，即一定的生产关系的总和。基于中国的国情和发展阶段，我们所要发展的低碳经济不是以单纯的碳减排为核心的，而是节能和减排并重，重点是要提高能源利用效率，发展可再生能源，直接导向是要调整经济结构、转变发展方式，这与已经完成工业化的国家的发展路径是不同的。

我们对低碳经济发展规划指标的解析，包含了四个核心要素：发展阶段、低碳技术、消费模式、资源禀赋。经济发展阶段，主要体现在产业结构、人均收入和城市化等方面；技术因素，指主要能耗产品和行业的碳效率水平，在通常情况下，技术水平是发展阶段的产物，但一些国家可以利用先进的低碳技术，实现跨越式的低碳发展；消费模式，主要指不同消费习惯和生活质量对碳的需求或排放；资源禀赋，包括传统化石能源、可再生能源、核能、碳汇资源等，也包含人力资源和资本的投入。[②]

低碳经济与发展阶段、资源禀赋、消费模式和技术水平等驱动因素密切相关，并且通过低碳化进程得以实现。低碳化具有两个方面的含义：一是能源消费与碳排放的比重不断下降，即能源结构的清洁化，资源禀赋存在着决定性因素；二是单位产出所需要的能源消耗不断下降，即能源利用效率不断提高。从社会经济发展的长期趋势来看，由于技术进步、能源结构优化和采取节能措施，碳生产率也在不断提高。低碳化是一项系统工程，必须从经济和社会的整体出发，努力构建低碳化发展新体系，着重在七个方面实现“低碳化”。[③]如表 5-5 所示。

表 5-5　目前主要缓解技术和方法

部门	对环境有效的政策、措施和手段	主要的约束条件或机会
能源供应	减少化石燃料补贴	既得利益各方提出的反对意见可能会令有关措施难以实施
	对化石燃料征税或收取排碳费	
	对可再生能源技术供电采取保护性收购电价	在某些情况下适用于开拓低碳排放技术市场
	可再生能源契约	
	生产者补贴	
交通	对道路交通强制节省耗油量、混合生物燃料及制订二氧化碳标准等措施	若只涵盖部分车辆，成效会受到限制
	对交通工具的购入、登记和使用，以及汽车燃油及道路和泊车等收费、征税	成效可能会因为收入增加而降低
	通过土地使用规章和基础设施规划调整交通需求对有吸引力的公共交通设施和非机动形式的交通工具投资	尤其适合那些正在建设交通基础设施的国家

① 潘家华，郑艳．温室气体减排途径及其社会经济含义．环境保护．2008，395：18－22.

② 根据庄贵阳在“2010 低碳发展研讨会”上的演讲整理而成。

③ 钱志新．低碳化：第四次浪潮．新华日报．http：//policy. xhby. net/system/2009/07/28/010554183. shtml. 2009－07－28.

续表

部门	对环境有效的政策、措施和手段	主要的约束条件或机会
建筑	电器标准和能效标签	需要定期修订所需标准
	建筑物法规和认证	对新落成建筑物具吸引力但可能难以执行
	用电需求管理计划	需要制定规章，使公用事业获益
	公共部门率先推行（包括采购）	政府采购可扩大对节能产品的需求
	为能源服务公司提供激励措施	成功的因素：取得第三方融资
工业	提供有关基准信息	在某些情况下适用于促进科技应用。鉴于国际竞争，国家政策稳定极为重要
	制定绩效标准	
	补贴、税额减免	
	可转让许可证	可预计的分配机制及稳定的价格对投资者极为重要
	自愿协议	成功因素：清晰的目标、基线情况、第三方参与设计和监察条文，以及政府与业界紧密合作
农业	为改善土地管理、保持土壤含碳量、有效使用肥料和灌溉的事宜提供财务激励及制订规章	鼓励业界参与可持续发展，以产生增效作用；减轻因气候变化而遭受的损失，借此消除实施方面的障碍
林业/森林	提供财务激励措施（在国家和国际层面），增加林地面积，减少砍伐树木及保育和管理林地	有关的制约因子：欠缺资金和土地权属。可有助于减缓贫困
	制定和执行土地使用法规	
废弃物管理	为改善废弃物和污水管理提供财务激励措施	可促进科技推广应用
	为可再生能源提供激励措施	为当地提供低成本的燃料
	制定废弃物管理的规章制度	配合执法，在国家层面应用更为有效

资料来源：潘家华等．减缓气候变化的最新科学认知．气候变化研究进展，2007，3（4）：187－194.

1．能源低碳化

能源低碳化就是要发展对环境、气候影响较小的低碳替代能源。低碳能源主要有两大类：一类是清洁能源，如核电、天然气等；另一类是可再生能源，如风能、太阳能、生物质能等。核能作为新型能源，具有高效、无污染等特点，是一种清洁优质的能源。天然气是低碳能源，燃烧后无废渣、废水产生，具有使用安全、热值高、洁净等优势。可再生能源是可以永续利用的能源资源，对环境的污染和温室气体排放远低于化石能源，甚至可以实现零排放。特别是利用风能和太阳能发电，完全没有碳排放。利用生物质能源中的秸秆燃料发电，农作物可以重新吸收碳排放，具有“碳中和”效应。

2．交通低碳化

当今交通领域的能源消费比30年前翻了一倍，其排放的污染物和温室气体占到全社会排放总量的30%。发展新能源汽车是交通低碳化的重要途径。目前新能源汽车主要包括混合动力汽车、纯电动汽车、氢能和燃料电池汽车、乙醇燃料汽车、生物柴油汽车、天然气汽车、二甲醚汽车等类型。努力发展电气轨道交通是交通低碳化的又一重要途径。电气轨道交通是以电气为动力、以轨道为行走线路的客运交通工具，已成为理想的低碳运输方式。城市电气轨道交通分为城市电气铁道、地下铁道、单轨、导向轨、轻轨、有轨电车等多种形式。

3．建筑低碳化

目前世界各国建筑能耗中排放的二氧化碳占全球排放总量的30%～40%。建筑的节能也成为发展低碳经济社会规划的重要组成部分。建筑节能是在建筑规划、设计、建造和使用过程中，通过可再生能源的应用、自然通风采光的设计、新型建筑保温材料的使用、智能控制等降低建筑能源消耗，合理、有效地利用能源的活动。建筑节能要在设计上引入低碳理念，选用隔热保温的建筑材料、合理设计通风和采光系统、选用节能型取暖和制冷系统等。

4. 农业低碳化

植树造林是农业低碳化最简易、最有效的途径。据科学测定，一亩茂密的森林，一般每天可吸收二氧化碳 67 千克，放出氧气 49 千克，可供 65 人一天的需要。要大力植树造林，重视培育林地，特别是营造生物质能源林，在吸碳排污、改善生态的同时，创造更多的社会效益。

节水农业是提高用水有效性的农业，也是水、土作物资源综合开发利用的系统工程，通过水资源时空调节、充分利用自然降水、高效利用灌溉水，以及提高植物自身水分利用效率等诸多方面，有效提高水资源利用率和生产效益。

有机农业以生态环境保护和安全农产品生产为主要目的，大幅度地减少化肥和农药使用量，减轻农业发展中的碳含量。通过使用粪肥、堆肥或有机肥替代化肥，提高土壤有机质含量；采用秸秆还田增加土壤养分，提高土壤保墒条件，提高土壤生产力；利用生物之间的相生相克关系防治病虫害，减少农药、特别是高残留农药的使用量。有机农业已成为新型农业的发展方向。

5. 工业低碳化

工业低碳化是建立低碳化发展体系的核心内容，是全社会循环经济发展的重点。工业低碳化主要是发展节能工业，重视绿色制造，鼓励循环经济。

节能工业包括工业结构节能、工业技术节能和工业管理节能三个方向，通过调整产业结构，促使工业结构朝着节能降碳的方向发展；着力加强管理，提高能源利用效率，减少污染排放；主攻技术节能，研发节能材料，改造和淘汰落后产能，快速有效地实现工业节能减排目标。

绿色制造是综合考虑环境影响和资源效益的现代化制造模式，其目标是使产品从设计、制造、包装、运输、使用到报废处理的整个产品生命周期中，对环境的影响最小，资源利用率最高，从而使企业经济效益和社会效益协调优化。

工业低碳化必须发展循环经济。工业循环经济，一要在生产过程中，物质和能量在各个生产企业和环节之间进行循环、多级利用，减少资源浪费，做到污染“零排放”。二要进行“废料”的再利用，充分利用每一个生产环节的废料，把它作为下一个生产环节或另一部门的原料，以实现物质的循环使用和再利用。三要使产品与服务非物质化，产品与服务的非物质化是指用同样的物质或更少的物质获得更多的产品与服务，提高资源的利用率。

6. 服务低碳化

绿色服务，是有利于保护生态环境和节约资源与能源的、无污的、无害的、无毒的、有益于人类健康的服务。绿色服务要求企业在经营管理中根据可持续发展战略的要求，充分考虑自然环境的保护和人类的身心健康，从服务流程的服务设计、服务耗材、服务产品、服务营销、服务消费等各个环节着手节约资源和能源、防污、降排和减污，以达到企业的经济效益和环保效益的有机统一。

物流业是现代服务业的重要组成部分，同时也是碳排放的大户。低碳物流要实现物流业与低碳经济的互动支持，通过整合资源、优化流程、施行标准化等实现节能减排，先进的物流方式可以支持低碳经济下的生产方式，低碳经济需要现代物流的支撑。

智能信息化是发展现代服务业的必然要求，同时也是有效的服务低碳化途径。通过服务智能信息化，可以降低服务过程中对有形资源的依赖，将部分有形服务产品，采用智能信息化手段转变为软件等形式，进一步减少服务对生态环境的影响。

7. 消费低碳化

低碳化是一种全新的经济发展模式，同时也是一种新型的生活消费方式，实行消费的低碳化。消费低碳化要从绿色消费、绿色包装、回收利用三个方面进行消费引导。

绿色消费也称为可持续消费，是一种以适度节制消费，避免或减少对环境的破坏，崇尚自然和保护生态等为特征的新型消费行为和过程。要通过绿色消费引导，使消费者形成良好的消费习惯，接受消费低碳化，支持循环消费，倡导节约消费，实现消费方式的转型与可持续发展。

绿色包装是能够循环再生再利用或者能够在自然环境中降解的适度的包装。绿色包装要求包装材料和包装产品在整个生产和使用的过程中对人类和环境不产生危害，主要包括：适度包装，在不影响性能的情况下所用材料最少；易于回收和再循环；包装废弃物的处理不对环境和人类造成危害。

消费环节必须注重回收利用。在消费过程中应当选用可回收、可再利用、对环境友好的产品，包括可降解塑料、再生纸以及采用循环使用零部件的机器等。对消费者使用后可回收利用的产品，如汽车、家用电器等，要修旧利废，重复使用和再生利用。

以上各个环节的低碳化也需要从政策和措施上加以支持。下面列举了相关的发展低碳经济、减缓气候变化的措施和方法。但这些措施和方法需要考虑环境效益、成本效率、是否公平及可行性等准则。同时，应当将具体政策纳入范围更广泛的发展政策框架，以便克服障碍，顺利实施。采取的手段包括：制定规章和标准限制排放量；对碳排放征税或收取费用，税收是消化温室气体排放成本的有效方法；引入碳排放许可证可转让市场机制；鼓励业界和政府自愿签订协议，因为自愿协议在政治上具有吸引力，提高各方的减排意识，发挥其相应的作用；提供补贴和减免税收等财政刺激政策，以促进新科技的研发和扩散；鼓励研发和示范，促进科技进步、降低成本以及稳定发展。加强减排意识的提高，推动消费行为模式的改变。总体来看，减排行动包括四个方面：改变生活方式，减少个人排放和提高效率；强化碳权价格机制，激励低碳生产与消费投资；建立激励创新科技政策，通过金融、税收奖励与效率标准管制策略发展低碳能源科技；加强国际协议与合作，创建国际碳市场，发展国际减排合作机制，提高成本的有效性。

第六章 构建低碳经济发展指标体系

低碳发展可以理解为以低碳化为主要特征的可持续发展路径。为了度量实现低碳经济过程中所处的发展阶段、存在的差距及可以采取的政策手段，在低碳经济概念的基础上，需要建立一个多维度的综合性评价指标体系。这套综合评价指标体系要具有两个方面的功能：既能够横向比较各国或经济体离低碳经济目标有多远，又能够纵向比较各国或经济体向低碳经济转型的努力程度。

第一节 设计理念

一 设计原则

低碳社会的评价指标体系是对低碳经济社会发展程度的客观评价与反映，因此构建评价指标体系，一方面要遵循构建指标体系的一般原则，另一方面，还要根据影响低碳社会的主要影响因子来确定。结合研究重点，最终确定低碳经济评价指标体系的构建应遵循以下原则：

（1）科学性原则。指标的科学性原则是指所选指标要有科学的理论根据，指标的物理意义明确，测定方法标准，统计方法规范，能够符合低碳社会的客观规律和要求，既要科学地概括低碳社会的基本特征，又能对发展现状进行评价，为科学发展决策提供客观依据。

（2）完整性原则。一套指标体系不可能涵盖所有碳指标，但必须全面反映当前我国经济社会发展中迫切需要解决的针对高碳排放的主要问题。因此，选取指标时需选择那些有代表性、信息量大的指标。

（3）可操作性原则。指标体系的建立不仅是理论研究问题，更是实践应用问题，这要求指标的选择要尽可能利用现有的统计指标，指标要适应地方检测能力和技术水平，尽可能与统计指标一致或存在一定的相关性，使数据易于获得或者获得成本低。低碳经济评价还处在探索阶段，由于地区间发展阶段和能力水平不同，指标选取要在准确反映低碳经济水平的基础上，尽量选取具有共同性的综合指标，力求数据的可操作性。

（4）层次性原则。指标体系作为一个整体，应该较全面反映低碳社会发展的具体特征，即反映社会文化、经济产业、政策法律、科学技术发展的主要状态特征及动态变化、发展趋势。确定各方面具体指标时，必须依据一定的逻辑规则，体现出合理的结构层次。在层次中，各评价指标表达了不同层次评价的从属关系和相互作用，越往上，指标越综合；越往下，指标越具体。上层指标是下层指标的综合，指导下层指标的建立，下层指标是上层指标的分解，从而构成一个有序、系统的层次结构。

(5) 定性分析与定量计算原则。指标体系和评价体系应具有可测性和可比性，定性指标应有一定的量化手段，评价指标应尽可能采用量化的指标，但有些指标很难量化，可将它分成若干个等级，将定性指标定量化。

(6) 动态性与稳定性原则。发展低碳经济是动态过程。这主要表现在两方面：一是指标设置的动态性，即指标应随着经济、社会、科技的发展作适当的调整；二是指标权重动态性。所以，设计指标体系需兼顾静态指标和动态指标平衡，既反映社会发展的现状，又反映其动态变化性。

(7) "3R" 原则。低碳社会重点是通过节约能源、提高能效、提高物质循环利用率、降低碳排放或零排放，促进人与自然协调发展。因此，"3R" 原则是构建低碳社会指标体系中必须遵循的原则。

二 设计思路

根据前面关于低碳经济发展相关问题的分析，低碳经济发展评价指标体系的设计必须能反映出某一国家低碳经济的发展水平和发展潜力。由于碳排放的来源渠道不同，它不仅来源于产业运行过程，也来源于社会消费过程，不仅受到生产过程中生产技术、生产企业、产业链条耦合度的影响，还受到民众低碳意识和外部政策等因素的影响。因而，指标的选取应该体现低碳经济发展水平和发展潜力。

(1) 发展动力。这一部分是指推动低碳经济发展的推动力部分，经济发展水平、社会发展水平以及低碳有关科学技术发展水平决定了低碳经济的发展需要和潜力。

(2) 现有能源使用效率和污染排放水平。这一部分体现了能源的使用现状，从生产和消费两个方面的各个环节评价了各个国家能源使用和消费效率以及排放水平，这也是低碳经济发展水平的重要体现。

(3) 政策环境支持。低碳社会的发展离不开环境的支持，这个环境包括经济、政治、体制以及法律等各方外部因素的支持，保证低碳经济的有序发展。

基于以上三个维度，某一个维度选取若干指标来加以表达，以便能定量地测量出各个维度的相应水平或者分值，并最终测算出低碳经济发展的综合指数。具体的测算过程和方法将在后面的相应部分加以分析说明。

第二节　低碳经济发展指标体系

本指标体系通过之前研究成果总结和分析，研究并概括了低碳社会的核心要素，对全社会低碳经济发展二氧化碳排放的主要来源、影响二氧化碳排放的主要因素进行考察，参照国际能源局 2009 年报告 (CO_2 Emissions from Fuel Combustion Highlights 2009 Edition) 和国际上衡量低碳经济发展水平的各种可能指标，评价低碳经济发展的指标可以包括碳生产力水平、清洁能源占一次能源消费比例、碳排放以及进出口贸易、温室气体排放量、实现低碳经济的投入、实现低碳经济的政策努力及公众参与度等。这样可以较好地反映各个国家的努力程度。以上节指标构建原则为基础，构建了低碳社会发展水平的衡量指标体系，如表 6-1 所示。该体系共分为推动低碳经济发展的经济、社会以及科学技术发展水平维度，当前能源使用效率和污染排放水平的现实维度，环境政策的支持维度三个方面。

表 6-1 低碳经济发展指标体系框架

发展动力 A1	经济发展程度 B1	GDP（C1）
		对外贸易依存度（C2）
		对外贸易额（C3）
	社会发展 B2	人口数量（C4）
		恩格尔系数（C5）
		城市化率（C6）
		人口自然增长率（C7）
		每万人拥有公交车数（C8）
	科学技术发展水平 B3	低碳技术 R&D 经费占 GDP 比重（C9）
		清洁煤高效利用技术（C10）
		再生能源及新能源技术（C11）
		高性能电力存储技术（C12）
		重污染行业清洁生产技术（C13）
		智能节能技术（C14）
		生态产品设计技术（C15）
		二氧化碳捕获与埋存技术（C16）
		新型动力汽车相关技术（C17）
能源使用效率和污染排放水平 A2	产业结构 B1	低碳产品出口与对外服务总额（C1）
		低碳产业产值占比（C2）
		传统产业低碳改造率（C3）
		高新技术产业 GDP 比重（C4）
		现代服务业 GDP 比重（C5）
		再生能源产业 GDP 比重（C6）
		环保产业 GDP 比重（C7）
		生产流程改造率（C8）
		资源循环利用率（C9）
	碳源控制 B2	化石能源占总能源比例（C10）
		洁净能源占总能源比例（C11）
		化石能源消耗总量（C12）
		煤炭在能源消耗结构中占比（C13）
		可再生能源在能源结构中占比（C14）
	碳排放 B3	万元 GDP 碳排放量（C15）
		碳排放总量（C16）
		人均碳排放量（碳足迹）（C17）
		能源强度（C18）
		碳强度（C19）
	消费排放 B4	户均年碳排放量（C20）
		绿色出行居民比率（C21）
		家电节能标识（C22）
		节能消费习惯（C23）
		节能社区管理系统（C24）
	碳汇建设 B5	森林覆盖率（C25）
		城市绿化覆盖率（C26）

续表

政策环境支持 A3	政策机制支持 B1	政策法规完善度（C1）
		建筑节能标准执行率（C2）
		非商品能源激励措施和力度（C3）
		碳信息披露制度（C4）
		碳排放累进税制（C5）
		低碳产品标准（C6）
		高碳产业市场限入政策（C7）
	公民低碳理念 B2	公众对环境保护的满意率（C8）
		环保教育普及率（C9）
		低碳意识认同度（C10）
	有关法律支持 B3	法律数量（C11）
	经济控制手段 B4	“碳单量”交易金额（C12）
		碳交易金融市场体系（C13）
		绿色信贷率（C14）

第三节 具体指标描述

1. GDP

定义：国内生产总值，指一国（或地区）一年以内在其境内生产出的全部最终产品和劳务的市场价值总和。

指标说明：一国的 GDP 衡量了该国经济发展状况，也表明了一国的能源需求量。一般来说，GDP 的值越大，表明一国的能源需求越大，需要的碳和排放的碳也越多。

2. 对外贸易依存度

定义：指一国进出口总额与其国内生产总值或国民生产总值之比，又叫对外贸易系数。或者叫出口（进口）依存度：一国出口（进口）总额与其国内生产总值或国民生产总值之比。

指标说明：它体现了一国对外贸易开放的程度。在全球化背景下，一个国家的碳排放和需求已经不再是本国的问题，与外国的贸易越频繁，国内生产和消费的资源及碳排放与国外生产和需求关系越大，在考虑中国的低碳经济发展时，也必须考虑对外贸易对它的影响。

3. 对外贸易额

定义：指以金额表示的一国的对外贸易，用以说明一国对外贸易的总规模。

指标说明：它反映了一国对外贸易的规模。

4. 人口数量

定义：指一国当年的人口数量。

指标说明：人口数量与碳排放呈正相关，一般来说人口数量越大，消费的能源就越多，并且总的生活消费中的排放也就越大。

5. 恩格尔系数

定义：指食品支出总额占个人消费支出总额的比重。食物支出变动百分比÷总支出变动百分比×100%＝食物支出对总支出的比率。

指标说明：它说明了一国的人均收入水平和社会发展程度。

6. 城市化率

定义：指市镇人口占总人口（包括农业与非农业）的比率。

指标说明：它体现了一国城市化发展的程度，城镇人口越多，对于能源和碳的需求量也就越大，污染排放水平也就越高。

7. 人口自然增长率

定义：指在一定时期内（通常为一年）人口自然增加数（出生人数减死亡人数）与该时期内平均人数（或期中人数）之比，一般用千分率表示。人口自然增长率＝人口出生率－人口死亡率。

指标说明：它是反映人口发展速度的重要指标。人口与碳排放密切相关，人口数量越大，需要的能源数量相对越多。

8. 每万人拥有公交车数

定义：指城市建成区内平均每一万个常住人口拥有的公共交通车辆数，包括大中型公共汽车、电车、轻轨、地铁和城市铁路等。

指标说明：它是反映城市公共交通发展水平和交通结构状况的指标，体现了社会发展的程度，同时也在一定程度上反映了潜在碳排放水平。

9. 低碳技术R&D经费占GDP比重

定义：指投入到低碳技术研究的费用占GDP的比重。

指标说明：它反映了低碳经济发展的投入力量，投入的经费越多，低碳技术就越有发展的动力，低碳经济发展的水平就会越来越高。

10. 清洁煤高效利用技术

定义：指清洁煤高效利用技术的使用率。

指标说明：洁净煤技术是指在煤炭从开发到利用的全过程中，减少污染排放与提高利用效率的加工、燃烧、转化及污染控制等高新技术的总称。它将经济效益、社会效益与环保效益结合为一体，开创了煤炭开发利用的新局面，使煤炭成为高效、洁净、可靠的能源，可以满足国民经济的发展和环境保护的需要。该指标体现了能源使用的效率。

11. 再生能源及新能源技术

定义：指再生能源及新能源技术的使用率。

指标说明：它体现出对于新能源和再生能源的使用范围的大小以及效率的高低。

12. 高性能电力存储技术

定义：定性指标，指高性能电力存储技术的发展水平，分为无此技术、发展初期和成熟三种。

指标说明：高性能电力存储技术的使用将电力的使用效率提高，同时也提高了能源使用效率，减少了碳的排放。

13. 重污染行业清洁生产技术

定义：定性指标，指重污染行业清洁生产技术的发展水平。

指标说明：重污染行业既浪费能源又污染了环境，亟待得到整治。清洁生产技术的发展解决了重污染行业的改治问题，因此也是影响能源效率和碳排放的因素。

14. 智能节能技术

定义：定性指标，指智能节能技术的发展水平。

指标说明：我们目前对于能源的使用效率很大程度上受到我们所使用的电器及设备工具的影响，采取智能节能技术，在生产和生活的消费阶段控制了能源的使用效率，减少了碳排放。

15. 生态产品设计技术

定义：定性指标，指生态产品设计的技术水平。

指标说明：这种设计在产品生命周期内优先考虑产品的环境属性，除了考虑产品的性能、质量和成本外，还应考虑产品的回收与处理，以及产品的经济性、功能性和审美等因素，从而设计出对环境友好又能满足人的需求的产品。生态设计要求在产品生命周期的每一环节都要考虑其可能给环境带来的影响，通过设计上的改进使产品对环境的不利影响降至最低。这一指标体现了生产设计过程的环境友好考虑程度。

16. 二氧化碳捕获与埋存技术

定义：定性指标，指二氧化碳捕获与埋存技术的发展水平。

指标说明：二氧化碳捕获与埋存技术是指二氧化碳的捕获和封存，是指二氧化碳从工业或相关能源的源分离出来，输送到一个封存地点，并且长期与大气隔绝的一个过程。

17. 新型动力汽车相关技术

定义：定性指标，指新型动力汽车相关技术发展水平。

指标说明：传统的汽车以石油天然气为主要燃料，汽车尾气的排放已经成为二氧化碳排放的重要来源。采用新型动力技术，实际上是新能源技术与汽车设计的结合，高效使用新能源动力，减少了碳的排放量。

18. 低碳产品出口与对外服务总额

定义：是反映低碳产品与低碳技术出口创汇能力指标，可定量评价，也可定性评价。

指标说明：低碳产品出口与对外服务总额越大，不仅说明其低碳化发展好，也说明其抢占的低碳市场多。

19. 低碳产业产值占比

定义：是反映低碳产业产值量、衡量低碳产业产值大小的指标，其计算公式为低碳产业产值/GDP总值。

指标说明：一般而言，低碳产业产值占比越大，说明低碳化发展程度越高，低碳经济总量也就越大。

20. 传统产业低碳改造率

定义：指传统“高碳”产业向“低碳”产业改造的比率。

指标说明：产业结构的转变和传统产业的改造有助于提升能源使用效率，从而减少碳排放。

21. 高新技术产业GDP比重

定义：指一国高新技术产业占GDP的比重。

指标说明：高新技术产业，一方面为低碳技术的发展提供了资源和动力，另一方面使用能源效率相对高而排放水平低。

22. 现代服务业GDP比重

定义：指现代服务业产值占GDP的比重。

指标说明：产业结构的变化影响能源消耗和碳排放的变化，一国的产业越是向现代服务业转变，其能源消耗和碳排放水平相对越低。

23. 再生能源产业GDP比重

定义：指使用再生能源的产业产值占GDP的比重。

指标说明：使用再生能源的产业相对碳排放较少，该指标也是衡量产业低碳消费水平的因素之一。

24. 环保产业GDP比重

定义：指环保产业产值占GDP的比重。

指标说明：环保产业有助于一国其他产业的发展，为其他产业提供环境支持。

25. 生产流程改造率

定义：指生产流程的低碳改造率。

指标说明：该指标包括生产过程中使用和消费的低碳改造。

26. 资源循环利用率

定义：指所用的资源的循环利用率。

指标说明：资源的再利用也是提高能源使用效率、减少碳排放的重要途径之一。

27. 化石能源占总能源比例

定义：指化石能源能耗总量占总能耗量的比重（化石能源消耗总量为煤炭、石油、天然气等能源的消耗量之和）。

指标说明：化石能源是碳排放的主要贡献者，所以化石能源在总能源中的比例影响了最终的碳排放的总量。

28. 洁净能源占总能源比例

定义：指使用的清洁能源在总能源中的比率。清洁能源是不排放污染物的能源，包括核能和“可再生能源”。可再生能源是指原材料可以再生的能源，如水力发电、风力发电、太阳能、生物能（沼气）、海潮能等。

指标说明：清洁能源的使用是提高能源效率、减少碳排放的主要途径之一。

29. 化石能源消耗总量

定义：指煤炭、石油、天然气等能源的消耗量之和。

指标说明：在所有的能源中，化石能源的碳排放量相当高。化石能源消耗量越大，碳排放总量就越多。

30. 煤炭在能源消耗结构中占比

定义：指煤炭占能源消耗的比重，计算公式为煤炭消耗总量/能源消耗总量。

指标说明：一般情况下，根据用途、设备及技术的不同，每吨煤燃烧所产生的二氧化碳比石油和天然气多30%和70%，目前全球有22%的温室气体排放是由煤炭燃烧所造成的。减少煤炭使用，就可以大幅度减少二氧化碳排放，也就可以大幅度减少大气中的温室气体。所以我们选用“煤炭在能源消耗结构中占比”作为评价低碳经济的一个具体指标。

31. 可再生能源在能源结构中占比

定义：指生物质能、水能、风能、太阳能、地热能、潮汐能等可再生能源在消耗能源总量中所占的比例，其计算公式为生物质能、水能、风能、太阳能、地热能、潮汐能等各种可再生能源之和/能源消耗总量。

指标说明：一般而言，可再生能源在能源消耗结构中占比越大，低碳化程度越高，反之就低。

32. 万元 GDP 碳排放量

定义：指单位二氧化碳的 GDP 产出水平，又可称为“碳均 GDP”，与碳强度呈倒数关系。

指标说明：通过现行统计数据中的“万元 GDP 能耗”，可较为方便地计算出一个地区或某一产业的碳生产率水平。

33. 碳排放总量

定义：指单位、区域在某一时期内所排放二氧化碳的总和，按照日本学者茅阳一的 Kaya 公式[①]，碳排放总量=人口×人均 GDP×单位 GDP 的能源用量（能源强度）×单位能源用量的碳排放量（碳强度）。

指标说明：它是评价低碳经济发展水平的重要指标，体现了一国当前的碳排放和低碳发展的水平。

34. 人均碳排放量

定义：指单位、区域人均分摊的碳排放量，计算公式为碳排放总量/总人口数。

指标说明：它反映了一国碳排放的水平。

35. 能源强度

定义：指单位 GDP 的能源使用率，计算公式为 GDP 总额/能源消耗总量。

指标说明：它是主要反映技术水平、能源效率的重要指标。产业不同，其能源强度不同；行业不同，其能源强度也不相同。

36. 碳强度

定义：指单位能源用量的碳排放量，计算公式为碳排放总量/能源消耗总量。

指标说明：能源种类不同，碳强度差异很大。在化石能源中，煤的碳强度最高，石油次之。可再生能源中，生物质能源有一定的碳强度，而水能、风能、太阳能、地热能、潮汐能等都是零碳能源。

37. 户均年碳排放量

定义：指每户的年碳排放量。

指标说明：它与人均碳排放量不同，这里的户均碳排放量主要考虑的是终端用户消费的碳排放。

---

① Yoichi Kaya. Impact of carbon dioxide emission control on GDP growth：interpretation of proposed scenarios. Paper Presented at IPCC Energy and Industry Subgroup Response Stratedies Working Group，Paris，France，1990.

38. 绿色出行居民比率

定义：绿色出行是指居民选择公交、地铁、步行、骑车等低碳的出行方式。此处的绿色出行居民比率采用公共交通出行比率来计算。

指标说明：它体现了终端用户消费的交通排放水平，也体现了居民的低碳出行意识。

39. 家电节能标识

定义：指采用家电节能标识的家电在总家电中的比率。

指标说明：家庭用电也是用户消耗能源的主要来源。采用家电节能标识可以随时提醒用户的节能意识。

40. 节能消费习惯

定义：定性指标，包括随手关水电、不使用一次性塑料袋等各种节能行为，采用优、良、中、差低格标准来衡量。

指标说明：用户的节能意识和消费习惯决定了其能源消费的数量，影响到了最终用户端的碳排放数量。

41. 节能社区管理系统

定义：定性指标，分为是否有节能社区管理系统两种情况（包括是否使用中央供暖、水、电、气等，是否采用节能照明灯等一系列指标）。

指标说明：它体现了一个社区的节能管理水平。

42. 森林覆盖率

定义：指一个国家或地区的森林面积/土地总面积。

指标说明：森林覆盖率越高，则森林的碳汇作用越强，吸收并储存二氧化碳的能力越强，对减少二氧化碳在大气中浓度的作用也越强。森林覆盖率是反映区域碳汇的主要指标。

43. 城市绿化覆盖率

定义：城市绿化覆盖率＝城市建成区绿化覆盖面积/城市建成区面积，其中绿化覆盖面积包括公共绿地、居住区绿地、单位附属绿地、防护绿地、生产绿地、道路绿地、风景林地等的绿化种植覆盖面积、屋顶绿化覆盖面积以及零散树木的覆盖面积。

指标说明：城市是工业经济的主要所在地，也是碳源的核心区。城市碳汇对城市碳源减排具有重要的抑制作用。城市绿化覆盖率越高，城市碳汇水平越高，对城市碳源的抑制作用越强。

44. 政策法规完善度

定义：定性指标，指是否有相关政策法规保证低碳经济发展的实施，分为没有建立相关政策法规、正在建立相关政策法规、政策法规相对成熟三个标准。

指标说明：政策法规的完善是发展低碳经济的支持条件，是保证实现低碳发展的重要因素。

45. 碳信息披露制度

定义：指行业企业使用和排放的碳是否全部披露。

指标说明：披露机制保证了信息的正确和可靠，为政策和法规的制定打下了基础。

46. 碳排放累进税制

定义：指对于碳排放采用累进税制，即如果碳排放在基本需求线以下，则予税收减免；对于超出基本需求的碳排放采用累进税制，排放越多，税率越高。

指标说明：我们的碳排放空间是有限的，而每个人的基本消费需求也是有限的，因而可以给每个人一定的碳排放限量，超过此限量就要收取一定税收，超过越多收税越多，这是一种惩罚性的资金机制，用于控制碳排放。

47. 低碳产品标准

定义：定性指标，指市场上是否有衡量低碳产品的标准。

指标说明：它说明市场是否制定标准，使得低于标准的产品的生产和需求受到抑制，而鼓励高于该标准的产品，从而达到发展低碳生产的目的。

48. 高碳产业市场限入政策

定义：定性指标，指是否有高碳产业的市场限入标准，分为有市场限入标准、无市场限入标准两种。

指标说明：要将产业结构从“高碳”调整到“低碳”，就必须一方面鼓励低碳产业的发展，另一方面采取措施限制高碳产业的进入。

49. 建筑节能标准执行率

定义：指新建建筑按照节能标准执行的占总新建建筑的比率。

指标说明：建筑节能是指在建筑物的规划、设计、新建（改建、扩建）、改造和使用过程中，执行节能标准，采用节能型的技术、工艺、设备、材料和产品，提高保温隔热性能和采暖供热、空调制冷制热系统效率，加强建筑物用能系统的运行管理，利用可再生能源，在保证室内热环境质量的前提下，减少供热、空调制冷制热、照明、热水供应的能耗。如今建筑总能耗已经成为各个国家，特别是发展中国家能耗的重要来源，所以提高建筑中的能源使用效率是十分必要的。

50. 非商品能源激励措施和力度

定义：定性指标，将使用非商品能源激励的措施和力度，分为无、一般、较好、很好四个水平，来评价是否有激励措施，以及这些措施的力度。

指标说明：非商品能源指薪柴、秸秆等农业废料、人畜粪便等就地利用的能源。非商品能源在发展中国家农村地区的能源供应中占有很大比重。

51．公众对环境保护的满意率

定义：指公民对本地环境保护的满意程度。

指标说明：公众的满意度体现了环境政策的执行效果是否满足了公众的需要，是否是有效率的。

52．环保教育普及率

定义：指环保教育对于公众的普及率。

指标说明：它体现了政府对于环保的宣传力度以及公众对于环保的认识程度。

53．低碳意识认同度

定义：指公民对发展低碳经济的认同度。

指标说明：它体现了发展低碳经济的群众基础，也是节能减排的公众面的相应程度。有了意识的认同，法规和政策也就有了实行的基础。

54．法律数量

定义：指已经存在的有关低碳经济发展和环境保护的法律法规数目。

指标说明：将低碳经济的发展和碳排放的控制用法律来约束，既表明了政府的强制性态度，也体现了低碳发展与碳排放控制的可行性。

55．“碳单量”交易金额

定义：指碳交易的金额。

指标说明：碳交易的活跃程度、低碳合作的广度和深度，是低碳经济发展的又一标志。因为碳交易主要是指碳排放权及其衍生品的交易和投资，如果某地低碳经济发展较差，甚至没有，或者没有低碳项目，那么该地就谈不上碳交易与合作；相反，如果某地碳交易与合作十分活跃，则该地低碳经济必然繁荣，优势与潜力必然巨大。“碳单量”交易金额越大，则碳交易、低碳合作的程度越好。

56．碳交易金融市场体系

定义：定性指标，将碳交易金融市场体系分为完善、成熟发展、发展初期、未建立四个阶段，用来衡量碳交易市场的发展水平。

指标说明：经济机制和金融市场体系也会影响到低碳经济的发展。

57．绿色信贷率

定义：指绿色信贷占总信贷的比率。银行实施绿色信贷，是指在信贷领域和信贷活动中确立环境准入门槛，切断高耗能、高污染行业无序发展的资金来源。

指标说明：该指标体现了对于低碳发展的经济支持和资金支持。银行鼓励用于环境保护与可持续发展的资金贷款，而提高“高碳”企业贷款门槛，切断其经济来源。

第四节　低碳经济评价模型指标权数的确定

对若干个指标进行综合评价时，各个指标对评价对象的作用，从评价的目标来看，并不是同等重要的。所以，选定评价指标后，常常对不同指标赋予不同的权重，然后来进行综合，权重的数值大就认为重要，数值小就认为不重要。

权重主要决定于两个方面：一是指标本身在决策中的作用和指标价值的可靠程度：二是决策者对该指标的重视程度。权重集是表示各个指标在指标体系中重要程度的集合。如何消除过多的人为影响因素，并确定各指标的权重，是综合评价研究的重要内容。权重的确定方法主要有主观赋权法、客观赋权法以及主客观相结合的方法。主观赋权法根据人们主观上对各指标的重视程度来决定权重，主要有两两比较法、环比评分法、德尔菲法、层次分析法等。客观赋权法依据各指标标准化后的数据，按照一定的规律或规则进行自动赋权，主要有主成分分析法（principle components method）、熵值法、多目标规划法和均方差法等。综合分析，本书认为利用主观赋权法中的层次分析法进行指标权重的设置，其科学性和实用性更强。

层次分析法计算过程的基本思路是通过指标之间的两两比较确定各自的相对重要程度，然后通过特征值法、最小二乘法、对数最小二乘法、上三角元素法等客观运算来确定各评价指标权数。其中特征值法是最早提出，也是应用最广泛的权数构造方法，本书也使用特征值法，其具体步骤如下。

1. 构造判断矩阵

通过对指标之间重要程度两两进行比较和分析判断，构造判断矩阵。层次分析法在对指标的相对重要程度进行测量时，引入九分位的相对重要的比例标度，令 A 为判断矩阵，用以表示同一层次各个指标的相对重要性的判断值，它由若干专家来判断。则有 $A=(a_{ij})_{mn}$。矩阵 A 中的各元素 a_{ij} 横向指标 χ_i 对纵向指标 x_i 的相对重要成对的两两比较值，评分规则如表 6-2 所示。

表 6-2　两两比较的标度含义

甲指标与乙指标比较	极端重要	强烈重要	明显重要	比较重要	同样重要	较不重要	不重要	很不重要	极不重要
甲指标评价值	9	7	5	3	1	1/3	1/5	1/7	1/9

根据判断矩阵 A 中指标两两比较的特点，把 χ_i 对 x_i 的相对重要性记为 a_{ij}，显然 a_{ij} 大于零，$a_{ii}=1$，$a_{ij}=\dfrac{1}{a_{ji}}$，i，$j=1$，2，3，…，n。因此，矩阵 A 是一个正交矩阵，每次判断时，只需要做 $\dfrac{n(n-1)}{2}$ 比较即可。

2. 对各指标权重数进行计算

层次分析法的信息基础是判断矩阵，利用排序原理，求得各行的几何平均数，然后再用各行的几何平均数除以各行的几何平均数之和，计算各评价指标的重要性权数 w_i，将各个评价指标的重要性权数用一个向量表示，即 $W=(w_1, w_2, w_3, \cdots, w_m)$，该向量又称为判断矩阵的特征向量。

3. 对判断矩阵进行一致性检验

与其他确定指标权重系数的方法相比，层次分析法的最大优点就是可以通过一致性检验，保持专家思想逻辑上的一致性。计算方法如下所示。

计算判断矩阵的最大特征值 $\lambda_{\max}=\frac{1}{m}\sum_{i=1}^{m}\frac{(AW)_i}{W_i}$，式中的 AW 为判断矩阵 A 与特征值向量 W 的乘积，即

$$AW=\begin{bmatrix} a_{11} & a_{12} & \cdots & a_{1m} \\ a_{21} & a_{22} & \cdots & a_{2m} \\ \vdots & \vdots & & \vdots \\ a_{1m} & a_{m2} & \cdots & a_{mm} \end{bmatrix}\begin{bmatrix} w_1 \\ w_2 \\ \vdots \\ w_m \end{bmatrix}$$

计算判断矩阵的一致性指标 $CI=\frac{\lambda_{\max}-m}{m-1}$。

由一致性指标 CI，可以计算出检验用的随机一致性比率 CR，其计算公式为 $CR=\frac{CI}{RI}$，式中，RI 称为判断矩阵的随机一致性指标，其值的大小取决于判断矩阵中评价指标个数的多少，当 $CR<0.10$ 时，可以认为上述判断矩阵满足一致性要求，所求出的综合评价指标权数是合适的。

以本书所建立的低碳经济发展评价指标体系为基础，计算得出各指标的不同权重，如表 6-3 所示。

表 6-3　低碳经济发展指标体系权重分配表

目标层	准则层	权重	指标层	权重
动力 A1	经济发展程度 B1	0.1932	GDP（C1）	0.5878
			对外贸易依存度（C2）	0.2864
			对外贸易额（C3）	0.1258
	社会发展 B2	0.0833	人口数量（C4）	0.2765
			恩格尔系数（C5）	0.0414
			城市化率（C6）	0.4518
			人口自然增长率（C7）	0.0807
			每万人拥有公交车数（C8）	0.1495
	科学技术发展水平 B3	0.7235	低碳技术 R&D 经费占 GDP 比重（C9）	0.3026
			清洁煤高效利用技术（C10）	0.0576
			再生能源及新能源技术（C11）	0.2148
			高性能电力存储技术（C12）	0.0331
			重污染行业清洁生产技术（C13）	0.1396
			智能节能技术（C14）	0.0840
			生态产品设计技术（C15）	0.0185
			二氧化碳捕获与埋存技术（C16）	0.1068
			新型动力汽车相关技术（C17）	0.0429

续表

目标层	准则层	权重	指标层	权重
能源使用效率和污染排放水平A2	产业结构B1	0.1731	低碳产品出口与对外服务总额（C1）	0.0159
			低碳产业产值占比（C2）	0.2983
			传统产业低碳改造率（C3）	0.1112
			高新技术产业GDP比重（C4）	0.0438
			现代服务业GDP比重（C5）	0.0261
			再生能源产业GDP比重（C6）	0.2105
			环保产业GDP比重（C7）	0.0844
			生产流程改造率（C8）	0.1476
			资源循环利用率（C9）	0.0623
	碳源控制B2	0.3003	化石能源占总能源比例（C10）	0.2618
			洁净能源占总能源比例（C11）	0.4162
			化石能源消耗总量（C12）	0.0624
			煤炭在能源消耗结构中占比（C13）	0.1611
			可再生能源在能源结构中占比（C14）	0.0986
	碳排放B3	0.4094	万元GDP碳排放量（C15）	0.2591
			碳排放总量（C16）	0.4258
			人均碳排放量（碳足迹）（C17）	0.1590
			能源强度（C18）	0.0588
			碳强度（C19）	0.0972
	消费排放B4	0.0762	户均年碳排放量（C20）	0.4397
			绿色出行居民比率（C21）	0.1996
			家电节能标识（C22）	0.0444
			节能消费习惯（C23）	0.2277
			节能社区管理系统（C24）	0.0886
	碳汇建设B5	0.0409	森林覆盖率（C25）	0.2500
			城市绿化覆盖率（C26）	0.7500
政策环境支持A3	政策机制支持B1	0.5414	政策法规完善度（C1）	0.3343
			建筑节能标准执行率（C2）	0.0700
			非商品能源激励措施和力度（C3）	0.0264
			碳信息披露制度（C4）	0.0409
			碳排放累进税制（C5）	0.0982
			低碳产品标准（C6）	0.1822
			高碳产业市场限入政策（C7）	0.2481
	公民低碳理念B2	0.0579	公众对环境保护的满意率（C8）	0.0964
			环保教育普及率（C9）	0.2842
			低碳意识认同度（C10）	0.6194
	有关法律支持B3	0.1373	法律数量（C11）	1.0000
	经济控制手段B4	0.2634	“碳单量”交易金额（C12）	0.2923
			碳交易金融市场体系（C13）	0.6270
			绿色信贷率（C14）	0.0807

第五节　低碳经济评价模型指标的计算方法

根据以上所述，低碳经济评价指标体系计算包括以下四个步骤：

（1）根据指标体系，收集和整理各指标的基本数据。在低碳经济评价指标体系的研究过程中，往往需要对变量指数进行观测，收集大量的数据以便进行分析和探求规律。变量层的数据来源主要是能源统计数据、环境分析报告和政府各部门的调研报告。

(2) 对各指标数据进行标准化处理。所需数据搜集完毕后，首先要对数据进行无量纲化处理，即数据的标准化、规格化，是通过简单的数学变换来消除各自表量纲影响的方法。低碳经济评价指标体系涉及范围广，庞大的变量群中的变量大多具有不同的属性的单位，既有定性指标，又有定量指标，各个指标间没有统一的度量标准，难以进行比较。

(3) 运用主成分分析法，分别对低碳经济评价指标体系的各个变量进行因子分析，取累计贡献率达到80%以上的公因子。低碳经济评价指标体系下的三个支持系统以及其下的各个变量之间具有一定的相关性，给计算和结果的准确性带来了困难。通过因子分析，我们找到几个不相关的假想变量，通过这几个假想变量来体现低碳经济评价指标体系每个系统中所有变量的基本数据信息和结构，可以分别对低碳经济评价指标体系的三个支持系统中的变量提取公因子，然后由每个系统的公因子计算出三个系统值，最终加和三个系统值，得到评价指标体系的指数。

(4) 确定低碳经济评价体系的总指数，将三个系统值相加，就得到了低碳经济评价体系的总指数。

通过以上方法，可以得出最终各研究个体的指数，从而进行评价分析。但在本研究中，由于定性指标和部分定量指标获得的客观困难，暂不作数据分析，仅为低碳经济发展评价体系的研究提供相应的思路和方法。

第三篇

世界主要国家低碳经济发展的分析与比较

转变传统高能耗、高污染的经济增长方式，发展以低能耗、低污染、低排放为标志的“低碳经济”，不仅成为全球应对气候变化的重要选择，也被认为是人类社会继原始文明、农业文明、工业文明之后走向生态文明的重要途径，正在成为世界各国经济发展的共同选择和行动。本篇从世界低碳经济总体发展状况、发达国家与发展中国家低碳经济发展路径视角分别在三章中展开分析。

第七章

世界低碳经济总体发展状况分析

低碳经济是缓解经济发展的资源约束矛盾、减轻环境污染的有效途径，是调整、优化经济结构和转变经济发展方式的必然要求，发展低碳经济成为一种必然趋势，世界各国和区域组织都对发展低碳经济制定了相应目标和措施。本章从世界低碳发展演进、世界低碳经济发展态势及世界各国低碳发展比较角度对世界低碳经济发展总体进行阐述分析。

第一节　世界低碳经济发展演进

2003 年，英国在其能源白皮书《我们能源的未来：创建低碳经济》中从能源安全和气候变化的角度，率先提出低碳经济概念。自 2003 年以来，世界各国都采取了一系列政策措施发展低碳经济，本节将对世界低碳经济发展进行概述。

一　世界低碳经济发展驱动力

全球金融危机促使世界经济加速向低碳化深入发展，低碳经济成为实现全球减排目标、促进经济复苏和可持续发展的重要推动力量。主要发达国家凭借低碳领域的技术和制度创新优势，加紧实施低碳经济发展战略，构筑世界新一轮产业和技术竞争新格局。表 7-1 给出了全球低碳发展过程中具有重要意义的事件。

表 7-1　低碳经济重大事件

时　间	事　　件	内　　容
1992 年 6 月	《联合国气候变化框架公约》	确定了稳定温室气体浓度的长期目标及人类应对气候变化的基本原则
1997 年 12 月	《京都议定书》	从量上规定了发达国家温室气体排放指标，而发展中国家并不受约束
2003 年	英国能源白皮书《我们能源的未来：创建低碳经济》	从能源安全和气候变化的角度，率先提出低碳经济概念
2007 年 7 月	《低碳经济法案》	表明低碳经济的发展道路有望成为美国未来的重要战略选择
2007 年 12 月	《巴厘路线图》	为 2009 年前应对气候变化谈判的关键议题确立了明确议程，要求发达国家在 2020 年前将温室气体减排 25%～40%

续表

时间	事件	内容
2008年7月	八国峰会*	八国表示将寻求与《联合国气候变化框架公约》的其他签约方一道共同达成到2050年把全球温室气体排放减少50%的长期目标
2009年12月	哥本哈根会谈	重新讨论和界定“后京都时代”的碳减排义务、减排量指标等条件

*八国集团成员国：美国、日本、德国、法国、英国、意大利、加拿大、俄罗斯。

随着气候变化已经成为既定的科学事实，国际社会对于气候变化的影响日益关注，国际气候制度的谈判不断向前推进，世界各国对于建设低碳经济以应对全球变暖的共识以及承担二氧化碳减排任务也不断得到加强。针对这一新的现实，政策制定者和企业家们开始调整在贸易、融资和生产计划方面的决策。不过真正推动这种决策调整的是对未来的展望，这种展望关乎向低碳未来转型所带来的潜在的经济与政治利益——而不仅仅是转型的成本考虑。

1. 避免较高的未来成本

自2007年IPCC发表第四次全球气候评估报告之后，全球对于人类活动和气候变化之间的联系已基本形成共识，气候变化的威胁已成为全球实现低碳转型的一个重要的驱动力。根据预测，未来100年这种全球变暖的趋势还会进一步加剧，而且会对自然系统和社会经济产生更为显著的负面影响。从适应和减缓气候变化的成本来说，综合报告主要结论认为，要想把温室气体浓度稳定在一个较低水平上，这个经济成本并不是太高。要尽早采取措施，减少温室气体的排放来减缓全球气候进一步变暖趋势，减少对自然和经济系统的影响。该报告认为，越早采取对策，未来变暖趋势越可能得到一定的减缓，损失会越小。① 如果到2030年把大气温室气体浓度稳定在445～535ppm，宏观经济代价是GDP减少3%；如果2050年把大气温室气体浓度稳定在同样的水平，宏观经济代价将增大为GDP减少5%。

报告指出，尽管在应对气候变化问题上尚存在科学不确定风险，但气候系统有重要的自身动力。当全球温升2℃、气候变化的不利影响显现时，我们可能没有时间扭转趋势。我们等待的时间越长，减排的成本会越高。此外，拖延行动将减少开发和采用新技术的激励，增加减排的最终成本。总之，等待与观望既不能减少不确定性也不能减少行动成本，推迟行动只会增加风险和成本。现在必须要采取行动。②

2. 避免锁定在碳密集型投资中

未来10年内，碳排放的继续增长意味着为了稳定全球气温需要更大幅度减排。荷兰环境评价机构进行的研究表明，如果全球排放推迟10年达到高峰，那么每年所需要的最大碳减排率将翻倍超过5%，相对立即采取行动将导致更高的成本，因为现存的基础设施和设备需要在其经济生命周期前淘汰。为了避免被锁定在碳密集投资中，需要确保以经济最优的

① 辛章平，张银太．低碳经济与低碳城市．城市发展研究，2008，(4)：98-102.

② 中共河北省委党校．全球向低碳经济转型的主要驱动力．http：//www.hebdx.com/tabid/63/InfoID/2840/Default.aspx.2010-01-25.

方式过渡到低碳未来。所谓“锁定效应”，是指基础设施、机器设备及个人大件耐用消费品等，其使用年限都在15年乃至50年以上，其间不大可能轻易废弃，即技术与投资都会被“锁定”。换句话说，“锁定效应”就是事物的发展过程对初始路径和规则选择的依赖性，一旦选择了某种道路就很难改弦易辙，以致在演进过程中进入一种类似于“锁定”的状态，诸如电厂、交通之类高载能部门很容易发生“锁定效应”。因为一旦建成，其运行方式在较长的生命周期中难以改变。以电力部门为例，在今后25年，全球能源供应的基础设施建设需要投资约为22万亿美元，仅中国便需要37 000亿美元。中国的电力部门高度依赖煤炭，据估计到2030年，将新增发电能力126万兆瓦的发电站，其中70%为燃煤电站。中国在积极发展电力的过程中，如果未能避免传统燃煤发电技术的弊端，则这些电站50年后还会像现在这样较多地排放碳。用传统技术建设这些发电装置会立即增加排放量，同时也减少了将来转换到低碳能源的机会，也即未来中国几十年排放的状况将不可避免地在最近几年内被锁定。

为了给未来一个气候安全的世界，需要避免被锁定在高碳密集的选择中，发展中国家应该采取不同于以此前的发展路径。

3. 确保能源安全

当今世界，日趋紧张的供需形势、不断攀升的国际油价、对能源产地和运输通道的战略竞争，以及与能源相关的污染与排放等问题，使得能源安全问题成为全球最高政治会晤的首要议题。2005年以来高价且波动的石油价格，使得能源安全战略成为各国优先考虑的问题。从历史上看，1973年第一次石油危机曾触发了第二次世界大战后最严重的全球经济危机，在这场危机中，美国的工业生产下降了14%，日本的工业生产下降了20%以上。1978年第二次石油危机也成为20世纪70年代末西方经济全面衰退的一个主要诱因。在可以预见的将来，能源安全问题将进一步成为制约世界经济发展的瓶颈。在全球油气资源供给日益趋紧且全球能源地理分布相对集中的大前提下，受到国际局势变化和重要地区政局动荡等地缘政治因素的影响，国际市场的不稳定性增加，油气供给和价格波动的风险显著上升。对油气燃料的依赖和需求增长将导致能源价格，特别是石油价格的走高，引发对石油资源的争夺，中东和非洲等资源丰富地区则成为政治动荡之地。然而，受一些政治及经济原因的影响，世界能源生产及供应已经出现了一些问题，表现出油气行业勘探和开采投资不足、海运及管道运输能力遭遇瓶颈、炼油能力迟滞不前等。

能源安全是影响全球推引低碳经济发展的重要驱动因素。国际能源机构指出，当前世界能源体系正面临着实现向低碳、高效、环保的能源供应体系的转变。能否成功解决这个问题，将决定未来人类社会的繁荣与否，可以说现在急需的是一场能源革命。目前从环境、经济、社会等方面来看全球能源供应和消费的发展趋势，具有很明显的不可持续性。为防止全球气候产生灾难性和不可逆转的破坏，最终需要的是对能源的来源进行去碳化，确保全球能源供应，同时加速向低碳能源体系过渡，需要国家和地方政府采取强有力的措施，以及通过参与国际协调机制来实现。[①]

---

① 中共河北省委党校．全球向低碳经济转型的主要驱动力．http：//www.hebdx.com/tabid/63/InfoID/2840/Default.aspx.2010-01-25.

二 世界低碳经济发展现状

1. 产业结构不断调整，工业化重心向东半球转移

近十多年来，世界产业结构正经历新一轮的深刻调整。在发达国家，以信息技术为核心的新技术得到广泛采用，引领着产业结构向技术、知识、服务密集的方向升级，其第三产业已经发展得非常成熟，其产值也远远超过了第一、第二产业的总和。同时，全球工业化重心正在转向东半球，这主要是由于发达国家为了获取区位优势和降低要素成本，将传统产业不断向发展中国家转移的结果。虽然发展中国家在承接国际产业转移的过程中，工业化得到加速，产业结构逐步升级，某些领域的竞争力也在提升。但是，从总体上看，其产业结构层次和技术水平都比较低，在国际分工和产业价值链中仍然处于低端，仍以附加值低的第一、第二产业为主。①

广大发展中国家的产业结构主要处于第一、第二产业的发展阶段，每单位GDP产出需要消耗的能源的量大。据统计，2004年，发展中国家原油消费占全球增量的80%，原油消耗强度也高达20%，远高于发达国家5%的水平。发达国家大多数以第三产业为主，如美国、日本和欧盟等发达国家将重点发展知识密集型产业，对基础能源的需求正在逐渐减少。产业结构调整所带来的能源资源消耗的差异使得发展中国家在发展低碳经济之初就受到了较大的限制。

2. 能源消费量不断增加，各国家和区域差异较大

随着世界经济规模的不断增大，世界能源消费量持续增长。1990年世界总体国内生产总值为26.5万亿美元（按1995年不变价格计算），2000年达到34.3万亿美元，年均增长2.7%。根据《BP世界能源统计2009》，1998年世界一次能源消费量仅为88.885亿吨油当量，2008年已达到111.044亿吨油当量。过去20年来，世界能源消费量年均增长率为1.2%左右。

发达国家能源消费增长速率明显低于发展中国家。过去20年来，北美、中南美洲、欧洲、中东、非洲及亚太等六大地区的能源消费总量均有所增加，但是经济、科技与社会比较发达的北美洲和欧洲两大地区的增长速度非常缓慢（图7-1），其消费量占世界总消费量的比例也逐年下降，北美由1998年的29.6%下降到2008年的24.7%，欧洲地区则由1998年的31.1%下降到2008年的26.2%。OECD成员国能源消费占世界的比例由1998年的58.1%下降到2008年的48.8%。其主要原因，一是发达国家的经济发展已进入到后工业化阶段，经济向低能耗、高产出的产业结构发展，高能耗的制造业逐步转向发展中国家；二是发达国家高度重视节能与提高能源使用效率。

中东地区油气资源最为丰富、开采成本极低，故中东能源消费的97%左右为石油和天然气，该比例明显高于世界平均水平，居世界之首。在亚太地区，中国、印度等国家煤炭

---

① 常清，秦云龙．要正确认识大宗商品的重新定价．http：//www.price-world.com.cn/show.php？sn＝SK-2008.2－6069.2008－02－06.

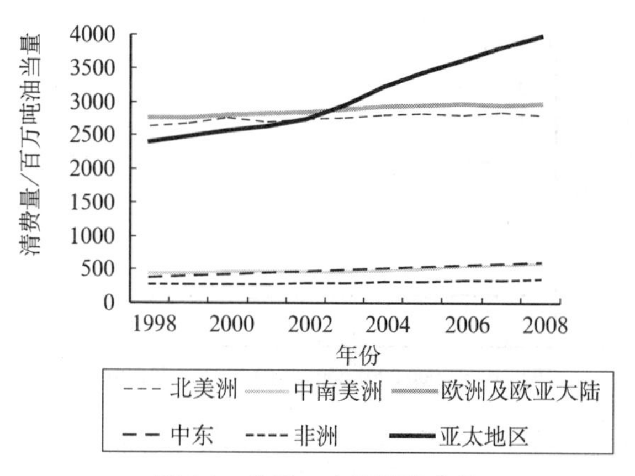

图 7-1　世界一次能源消费量

资料来源：BP. BP 世界能源统计 2009. 2009.

资源丰富，煤炭在能源消费结构中所占比例相对较高，其中中国能源结构中煤炭所占比例高达 68%左右，故在亚太地区的能源结构中，石油和天然气的比例偏低（约为 47%），明显低于世界平均水平。除亚太地区以外，其他地区石油、天然气所占比例均高于 60%。如图 7-2 所示。

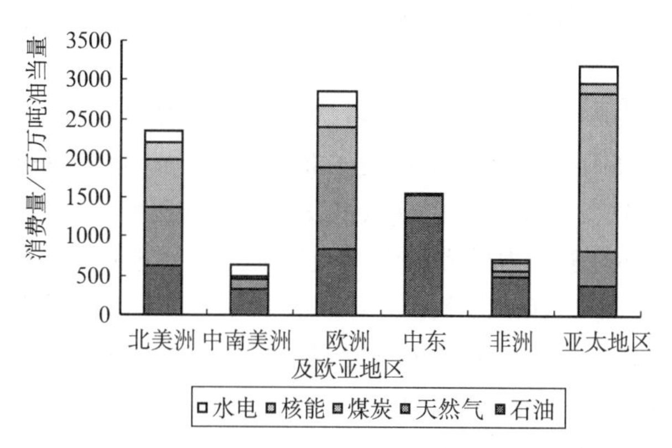

图 7-2　2008 年世界各地区各种能源消费

资料来源：BP. BP 世界能源统计 2009. 2009.

3. 能源消费结构趋向优质化，新能源产业蓬勃发展

自 19 世纪 70 年代的产业革命以来，化石燃料的消费量急剧增长。初期主要是以煤炭为主，进入 20 世纪以后，特别是第二次世界大战以来，石油和天然气的生产与消费持续上升，石油于 20 世纪 60 年代首次超过煤炭，跃居一次能源的主导地位。虽然 20 世纪 70 年代世界经历了两次石油危机，但世界石油消费量却没有丝毫减少的趋势。此后，石油、煤炭所占比例缓慢下降，天然气的比例上升。同时，核能、风能、水力、地热等其他形式的新能源逐渐被开发和利用，形成了目前以化石燃料为主和可再生能源、新能源并存的能源结构格局。到 2008 年年底，化石能源仍是世界的主要能源，占能源消耗的 88.2%。其中，石油占 34.8%、煤炭占 29.2%、天然气占 24.1%。非化石能源和可再生能源虽然增长很快，但仍保持较低的比例，约为 11.8%，如图 7-3 所示。

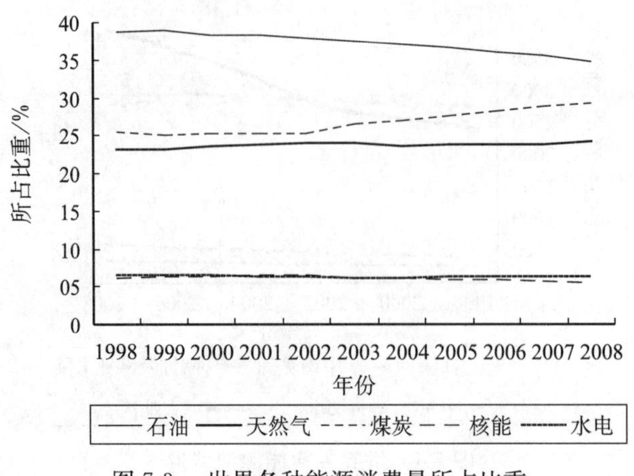

图 7-3　世界各种能源消费量所占比重

资料来源：BP. BP 世界能源统计 2009. 2009.

世界大部分国家能源供应不足，各国努力寻求稳定充足的能源供应，都对发展能源的战略决策给予极大的重视，其中新能源的开发与利用尤为引人注目。化石能源的利用会产生“温室效应”、污染环境等，这一系列问题都使新能源在全球范围内升温。从目前世界各国既定能源战略来看，大规模地开发利用新能源，已成为未来各国能源战略的重要组成部分。[①]

（1）风电。风电是世界可再生能源发展最快、得利最大的技术，仅风机的销售额就达到了 1 亿美元/年。风电的年平均增长率达到了 22%以上，新增装机近 800 万千瓦/年，全球累计风电装机达到 4731.7 万千瓦。全球风电发展最快的国家是德国、西班牙、美国、丹麦以及印度。这些国家都有强有力的政府激励政策支持着风电市场的开发。这些政策包括德国的固定电价和美国的生产环节减免税，但也包括一些不同的投资和制造业方面的激励政策。印度是发展中国家，其成为世界风电发展大国之一，主要得益于其制定了有效的国家开发政策世界风电发展路线图——“风力 12”的目标是到 2020 年，全球的电力供应 12%来自风电，届时将以 12.45 亿千瓦的风电装机实现二氧化碳减排 18.13 亿吨的目标。[②]

（2）太阳能。太阳能的光伏发电代表着可再生能源资源开发的另一发展趋势。[③] 太阳能光伏产业近年来越来越得到各界的重视，就光伏电站装机容量的增长而言，过去 30 年间经历了一个强劲增长的过程，1977～2007 年，复合增长率达 34%。在 1977 年，全球光伏电站装机容量仅为 500 千瓦，到 2007 年总装机容量达到 3073 兆瓦，如图 7-4 所示。据 *Clean Energy Trends 2010* 数据，2009 年太阳能光伏产业（包括模块组件、系统部件以及电站安装服务等）的市场投资值达到 307 亿美元。

在光伏电池方面，据中投顾问能源行业研究部的数据，2008 年全球太阳能电池总出货

---

① 国家发展和改革委员会．世界能源消费现状和可再生能源发展趋势．http：//www.sdpc.gov.cn/nyjt/gjdt/t20061020_89236.htm. 2006-10-20.

② 窦林琪，武蕴华．世界可再生能源产业的发展趋势．山西能源与节能，2010，(1)：15，16.

③ 陈晖．世界太阳能产业发展概况（2006～2009）．http：//www.istis.sh.cn/list/list.asp? id=6517. 2010-04-22.

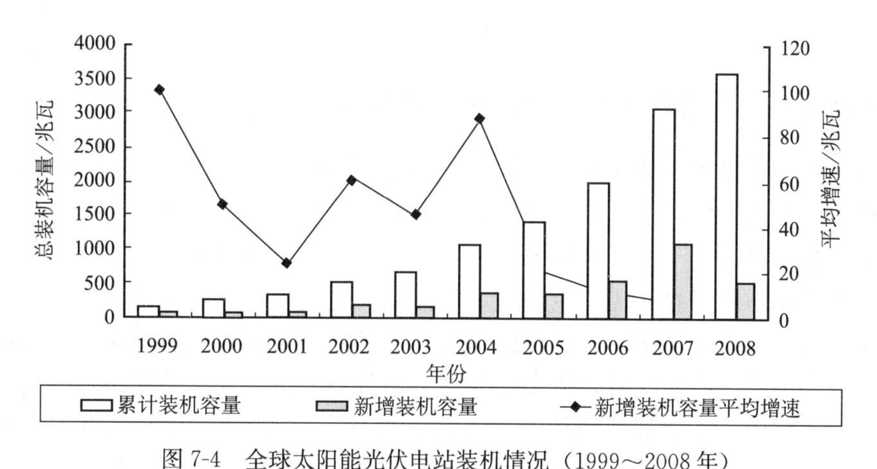

图 7-4　全球太阳能光伏电站装机情况（1999～2008 年）

注：2008 年的数据为 Pvresources. com 数据库中大型并网光伏电站的装机容量数据，为不完全统计量。

量达到 6.85 吉瓦。其中，欧洲企业占比最高，达到 27%；中国企业的比例为 26%，紧随其后；日本和美国分别为 16%和 14%，分列第三、第四位。2008 年全球十大光伏电池制造商中，远东地区的企业占有 7 席，但居于首位的仍然是德国的 Q-Cells。

（3）生物质能。生物质是一种多样性的能源资源，在世界范围内有着广泛的应用，主要是有作物的残余物。生物质能源的主要利用形式有大型火电系统，例如，直接燃烧生物质或与煤混燃产生蒸汽发电和供热；大型生物质气化发电系统（10 兆瓦以上）；每年集中处理农场和工业有机废水 1 万吨以上的厌氧发酵供热发电系统；垃圾填埋气回收供热和发电系统；还有生物油的生产（乙醇、生物柴油等）。欧盟 15 国，2000 年全部电力的 1.5%来自于生物质能，并计划将生物质能的开发作为其实现 2010 年 22%可再生能源发电目标的主要内容。德国在利用厌氧发酵处理废弃物发电技术方面，走在了世界的前列，目前已有 1900 个厌氧发酵厂，2004 年装机 27 万千瓦。2000 年，在生物质能市场的年投资是 8.63 亿美元，2004 年为 14 亿美元。《世界生物质报告》预测，在 2004～2013 年，将有 180 亿美元投资于生物质能源项目，包括大型火电项目（900 万千瓦的新增装机）、厌氧发酵系统和垃圾填埋项目。随着全球把注意力放在利用生物质原材料生产乙醇、甲醇和柴油，生物燃料成为生物质资源的另一种非常重要的用途。①

（4）地热。地热能（资源）可以被用来取暖，也可以用于发电。做何种应用取决于资源的温度范围，资源的经济开发取决于地热资源的特性和地理位置。地源热泵是低温地热资源的一种利用形式，被广泛用于建筑物的取暖和制冷。地热发电在世界范围内也得到广泛应用，在过去的 50 年内增长率为 7%。目前，用于发电的地热资源可以低于 100℃。2004 年，全球 25 个国家的地热发电装机总计达到 873.5 万千瓦，发电量达 546 亿千瓦·时/年。地热发电厂的功率因素在 70%～95%。在菲律宾、萨尔瓦多、肯尼亚、尼加拉瓜和冰岛等国家，地热发电开发利用率很高，可达到全部电力供应的 13%～16%。地热发电成本在可再生能源应用中是最低的，可以低至 4～5 美分/（千瓦·时），几乎可以与化石燃料

① 窦林琪，武蕴华．世界可再生能源产业的发展趋势．山西能源与节能，2010，(1)：15，16.

相竞争。[①]

4. 各国加大对低碳技术的投资，重视程度加深

低碳技术对发展低碳经济起关键性作用，因此，低碳技术得到了所有国家的高度重视。低碳能源供应技术主要包括可再生能源、核能、碳捕获与封存等，低碳交通运输技术包括电动汽车、氢燃料电池汽车、高效的生物燃料等，工业节能技术包括工业流程中的碳捕获与封存以及工业动力系统等，建筑节能技术包括提高建筑物和电器的效能、热泵等。低碳经济是在地球环境对温室气体排放总量的约束下，通过高效利用化石能源、广泛应用清洁能源，以最少的温室气体排放换取最大程度经济增长的经济模式。然而，不同的国家在发展低碳经济的过程中，采用的低碳技术并不完全相同。[②] 发达国家紧扣低碳经济发展的战略，根据本国经济发展的现状、技术的传统和技术上的比较优势确定本国的技术路线。

欧盟对低碳技术的选择侧重点在清洁能源技术方面。为了发展低碳经济，欧盟成立了“欧洲能源研究联盟”和“联合欧洲能源研究院”，执行发展低碳经济的六项计划：“欧洲风力计划”、“欧洲太阳能计划”、“欧洲生物质能计划”、“可持续核裂变计划”、“欧洲电网计划”和“欧洲二氧化碳回收与储藏计划”。在这个大计划中，与清洁能源技术直接有关的就有四项。

日本节能技术走的是重点发展的低碳技术路线，这可以从日本低碳技术的构成看出，日本低碳技术的研发方向和投入主要集中在五个方面：超燃烧系统技术、超时空能源利用技术、信息生活空间创新技术、交通技术、半导体元器件技术。与化石燃烧相比，超燃烧系统技术可以实现热能利用效率极大的提高。超时空能源利用技术是为了减少因时空的局限造成的能源浪费。信息生活空间创新技术主要是包括高效发光的LED新光源技术、节能型显示屏技术。通过汽车电动化等交通技术降低交通运输部门的能源消费，此外，日本还高度重视碳回收与储藏技术的研发与应用。

美国选择的是全面推进的低碳技术发展路线。美国虽然在低碳经济方面态度摇摆，甚至还一度退出《京都议定书》，但随着全球气候恶化程度的加深，低碳经济将是大势所趋。美国低碳技术的研发方向主要包括能源基础理论与应用，如太阳能、风能、生物质能、地热能、氢能和核能等技术，智能电网等技术，节能型交通工具及建筑技术，碳处理技术。从这些侧重方向可以看出，美国的低碳技术不仅包括清洁能源技术，还包括节能技术和碳排放处理技术。从美国研发投入的分布上看出，以2010年度美国的预算为例，基础研究的投入占总投入的23%，清洁能源的研发投入占总投入的30%，节能技术的研发投入占总投入的17%，碳回收技术研发的投入占总投入的30%左右。

发展中国家也在加大对低碳技术的投资，如巴西、印度、中国等国家，都在适合本国国情的基础上推进低碳技术发展。

2010年国际能源署（IEA）发布《能源技术展望2010》报告，指出加快低碳技术向非经合组织国家的扩散是推广低碳能源技术的一个关键性挑战，特别是对于快速增长的大型

① 崔长彬．低碳经济模式下中国碳排放权交易机制研究．河北师范大学硕士学位论文，2008.
② 徐大丰．低碳技术选择的国际经验对我国低碳技术路线的启示．科技与经济，2010，(2)：73-75.

经济体，如巴西、中国、印度、俄罗斯和南非等国家。因此IEA在加强国际技术推广交流方面也做出了许多努力。IEA建立了一个“低碳技术平台”，它不仅针对IEA的成员国，同时也包括了新兴的市场，IEA基于《能源技术展望2010》中提出的低碳路线图，与各参与国讨论相关技术目前发展的阶段、发展中遇到的问题、不同国家在技术发展中扮演的角色和发挥的作用等问题，同时还提供了低碳技术在不同国家间的交流与合作的平台。[①]

三　低碳经济发展面临的主要问题

1. 国际碳减排法律基础薄弱

当前应对全球气候变化、降低碳排放具有法律约束力的国际公约主要是《联合国气候变化框架公约》和《京都议定书》。其中，《京都议定书》更是明确了缔约各国的减排目标、方式及未完成目标的责任，法律约束力更强，措施更加具体。但是随着《京都议定书》确定的至2012年第一个减排承诺期时限的临近，缔约国履行义务情况却不很理想。与此同时，2009年的哥本哈根世界气候大会没有达成具有法律效力的文本，为进一步落实《京都议定书》的减排目标蒙上了阴影。此外，温室气体排放占世界排放总量1/4的美国一直拒绝批准《京都议定书》。这一系列因素导致目前应对气候变化所形成的国际公约体系面临严峻的挑战。[②]

2. 国际碳减排义务分担不明确

低碳经济领域始终面临着全球公共利益和国家利益之间的博弈，而国家内部也存在诸多利益集团的博弈。英国能源发展的总体目标是，到2050年从根本上把英国变成一个低碳经济的国家，成为支持世界各国经济朝着有益环境、可持续的、可靠的和有竞争性的能源市场发展方面的先导。而早前布什政府就以减排将“损害美国经济”为由，拒绝签署《京都议定书》，不愿在国内实施强制减排措施。而美国现任总统奥巴马则认为，应对气候变化将对经济产生积极长远影响，其着眼点在于清洁能源在创造就业方面明显拥有巨大潜力，并主张在危机过后，寻找一个可持续的发展模式，因此，在减排方面采取了积极态度。[③] 对于广大发展中国家来说，加快工业化、城镇化、市场化、信息化是实现现代化的必由之路。但是，随着气候变暖，国际社会要求节能减排，这必然制约工业化的发展，延缓整个国家实现现代化的速度。发展中国家面临着发达国家给予的双重压力。全球温室气体排放空间已相当有限，而发展中国家又要用生产性排放与发达国家的消费性排放相抵。[④] 2009年年底的哥本哈根气候变化大会由于各方利益分歧最终未能达成任何有法律约束力的协议，未

---

① 田中伸男．IEA愿力促低碳能源技术的发展．http：//www.022net.com/2010/7-23/474666332836067.html.2010-07-23.

② 罗小民．低碳经济需要资源立法支撑——第41个世界地球日的法制思考．中国国土资源报．http：//www.mlr.gov.cn/xwdt/xwpl/201004/t20100422_146319.htm.2010-04-22.

③ 胡振宇．低碳经济的全球博弈和中国的政策演化．开发导报，2009，(5)：15-19.

④ 陈天林．气候危机中的世界低碳利益格局．特区实践与理论．http：//theory.people.com.cn/GB/11301897.html.2010-04-06.

来国际碳减排目标和义务尚不明朗，因此低碳经济发展也会受到一定的影响。

3. 国际碳市场能效问题

理想的、最有效率的国际碳市场应是在全球统一的标准和规则下，碳减排项目可在全球以减排成本最低的方式自由开展。由于发达国家和发展中国家减排义务不同、承诺性质不同，以及发展中国家对未来自身减排义务的顾虑，必然会出现发达国家和发展中国家两种不同类型的碳交易市场，这也会在一定程度上影响全球低碳经济发展。

4. 低碳技术发展障碍

低碳技术大规模应用的前提是技术成熟、成本有效，而目前关键的新能源技术和CCS技术均面临一些重要的技术难题，技术突破和商业化推广尚需时日，这也要求各国加大资金投入和研发力度，并构建财政、税收等激励机制。目前，欧洲等发达国家占技术优势，清洁能源技术和科研开发水平均处于世界领先水平，发展中国家尚需在低碳产业领域引进更多的先进技术和管理经验，没有任何一个国家能够独资解决气候变化的问题，这是一个全球的问题，各国必须团结起来，共同承担责任。

第二节　世界低碳经济的发展态势与影响

发展低碳经济作为协调经济、能源安全与环境的基本途径，已得到世界各国的普遍认同。低碳经济成为实现全球减排目标、促进经济复苏和可持续发展的重要推动力量。世界各国凭借各自低碳领域的技术和制度创新优势，加紧实施低碳经济发展战略，构筑世界新一轮竞争新格局。

一　催生第四次工业革命

当前，人类正处在发展历史的十字路口上。根据国际能源署提供的数据，人类处在十字路口的时候实际上有两种未来的发展模式：一种模式是沿着1750年以来的工业化曲线，继续遵循“黑色发展轨迹”走下去。这条所谓“黑色发展轨迹”具体而言就是，全球经济总量继续增长，与此同时碳排放也随着持续上升，全球气温以加速度升高。如果按照这样的趋势走下去的话，到2030年全球碳排放将会达到大约400亿吨，而且还会继续上升。显然，这就会导致全球巨大的生态灾难。人类还有另外一条道路可以选择，那就是“绿色发展之路”。这就是世界各国正在努力实现的目标。提高碳排放生产率的要求将催生出大量新的技术、工艺和生产方法，新的市场、管理机制和商业模式，新的制度安排。这将是一场具有历史意义的重大创新，将引领人类社会进入以绿色发展为特征的时代，其规模、深度和影响力，很可能与人类社会曾经历过的蒸汽机、电力、信息等重大技术革命处于同一水平。国际能源署认为，实际上人类进入21世纪以后将会发生一场新的工业革命，叫做能源革命和环境革命，也就是第四次工业革命——绿色工业革命。[①]

低碳经济将是人类历史上的第四次工业革命，这场革命不仅仅是能源和减排技术的创新，也是产业结构和制度的创新，更重要的是人类生存发展观念的根本性转变。

二 世界经济新格局形成

在经济全球化背景下，发展低碳经济必将和国际贸易联系起来，低碳经济概念的提出必将对世界经济贸易的格局产生非常大的影响。具体来说，世界的实体经济、产业结构的调整，对世界贸易格局的影响和变化，都会产生重大的影响。另外，绿色壁垒等新的贸易壁垒随着低碳经济的发展也将出现或者增多，这对各个国家的出口产品也将产生重大的影响[②]。

发达国家的温室气体减排行动将通过世界经济贸易的传导机制，给尚未承担减排义务的发展中国家带来影响。目前，备受关注的是美欧发达国家欲将应对气候变化与国际贸易挂钩，实施所谓的碳关税，此举将改变国际贸易竞争格局，对发展中国家出口贸易构成严峻挑战。

1. 碳税：发达国家促进国内企业减排的主要政策手段

温室气体减排政策手段，包括排放税（能源税、碳税）、排放权交易等，其中，征收碳税最具市场效率，因而受到经济学家和国际组织的推崇。碳税制度最早由芬兰于 1990 年开始实施，此后瑞典、挪威、荷兰、丹麦、斯洛文尼亚、意大利、德国、英国、瑞士等也相继开征碳税。这些国家都在一定程度上成功地把环境政策与税收政策相结合，把碳税作为环境税的重要组成部分，并使其在各国绿色税制改革中充当重要角色。碳税一般是对煤、石油、天然气等化石燃料按其含碳量设计定额税率来征收的。建立碳税制度，将燃料成本内部化，并以此来控制温室气体的排放量，可以使企业根据各自的成本选择控制量。但碳税政策对本国企业的国际竞争力构成不利影响。开征碳税将提高企业的生产成本，尤其是钢铁等能源密集型部门，使其在国际贸易中的竞争力降低甚至丧失。为抵消碳税给企业带来的经济负担，各国通常免除能源密集型部门碳税，或实行税收返还优惠政策。

2. 碳关税：发达国家力图将应对气候变化与国际贸易挂钩

2009 年 6 月通过的《美国清洁能源法案》规定，美国有权对从不实施温室气体减排限额的国家进口能源密集型产品征收碳关税。此前，法国政府也建议欧盟对发展中国家的进口产品征收碳关税。美欧等国将应对气候变化与国际贸易联系起来，试图通过碳关税这一贸易措施促使发展中国家在后京都国际气候谈判中承诺采取强有力的减排行动，中国、印度等发展中国家面临巨大的减排压力。如果不设立具体减排目标，则美国有可能对发展中

---

① 胡鞍钢．世界正在开始第四次工业革命．经济研究参考，2010，(18)：32.

② 国际商报．低碳经济对世界贸易格局影响重大．http：//www.sinotf.com/GB/136/opinion/2010-04-21/0NMDAwMDA1MDM0Nw.html. 2010-04-21.

国家的出口产品征收碳关税，欧盟也会仿效。发达国家实施碳关税使气候成本内部化，将改变国际贸易商品结构，使发展中国家出口商品的比较优势下降甚至发生逆转。根据世界资源研究所对各国各部门碳排放的统计，中国的出口商品中所含的碳排放量是最高的。这也就意味着，一旦实施碳关税，中国的出口商品将受到更大的冲击。目前机电、建材、化工、钢铁等高碳产业占据了中国出口市场一半以上的比重。作为“高耗能产品”品类之一，2008年中国对美国出口机电产品的出口额达1528.6亿美元，约占中国对美国出口总额的61.0%。显然，征收碳关税在短期内对上述行业将产生严重的负面影响。

碳关税实则为绿色贸易壁垒的新形式。总的来看，发达国家将实行更加严格的环境标准。发展中国家高能耗、高排放、低能效的生产模式还将持续相当长的时间，其产品出口势必越来越频繁遭遇绿色壁垒，并由此引发更多的贸易摩擦。可见，发达国家在低碳经济发展中所拥有的竞争优势，以及他们制定低碳经济“游戏规则”的主导权将影响国际贸易格局，从而为发展中国家“高碳经济”增长带来新的障碍。

三 世界能源新格局形成

低碳经济以能源的变革为核心，涉及的行业和领域十分广泛，主要包括低碳产品、低碳技术、低碳能源的开发利用。在技术上，低碳经济则涉及电力、交通、建筑、冶金、化工、石化等多个行业，以及在可再生能源及新能源、煤的清洁高效利用、油气资源和煤层气的勘探开发、二氧化碳捕获与埋存等领域开发的有效控制温室气体排放的新技术。

从产业结构看，低碳农业将降低对石化能源的依赖，呈现有机、生态和高效的新特征；低碳工业将减少对能源的依赖，低碳产业如电气、电子等产业将出现较快发展；低碳物流将提高利用物流比率，发展减排物流路线，提高物流效率；低碳服务市场包括低碳旅游服务、低碳餐饮服务等将得到更大发展。

从社会生活看，低碳城市建设将更受重视，燃气普及率、城市绿化率和废弃物处理率将得以提高；在家居与建筑方面，节能家电、保温住宅和住宅区能源管理系统的研发将受重视，并向公众提供碳排放信息；在交通运输方面，将更加注重发展公共交通、轻轨交通，提高公交出行比率，严格规定私人汽车碳排放标准。

低碳经济的发展还将改变产业价值链的分布，过去和现在价值链的分布一直是向资源型企业倾斜，今后产业价值链可能分布在高技术产业，即向掌握低碳经济核心技术的环节和链条倾斜。①

四 世界碳交易市场快速发展

在《京都议定书》的框架下，温室气体减排权成为一种商品，从而形成全球温室气体排放权的交易，简称碳交易。目前，全球碳交易主要有两种形式。一是基于配额的交

---

① 中国经济信息网．世界走向低碳经济：低碳经济与世界经济的未来．http：//www.testbj.com/html/news/subject/20100310/296.html. 2010－03－10.

易，在“总量控制与交易”体制下，对有关机构制定、分配或拍卖的减排配额进行交易。市场主要包括各自独立的三个体系：欧盟排放贸易体系（EU ETS)、新南威尔士（NSW）和芝加哥气候交易所（CCX），均在发达国家之间进行。二是基于项目的交易，亦即将可证实降低温室气体排放的项目用于交易。市场主要包括清洁发展机制和联合履行机制，前者在发达国家与发展中国家之间进行，后者在发达国家和经济转型国家之间展开。

1. 全球碳市场交易规模迅速扩大，欧盟排放交易体系占主导地位①

根据世界银行统计，2005～2008年，全球碳交易额年均增长126.6%。尽管2008年受全球金融危机冲击，基于项目的清洁发展机制一级市场交易额下降，但二级市场依然活跃；基于配额的交易仍保持快速增长的势头，全年交易额达到1263.5亿美元，比2007年的630.1亿美元增长100.5%，超过2005年交易额的10倍。从全球碳交易量来看，也呈快速增长的势头，2005～2008年年均增长59.5%。2008年，全球碳交易量达到48.1亿吨二氧化碳当量，比2007年的29.8亿吨二氧化碳当量增长61.4%，是2005年交易量的3倍。世界银行预计2012年全球碳交易额将达到1500亿美元，有望超过石油市场而成为世界第一大市场。

在全球碳交易中，欧盟排放交易体系一直占主导地位。2008年，欧盟排放交易体系交易额为919.1亿美元，交易量为30.9亿吨二氧化碳当量，分别比2007年增长87.3%、50.1%，占全球的比重分别为72.7%、64.2%。清洁发展机制仅次于欧盟排放交易体系，其交易额和交易量分别占全球的26%和30.3%。从市场规模上看，清洁发展机制与欧盟排放交易体系相比有很大差距，但清洁发展机制的增速不可小视，2008年，清洁发展机制的交易额和交易量分别比2007年增长154.5%、84.5%，远超过欧盟排放交易体系和全球碳交易的平均水平。

在共同而有区别责任的原则下应对全球气候变化，清洁发展机制是目前比较有效和成功的方法。减排成本的巨大差异，使发达国家愿意向发展中国家转移资金、技术。发达国家在向发展中国家转移低碳技术的同时，也促使其自身技术的创新和再出口，因而是一种双赢的机制。中国是目前清洁发展机制下项目交易的主要供给方，2008年占全球的比重高达84%，印度和巴西位列第二和第三，占全球比重分别为4%、3%。

2. 区域性碳交易市场兴起，全球统一市场和规则尚待形成和制定

欧盟排放交易体系是目前世界上最大的温室气体排放权交易市场，涉及欧盟27个成员国，近1.2万个工业温室气体排放实体，有巴黎Bluenext碳交易市场、荷兰Climex交易所，奥地利能源交易所（EXAA)、欧洲气候交易所（ECX)、欧洲能源交易所（EEX)、意大利电力交易所（IPEX)、伦敦能源经纪协会（LEBA）和北欧电力交易所（Nordpool）等8个交易中心，成为全球温室气体排放权交易发展的主要动力。在欧盟排放交易体系第二阶

① 李艳君．世界低碳经济发展趋势和影响．http：//www.chinaacc.com/new/287_291_/2010_4_17_wa7462181429171401028298.shtml. 2010-04-17.

段（2008～2012年）和第三阶段（2013～2020年）的安排中，欧盟继续逐步加大减排力度，并将减排限制扩展到更多的行业（如航空业）。此外，欧盟还打算在第三阶段时，在配额分配中引入拍卖机制，以提高碳交易的效率。

澳大利亚新南威尔士温室气体减排交易体系于2003年1月正式启动，它对该州的电力零售商和其他部门规定排放份额，对于额外的排放，则通过该碳交易市场购买减排认证来补偿。2007年澳大利亚加入了《京都议定书》，为实现温室气体减排目标，制定了澳大利亚国家减排措施与建立碳交易体系计划，暂定2011年推行。

美国目前还没有建立统一的碳交易体系，但已有芝加哥气候交易所、东部及中大西洋10个州区域温室气体减排倡议、加利福尼亚州全球变暖行动倡议等区域碳市场，进行配额交易和基于项目的自愿减排量交易。早在2000年成立的芝加哥气候交易所已推出2012年后美国碳交易期货产品，并已开始交易。2009年6月通过的《美国清洁能源安全法案》，规定要实行温室气体排放权交易机制，政府为发电厂及工厂等设定碳排放量上限。其中85%的限额由政府免费配给，余下的15%限额由各公司购入。只要排放量低于上限，就可以转售限额，借此鼓励企业减少碳排放。美国全国碳交易市场有望以该法案为基础形成。

亚洲地区碳交易起步较晚。新加坡贸易交易所于2008年7月初成立，计划推出核证减排量交易。香港交易所已经开始研发排放权相关产品，筹备温室气体排放权场内交易。日本环境省曾表示日本正在制定一个类似于欧盟排放交易体系的总量管制与配额交易，但推出时间未定。

随着低碳经济政策的逐步成熟和完善，世界各国和地区纷纷发展自己的区域性碳交易市场。欧盟于2009年1月提议建立全球统一碳交易市场，将其作为解决全球气候变化问题的方案内容之一。显而易见，欧盟要主导未来国际规则的制定。虽然欧盟承诺扩大其排放交易体系，吸收其他发达国家加入，但要形成全球统一碳交易市场尚需时日。

此外，随着碳排放权的交易日益扩大，碳排放权有可能像劳动力、资本、技术、自然资源等其他要素一样跨国流动，甚至还会更加自由地流动。由此，很可能替代一部分货物贸易。此外，随着碳要素附着于世界经济的各个领域，在国际产业链条的不同环节上，有可能出现碳排放权的稀缺性差异，一些缺少碳排放权的环节有可能成为产业链上的“死结”。在这种情况下，未来的国际产业链条面临着新的一轮重构机缘。

第三节　世界主要国家低碳发展比较分析

发达国家和发展中国家对发展低碳经济的理解和做法有着很多不同。对于发达国家来说，发展低碳经济是实现温室气体减排目标的重要途径，其低碳经济目标与控制温室气体排放的国际义务紧密联系在一起；而发展中国家历史和人均排放较低，现阶段更关注发展，强调在发展过程中采用高能效、低排放的技术和节约的消费模式，力争走出一条不同于高能耗、高污染为代价的传统发展思路，实现减排与发展的双赢。

一 发达国家与发展中国家碳排放比较

伴随飞速的经济发展和快速推进的工业化和城市化，温室气体排放总量上升也较快。图 7-5 显示了自 1950 年以来部分发达国家和发展中国家二氧化碳总排放量和人均排放量。可以看出，美国温室气体排放量巨大，远远高于其他发达国家和发展中国家，且至今仍呈上升趋势，其人均二氧化碳排放量也位于较高水平并在 1980 年后逐渐稳定，但仍高于其他国家。中国温室气体排放总量在 1975 年之前基本和其他国家保持一致，但之后呈现急剧上升的形势，2005 年二氧化碳总排放量几乎与美国持平，但是中国人均排放量还很低。即使经过近年来的快速增长，2007 年中国与能源燃烧相关的人均二氧化碳排放为 4.58 吨，刚刚达到世界平均水平。而同期，美国和澳大利亚的人均排放分别达到 19.10 吨和 18.75 吨。即使是在温室气体减排上力度很大的德国和英国，人均排放也达到 9.71 吨和 8.60 吨，远远超过中国。[①]

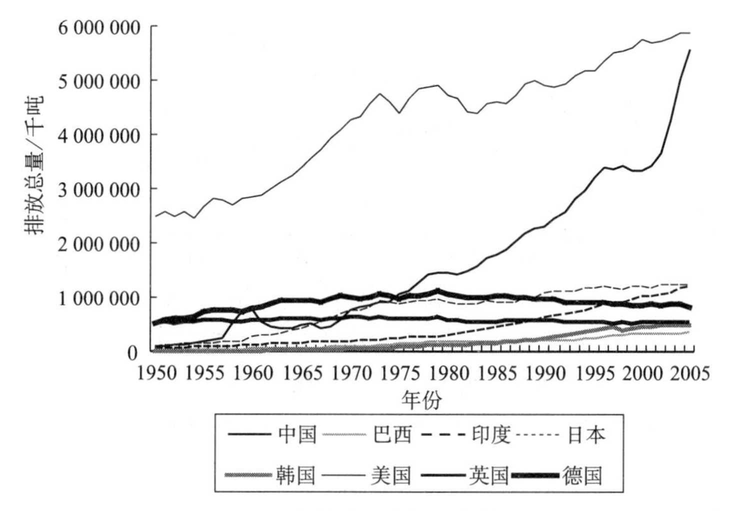

图 7-5　二氧化碳排放总量的国际比较（1950～2005 年）

资料来源：WRI. Climate and Atmosphere Searchable Database.

从图 7-5 和图 7-6 可以明显看出，发达国家二氧化碳总排放量高于发展中国家，人均二氧化碳排放量更是差距明显，美国、德国、英国等发达国家人均二氧化碳排放量均遥遥领先于其他国家，但逐渐呈现下降趋势，而巴西、中国、印度等发展中国家其人均二氧化碳排放量却呈现出逐年上升的趋势。

图 7-7 显示了 20 世纪 80 年代至 2005 年世界主要国家二氧化碳强度的变化（以 1980 年＝1）。可以看出，中国的碳强度在 1980 年就开始稳步下降。1980 ～2005 年，中国的碳强度从 0.95 下降到 0.37，下降幅度超过 50%。这一下降幅度，在世界主要国家中居于前列。除了巴西有上升趋势外，其他国家碳强度都逐渐降低。

① 联合国开发计划署驻华代表处．中国人类发展报告 2009——迈向低碳经济和社会的可持续未来．2010-06-18.

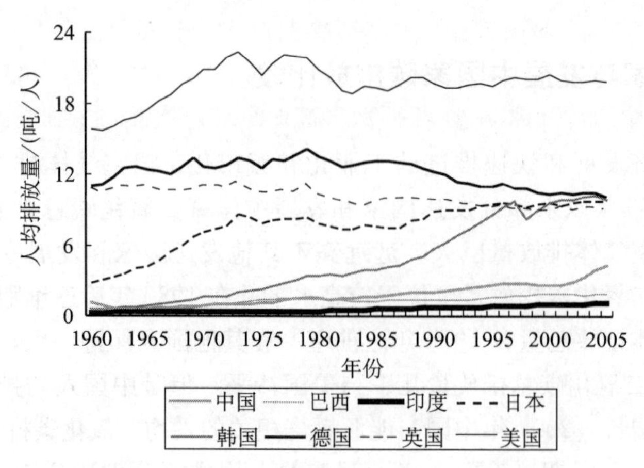

图 7-6 人均二氧化碳排放量的国际比较（1960～2005 年）

资料来源：WRI. Climate and Atmosphere Searchable Database.

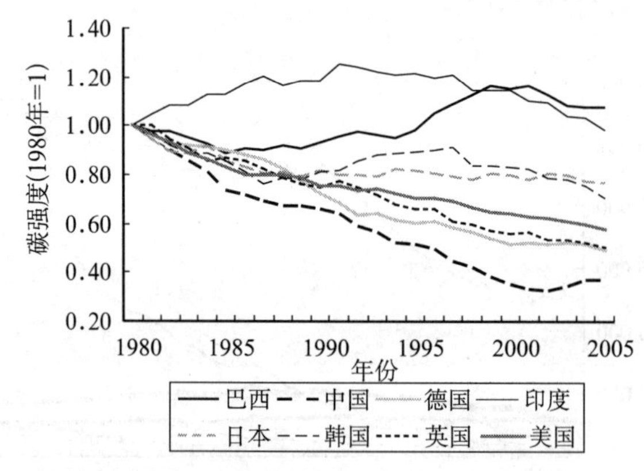

图 7-7 世界主要国家碳强度变化（1980～2005 年）

资料来源：WRI. Climate and Atmosphere Searchable Database.

二 发达国家与发展中国家碳减排目标比较

2009 年 12 月举行的哥本哈根会议，在坚持世界各国共同但有区别的责任原则下，开展广泛对话和务实合作。发达国家要正视自己的历史责任和高人均排放现实，大幅度降低温室气体排放，并为发展中国家应对气候变化提供资金、技术和能力建设支持。发展中国家也应尽最大努力，为应对气候变化做出积极贡献。但是，减少温室气体排放是一项艰苦、长期、成本巨大的联合行动。世界各国对所需承担的减排义务有着巨大的分歧。在未来数十年间，减少温室气体排放都将是关键的、世界性的议题。在世界范围内，低碳经济的大幕已经拉开。①

目前，发达国家承诺的减排目标不一。欧盟曾承诺在 2020 年前减排 20%，并表示愿意与其他发达国家一道将减排目标提高到 30%，最终提出于 2050 年减排 95%；日本承诺的

① 中国银行证券研究所．低碳经济主题报告．2009－12－01.

则是比1990年减排25%；美国曾表示要等国会通过《清洁能源安全法案》后，才能正式承诺自己的减排目标，最终确定2020年温室气体比2005年减排17%；澳大利亚虽承诺减排25%，却是以2000年的排放水平为基础的，而非像其他发达国家那样以1990年为基准，如表7-2所示。

表7-2 哥本哈根会议中发达国家和发展中国家所作承诺减排量

经济体	承诺减排量
美国	承诺2020年温室气体比2005年减排17%
欧盟	承诺于2050年减排95%
日本	比1990年减排25%
澳大利亚	比2000年减排25%
挪威	率先承诺减排40%
岛国联盟	呼吁提高减排标注至45%
印度	承诺比2005年减排20%～25%，拒绝接受约束性协议
巴西	2020年维持2005年水平
非洲国家	拒绝讨论碳排放交易

碳减排涉及各国的具体利益，当碳减排目标与国家利益存在重大矛盾时，碳排放配额的约束力也相当有限，因此碳减排过程是一个多方利益博弈均衡的过程。发达国家和发展中国家碳生产率差异较大，也是造成各国在碳减排量方面所承担的责任差异的原因之一（表7-3）。碳均GDP表示单位二氧化碳的GDP产出，表示一个国家或地区的碳生产率，发展中国家碳均GDP较发达国家相比虽然普遍偏低，因而，也必须承担相应的减排责任。

表7-3 发达国家和发展中国家碳均GDP （单位：千美元/吨）

发达国家碳均GDP		发展中国家碳均GDP	
美国	1.936	中国	0.450
日本	3.663	巴西	2.000
德国	3.393	印度	0.497

目前中国是世界第二大发展中国家、第一大二氧化碳排放国，在2005年全球二氧化碳排放总量（约281.9亿吨）中，占到约18.9%（53.2亿吨），仅次于美国的21.1%（59.6亿吨）水平。按照学者预测，2020年中国GDP总量将达到51.9万亿元。如果维持目前的经济技术水平（即目前的二氧化碳排放强度），到2020年中国需要约151亿吨二氧化碳排放空间。而按照欧盟的减排目标（550ppm），2020年全球二氧化碳排放必须控制在400亿吨，中国所能获得的最大配额为104亿吨，占全球的26%，存在47亿吨的排放缺口，因此必须靠国际谈判增加排放空间、靠节能减排和排放权贸易来减少碳排放。中国所遇到的问题，也是很多发展中国家同样面临的问题。其他发展中国家如印度在哥本哈根会议中提出拒绝接受约束性条约，非洲等国家则拒绝讨论碳排放交易。可见，排放空间受限是发展中国家面临的共同挑战。

三 发达国家与发展中国家低碳减排政策比较

从全球范围看，发达国家和发展中国家低碳政策体系有很多相同之处，也有因各国经济发展特点而针对各自情况开展的特色低碳政策。各国现有的应对气候变化的相似政策措施如下。[①]

1. 管制手段

各国主要通过排放限额、用能/排放标准、供电配额等方式对二氧化碳排放或能源利用水平进行直接控制。例如，欧盟的二氧化碳限排制度对能源、钢铁、水泥、造纸、制砖等产业实行二氧化碳排放限额，对超额企业罚款；日本对耗能过多的单位限期进行整改，整改后仍不达标者进行曝光、罚款等处理；美国、欧盟等对供电商实行了可再生能源发电配额制（RPS)。世界各国还纷纷出台了针对设备、交通工具、建筑物的能效/ 排放标准等。

不论是发达国家还是发展中国家，都制定了低碳政策和相应法律条文引导并规范低碳经济发展。英国是低碳经济的倡导者，也是最积极推动低碳经济发展的国家，2007 年英国推出全球第一部《气候变化法案》，2009 年 4 月英国又成为世界上第一个立法约束“碳预算”的国家。日本自民党于 2009 年 12 月公布了加强全球变暖对策的“低碳社会建设推进基本法案”，规定“到 2050 年实现本国温室气体排放量削减 60%～80%”，法案中明确写道，为建设温室气体低排放的“低碳社会”，“政府应在法制、财政、税收、金融等方面采取相应措施”。美国虽然没有签署《京都议定书》，但近些年来，美国十分重视节能减排，如 2009 年 6 月美国众议院通过了《美国清洁能源安全法案》。美国国务卿表示，美国政府致力于支持清洁能源技术和低碳经济发展，以应对全球气候变化。印度政府 2008 年推出了“应对气候变化全国行动计划”，包括太阳能、能源效率、可持续居住、水、喜马拉雅生态环境、植树造林、可持续农业和应对气候变化等八项措施。

2. 财政手段

财政手段包括各种与能源环境相关的税收、补贴和资助等。芬兰在 1990 年最早开始征收碳税，此后，瑞典、挪威、荷兰和丹麦也相继开征；法国从 1999 年开征生态税；英国 2001 年引入以煤炭、天然气和电能的使用量为税基的“气候变化税”；自 2007 年 1 月起，日本也对石油、煤炭、天然气等化石能源中的碳含量征收环境税。这些税收手段不仅能通过价格杠杆引导低能耗、低排放的生产和生活方式，还起到了增加政府收入从而为其他节能减排活动筹措资金的作用。瑞典、挪威和丹麦都考虑了对生产部门尤其是能源密集型部门的税收宽免。在碳税利用方式上，瑞典、挪威、芬兰和荷兰没有对碳税收入规定特别的用途，而是将其全部归入政府的一般性预算收入；丹麦则将各非免税部门所缴纳的碳税全部用于补贴该部门的劳动投入或节能投资；巴西国家经济社会开发银行推出了各种信贷优惠政策，为生物柴油企业提供融资。

3. 排放权交易

在排放限额的基础上进行的直接管制与经济激励相结合的减排手段，一般也称为“限额-交易”(cap-and-trade）制度。限额规定了各企业的最大允许排放量，在没有排放权交易时，企业必须独立承担设备改造、超额罚款等成本，交易通过允许排放超过限额的企业向

① 胡振宇．低碳经济的全球博弈和中国的政策演化．开放导报，2009，(5)：15－19.

排放低于限额的企业购买排放额度，可以降低全社会的减排成本。目前，欧盟、美国、日本等都建立或试行了碳排放交易市场。

按照《京都议定书》，目前国际上有两种交易体系：一种是基于配额的碳交易，为完成规定的温室气体减排目标，在“限额-交易”体系下购买由管理者制定、分配（或拍卖）的减排配额，包括《京都议定书》中的分配额度（AAU）、欧盟排放贸易系统（EUETS）下的欧盟配额（EUAs）等，主要在附件一国家（主要是发达国家）间进行。另一种是基于项目的碳交易，包括 JI、CDM 项目，其中，CDM 项目主要在附件一国家和非附件一国家（主要是发展中国家）之间进行。2008 年 1 月 1 日至 2012 年 12 月 31 日，欧盟气候交易所将交易范围扩展到欧洲以外的国家，CERs（CDM 项目下的确认减排额度）允许在市场上自由交易。

4. 低碳技术研发

在低碳技术的研发中，欧盟的目标是追求国际领先地位，开发出廉价、清洁、高效和低排放的能源技术。英、德两国将发展低碳发电站技术作为减少二氧化碳排放量的关键，英、德政府调整产业结构，建设示范低碳发电站，加大资助发展清洁煤技术、收集并存储碳分子技术等研究项目，以找到大幅度减少碳排放的有效方法。日本作为推动低碳经济的急先锋，每年投入巨资致力于发展低碳技术。根据日本内阁府 2008 年 9 月发布的数字，在科学技术相关预算中，仅单独立项的环境能源技术的开发费用就达近 100 亿日元，其中创新型太阳能发电技术的预算为 35 亿日元。美国高度关注市场机制下温室气体减排的能源有效利用的技术创新，政府制定了低碳技术开发计划，成立了专门的国家级有关低碳经济研究机构，为从事低碳经济的相关机构和企业提供技术指导、研发资金等方面的支持，从国家层面上统一组织协调低碳技术研发和产业化推进工作。美国是世界上低碳经济研发投入最多的国家，2009 年 2 月联邦政府向国会提交了 2010 年（2009 年 10 月 1 日实施）年度预算。根据该预算，仅对清洁燃煤技术的研究就提供了 150 亿美元的拨款。目前美国正在加速进行下一代发电技术的研究、开发及示范工作，计划在 2012 年建成世界上第一个零排放发电厂。巴西政府大力发展生物燃料技术，重点提高乙醇、生物柴油技术的研发能力。韩国 2009 年公布了《新增动力前景及发展战略》，提出了 17 项新增长动力产业，其中有 6 项属于绿色技术领域，包括新能源和再生能源、低碳能源、污水处理、发光二极管应用、绿色运输系统、高科技绿色城市。

四 发达国家与发展中国家的博弈

每个国家并非完全平等地从应对气候变化中受害或者受益，有的过度使用别国能源，有的过度使用本国能源，有的基线过低，有的使用效率甚高，因此全球气候变化谈判涉及的利益非常复杂，利益多元化导致了全球谈判阵营的碎片化。①

---

① 郇公弟．气候变化大会彰显大国博弈．http：//finance. sina. com. cn/stock/t/20091217/03337114823. shtml. 2009-12-17.

从气候变化1990年开始谈判以来，已经过去了20多年，发展中国家这样的一个集团至少有两个变化：经济方面，贫富的悬殊已经越来越大；温室气体排放方面，主要发展中国家经济体在过去的20年排放是非常多的，47个小岛屿国家和部分的撒哈拉以南的国家也对发展中大国快速增长的碳排放对它们生存的影响颇有微词。

在发达国家内部，美国代表的伞形联盟和欧盟在气候变化的认识、应对的方法、国际合作以及与发展中国家要求等诸方面立场逐渐靠拢，在减排方法上都特别注重技术和总量-排放权交易体系，在意图方面都特别注重清洁能源和低碳经济竞争力，在行为上都开始特别注重法律和碳关税，在对发展中新兴大国具体减排施压方面又形成高度默契。但是美国奥巴马政府重新谋取应对气候变化国际话语权的战略和美特有的单边主义气候变化外交行动，导致欧美发达国家阵营出现分化。奥巴马和中国领导人在哥本哈根谈判上发挥了斡旋的作用，但是欧盟国家却担心这会变成新的中美共治，虽然这种担心没有事实依据，但是欧盟对《哥本哈根协议》和美国的做法非常不满。此外欧盟和美国为首的伞形集团在减排这个核心问题上的分歧日益明显，发达国家内部减排阵营已经形成裂痕。

1. 发达国家“名与利”的博弈

在美国总统奥巴马获得“诺贝尔和平奖”的荣誉后，世界各方都在等待美国是否还将进一步提高减排目标、美国将为发展中国家带来多少资金的消息。归结到一点，即美国是否愿意在低碳经济发展中发挥领导作用、奥巴马“绿色新政”的诚意到底有多大。美国正处在应对气候变化的“十字路口”，正如2001年布什总统宣布退出《京都议定书》，主要是出于美国利益集团的反对，美国强大的石油财团等不希望背负减排的责任，更不希望看到可再生能源抢夺现有的市场。如今，某些事实依然没有改变，与欧洲相比美国新能源技术也并非领先，在国际竞争中并不占优势。虽然历史累计排放量世界第一，但奥巴马政府仍将面临一个选择，是否将本国经济竞争引入一个不占优势的战场。

相比之下，欧盟承诺减排的额度要远高于美国，欧盟发展低碳经济的“积极”姿态，除了要重新争取“道德模范”声望、展现《里斯本条约》生效后的统一新形象，更是看到了气候谈判背后巨大的经济利益。自20世纪70年代以来，欧洲一直是环保领域的急先锋，经过几十年的发展，欧盟国家掌握了全球大部分可再生能源领域的核心技术，并拥有了一大批跨国性新能源企业。从欧盟的利益考虑，全球高标准的排放额度将意味着一个数以万亿计的庞大市场。欧盟还极力要求一些“先进发展中国家”如中国、印度、巴西、南非等承担强制性减排义务，正是由于这些国家不仅当前排放量比较大，而且具有一定的经济实力，将是这些低碳技术的主要市场。

而其他发达国家如日本、澳大利亚、加拿大等，跟随美国和欧盟立场“取其次者而从之”，对于自身减排义务消极抵抗，鼓吹发展中国家承担减排义务。这些国家随着减排额度的提高，减排的成本也在不断上升，不愿承担更多减排义务。它们却从地缘政治等角度考虑，试图牵制发展中国家的发展，其动机不得不让人怀疑。

2. 发展中国家的“生与死”博弈

在哥本哈根谈判中，中国、印度、巴西等发展中大国主动提出了减排行动计划，既是对国际社会负责任，同样也是出于自身经济发展的需要。冷战结束后，新兴国家迅速崛起，发展中大国也逐渐在经济发展中认识到，不能走西方国家先污染后治理的老路，西方工业模式无法解决各国庞大的资源、就业等压力，选择低排放、可持续发展之路成为各国发展的内在需求。

同时，发展中大国并不接受发达国家提出的过高的、强制的减排义务。发展中国家坚持，无论是从历史责任、发展阶段还是现实能力看，都不能承担与西方等同的减排义务。发展中国家的发展权不能被剥夺，这同样关系到国家的核心利益。在哥本哈根谈判中，发展中国家也积极协调立场，在一些核心问题上向西方国家统一施压。在谈判中，中国积极维护发展中国家利益、为发展中国家争取发言权，特别是照顾最不发达国家、非洲国家、小岛国等地区的利益。

联合国发布的《2009 年世界经济和社会概览：促进发展，拯救地球》① 报告指出，发达国家需要加大力度减少其碳排放量，发展中国家则需通过加大投资和积极的政策干预以实现经济的可持续增长。发达国家 200 年来依靠碳拉动的经济增长是目前全球变暖的主要原因。自 1950 年以来，全球碳排放增长中有 3/4 来自发达国家，尽管其人口不到世界总人口的 15%。发展中国家应对气候变化时面对的挑战比发达国家要严峻得多，经济增长仍然是他们首先要解决的问题。只有在发展中国家能够维持快速经济增长的情况下，各国才能积极参与解决气候挑战。低排放、高增长的经济增长模式将伴随着发展中国家前所未有的巨大的社会和经济调整。而要实现这种转变，必须建立一个全球新政，提高投资并将资源引导到低碳经济领域，以增强抵御气候变化的能力。然而，目前大多数发展中国家缺乏财政资源、技术知识和体制能力来以适合气候挑战紧迫性的相应速度采用这些解决办法。发达国家不能兑现这三个领域中长期的国际援助承诺是应对这一挑战最大的障碍。

实现这一转变，就需要发展中国家采用与发达国家不同的方式来处理气候政策问题。发达国家的市场解决方案，包括通过“限额与交易”机制及税收体制发展碳市场的方案并不适合发展中国家。大规模投资和积极的政策干预是发展中国家更好的选择。这将需要发展中国家的政府做出坚定和持久的政治承诺，同时在资金和技术转让方面获得可观和有效的多边支持。发达国家和发展中国家要有能力建立更加融为一体的框架和联合方案，就气候适应、林业、能源以及消除贫穷等问题订立共同目标。

---

① 联合国．联合国报告：需加强对发展中国家低碳增长战略的投资．http：//www.bmlink.com/newslist/226480/.2009－09－18.

第八章 发达国家或地区低碳经济发展

低碳经济作为一种新的发展模式，其新意就在于它是对工业文明的黑色经济发展模式的否定和扬弃，创造出生态文明的绿色经济发展模式。目前发达国家的低碳发展模式是以新能源、低碳化普及，以及后续行动为主的。发达国家作为低碳经济发展的先驱，采取了多种措施促进低碳发展。

第一节 美国低碳经济发展

在当前全球气候政治格局中，美国的态度很大程度上左右着应对气候变化国际制度的走向。然而美国的国内政治与国际政治相互交错，行政部门和立法机构也是相互制约的，这些都对美国应对气候变化的国家态度产生了重大影响。纵观美国以气候变化问题为代表的环境外交历程，可以发现美国不仅关注采取应对气候变化措施对国民经济的影响，更加关注国际气候制度的发展对于国际政治经济格局的重新塑造，而这一切都与美国的国家利益直接挂钩。

一 美国退出《京都议定书》与加利福尼亚州抛开布什政府同英国开展合作

美国作为世界上最大的经济体，也是全球头号温室气体排放国。早在1997年，美国克林顿政府签署了《京都议定书》，承诺美国1908～2010年温室气体排放量在1990年水平上削减7%，并推动了温室气体国际减排政策的制定。克林顿总统每年拨款10亿美元，采取一系列措施鼓励使用清洁能源、提高能源利用率、减排温室气体。克林顿政府表明认同美国同其他国家一起就对付全球变暖问题采取前所未有的行动达成历史性协议，并声称美国比任何国家所做的努力更多。

然而2001年3月布什政府宣布退出《京都议定书》，并于2002年2月14日提出《京都议定书》的替代方案——《晴空与气候变化行动》。以退出《京都议定书》为标志，美国开始了为保护国内经济发展的应对气候变化政策演变。虽然布什仍然承认《联合国气候变化框架公约》的基本原则，但对《京都议定书》大加责难。布什政府退出《京都议定书》的理由如下。[①]

1. 最大限度履行竞选诺言

早在2000年竞选总统时，布什就表示反对《京都议定书》，并强调科学家们目前还没有提出令人信服的足以证明全球变暖的论据。为了解决能源紧缺问题，他也主张开创阿拉斯加油田，布什政府的政策在很大程度上也要考虑竞选支持者的利益，这些支持者都是石油、天然气、采矿和重工业领域的巨头，他们都为布什竞选总统提供了慷慨资助。

2. 可能会造成高经济成本

美国1998年一次能源消费量约占全球一次能源消费总量的22.8%。根据公约秘书处汇编的文件，美国六种温室气体排放总量1998年比1990年上升了21.8%，其中二氧化碳排放量上升11.5%。预计到2010年，如果不采取强制的减排措施，美国的二氧化碳排放总量有可能比1990年增加23.2%。因此对于美国来说，要实现《京都议定书》规定的2008～2012年温室气体排放量比1990年下降7%的目标，无论如何都是一个巨大的挑战，现有的市场经济机制根本不可能自动完成这个任务，需要强有力的政策干预，也可能会带来巨大的经济成本。布什总统宣称，过多的保护环境规定很可能抑制经济增长，尤其是要求电力企业减少二氧化碳排放，势必会加剧发电厂的能源消费由煤炭转到天然气，造成电价明显上升，从而危及经济发展和能源供应。布什总统认为，拒绝履行《京都议定书》有关减排义务，是让位于绝对优先的促进美国经济发展和解决能源危机问题。

3. 协定履约国家范围有限

气候变化框架公约谈判以来，以美国为首的少数几个发达国家，就一直试图套压发展中国家承担减排或限排义务。虽然公约确立了共同但有区别的责任原则，强调发达国家应当率先采取行动，应对气候变化及其不利影响，但美国等仍继续以气候变化是全球性问题为由，极力要求发展中国家也“自愿承诺”限排温室气体义务。在《京都议定书》通过之后，美国以发达国家已经承诺减排义务为由，加紧了套压发展中国家承担义务的攻势。

就在美国退出《京都议定书》之后，2006年7月31日，英国首相托尼·布莱尔和美国加利福尼亚州州长阿诺德·施瓦辛格绕开布什政府，宣布达成一项协议，旨在探寻应对全球气候变暖的措施和方法。[②] 协议呼吁双方在探究更清洁燃烧的燃料和技术方面进行合作，同时探寻建立一个污染者可以买卖温室气体排放权的体系的可能性，目的在于运用市场力量和市场激励措施来控制污染。按照双方达成的协议，它们将建立一个新的泛大西洋二氧化碳交易市场。由于存在温室气体排放限额，在这个市场上，减排效果显著的企业可以将剩余的排放量卖给其他企业。欧盟温室气体排放贸易机制于2005年1月1日正式启动，如果加利福尼亚州加入欧盟温室气体排放贸易机制的尝试取得成功，双方合作的机制还将向

---

① 中国网．徐华清．美国拒绝批准《京都议定书》的影响及我国的响应对策．2006-07-18.

② 中国网．美国国内的气候变化行动及其影响．http://www.china.com.cn/node_7000058/2007-04/02/content_8046836_2.htm.2007-04-02.

美国其他州进行推广。其行动具有重要的示范效果，势必会对美国政府政策产生“巨大影响”，推动联邦政府采取实际行动。

二 美国政府应对气候变暖政策悄然变化

美国人口仅占全球人口的3%～4%，所排放的二氧化碳在1990年却占全球排放量的25%以上，作为全球温室气体排放量最大的国家，布什政府却为了保护美国本国的利益，不接受国际组织或协议的约束，甚至动用国家机器以及战争为代价打击敌对国家，被舆论批评为“单边主义”。这一做法不但遭遇世界其他各国和国际组织的谴责，更受到了来自国内科学办公室以及地方州政府的联合反对。据统计，美国已有40个州执行了削减温室气体排放的法规，20个州出台了鼓励使用可再生能源的措施，东北部各州还建立了温室气体排放指标交易体系。

但可喜的是，美国政府的立场态度其间也悄然发生着变化。2002年在5月31日，美国布什政府的环境保护局——向联合国提交了一份《美国气候行动报告》，布什政府第一次明确承认全球气候正在变暖，而人类活动是其中一个重要的原因。虽拒绝《京都议定书》的立场依旧不变，但布什政府表示将拨款58亿美元，用于与气候变化相关的研究。2005年2月16日《京都议定书》正式生效前夕，美国政府除了再度表示美国不参加该议定书的立场外，也承诺了在未来5年内为可再生能源和节能技术提供36亿美元的税收优惠。2005年度八国集团首脑峰会前夕，布什政府认为与《京都议定书》的限制能源使用和废气排放的规定相比，大力发展新技术才是真正解决全球气候变暖的办法。美国将投资200亿美元用于开发氢动力的汽车、零废气排放的发电厂和其他环保技术，作为实际措施。布什政府指出其已认识到美国为应对环境气候挑战所承担的领导责任，承诺根据“共同但有区别的责任”原则，应对气候变化和与之相关的包括能源和粮食安全等可持续发展方面的挑战。可以说，布什政府实现了理性的回归。[①]

三 美国重返世界气候舞台中心

美国作为目前世界上最大的温室气体排放国，对解决全球气候变化问题负有不可推卸的责任，而美国近两届政府的五届国会10年来对气候变化问题的态度，从反对、质疑到关注、积极推动立法，也已发生明显转变。特别是奥巴马上台执政以来，抛出了“新能源计划和气候政策”，可谓其能源新政的“新路线”。

1. 经济重心向低碳经济转移

在国际危机重建中，美国政府已将能源产业选择为美国经济复兴的核心，能源改革已成为美国经济振兴的主力。美国拟定的能源战略政策目标包括：实现美国石油独立、大力

---

① 刘效仁．美国政府应对气候变暖政策悄然变化值得关注．http：//liuxiaoren.blog.sohu.com/94244322.html．2010－06－23．

开发可再生能源、控制温室气体、提供大量绿色就业岗位、提高美国的能源利用效率等。新复兴计划的核心是培植新技术和产业，特别是新能源。从短期来看，开发新能源和推进节能改造可以创造就业机会摆脱经济危机；从中长期来看，可以重新建立美国的竞争优势，占领后石油时代的经济制高点。美国能源战略构想显示，美国希望改变能源利用方式，开发使用新能源和可再生能源，争夺未来能源和科技制高点。美国的经济中心已逐渐向低碳经济转移。

2. 积极推动清洁能源技术开发应用

美国将推动在新一代清洁能源技术方面的研发与创新，尤其是将会提供资金开发燃煤发电的碳捕获与封存技术，并鼓励可再生能源、核能以及先进的电池技术的应用，通过减少对石油的依赖来确保国家的能源安全和经济发展。在传统的化石能源的清洁利用以及替代能源的开发应用方面，美国吸引了大量的风险资本和私人投资，联邦政府希望通过立法、税收减免等多项措施起到积极的推动作用。在政府和市场的共同推动下，美国在当前和未来的温室气体减排技术和发展低碳经济方面有可能获取全球优势。[①]

2009 年 1 月 25 日，美国白宫发布了一份奥巴马总统论述“美国经济恢复和再投资计划”的报告，该报告提出美国已将能源、教育、健康和基础设施建设列为最重要的领域。在能源方面，奥巴马提出，为了加速推进清洁能源经济，美国在未来三年内将把风能、太阳能和生物燃料等可再生能源的生产能力再提高 1 倍，将开始建造新的长达 4800 公里的传输电网，以方便传输这种新的能源。该公布的能源政策还包括：未来 10 年，政府将投入 1500 亿美元资助替代能源研究，风能、太阳能和其他替代能源公司将有可能获得更多的政府资助；到 2012 年，美国发电量的 10%将来自可再生能源（这个指标到 2025 年将达到 25%）；汽车方面，将加大对混合动力汽车、电动车等新能源技术的投资力度，减少石油消费量；在新能源技术方面，政府将大量投资绿色能源——风能、新型沙漠太阳能阵列和绝缘材料等；在建筑方面，将大规模改造联邦政府办公楼，推动全国的学校设施升级，对全国公共建筑进行节能改造。

3. 清洁能源与安全法案通过

美国众议院于 2009 年 6 月 26 日以 219 对 212 票，投票通过了《美国清洁能源安全法案》。这一具有里程碑式的法案是一部综合性的能源立法，它将通过创造数百万的新的就业机会来推动美国的经济复苏，通过减少对国外石油依存度来提升美国的国家安全，通过减少温室气体排放来减缓全球变暖。[②]

该法案重点包括了以总量限额交易为基础的减少全球变暖计划。该法案对美国大型温室气体排放源（约占美国温室气体排放总量的 85%）设置了具有法律约束力且逐年下降的总量限额，这些大型排放源包括发电厂、制造业设施和炼油厂。该法案同时也对那些替代

---

① 经济日报．美国推动清洁能源技术开发应用．http：//www.czt.gov.cn/Info.aspx? ModelId＝1&Id＝1737.2009－09－10.

② 中国电力监管委员会．美国清洁能源和安全法简介．http：//www.chinapower.com.cn/article/1160/art1160028.asp.2009－07－21.

破坏臭氧层化学品的一些具有全球变暖效应的污染物进行总量限额。法案要求这些排放源到2020年减少相当于2005年排放水平17%的温室气体排放（大致相当于1990年排放水平的4%），到2050年减少相当于2005年排放水平83%的温室气体排放（大致相当于1990年排放水平的80%）。在排放交易体系下，法案要求排放源要对其排放的每一吨温室气体都要持有相应单位的排放配额，这些配额可以进行交易和储存。同时，每年发放的配额数量在2012～2050年将会显著地减少。该交易计划是效仿美国1990年清洁空气法修订案中的酸雨交易计划。酸雨计划已经减少了50%的二氧化硫排放，提前三年完成任务，而且减排成本远低于预期成本。

根据众议院能源与商业专门委员会的分析，法案中可再生能源、清洁能源技术和能源效率计划的补充性减排措施将实现额外的减排。那么，这将使美国的碳排放，相对于2005年的排放水平，到2020年削减28%～33%，到2050年的削减超过80%。

第二节　欧盟整体低碳经济发展

多年以来，欧盟不断推动IPCC成立，推动《气候框架公约》签订、推动《京都议定书》的出台以及历次气候大会的召开，欧盟各国已将低碳经济看做“新的工业革命”，采取了一系列有力的措施推进低碳经济发展，期望能够带动欧盟经济向高能效、低排放的方向转型，并在全球应对气候变化行动中充当急先锋。目前，无论是技术储备还是相关产业的发展，它们的水平都处于世界领先地位。其中，尤以德国、法国、英国、丹麦、挪威等国的技术实力最为雄厚。这些国家通过政策倾斜，鼓励绿色能源技术的开发和应用，并带动出一大批相关绿色产业的蓬勃发展。绿色欧盟已是世界绿色能源和绿色产业领域的“龙头老大”，欧盟已获得了全球气候问题的主导权。

一　欧盟

目前欧盟是全球最大的石油和天然气进口者，其82%的石油和57%的天然气都来源于其他国家和地区，预计未来25年中，油气进口率更将突破93%和84%。这其中，能源最为匮乏的西欧发达国家（如法国和德国）将尤为依赖进口能源。20世纪多次发生的“石油危机”，促使欧盟各国对石油替代能源以及更加清洁安全的可再生能源的开发利用，而2006年开始的新一轮世界能源价格飙升以及近两年俄罗斯分别与乌克兰和白俄罗斯之间的石油天然气纠纷对于欧盟国家所带来的影响，极大地凸显了欧盟潜在的能源危机和能源政策的脆弱性。①

在发展低碳产业问题上，欧盟不仅提出的口号最响，其行动也走在了其他国家和地区之前。从排放指标的制定，到科研经费的投入、碳排放机制的提出、节能与环保标准的制定，

① 新浪网．部分国家和地区发展低碳经济的做法．http：//gov.finance.sina.com.cn/zsyz/2010-01-14/114970.html.2010-01-14.

再到低碳项目的推广等，欧盟推出了全方位的政策和措施，统领各成员国大力发展低碳产业。①

1. 不断制定减排目标

2007年3月，欧盟27国领导人通过了欧盟委员会提出的欧盟一揽子能源计划。根据计划，欧盟到2020年将温室气体排放量在1990年基础上至少减少20%，将可再生能源占总能源耗费的比例提高到20%，将煤、石油、天然气等一次性能源消耗量减少20%，将生物燃料在交通能源消耗中所占比例提高到10%，以及在2050年将温室气体排放量在1990年的基础上减少60%～80%。这一目标的制定，在欧盟气候和能源政策方面具有里程碑意义。

2008年12月，欧盟峰会在布鲁塞尔举行，欧盟各国最终敲定气候变化妥协方案。该协议要求欧盟到2020年将其温室气体排放量在1990年水平的基础上减少20%。而该目标的实现有赖于27国完成各自的国内减排目标，而且要在整个欧洲碳交易机制的范围内进行。2013年后的第三阶段欧洲排放交易体系规定，污染性工业企业和电厂等，可购买碳排放许可权。方案还规定：到2015年，将汽车二氧化碳排放量减少19%；各国设定限制性目标，从而使欧盟到2020年可再生能源使用量占欧盟各类能源总使用量的20%；鼓励使用“可持续性的”生物燃料；到2020年将能源效率提高20%。新方案还包括了提供12个碳捕获和存储试点项目——利用创新技术收集电厂排放的二氧化碳并将其埋入地下。这些试点项目资金将来源于碳交易收益。预计到2020年，碳交易能带来几百亿欧元的收入。在2009年的哥本哈根会议上，欧盟承诺于2050年减排95%。

2. 制定科研计划，加大资金投入

2007年年底，欧盟提出了战略能源技术计划，这是欧洲建立新能源研究体系的综合性计划。该计划包括欧洲风能启动计划，重点是大型风力涡轮和大型系统的认证（陆上与海上）；欧洲太阳能启动计划，重点是太阳能光伏和太阳能集热发电的大规模验证；欧洲生物能启动计划，重点是在整个生物能使用策略中，开发新一代生物柴油；欧洲二氧化碳捕集、运送和储存启动计划，重点是包括效率、安全和承受性的整个系统要求，验证在工业范围内实施零排放化石燃料发电厂的生存能力；欧洲电网启动计划，重点是开发智能电力系统，包括电力储存；欧洲核裂变启动计划，重点是开发第Ⅳ代技术。

2008年2月，欧盟运输、通信和能源部长理事会在布鲁塞尔通过了欧盟委员会提出的《欧盟能源技术战略计划》，同意在以下方面采取措施：在能源工业领域增加财力和人力投入，加强能源科研和创新能力；建立欧盟能源科研联盟，以加强大学、研究院所和专业机构在科研领域的合作；改造和完善欧盟老的能源基地设施以及建立欧盟新的能源技术信息系统；建立由欧盟委员会和各成员国参加的欧盟战略能源技术小组，以协调欧盟和成员国的政策和计划。该计划将鼓励推广包括风能、太阳能和生物能源技术在内的“低碳能源”技术，以促进欧盟未来建立能源可持续利用机制。

---

① 赵刚．欧盟：大力推进低碳产业发展的做法与启示．http：//www.jndpc.gov.cn/E_ReadNews.asp? NewsID=6513．2009-11-23．

近年来欧盟投入大量财力物力用于开发碳捕捉与封存技术。据报道，欧盟已为此注入十多亿欧元启动资金，还将通过碳交易体系再筹措45亿欧元后续资金。欧盟还要求，2020年之后，以煤为燃料的新建电厂都应具备碳捕捉技术。目前，法国、德国与英国等欧盟大国正就这一技术开展小型试验。但荷兰政府动作更快，已决定在距离鹿特丹不远的一个小镇巴伦德雷特的地底下直接封存二氧化碳。由皇家荷兰壳牌公司实施的这一项目，计划从2011年开始，将1000万吨二氧化碳泵入位于该镇地下两公里处的两个废弃天然气田。[①]

3. 启动排放权交易，完善机制建设

2005年，欧盟启动了排放交易机制，涉及的工业部门覆盖发电和供热企业、炼油企业、金属冶炼加工企业、造纸企业和其他高耗能企业（如水泥生产企业）。按照这一机制，各成员国应制订每个交易阶段二氧化碳排放的“国家分配计划”，为有关企业提出具体的减排目标，并确定如何向企业分配排放权。该机制共分为三个交易阶段，即2005～2007年、2008～2012年和2013～2020年。

2006年3月，欧盟委员会发表《欧盟能源政策绿皮书》，提出强化对欧盟能源市场的监管，开放各成员国目前基本封闭的能源市场，制订欧盟共同能源政策；鼓励能源的可持续性利用，发展可替代能源，加大对节能、清洁能源和可再生能源的研究投入；加强与能源供应方的对话与沟通，建立确保能源供应安全的国际机制；在与外部能源供应者的对话中，欧盟应“用一个声音说话”。

2008年年底，欧洲议会通过了欧盟能源气候一揽子计划，包括欧盟排放权交易机制修正案、欧盟成员国配套措施任务分配的决定、碳捕获和储存的法律框架、可再生能源指令、汽车二氧化碳排放法规和燃料质量指令等内容，规定欧盟到2020年将温室气体排放量在1990年基础上减少至少20%，将可再生清洁能源占总能源消耗的比例提高到20%，将煤、石油、天然气等化石能源消费量减少20%。

4. 建立健全系列标准与法案

2006年10月，欧盟委员会公布了《能源效率行动计划》，这一计划包括降低机器、建筑物和交通运输造成的能耗，提高能源生产领域的效率等70多项节能措施。计划还建议出台新的强制性标准，推广节能产品。

2007年1月，欧盟委员会通过一项新的立法动议，要求修订现行的《燃料质量指令》，为用于生产和运输的燃料制定更严格的环保标准。从2009年1月1日起，欧盟市场上出售的所有柴油中的硫含量必须降到每百万单位10以下，碳氢化合物含量必须减少1/3以上；同时，内陆水运船舶和可移动工程机械所使用的轻柴油的含硫量也将大幅降低。从2011年起，燃料供应商每年必须将燃料在炼制、运输和使用过程中排放的温室气体在2010年的水平上减少1%，到2020年整体减少排废10%，即减少二氧化碳排放5亿吨。

2008年12月17日，欧洲议会全会经投票表决，顺利通过欧盟碳交易机制（ETS）修

---

① 人民日报．欧盟10亿欧元启动低碳战略 荷兰实验碳封存技术．http：//news.163.com/10/0405/12/63GMQEML000125LI.html.2010-04-05.

订指令、非ETS行业减排分担指令、可再生能源促进指令、碳捕获与地理封存指令，以及交通燃料质量指令和减少新产私家轿车二氧化碳排放法规，为欧盟实现2020年三个“20%”减排目标提供了法律保障。[①]

5. 鼓励项目投资

2008年12月，欧盟各成员国一致同意，发起了“欧洲经济复苏计划”。50亿欧元中的一半将用来资助低碳项目：10.5亿用于七个碳捕获和储存项目，9.1亿用于电力联网(协助可再生能源联入欧洲电网)，还有5.65亿用于开发北海和波罗的海的海上风能项目。

2009年3月，欧盟委员会宣布将在2013年之前投资1050亿欧元支持欧盟地区的“绿色经济”，促进就业和经济增长，保持欧盟在“绿色技术”领域的世界领先地位。款项全部用于环保项目以及与其相关的就业项目，其中，540亿欧元将用于帮助欧盟成员国落实和执行欧盟的环保法规，280亿欧元将用于改善水质和提高对废弃物的处理和管理水平。

二 英国

英国政府最早开始意识到气候变化给人类社会经济生活带来的影响，并开始致力于保护环境、节约能源的行动。其第一份能源白皮书《我们能源的未来：创建低碳经济》中率先提出了低碳经济。多年来，英国已将发展低碳经济提升到国家战略的高度，制定《气候变化法案》、《英国气候转型计划》等系列法案推动发展低碳经济，并首次在世界率先提出“碳预算”，目前英国作为低碳经济发展的先驱，已成为世界各国学习借鉴的对象。

1. 英国：发展低碳战略先行者

过去的英国，随着工业化的发展，河流和空气越来越污浊，就像中国正在经历的一样：1/3的城市受到酸雨影响，1/3的城市地下水受到污染，1/3的城市不能实现空气质量的标准。[②] 因此，从20世纪末开始，英国政府就开始意识到气候变化对人类社会经济生活带来的影响，并开始致力于保护环境、节约能源的行动。尽管过去取得了一些成效，但现有的政策仍无法应对来自能源的诸多挑战。因此，第一份能源白皮书《我们能源的未来：创建低碳经济》于2003年2月24日应运而生，该白皮书概述了英国未来50年内在能源方面的政策，这份能源白皮书是英国走上低碳经济道路的宣言书，英国希望在二氧化碳减排方面成为世界的引领者。[③]

英国是全球低碳经济的积极倡导者和先行者，政府在政策法规建设方面的许多做法均具有开创性，创造了多个世界第一：它不仅是世界上第一个征收气候税的国家，还是第一

---

① 科技部．欧洲议会表决通过欧盟能源气候六项法案．http：//www.most.gov.cn/gnwkjdt/200901/t20090107_66555.htm. 2009-01-08.

② 普雷斯科特．低碳经济遏制全球变暖——英国在行动．环境保护，2007，(11)：74，75.

③ 鲍健强，朱逢佳．从创建低碳经济到应对能源挑战．浙江工业大学学报（科学社会版），2009，(2)：148-154.

个温室气体减排目标立法的国家，同时也是世界上第一个立法约束“碳预算”的国家。根据英国官方的统计数据，1990 年英国的温室气体排放量为 770 吨二氧化碳当量，其中二氧化碳 592 吨。2006 年英国的温室气体排放量为 658 吨二氧化碳当量，比 1990 年降低 15%，其中二氧化碳排放量为 560 吨，比 1990 年约降低 5%。根据《京都议定书》及欧盟内部分担协议，2008～2012 年英国的温室气体排放量应比 1990 年降低 12.5%，年排放量约为 678 吨二氧化碳当量，可以说英国已经提前实现了这个目标。①

自 2003 年出台第一份能源白皮书以后，英国又陆续制定了多个法案与报告。表 8-1 为英国近几年颁布的相关政策计划。

表 8-1　英国相关政策计划

时间	法案或报告	主要内容
2003 年 2 月	《我们能源的未来：创建低碳经济》	首次提出了建设低碳经济和低碳社会的目标，到 2050 年将目前英国二氧化碳的排放量削减 60%
2006 年 7 月	《能源回顾——能源挑战》	进一步确认 2003 年白皮书四大目标，从另一个角度阐述了当前的两大挑战，即与其他国家一起应对气候变化的国际行动，并且保证安全、清洁和合理的国内能源供应；重新审视核能技术；强调 CCS 在未来进一步减排中的重要意义等
2007 年 5 月	《能源白皮书——迎接能源挑战》	制定了英国应对气候变化的国际和国内能源战略，为英国经济确定具有法律约束力的排放目标，逐步降低减排
2007 年 11 月	《气候变化法案》	制定了中长期减排目标：到 2020 年，将英国的二氧化碳在 1990 年水平上减少 26%～32%，到 2050 年，在 1990 年的水平上消减至少 60%；制定了碳收支 5 年计划体系和至少未来 15 年的碳收支计划；成立具有法律地位的气候变化委员会；引入新的碳排放贸易体系等
2009 年 7 月	《英国低碳转型计划》	到 2020 年将碳排放量在 1990 年的基础上再减少 34%的具体规划，并实现到 2050 年前减排至少 80%的目标

资料来源：根据相关资料整理。

2009 年 7 月 15 日，英国政府正式发布了《英国低碳转型计划》国家战略白皮书及一系列配套方案，这也是自意大利拉奎拉八国峰会提出减排新目标后英国采取的最新行动，率先迈出了低碳经济实质性的一步。低碳转型计划提出了到 2020 年将碳排放量在 1990 年的基础上再减少 34%的具体规划，以此来实现 2050 年前减排至少 80%的目标。这项计划的核心是要让英国成为一个更清洁、更环保、更繁荣的国家，确保英国为未来的诸多机遇作好准备。计划阐述了具体将要采取的措施，到 2020 年前：英国将有超过 120 万的人从事绿色职业；投资 32 亿英镑用于住房的节能改造，预计将有 700 万栋房屋进行能源革新，超过 150 万户家庭将得到资助以自产清洁能源；40%的电力将来自低碳能源，包括可再生能源、核能和洁净煤；英国使用的天然气中，一半将从国外进口；新车的平均碳排放量将减少 40%。这份文件还首次提出，所有英国政府机构都必须建立自己的“碳预算”，严格控制碳排放量，如果达不到标准则会受到相应的处罚。计划内容涉及能源、工业、交通和住房等多个方面，并阐述了具体将要采取的措施。②

① 陈伟．推进低碳经济建设应对能源气候挑战——英国低碳转型战略计划解读．新材料产业，2009，(11)：72－75.

② 陈伟．推进低碳经济建设应对能源气候挑战——英国低碳转型战略计划解读．新材料产业，2009，(11)：72－75.

2. 英国低碳经济发展模式的推广

低碳经济的发展模式就是在实践中运用低碳经济理论组织经济活动，将传统经济发展模式改造成低碳型的新经济模式。英国认为，低碳经济不仅关系到气候变化的长久大计，也是摆脱当前经济衰退的一剂良药。在英国，低碳经济及相关产业每年能创造超过1000亿英镑的产值，并为88万人创造就业机会。低碳产业已经成了英国经济新的增长点，为了种好这棵“摇钱树”，在2009年度的财政预算中，英国政府在低碳经济相关产业中额外追加了104亿英镑以促进其发展，而其重点又集中在以下四个方面[①]：

（1）发展新能源。2009年4月，英国成为世界上第一个公布碳预算的国家。要完成这项特殊的预算，低碳的绿色能源推广是重要一环。根据计划，到2020年可再生能源在能源供应中要占15%，其中30%的电力来自可再生能源，相应温室气体排放要降低20%，石油需求降低7%。新能源推广是完成任务的关键，而风能利用是英国新能源利用中的一大重点。

（2）转变生活方式。英国正在运用多种手段引导人们向低碳节能的生活方式转变。例如，英国要求所有新盖房屋在2016年达到零碳排放，《通向哥本哈根之路》报告称，建筑节能是执行低碳经济最简单有效的方式。英国的一些绿色组织在促进全社会养成节能习惯方面发挥了重要作用，他们以多种方式提供和传播低碳经济信息与知识，并提供有针对性的意见和指引，循序渐进地改变英国人的生活方式。

（3）促进研发推广。以政府为主导，大力促进商用技术的研发推广，占领低碳产业的技术制高点。英国政府希望以此降低能源替代的成本，并通过向全球提供技术转让和服务而获得经济社会效益。英国知识产权局推出向低碳技术发明在专利体系中提供优先权的举措，并与其各大贸易伙伴就签署该环保专利快速通道体系展开协商。该举措着眼于为英国低碳技术领域的创新企业提供更为快速地获得高质专利权的机会，进而帮助企业产品更快速地进入市场。“政府投资、企业运作”成为英国推动低碳经济的有效模式。英国能源和气候变化部提出：拟在全球范围内大力推广碳捕存技术，并将在今后的碳预算中做出相应安排。据专家估计，如果全面应用，可使人类的减排成本降低30%。英国计划在国内建设四座规模宏大的CCS示范工程，并将规定所有新建煤电厂至少须有25%的产能安装碳捕存设施，凡不具备碳捕存能力的煤电厂都应关闭。[②]

（4）向世界推广新模式。英国正在着力将“低碳经济模式”向全世界推广，并提到发展中国家不应再延续发达国家历史上的那种高能耗的发展模式，因为旧模式带来了巨大的环境成本，发展中国家可以考虑发展低碳经济的新模式。英国认为，对发展中国家来说向低碳经济转型是现实需要，因为发展中国家更容易受到干旱和洪水的影响，应对手段也相对匮乏。因此，发展中国家对实施低碳经济以抑制气候变化有着更紧迫的需求。在应对气候变化的问题上发展中国家情况各不相同，差别很大，因此推行低碳经济也会遇到各种困

---

① 半月谈．低碳经济在英国：发展新能源 新模式向世界推广．http：//business.sohu.com/20090708/n265082048.shtml.2009-07-08.

② 佚名．英国发展低碳经济的经验．节能与环保，2009，(12)：9，10.

难。为了解决这个问题，英国提议发达国家应该给发展中国家尽可能多的技术和财政支持，其中包括到2020年时发达国家共同建立一笔基金，以帮助发展中国家应对气候变化。[①]

3. 英国发展低碳经济促进经济复苏

英国政府出台了配套文件《英国低碳过渡计划》、《英国低碳工业战略》和《可再生能源战略》、《低碳交通计划》，目标是要到2020年在1990年的基础上减排温室气体34%。该计划标志着英国正式确定了将低碳经济作为促进经济复苏突破口的战略，拟通过抢占低碳经济发展先机，从根本上提升英国国家和企业的核心竞争力，实现英国经济在21世纪的可持续发展。[②]

（1）培育新的经济增长点。英国政府自国际金融危机以来实施了向银行大规模注资、出台提振制造业战略等多种经济刺激方案，但复苏过程仍然漫长。因而英国必须打造新的经济增长点，尽快走出经济低谷，而以发展新能源和鼓励科技创新为重要特征的“低碳经济”不仅能解决油价高企、气候变暖等问题，还将创造巨大的内需市场，吸引大量外来投资。因此，发展低碳经济已成为未来英国经济复苏的重要突破口。

（2）潜力巨大，效益明显。低碳经济潜力巨大，其影响不下于一次工业革命。低碳计划带来的经济刺激对英国走出当前经济衰退，实现可持续发展有着显著作用，同时将从根本上提升英国的核心竞争力，建立英国在全球低碳经济中的前沿地位。

（3）发展计划具备坚实基础。第一是政策基础。2003年英国首次正式提出“低碳经济”概念，以能源白皮书形式宣布到2050年从根本上把英国变成一个低碳经济国家。2009年4月英国又将低碳目标以法律形式写进2009/2010年度财政预算。2009年6月正式公布了发展“清洁煤炭”的计划草案，要求英国境内新设煤电厂必须首先提供具有碳捕捉和储存能力的证明，每个项目要有在10～15年内储存2000万吨二氧化碳的能力，政府同时对这些项目提供相关财政支持。第二是资源基础。英国有着海岛国家的自然优势，得天独厚的地理位置决定了其为欧洲风能潜力最大的国家，其风能资源约占整个欧洲的40%。自15年前首座商业风能发电站建立以来，英国商用风能发电事业取得了很大进展，2004年英国风能发电量占全国总发电量的0.3%，2005年在此基础上增长了一倍，2006年其风能发电创下历史新高，占全国总发电量的比重提高到了1.3%。此外，英国的苏格兰地区拥有丰富的潮汐能和波浪能资源。第三是工业和技术基础。英国海上风能、海藻能源等开发利用已居全球领先水平。苏格兰地区拥有世界上第一个海洋能源中心和第一个并入电网的商业波浪能发电站，世界上装机容量最大的波浪能装置Pelamis以及Seagen潮汐洋流系统都来自英国海洋能源产业。苏格兰还拥有欧洲最大的陆地风电场，提供苏格兰总电量的2%。在太阳能领域，英国现有8万多个太阳能热水系统及数千个离网型太阳能光伏发电系统，英国在集热器制造、测试、安装、培训和咨询等领域具有专长，在光伏发电材料研发领域居世界领先水平。另外，自2000年以来，英国政府已投入200亿英镑，用于帮助数百万户家庭应对

① 半月谈.低碳经济在英国：发展新能源 新模式向世界推广. http://business.sohu.com/20090708/n265082048.shtm. 2009-07-08.

② 经济日报.英国：发展低碳经济 促进经济复苏. http://www.go24k.com/news/cjyaowei/20091119/09111913522099JGCgo24k20091119135323.shtml. 2009-11-19.

能源短缺问题。2001年英国还成立了碳信托有限公司，目前已累计投入3.8亿英镑，主要用于促进研究开发、加速技术商业化和投资孵化器三个方面。该公司成立以来，已帮助众多英国公司累计减排1700万吨二氧化碳，节省能源支出超过10亿英镑。

从总体来看，英国已初步形成了以市场为基础，以政府为主导，以全体企业、公共部门和居民为主体的互动体系，并通过一系列的公共政策创新和技术措施扩大就业，补偿转型替代的损失。在某种程度上，英国已突破了发展低碳经济的最初瓶颈，走出了一条崭新的可持续发展之路，为英国实施低碳计划奠定了扎实的基础。

三 德国

德国是欧盟开发、利用新能源和可再生能源的标杆国家，同时也是最早签订《京都议定书》的国家之一，而且德国早在2008年超出《京都议定书》制定的减排目标要求，实现了减排23.3%，而当初签订协议书时则保证在1990年水平上，实现每年减排21%。德国已成为全球环保方面的佼佼者，并为了实现2020年必需的减排任务，仍在继续通过扩大可再生能源的使用以及发展节能技术发展低碳经济。

1. 蓬勃发展的新能源产业

德国是一个能源资源消耗大国，其人均能源消费量在欧盟排第四。同时，德国也是一个能源资源比较紧缺的国家，除无烟煤和褐煤储量较丰富外，德国的石油、天然气资源相当贫乏，有97%以上的原油依赖进口，能源政策是历届德国政府最关注的政策之一。德国政府较早意识到，获得法律支持是促进新能源和可再生能源发展的根本途径，从20世纪80年代开始，其逐步建立和完善促进新能源和可再生能源的法律，有效和高速地发展了风力发电、太阳能发电和生物质能源。其主要的法案及相关政策条例如表8-2所示。

表8-2 德国相关政策条例

时间	法案或政策	主要内容
1991年	《电力供应法》	规定风力发电的销售配额和每度电的补贴价格，允许电网公司提高电力零售价格。对投资新能源和可再生能源的企业，以低于市场利率的1%～2%的优惠政策贷款，提供相当于设备投资成本75%的优惠贷款
2000年	《可再生能源法》	规定电网购买可再生能源所发电的义务和购电补偿的一般原则；购买不同可再生能源所发电的补偿价格；对各种可再生能源发电设备的补偿期和发电量的计算细则；可再生能源并网成本的负担原则（即由谁承担）等诸多方面。根据发电的实际成本，为每一种可再生能源发电技术确立了每千瓦时的特定支付金额
2004年	《优先利用可再生能源法》	对发展可再生能源给予补贴，并实施了一系列鼓励使用新型能源的计划，为投资太阳能、风能、水力、生物质能和地热开发提供了可靠的法律保障
2009年	《新取暖法》	规定2009～2012年政府继续提供5亿欧元补贴采用可再生能源取暖的家庭

资料来源：王楠，王越．管窥德国可再生能源政策．中国石油企业，2009，(10)：36，37．据此整理得出。

环境和气候保护的未来前景不仅仅取决于低排放的燃煤和燃气电站，而是首先取决于可再生能源。这同时涉及两个问题：化石能源的短缺及其利用过程中的环境负担。利用德国市场有利的政策性框架条件，德国本国企业在过去几年里获得了世界范围的领先地位。2006年，德国已经有近12%的电力和6%的热力是由可再生能源提供的。根据德国联邦环境部的最新研究表明，到2020年可再生能源占原始能源消耗的比例可能提高到16%。如果各种技术在可再生能源的利用过程中得到更多应用，每年将减少排放1.8亿吨二氧化碳。

德国高度重视太阳能开发利用。德国企业始终致力于降低太阳能电池制造成本和提高其转换效率的工作。当普通的硅太阳能电池转换效率达到16%时，德国的新型多层太阳能电池的实验室转换效率已经超过35%。在太阳能热利用领域，德国企业同样具有优势地位。现有的供暖设备制造商也在积极推动太阳能利用向前发展，领先的各企业都预测他们的太阳能集热产品产量最迟到2010年将翻倍。

全球水力发电潜力巨大：欧洲可用于发电的水力资源利用率为75%，亚洲比例较小，只有22%。水力发电在备用能量储备和通过抽水蓄能电站实现电网自动控制方面扮演着重要角色。水力发电与风力发电、光伏发电及热力发电相比具有突出优势，如水电站可根据供电需求提供电力，水轮发电机运转几分钟后即可达到最大功率等。德国在现代化水轮发电机生产和技术支持方面保持领先。未来在特殊形式的水力发电领域存在更多的市场机会，如潮汐发电、洋流发电、海浪发电等。

虽然目前公众对地热资源关注较少，但它已经越来越多地引起企业的重视。德国第一台地热发电示范装置已于2004年在梅克伦堡——前波莫瑞州的诺伊施塔特格雷沃投入运行。虽然地热资源发电理论潜力可达欧洲电力需求的100倍，然而受地理条件的限制，估计到2020年只能达到年发电量5000千瓦·时的水平。

德国在生物燃料开发方面处于领先地位。从2006年起，德国把利用生物质和农业废弃物生产的生物燃气并入城市天然气管线，以达到保护环境和节约天然气的目的。截止到2005年年底，德国已安装了2700套生物燃气装置，总功率达650兆瓦。2020年总功率将增至9500兆瓦。预计到2030年，生物燃气将占德国城市供暖燃料的10%。供暖供热所需热能由采用燃烧木屑颗粒装置的热电厂提供，实现了二氧化碳“零排放”，由此也带动了木屑颗粒燃料制造业的发展，仅2007年一年，德国的企业就将年生产能力从42万吨扩大到140万吨。

同时德国政府业已推出了多项能源科学发展战略和规划。2008年3月，德国联邦教研部推出了“能源基础研究2020”新计划。建立了持续资助能源研究的机制，教研部在2008年对这个研究领域的项目资助金额和2007年相比增加了1倍。在2007年的基础上，教研部在“可持续发展研究框架计划”下出台了资助计划“气候保护研究和气候变化影响”。该计划的资助重点为减少温室气体排放和应对气候变化措施。①

2. 推动城市节能照明的绿色进程

早在2003年，全球照明行业领导者飞利浦公司就面向全球设立了CPL（city people light，城市、居民、灯光）国际奖，意在利用先进、超前的LED绿色光源点亮城市，并通过灯光所特有的视觉性和效果勾勒出流光溢彩的城市夜景，从而使城市更加个性化、人性化。与此同时提高居民的安全感，使他们对自己所居住的城市充满归属感和自豪感。正如“CPL”这个名字一样，真正地将城市、居民和灯光有机地融为一体。

---

① 赵刚．德国大力发展新能源产业的做法与启示．中国科技财富，2009，（19）：104-107.

随着低碳经济的全面推动，对于低碳经济的发展，城市照明走绿色路线是必然的。2008年德国环境保护局提出了新绿色照明竞赛计划，倡导全德国范围内共建节能照明城。废旧照明灯具的循环再利用也是一条引导城市照明的低碳经济之路。“废旧照明灯具”其实是一些被放错地方的资源，但它们又是最具潜力、永不枯竭的有效资源。其回收利用不仅可以避免资源不必要的浪费和环境污染，还可以压缩产品成本，有利于在社会经济不好的大背景下加大企业竞争力，促进经济良性循环，可谓一举两得。虽然废旧照明灯具在肮脏的垃圾场是无人问津的污染源，但当回收投入到绿色灯具的生产中时，它们便成了灯具绿色进程的福星，它们的加盟可以有效压缩绿色环保灯具的成本，以便其更好地参与市场竞争，促进绿色产品市场占有率的提高，发展绿色城市，推动低碳经济的发展。①

3. 德国发展低碳经济的政策措施

从目前看来，应对气候变化的主要方向是减少温室气体排放，而温室气体主要来源于石油、煤炭等能源的使用，因此提高能源使用效率和开发新能源成为应对气候变化的主要手段。德国作为发达的工业国家，能源开发和环境保护技术处于世界前列。德国政府实施气候保护高技术战略，将气候保护、减少温室气体排放等列入其可持续发展战略中，并通过立法和约束性较强的执行机制制定气候保护与节能减排的具体目标和时间表。德国在应对气候变化和发展低碳经济方面的一些做法和经验，值得学习和借鉴。②

（1）实施气候保护高技术战略。为实现气候保护目标，从1977年至今，德国联邦政府先后出台了5期能源研究计划，最新一期计划从2005年开始实施，以能源效率和可再生能源为重点，通过德国“高技术战略”提供资金支持。2007年，德国联邦教育与研究部又在“高技术战略”框架下制定了气候保护高技术战略。根据这项战略，联邦教研部将在未来10年内额外投入10亿欧元用于研发气候保护技术，德国工业界也相应投入一倍的资金用于开发气候保护技术。

（2）提高能源使用效率，促进节约。①征收生态税。税收收入用于降低社会保险费，从而降低德国工资附加费，这一方面促进了能源节约、优化能源结构，另一方面提高了德国企业的国际竞争力。②鼓励企业实行现代化能源管理。发挥工业经济巨大的节能潜力是德国气候保护的重要目标。德国工业还蕴藏着巨大的提高能效的潜力，如动力装置、照明系统、热量使用和锅炉设备等都有进行节能改造的空间。德国政府计划，在2013年之前与工业界签订协议，规定企业享受的税收优惠与企业是否实行现代化能源管理挂钩。③推广“热电联产”技术。德联邦政府为支持热电联产技术的发展和应用，制定了《热电联产法》（2002年4月生效）。该法主要规定了以热电联产技术生产出来的电能获得补贴的额度，德国政府计划到2020年将热电联产技术供电比例较目前水平翻一番。④实行建筑节能改造。德国政府计划每年拨款7亿欧元用于现有民用建筑的节能改造，另外还有2亿欧元用于地方设施改造，目的是充分挖掘建筑以及公共设施的节能潜力。

---

① 生意街资讯．德国：低碳经济 持久庞大的生意．http：//www.875.cn/news/show/9167.2010-01-24.

② 德国经商处．德国应对气候变化、发展低碳经济的政策措施．http：//www.in-en.com/finance/html/energy_202620264224-5360.html.2008-05-10.

（3）大力发展可再生能源。政府通过《可再生能源法》保证可再生能源的地位，对可再生能源发电进行补贴，平衡了可再生能源生产成本高的劣势，使可再生能源得到了快速发展。近几年，德国的可再生能源发展取得了很大成功。目前，德国可再生能源的发电比重近13%，可再生能源使用占初级能源使用的4.7%，这两项指标已经超过了德国制定的2010年目标水平。

（4）减少二氧化碳排放。①发展低碳发电站技术，德国政府认为，尽管可再生能源发展迅速，但褐煤和石煤发电站在中期和长期内还将继续发挥作用，因此必须发展效率更高、应用CCS技术的发电站。德国政府计划制定关于CCS技术的法律框架，以德国环境法规来保障发展CCS技术的措施。②降低各种交通工具的二氧化碳排放，针对机动车，德国目前新售出汽车的平均二氧化碳排量约为164克/公里，而根据欧盟规定，到2012年新车二氧化碳排量应达到130克/公里。德国政府计划通过修改机动车税规定来推动这一目标的实现。③排放权交易。德国政府开展二氧化碳排放权交易的主要目的是通过市场竞争使二氧化碳排放权实现最佳配置，减弱排放权限制给经济造成的扭曲，同时也间接带动了低排放、高能效技术的开发和应用。

（5）开展国际合作。德国同许多国家，尤其是发展中国家都开展了气候保护领域的合作。近年来，德国积极主张将美国这一二氧化碳排量大国纳入应对气候变化的行动，并将此作为跨大西洋对话的重点之一。德国担任欧盟主席国期间，德发起了欧盟与美国间的“跨大西洋气候和技术行动”，重点是统一标准、制定共同的研究计划等，并在2007年4月召开的欧盟与美国首脑会议上确定了该项行动的具体措施。此外，德国政府也认识到德国在国际清洁发展机制中所占比例很低（仅为3%），表示今后将加大在该项目中的投入。

第三节　日本低碳经济发展

日本是典型的岛国，受其地理环境条件的制约，气候变化对日本的影响远远大于其他世界发达国家。因此，面对气候变暖可能给本国农业、渔业、环境和国民健康带来的不良影响，日本各届政府一直在宣传推广节能减排计划，主导建设低碳社会。

一　日本低碳经济发展历程

20世纪70年代第一次石油危机以后，为了改善能源结构，减轻对石油的依赖，日本就开始寻找替代能源。1979年，日本政府就颁布实施了《节约能源法》，并对其进行了多次修订，最近一次是在2006年，该法对能源消耗标准作了严格的规定，并奖罚分明。

2003年，日本《可再生能源标准法》规定，能源公司必须提供一定比例的可再生能源。凭借在半导体方面的技术优势和强大的经济实力，加上企业和民众的积极参与，日本有力地促进了太阳能光伏技术的发展，光伏产业规模不断扩大。

2006年，日本经济产业省编制了《新国家能源战略》，通过强有力的法律手段，全面推动各项节能减排措施的实施。《新国家能源战略》提出从发展节能技术、降低石油依存度、实施能源消费多样化等六个方面推行新能源战略；发展太阳能、风能、燃料电池以及植物燃料等可再生能源，降低对石油的依赖；推进可再生能源发电等能源项目的国际合作。为了提高能源的利用率，日本制定了四大能源计划，其中之一就是节能领先计划，目标是到2030年，能耗效率通过技术创新和社会系统的改善，至少提高30%。实现此目标的具体措施是，大力推进节能技术战略，制定不同部门的节能标准并实施评价管理。

2007年，日本内阁会议制定的《21世纪环境立国战略》中指出，要综合推进“低碳社会”、“循环型社会”和“与自然和谐共生的社会”的建设。

2008年7月26日，一场影响深远的低碳革命拉开帷幕。日本内阁会议通过了“实现低碳社会行动计划”，明确阐述了日本实现低碳社会的目标以及为此所需要作出的各种努力。这是中央环境审议会地球环境部会为明确实现“低碳社会建设”的努力方向，在针对其基本理念、具体构想以及实施战略进行广泛讨论和争取意见基础上形成的。

日本政府在2009年推出的经济刺激方案中重点强调了发展节能、新能源、绿色经济的主旨，其措施是延伸和细化2006年提出的“新国家能源战略”，如提高太阳能普及率措施、发展环保车措施、发展生物技术和产业措施等。日本未来加强能源和环境领域研发的思路还体现在2009年度各部门的预算申请中，在科学技术相关预算中，仅单独列项的环境能源技术的开发费用就达近100亿日元，其中创新性太阳能发电技术的预算为55亿日元。

2009年12月11日，日本自民党旨在加强全球变暖对策的“低碳社会建设推进基本法案”最终文本的内容曝光。在这份由自民党项目小组汇总的法案中，法律实施后的10年被定为“特别行动期”，并规定“到2050年实现本国温室气体排放量削减60%～80%”，以此为前首相福田康夫提出的日本温室气体减排长期目标提供法律依据。法案中明确写道，为建设温室气体低排放的“低碳社会”，“政府应在法制、财政、税收、金融等方面采取相应措施”。

在政府的倡导下，日本建设低碳社会已深入人心。一项调查显示，有90.1%的日本人认为应该实现低碳社会。

二 日本逐步向低碳社会转型

2007年6月，日本内阁会议制定的《21世纪环境立国战略》指出：为了克服地球变暖等环境危机，实现可持续社会的目标，需要综合推进低碳社会、循环型社会和与自然和谐共生的社会建设。日本中央环境审议会地球环境分会为明确实现低碳社会建设的努力方向，针对其基本理念、具体构想以及实施战略进行了讨论。[①]

2008年7月，日本政府通过了“低碳社会行动计划”，将低碳社会作为未来的发展方向和政府的长远目标。“低碳社会行动计划”提出，在未来3～5年内将家用太阳能发电系统的成本减少一半，到2030年，风力、太阳能、水力、生物质能和地热等的发电量将占日本总用电量的20%。“低碳社会行动计划”还提出，从2009年起将就碳捕获与埋存技术开始

① 唐丁丁．日本发展低碳经济的启示．世界环境，2009，(5)：62-64.

大规模验证实验，争取2020年前使这些技术实用化。为了推动能源和环境技术发展，日本政府还制定了以下两个方面的具体措施：一是限制措施，日本《建筑循环利用法》规定，改建房屋时有义务循环利用所有建筑材料，使得日本由此发明了世界先进的混凝土再利用技术。二是提供补助金，日本政府正在探讨恢复对家庭购买太阳能发电设备提供补助的制度，降低对中小企业购买太阳能发电设备提供补助的门槛。从2009年开始，日本政府向购买清洁柴油车的企业和个人支付补助金，以推动环保车辆的普及。

2008年7月，日本政府选定了6个积极采取切实有效措施防止“温室效应”的地方城市作为“环境模范城市”。日本创建“环境模范城市”的出发点就是建立低碳社会，以城市为单位的生活方式转变、改善城市功能以及交通系统等也是重要内容。这些“环境模范城市”的多项活动将加快向低碳社会转型的步伐，包括削减垃圾数量、开展“绿色能源项目”、“零排放交通项目”等。①

2009年4月，日本政府又公布了《绿色经济与社会变革》的政策草案，提出通过实行削减温室气体排放等措施，大力推动低碳经济发展。②

三 日本加大低碳经济财税支持力度

在促进低碳经济发展的众多政策中，财税政策仍是发达国家最为依赖的手段。根据政策所要达到效果的不同，发达国家低碳财税政策可分为两大类：一是促进低碳经济发展的财税政策，如旨在鼓励市场主体进行能效投资、节能技术研发、新能源投资的财政补贴，预算拨款，税收减免，以及贷款贴息等；二是抑制高碳生产、消费行为的财税政策，如旨在提高能源使用成本，鼓励节能降耗，控制温室气体排放的能源税、碳税等。③

日本通过财税政策进行鼓励和扶持。在2009年3月27日本国会通过的总额达88.5万亿日元的2009年财政预算案中，涉及很多鼓励低碳产业发展的财税措施，包括税收、补贴、价格和贷款政策等。日本实施了如下税收优惠政策：一是购置低公害车时可享受车辆购置税的减税，优先并延长减税车辆汽车税的减免年限；二是延长低公害车燃料供给设备固定资产税的优惠措施；三是根据公害防止设备特别折旧制度，对其对象设备进行重新评估并延长特别折旧年限；四是根据再商品化设备等的特别折旧制度，对其对象设备采取了重新评估等措施。同时，日本也在探讨设立环境税。④

碳税是针对二氧化碳排放进行征税，是实现低碳经济的关键步骤和最具市场效率的措施。日本是计划性很强的市场经济，其碳税方案不像欧洲国家那样侧重立法和市场调节，而是更多地依赖制度设计和各类政策措施，充分考虑了税率高低等核心问题，碳税设计考

① 松凝．发展低碳经济是必然选择　日本建设低碳社会的启示．http：//www.022net.com/2009/10－14/465668243184002.html．2009－10－14．

② 中国新闻网．部分国家发展低碳经济举措．http：//www.hljic.gov.cn/zylm/zt/gwjy/t20100317_483638.htm．2010－03－17．

③ 陈新平，谷秀娟．发展低碳经济需要财税政策支持．http：//www.dongao.com/news/hy/tax/201003/42119.shtml：2010－03－19．

④ 松凝．发展低碳经济是必然选择　日本建设低碳社会的启示．http：//www.022net.com/2009/10－14/465668243184002.html．2009－12－14．

虑较为全面和详细。① 表 8-3 为日本碳税方案的内容。

表 8-3 日本碳税方案

项　目	具体内容	
目的	应对气候变化和履行《京都议定书》，推行低碳经济发展	
对象	使用化石燃料的单位	
范围	家庭和办公场所；工厂企业，煤炭、石油、天然气的消费大户，采用化石能源发电企业	
征收环节	生产环节（上游）课税	家庭和办公室的燃料（煤油、液化石油气）
	消费环节（下游）课税	工厂、企业等生产过程中使用化石燃料（煤炭、天然气、石油）；电力生产使用化石燃料（煤和天然气）
税率	2400 日元/吨碳（约 655 日元/吨二氧化碳，约 184 元人民币/吨碳）	
税收	3600 亿日元	
家庭负担	家庭每户每年大约 2000 日元（约每月 170 日元）	
减免措施	排放大户如果努力进行减排，减免 80%；钢铁、焦炭等行业生产所用煤炭免税[1]；煤油减免 50%[2]；渔船用燃料免税	
税收使用	提高建筑节能；促进低排放的机动车发展；促进可再生能源；森林保育、增强碳汇	
与现有能源税关系	替代部分能源税（如汽油税等）	

注：1 代表此类行业适宜的替代能源太少；2 代表煤油是日本家庭取暖的主要燃料。

碳税的效应主要包括价格效应、宣传效应和财源效应。价格效应主要是降低对高碳能源的需求和提高低碳能源的替代作用，刺激企业采取节能设备。宣传效应主要是促进国民生活、工作和消费方式及理念朝低碳化方向变革。财源效应是将碳税收入用于鼓励和补贴开发新能源以及推广先进节能技术等方面。日本认为碳税对二氧化碳减排是有效的，并且会鼓励能源向低碳化方向发展，碳税方案要优于总量控制碳交易，因为总量控制仅影响排放大户，而且监控成本高，公平配额很难实现；价格不稳定。最重要的问题是，许多企业减排的目的是为了去市场上盈利，但如果减排多，出售配额多，市场价格下降，反倒会打击其减排行为。如果利用国外碳交易市场，会导致大量经费外流，海外购买减排目标，每年需要 2000 亿～3500 亿日元（2000 日元/吨二氧化碳）。同时，碳税对提高日本对外贸易中清洁、低碳技术和产品的比较优势具有重要意义。

研究表明碳税对经济的整体影响，从 2009 年的 2400 日元/吨碳开征，到 2020 年，比没有采取碳税措施，使得 GDP 下降 0.035%；如果采取各类减缓措施，则其影响会小于 0.01%，减少温室气体排放 4%（相对于基准年 1990 年），大约能够削减 5000 万吨的碳排放。

碳税方案对日本普通公众也产生了很大影响，其很大一部分负担最终都会转嫁到消费者头上，而公众相对企业来说较为弱势，容易被忽略。日本碳税方案对公众利益给予了充分考虑。例如，煤油是日本家庭取暖的主要燃料，因此其税率从最早的 1.63 日元/升下降到 0.82 日元/升。而家庭负担从每年 3000 日元到 2100 日元再到 2000 日元不断下降。同时，环境省详细计算了每户家庭每年由于碳税而增加的负担（煤油 209 日元、液化石油气 232 日元、电力 1396 日元、其他 163 日元）和排放的温室气体（3.6 吨）。对于家庭必需的煤油、液化石油气等采取上游课税，也在很大程度上缓解了家庭负担，同时加大公众宣传，

① 蔡博峰，杨姝影．日本碳税方案勾勒低碳蓝图．环境保护，2009，(22)：71－73.

例如，每户家庭每月碳税170日元，仅是一杯咖啡的费用，但总税收却可以抚育520万公顷的森林，生产50万户太阳能电池板等，提高了公众对于碳税的认可和支持，从而在民意调查中，得到了65.9%的支持率。[①]

四 日本政府倡导节能减排发展低碳的措施

为建设低碳社会，日本以《节约能源法》为基础加强对企业的约束，并加大宣传力度，在国民中推广节能意识，确立了从政府到民间、从企业到个人全方位的减排机制。[②]

1. 大力推动企业节约能源

日本近年数次修订《节约能源法》，规定以市场上节能效果最好的同类产品为目标，设置电器产品等的节能标准，达不到国家规定标准的产品禁止上市销售。在政府引导下，企业将节能视为企业核心竞争力的表现，重视节能技术的开发。目前，日本节能技术特别是在节能电器产品方面取得了很大进展，绝大部分空调的耗电量已降到10年前的30%～50%。在对企业执行国家节能环保标准的监督管理方面，日本有一套完整的四级管理模式。以首相为首的国家节能领导组负责宏观节能政策的制定；经济产业省及其下属的资源能源厅和各县的经济产业局是节能的指挥机关，具体负责节能和新能源开发等工作，起草、制定涉及节能的详细法规方案；受政府委托的近30家节能中心，负责对企业的节能情况进行检查评估，提出整改建议，并负责能源管理员资格考试等工作。

日本政府还通过改革税制鼓励企业节约能源、大力开发和使用节能新产品。新修改的《节约能源法》还加强了对未达标企业或产品的处罚力度。例如，企业未达到节能标准，且不能遵照有关部门的意见加以改进，可以公布企业名称，并处以100万日元以下的罚款。

2. 积极向可再生能源转换

1992年，日本开始尝试在个人住宅安装太阳能发电设备。此后，在新能源产业技术综合开发机构、新能源财团、国家和地方公共团体等的资助下，太阳能发电设备在日本逐渐普及。2009年2月日本经济产业省宣布一项新的补贴制度，使安装太阳能发电设备的用户10年即可收回初期投资。日本对氢能的利用主要是发展燃料电池，2008年日本投入13.5亿日元开发固体氧化物型燃料电池系统的核心技术，投入17亿日元开发与制造、输送和储藏氢的相关技术。日本现已在首都地区、中部地区和关西地区设立了11座氢站和1处液氢制造设施。在家庭用燃料电池方面，日本经济产业省推行了家庭用燃料电池热电联产系统的大规模验证，截至2008年，全国已有3000户家庭安装了此系统。目前日本政府为安装燃料电池热电联产系统的家庭提供补助金，原本需耗资数百万日元的系统，消费者只需花费60多万日元。

---

① 蔡博峰，杨姝影．日本碳税方案勾勒低碳蓝图．环境保护，2009，(22)：71－73.

② 列春．日本建设低碳社会的主要经验．工程机械，2009，(12)：77.

3. 节能意识渗入企业和国民生活

日本有全国范围的大规模植树行动，多数活动由企业和民间团体等召集。例如，夏普公司组建了环保俱乐部，在公司业务网点和销售网点所在地开展“夏普森林”活动。日本政府和相关团体通过电视、网络、刊物、讲座等形式向消费者提供节能知识，进行节能宣传教育，将节能措施细化到衣食住行：建房充分考虑墙壁、地板的隔热性能，设计窗户的数量、大小和位置以最大限度地利用自然光，在院子里种植物；提倡消费者购买应季蔬菜和水果，尽量选择产地较近的产品；保存食物时不将冰箱塞得过满，冰箱温度随季节调整；烹饪时，蔬菜先用微波炉加热至半熟再煮；上下班更多搭乘公共交通工具，开车时注意保持“经济速度”，时常检查车胎气压是否合适，不运载无用的负荷。自 2009 年 5 月 15 日起，日本在全国实施“环保积分制度”，对购买符合一定节能标准的空调、冰箱和数字电视的消费者返还“环保积分”，所获积分可用于兑换消费券等。

“碳抵消”的概念逐渐被日本国民接受，个人或组织把握自己排放的二氧化碳的量，并根据排放量向二氧化碳减排事业提供相应的资金，以冲抵排放量。

第九章 发展中国家低碳经济发展

低碳经济既是发达国家经济转型的方向，也是发展中国家应遵循的发展途径。发展中国家应对气候变化时面对的挑战比发达国家要严峻得多，大多数发展中国家缺乏财政资源、技术知识和体制能力来以适合气候挑战紧迫性的相应速度采用这些解决办法。因此，就需要发展中国家采用与发达国家不同的方式来处理气候政策问题。

第一节 印度低碳经济发展

2007 年 6 月印度政府成立了环境顾问委员会以协调和评估系列减排政策；2008 年又推出了“应对气候变化全国行动计划”，包括太阳能、能源效率、可持续居住、水、喜马拉雅山生态环境、植树造林、可持续农业和应对气候变化八个领域；2009 年的哥本哈根谈判，印度与中国、巴西、南非以及 77 国集团的利益完全一致。印度主张建立一个有效合作、平等的全球机制，遵循的原则是共同而有区分的责任。近几年，印度采取的减排措施已初见成效。据有关部门的统计，目前美国的人均排放量是 19.1，澳大利亚 18.7，加拿大 17.4，而印度只有 1.2。在全球二氧化碳排放中的份额，印度居第 17 位。过去 20 年，印度年均 GDP 增长都在 8%以上，但能源消费只增长 4%，单位 GDP 耗量几乎减半，从 0.3 降到 0.16，与目前德国的水平接近。

一 印度倡导低碳创“绿色经济”

由于发展相对滞后，人均排放较低，工业化和城市化尚未完成，基础设施建设有待完善，发展中国家的碳排放量在一个时期仍将处于上升趋势，因此，对于不同国家，低碳经济的发展应当有不同的路径与时间表。印度受资源和环境容量限制，大量消耗资源和能源的传统工业化道路难以持续，但放弃工业化进程则影响到国家的发展权益，短期内是不现实的。如何兼顾经济发展与减少排放，在完成工业化的同时使经济发展模式向可持续发展模式转变，是印度等发展中国家乃至全世界共同面临的问题。

目前印度温室气体排放总量为世界第四，印度总理辛格早在 2007 年就已经承诺，印度在 2050 年前人均温室气体排放量不会超过发达国家。印度当前从政府措施和市场机制两方面入手，减少二氧化碳排量，致力于发展低碳经济，创造未来的“绿色经济”大国。[①]

印度新能源部正在起草“国家可再生能源政策草案”，规定到2010年，所有邦发电量中的10%必须来自可再生能源，到2020年这一比例须提高到20%。目前，印度一些邦的电力公司已经规定发电量中必须有一定比例来自新能源，并高于市场价格购买新能源电力。印度政府还专门设立了能源效率局，推广将白炽灯换成节能灯。部分邦政府还强制要求在医院、宾馆、政府以及商用楼中使用太阳能热水器，并为使用太阳能热水器的居民提供补贴。

二 政府实施八项强制性的减排措施

印度政府2007年6月份成立了由总理辛格直接领导的高级别环境顾问委员会，以协调和评估此前由各部出台的一系列减排政策。2008年委员会推出了“应对气候变化全国行动计划”，包括太阳能、能源效率、可持续居住、水、喜马拉雅生态环境、植树造林、可持续农业和应对气候变化八个领域[②]：

（1）利用太阳能，即通过增强利用太阳能的比例，建立大型太阳能发电站，研发如何对太阳能进行储存。在使用风能、核能和生物质能等方面，政府还进行一些财政方面的激励来提高能源效率。

（2）在使用风能、核能和生物质能等方面加大投入，建设可持续人类居住区，即改善建筑物的能源效率和对废弃物的管理。

（3）提高水资源的利用，尽量减少水资源的浪费；在城镇地区对废弃物进行重新使用，实施对海水淡化，雨水收集；增强现有灌溉系统的效率，加强灌溉和土地的重新开发使用，开发使用滴灌、喷灌等新的灌溉技术。

（4）可持续的喜马拉雅山的生态系统，即促进喜马拉雅山的可持续性生存。已经与相邻的国家进行合作，包括中国，印度与中国达成一项协议，在能源方面进行研究，进行技术方面的合作。

（5）绿色印度项目，即印度政府计划通过再造林600万公顷，使森林覆盖率从目前的23%达到33%。

（6）可持续农业，即逐步让农业适应气候变化，开发新农产品，进行新农作物播种方式的改革，使用信息技术、生物技术和其他的新技术。

（7）支持对气候变化的研究，即政府通过资助高质量的专题研究，支持成立专门的气候变化部门和相关的专业部门，对研究结果进行传播，并转化为生产力。

（8）印度最主要的减排措施还包括植树造林。森林可捕捉碳，印度的森林覆盖率每年增长0.8万公顷。植树造林对温室气体排放效果明显，2008年印度植树造林预算增加了一倍。2010年后印度还将有更多的减排标准出台，如通过节能建筑法、能源效率标准等，印

---

① 节能网．印度致力发展低碳经济创“绿色经济”大国．http：//cdm.hnjieneng.com/CDMXWZX/2009/08/29/17970.html.2009-08-30.

② 周戎．印度低碳经济已初见成效．http：//www.qstheory.cn/tbzt/gbhg/gjfy/200912/t20091217_17377.htm.2009-12-17.

度还计划宣布所有车辆的能源效率标准，两年之内全部实施。印度承诺到 2011 年 12 月将颁布所有机动车的燃料效率标准；完成节能建筑条例的立法；确保在所有新建的燃煤发电设施中，有一半使用洁净煤技术。

三 在 CDM 方面走在了前面

印度政府对 CDM 持非常积极的态度，建立了一整套自上而下的管理机构，出台了一系列鼓励政策。印度有 220 家科研机构进行这方面的研究，包括喜马拉雅山的冰川融化以及对气候的影响、检测气体等五项独立的研究。印度最近被评为清洁发展机制做得最好的国家，是全世界登记注册项目最多的国家。根据 2009 年 10 月 12 日的统计资料，世界上共有 1850 个 CDM 项目在《联合国气候变化框架公约》的执行理事会注册，其中来自印度的项目有 460 个，占总数的 24.86%。①

印度的 CDM 活动遍及全国各个邦和几个大城市，其分布相当广泛且相对集中，依资源的分布特点而集中。根据 2009 年 10 月 1 日的统计资料，有 26 个邦和城市的开发 CDM 项目通过了印度政府的审批，并提交到理事会待审批。②

印度的主要 CDM 项目包括生物质能项目和风力发电项目。印度的生物质能 CDM 项目约占全部注册 CDM 项目的 1/3。截至 2009 年 8 月 1 日，已注册的 448 个 CDM 项目中，有 136 个是生物质能项目，预计 2012 年以前每年可以产生 35 235 吨的二氧化碳核定减排量。也就是说，平均每个生物质能 CDM 项目每年仅产生 259.08 吨的二氧化碳核定减排量。在风力发电项目上，印度漫长的海岸线蕴藏着大量的风力资源。据印度风能专家估计，印度总的风能资源为 45 195 兆瓦，已经开发的仅占可开发的 4%左右。印度的风力发电量居世界第四，排在德国、美国和西班牙之后。印度早在 1983 年就开始了示范性的风力发电项目。③

四 加大了对低碳技术的投资

印度政府加大了对低碳技术的投资。在 2010 年 4 月 10 日举行的博鳌亚洲论坛“低碳能源：亚洲领先世界的机遇”分论坛上，印度环境部长拉梅什表示，低碳增长的关键是在于技术，新的技术大规模普及才能满足很多人的需求。关于低碳增长的要素组成和特性，主要有三点内容：第一，煤炭仍然将是一个重要的能源组成部分，来满足亚洲各国能源需求，来满足世界各国的能源需求。要进一步发挥太阳能、风能、生物质能可再生能源的作用。印度 2050 年达到 15 亿人口，一个每年增加几千万人口的国家，如果仅靠太阳能、风能满足需求，这个想法仅仅是一个很浪漫的想法。对印度、印度尼西亚、中国来说，非常重要的一点就是煤炭仍然会是主要能源来源，在煤炭方面的技术突破，将对减少温室气体

---

① 徐向阳．印度清洁发展机制项目的特点．南亚研究，2009，(4)：93－98.
② 徐向阳．印度清洁发展机制项目的特点．南亚研究，2009，(4)：93－98.
③ 徐向阳．印度清洁发展机制项目的特点．南亚研究，2009，(4)：93－98.

排放做出重要贡献。第二，不能忽视核能带来的巨大潜能。包括在发达国家、发展中国家都是如此，注意核能潜力，能够帮助限制世界气温上升。第三，无论是煤炭、核能还是可再生能源，关键是在于技术。印度需要技术突破，降低成本的速度要快，这样才能使新技术大规模普及，所以一个关键词是“规模”。仅由几个试点项目、示范项目来实现是不够的，要有大规模的项目，要满足很多人的需求。所以技术发展是本质，规模将会决定这项工作的成败。当然有很多问题要解决，如技术融资、技术合作、技术转让、知识产权的问题。①

第二节　巴西低碳经济发展

巴西既是经济迅速发展的“金砖四国”之一，又是应对气候变化重要角色的“基础四国”一员，巴西近年来在环保意识普及、清洁能源使用以及政府对低碳产业的支持等方面收效明显，巴西民众正逐步走向绿色生活。根据巴西环境部的一项民意调查，巴西民众对全球性的环保问题认识比较清楚，环保意识日益增强。认为公众应改变生活和消费习惯以保护生态环境的人数比例从1997年的23%上升为49%。为减少空气污染，有33%的人准备调整汽车引擎、减少驾车次数、尽可能搭乘公共交通工具外出。相信对环保问题的忧虑不是杞人忧天的人数也上升为46%。②

一　巴西发展生物燃料促低碳发展

巴西是全球范围内生物燃料应用比较广泛的国家之一，生物燃料技术目前居于世界领先地位，境内提供乙醇燃料的加油站已达3.5万个。联合国公布的一份报告显示，目前巴西消费的燃料中有46%是乙醇等可再生能源，高于全球13%的平均水平，仅2008年巴西就实现温室气体减排2580万吨。从20世纪70年代开始，巴西政府十分重视对绿色能源的研究。巴西政府还通过补贴、设置配额、统购乙醇燃料以及运用价格和行政干预等手段鼓励民众使用乙醇燃料。随着各国对乙醇燃料兴趣的日益高涨，巴西政府已经制定了乙醇燃料生产计划。根据这项计划，到2013年，巴西乙醇燃料的年产量将扩大到350亿升，为目前年产量170亿升的2倍以上，其中大约100亿升将用于出口，成为世界最大的乙醇出口国。③

除了乙醇燃料外，巴西将重点提高生物柴油技术的研发能力以及推广和使用，这些用大豆油、棕榈油、葵花油等为原料加工生产的生物柴油，可以添加在普通柴油中，作为卡车和柴油发动机的动力燃料。巴西政府还专门成立了一个跨部门的委员会，由总统府牵头、

① 中新网．印度环境部长拉梅什．低碳增长的关键是在于技术．http://finance.jrj.com.cn/people/2010/04/1016327272063.shtml.2010-04-10.

② 低碳网．巴西政府倡导低碳．http://www.china5e.com/show.php?contentid=84283.2010-03-18.

③ 陈威华．赵焱．世界各国低碳经济政策概述．http://pangdianfeng.blog.163.com/blog/static/951898582009111941641559/.2010-06-01.

14个政府部门参加，负责研究和制定有关生物柴油生产与推广的政策与措施。巴西政府于2004年颁布了有关使用生物柴油的法令，规定从2008年起，全国市场上销售的柴油必须添加2%的生物柴油；到2013年添加比例应提高到5%。目前在巴西的27个州中，已经有23个州建立了开发生物柴油的技术网络。①

生物燃料不仅节能减排，也为生产甘蔗等生物燃料原料的百姓带来好处。巴西农业部的研究显示，每百万吨用于生产乙醇燃料的甘蔗可带动相关产业创造1.73亿美元的产值并提供5681个就业岗位，远远高于石油、水电和煤炭行业的平均水平。生物燃料这个庞大的产业链已成为拉动巴西经济增长和就业的强大引擎。除乙醇燃料外，巴西将重点提高生物柴油技术的研发能力，加大推广力度，这些以大豆油、棕榈油、葵花油等为原料加工生产的生物柴油，可添加在普通柴油中，作为卡车和柴油发电机的动力燃料。

为支持低碳产业发展，巴西政府还推出了一系列金融支持政策。例如，巴西国家经济社会开发银行推出了各种信贷优惠政策，为生物柴油企业提供融资；巴西中央银行设立了专项信贷资金，鼓励小农庄种植甘蔗、大豆、向日葵、油棕榈等，以满足生物柴油的原料需求。这些措施受到了企业和农户的欢迎。

二 巴西发展风能促低碳发展

巴西在发展生物能源取得成功之后，又瞄准了另一个关键的新能源领域——风能。据估计，巴西全国潜在风能资源达250兆瓦左右，主要集中在东北地区、南部沿海及里约热内卢、圣保罗和贝洛奥里藏特三座主要城市的西北部。

巴西政府主要是通过Proinfa立法（对可替代资源发电项目的鼓励计划），制定了管理风电场发展的政策，包括严格的国产化要求。Proinfa旨在吸引向国家电网供电的独立发电商的参与，并提供一个固定电价合同，到2006年强制购买3300兆瓦可再生能源电力，并在风电、生物质能和小水电方面进行细分。再生能源项目还有权使用优惠贷款。

从2005年1月开始，Proinfa立法要求风电场设备和服务总投资的60%必须在巴西国内采购，而只有能保证达到这些目标的公司才有资格参与投标。2007年后，这个百分比增加到90%。在巴西，已经拥有生产设施的公司在获得这些项目上具有明显的优势。

Proinfa在巴西建立了一个由政府部门组成的执行委员会来监督可再生能源与能源效率方面的研发，其中包括科技部、矿产能源部和国家电力管理机构。这个研发计划的一个目标是增强巴西电力制造业的竞争能力。这个计划获得电力公司1%的净收入。根据Proinfa法案，国家电力公司Eletrobras以一个极具竞争力的价格，与风电场签订20年的购电协议。Proinfa第一批项目于2006年12月并网。Proinfa第二阶段包括在未来的20年里实现再生能源提供全国电力的10%。②

---

① 中新网．多国大力发展低碳经济世界走向“低碳”．http：//www.chinanews.com.cn/cj/cj-hbht/news/2009/12-01/1992885.shtml．2009-12-01．

② 《中国科技财富》编辑部．巴西发展新能源产业启示录．中国科技财富，2010，(1)：43-45．

三 巴西发展科技促低碳发展

如何在金融危机中发挥科技支撑作用，充分促进经济增长方式转变，推动产业升级，找到走出危机和带动经济发展的新技术，是巴西各界特别关注的话题。为此，巴西正努力实施《创新法》，支持企业提高自主创新能力，加大科研投入，发展节能低碳新兴产业。

在其“科技与创新行动计划”中，新能源和环保汽车成为主要科研领域。巴西是资源和能源大国，资源产品出口比重超过40%，对外贸易对经济增长的影响相当大。在全球金融危机背景下，巴西在能源产业上正加快调整结构，紧跟全球步伐，为进一步推行能源经济、低碳经济、“绿色经济”战略，推动节能减排、提高资源附加值、改善生态环境、保障国家能源安全积极探索。

此外，巴西还实行家电节能减税措施，被评定为A级和B级节能标准的家电享受许多减免税政策。2009年，巴西财政部决定只对节能白色家电继续减免工业产品税，减免额度依据产品的节能等级而定。以电冰箱为例，具有A级节能标志的品牌的税额由15%减至5%，B级节能标志减至10%，C、D、E级无减税优惠。这一措施使广大消费者在选购电器时，把节能等级也作为重要参考因素。①

四 巴西有望尽早实现低碳增长

2010年6月17日在巴西首都巴西利亚召开的由政府官员和专家参加的研讨会上，世界银行发布的一份研究报告指出，巴西有可能在2010～2030年使其温室气体排放总量降低高达37%，相当于全球所有小轿车停止运营三年所减少的排放量，而且还有可能在不影响经济增长或就业的情况下实现政府的发展目标。②

尽管巴西近期成功地减少了温室气体排放量，但它仍是全球最大的温室气体排放源之一，如果将森林砍伐和土地利用因素考虑在内更是如此。虽然近期为保护森林采取的努力已经相当成功，但巴西仍有约40%的碳排放源自森林砍伐。如果考虑农业和畜牧业，巴西75%的碳排放源自土地利用格局的改变。在清楚地认识到这一问题之后，巴西在2009年11月哥本哈根气候变化大会召开之前宣布了在2020年之前减排36.1%～38.9%的目标。与此同时，巴西重申了其坚定立场，即发达国家应对大部分气候问题负责，因此应该按比例为解决减排问题作贡献，而不是牺牲发展中国家的利益。巴西环境部长表示巴西是参加气候问题谈判的几个主要国家之一，其能源结构是世界上最清洁的之一。当前，巴西正在全球和国家层面提出具有创造性和建设性的解决方案。世界银行开展的此项研究和其他机构开展的研究共同证明了巴西的减排潜力。气候变化

① 新华网．巴西政府倡导低碳．http：//www.china5e.com/show.php？contentid=84283.2010-03-18.

② 世界银行．巴西可率先实现低碳增长．http：//web.worldbank.org/WBSITE/EXTERNAL/EXTCHINESEHOME/EXTNEWSCHINESE/0，contentMDK：22638169～pagePK：64257043～piPK：437376～theSitePK：3196538，00.html.2010-06-28.

问题是巴西国内政策和对外战略的中心内容。很多发展中国家从巴西所处的困境中看到了其自身的关切，同时巴西已被视为在众多国际论坛上气候和环境问题讨论的非正式组织者。

第三节　韩国低碳经济发展

韩国从20世纪80年代开始重视发展新能源，1987年韩国国会就制定了《新能源和可再生能源发展促进法》，接着韩国政府又根据该法制定了《新能源和可再生能源技术发展基本纲要》。1992年韩国又提出了与发达国家竞争的G-7[①]高技术发展计划，其中有21项属于新能源与可再生能源技术领域。多年来，韩国一直注重发展绿色经济，2010年4月14日公布了《低碳绿色增长基本法》施行令，开始正式推行这一法案，要求把温室气体排放量减少到"温室气体排放预计量"（BAU）的30%。

一　韩国"绿色新政"的内容

2009年1月6日，韩国政府提出了"绿色工程"计划，该计划将在未来4年内投资50万亿韩元（约380亿美元）开发36个生态工程，并因此创造大约96万个工作岗位，用以拉动国内经济，并为韩国未来的发展提供新的增长动力。这一庞大计划被称为"绿色新政"。

"绿色新政"的主要内容有：基础设施建设、低碳技术开发和创建绿色生活工作环境。韩国政府将推动全国范围的绿色交通系统建设，包括建设低碳铁路、自行车道路和公交系统。修建中小型环保型水坝，增加河流的储水功能，并减缓洪水和其他水灾。政府将投资生产低碳汽车，开发混合型汽车和开发太阳能、风能和其他可再生的清洁能源。作为环保努力的一部分，将投资3万亿韩元用于扩大森林面积，提供23万个就业岗位；在全国修建200万个绿色住宅和办公室，即建设200万户具备太阳能热水器等的绿色家庭，并将20%的公共照明设施更换为节电型灯泡。[②]

"绿色新政"的政策目标包括三个方面。

第一，使用最少能源，完成低碳能源。2008年8月，韩国政府制订了《国家能源基本规划》，指出新能源和可再生能源的比重将在2030年达到11%，能源技术水平将于2030年达到世界最高水平，油气自主开发率将由现在的4.2%提升到2030年的40%。

第二，将绿色能源产业作为发展动力。2008年9月，韩国政府推出《绿色能源产业发展战略》，确定了绿色经济产业发展战略中优先增长动力对象的九大重点领域：光伏、风力、高效照明、电力IT、氢燃料电池、清洁燃料、高效煤炭IGCC、CCS和能源储藏等，

① G-7指美国、日本、德国、法国、英国、加拿大、意大利7个发达国家。

② 赵刚．韩国推出绿色新政确立低碳增长战略．http：//finance.sina.com.cn/roll/20090923/18046785386.shtml. 2009-09-23.

同时推进阶段性增长动力的 6 个领域：热泵、小型热电联产、核能、节能型建筑、绿色汽车和超导。

第三，创造新增长动力，将减排温室气体的危机转化为创造收益的机会。韩国大力发展国内碳市场，将通过减排项目所取得的排放权供给碳市场，并且提供资金和咨询，发展专门交易企业等。

二 韩国发展“绿色新政”的具体行动

低碳与绿色发展是韩国的重要主题之一。①

2008 年 8 月，韩国政府制订了科技发展基本计划——“577 战略”。“577 战略”对未来 5 年科技发展的目标和计划作了具体的安排，计划到 2012 年，使研发投入占 GDP 的比重由 2006 年的 3.23%提高到 5%。政府研发总投入达到 66.5 万亿韩元（约 505 亿美元），比上届政府研发总投入多 26 万亿韩元（约 198 亿美元），基础科学在总投入中的比例从目前的 25%提高到 50%；确定了七大研发领域、七大科技系统以及 50 个具体技术研发项目；计划到 2012 年实现世界第七大科技强国的目标。

2008 年 9 月，韩国政府出台了《低碳绿色增长的国家战略》，确定了 2009～2050 年低碳绿色增长的总体目标，提出大力发展低碳技术产业、强化应对气候变化能力、提高能源自给率和能源福利，全面提升绿色竞争力，为韩国未来经济发展指明了方向。所谓低碳绿色增长，就是“以绿色技术和清洁能源创造新的增长动力和就业机会的国家发展新模式”。韩国政府认为，这一战略将成为支撑、引导未来经济发展的新动力。该战略提出要提高能效和降低能源消耗量，要从能耗大的制造经济向服务经济转变。

韩国低碳绿色增长的主要内容和政策措施包括以下几个方面：①减少能源依赖。2008 年 8 月，韩国公布《国家能源基本计划》，提出提高资源循环率和能源自主率的要求，其中，资源循环率将由 1995 年的 5.5%提高到 2012 年的 16.9%，能源自主率由 2007 年的 3%提高到 2012 年的 14%，2050 年实现能源自主率超过 50%。同时，要降低能源消费中煤炭和石油的比重，从目前 83%下降到 61%；扩大太阳能、风能、地热等新能源与再生能源的比重，从 2006 年的 2%提高到 2030 年的 11%，2050 年达到 20%以上。②提升绿色技术。2009 年年初，韩国公布了《新增动力前景及发展战略》，提出了 17 项新增长动力产业，其中有 6 项属于绿色技术领域，包括新能源和再生能源、低碳能源、污水处理、发光二极管应用、绿色运输系统、高科技绿色城市等。③通过发展低碳产业扩大就业。根据韩国政府估算，发展再生能源产业比制造业多创造2～3倍的就业。尤其是发展太阳能产业、风力发电业，需要 8 倍于普通产业的就业人口。作为环保努力的一部分，韩国政府还将投资 3 万亿韩元用于扩大森林面积，并提供 23 万个就业岗位。

2009 年 7 月，韩国公布五年计划，未来五年间韩国将累计投资 107 万亿韩元发展

① 赵刚. 韩国推出绿色新政确立低碳增长战略. http://finance.sina.com.cn/roll/20090923/18046785386.shtml. 2009-09-23.

绿色经济。韩国政府还计划在大城市开展“变废为能”活动，充分利用废弃资源，到2012年在全国建立14个“环境能源城”，到2020年建成600个利用农业产品实现能源40%自给的“低碳绿色村庄”。此外，韩国政府还计划在未来四年内拥有200万户使用太阳能热水器的“绿色家庭”。

三 韩国通过《低碳绿色增长基本法》

韩国政府于2010年4月14日公布了《低碳绿色增长基本法》施行令，开始正式推行这一法案。《低碳绿色增长基本法》是韩国政府在今年1月制定的，其主要内容是在2020年以前，把温室气体排放量减少到“温室气体排放预计量”的30%。

韩国政府公布了基本法施行令，构筑了绿色增长的基本框架，今后将依法全面推行低碳绿色增长计划。此举阐明了韩国建立绿色环境的坚决意愿，为韩国成为国际社会上的主要绿色国家奠定了基础。《低碳绿色增长基本法》的主要内容包括制定绿色增长国家战略、绿色经济产业、气候变化、能源等项目以及各机构和各单位具体的实行计划；此外，还包括实行气候变化和能源目标管理制、设定温室气体中长期的减排目标、构筑温室气体综合信息管理体制以及建立低碳交通体系等有关内容。基本法生效后，将对绿色产业施行绿色认证制，可获得认证的项目包括新生和再生能源、水资源、绿色信息通信、环保车辆和环保农产品等10个项目、61项重点技术。对于大型建筑物，将实行“能源、温室气体目标管理制”，严格限制能源的使用。环境部将新设“温室气体综合信息中心”，负责推行在2012年以前将能源消耗量平均每年减少1%～6%的有关计划。

韩国此次推行低碳绿色增长计划的预算总额仅次于中国和美国在低碳增长方面的投入，为310亿美元。联合国环境规划署和世界银行等机构对韩国积极推行绿色增长计划给予了高度评价。[①]

① 科技日报．韩国《低碳绿色增长基本法》正式生效．http：//www.in-en.com/article/html/energy_0852085237626108.html.2010－04－19.

第四篇

中国低碳经济发展的战略选择与实现途径

中国宣布碳减排目标，不仅是为了应对全球气候变化，更重要的是源自国内经济发展的内在要求。中国目前同时面对国内经济结构调整和国际经济结构失衡的压力，国内经济结构调整的难度大，中国产业要向高端制造业、第三产业、可再生能源等低碳类行业发展，会受到社会就业压力、技术水平等的限制；中国在全球化的产业分工中承担了很多高污染、高能耗行业，其产品用于出口，供其他国家消费，而中国背负了资源消耗和碳排放的代价。结构调整的难度，很大程度上决定了碳减排的难度。因此，中国减少碳排放的重要着力点是经济结构调整。

第十章　中国发展低碳经济的战略框架

低碳经济是实现未来可持续发展的必然选择，到目前发展低碳经济的路线图已初现端倪，各国都在为发展低碳经济铺设道路，许多国家公布了其碳减排目标。中国承诺到2020年实现单位GDP碳排放比2005年减少40%～45%的碳减排目标。要实现这一减排目标，需要构建系统的战略框架。

第一节　中国发展低碳经济的情景分析

情景是对未来情形以及能使事态由初始状态向未来状态发展的一系列事实的描述。情景分析是在对经济、产业或技术的重大演变提出各种关键假设的基础上，通过对未来详细地、严密地推理和描述来构想未来各种可能方案的分析方法。情景分析是通过构造对应的情景来实现对某问题的分析。从结构上讲，一个情景应该包括结束状态、策略、驱动力和逻辑四个要素，每个要素都可以多个方式发展，并且这些要素之间的相互关联导致不同类型的竞争情景。

一　情景分析在低碳经济研究中的应用

情景分析法是一个重要的分析工具。国际上应用情景分析法来研究低碳经济的国家中，以日本取得的经验较多，日本采取倒逼机制法来寻求到2050年实现比1990年二氧化碳的排放减少70%的途径。其他国家也都明确提出了减排二氧化碳的目标，如英国发布在政府白皮书《我们能源的未来：创建低碳经济》中，将实现低碳经济作为英国能源战略的首要目标，计划到2050年将英国二氧化碳的排放量削减为2003年的60%。澳大利亚于2008年发布了酝酿已久的《减少碳排放计划》，长期减排目标是2050年达到2000年气体排放的40%。欧盟提出到2050年则希望将温室气体排放量减少60%～80%。

中国发展低碳经济情景设计，既要关注中国的可持续发展、能源安全和能源技术、经济竞争力的提高等实际情况，并在经济稳定发展情况下对发展低碳经济有一定的投入，又要考虑由于地域、部门间的社会-经济-环境差异巨大而造成的社会经济发展水平上的现实总体约束，应通过调整部门能源需求的驱动因素来反映中国未来低碳经济的实现途径，依据与未来碳排放密切相关的几个主要因素来设置不同的情景。

二 中国低碳经济的情景构建

中国仍是一个发展中国家，正处在工业化过程中，减排目标与任务具有不确定性，所以，像国外提出一个明确减排目标的做法并不适合中国。中国发展低碳经济情景设计，要在关注中国的可持续发展、能源安全和能源技术、经济竞争力的提高等实际情况的同时，考虑社会经济发展水平上的现实总体约束，应通过调整部门能源需求的驱动因素来反映中国未来低碳经济的实现途径。因此，中国低碳经济情景设计的一般基本思路如图 10-1 所示，在整个情景分析的过程中，核心思想是利用基于一般均衡理论的 CGE 模型中各部门间的能源服务量计算关系来约束各部门的情景设定，确保情景的逻辑性与合理性。CGE 模型的数据结构是社会核算矩阵（SAM），SAM 矩阵是在基准年（2005 年）的投入产出表基础上建立起来，实现对 2005 年主要经济部门的数量关系的完善描述。情景中未来年份中各经济部门的数量关系是通过设定一定的技术进步等宏观驱动因素，动态生成新的 SAM 矩阵而来，可以生成不同年份的 SAM 矩阵，不同年份的 SAM 矩阵本身是情景的经济部门数量化关系最为详细的描述。

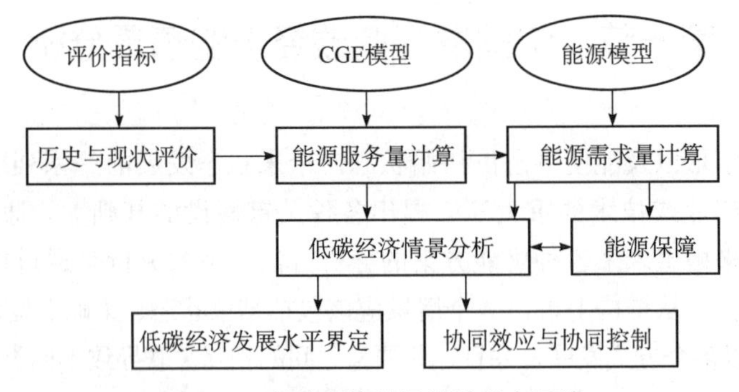

图 10-1 低碳经济情景设计基本思路

资料来源：付加锋，刘小敏．基于情景分析法的中国低碳经济研究框架与问题探索．资源科学，2010，(2)：205-210.

可以根据不同研究目标，设计不同低碳经济情景。例如，中国环境科学研究院气候变化影响中心付加锋和刘小敏依据同未来碳排放密切相关的几个主要因素设定三种情景：基准情景（business as usual scenario，BAU）、低碳经济转型情景和低碳经济和谐发展情景。情景分析的基准为 2005 年，终极目标分析年为 2050 年。而国家发展和改革委员会能源研究所姜克隽、胡秀莲、刘强等，考虑到经济发展的不确定性，经济发展采用两种 GDP 增长速度，设计四种情景，即高经济增长下不采取气候变化对策的情景、高经济增长下的低碳情景、高经济增长下的强化低碳情景、低经济增长下的低碳情景。①

模型中的参数设定是进行情景分析的关键，合理、有效的参数将使情景更具真实性。情景参数大致归为三类：①宏观经济参数，该类参数一般假定为外生，在设定不同情景时分别假定，如经济增长率、人口 GDP 增长率、城市化率、产业结构比率，外贸结构等；

① 姜克隽，胡秀莲，刘强，等. 2050 低碳经济情景预测. 环境保护，2009，(24)：28-30.

②技术参数，该类参数可以假定为外生也可以假定为内生，如各行业的关键技术能耗指标，可以假定也可以通过倒逼机制进行调整；③微观方面的参数，如技术进步系数，二氧化碳排放系数等，可以通过外生假定。各个参数的情景假定如表 10-1 所示。

表 10-1　低碳经济情景参数设定

主要因素	基准情景	低碳情景	强化低碳情景
GDP	2005～2020 年年均增长速度为 8.1%；2020～2030 年为 6.5%；2030～2040 年为 4.5%；2040～2050 年为 4%	2005～2020 年年均增长速度为 7.5%；2020～2030 年为 5%；2030～2040 年为 4.5%；2040～2050 年为 4%	2005～2020 年年均增长速度为 8.5%；2020～2030 年为 7%；2030～2040 年为 5%；2040～2050 年为 5%
人口	2035 年人口高峰在 15.1 亿左右，然后趋向减少，2050 年为 14.7 亿	同基准情景	同基准情景
城市化水平	保持现有城市化进程水平，2030 年城市化水平为 60%，2050 年为 75%左右	中小城市发展较快。2030 年城市化水平为 70%，2050 年 80%左右	大城市得到发展，2030 年城市化水平为 70%，2050 年城市化率 80%左右
产业结构	产业结构优化，第一产业比重逐渐下降，第二产业发展以重工业为主，高耗能特点突出，第三产业占据经济比重稍有上升	产业结构优化，重工业比重下降，深加工与高附加值产品比例上升，新兴工业、第三产业发展快，产业结构转型	产业结构进一步优化，与发达国家经济结构类似，资金与技术密集型行业占据重要位置
居民消费	城镇对节能家电的需求保持增长，清洁能源使用占一定比例	低碳环保意识强，节能环保低碳型建筑被广泛利用，农村生活用能商品化	低碳环保意识强，节能环保低碳型建筑被广泛利用，农村生活用能商品化
国际贸易	全球一体化水平增强，能源进口受国际石油储量和收支平衡的制约，2020 年高耗能产品失去国际竞争力	全球一体化水平进一步加强，国际能源对中国的影响不大，2020 年高附加值产品出口竞争力增强	2020 年高附加值产品出口竞争力增强，2030 年低碳产品市场竞争力显著增强
交通发展与技术	交通运输结构优化，交通网完善，公交出行便利，车辆燃油经济性提高 30%	交通信息系统建设完善，清洁能源汽车占一定比例，环保出行，汽车燃油经济性提高 50%	城市以公交出行为主，在城市继续推进公共交通车辆的清洁行动计划，汽车燃油经济性提高 50%

资料来源：付加锋，刘小敏．基于情景分析法的中国低碳经济研究框架与问题探索．资源科学，2010（2）：205-210.

由于这些参数的值是在综合现有的研究的基础上主观给出的，虽有一定的依据，但数据本身之间的逻辑性和数据与现实情景的差别并未得到进一步检验与分析，目前也只是项目的第一阶段，随着项目深入进行，情景参数将得到进一步的完善和调整。

三　中国发展低碳经济的情景分析

根据国务院发展研究中心的研究报告，本书将中国低碳经济前景设置四种情景：基准情景、高经济增长下低碳经济情景、高经济增长下强化低碳经济发展情景和低经济增长下低碳情景。情景分析的基准为 2005 年，终极目标分析年为 2050 年，以此来分析不同情景下的能源消耗、温室气体排放。

（1）基准情景。一般不采取积极的气候变化对策，以当前可能的发展模式来设计基准情景（经济发展趋势、人口增长、产业发展等），依赖社会经济发展促进能源效率的提高和低碳与环保技术的应用，基本反映自然引导型的经济发展与碳排放状态。在本书中基准情景，2005～2050年年均增长速度为6.4%，高消费模式，全球投资，关注环境，但是先污染后治理，技术投入大，技术进步较快。

（2）高经济增长下低碳经济情景（high GDP low carbon economy scenario，HLC）。在考虑国家资源环境承载力、能源安全、社会经济发展、经济竞争力、环境保护需求的基础上，假定宏观调控和推动可持续发展的政策效果显著，在提高能效、改善经济和能源结构、推动低碳与环保技术进步方面有重大举措，基本反映依据国内自身努力所能实现的经济发展与碳排放状态。低碳发展情景，在中国经济充分发展情况下对低碳经济发展有一定的投入，充分考虑节能、可再生能源发展、核电发展，同时对CCS技术有所利用。

（3）高经济增长下强化低碳发展情景（high GDP enhanced low carbon scenario，HELC）。根据中国的实际情况，高经济增长低碳情景，全球一致减排，实现较低温室气体浓度目标，考虑全球减缓温室气体排放的努力，中国可以充分利用国际国内两个市场，增加对发展低碳经济的投入；技术进步进一步强化，主要减排技术进一步得到开发，成本下降更快，中国对低碳经济投入更大，CCS技术的利用得到大规模发展，低碳与环保技术开发与应用居于世界领先；经济发展模式和居民消费方式得以改善；低碳政策实施的内外部环境理想。它基本反映发达国家政策转移和国内努力所能共同实现的经济发展与碳排放状态。

（4）低经济增长下低碳情景（low GDP low carbon scenario，LLC）。低经济增长低碳情景，考虑中国的低碳经济发展需求，以及全球减排需求，所能实现的低碳排放路径，如图10-2所示。

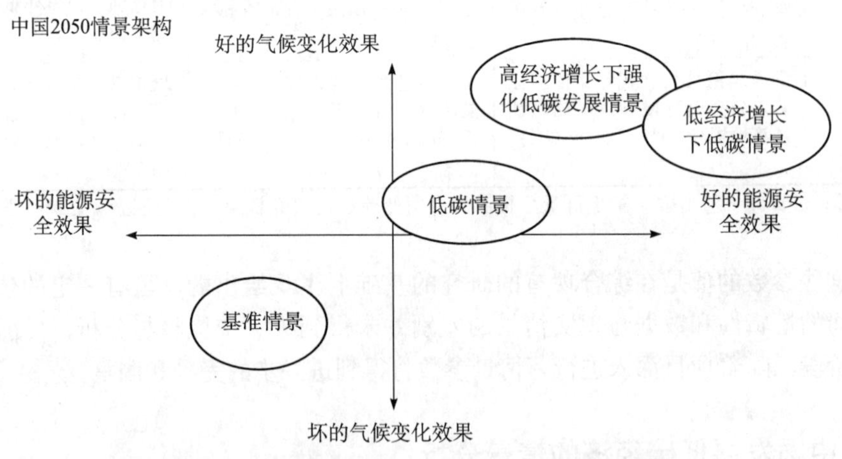

图10-2　中国不同情景下对能源和气候变化的影响

不同情景下能源消耗和碳排放是不同的（图10-3）。不同情景下对气候变化和能源安全的影响是不同的。由于经济持续增长，所有情景下，未来中国的能源需求均显示2050年之前中国的一次能源需求保持不断增长，2050年的一次能源需求在47亿～66亿吨标准煤之间。低碳情景与基准情景相比，能源需求降低了25%，不仅有利于气候变化，也有利于能源安全。改变能源结构能够显著地影响排放水平，在强化低碳情景下，与基准情景相比，二氧化碳排放降低了50%。更为重要的是，高经济增长强化低碳情景和低经济增长低碳情景实现了同样的排放水平，原因在于经济的发展使得低碳技术能够得到更快的普及。

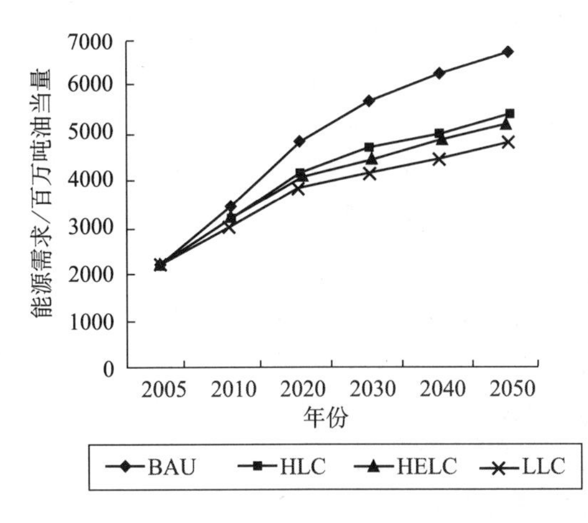

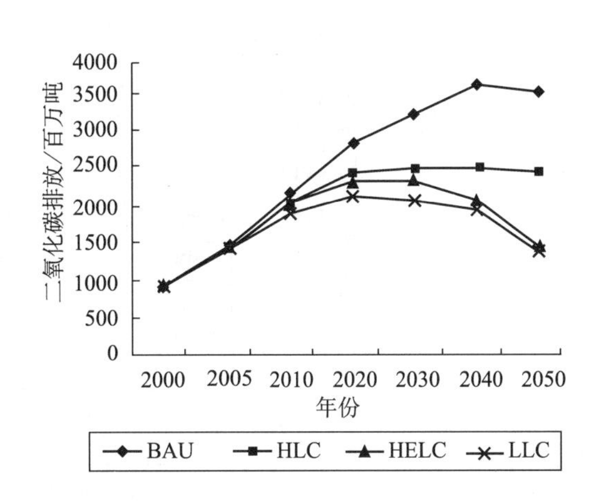

图 10-3 不同情景下的能源消耗和碳排放

资料来源：中国环境与发展国际合作委员会中国发展低碳经济途径研究课题组．国务院发展研究中心产业经济部研究报告：中国发展低碳经济途径研究．2009.

不同情景下能源消耗和二氧化碳排放，以及能源强度变化如表 10-2 和表 10-3 所示。

表 10-2 不同情景下能源消耗和二氧化碳排放

年份	能源消耗/亿吨标准煤			二氧化碳排放/亿吨		
	BAU	HLC	HELC	BAU	HLC	HELC
2020	48.2	40.0	39.2	101.9	82.9	80.4
2030	55.3	44.7	42.8	116.6	86.0	81.7
2050	66.6	52.5	50.1	127.1	88.2	51.2

资料来源：中国环境与发展国际合作委员会中国发展低碳经济途径研究课题组．国务院发展研究中心产业经济部研究报告：中国发展低碳经济途径研究．2009.

表 10-3 不同情景下能源强度的变化 （单位:%）

不同情景	2005～2020 年	2020～2030 年	2030～2040 年	2040～2050 年
基准情景	3.5	4.7	3.2	2.6
低碳情景	4.2	5.0	3.6	2.5
强化低碳情景	4.4	5.2	3.5	2.5

资料来源：中国环境与发展国际合作委员会中国发展低碳经济途径研究课题组．国务院发展研究中心产业经济部研究报告：中国发展低碳经济途径研究．2009.

情景分析表明，如果中国不改变经济增长模式，到 2030 年人均二氧化碳排放将达到 8 吨，石油对外依存度超过 80%。如果中国走低碳发展的道路，中国可以将 2030 年的能源消耗降低 20%，达到 44.7 亿吨标准煤，人均二氧化碳排放为 5.9 吨。在 2030 年二氧化碳排放达到高峰后，排放总量增长缓慢甚至出现下降。

与基准情景相比，低碳情景减排来自几个方面：产业结构调整；物理能效提高，包括工业终端能效、交通能效和建筑能效以及火电效率的提高和生活方式的改变（包括出行方式的改善）；能源结构优化，包括化石能源结构的优化和低碳能源发展；CCS 技术的应用；生活方式改变。其中节能包括产业结构调整、物理能效提高以及生活方式的改变对减排贡献很大（图 10-4），2020 年、2030 年、2050 年贡献率分别为 60%、62%和 57%。能源结构优化的贡献也很大，由 2020 年的 16%逐步提高到 2030 年的 24%和 2050 年的 30%。CCS 技术的贡献要到 2030 年以后才逐步显现出来。

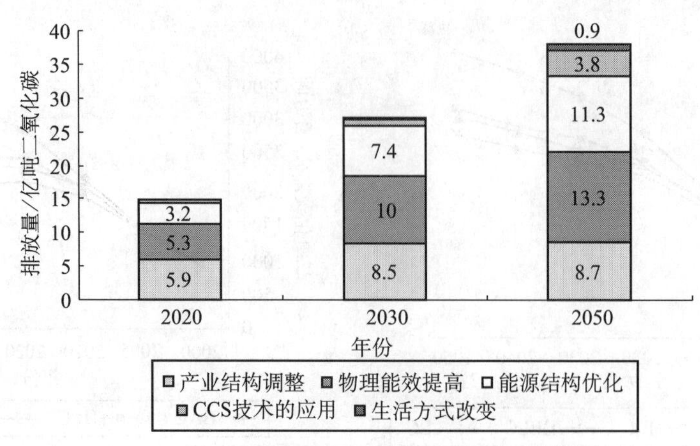

图 10-4 低碳情景中的主要减排因素的贡献

如果进一步考虑全球一致减缓气候变化的共同愿景，技术进步进一步强化，重大技术成本下降更快，中国有可能进一步减少能源消耗和温室气体排放。到 2050 年二氧化碳排放量有可能下降到 51.2 亿吨，低于 2005 年的排放量。如果中国实现了低碳经济发展，经济社会发展呈现如下情景：

（1）工业生产高效率，即单位产出低排放。

（2）能源转化高效率，即单位电量和行驶里程低排放。

（3）可再生能源和清洁能源在能源供应中占较大比重。

（4）交通领域的高能效和低排放。

（5）办公、生活领域的能源节约。

（6）减少高能耗、高排放产品的出口。

（7）公共交通替代私人交通，更多使用自行车和步行。

（8）产业结构明显优化，低碳产业成为新的经济增长点。

（9）农业、森林和其他类型土地的碳汇能力提高。

第二节 中国发展低碳经济的战略设计

低碳经济并非是一种全新的、额外的努力，而是在现在的国家能源、环境政策和可持续发展政策的基础上，进行进一步的深化与扩展。中国需要推行一揽子政策，并在今后完全整合起来。中国有自己的节能政策，从全球的角度来看实际上也就是中国的减排政策，与日本、美国、欧盟相比，中国可以以较低的成本来发展低碳经济，中国经济具有后发优势，关键在于中国低碳经济发展的战略设计。

一 中国低碳经济发展战略路线图的构想

基于情景分析，本书给出了中国低碳经济发展路线图的基本框架：战略目标、战略基础、战略支柱、战略重点构成。战略目标是：到 2020 年，单位 GDP 能耗比 2005 年降低 40%～60%，单位 GDP 的二氧化碳排放降低 50%左右。战略支柱是：低碳工业化、低碳城市化、低碳能源、低碳消费、低碳交通运输、低碳能源与土地利用和增加碳汇。战略重点是：加强交通和建筑领域等高耗能行业的能效对标管理；在工业化和城镇化进程，以低能耗、高能效和低碳排放的方式完成大规模基础设施建设；优先部署以煤的气化为龙头的多联产技术系统开发、示范和 IGCC 等先进发电技术的商业化，结合 CCS 技术，在煤炭清洁利用等相关领域达到国际领先水平；探索各具特色的可再生能源在国家整体能源系统中的优化配置模式；研究农田、草地、森林生态系统的固碳作用，通过建设良好生态环境来减缓气候变化；提高农业抗灾和节水等方面的技术水平和设施能力。战略基础是技术创新、市场机制和制度建设。

总之，中国特色的低碳发展道路应该是立足于基本国情并且符合世界发展趋势的渐进式路径，应该有一幅具备清晰的阶段目标和优先行动的发展路线图。在战略目标下，在三个战略基础上，从低碳重点领域形成六个战略重点和六个战略基础，由此构成了中国低碳经济发展战略总体框架，如图 10-5、图 10-6 所示。

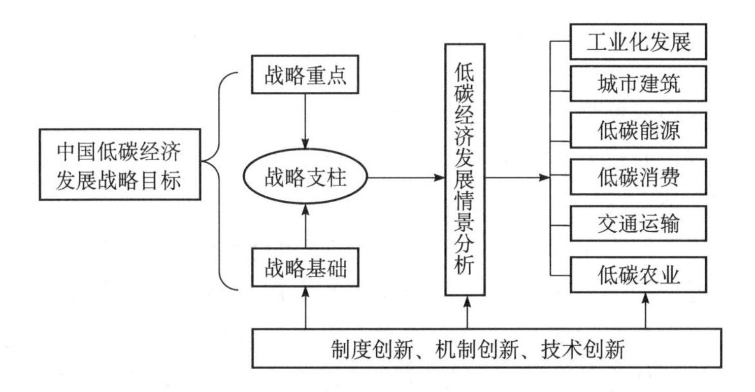

图 10-5　中国低碳经济发展路线图

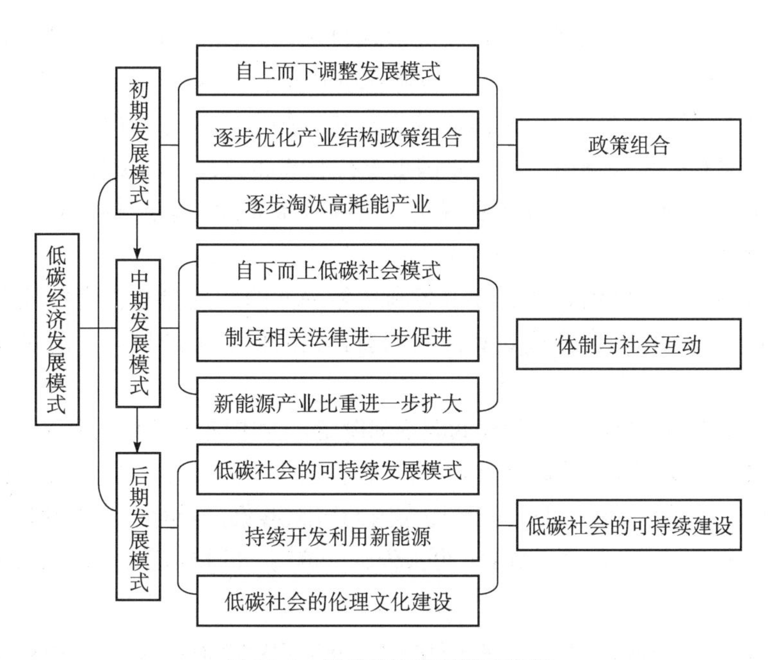

图 10-6　低碳经济发展模式框架

1. 战略目标

中国政府宣布了到2020年控制温室气体排放的行动目标：到2020年，我国单位GDP二氧化碳排放将比2005年下降40%～45%。与此同时，我国还将采取到2020年使非化石能源占一次能源消费的15%左右，增加森林碳汇，使森林面积比2005年增加4000万公顷，森林蓄积量比2005年增加13亿立方米等减排举措。如果中国采取较为严格的节能减排技术（包括CCS技术）和相应的政策措施，并且在有效的国际技术转让和资金支持下，则中国的碳排放可争取在2030～2040年达到顶点，之后进入稳定期和下降期。这个目标已作为约束性指标纳入国民经济和社会发展中长期规划。显然，我国把“低碳化”作为国家社会经济发展的战略目标，上述目标就是中国低碳经济发展的战略目标。

中国在“十一五”期间提出的节能减排目标已经取得了显著的进展，并为减缓气候变化做出了实质性贡献，我们需要沿着这个方向继续探索下去，并在全球金融危机的背景下采取更加稳健的策略。鉴于国家利益和应对气候变化的需求，中国特色低碳道路的战略取向包括以下方面[①]：

（1）在可持续发展的框架下，把低碳发展作为建设资源节约型、环境友好型社会和创新型国家的重点内容，并将发展低碳经济作为走低碳之路的重要载体，纳入可持续工业化和可持续城镇化的具体实践。

（2）把“低碳化”作为国家社会经济发展的战略目标之一，并把相关目标整合到各项规划和政策中去。近中期应该把提高能效和碳生产率作为核心，不断降低能源消费强度和碳排放强度，努力减少二氧化碳排放的增长率，实现碳排放与经济增长的逐步脱钩，通过综合措施提高适应气候变化的能力，增加自然生态系统碳汇，降低面临极端天气气候事件的风险和损失。

（3）权衡经济发展与气候保护、近期和远期目标，处理好利用战略机遇期实现重化工业阶段的跨越与低碳转型的关系，同时充分考虑碳减排、能源安全、环境保护的协同效应，有效降低减排成本，既充分利用目前国内外相对较好的资源能源条件，加速完成重化工业化的主要任务，又利用低碳商机，提高中国重点行业节能减排和低碳技术与产品的竞争力，最大限度地以低成本的清洁增长方式和现实的低碳技术实现阶段跨越，减少潜在的碳排放“锁定效应”的影响。

（4）加强部门、地区间的合作，吸引各利益相关方的广泛参与，发挥社会各方面的积极性，特别是通过新的国际合作模式和体制创新，共同促进生产模式、消费模式和全球资产配置方式的转变。

（5）积极参与国际气候体制谈判和低碳规则制定，为中国的工业化进程争取更大的发展空间。在近中期，通过选取合适的指标，承诺符合国情和实际能力的适当的自愿减缓行动，为防止气候变暖做出新的贡献，提升负责任大国的国际形象。同时，要求发达国家继续率先大幅度减排温室气体，并建立“可测量、可报告、可核实”的技术转让与资金支持新机制。

① 中国科学院可持续发展战略研究组. 中国科学院《2009中国可持续发展战略报告——探索中国特色的低碳道路》. 2009.

2. 战略基础

哥本哈根气候大会以后，发达国家正在酝酿新的减排协定，它们试图通过有约束性的、可核查的国际协定来减少全球温室气体的排放。有些国家还在计划实施碳关税或者碳排放税。这些措施已经引起了国际社会的广泛争议。因为节能减排并不是一个可以有一个统一规则来衡量和执行的事，不同的国家需要从不同的角度来制定本国合适的减排方案。低碳经济以人均能耗和碳排放来衡量，与国家总量的能源消耗和碳排放来衡量得出的结论和需要承担的义务将会有天壤之别，而两者都有着一定的合理性。这实际上很好地解决了国际社会目前在低碳经济上面临的分歧和困境，那就是在无法达成共识之前，先在自己力所能及的范围内进行减排的努力。等到低碳生活方式深入人心、低碳技术取得了重大突破后，再来推进有约束性的国际化减排协定。因此，中国根据本国的经济和社会发展需要以及全人类面临的挑战相结合的原则，制定了自我约束性的节能减排计划，而实现低碳经济和低碳社会实现的核心和基础问题是制度创新、机制创新和技术创新三方面。

（1）制度创新。制度创新要求从国家宏观调控的管理层面，大力调整产业结构，推动经济增长方式转变，促进传统产业的低碳化升级改造。发展低碳经济应置于国家战略高度，从前瞻、长远和全局的角度，部署低碳经济的发展思路，引导、支持和促进低碳技术的研发推广，完善节能减排的政策体系、绩效考核以及执法监管体系，加强和完善能源立法，保障低碳经济发展。

（2）机制创新。机制创新就是要引入市场化机制，发挥市场的基础作用和政府的引导作用。从资源配置角度来看，市场化机制将更有利于资源的合理配置和使用效率的提高，在发展低碳经济过程中，应更多地发挥市场的作用，建立碳排放权交易市场，让市场机制发挥更大作用来推动低碳创新。而低碳经济的发展，需要政府首先采取行动，助推企业的低碳化生产以及居民的低碳化生活理念。政府的作为对于低碳经济的发展至关重要。

（3）技术创新。发展低碳经济要注重通过技术创新来大力发展低碳技术，如新能源技术和节能减排技术。发展低碳经济，技术创新是关键。无论是节能减排，还是利用可再生能源和开发新能源，都离不开技术支撑。从当前中国的低碳技术现状来看，短期内，中国应该大力发展节能与能效提高技术，如煤炭、石油和天然气的清洁、高效开发和利用技术，可再生能源和新能源技术，主要行业二氧化碳和甲烷等温室气体的排放控制与处置利用技术，生物与工程固碳技术，先进煤电、核电等重大能源装备制造技术，二氧化碳捕集、利用与封存技术。

二 中国发展低碳经济的战略选择：战略重点和战略支柱

走低碳发展道路，必须结合国内优先的战略发展目标和各个行业部门的自身特点，把握关键的低碳重点领域，以尽可能低的经济成本和碳排放，获取最大的共同利益，逐步实现整个国民经济的“低碳化”。

1. 战略重点

需要重点关注的优先领域包括以下几个方面。

(1) 结合当前节能减排的重大战略措施，针对工业生产和终端用能效率整体水平较低的局面，以及不断发展的交通和建筑领域在未来大幅增长的能源需求，开展高耗能行业的能效对标管理，抓住其他重点用能单位和部门，淘汰落后产能并强化新建项目的能效监管。

(2) 着眼于中国快速发展的工业化和城镇化进程，通过行政和经济激励手段促进技术创新，以低能耗、高能效和低碳排放的方式完成大规模基础设施建设，避免固定资产投资中碳排放的技术“锁定效应”。

(3) 基于化石燃料，特别是煤炭在当前和未来中国能源结构和能源安全保障中的基础地位，在中长期能源安全和应对气候变化的背景下，优先部署以煤的气化为龙头的多联产技术系统开发、示范和 IGCC 等先进发电技术的商业化，同时结合 CCS 技术，在煤炭清洁利用等相关领域达到国际领先水平。

(4) 根据中国清洁能源和可再生能源现状与未来产业发展趋势，通过市场加快进口和利用优质油气资源，探索各具特色的可再生能源在国家整体能源系统中的优化配置模式，建立健全多元化的能源供应体系，逐步转变能源结构，改善能源服务，不断提高广大农村地区必需的商品能源比例，促进能源基本公共服务的均等化。

(5) 在中国的生态文明建设过程中，不仅采用区域污染物的联合减排技术，而且深入研究由土地利用、土地利用变化和林业活动等所产生的农田、草地、森林生态系统的固碳作用，通过建设良好生态环境来减缓气候变化。

(6) 加强气候变化的适应策略研究，制定相关的适应规划，区分敏感地区和优先适应的领域，提高农业抗灾和节水等方面的技术水平和设施能力，加强适应性管理，减轻极端天气气候事件可能造成的损失。

2. 战略支柱

1) 低碳工业化

走低碳工业化道路是我国发展低碳经济的核心。新型工业化的核心就是低碳化，发展低碳技术、低碳产业、调整能源结构，这些都与工业化密切相关。因此，优化产业结构，推动产业升级，要注意到服务业特别是知识、技术和管理密集型的现代服务业成为拉动经济增长的主要力量。在工业内部，培育发展新兴产业和高技术产业，节能环保产业、电子信息产业、技术密集型的制造业等高加工度产业替代能源原材料工业，成为拉动经济增长的重要动力。从中长期来看，新技术的开发和应用是进一步节能减排的主要领域。实现重点工业核心技术、关键工艺、关键产品、产业共性技术的国产化和自主创新。

但是，从高碳工业向低碳工业的转型是一个漫长的历史过程。高碳工业的体系是庞大而又稳固的，传统工业对化石能源的依赖不可能在短期改变。虽然世界可再生能源的开发取得了很大的进展，包括太阳能、风能、水能、生物质能、沼气、核能等众多低碳能源或无碳能源在一些领域正逐渐替代化石能源。但是，许多低碳或无碳能源的利用，由于各种原因还未达到全面产业化、规模化和商业化的水平。因此，中国发展低碳工业，首先必须加大新能源的基础设施投入，在注重开发新能源的同时，把能源结构的调整与提高能源效率的方法相结合，采用低碳技术、节能技术和减排技术，逐步减少传统工业对化石能源的过度依赖，努力提高现有能源体系的整体效率，遏制化石能源总消耗的增加，限制和淘汰高碳产业和产品，发展低碳产业和产品。其次政府要制定限制高碳能源、高碳工业、高碳产品的税收政策，制定鼓励发展低碳工业的优惠政策，使低碳工业成为企业家有利可图的新兴工业领域。

2）建设低碳城市

城市是能源重点区域，根据OECD和欧盟国家的经验，城市建筑和交通用能占终端能源消耗的2/3。中国建筑和交通用能占终端能源消耗的比重增长得也很快，其比例由2000年的35.9%上升到2007年的41.9%。基础设施建设寿期长，城市形态改变起来也很难，因此应尽早进行布局优化和提高基础设施的能源效率，发展低碳城市，避免碳锁定。具体途径如下。

第一，倡导紧凑型城市化道路，大力发展公共交通系统，优化城市交通模式。开发低碳居住空间，提供低碳化的城市公共交通系统。城市交通工具是温室气体主要排放者，发展低碳交通是未来的方向：大力发展以步行和自行车为主的慢速交通系统。2006年法国巴黎推出了城市自行车租借系统，上万辆自行车租借点遍布城市各个角落，在城市交通系统中设立自行车专用道；鼓励大中城市发展公共交通系统和快速轨道交通系统，如轻轨和地铁系统，这些是低碳交通的标志，尽管轻轨和地铁系统的基础设施建设需要巨额投资，以高碳排放为代价，但从该系统低碳运行几十年或上百年的角度看，仍属城市低碳交通；限制城市私家汽车作为城市交通工具，2007年北京市区尝试单双号汽车上路的4天，不仅明显改善城市空气质量，减轻城市交通压力，也是一次城市减碳交通的尝试，充分发挥了低碳交通系统的作用；城市交通应该倡导发展混合燃料汽车、电动汽车、氢气动力车、生物乙醇燃料汽车、太阳能汽车等低碳排放的交通工具，以实现城市运行的低碳化目标。第二，加强建筑节能技术和标准的推广，开发城市低碳建筑；低碳城市的建设离不开低碳建筑这个单元，发展低碳建筑要从设计和运行两个方面入手。在建筑设计上引入低碳理念，如充分利用太阳能、选用隔热保温的建筑材料、合理设计通风和采光系统、选用节能型取暖和制冷系统；在运行过程中，倡导居住空间的低碳装饰、选用低碳装饰材料，避免过度装修，在家庭推广使用节能灯和节能家用电器，鼓励使用高效节能厨房系统，从各个环节上做到“节能减排”，有效降低每个家庭的碳排放量。第三，改进城市能源供给方式，扩大新能源的利用，加强城市能源管理，开展节能产品认证。

3）发展低碳能源

为了实现经济的可持续发展，减少能源消费和增加可再生能源及清洁能源使用是减轻能源生产和消费负面影响的主要手段。前者属于节约能源的范畴，而后者属于减少温室气体排放的范畴。概括起来，要实现经济的低碳发展和可持续发展，节能减排是一种重要的方式和手段。节能减排是应对温室气体减排国际压力、能源供需矛盾和生态日益恶化问题的主要手段，是实现节约发展、低碳发展、清洁发展、低成本发展、低代价发展的方式，是实现低能耗、低污染、低排放和高效能、高效率、高效益发展目标的着力点。水力发电是目前最成熟的可再生能源利用技术，减排潜力巨大，大力发展水电，有助于减少碳排放。

中国90%的温室气体排放来自化石燃料的燃烧排放，因此，优化能源结构、大力发展低碳能源、提高能源转化效率可以有效降低二氧化碳排放，是节能之外的另一个实现减排的主要途径。根据情景分析，与基准情景相比，在低碳情景下，能源领域在2020年、2030年和2050年的减排量分别为3.8亿吨、8.3亿吨和15.9亿吨二氧化碳，占总减排量的20.3%、27.3%和40.9%。如果考虑到CCS技术的应用，能源领域还可以更多地减排，2030年、2050年的减排贡献分别为1亿吨和3.8亿吨二氧化碳。要实现上述减排潜力，应逐步降低煤炭消费比例，加速发展天然气，保障石油安全供应，积极发展水电、核电和可再生能源先进利用，到2020年改变能源结构单一局面，优质能源比例明显提高。到2030年新增能源需求一半以上由清洁能源满足，到2050新增能源需求主要由清洁能源满足，同时建立起智能电网等与可再生能源发展相适应的基础设施系统。

4）形成低碳消费模式

低碳消费已被认为是实现低碳经济的重要内容之一，引导消费者树立低碳消费观念，把有限的资源用于满足人类的基本需要，在提高人们生活质量的同时，使环境质量也得到同步改善，成为当前消费领域的一个重要课题。各地在统筹规划本地城市低碳经济发展时，从优先打造低碳消费经济入手，自下而上、积极稳妥、深入扎实地推动城市低碳经济健康有序、科学有效地持续发展。要强化社会低碳消费支撑系统、改善现有消费结构与消费环境、引导群众树立科学理性的低碳消费观念，强化自主意识、建立可持续的低碳消费政策评估改进体系。

发展低碳消费是建立低碳发展模式的一条重要途径。在经济发展水平、产业结构相近的情况下，日本人均能源消耗为4吨标油，美国为10吨标油，日美能源消耗差距的70%归因于消费模式的差异。低碳型消费是可持续消费理念在低碳经济领域的延伸，具有“6R”原则：reduce，节约资源，减少污染；re-evaluate，绿色消费，环保选购；reuse，重复使用，多次利用；recycle，垃圾分类，循环回收；rescue，救助物种，保护自然；re-calculate，再计算，即消费者在选择商品和服务的过程中，不仅要计算其消费行为的直接经济成本，还要计算生产该产品或提供该服务的全过程的碳排放量，即碳足迹。鼓励消费者选择“碳足迹”少的产品和生活方式。要建立低碳消费模式，需要从低碳型消费文化、消费政策、消费理念、消费准则、消费习惯、消费行为和消费评价等多个方面加以推进，具体措施有加强制度建设，加大财税金融激励，加强宣传教育力度。

5）发展低碳交通运输

交通运输作为社会发展的重要载体和工具，是温室气体的重要排放源。低碳交通运输是低碳经济的主要组成部分，低碳交通运输是一种以高能效、低能耗、低污染、低排放为特征的交通运输发展方式，其核心在于提高交通运输的能源效率，改善交通运输的用能结构，优化交通运输的发展方式。目的在于使交通基础设施和公共运输系统最终减少以传统化石能源为代表的高碳能源的高强度消耗。

总体来说，我国目前交通运输发展仍是一种粗放型的发展方式，主要依靠土地、资源等高投入，同时，对环境造成较大的污染，交通运输的全要素生产率较低。因此，必须下大力气改变这一现状，加快构建低碳交通运输体系，包括要进一步增强低碳发展的责任感和紧迫感，要积极贯彻落实国家应对气候变化的有关工作部署，加强交通运输行业应对气候变化综合能力建设，研究探索低碳交通运输体系的合理模式和有效途径。

6）发展低碳农业

现代农业是建立在对化石能源的基础之上的，化肥和农药是现代农业发展的支柱，曾经为解决人类粮食问题做出贡献，但是，化肥和农药的高能耗、高污染的弊端已经被认识，它不仅影响土壤的有机构成、农作物的农药残留和食品安全，而且化肥和农药的生产过程，本身消耗大量的化石能源、产生大量的二氧化碳排放。因此，现代农业甚至可以被称为“高碳农业”。低碳农业就是生物多样性农业，不仅要像生态农业那样提倡少用化肥农药、进行高效的农业生产，而且在农业能源消耗越来越多，种植、运输、加工等过程中，电力、石油和煤气等能源的使用都在增加的情况下，还要更注重整体农业能耗和排放的降低。低碳农业是重在科技的持续扶持及加大各种资源要素投入，以点带面，最终形成农民增收、农业增效的可持续发展模式。

发展低碳农业的路径有：①大幅度地减少化肥和农药的用量。降低农业生产过程对化石能源的依赖，走有机生态农业之路。如用粪肥和堆肥作为化肥的替代品，提高土壤有机质含量；通过秸秆还田，增加土壤养分，减少径流，增加入渗，通过作物残茬及覆盖在地表的秸秆可防止风蚀和水蚀，提高土壤生产力。采用深耕作物与中耕作物轮作，引入蚯叫、微生物共同熟化深层土壤，扩大作物根系营养能力。②充分利用农业的剩余能量。如农作物收割后的秸秆是农业中的剩余能量，其中70%以上的纤维素、木质素等得不到利用，而且燃烧释放出的有害气体严重污染大气。为了充分合理利用作物秸秆资源，防止环境污染，还需探索综合利用作物秸秆资源的新途径，如用作饲料、肥料、培养料；也可采用秸秆气化技术，在高温、高压、厌氧条件下经热解气化成可燃性气体；也可利用秸秆发酵生产乙醇燃料。③推广太阳能和沼气技术。在农村普及太阳能集热器是发展低碳农村的有效途径。在规模化畜牧业养殖中，可利用畜牧粪便开发沼气，获得生物质能。

发展低碳农业，改善土地利用，扩大碳汇潜力，以提高对温室气体的吸收。森林、耕地以及草地是增加碳汇的三个领域，同时，每个领域有增加碳库储量、保护现有的碳储存和碳替代三种方式。

三 中国发展低碳经济的战略措施

中国特色的低碳道路应着力于逐步构建“资源节约型、环境友好型、低碳导向型社会”，在低碳发展战略及其目标指导下，通过相关制度的安排、管理体制的完善、发展规划的制定、试点经验的积累，有序推进低碳经济发展，为中国塑造一个可持续的低碳未来。构建低碳型的社会经济体系主要从以下三个方面入手。

1. 建立发展低碳经济的法律法规体系，完善宏观管理体制

开展“低碳经济法”的立法可行性和立法模式研究，同时在相关法律法规修改过程中，增加有关发展低碳经济的条款，例如，在战略环境影响评价的技术导则中加入低碳经济影响评价的相关规定，逐步建立发展低碳经济的法律法规体系。针对中国发展低碳经济行政主管机构权威不足、能力薄弱、协调机制不健全的现状，一方面，应充分发挥国家应对气候变化及节能减排工作领导小组的作用，建立灵活多样的部门协调机制，针对低碳经济应

对气候变化的战略部署提出建议；另一方面，加强能力建设，争取更多的行政资源，并为今后政府机构调整和进一步提高发展低碳经济主管机构的规格做好准备。

2. 建立低碳发展的长效机制，制定有序发展低碳经济的相关政策

走低碳发展道路，制度创新是关键保障因素。中国要更加切实地在科学发展观的引领下，探索建立有利于节约能源、保护环境和气候的长效机制与政策措施，从政府和企业两个层面推动社会经济的低碳转型。针对当前许多地方，特别是一些城市发展低碳经济的热情，同时鉴于低碳经济目标的多元化和模式的多样性，应该出台相关的指导性意见，进行宏观政策引导，规范低碳经济的内涵、模式、发展方向和评价指标体系；借鉴国外低碳经济发展的经验和教训，推动低碳经济有序健康地发展；优先制定国家层面的专项规划，再选择典型区域、城市和重点行业进行低碳经济试点工作；在条件相对成熟时创建低碳市场，理顺价格形成机制，制定财税鼓励政策，结合整个税收体制改革，统筹考虑能源、环境与碳排放的税种和税率。

3. 加强合作，建立健全低碳技术体系

走低碳发展道路，技术创新是核心要素。政府应详细刻画中国低碳技术发展的路线图，采取综合措施，为企业发展创造宽松的政策环境，为技术创新提供完善的制度保障，不断促进生产和消费各个领域高能效、低排放技术的研发和推广，逐步建立节能和提高能效、洁净煤和清洁能源、可再生能源和新能源以及自然碳汇等领域的多元化低碳技术体系，提高产业化发展水平，为低碳转型和增长方式转变提供强有力的技术支撑。中国还应进一步加强国际合作，不仅要通过新的与气候相关的国际合作机制引进、消化、吸收国外的先进技术，更重要的是，通过参与制定行业的能效与碳强度的标准、标杆，开展自愿或强制性标杆管理，使中国重点行业、领域的低碳技术、设备和产品达到国际先进水平。低碳发展不但是政府主管部门或企业关注的事情，还需要各利益相关方乃至全社会的广泛参与。

第三节　中国低碳经济实现途径与重要行动

一 低碳经济的发展模式与中国的选择

低碳经济的发展模式就是运用低碳经济理论组织经济活动，将传统经济改造成低碳型的新经济模式，其内在要求是实现人类社会系统过程的各个单元在低能耗、低排放、低污染的条件下和谐共生，告别不可持续的高碳经济发展时代。

低碳经济的发展模式是在实践中运用低碳经济理论组织经济活动，将传统经济发展模式改造成低碳型的新经济模式。具体来说，低碳经济发展模式是以低能耗、低污染、低排放和高效能、高效率、高效益（“三低三高”）为基础，以低碳发展为发展方向，以节能减排为发展方式，以碳中和技术为发展方法的绿色经济发展模式。其中，低碳经济的发展方

向、发展方式和发展方法分别从宏观层面、中观层面和微观层面论述了低碳经济模式（图10-7）。

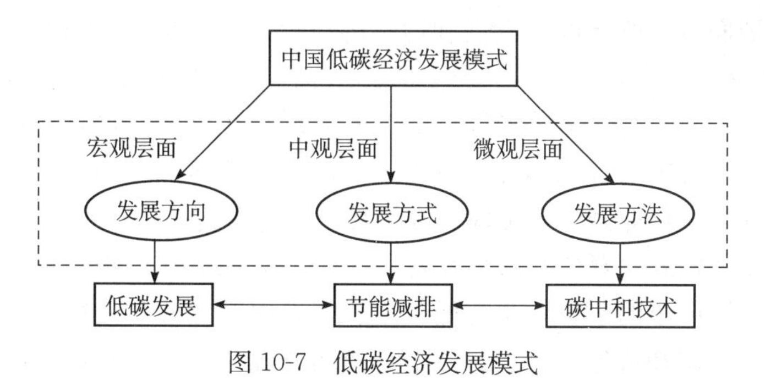

图 10-7　低碳经济发展模式

资料来源：付允，马永欢，刘怡君，等．低碳经济的发展模式研究．中国人口·资源与环境，2008，18（3）：14-19.

低碳经济的发展方向是低碳发展。低碳发展在保证经济社会健康、快速和可持续发展的条件下最大限度地减少温室气体的排放。低碳发展，重点在于低碳，目的在于发展，是一种更具竞争力、更可持续的发展。[①] 低碳约束将制约经济发展方向的选择，决定经济社会向低温室气体排放的方向演化发展。在保持现有经济发展模式和技术水平不变的条件下，碳排放的总量约束会限制经济发展的速度；而在保持现有经济发展速度和质量不变甚至更优的条件下，通过改善能源结构，调整产业结构，提高能源效率，增强技术创新能力，增加碳汇等措施可以实现碳排放总量和单位排放量的减少。

低碳经济的发展方式是节能减排。为了实现经济的可持续发展，减少能源消费和增加可再生能源及清洁能源使用是减轻能源生产和消费负面影响的主要手段，前者属于节约能源的范畴，而后者属于减少温室气体排放的范畴。概括起来，要实现经济的低碳发展和可持续发展，节能减排是一种重要的方式和手段。节能就是在尽可能地减少能源消耗量的前提下，获得与原来等效的经济产出；或者是以原来同样数量的能源消耗量，获得比原来更有效的经济产出。换言之，节能就是应用技术上现实可靠、经济上可行合理、环境和社会都可以接受的方法，有效地利用能源，提高能源利用效率。低碳经济发展主要构建低碳型产业发展模式和低碳型区域发展模式。

低碳经济的发展方式不同于具体的发展方法，它是指在实现低碳经济发展目标过程的基本操作手段以及行为、态度和认知取向上，是区域发展低碳经济过程中所采取手段的共同特征。在完成发展目标过程中会采取一系列步骤或措施，每个步骤和措施称为发展方法。低碳经济的发展方式和发展方法不但具有尺度的不同，还具有战略和战术的关系，只有将不同的低碳经济的发展方法成功运用到发展实践中，才能逐渐形成具有区域特色的、稳定的低碳经济发展方式，最终实现低碳发展的目标。

发展低碳经济主要是构建低碳型产业发展模式和低碳型区域发展模式（此部分在第十二章有关低碳经济发展模式中重点讨论）。低碳型产业发展模式是按照低碳经济的发展理

---

① 潘家华．低碳发展的社会经济与技术分析//滕藤，郑玉歆．可持续发展的理念、制度与政策．北京：社会科学文献出版社，2004.

念，对现有产业结构进行改造，加速产业结构优化与升级，实现建立产业结构优化式低碳发展的模式。根据产业结构的宏观构成，按照不同产业结构与能源的消耗和碳排放的关系进行低碳化。一般而言，按照经济发展和增长的逻辑，产业结构经过从“一、二、三”到“三、二、一”的转换过程，由于第三产业是服务型产业，能源消耗、碳排放比第二产业低很多，再加上第一产业中的农林牧渔等产业又具有增加碳汇的功能，所以，第三产业所占比重越多，低碳经济发展的状态越好。另外，可以根据不同产业间产品、废弃物不同的联系，通过构建循环经济产业链，来实现减排的目的，实现低碳化发展。

低碳型区域发展模式主要包括两个方面。一是低碳型园区发展模式。从区域角度而言，园区是发展低碳经济最小的单位，建立低碳型园区发展模式就是依据工业园中各个企业在园区中所处不同的地位和角色，建立起各个企业间能源利用和废弃物排放以及综合利用的稳定的联系，以期实现能源的综合利用和废弃物排放的减量化。二是低碳型城市发展模式。低碳型城市发展模式就是通过在城市发展低碳经济，创新低碳技术，改变生活方式，最大限度减少城市的温室气体排放，彻底摆脱以往大量生产、大量消费和大量废弃的社会经济运行模式，形成结构优化、循环利用、节能高效的经济体系，形成健康、节约、低碳的生活方式和消费模式，最终实现城市的清洁发展、高效发展、低碳发展和可持续发展。对资源节约和环境友好的产业进行倾斜和优惠，而对传统的高污染和低附加值的产业给予限制，从而促进低碳经济的发展，实现产业的低碳化。

发展模式是一个多方面、多层次的概念，在借鉴前人研究成果的基础上，本书提出中国低碳经济发展模式的设想（图 10-6）。我们建议根据低碳经济发展初期、中期和后期所面临的不同经济环境制订不同的规划，增强规划的落实性。

1. 初期发展模式

初期发展模式是自上而下的发展模式，是由中央政府主导建立推动低碳经济发展的体制、市场、法律以及政策，限制高耗能产业的发展，鼓励低碳经济的发展，包括自上而下整合发展、逐步优化产业结构政策组合、淘汰高耗能产业。自上而下的发展模式富有效率，可以极大地推动低碳经济的发展和低碳社会的建设。但是，自上而下的发展模式也容易产生大量的问题，例如，在不了解实际情况的时候仓促而行，与社会经济发展的客观阶段相脱节；非但不能实现低碳经济，反而影响了经济社会的进步。在严峻的能源供求问题和气候变化问题的背景下，在国家与世界的可持续发展要求下，低碳经济的建立与发展是迫切的。而作为一个长期的发展的过程，低碳经济要求每个国家在发挥政府主导作用，推动低碳经济的建立时，全面考量低碳经济建设的战略意义和可持续发展要求，树立全面协调和积极促进的观念。所以，政府作用在低碳经济的持续建设过程的初期和发展阶段应占据主导地位。中央政府主导建立有利于低碳经济发展的体制、机制、市场、法律以及政策，为低碳经济的发展创造有利的政治、法律和市场环境。政府主导作用在创造低碳经济发展环境的同时，也能引导社会树立低碳的发展意识，激励企业投资低碳产业，鼓励民众形成低碳的生活方式。自上而下和自下而上的模式对低碳经济的发生条件和作用机制都有自身的优点和不足，适合于长期发展过程的不同阶段。

2. 中期发展模式

中期发展模式是一种自下而上的发展模式，是由民间机构牵头，企业、社会团体、政府共同参与促进碳的减排，包括政府制定相关法律政策促进低碳经济发展，调整能源结构，发展新能源产业。自下而上的发展模式可以有效地考虑市场的主导作用和民间对环境保护以及低碳经济、低碳社会的看法，促成低碳经济和低碳社会的构建。但自下而上的发展模式也存在着弊端，如其效率较之自上而下的模式较低。自下而上的发展模式作用的基础是包括社会团体、企业、公民个人等非政府主体广泛意识到低碳经济的建设对经济、社会、环境和资源等是长远利益，并能牺牲其部分的短期的眼前利益而参与到促进碳的减排、参与到共同建设低碳经济的社会经济活动中来。在自下而上的模式下，政府更多地充当“舵手”和“守夜人”的角色，制定促进低碳经济建设的公共政策，搭建非政府社会团体和个人参与碳减排和低碳经济建设活动的平台。这种模式对公众意识、公民社会、产业结构等要求较高，自下而上的发展模式更适宜低碳经济发展的中后期。因此，深刻认识两种模式的优劣，不同的发展阶段采用不同的模式更符合低碳经济的发展要求。

3. 后期发展模式

后期发展模式是一种可持续发展的模式，是通过发展低碳型生产与消费，不断推进产业结构调整，发展服务经济，降低重化工比重，以制造业与信息化的融合实现产业结构优化升级，倡导一种低碳社会氛围和生活方式的发展道路，包括可持续发展战略，持续开发利用新能源，低碳社会伦理文化建设。显然，率先走出一条可持续的低碳发展模式，必须通过不同规模、不同类型的低碳城市试点示范，在影响城市发展的关键领域实施和推广相关的战略、政策及技术，探索一条通向低碳城市的可持续发展模式，并在各个层面开展模式应用推广，普及低碳生活理念，倡导低碳生活方式，逐步实现低碳社会发展的整体目标。低碳经济的核心理念契合了发展循环经济、节能减排及可持续发展战略所强调的内涵，是落实科学发展观、建设资源节约型和环境友好型社会、转变经济发展方式等重大战略的延伸和扩展。国家在“十一五”规划中明确提出了节能降耗和减少污染物排放的具体目标，而“十二五”期间，将进一步把温室气体排放强度纳入国民经济规划中。因此，低碳可持续发展模式是国家可持续发展的必然选择，低碳技术的发展可以促进人类生活方式的低碳化，而崇尚低碳的生活理念对于实现低碳化生活则显得十分重要。

二 构建低碳经济发展模式的路径设计

目前，中国正在从工业化初级阶段向中级阶段迈进，自然也正处在以高碳为主的重工业化的关键时期。根据环境库兹涅茨曲线学说，中国的环境污染状况正处于环境库兹涅茨曲线倒“U”形左侧，即制造业、重化工业发展迅速，对资源的耗费超过资源的再生能力，环境恶化加速。这些都将形成中国经济最大的负外部性，将给中国的发展带来巨大的制约。

基于中国经济发展现实，构建低碳经济发展模式，必须处理好产业增量上的“低碳化”及逐步压缩产业存量上的“高碳化”，在设计各种有效的低碳政策工具时，既要充分利用市场机制，尽可能调动微观经济主体的积极性，也要弥补市场失灵。根据产业经济学中关于低碳经济的五类政策工具，即基于市场失灵理论的低碳政策、基于产权理论的低碳经济政策、基于信息不对称和委托-代理理论的低碳经济政策、基于不确定性理论的低碳政策、基于生态工业学理论的低碳政策，对照国外低碳经济政策工具理论，结合我国的特点，不难发现，我国低碳经济政策导向主要采取的是以“目标责任制”为主线、以“命令-控制”为主体的政策。实践证明，这是目前我国最有效、最直接的政策工具。从实际情况来看，我国的企业尚未有明确的二氧化碳减排目标承诺意识和行动，也没有系统性、专门性的低碳经济政策，节能减排措施以行政手段为主，这与我们的发展阶段有关，自然也与发达国家以市场为主的政策工具有着较大的区别。目前，重点应做好三个层次的路径设计。

（1）传统高碳产业的低碳化创新。低碳经济发展模式下的新兴产业革命本质，是要解决产业生产力与生态生产力相互融合的问题。低碳经济发展模式下的新兴产业革命需要制度创新作为其根本保障。如果说，低碳经济发展模式下的新兴产业革命将会引致各国的生产力革新到一个新的水准，那么，必然要求相应的生产关系即各种制度条件与之相适应。因此，对现有制度进行创新，使低碳经济发展模式下的生产关系适应生产力发展水平就显得尤为重要、尤为紧迫。

中国作为一个发展中大国，现阶段还不具备立刻停止对碳基能源、原材料使用的条件。因此，从增量上减缓对碳基能源、原材料的使用必然要引入循环经济制度，把碳捕获、碳封存、碳替代、碳减量等技术环节充分融入循环经济模式，实现低碳经济与循环经济制度的有机融合，使二者相得益彰，先在产业增量上实现“低碳化”，并逐步压缩“高碳化”产业存量。

低碳经济条件下的新兴产业革命，意味着对现有产业制度进行创新，其核心在于改善现有高碳经济条件下产业制度的两个维度：“高碳产业链条”与“高碳产业结构”。首先，缩短能源、汽车、钢铁、交通、化工、建材等高碳产业所引申出来的产业链条，把这些产业的上、下游产业链“低碳化”，或降低其创造的单位GDP的碳强度，应当成为现有产业制度创新的一个重要方向。其次，调整高碳产业结构，逐步降低高碳产业特别是“重化工业”经济在整个国民经济中的比重，推进产业和产品向利润曲线两端延伸，从生态设计入手，形成自主知识产权，还要形成品牌与销售网络，提高核心竞争力，最终使国民经济的产业结构逐步趋向低碳经济的标准。

（2）构建新兴低碳产业集群。低碳产业集群的提出，立足于全球低碳经济发展的宏观背景，立足于中国新型工业化、新型城市化道路的必然要求，立足于提高中国企业和产业竞争力的长远需求，其内涵的深刻性超出了以往所谓的资源节约型、生态环保型产业集群的范畴。低碳产业集群是低碳经济时代产业集群发展的主要导向模式。产业集群是指一组在地理上靠近的相互联系的公司和关联的机构，它们同处或相关于特定的产业领域，由于具有共性和互补性而联系在一起。据此，我们认为，低碳产业集群是指通过技术创新与制度创新，实现清洁能源结构和高能源效率的产业集群。这里的技术创新指产业集群中被少数企业所试用或者被广泛采用的新型低碳技术；制度创新则可能包括一系列共性平台的使用或者约束机制和交易机制的建立，达到节能降耗的目的。通过构建新兴低碳产业集群，培育以低碳技术产业为主体的产业集群，降低低碳产业生产成本，并加速企业间知识外溢效应和技术创新步伐。

（3）一般传统产业的低碳保持。一般传统产业是指农业、手工业、旅游等相对低碳排放的产业，维持这些产业的低碳现状要求，可以通过开展生物多样性农业来发展低碳农业，以及倡导生态旅游来发展低碳旅游业等，主动淘汰落后产能和“两高一资”（即高耗能、高污染、资源性）企业。

三 中国低碳经济发展模式的实现途径

实现低碳经济发展目标是一个长期的、不断地实践创新提高的过程。作为一个高能耗国家，需要从节能减排、低碳发展的内在规律出发，从碳排放与经济发展关系、低碳经济发展的主体、低碳经济发展的内容、低碳经济发展的目标和低碳经济发展的路径选择等五个方面，深刻理解低碳经济丰富内涵。中国发展低碳经济要从不同产业的角度实现降低碳排放、实现低碳经济的目标。

发展低碳经济，就是要通过技术创新、制度创新、产业转型、新能源开发等多种手段，尽可能减少煤炭、石油等高碳能源消耗，减少温室气体排放，实现经济社会发展与生态环境保护双赢的发展形态。构筑低碳经济体系，必须通过法律和政策的引导，加强新能源技术研发，促进能源开发和利用技术进步，在能源生产和供给领域，加大清洁能源的开发利用力度，在能源使用和消费领域，大力提高各个行业的能源利用效率，并着力加强社会管理，形成全社会节约资源的自觉行动。①

1. 开发利用可再生能源是发展低碳经济的根本途径

能源是经济社会发展的重要基础，也是生产力发展的动力源泉。人类社会有史以来，每一次社会发展的转折点都是以开发利用能源引发的技术创新为契机的，同时，能源也是社会进步程度的重要标志，经济社会越发达，消费的能源就越多。在过去的 100 多年里，不足世界人口 15%的发达国家先后完成了工业化，消耗了地球上大量的能源资源，目前仍在消费全球 60%以上的能源。

随着经济的发展和社会的进步，全球能源需求必将持续增长。目前，世界人均能源消费量约为 2.5 吨标准煤，而经济发达国家的人均能源消费在 6 吨标准煤以上，美国的人均能源消费达 12 吨标准煤。如果世界各国都实现工业化，按目前的人口数量和技术水平测算，全球年消费能源将达 400 亿吨标准煤，按目前探明的化石能源资源看，最多可使用上百年的时间。即使不考虑温室气体排放对气候变化的影响，这种主要依赖化石能源的经济和社会体系也不能持续，开发利用可再生的能源资源势在必行。

我国是发展中大国，人均能源资源很少，近年来能源需求快速增加。2009 年的能源消费量已达到 31 亿吨标准煤，其中煤炭消费占到了 70%以上，二氧化硫、氮氧化物等污染物排放量大，特别是二氧化碳排放量大，对可持续发展十分不利。目前，我国人均能源消费水平还比较低，约为 2.3 吨，大大低于发达国家水平。随着经济发展和全面建设小康社会

① 史立山. 构建低碳经济发展模式的途径. 中国投资，2010，(3)：82-85.

进程的推进，我国能源需求必将持续增长。从目前情况来看，到2020年，我国能源消费量将达到45亿吨标准煤以上，经济发展面临的能源资源和环境压力很大。优化能源生产和消费结构、提高能源利用效率、加快开发利用可再生能源是今后能源发展的重要任务。水能、风能、太阳能、生物质能等可再生能源，具有资源潜力大、清洁环保、可永续利用的特点，从目前来看，开发利用好可再生能源，是解决人类能源环境问题的根本出路，更是当前发展低碳经济的重要途径。

2. 提高能源效率是发展低碳经济的必然要求

能源效率是指单位能源消费产生的经济价值或物品产量，与生产、加工、转化、使用等各环节的技术和管理密切相关。从宏观上讲，能源效率是单位GDP的能源消耗，这是一个国家或地区能源消费总量与GDP总量的比值，虽然看起来很直观，但实用性不强。能源消耗量与产业结构、气候条件、能源品种等因素有关。钢铁、水泥、电解铝等能源密度高的产业比重大的地方，能耗水平自然就会高。在气候寒冷的地区，由于取暖保温需要，能源消耗也会高。此外，能源品种对能源效率也有影响，从目前技术来看，煤炭的转换效率比天然气要低，同样的能源需求量，如果用煤炭就会比天然气多。因此，仅用单位GDP能耗难以客观准确地评价能源效率问题。特别是从社会发展需要的角度来看，必须生产一定量的钢铁、水泥等建筑材料，不在这个地方生产，就在另一个地方生产，不在这个国家生产，就在另一个国家生产。从这个意义上讲，通过调整产业结构节约能源，解决的主要是局部问题，是生产能力从一个地区转移到了另一个地区，或从一个国家转移到了另一个国家，如果没有技术进步，从全球角度来看，能源消耗量不会减少，只能转移。因此，技术进步是提高能源效率的根本出路。

目前，从每个行业来看，都有提高能源效率的潜力，挖掘这些潜力的出路是技术进步、加强管理和综合利用。如钢铁行业，采用大型先进焦炉、高炉、转炉、电炉等设备，普及热装热送、连铸连轧等工艺流程，全部回收焦炉气、高炉气、转炉气，实现联合循环技术发电和供热，可大幅提高能源利用效率，有效节约能源资源。据测算，连铸连轧可节能75%，热装热送可节能47%。再如电解铝行业，采用大型氧化铝工艺可节能10%以上，采用大型预焙槽电解铝技术可节能15%以上。又如水泥行业，采用新型干法生产工艺，并实现可燃废弃物和余热综合利用，可节能20%以上；合成氨生产采用先进的技术可节能40%以上；乙烯生产如采用大型装置也具有很大的节能空间，特别是各部门的通用设备电机能采用高效变频节能电机，具有40%左右的节能潜力。此外，采用先进的建筑供暖、制冷、照明技术，选择经济合理的交通运输技术，对节约能源资源、实现低碳发展目标都具有重要的作用。

提高能源效率是涉及面很广的复杂系统工程，既要有先进实用的技术，也要有推广应用先进技术的市场环境。这要求从思想上重视能源效率的提高，并切实落实到行动上。总体来看，提高能源效率是易说而不易做的事情，需要制定法律，完善政策，加强社会管理，形成不断提高能源效率的市场环境，使提高能源效率成为全社会的自觉行动。要发展低碳经济，就必须把提高能源效率放在首位。

3. 全面实现电气化是发展低碳经济的现实途径

电力是现代社会的重要能源技术基础，更是最方便、最清洁的能源形式。特别是经过近年来的电力建设，我国电力供应覆盖面不断扩大，供电能力和供电可靠性明显提高，为全面实现电气化提供了良好的条件。长期以来，我国电力供应主要处于供不应求状态，电气化主要是指满足照明和电视等家用电器的需要，过去的农村电力建设主要是考虑这些需要，变电容量不够大，输电线路线径不足，制约了农村用电市场的开拓。

能源利用方式是衡量经济社会发展状况和生活水平的重要指标。目前，大中城市居民生活能源供应大都实现了集中管理，包括炊事供气和取暖供热，城市居民的生活质量明显改善，这与城市人口居住集中、各类能源基础设施易于建设和管理密切相关。对于广大的农村地区来说，由于人口居住分散，能源基础设施投资难以发挥规模效益，解决农村能源的清洁化问题时不能简单照搬城市能源基础设施模式。总体来看，我国农村地区的用能技术和用能水平还很低，大部分农户仍主要利用燃烧农作物秸秆等原始方式做饭和取暖，成为制约农村生活质量改善的重要因素。

从目前情况看，全面实现电气化是解决我国能源清洁化和现代化的重要措施，更是解决广大农村能源问题的重要出路，对充分利用可再生能源资源、走低碳经济发展之路具有重要的意义。电力除了解决目前照明和为家用电器提供动力外，应更多地发挥电力在农村居民炊事、热水供应和住房取暖方面的作用，开发适应农村生活需要的电器设备，包括电磁炉、电炒锅、电热水器、电取暖器等，在农村逐步实现全面电气化，走适合社会主义新农村建设需要的农村电气化发展道路。这就需要继续加强农村电力建设，在农村电网改造升级中统筹考虑如何满足农村电气化发展需要。如果农村居民生活能源主要通过电力解决，按每户替代 2 吨标准煤测算，全国将替代燃煤约 4 亿吨。如果这些电力需求主要由可再生能源来满足，将对减少二氧化碳排放、发展低碳经济起到重要作用。这需要加强可再生能源的开发利用，除做好风能和太阳能的开发利用工作外，还应把农村和城市的所有生物质废弃物，包括农作物秸秆、林业及木材加工废弃物、城市垃圾等尽可能多地转变为电力，并解决好电网建设和用电价格问题。

发展低碳经济是解决能源环境问题的必然之路，需要从法律、政策、技术和管理等各个方面统筹协调，特别要转变发展思路，从思想上认识发展低碳经济的重要性，并切实行动起来。必须清醒认识，发展低碳经济要付出经济成本，会增加各方面的建设投资和运行费用，能源消费价格会上涨。这需要深化体制改革，调整收入分配政策和能源价格政策，构建有利于低碳经济发展的市场环境，使提高能源效率、开发利用可再生能源、走低碳经济发展道路成为全社会的共同行动。

4. 低碳技术的突破是实现低碳经济的关键点

低碳经济说到底需要低碳技术的突破，如果没有科学创新和技术突破，只是就事论事地减少排放或者减少一次石化能源的消费，对于一个国家或者一个地区而言，解决问题的方法就只能是将能耗高的企业和产业转移出去。如果没有技术上的突破，一些看似低排放的清洁能源也可能并不那么清洁。例如，太阳能对它的终端消费者而言是清洁能源，几乎零排放，但是太阳能光伏电池所使用的多晶硅的生产并不是一个清洁的过程。由于我国在提纯技术上不过关，在提炼工业硅的过程中将大量污染留在了国内，将工业硅出口到欧美再加工成纯度高的多晶硅，然后再进口多晶硅，制成光伏电池出口到欧美市场。这整个过程就是一个污染和碳排放转移的过程。如果没有技术上的突破，太阳能的利用并不如人们想象的那样低碳和清洁，尤其是对我国而言，往往成为污染和二氧化碳的排放地。又如，各国都在热衷研究的电池汽车，如果不能在电池回收和再利用技术上取得重大突破，废弃汽车电池的污染可能会比燃烧汽油的排放对地球的破坏更严重。即便在电池上取得了突破，如果不能用更清洁的方式来利用煤炭发电，整个过程就是将汽车的排放集中起来在发电这个环节排放。因此，节能减排需要我们真正在提高一次能源消费的效率上取得技术创新和突破，要在可循环使用的再生能源的开发上取得突破。而这需要世界各国更加紧密的科技合作。

目前革命性意义上的节能减排技术突破尚未出现。在一些提高设备能效和减少污染的具体环节上，不少发达国家已经积累了一些成果，新兴的经济体，包括中国也在开发一些技术，并有一些斩获。不过两者之间的差距还是较大，发展中国家应该吸收和引进发达国家在节能减排上的技术成果。但是，一些发达国家将它们在节能减排上的一些成果视为一种可以垄断的技术，并指望通过技术垄断获得垄断超额利益，这是需要谴责的，因为它将不利于全球减排，不利于全球合作应对气候变化这个大目标。当然，技术转让的收益需要共享，发明创造者有理由获得补偿，但是试图将此作为垄断手段获取暴利，是与节能减排这个全人类需要共同奋斗的目标不相适应的。

5. 做好能源运行管理是发展低碳经济的重要措施

提高能源效率、节约能源不仅与能源生产环节有关，也与能源运行管理方式有关。我国能源长期处于供不应求的状态，偏重于对能源生产能力的增加，如煤矿的建设和电厂的建设，而对能源运行管理重视不够。近年来，为了节能减排而实施的火电“上大压小”，也是从能源生产的淘汰落后产能出发的，而并没有更多考虑能源运行管理方式。如果大机组不能在合理的方式下运行，大型机组高效的优势就难以发挥，简单要求建设大型发电机组并不科学，而应从电力系统特性和电源结构特性统筹考虑机组的规模。例如，60万千瓦的大型火电机组最好是承担满负荷运行，不要过多参与系统的调峰，否则对机组效率和机组零部件都不利。热电联产机组的建设也是这样，从理论上讲，热电联产机组效率是高的，如果热电联产机组不能满负荷运行，包括发电负荷和供热负荷，能源利用效率也难以提高。

为了发挥大型机组和热电联产机组在提高能源利用效率方面的作用，必须合理安排好能源利用方式，发挥各类技术设备的优势，取其所长。例如，丹麦热电联产电厂都配有一定的储热设备，热电联产机组运行时都处在满负荷状态，不是以热定电运行，而是以机组的最高效率运行，由储热设备来调整热负荷，当储热设备储满后，热电机组就停止运行，由储热设备供热。这样热电联产机组的运行效率会达到最高。

优化能源利用方式，加强能源利用管理，对提高能源利用效率、发展低碳经济具有重要意义。我国北方地区，冬季取暖需要热电联产机组，特别是“三北”地区（西北、华北、东北）风能资源非常丰富，而且具有一年中冬季风大、一天中夜间风大的特点。夜间是用电负荷的低谷时段，这使热电联产机组运行与风电机组运行产生了很大的矛盾，为了满足供热需要，热电联产机组必须运行，风电被迫大量弃风，这已成为目前风电发展面临的难题，与优先利用可再生能源发电的政策不符。这给电力运行管理带来了新课题，必须要优化能源利用方式，深入研究能源运行管理问题。

从目前技术和面临的形势来看，可采取三种措施：①优化电源结构，合理配置各类电源机组，更加重视具有调节能力机组的建设，特别是燃气机组和抽水蓄能机组，提高电力系统运行灵活性；②研究经济适用的储热技术，在供热体系中配置必要的储热装置，提高热电联产机组的运行效率，将白天用热低谷时的热量储蓄起来，供夜间用热高峰时利用，使热电联产机组在合理状况下运行；③适当推广电供热技术，提高夜间低谷时段的用电负荷，把低谷时段的富余电量转变为热能，实现电力系统运行的调峰填谷，把风能等可再生能源更好地利用起来，真正实现节能减排。

第十一章 调整结构 向低碳经济转型

低碳经济的实质在于提升能源的高效利用、推行区域的清洁发展、促进产品的低碳开发和维持全球的生态平衡。据测算，如果第三产业增加值比重提高 1 个百分点，第二产业相应降低 1 个百分点，每年能源消耗总量至少可以减少 2500 万吨标准煤，相当于万元 GDP 能耗降低约 1 个百分点；如果高技术产业增加值比重提高 1 个百分点，而冶金、建材、化工等高耗能行业比重相应地下降 1 个百分点，每年能源消耗总量可减少 2800 万吨以上标准煤，相当于万元 GDP 能耗降低 1.3 个百分点。可见，结构调整对节能减排的贡献率极高，经济结构调整是节能减排的有效途径。

第一节 结构问题突出制约经济发展

“十一五”规划中，中国的节能减排约束性指标是：单位 GDP 能耗降低 20%，主要污染物排放总量减少 10%。2007 年单位 GDP 能耗下降了 3.27%；二氧化硫和化学需氧量排放总量分别下降了 4.66%和 3.14%，首次实现了双下降。2008 年上半年，全国单位 GDP 能耗同比降低 2.78%，二氧化硫和化学需氧量分别下降 3.96%和 2.48%；全国规模以上工业单位增加值能耗同比降低 5.76%。从行业来看，2008 年，煤炭、钢铁、有色、建材、石油石化、化工、纺织、电力八大耗能行业单位增加值综合能耗均有较大幅度的下降，其中煤炭、建材和纺织行业的降幅均超过 5%。然而，尽管国家密集出台了一系列推动节能减排的政策举措，尽管近几年节能减排收到了一定的成效，但是中国的能源消耗和污染排放并没有呈现出明显的下降趋势，与“十一五”节能减排的目标还有较大的差距。目前新开工项目较多，对能源、资源和环境的压力较大，会推动能源消耗总量和污染排放总量呈扩大趋势。这对节能减排是个巨大的挑战，使节能减排形势变得异常严峻。

一 中国结构不合理问题突出

1. 中国经济结构失衡问题突出

经济结构是一个由许多系统构成的多层次、多因素的复合体。影响经济结构形成的因素很多，最主要的是社会对最终产品的需求，而科学技术进步对经济结构的变化也有重要影响。一个国家的经济结构是否合理，主要看它是否建立在合理的经济可能性之上。结构合理就能充分发挥经济优势，有利于国民经济各部门的协调发展。经济结构状况是衡量国家和地区经济发展水平的重要尺度。不同经济体制、不同经济发展趋向的国家和地区，经济结构状况差异甚大。

改革开放以后，中国的经济一直处在高速的发展阶段，经济总量也在不断地攀升。国内有些经济学家断言中国的经济已经走到了十字路口，不进则退。中国当前的结构问题可归纳为八个问题：需求结构、收入分配结构、三个产业结构、产业内部结构、城乡结构、区域结构、国土开发空间结构和外贸结构。宏观经济总量中的结构失衡，表现为高储蓄、低消费的结构问题。例如，城乡二元结构问题，城乡差距巨大，会导致中国经济的生产能力下降，特别是用GDP来表示的这样一个数据，是不断高速增长的，而我们的居民消费能力相对来说却增长得比较慢。供给能力，用GDP所度量的供给能力，生产能力不断地增长，与收入挂钩的工资水平，消费能力却上升不是那么快，导致的后果是结构失衡。

而中国结构调整涉及面广，涵盖经济结构、产业结构、收入分配结构、区域经济结构等诸多领域，且相互纠结，而涉及基础产品，尤其是价格体系的改革尤为敏感。消除关键价格的扭曲具有重要意义。价格合理，资源才能被引导到最有效率、最有利于长期增长的地方，消费、投资和出口的比重才能更合理。投资和出口比重的下降必然意味着这两个部分增速要下降，这背后会是很多企业的关闭、很多劳动力的重新分配。从另一个角度看，这就是经济结构调整的应有之意，即把资源从那些不具有持续性的行业里释放出来，转移到更有前途的行业中。

中国经济结构调整正越来越难，越来越“两难”。短期问题和长期矛盾相互交织，国内因素和国际因素相互影响，经济社会发展中“两难”问题增多。宏观调控面临的“两难”问题增多，不仅要大力解决那些长期存在的结构性问题，同时又要有针对性地解决当前存在的突出的紧迫性问题。现实的主要矛盾是，长期的结构性问题难以改变，甚至越来越顽固，由此繁衍出越来越多的问题涌上前台，突出的紧迫性难题越来越多，而且相互拖累，应急处置只是扬汤止沸，如此下去，最终难免威胁经济发展，甚至威胁到社会稳定，如房地产调控、医改、教育改革。

众所周知，中国经济必须进行结构性调整，但是调整的难度越来越大。经济结构调整的主力军更来自于市场，来自于民间——民营企业通过成功的市场运作，获取利润，积累资本，形成核心技术，提高品牌附加值，进行产业升级或结构调整。而要走这条路，一只凶猛的拦路虎就跳出来了——民间借贷成本居高不下。据调查，今年1～5月，作为民间借贷的窗口，温州民间借贷利率不断走高，月利率达到了6%以上，个别甚至高达10%。面对如此高利率的侵蚀，一个正当经营的企业想盈利非常困难；除非企业自有资金丰厚，或资金周转速度非常快，否则企业想活都很困难，要实现利润积累，进行产品升级、结构调整，那就更难。

可以说，解决长期存在的结构性问题是治本；针对性解决当前存在的突出的紧迫性问题是应急；经济平稳较快发展是创造条件。

2. 能源结构不合理

在中国能源的生产和消费结构中，煤炭占有支配地位。中国煤炭开采、加工、运输和利用造成严重环境污染，燃煤发电排污造成严重的环境污染和巨大的经济损失。以煤炭为主的能源结构还有下列两大难题：一是作为一次能源，煤炭资源有限，能源供应过度依赖煤炭必然会影响中国的能源安全；二是煤炭大量开采和消耗带来了环境压力。以煤为主的传统能源是温室气体的主要来源之一。中国高二氧化碳排放的核心问题就是能源结构中煤炭比例太高。目前，煤炭消费占中国一次能源消费的69%，比世界平均水平高42%。以煤为主的能源消费结构和比较粗放的经济增长方式，带来了许多环境和社会问题，经济社会可持续发展受到严峻挑战。

中国的煤炭消费增长了7.9%，为2002年以来最低增幅，但依然占据全球增长的2/3以上。能源以煤炭为主体，到2020年煤炭还会占到60%。从中可以看出，中国的煤炭消费量比重明显偏高，天然气与核能比重明显偏低，与世界平均水平相差甚远。化石能源是当前的主要能源，存在利用效率低、污染重的特点，在开采和利用过程中对环境有不可逆的破坏，对中国生态环境造成了严重的影响。能源结构长期以煤为主，造成能源利用效率低下，经济效益差，特别是高能耗行业经济效益差，且产品缺乏竞争力，同时，气候变化框架公约给中国以煤为主的能源结构提出挑战。当今，人们越来越意识到由温室气体排放引起的全球气候变化以及空气污染、臭氧层的破坏等环境问题，正在严重威胁着人类生存环境。因此，必须对能源结构进行战略性调整。

3. 行业间节能效率不均衡

工业部门内部的行业结构和各行业能耗状况是影响工业节能降耗的主要原因。工业是能源消耗大户，工业用能特别是高耗能行业对各省、市的能耗影响很大。而工业中的电力、钢铁、有色金属、建材、石油加工、化工、煤炭等主要耗能行业又是工业能源消耗的大户，其耗能量约占全国工业一次耗能总量的一半。原煤消费主要集中在电力热力的生产和供应业、非金属矿物制品业、化学原料及化学制品制造业和煤炭开采和洗选业。

4. 产业结构不合理

近几年中国的产业结构虽然发生了变化（表11-1），但是变化缓慢，甚至出现逆向变化。2001年全国三次产业的结构比例为14.4∶45.1∶40.5，2007年为11.3∶48.6∶40.1，第一、第三产业分别下降了3.1和0.4个百分点，而第二产业则提高了3.5个百分点。2001～2005年，国内重工业增长率平均达到16%，2006年为17.9%，2007年为19.6%，高于同期国内规模以上工业增加值增长率。为实现节能减排约束性目标，国家相继采取了增加节能减排资金投入、加快落后产能淘汰、限制“两高一资”产业发展等一系列政策和措施。从2008年的经济指标来看，在中国城镇固定资产投资中，三次产业投资分别增长62.8%，30.2%和24.8%，第一、第三产业的投资增长明显加快，对经济结构调整非常有利。然而，受全球性金融危机的影响，中央启动了4万亿元经济刺激计划资金，新一轮的“投资热”，一批重大项目的陆续开工建设，将带动冶金、电力、建材、化工等高耗能的重化工业生产加快发展，比重进一步上升，产业结构逆向调整，直接影响到节能减排的进程。消耗高、排放高的第二产业比重上升，消耗低、排放低的第三产业比重下降的趋势，无疑会限制结构性节能减排的能力。

表11-1 情景分析模型对中国产业结构的分析预测 （单位：%）

三大产业	2005年	2010年	2020年	2030年	2040年	2050年
第一产业	12.4	10.0	6.7	4.7	3.6	3.0
第二产业	47.8	49.0	46.6	42.9	37.6	33.4
第三产业	39.8	40.9	46.7	52.5	58.8	63.7

5. 技术结构不合理

支撑中国经济运行的技术结构尚未完成由传统的以向自然大量索取资源能源和排放大量废弃物为特征，向资源节约型和环境友好型转变；技术创新观也未实现由单向度的经济价值取向，向多向度的经济、社会、生态价值取向转变。表现为中国的节能减排技术相对落后，与国际先进的能源技术相比，中国能源转换效率普遍低5%～35%，重点企业单位产品能耗平均比国际先进水平高20%～40%，一些重大节能减排技术应用也非常有限，限制了技术性节能减排的能力（表11-2）。

表11-2 高耗能产品能耗的国际比较

项目	2000年		2005年		2007年	
	中国	国际先进	中国	国际先进	中国	国际先进
火电供电煤耗/［克标准煤/(千瓦·时)］	392	316	370	314	356	312
钢可比能耗/（千克标准煤/吨）	784	646	714	610	668	610
电解铝交流电耗/（千瓦·时）	15 480	14 600	14 680	14 100	14 488	14 100
水泥综合能耗/（千克标准煤/吨）	181	126	167	127	158	127
乙烯综合能耗/（千克标准煤/吨）	1125	714	1 073	629	984	629

资料来源：王庆一．中国能源数据．http：//bbs.jjxj.org/viewthread.php？tid=26993.2008.

6. 地区结构不合理

农村能源消费水平低下，优质能源在终端消费中所占比例低；随着每日能源消费的增长以及城市基础设施的投入运行，城镇的能源消费量会显著上升。人口从农村流入城市后，收入水平和购买力会提高，同时城市的商品供给更加丰富。例如，城镇家庭比农村家庭拥有更多的家用电器，并且对这些电器的使用频率也要更高一些（图11-1）。2007年，中国城镇人均生活用能量是农村的2.1倍。

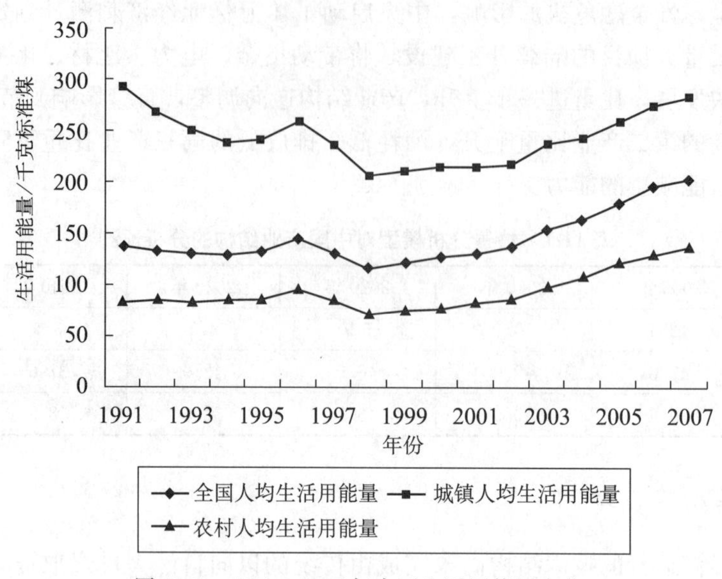

图 11-1　1991～2007 年中国生活用能量变化

资料来源：国家统计局．中国统计年鉴 2008．北京：中国统计出版社，2008.

城市化进程的推进会促进产生大规模的城市基础设施和住房建设，需要大量水泥和钢铁。同时对交通运输体系、医疗卫生、下水设施、城市绿化等各种公共服务设施都产生了更大需求，相关设施及建筑的建设和运行、维护都需要比以前更多的能源消耗。在目前的城市交通体系下，城市居民必须依靠私人轿车或者出租车、地铁、公交车等公共交通工具出行，这些都会比传统的农村交通工具耗费更多能源。控制和减少城市排放，中国需要大力发展公共交通运输，引入并执行针对建筑和电器的严格能效标准。

二 IT 工业的环境灾难与 IT 低碳革命

1. IT 工业的环境代价

摩尔定律带来的最直接影响，就是计算机硬件系统以所谓“十倍速”的速度进行的快速升级换代，微软和英特尔构建的“Wintel 联盟”更是有意识地把这种强制升级策略变成了一种快速甩掉竞争对手的商业战略。计算机用户要使用微软新的 Vista 操作系统，必须迈过一道高高的硬件门槛：计算机处理器基频最低要 1GHz，内存最少要 1GB，最少要有具有 15GB 可用空间的 40GB 硬盘，显卡的显存不低于 128MB。受此驱使，整个计算机工业和邻近的其他消费电子产业不断推陈出新，新品出炉和旧品淘汰的速度不断提升，令人眼花缭乱。这种快速的自我淘汰，使整个计算机工业一直处于生机勃勃的亢奋状态，每天都能给世界带来新的惊喜，每个人都对这种旺盛的新陈代谢游戏感到满意，只有一个最大的参与者例外，那就是——地球。

在一台个人计算机短暂或者不短暂的一生中，它所带来的环境代价相当惊人。据气候组织计算，一台个人计算机的生产过程需要耗费 18 吨的化学原料、矿物燃料和水，这对环境的冲击与生产一辆汽车不相上下。生产不易，降解更难。计算机是一个由 1000 多种材料组成的复杂设备，很多材料都有剧毒，如经过氯化和溴化处理过的材料、有毒气体、有毒金属、生物活性物质、酸性物质、塑料和塑料添加剂等，而半导体、印刷电路板和显示器的生产，则需要使用特别危险的化学品。

从环境的角度看，计算机就是一堆包装封存在一个塑料盒子里、能够快速运算的有毒物质，当人们觉得这堆有毒物质运算速度不够快，或者是出了故障，或者仅仅只是因为外形包装落伍了而决定弃之不用的时候，它们通常就会与其他垃圾一起被扔在开阔地、填埋式垃圾场、垃圾焚化场，另外一些则会坐进集装箱漂洋过海，以“国际贸易”的名义来到中国广东贵屿这类地方，这里往往有个技术含量很高的名字：“进口废旧电子产品拆解场”或者“废旧电子产品回收再生利用基地”。当这些有毒物质被送进垃圾场后，我们算是眼不见为净了，不过它们照样还在地球上，最后仍会通过大自然各种各样精密复杂的循环系统来到我们周围，而且时间比我们想象的要快得多。

西方国家曾经尝试对计算机垃圾进行填埋处理，但这只是暂时掩盖了问题而已。在垃圾填埋场里，计算机中的重金属会气化进入大气，或向下渗漏严重污染地下水，人们饮用地下水或食用受污染的动植物，甚至直接吸入气化的重金属后，它们就会慢慢积聚在人体内。雨水和埋在地底的垃圾会引起化学反应，形成的垃圾渗滤液毒性则更大。在广受关注的广东贵屿，拆解计算机等电子垃圾所带来的有毒物质渗漏，已经对当地深达几十米的土壤和地下水造成了严重污染，并把这里变成了远近闻名的癌症村。这里应该算是当代全球计算机工业耀世辉煌背后最阴暗和凄凉的一个副产品。

进入人们视野的另一副产品，则是计算机生产和使用过程中所产生的碳排放。如果说硬件废弃物产生的环境灾难只会使那些地理上最接近它们的人遭殃的话，那么计算机一生所产生的碳排放则会让我们人人有份、无所遁逃。

计算机生产商全是碳排放的大户。IT 市场研究公司加特纳的经济学家估计，IT 工业（包括电话、移动无线网络和打印机）所排放的二氧化碳占全球碳排放量的 2%，和空中交通的排放量一样多。而根据气候组织的计算，IT 工业产生的碳排放，正在飞速地超越航空业的碳排放。除了这些面源排放外，一些点源排放的规模也不可忽视，因为大型计算机和数据中心都是众所周知的耗能和排碳大户。麦肯锡的研究显示，目前，IT 相关碳排放已经成为最大的温室气体排放源之一，一年产生的碳排放为 8.6 亿吨，占全球新增碳排放的 2%，而且该领域的排放势头还在随着全球对计算、数据存储和通信技术需求的增长快速上升。即使人们大力提高设备、组件等装置和数据中心的能效，到 2020 年，全球 IT 相关碳排放也将达到 15.4 亿吨，占全球总排放量的 3%，相当于目前两个英国的碳排放量。其中，一个主要的驱动力来自中国、印度等新兴经济体中产阶级对数码产品的旺盛需求。未来 12 年内，全球仅计算机制造和使用产生的碳排放就将翻番，手机使用带来的碳排放则会增加到目前的 3 倍。

2. IT 工业的低碳革命

如今进入成熟期的全球 IT 工业，在公众的压力下开始着手解决也有自己制造的全球变暖问题，其速度革命的少年意气，开始让位于低碳革命的社会责任。各家巨头的着力点主要集中在硬件设计制造、产品包装、产品回收以及企业运营四个层面，以期降低消耗、减少排放。

硬件升级回收：降耗与减碳。随着公众对废弃计算机产品环境危害问题了解的深入，IT 厂商面对的废弃产品回收压力也在节节升高：既然它们制造了问题，当然也就有义务解决这个问题。既然无法逃避问题，那就只有想办法把问题变成机遇。

支撑巨量回收计划执行的，是庞大的渠道网点。不过，IT 巨头们在本土市场和海外市场的回收力度目前还有很大落差，这从它们动员渠道的数量就可见一斑。2008 年的全球头号计算机厂商惠普公司，目前面向中国个人消费者的全国回收点从 33 个增加到了 83 个，尽管增速很大，然而基数很低。而在美国，戴尔与两家渠道伙伴合作面向消费者的回收点就接近 3000 家，包括与 Staples 的 1500 多家店面和 Goodwill 的 1400 多个回收点。现在，各家厂商都开始认识到，废弃产品回收只是事后的治标之举，不但回收成本高昂，回收后的处理成本也相当可观。真正的治本之道，是从设计和制造的源头抓起，以此实现节能降耗才属事半功倍。

走在前面的，是一向时尚的苹果公司。第一步，减少有毒材料的使用，苹果公司已经放弃使用溴化阻燃剂和聚氯乙烯。第二步，通过设计更小、更薄、更轻的产品来降低碳排放。第三步，着眼于产品使用过程开发新的节能技术和使用方法。

过度包装已经成为令零售商和消费者都头痛的大问题，由此产生了大量毫无必要的资源消耗和排放。现在，各家 IT 巨头开始在包装问题上降耗增效。2008 年，戴尔减少了超过 422 万千克的产品包装消耗，并推出了首个戴尔易回收产品包装的计划。惠普也在生产制造过程中有意减少纸张的使用，在激光黑白打印机产品中取消了原来配置的纸质硒鼓安全说明书，将它直接打印在了硒鼓的外包装上，仅此一项每年就可以节约近 462 吨纸。光是生产低碳产品还不够，要成为 IT 酷公司，还得在运营过程中实现减碳，把自己变成一家低碳公司。戴尔已经高调宣称自己实现了运营碳中和的目标，成为业界第一个实现碳中和的公司。

三 加快结构调整和促进低碳经济发展

研究发现，传统污染物与温室气体基本同源，主要来自工业、交通、废弃物等人类活动，发展低碳经济，减少温室气体排放，对污染控制也具有巨大的正协同效应。根据清华大学的研究，如果实施清洁能源、工业结构调整、能源效率提高、绿色交通等协同控制政策，到 2010 年，北京可减少 18.5 万吨二氧化硫排放、41.5 万吨氮氧化物排放、2590 万吨标准煤的能源需求及 1050 万吨二氧化碳排放。

但是，发展低碳经济不完全等于发展新能源，有时候会出现节能不减排、低碳高污染的情况。例如，太阳能是低碳的，但太阳能电池板所产生的高污染也是不容置疑的。低温室气体排放和低污染排放有时是矛盾的，我们不能为了简单的低碳而低碳，不能顾此失彼。加快推进经济结构调整，把调整经济结构作为转变经济发展方式的战略重点。经济结构调整与低碳经济发展相辅相成，是促进经济又好又快发展的有效保证。进行经济结构调整有保有压、有促有控，是提高质量、效益和竞争力的重要基础，是实现低碳发展的重要保障。

调整经济结构作为转变经济发展方式的战略重点，既为当前保持经济平稳较快发展提供支撑，又为实现未来发展目标创造条件。例如，内需与外需、投资与消费的失衡，加大了经济的不稳定性，不利于国民经济良性循环；三次产业发展不协调，加大了资源环境压力和就业压力；城镇化水平不高、中西部地区发展滞后，影响了内需扩大和发展空间的拓展；资源消耗偏高，加大了环境压力和资源约束。因此，推进经济结构调整，既是解决我国经济发展中不平衡、不协调、不可持续等深层次问题的根本举措，也是巩固当前经济回升的迫切需要。

1. 立足扩大内需调整结构

扩大内需是我国经济发展的基本立足点和长期战略方针，也是调整经济结构的首要任务。要在处理好扩大内需与稳定外需、增加投资与扩大消费等关系的前提下，着力扩大居民消费需求，努力实现消费、投资、出口协调拉动经济增长。为此，就要加快调整国民收入分配结构，增强居民特别是低收入群众的消费能力。要保持政策连续性，进一步做好家电、汽车、摩托车下乡工作，继续实施家电和汽车以旧换新政策，增加农机具购置补贴，增加普通商品住房供给，支持居民自住和改善性购房需求，加大农村危房改造支持力度。要适应群众生活多样性、个性化的需要，引导消费结构升级。

2. 推进城镇化调整结构

城镇化是经济社会发展的客观趋势，我国城镇化均将处于快速发展阶段，而最雄厚的内需潜力就是城镇化。为此，我们要坚持走中国特色城镇化道路，促进大中小城市和小城镇协调发展，着力提高城镇综合承载能力，发挥好城市对农村的辐射带动作用，不断壮大县域经济。要将重点放在加强中小城市和小城镇发展上，把解决符合条件的农业转移人口逐步在城镇就业和落户作为推进城镇化的重要任务，提高城市规划水平，加强市政基础设施建设，完善城市管理，全方位提高城镇化发展水平。

3. 加快调整区域经济结构和国土开发空间结构

要化解过去积累的矛盾和问题，同时，为经济不断迈上新台阶、长期保持平稳较快发展创造条件。要推进基本公共服务均等化，引导产业有序转移，促进区域协调发展。要继续实施西部大开发、东北地区等老工业基地振兴、中部地区崛起、东部地区率先发展的区域发展总体战略，积极扶持革命老区、民族地区、边疆地区、贫困地区加快发展，加大扶贫开发力度，提高自主发展能力。

4. 加速产业结构调整，促进产业升级

要保障中国的能源安全，实现中国政府自主确定的减排目标，向世人展现一个负责任国家的风范，调整能源结构，加快推进新能源产业发展刻不容缓。中国经济结构深层次矛盾之一就是能源结构不合理。长期以来，中国的能源结构是以煤炭为主。能源结构不合理牵动着经济社会发展全局。矿难频发在一定意义上乃是对过度依赖的煤炭的高能耗的经济增长方式的市场反映。

优化能源结构、积极开发利用新能源才是遏制煤矿重特大事故频发的治本之策。而煤电之争久拖不决，煤电矛盾愈演愈烈，煤电联动无法顺利实施，固然有煤价市场决定、电价政府管制等体制方面的问题，但最根本的原因还是对煤电（火电）的过度依赖。在中国，火电一直占主导地位。火电对煤炭的依存度很高，每年全国生产的煤炭约有一半要用来供应火力发电，火电发电机组满负荷运转，必然会造成煤炭总量供应的不足，引起煤炭价格的大幅上涨和煤电博弈矛盾激化，市场化了的电煤价格对应计划调节的电价不可能形成双赢的解决方案。虽然中国水电资源丰富，水电开发有了长足发展，但到秋冬季节，来水偏枯，水力发电量出现大幅度下滑，又不得不更多地依赖火电。只有调整能源结构、减少火力发电份额、减小对煤炭的依赖才是解决煤电矛盾的根本出路。从碳减排的主要领域来看，主要分布在电力能源、高排放工业、建筑和家电、交通运输及农林业等五大经济部门，IPCC统计2004年全球温室气体排放的行业分布份额表明，电力能源占25.9%，居首位；工业占19.4%，位居第二（图11-2）。

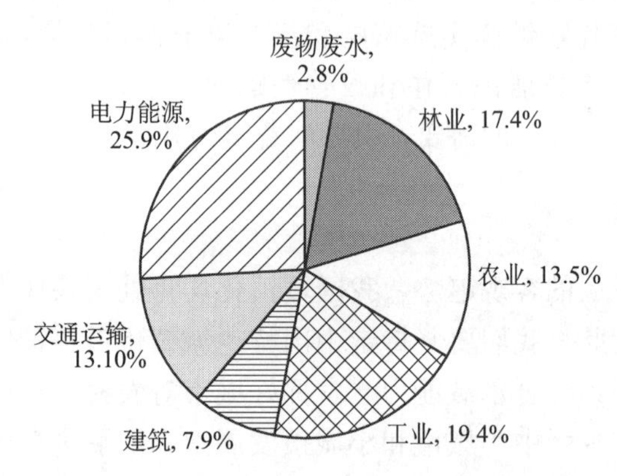

图11-2　全球温室气体二氧化碳当量排放行业分布（2004年）

资料来源：联合国政府间气候变化专门委员会相关统计资料。

产业结构优化是推动能耗下降的主要力量。近年来，北京市坚决退出“三高”企业，已完成首钢压产400万吨，搬迁调整北京有机化工厂等一批“三高”企业，淘汰退出小化工、小水泥、小铸造等7个行业的100多家企业。初步计算，结构节能贡献率约为80%。①

在应对全球气候变化，一些发达国家推行“绿色新政”，倡导低碳能源、刺激新能源产业发展。新能源产业发展对二氧化碳减排具有突出的作用（图11-3）。近年来，新能源产业一直保持着较高的增长速度，特别是太阳能光伏、风能、生物质能、核能等新型能源的开发和利用，已凸显出一定基础和明显优势。

当前，我们要着眼长远，在保持能源生产稳定增长的同时，大力推进能源结构调整，构筑稳定经济清洁安全的能源供应体系，以能源的健康发展支持经济增长，以能源的稳定发展支持经济社会可持续发展，以能源的安全供应支持国家现代化建设。要针对当前能源领域存在的突出矛盾和问题，加大投入力度，重点推进农村和城镇电网改造、节能减排改

① 经济日报. 转变发展方式，结构节能贡献率达80%. http：//www.chinajnhb.com/News/1/26528.html. 2010-07-09.

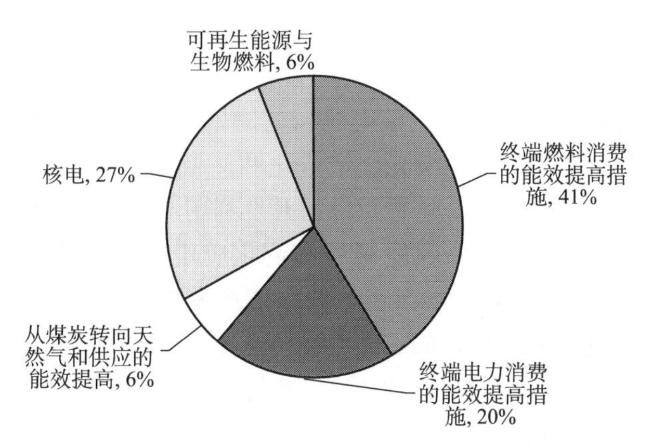

图 11-3　各途径对二氧化碳减排的贡献率

资料来源：李新渠．掘金“低碳经济”．渤海证券，2009－09－22.

造、西电东送、西气东输、大型煤炭基地、石油化工基地、大型核电等工程建设，更好地保障人民生活和经济社会发展。把促进增长与调整结构有机结合起来，大力推进能源结构战略性调整，加快转变能源发展方式。要着力推动科技创新，积极开发水电、风电、太阳能等清洁能源、可再生能源，加快发展循环经济和节能环保产业，培育现代能源产业，形成新的经济增长点。要积极稳妥地推进能源产品价格改革，理顺能源资源价格关系，加快能源市场体系建设进程，不断探索和改进新形势下政府能源管理体制，促进能源产业转入科学发展的轨道。加强战略规划，完善政策法规，创新工作方式，充分利用国际国内两个市场两种资源，提高能源领域对外开放水平，实现互利共赢。

第二节　发展低碳经济促进结构优化

中国要降低能源利用中碳排放量，可以通过调整能源消费结构中煤炭的消费比例来实现，并进一步降低能源强度。如果仅强调降低能源强度，而不重视调整能源消费结构，则能源消费结构对碳排放的影响就有可能部分地抵消能源强度对碳排放下降所起的作用。依据发达国家经验，中国能源强度下降和能源结构调整的空间还很大。因此，中国碳排放在未来还是有下降的空间和潜力的。

一　建立能源结构调整和优化机制

目前全球每年排放大约 550 亿吨二氧化碳当量，据 IPCC 估计，电力行业占了最大的份额，约为 26%，工业为 19%，森林为 17%，农业为 14%，交通为 13%。我们到 2050 年二氧化碳的排放量需要削减至 200 亿吨，这意味着在现有基础上 63%左右的削减。要达到我们的减排目标，除了减缓并且最终停止森林的砍伐，重点应该放在能源供应、交通运输等关键部门的低碳发展上。

1. 低碳经济的实现需要促进能源结构优化

要大力发展低碳能源，加快水电、核电、风电建设，推进太阳能光伏发电商业化。争取到2020年实现主要低碳能源的规模化、产业化和商业化发展，低碳能源发电装机达到5.5亿千瓦左右，占装机容量的35%，低碳能源开发利用规模达到8亿～9亿吨标准煤，占能源消费结构的比重为20%，在低碳能源的商业化应用上走在世界前列（表11-3）。到2030年，低碳能源占新增能源的一半以上，低碳能源发展占总装机的50%。到2050年，新增能源需求全部由低碳能源供应，低碳能源在全球能源需求中的比重超过1/3。届时中国能源结构实现三分天下的结构，即煤炭占1/3，油气占1/3，低碳能源占1/3，实现能源供应的多元化、清洁化和低碳化。

表11-3　中国低碳能源的发展目标（2020年）及国际比较

经济体	低碳能源占能源消费的比重	低碳能源发电占总装机的比重
中国	20%	35%
美国	20%的可再生能源和15%的核能	30～50吉瓦的可再生能源，1～5吉瓦核能，总装机为100～120吉瓦
英国	15%的可再生能源和5%～10%的核能	
欧盟	20% 的可再生能源和约30%的核能	350～400吉瓦可再生能源，100吉瓦核电，总装机为1000吉瓦

发展低碳经济是优化能源结构的重要手段，低碳经济的实质是提高能源效率和调整清洁能源结构，低碳经济的内涵揭示了实现低碳经济主要有两条途径：一是调整能源结构，降低二氧化碳排放强度；二是提高能源利用效率，降低能源强度。

第一，促使能源结构向低碳发展。低碳经济是指依靠技术创新和政策措施，实施一场能源革命，建立一种限制和减少温室气体排放的经济发展模式，以减缓气候变化。低碳经济的技术创新主要包括电力、交通、建筑、冶金等部门的节能技术及可再生能源、新能源、煤的清洁高效利用等领域的温室气体减排技术。发展低碳经济，能调整能源结构，降低二氧化碳排放量。中国目前能源结构以二氧化碳排放强度较高的煤炭为主，这种结构特点是中国能源利用效率较低、二氧化碳排放量较高的主要原因之一。调整能源结构是满足能源需求、促进二氧化碳减排的根本途径，但受到能源结构调整速度的限制。实施清洁生产，将煤炭转化为较高效和清洁的能源是中国目前最直接可行的碳减排途径，我们必须充分利用中国自然资源的优势，从战略高度扶持新能源和可再生能源的开发利用。

第二，能提高能源效率，降低能源强度。发展低碳经济首先要调整产业结构，同等规模或总量的经济，处于同样的技术水平，如果产业结构不同，则碳排放量可能相去甚远。真正需要大量消耗能源的是工业制造业、建筑业和交通运输业。然而，调整产业或经济结构受到诸多因素的制约。产业结构是与一定的经济和社会发展阶段相适应的。处于工业化进程中的发展中国家，工业在国民经济中的比例会在相当长的时期内占据主导地位，通常只有在充分工业化之后才可能由服务业来主导国民经济。

第三，发展低碳经济，促使能源结构多元化发展。要发展低碳经济，创建低碳能源体，中国必须改变以煤为主的能源结构，大力发展核能、风能、太阳能等新能源、可再生能源，实现能源多元化结构，改善能源结构，建立起“以电为主，煤、气、油为辅，新能源和可再生能源为补充，多元互补、多方供应、协调发展”的能源供应体系；重点加强电力、天然气、成品油供应能力建设，实现既规避能源风险又保护环境的能源发展战略目标。加大绿色能源在总能源消费中的比例，适当减少了煤的消费，改善了能源结构。尤其是伴随着分布式能源系统的建设，新能源的比例会越来越大，其会将能源消费结构带到一个比较合理的水平。

经济结构调整和国际新能源发展浪潮为中国新能源发展提供了强大的外部助力，中国政府也多次表示将以实际的政策支持，推动新能源的大规模运用（图 11-4）。国家对新能源产业的重视，会使整个中国能源结构产生相当大的改变，而其作为战略性新兴产业，未来有望成为中国新的经济增长点。

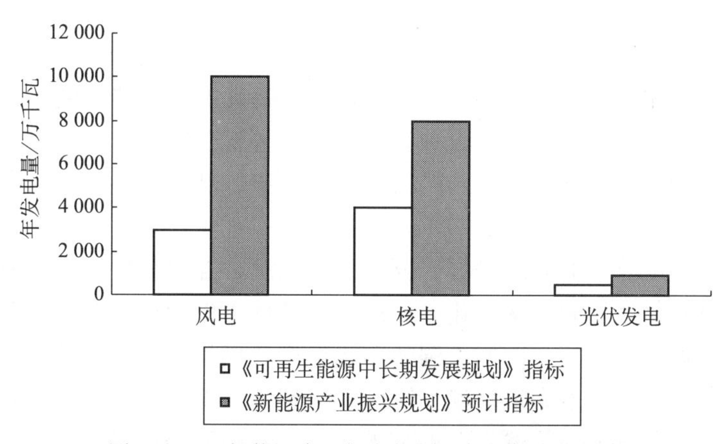

图 11-4　《新能源产业振兴规划》的指标大大提高

资料来源：李新渠．掘金“低碳经济”．渤海证券，2009－09－22.

2. 建立推进能源资源优化和合理配置机制

节能减排，机制先行，要建立机制保障。推进有利于节能减排的体制机制建设，是从根本上节能减排。开发和推广节约、替代、循环利用的先进适用技术，发展清洁能源和可再生能源，进行能源结构优化调整，必须转变观念、提高认识，形成节约型的生产方式和生活方式，必须建立和健全用能结构调整和优化机制，推进节能减排。

3. 建立有利于推进节能的行业结构调整机制

（1）传统产业向现代工业转变。加快推进产业结构调整优化，以新型工业化为主导，将提升传统产业、培植新型产业作为主攻方向，全力以赴引进实施新能源、矿产资源精深加工等支撑作用大、带动性强的新型工业项目，以大投入带动经济强势崛起。

（2）建立有利于推进节能的行业结构调整机制，优化用能结构和企业布局。第二产业能耗高、能源利用效率低等是导致长三角能源需求旺盛的重要原因。在长三角现有能源供给的约束条件下，面临着能源供需结构性矛盾、能源自给安全压力以及巨大的环保压力，因而必须优化用能结构，大力发展高效清洁能源。

（3）控制高耗能、高污染行业过快增长。政府应当综合利用财政、税收、信贷、行政审批等手段，严格控制新建高耗能、高污染项目，建立多部门联动的减排工作机制，提高高耗能项目在土地、环保、节能、技术、安全等方面的市场准入门槛。建立新开工项目管理部门联动机制和项目审批问责制。落实限制高耗能、高污染出口的各项政策，加大差别电价实施力度，组织对高耗能、高污染行业节能减排工作专项检查，清理和纠正对高耗能、高污染行业的优惠政策等。

（4）要加强对现有企业的技术改造。以科技创新为前提，推动产业优化升级和结构调整，深入推进企业节能技术改造，淘汰落后工艺，调整产品结构，以降低生产过程中的能耗水平，加大淘汰钢铁、建材、电解铝、铁合金、电石、焦炭、煤炭、平板玻璃等行业落后产能的力度，在企业生产全过程中抓好节能减排工作。对不按期淘汰的企业，地方各级人民政府要依法予以关停，有关部门依法吊销生产许可证和排污许可证，并予以公布。

（5）完善促进行业结构调整的政策措施。促进产品结构调整和工艺装备优化，大力提高能源、资源利用效率，狠抓污染减排治理工作。鼓励发展低耗能、低污染的先进生产能力；根据不同行业情况，适当提高建设项目在土地、环保、节能、技术、安全等方面的准入标准；鼓励外商投资节能环保领域，严格限制高耗能、高污染外资项目，促进外商投资产业结构升级。

（6）高度重视新能源产业创新发展。要开发新能源，寻找替代能源。要从全国大局和国家战略的高度认识做好能源结构优化、促进节能减排工作的重要性，不断增强责任感和使命感，应改变能源消费结构，协调、调整和优化产业结构，要改变高污染、高消耗、低效益的产业结构，进一步凝聚力量，着力转变经济发展方式，要把着力转变经济发展方式作为实现经济又好又快发展的关键，不断提高经济发展的质量和效益。

二 抢占低碳经济与新能源发展制高点

新能源或将成为引领第四次工业革命的主导力量，成为新一轮的经济增长点。

1. 各国激烈角逐新能源市场

据国际能源署不完全统计，目前已有50多个国家和地区制定了激励新能源发展的政策。澳大利亚于2008年12月公布了新能源立法草案，到2020年该国新能源占总能源的比例将升至20%。韩国将在2030年之前投资1030亿美元用于开发新能源，将化石能源（煤、石油、天然气）所占的比例从目前的83%减少到61%，将可再生能源所占的比例从目前的2.4%提高到11%。印度政府2008年12月26日通过了新的能源安全政策，其中之一就是倡导使用清洁、可再生能源。

法国在核能领域独步江湖，法国核电发电量占总发电量的80%～90%。法国在新能源规划中将核能地位提升到很高的高度，并为核能发展定调，将继续努力保持在核电领域的领先地位。

日本、德国等意欲在太阳能领域称雄世界，但同时亦不偏废其他新能源。日本经济产业省制定的最新一项计划是，到2030年，风力、太阳能、水力、生物质能和地热等的发电量将占日本总用电量的20%。

美国新能源政策也着力发展风能和太阳能等，计划用3年时间使美国新能源产量增加一倍，到2012年将新能源发电占总能源发电的比例提高到10%，2025年这一比例将增至25%。

2. 中国创造有利环境发展新能源

在这场抢占新能源制高点的战役中，中国当仁不让地要有所作为。为推动新能源产业的发展，中国制定了一系列支持新能源发展的法规、政策。在发展新能源方面，中国要走出一条适合自己的道路。我们要注重新能源发展的现实性和长远性，在新能源发展的过程中，既要看到它的前景，也要了解它的成本，同时还要考虑技术和政策环境等因素。

新能源产业是高技术、高投资的产业，产业能否发展起来，技术是关键。如今中国在新能源利用技术方面取得了一些突破性进展，自主研发能力持续提高，为新能源持续利用奠定了技术基础，但在某些关键领域，核心技术还有所缺失。中国应从各个角度跟踪世界能源动力方面的最新技术成果，增强自主研发能力，实现高起点跨越式赶超。

目前中国太阳能、风能和氢能正在加快产业化进程。在这一过程中，我们需要考量产业链是否安全。任何一种新能源要取得更快发展，其产业链必须具有竞争性，必须是节能型、环保型的。而通过技术进步和规模化生产，无论是风能、核能还是太阳能，最终将打破眼前的瓶颈，寻找到各自的盈利模式，进而获得蓬勃发展。中国在新能源发展的道路上，拥有更大的主导权和更多的话语权。

三 建立多途径促进能源结构优化机制

节能减排、建设低碳社会是一种发展战略，要实践这种战略，需要机制设计，需要建立长效机制。要着力深化体制改革，勇于推进体制机制创新。只有坚持节约发展、清洁发展、安全发展，才能实现经济又好又快发展。按照中央“四个着力”的经济发展思路，各地出台了加快淘汰落后产能、严格控制耗能项目、大力推进技术改造等举措，合力做好节能减排各项工作。应当采取更多措施鼓励“绿色投资”，积极消除经济运行中的不健康、不稳定因素，抑制低效产能盲目进入市场，鼓励投资环保产业和循环经济的企业，积极推动企业采用环保技术，推行清洁生产。近年来，中国各地积极顺应国际产业发展的新动向，加快产业结构调整进程，服务业发展进入提速期，通过发展现代物流、商务服务、信息咨询、社区服务等现代服务业，大力推进产业结构由重变轻、由硬变软。结合各地能源的情况，大力发展以高效洁煤、煤炭液化为主，多元化发展的高效清洁能源战略，优化能源结构，支持中国经济的可持续发展。

1. 建立鼓励开发利用优质能源机制

加大能源结构优化调整力度，积极推进能源结构调整。目前规模工业生产用能大部分为煤炭，水电、太阳能、生物质能等优质能源的生产和消费比重都过低，尤其风能、核能的开发和利用，还处在初始阶段。在未来的能源消费格局中，决定不同形式能源的应用及发展前景的决定因素有两点：一是能源使用过程中的内外部成本，二是后继储量以及其是否可再生。因此，需要进行能源结构的调整与优化。坚持以煤为基础、多元发展，形成以煤炭为主体，以电力为中心，油气、新能源全面发展的能源结构。为了提高能源消费的利用效率，必须做到：

（1）控制煤炭消费量，减少原煤直接燃烧的数量，推广各种经济有效的煤炭洁净技术，加快洁净煤技术的应用，减少能源消耗和污染排放。

（2）提高优质能源使用比例，推广使用天然气、液化天然气、水电等清洁能源，以促使长三角能源产品换代升级；通过投资新能源以及提高能源效率以降低排放。

（3）逐步减少原煤直接使用，提高煤炭用于发电的比重，发展煤炭气化和液化，提高转换效率。引导企业和居民合理用电。发展核电是长三角地区能源有序、健康发展的当务之急和战略选择。要积极大力发展清洁优质能源，如风能、太阳能、生物质能、地热能、水能等可再生能源和替代能源。充分开发和利用较丰富的风能、太阳能、沼气等清洁能源，积极推进浙江和江苏的核能建设，从而使能源消费结构有一个大的改变。

（4）提高“产业门槛”，强化招商引资的结构导向机制。以是否有利于建设资源能源节约、环境友好的产业系统为基本的取舍标准，设立“产业门槛”“能效门槛”和“环境准入门槛”，引导投资转向大力发展低能耗、低物耗、低污染、高附加值、高技术含量的现代服务业和先进制造业。

（5）建立新增项目的能耗和排污总量控制机制，即当期新增产能的能耗和排污总量必须小于同期（或者前期）的节能减排总量，否则须采取限批等措施来限制产业增量投产。加大约束力度，完善高耗能、高污染行业限制扩张机制。实行新开工项目报告和公开制度；把好土地、信贷关，限制高耗能、高污染行业的过快增长；清理和纠正在电价、地价、税费等方面对高耗能、高污染行业的优惠政策。

（6）完善新项目节能评议和环境影响评价制度。尽快研究、制定、实施节能评议和环境影响评价的标准体系，实行新上项目节能减排评估和环境影响评价一票否决制。

2. 建立淘汰落后产能机制

加快落后产能退出是优化经济结构、促进节能减排的另一重要手段。采取积极的应对措施，完善保障机制，在保证社会稳定的前提下，加速淘汰落后产能，为优质产能创造更大的发展空间，促进经济又好又快发展。

（1）建立淘汰落后生产能力机制。建立长效机制，完善地方性、区域性法规和政策体系。要明确工作责任，层层分解目标责任，充分发挥相关部门和行业协会的作用。落实电力、钢铁、水泥、煤炭、造纸等行业淘汰落后生产能力计划，对列入淘汰落后产能名单而不按期淘汰的企业，由地方政府主管部门依法予以关停。淘汰落后生产能力“十一五”目标实现情况如表 11-4 所示。

表 11-4 淘汰落后生产能力“十一五”目标实现情况

行业		范围	目标
电力		截至 2008 年 10 月，中国的小火电机组已经累计关停 3 421 万千瓦，其中 2006 年关停 314 万千瓦，2007 年关停 1 437 万千瓦，2008 年关停 1 669 万千瓦	5 000 万千瓦
钢铁	炼铁	截至 2007 年 11 月末，第一批签订责任书的 10 个省累计关停和淘汰落后炼铁能力 2 940 万吨	10 000 万吨
	炼钢	截至 2007 年 11 月末，第一批签订责任书的 10 个省累计关停和淘汰落后炼钢能力 1 521 万吨	5 500 万吨
电解铝		截至 2008 年年底，105 万吨自焙铝电解产能已全部淘汰	65 万吨
铁合金		2008 年，铁合金落后产能淘汰 120 万吨	400 万吨
电石		2008 年，电石落后产能淘汰 100 万吨	200 万吨
焦炭		2008 年，淘汰小机焦 2 000 万吨，土焦 600 万吨	8 000 万吨
水泥		2008 年，水泥落后产能淘汰 5 300 万吨	25 000 万吨
玻璃		2008 年，淘汰落后平板玻璃产能 650 万重量箱	3 000 万重量箱
造纸		截至 2008 年年底，造纸淘汰落后产能 547 万吨	650 万吨
酒精		截至 2008 年年底，酒精淘汰落后产能 94.5 万吨	160 万吨
味精		截至 2008 年年底，味精淘汰落后产能 16.5 万吨	20 万吨
柠檬酸		截至 2008 年年底，柠檬酸淘汰落后产能 7.2 万吨	8 万吨

资料来源：工业和信息化部．中国工业结构调整取得积极进展．2008－12－17.

（2）建立淘汰落后产能退出机制。落实电力、钢铁、水泥、煤炭、造纸等行业淘汰落后生产能力计划，建立淘汰落后产能退出机制，完善和落实关闭企业的配套政策措施。对列入淘汰落后产能名单而不按期淘汰的企业，由地方政府主管部门依法予以关停，坚决杜绝落后产能死灰复燃。有条件的地方要安排资金支持淘汰落后产能，中央财政通过增加转移支付，对经济欠发达的地区给予适当补助和奖励。完善淘汰落后产能的激励、约束政策。增加财政转移支付，对淘汰落后产能给予适当补助和奖励。实行递减性补贴政策，对先期淘汰的产能给予高额补贴，关停越晚，补贴越少，超过一定关停期限的还要进行处罚，引导落后产能尽早、尽快淘汰。对未完成淘汰落后产能任务的区县，严格控制安排投资项目，实行项目“区域限批”等。

（3）建立淘汰落后产能善后补偿机制。建立淘汰落后产能基金，将税收的一部分划入该基金，并接受单位与个人的捐助，在等量替换产能中对依法建设生产的淘汰企业的经济损失进行必要的补偿。鼓励被淘汰企业转产转型，在项目立项、土地审批、信贷政策、税收减免等方面对落后产能转产企业给予优惠。

（4）尽快建立和完善节能指标交易市场和排污权交易市场，使被淘汰企业可以通过出让节能指标和排污权，来获得收益、弥补损失。政府提供必要的财政扶持，建立被淘汰企业职工培训再就业、最低生活保障制度等。

3. 建立产业结构优化机制

国民经济的协调发展，离不开产业结构的合理化。所谓产业结构的合理化，指在一定经济、社会发展战略目标要求下，实现供求结构均衡、各产业部门协调发展并取得较好结构效益的产业结构优化过程。结构节能与减排是通过调整用能结构，不断发展节能型工业，限制耗能型工业，使工业结构优化调整而达到提高产业节能的方法。为有效遏制这些高耗能行业的过快增长，按照“产业规模化、高端化、高新化”的总体思路，推进产业转型升级。

（1）合理调整产业布局，加快制订系统的产业布局规划，引导各地区大力发展技术先进、资源利用率高、环境损害小、有利于社会经济持续发展的高新技术产业。新能源领域应重点发展风能、太阳能等清洁能源和新能源汽车。环保领域应着力发展环保技术与装备、环境服务产业等。按照循环经济要求对开发区和重化工业集中地区进行规划、建设和改造，优化高耗能项目的产业布局，形成资源高效循环利用的产业链，努力提高资源的产出效率。

（2）优化产业结构，严把高耗能行业准入关。目前，部分高耗能行业增长依然较快。必须建立产业结构优化机制，进一步推动产业优化升级。坚决实施建设项目能耗审核制度，切实提高高耗能产业市场准入条件。

（3）淘汰大批落后的电力、炼铁、炼钢、建材、电解铝产能。通过淘汰一批落后企业，转移一批劳动密集型企业，提升一批优势企业，培育一批潜力企业，推动企业组织结构调整，提升企业整体竞争力。“十一五”规划的头两年，江苏省先后淘汰了大批落后的电力、炼铁、炼钢、建材、电解铝产能，从而降低了高耗、高污染、高成本行业的比重；关闭所有的石灰法制浆企业，淘汰化学制浆、酒精、淀粉企业的生产线，大幅消减污染物排放；全面开展化工生产企业的专项整治，对一批污染严重的化工企业实施关停并转。

（4）加强产业结构优化的相关立法工作，推进节能减排法制建设。要加强节能降耗的法律约束，利用绿色信贷、环境保险等环境经济政策，建立并完善重污染企业的退出机制，为淘汰落后的技术和产能提供政策支持和法律保障。《节约能源法》在工业节能中，增加了优化用能结构和企业布局；鼓励工业企业采用系列节能新技术等内容。“国务院和省、自治区、直辖市人民政府推进能源资源优化开发利用和合理配置，推进有利于节能的行业结构调整，优化用能结构和企业布局。”完善地方性产业结构优化的法规和政策体系，建立有效的淘汰落后、激励和约束机制、工作联动机制和管理长效机制，对淘汰落后产能给予激励和奖惩，对经济欠发达地区淘汰落后产能加大财政支持力度，以此来促进新型工业化的快速发展。

（5）强化结构调整责任考核，完善政策机制。建立单位GDP能耗考核体系，强化政府和企业责任。建立能源结构优化的目标责任制度和考核制度，把调整产业结构和优化能源结构作为促进科学发展的重要抓手，把节能减排作为又好又快发展的突破口，把结构调整、产业升级、科技进步作为节能减排的着力点，强化责任考核，加快结构调整，完善政策机制，突出重点领域，加大资金投入。

（6）形成能源结构优化的工作机制。机制创新是能源结构优化的重要条件。“十一五”中期，长三角加强能源结构优化工作机制创新，不断完善部门协调机制。建立和完善领导小组办公室联络员制度和有关行业协会联系制度，加强各地、各部门沟通和协调，形成能源结构优化齐抓共管的工作局面。加强长三角能源结构优化的统计工作。坚持以科学发展观为统领，调结构、促发展，力争节能降耗取得新进展。

4. 建立能源综合利用机制

建设科学合理的能源资源利用体系。扩大能源综合利用规模，提高能源综合利用水平。

（1）要不断优化用能结构。扩大能源综合利用规模，提高能源综合利用技术水平。作为长三角规模工业的主要能源消费品种原煤，直接用于发电、供热、煤炭洗选、炼焦和制气，煤炭的深加工和精加工程度还很低，煤焦化、煤化工、煤气化的洁净煤技术开发起步缓慢，要支持企业研究开发相关技术，对从事能源深加工的骨干企业，增加研发费用。企业内部要大力推行洁净能源的开发，做到低消耗、低排放、少污染，能循环、可回收、再利用，促进新型工业化发展。为有效遏制高耗能行业的高速增长，要坚决实施建设项目能耗审核制度，切实提高高耗能产业市场准入条件。新增固定资产投资项目，必须严格遵守合理用能标准和节能设计规范，达到该行业能耗国内先进水平。通过控制投资规模与调整投资结构，注重新增产能的能效水平，强化资源节约、环境保护“三同时”。

（2）合理调整产业布局，优化布局结构。要加快制定系统的产业布局规划，引导各地区大力发展技术先进、资源利用率高、环境损害小、有利于社会经济持续发展的高新技术产业。按照循环经济要求对开发区和重化工业集中地区进行规划、建设和改造，优化高耗能项目的产业布局，发挥产业集聚和工业生态效应，形成资源高效循环利用的产业链，努力提高资源产出效率。

（3）优化企业组织结构，要加强高耗能行业先进生产能力的建设，指导和帮助企业建立完善现代企业制度，提高管理水平和市场竞争力，使其发挥好在推进新型工业化中的主体作用。

（4）开发利用优质能源，优化能源消费结构以燃煤为主的消费方式是规模工业难以实现节能降耗目标的主要原因。

5. 完善节能减排技术政策体系

（1）鼓励有重大推广意义的资源能源节约和替代技术、能量梯级开发利用技术、消除污染物的环境工程技术、零排放技术等的研发。在重点行业和领域推广一批潜力大、应用面广的重大节能减排技术。

（2）完善鼓励节能减排技术研发与应用的财政政策。中央和地方财政对重点节能技术改造工程实行“以奖代补”政策，每节约 1 吨标准煤，中央或地方财政将给予企业 200～250 元的奖励。参照绿色照明工程的做法，建立高效节能产品、环保产品推广的财政补贴机制，落实补贴资金，制定具体实施方案。

（3）完善鼓励节能减排技术创新的税收政策。抓紧出台资源税改革方案，改进计征方式，提高税负水平。研究开征环境税。研究促进新能源发展的税收政策。对符合条件的节能减排技术项目及专用技术设备投资实行定期减免或抵免企业所得税政策，对节能减排技术设备投资给予增值税进项抵扣。实行鼓励先进节能环保技术设备进口的税收优惠政策。

（4）利用价格杠杆促进节能减排技术创新。理顺成品油、天然气与其他能源产品的比价关系，加大石油特别收益金征收力度，取消天然气价格双轨制。推进供热价格改革，实行按用热量计量收费。完善电力分时电价办法，加大差别电价实施力度。实行差别水价政策，适时调整各类水价标准。实行脱硫发电加价政策，对非正常停运脱硫设施的燃煤电厂扣减脱硫加价。

重点解决利用余热、余压、煤矸石、煤泥和城市垃圾等低热值燃料发电上网及电价优惠政策。科学合理地探索制定新型能源和再生能源价格，促进新能源和再生能源的推广使用。科学合理地探索制定污染排放收费政策等。以此将外部成本内部化，来提高企业开展节能减排技术创新的积极性。

第三节　可持续发展的框架下大力发展低碳经济

基于客观实际，发展低碳经济与发展循环经济、实施节能减排等可持续发展的目标是一致的，中国应该在可持续发展的主框架下，积极发展低碳经济。在环保模范城市等工作基础上开展低碳经济试点，加强和深化温室气体及污染物协同效应和协同控制政策研究，加大污染物和温室气体协同控制型低碳技术的研发和推广。

一 污染减排、生态保护与减排温室气体并重

从内涵上看，污染减排是低碳经济的重要内容。从技术经济特性看，低碳经济的内涵是要提高能源效率和清洁能源结构，发达国家推动低碳经济所制定的政策也基本限于清洁能源和产业发展政策，例如，日本《建设低碳社会的行动计划》的核心内容就是通过经济激励政策或技术政策推动太阳能、燃料电池等的发展。不过，这并不意味着低碳经济就完全等同于清洁能源产业发展，它的实质是经济发展和环境保护的高度协调和融合。在中国，发展低碳经济的内涵与建设资源节约型、环境友好型社会和走新型工业化道路等内涵是基本一致的。低碳经济应该是以“低能耗”、“低污染”、“低排放”为综合特征的新的经济形态，低污染物产生、排放与低能源消耗及低温室气体排放同样都是其重要内容。

从经济发展阶段看，发展低碳经济不能忽视污染减排。英国等发达国家在20世纪就完成了工业化和城市化的任务，它们的工业经济是以高能耗和高碳排放为主要特征的高碳经济。发达国家已经基本解决了外部性较小的局地环境污染问题，目前其环境发展中的主要矛盾是以气候变化为主的全球环境问题。而中国正处在全面建设小康社会的关键时期，经济结构性矛盾仍然突出，能源结构以煤为主，生态环境恶化的趋势仍未得到有效遏制。因此，中国的国情决定了我们必须要走中国特色的低碳经济之路，即走污染减排、生态保护与减缓温室气体排放并重之路。

从目的看，中国发展低碳经济应有助于促进节能减排目标的实现。发达国家发展低碳经济的主要目的有四个方面：①应对气候变化；②保证能源安全；③占领未来低碳技术和产品市场，提高经济和贸易竞争力；④赢得国际政治主动权并增强国际影响力。而中国正处于经济成长期，其目标首先是发展。中国发展低碳经济一方面是为了应对全球气候变化，另一方面更是为了促进国内产业结构调整、节能减排目标的实现以及培育新的经济增长点。

二 优化能源结构促进低碳经济

低碳经济是以低能耗、低排放、低污染为基础的一种经济发展方式。其实质是通过能

源技术和减排技术创新、产业结构和制度创新等手段，尽可能减少煤炭、石油等高碳能源消耗，大规模开发使用可再生能源与低碳能源，提高能源利用效率和创建清洁能源结构，减少二氧化碳等温室气体排放，实现人类生存发展观念和环境的根本转变，达到经济社会发展与生态环境保护的双赢。因此，发展低碳经济，中国首先必须调整能源结构。

中国能源结构中，煤炭比重大，水电、核电、新能源所占比重小，石油、天然气短缺。中国是世界最大的煤炭生产国和消费国，煤炭在一次能源生产和消费的比重为70%左右，比国际水平的27%高40多个百分点。据估算，2000～2008年，中国一次性能源总消费量累计183.3亿吨标准煤，其中煤炭累计消费量为175.6亿吨；总排放二氧化碳累计450.4亿吨碳当量，其中燃煤排放二氧化碳累计308.2亿吨碳当量。2001～2008年，中国经济年均增长率为10.2%，但根据世界银行数据库估计，2000～2008年中国的二氧化碳排放量年均增长率为12.28%，总量从27亿吨提高到70亿吨，其累计排放量为415亿吨。根据国家发展和改革委员会经济运行调节司的测算，2008年中国煤炭消费量在27.4亿吨左右，增长4.5%。如果按照每亿吨燃煤排放115万吨二氧化硫的强度来计算，2008年中国排放二氧化硫为3151万吨，远远超过了环境自身净化能力。煤炭的大量消费，对大气、水体、生态环境的污染破坏十分严重。中国温室气体中85%的二氧化碳和大气污染中80%的二氧化硫、67%的氮氧化合物都来自煤炭的燃烧。二氧化碳造成地球"温室效应"，二氧化硫导致酸雨，氮氧化合物严重危害人类健康。因此，加快能源结构调整，减少化石能源消耗，增加可再生清洁能源比重，实现能源结构多元化、发电方式多样化，减少二氧化碳、二氧化硫、氮氧化合物及烟尘颗粒物的排放，对于中国发展低碳经济至关重要。

调整中国能源结构，加快发展水电，积极发展核电，大力发展新能源。水电是一种经济、清洁的可再生能源。水电的能源属性使开发水电成为常规能源优质化、高效化利用的重要途径之一，开发水电对于建立可持续发展的能源系统具有重要的意义。中国水能资源理论蕴藏量为6.76亿千瓦，占中国常规能源资源量的40%，是仅次于煤炭资源的第二大能源资源，是世界水能资源总量最多的国家。可开发的装机容量为3.97亿千瓦，年发电量可达1.92万亿千瓦·时，占世界的1/6。如果开发充分，至少每年可以提供相当10亿～13亿吨原煤的能源。因此，开发水电可以有效改善中国能源结构，利用好丰富的水能资源是中国能源政策的必然选择，水电开发应该放在中国能源发展的重要地位。

世界核电发展的实践证明，核电是可持续发展的能源。核电不仅具备经济效益，同时具有环保优势，是未来可持续发展的有效手段之一。核电有助于缓解全球化石燃料供应的紧张状态，遏止"温室效应"。核电站不排放造成酸雨、危害森林和农作物的二氧化硫、损害人体的氮氧化物、粉尘及产生"温室效应"的二氧化碳。核电不仅是一种清洁能源，也是高技术的战略产业。因此，调整中国能源结构，必须积极发展核电，调整核电中长期发展规划，提高核电装机容量在全国电力总装机容量的比重。

三 调整政策措施发展低碳经济

目前，中国发展低碳经济处于"试点"阶段。发展低碳经济在于能源利用效率的提高、清洁能源结构的创建和碳排放的减少，是一场涉及生产模式、生活方式、价值观念和国家权益的全球性革命。其核心内涵是在市场机制基础上，通过政策创新及制度设计，提高节约能源技术、可再生能源技术和温室气体减排技术，建立低碳的能源系统和产业结构。在经济发展方式转变过程中推进低碳经济转型是重大的系统工程，是实现中国经济社会可持续发展、维护人民生存权利的大事。低碳经济体系是一个多元化、多层次的理念、机制和制度体系，以保障低碳经济转型整体协调、重点推进。为了实现低碳经济的顺利发展，必须构建科学合理的支撑保障体系，主要包括以下方面。

1. 发挥市场机制的作用，实现低碳经济的市场化操作

借鉴国际经验，加快建立国际合作。《京都议定书》所提出的温室气体减排三机制主要有：JI 机制、CDM 和 IET 机制。其中，JI 机制规定，附件一国家可以从其他工业化国家的投资项目产生的减排量中获取减排信用，这样就相当于工业化国家之间转让了同等量的“减排单位”；CDM 是唯一涉及发展中国家的一种机制，该机制规定，允许附件一国家出资支持无减排义务的国家通过工业技术改造、造林等活动，降低温室气体的排放量并冲抵附件一国家的减排指标，即附件一国家的投资者可以从其在发展中国家实施的、并有利于发展中国家可持续发展的减排项目中获取“经核证的减排量”(CERs)。IET 机制允许附件一国家（主要是发达国家）之间相互转让它们的部分“排放配额单位”。

2. 建立政府引导的作用机制

低碳经济发展，必须平衡经济发展与资源环境的关系，特别是要权衡经济发展与能源的关系。而在资源（能源）环境领域内，存在着市场机制无法解决或者解决不好的难题，诸如温室气体排放的外部性、资源的公共产品特点等，这些问题需要政府出面，弥补市场失灵。因此，政府在发展低碳经济的过程中需要扮演主导作用。为此，必须建立低碳经济发展的政府主导机制。

3. 建立低碳经济技术体系

低碳技术是发展低碳经济的重要支撑，低碳技术包括对现有能源技术的改造；在可再生能源及新能源、煤的清洁高效利用、油气资源和煤层气的勘探开发、二氧化碳捕获与埋存等领域开发的有效控制温室气体排放的新技术；能源效率技术等。但是目前总体技术水平落后是中国发展低碳经济的严重阻碍。中国目前能源生产和利用、工业生产等领域技术水平落后，技术开发能力和关键设备制造能力差，产业体系薄弱，与发达国家有较大差距。为此，国家必须采取鼓励措施，建立低碳经济技术支撑体系。

4. 完善低碳经济发展的公众参与机制，政府、企业和公民间的低碳经济利益均衡机制

公众参与是发展低碳经济的社会基础，为此，必须建立和完善公众参与机制，政府必须加大宣传力度，提高公众的能源节约和环境保护意识；通过举办讲座、研讨会、经验交流等方式加强对能源节约和环境保护的相关知识的普及，并有意识地宣传和发展一些致力于环境保护事业的非政府组织，使公众真正融入到资源节约和环境保护的大运动中去，推广绿色消费理念，把能源节约活动变成全体公众的自觉行为和日常习惯。实现公众的绿色消费，形成发展低碳经济的“倒逼”机制。

随着中国经济社会改革开放的深入，利益分化的潜在发展，各类利益主体的出现和成熟，与低碳经济发展相关的利益格局已逐渐演变为各级政府、企业和公民等多方利益主体竞逐和制衡的多维度、多层次、多边形架构，其间的利益关系错综复杂，纠缠着多个利益层次。在低碳经济转型中，为保证政府、企业和公民间的利益“三角”均衡，应构建公民利益诉求机制，以保证弱势群体的利益；构建企业与公民的信息互动机制，保证公民了解和理解企业的低碳发展内情和苦衷；构建政府利益协调机制，保障企业与公民间利益的均衡发展。

5. 建立低碳财政税收激励机制和加强发展金融支持

企业和公民是节能降耗发展低碳经济的利益主体，为充分调动企业节能降耗和资源综合利用的积极性，发挥公民在减少碳排放中的生力军作用，要通过财政税收激励措施，大力营造全社会重视节约能源资源、减少碳排放的良好氛围，鼓励和促进市场利益主体节约资源，形成激励和约束机制相结合的低碳财政税收机制。要借鉴国际经验，加强碳金融国际合作，加快支持低碳经济发展的碳金融衍生工具创新步伐，改变中国在全球碳市场价值链中的低端位置。

6. 建立和完善低碳环境监测机制

低碳环境监测机制是一项重要的基础性、公益性事业，是保障低碳经济发展的基础。由于历史遗留问题和多方面因素，还存在许多困扰低碳环境监测机制健康运行的困难和难题，例如，对低碳环境监测工作重要性的思想认识仍不到位；工作机制尚不健全；整体监测能力建设仍严重滞后；监测人才队伍需要进一步加强；监测经费保障机制尚未完全建立；监测工作亟待科学规范等，需要不断研究探索，构建低碳环境监测新机制，推动低碳经济全面健康发展。

第十二章 统筹规划 推进低碳产业发展

为了应对全球气候挑战，各国把产业结构调整升级作为应对危机的重要举措，这使世界产业发展出现了一些新的动向和趋势。美国、欧盟、英国、日本等世界发达经济体都以推动节能减排、开发低碳能技术作为应对危机、实现产业发展模式低碳化。各国积极培育战略性新兴产业，努力抢占国际经济制高点，更加重视科技创新，新科技革命和产业革命正孕育新的重大突破。

第一节 低碳产业的兴起与发展

低碳产业是以低能耗、低污染为基础的产业。

一直以来，人类对碳基能源的依赖，导致二氧化碳排放过度，带来“温室效应”，对全球环境、经济，乃至人类社会都产生巨大影响，严重危及人类生存，这比经济危机更为可怕。解决世界气候和环境问题，低碳化是一条根本途径，也是人类发展的必由之路。实现产业发展模式低碳化是现代产业发展的必然选择，从化石燃料的低碳化、可再生能源、能源的效率与低碳化消费到低碳化服务的全过程是一项系统工程，必须从经济和社会的整体出发，努力构建低碳化发展新体系。如图 12-1 所示。

一 新兴产业是低碳经济发展方向

新兴产业是指随着新的科研成果和新兴技术的发明、应用而出现的新的部门和行业。现在世界上讲的新兴产业，主要是指电子、信息、生物、新材料、新能源等新技术的发展而产生和发展起来的一系列新兴产业部门。新技术在一开始属于一种知识形态，在发展过程中其成果逐步产业化，最后形成一种产业。例如，生物工程技术在 20 世纪五六十年代或者说在更早的时候，只是一项技术，现在成为生物工程产业，让这些成果服务于社会。同样，IT 产业，由于数字技术的发展，也被认为是一个新的朝阳行业。高新技术改造传统产业，形成新产业。用现代新技术改造传统行业，如改造钢铁行业，就成了新材料产业，生产复合材料以及抗酸、抗碱、耐磨、柔韧性好的新兴材料。同样，用新技术改造传统的商业，变成现在的物流产业。

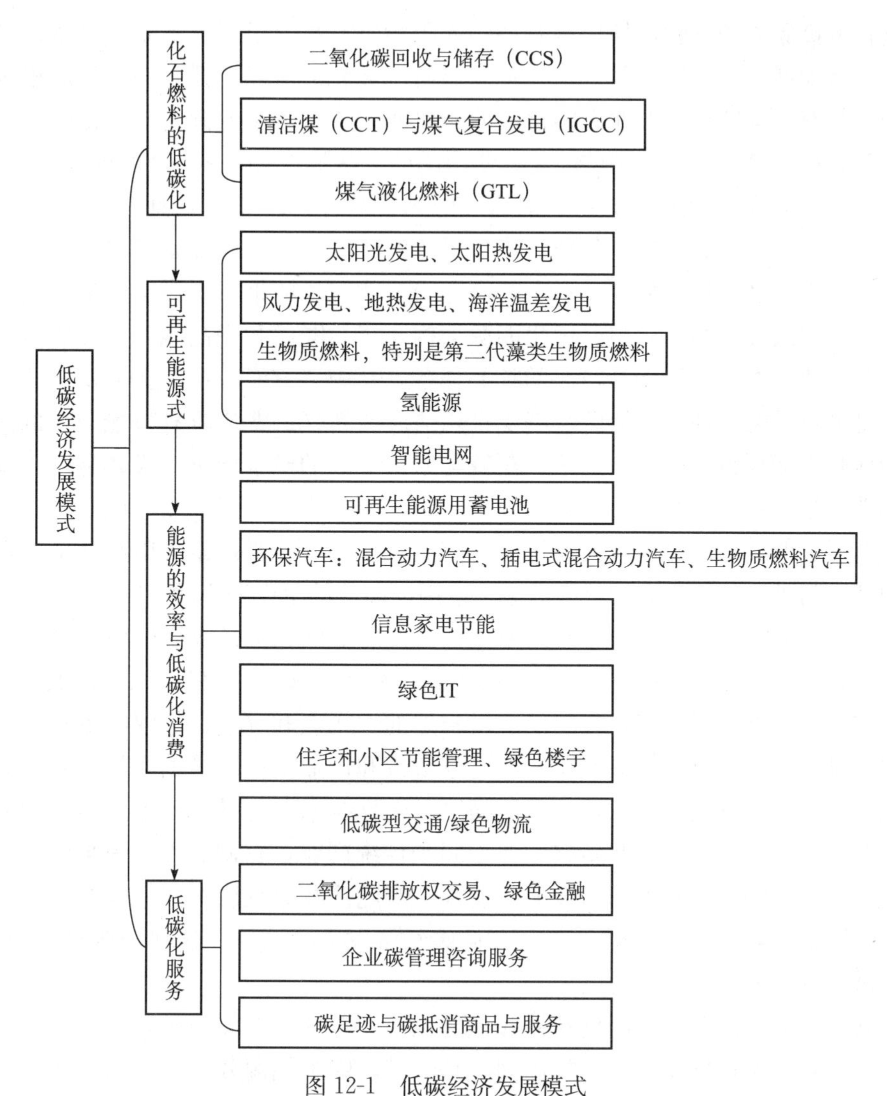

图 12-1　低碳经济发展模式

资料来源：蔡林海．低碳经济大格局．北京：经济科学出版社，2009.

一种新的经济发展模式必然要求某种新兴产业或产业族群为这种发展模式奠定产业基础；否则，这种新的经济发展模式必然成为无本之木、无源之水。低碳经济发展模式的实质是以对碳基能源的低消耗，对碳中和、碳封存和碳捕获技术的密集使用，以及对新兴清洁绿色循环能源及原材料的充分利用为基础的可持续发展，这就意味着低碳经济发展模式的产业基础应该是低碳乃至非碳消耗的新兴产业或产业族群，这种新兴产业或产业族群能够从根本上降低人均“碳足迹”，极大地缓解人类生产、生活对自然生态环境的破坏状况，使人类社会走上低能耗、低污染、低排放和高效能、高效率、高效益的发展道路。中国是发展中国家，作为低碳经济涉及的新兴产业主要是两部分，即低消耗型产业和能够减少传统产业碳排放的产业。这些产业有如下五方面的特点。

（1）新兴产业应具有低碳特征。发展低碳经济的关键在于改变经济发展方式，降低经济发展对煤炭、石油、天然气等化石能源的依赖，促进经济体摆脱碳依赖，摆脱工业化、城市化进程的高碳能源依赖，使经济发展转入既满足减排要求、又不妨碍经济增长的低碳轨道，使经济发展由“高碳经济”向“低碳经济”转轨。所以，低碳经济发展模式下的新兴产业必须具有低碳特征，产业链的价值分布要从向资源型企业倾斜转向低碳技术环节倾斜，不断改善产业链低碳与高碳的配比，使国民经济逐步趋向低碳经济的标准。

（2）新兴产业要具有节能减排的潜力。中国传统经济增长方式具有高投入、高消耗、高污染、低效益的“三高一低”特征，这种粗放的经济增长方式加剧了能源消耗，碳排放居高不下。低碳经济的理念从经济形态的高度为节能减排的推行提供了新的思路。转变经济增长方式、推进经济结构调整、优化能源结构、节约能源和提高能效、发展清洁能源和低碳能源等，成为发展“低碳经济”的核心任务，其中“节能减排”更是发展低碳经济最可行、也是最重要的一环。与低碳经济要求相适应的新兴产业应具有节能减排的潜力，要在尽可能地减少能源消耗量的前提下，获得与原来等效的经济产出；或者是以原来同样数量的能源消耗量，获得比原来更有效的经济产出。换言之，新兴产业应该是能实现低碳发展、清洁发展、低成本发展、低代价发展的产业，这些产业既能最大限度地节约资源、保护环境和减少污染，又能为人们提供健康、适用、高效的生产和生活空间。

（3）新兴产业在国民经济中具有战略地位。发展低碳经济是今后经济发展的新动力源和新支撑点，会助推经济发展模式由“高碳经济”转为“低碳经济”。因此，低碳新兴产业应该是中国产业转型升级、培育新的经济增长点的切入点和突破口。中国也有发展低碳经济的产业基础，随着国家对低碳产业发展优惠政策和产业扶持政策的实施，太阳能光伏产业、绿色照明产业、自然生态农业、智能网络、生物技术、新材料和先进制造产业等低碳新兴产业会得到更快发展。这些新兴产业不同于传统产业，它们是着眼未来的，具有能够成为一个国家未来经济发展支柱产业的可能性，对经济社会发展和国家安全具有重大和长远影响，在国民经济中具有战略地位。在低碳经济发展模式下，这些产业是实现低能耗、低污染、低排放发展目标的着力点。

（4）新兴产业要体现技术的创新性和先导性。在低碳经济发展模式下，低碳发展是产业的发展方向，要实现低碳发展，技术创新是关键，因为能源效率的提高、低碳新能源的开发、化石能源的低碳化都要依赖于技术创新。新兴产业应能够开发使用新能源和可再生能源，通过技术创新和技术进步，在提高能源效率的同时，也降低二氧化碳等温室气体的排放强度。为了在消耗同样能源的条件下使人们享受到的能源服务（如照明、家用电器消耗等）水平保持不变，在排放同等温室气体情况下人们的生活条件和福利水平不降低，更需要高技术领域具有先导性和探索性的重大技术的支撑，这只有通过能效技术和温室气体减排技术的突破、应用和产业化来实现。技术的先导性是低碳经济发展模式下新兴产业发展的重要基础，对国家未来产业的形成和发展具有引领作用，也是国家高新技术创新能力的综合体现。

（5）新兴产业要具有环境友好、绿色驱动的功能。由于中国环境已受到较为严重的破坏，而能源生产利用是造成环境恶化的主要原因，新兴产业应该具有建立循环的低碳的有利于环境的绿色生产方式，有无污染或低污染的技术、工艺和产品，对环境和人体健康不会产生不利影响，符合生态条件的生产力布局和少污染与低损耗的产业结构，是真正意义上的环境友好型产业。

新兴产业关系到国民经济社会发展和产业结构优化升级，具有全局性、长远性、导向性和动态性的特征。新兴产业不仅自身具有很强的发展优势，对经济发展具有重大贡献，而且直接关系经济社会发展全局和国家安全，对带动经济社会进步、提升综合国力具有重要的促进作用；新兴产业在市场、产品、技术、就业、效率等方面应有巨大的增长潜力，而且这种潜力对于经济社会发展的贡献是长期的、可持续的；新兴产业的选择具有信号作用，它意味着政府的政策导向和未来的经济发展重心，是引导资金投放、人才集聚、技术研发、政策制定的重要依据；新兴产业要根据时代变迁和内外部环境的变化进行调整，以适应经济、社会、科技、人口、资源、环境等变化带来的新要求。

二 现代服务业是发展低碳经济的优势产业

目前，在世界经济结构中，第三产业增加值占 GDP 比重平均为 68%，在低收入国家，第三产业平均也占其 GDP 的 52%，而在中国，2007 年这一比重低于 40%，这既说明我们经济结构中存在的问题，也说明我们的发展理念亟待调整。

在发展第三产业的问题上，各地方政府需要明白的是，发展工业固然能够带动就业和增加税收，服务业同样也能，而且还会更多。以旅游业为例，根据相关部门统计，目前中国旅游业带动其他产业所创造的产值为 1∶4，即它本身创造 1 元产值，即能够带动其他产业创造 4 元产值，同时，旅游业所创造的就业比是 1∶6。可见，在经济学意义上，大力发展第三产业是非常有利可图的。

研究表明，工业化与服务业关系密切，虽然工业化要依靠非农产业的发展而发展，但是进入中期之后所面临的产业升级，一定离不开服务业的配套发展。例如，现代工业所必需的人员培训、金融支持和物流配送等。工业化中期是对服务业提出更高发展要求的一个阶段。调整好三次产业发展关系之间的比例，通过放宽市场准入、加大财政支持、扩大税收优惠等措施，大力发展服务业并使其比重在经济结构中始终高于第一、第二产业，才应该是各地经济政策中的核心内容。

面对当前各地经济中服务业成为其经济结构中一块短板的状况，我们首先需要扭转错误的产业观，为此应树立起工业与服务业协调发展的理念，不应厚此薄彼；其次，贯彻国务院《国务院办公厅关于加快发展服务业若干政策措施的实施意见》（简称《实施意见》）要有具体措施，如在落实放宽服务业市场准入的问题上，我们能否把诸如金融业、通信业以及部分城市公共服务业的开发，在一定程度上向民营企业放开？能否在地方财政和税收政策上，对第三产业的发展提供一些明确的支持？这才是完善经济结构，促进第三产业发展，落实国务院《实施意见》的根本所在，更是推动低碳产业发展的有效途径。

三 传统产业的低碳化发展道路

不同的产业结构碳排放量可能相差甚远。大量消耗能源的是工业制造业、建筑业和交通运输业，而工业在我国国民经济中的比例会在相当长的时期内占据主导地位。因此传统产业的低碳化升级改造与调整是当务之急。

当前，我国正在加快推进工业化、城市化、现代化，能源需求处在快速增长阶段，基础设施建设还不能停下来，因此造成的“发展排放”问题难以回避。同时我国经济的主体是第二产业，这也加重了我国经济的“高碳”特征，国内工业化比重不平衡，高耗能、高污染行业所占比重较大。我国的碳排放70％来自产业，30％来自居民生活消费排放，发达国家正好相反。因此，发展低碳经济对我国来说势在必行，同时也面临着巨大挑战。

煤炭、钢铁、电力、纺织等产业本身是碳排放较高的产业，是关系国计民生的重点产业，也是传统观念中的“高碳产业”，这些产业该如何走上低碳化发展道路，探索低碳化发展的有效途径，是我国经济发展中面临的重要课题。因此，传统产业低碳化发展，首先，要加快各种先进节能环保技术的广泛应用，加大技术改造和技术创新的力度，注重应用先进的节能环保技术改造传统产业，从而降低能源消耗、减少污染排放，提升行业发展水平，促进产业升级；其次，要努力发展循环经济，实现资源利用的最大化。矿产资源综合利用、工业废气物回收利用、余热余压发电等手段，都需要切实研究探索，力争尽快在全行业推广应用；最后，要提高传统产业的行业资源利用率，加快行业重组的步伐。对不符合节能减排要求的企业和产品，该关的关、该停的停、该取消的取消，切实淘汰能耗高、资源利用率低、对环境影响大的落后产能，提高行业集中度。

总之，传统产业也要“低碳”，传统产业走向低碳化发展，就是走上一条可持续发展的道路。

第二节　加快发展新能源产业

一　新能源汽车：中国实现从生产大国到技术强国的跨越

新能源汽车的发展是低碳经济的重要组成部分，它通过开源节流，对缓解能源供需矛盾，改善环境，促进经济可持续发展有着重要的推动作用。作为牵涉30多个行业、关乎数百万甚至数千万就业机会的产业，汽车产业是最能反映一个国家科技发展水平、自主创新能力和国际竞争力的产业之一。电动车已经被许多汽车生产国当做振兴经济的突破口。

自2006年起，中国取代日本，成为仅次于美国的世界第二大新车消费市场。2009年1月中国汽车月销售量首次超越美国，之后不断刷新纪录，稳坐世界汽车市场的头把交椅。然而，巨大的市场需求与能源和环境之间的矛盾异常尖锐。每年有85％的汽油和20％的柴油被汽车烧掉，汽车无疑成了能源消耗大户，按目前的增长速度和油耗水平，到2020年中国汽车保有总量将超过1.5亿辆，年耗油将突破2.5亿吨。在中国发展新能源汽车，可以大幅减少温室气体排放，降低对进口石油的依赖。新能源汽车推进中国交通能源转型，通过能源多元化、动力电气化、排放洁净化，将推动中国新能源汽车迅速发展，实现从汽车生产大国到汽车技术强国的跨越。

中国新能源汽车发展的优势表现在：国家发展新能源汽车的战略明确；汽车产业整体发展前景乐观；新能源汽车技术与国际水平差距不大等。劣势表现在：研发投入依然不足；配套标准、法规几近空白；基础设施建设严重滞后等。

结合中国实际情况，中国新能源汽车产业化发展可以按照“三步走”的战略来进行（图 12-2）。

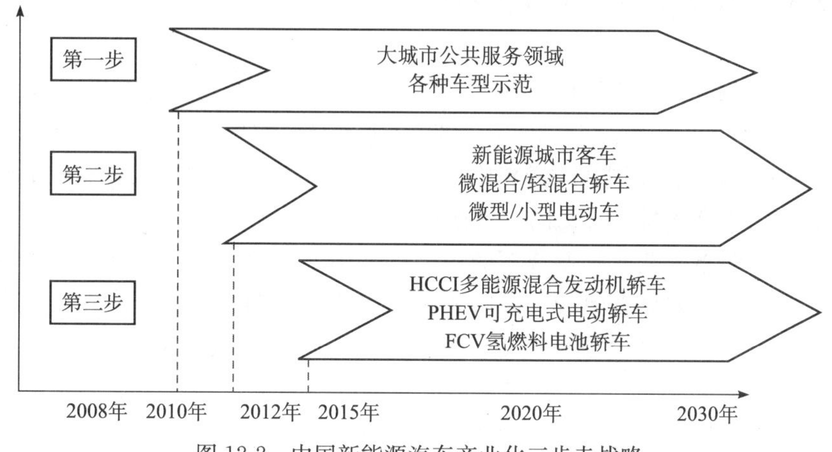

图 12-2 中国新能源汽车产业化三步走战略

具体到新能源汽车相关物件生产，我们以电动汽车为例。电动汽车相关的全新的零部件和设备包括：高效储能电池及超级电容、高效电机、驱动控制系统和电源管理系统四个主要的功能部件，以及为纯电动汽车充电的充电设备。世界上已经存在的汽车企业大多是新能源汽车技术的最终下游客户。高效储能电池是新能源汽车的核心零部件，是电动汽车的动力源。目前主要的产品是锂离子电池、镍氢电池。由于是车载电池，对电池的安全性、电磁兼容性、容量以及使用寿命都有较高的要求。日本企业在该领域的投资最早，技术最成熟，商业化生产规模最大，竞争力最强。国内动力电池研发机构及生产企业还存在资金不足的问题，其原因主要是动力电池还没形成产业，生产工艺不够优良；国内汽车厂对动力电池的要求很高，但需求量不大，两者相互制约。目前全球镍电池的生产主要集中在东亚地区，如日本三洋、松下和中国的比亚迪等厂商。从国内来看，镍电池行业的广阔市场前景吸引了众多企业加入，竞争较为激烈。从市场份额的分布来看，国内镍电池行业正呈现日益集中化的趋势。2008 年前五名厂商合计生产镍电池约 8.23 亿只，约占全国总产量的 1/3。

中国纯电动汽车用锂电池的能量密度和功率密度与德国、法国等先进国家的产品水平相当，但在循环寿命（常规条件）上还有差距。中国混合动力汽车用高功率锂电池的综合性能取得了长足的进步，缩小了与国外先进水平的差距，已初步满足实用化要求。

规模示范推动动力蓄电池产业快速发展。具体事例如下：深圳比亚迪获得美国人巴菲特 18 亿港币的投资，其中部分资金用于电池的规模生产；深圳比克在天津投资 24 亿，进行动力锂离子蓄电池规模生产；天津力神投资 15 亿进行扩建，进行动力锂离子蓄电池规模生产；星恒、锰固力等企业进行了大量投入，进行动力锂离子电池的研发生产；湖南科力远与香港 GP 公司建立合资企业，进行氢镍和锂离子动力蓄电池的产业化；湖南神州、中矩森莱及江苏春兰等企业大量投入，进行动力镍氢电池的研发生产，等等。

新能源汽车板块前景无限光明，孕育长期投资机会，应该给予其“推荐”的投资评级。新能源汽车整车公司，包括上海汽车、长安汽车、福田汽车等；新能源汽车电池、零配件公司，包括科力远、同济科技、风帆股份、中信国安等公司，都具有较强的投资价值。

二 核电：政策主导下加快推进发展

核电成为低碳能源供应的支柱，世界核电快速发展。2006 年世界核电发电量约 2.7 万亿千瓦·时，预计 2030 年将上升到 3.8 万亿千瓦·时。如果以核电代替煤电，可减少 18 亿吨/年的碳排放量。发展核电可改善中国的能源供应结构，有利于保障国家能源安全和经济安全，也是电力工业减排污染物的有效途径，是减缓地球“温室效应”的重要措施。

随着国家振兴装备制造业产业规划的出台以及国家由过去的“适度发展核电”时期转而进入“加快推进核电发展”时期，中国核电发展势头强劲，发展力度和速度远远超出预期。2008 年年底，中国已建立浙江秦山、广东大亚湾和江苏田湾 3 个核电基地，拥有 11 台运行核电机组，907.8 万千瓦的装机容量、占全国电力装机总容量的 1.15%。中国核电技术发展现状是：拥有比较完整的核工业体系，核电站建设速度加快，实验快中子增殖堆和高温气能试验堆等多项关键技术取得了重要进展。存在的问题是：尚不具备独立自主规模化生产核心设备的能力；对第三、第四代先进堆的研究与国际先进水平差距仍较大。

中国核电装备制造业已得到较大发展，目前中国 30 万千瓦、60 万千瓦及百万千瓦级核电站的国产化率水平分别在 90%、70%和 50%左右。预计 2012 年、2013 年前后，中国百万千瓦级核电的装备的自主化率将达到 75%以上。中国三大装备制造基地目前已经改扩建。目前核电装备制造业的挑战与隐忧在于：①核电装备制造业标准化体系没有建立；②市场因素起作用，第二代改进型技术的装备制业产能将进一步挤兑第三代核电技术的装备制造业的空间；③目前批量建设的第二代改进型机组自主化率不高，有的核心技术缺乏，百万千瓦级核电装备国产化率仅为 50%左右。

核电上市公司选股策略：强者恒强。重点关注具有核心技术、强势市场地位的东方电气、上海电气等上游设备公司。我们看好核电设备，是因为它具有以下五点竞争优势。①政府扶持大优势。国家产业政策从“适度发展核电”转变为“加快推进核电发展”，核能装机容量有巨大的提升空间。②技术优势。国内技术比较成熟，与国际先进水平基本同步。③成本优势。核电发电成本与传统火电发电成本相差不大，远远低于风电、太阳能光伏发电的成本。④估值优势。核电上市公司整体业绩比较优良，成长确定性较高，目前估值水平较低。⑤局部垄断优势。

三 风电：从“大跃进”到“科学发展”

在各类新能源开发中，风力发电是技术相对成熟、并具有大规模开发和商业开发条件的发电方式，因而成为低碳经济的重要领域。中国风电发展势头迅猛，风电市场的容量日益扩大，风力发电行业发展速度十分迅猛。与此同时，中国国内的风电设备制造企业也在蓬勃发展，国内企业在中国风机市场上的份额超过了 70%，风电装机容量连续三年在百万千瓦级上翻番，2050 年风电可能超过水电，成为中国第二大主力发电电源，在中国注册的能源技术的专利数呈现上升的趋势。

丹麦、德国、西班牙和美国等国家的风机制造商，进入行业较早而具有“先发优势”，且具备雄厚的技术实力，因而一直走在全球技术发展的前列。美国的 GE 等公司在新的风能技术专利上占有绝对的优势。研究发现，在中国申请风能专利的实际申请人大多数是外国企业在华子公司。中国企业申请的专利中，实用新型专利占的比重较高，发明专利比重较低。由此可以看出，尽管技术转移促进了中国风机技术的发展和进步，但是与国际先进水平的差距并没有显著缩小（图 12-3）。

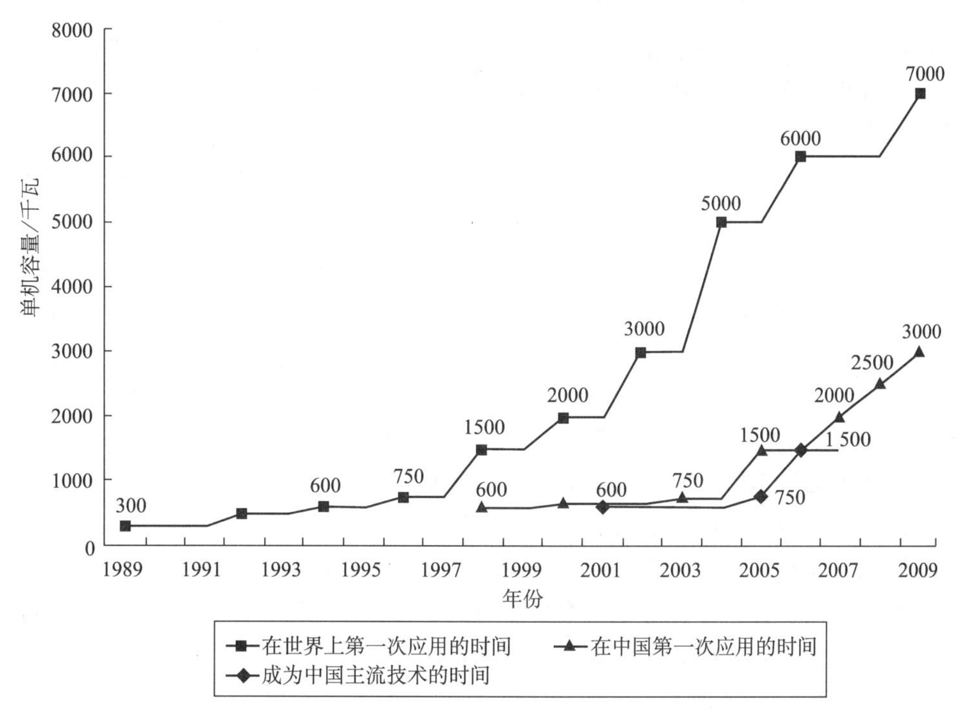

图 12-3　国内风机技术与国际先进水平的差距

资料来源：崔学勤. 气候有益技术国际转移的模式与效果研究. 北京：中国人民大学出版社，2009.

中国风电技术发展现状：风电场建设和产业化发展很快，兆瓦级风机机组生产已基本实现国产化。中国风电技术存在的问题：兆瓦级风电机组的总体设计技术和一些关键设备仍然依赖国外；先进的地面试验测试平台及测试风电场尚未形成等。

当前国内风电市场上，风电制造企业面临激烈竞争，内资风电设备制造企业的累计市场份额首次超过外资，风电机组制造商四个梯队迅速成长，海上风电争夺战开始打响，风电入网已经成为风电发展的主要瓶颈等。在风能产业链中，风机零部件制造，重点发展核心部件；风电机组制造，目标是大风机，守住中小风机；风电场建设运营，自身运营加转手销售，长期向好。中国风电行业处于高速增长期，前景比较光明，孕育长期投资机会。要对重复建设的有效控制，有利于加速风电企业的整合，优胜劣汰，维护目前市场中优质公司的市场地位。2008 年全年，有接近 1/3 的新增风机因为电网接入问题而不能发电。利用程度低是因为成本高，需要通过技术进步、降低融资成本、加强智能电网建设等途径来解决。

目前，中国风电机组整机制造企业超过 80 家，2010 年中国风电装备产能将超过 2000

万千瓦，而预计未来10年，中国风电年均新增装机量约1200万千瓦，仅从国内供需判断，产能过剩已显露无遗。我们预计，随着国际风电市场的启动，中国风电制造业中的优秀企业，有望发挥中国制造优势，出口进军海外国际市场，这有望部分缓解国内的产能过剩问题。

四 太阳能光伏发电：政策引导下步入良性发展轨道

在太阳能利用方面走在世界前列的德国、美国、日本以及欧洲各国，其成功与政府在目标引导、价格激励、财政补贴、税收优惠、信贷扶持、出口鼓励、科研和产业化促进等方面的综合作用是密不可分的。

太阳能光伏市场本质上是一个政府政策驱动的市场。随着光伏电池技术和光伏系统集成技术的不断提高，发电成本下降，太阳能光伏产业规模持续增加。光伏产业的发展给光伏设备的制造业带来巨大的商机。中国的光伏产业链已经完整，但产业链从头到尾上的关键设备的国产化率都不高，具有极大的提升空间。产业链上游——硅原料提纯或有新突破。多晶硅原料价格大幅下调，无形中为国内企业降低生产成本创造了绝佳的机会。

产业链中游——薄膜电池市场前景看好。在硅锭/硅棒制造环节，国内主要生产企业技术比较成熟；电池制造方面，大多数中国光伏企业的工艺接近或达到国际先进水平。众多的非晶硅光伏电池技术中，薄膜太阳能电池技术最接近大规模产业化。未来两年，薄膜技术的进步、转换率的提高将逐渐凸显薄膜太阳能电池的成本优势。薄膜技术的兴起带动了国内新一轮太阳能光伏产业投资热潮，未来3～5年，随着薄膜技术的日趋成熟，碲化镉（CdTe）和CIGS等技术将会有新的突破，卷式（roll-to-roll）设备和可印刷铜/铟/镓/硒（CIGS）墨水等设备应用的技术创新也会取得新进展。这将有望进一步带动中国太阳能光伏产业新一轮增长。

下游的光伏发电在中国仍处于初始阶段，所占比例较低。2009年3月出台的《关于加快推进太阳能光电建筑应用的实施意见》和《太阳能光电建筑应用财政补助资金管理暂行办法》不仅认可了光伏建筑一体化对节能减排、扩大内需、调整结构、保持增长的重要作用，还提出了“太阳能屋顶计划”和不菲的财政补贴标准，对未来市场的发展将起到推动作用。

五 智能电网：新能源发电网络的保障

中国能源资源分布、经济发展不均衡，必须提高电网输送能力，发展远距离、大跨距、大容量输电，加强统一协调和规划建设，形成统一调度运行的统一或联合电网。中国的智能电网建设基于不同重点进行规划，不仅要涵盖欧、美智能电网的概念和范围，还要加强骨干电网建设，即建立一个以特高压电网为骨干网架的各级电网高度协调发展的智能电网。中国智能电网建设分为三个阶段，在投资规模方面，到2020年智能电网总投资规模接近4万亿元。

特高压输电网是建设中国智能电网的基础。国家电网公司以特高压交直流等重要电网项目为投资重点，加快建设由1000千伏交流和±800千伏、±1000千伏直流构成的特高压骨干网架，到“十二五”初期，将初步建成“两纵两横”特高压骨干电网。对于行业相关上市公司，特高压设备商特变电工（600089）、天威保变（600550）、平高电气（600312）、许继电气（000400）优势明显，受益主要体现在未来几年的持续性需求增长。

在智能电网规划的推动下，未来数字化变电站将成为新建变电站的主流，常规变电站将被逐步取代。而数字化变电站主要包括数字化互感器、数字化开关控制、数字化传感器、数字化继电保护和数字化变电站自动化系统。生产数字化互感器的南瑞继保、思源电气、国电南自、许继电气、长园集团将从中受益，而平高电气及思源电气将在数字化开关控制领域大有作为。

中国智能电网建设的逐步展开，将给国内的电力设备制造企业带来广阔的市场空间，受益的企业将涵盖电网建设的每一个环节，我们给予输配电设备行业“推荐”的投资评级，重点推荐国电南瑞、思源电气、科陆电子、特变电工、平高电气、荣信股份及许继电气。

六 清洁煤技术：IGCC与CCS的结合是方向

美国能源部2003年提出的“未来发电”（FutureGen）项目是全球最引人注目的煤炭洁净发电示范计划之一。美国“未来发电”项目新方案，计划在多个商业规模的整体煤气化联合循环（IGCC）洁净煤发电厂示范CCS前沿技术。该项目主要是基于美国政府对于未来煤炭在能源结构中主导地位的预期、雄厚的IGCC技术基础和潜力以及全球IGCC项目发展形势所驱动，其目的是使美国IGCC+CCS技术占领并垄断市场。

未来世界和中国能源结构中煤炭仍占据主导地位，洁净煤技术是中国政府实现可靠的、可供应得起的、更安全的未来低碳能源的重要组成。目前全球正在运行的IGCC电站有17座，总装机容量为4270兆瓦；拟在建的IGCC多联产项目共有55座，总装机容量约13 000兆瓦。目前在中国，共有16套拟在建的IGCC或多联产项目，其中福建联合石化将于2009年年中投运，华能绿色煤电预计将在2010年建成投运。

国内清洁煤实践——绿色煤电计划。中国华能集团公司2004年率先提出了“绿色煤电”计划，旨在研究开发、示范推广以煤气化制氢，氢气轮机联合循环发电和燃料电池发电为主，并对二氧化碳进行捕获和埋存的煤基能源系统，以大幅度提高煤炭发电效率，达到污染物和二氧化碳的近零排放。

第三节 加快低碳产业发展途径与对策

一 借鉴欧盟推进低碳产业发展的经验

在发展低碳产业问题上，欧盟不仅提出的口号最响，行动也走在了其他国家和地区之前。从排放指标的制定，到科研经费的投入、碳排放机制的提出、节能与环保标准的制定，再到低碳项目的推广等，欧盟率先出击，步步为营，推出了全方位的政策和措施，统领各成员国大力发展低碳产业。

1. 目标制定

2007年，欧盟27国领导人通过了欧盟委员会提出的欧盟一揽子能源计划，即欧盟到2020年将温室气体排放量在1990年基础上至少减少20%，将可再生能源占总能源耗费的比例提高到20%，将煤、石油、天然气等一次性能源消耗量减少20%，将生物燃料在交通能源消耗中所占比例提高到10%，以及在2050年将温室气体排放量在1990年的基础上减少60%～80%。

目标的制定，在欧盟气候和能源政策方面具有里程碑意义。2008年12月，欧盟峰会在布鲁塞尔举行，要求27国完成各自的国内减排目标，在整个欧洲碳交易机制的范围内进行。2013年后的第三阶段欧洲排放交易体系规定，污染性工业企业和电厂等，可购买碳排放许可权。方案还规定：到2015年，将汽车二氧化碳排放量减少19%；各国设定限制性目标，从而使到2020年，欧盟可再生能源使用量占欧盟各类能源总使用量的20%；鼓励使用“可持续性的”生物燃料；到2020年将能源效率提高20%。新方案还包括了提供12个碳捕获、节能减排和存储试点项目——利用创新技术收集电厂排放的二氧化碳并将其埋入地下。这些试点项目资金将来源于碳交易收益。

2. 科研计划

2007年年底，欧盟提出了战略能源技术计划，这是欧洲建立新能源研究体系的综合性计划。该计划包括欧洲风能启动计划，重点是大型风力涡轮和大型系统的认证；欧洲太阳能启动计划，重点是太阳能光伏和太阳能集热发电的大规模验证；欧洲生物能启动计划，重点是在整个生物能使用策略中，开发新一代生物柴油；欧洲二氧化碳捕集、运送和储存启动计划，重点是包括效率、安全和承受性的整个系统要求，验证在工业范围内实施零排放化石燃料发电厂的生存能力；欧洲电网启动计划，重点是开发智能电力系统，包括电力储存；欧洲核裂变启动计划，重点是开发第Ⅳ代技术。

2008年2月，欧盟运输、通信和能源部长理事会在布鲁塞尔通过了欧盟委员会提出的《欧盟能源技术战略计划》，同意在以下方面采取措施：在能源工业领域增加财力和人力投入，加强能源科研和创新能力；建立欧盟能源科研联盟，以加强大学、研究院所和专业机构在科研领域的合作；改造和完善欧盟老的能源基地设施以及建立欧盟新的能源技术信息系统；建立由欧盟委员会和各成员国参加的欧盟战略能源技术小组，以协调欧盟和成员国的政策和计划。该计划将鼓励推广包括风能、太阳能和生物能源技术在内的“低碳能源”技术，以促进欧盟未来建立能源可持续利用机制。

3. 机制建设

2005年，欧盟启动了排放交易机制，涉及的工业部门覆盖发电和供热企业、炼油企业、金属冶炼加工企业、造纸企业和其他高耗能企业。按照这一机制，各成员国应制订每个交易阶段二氧化碳排放的“国家分配计划”，为有关企业提出具体的减排目标，并确定如何向企业分配排放权。该机制共分为三个交易阶段，即2005～2007年、2008～2012年和

2013～2020年。

2006年3月，欧盟委员会发表《欧盟能源政策绿皮书》，提出强化对欧盟能源市场的监管，开放各成员国目前基本封闭的能源市场，制订欧盟共同能源政策；鼓励能源的可持续性利用，发展可替代能源，加大对节能、清洁能源和可再生能源的研究投入；加强与能源供应方的对话与沟通，建立确保能源供应安全的国际机制；在与外部能源供应者的对话中，欧盟应“用一个声音说话”。

4. 标准与立法

2006年10月，欧盟委员会公布了《能源效率行动计划》，这一计划包括降低机器、建筑物和交通运输造成的能耗，提高能源生产领域的效率等70多项节能措施。计划还建议出台新的强制性标准，推广节能产品。2007年1月，欧盟委员会通过一项新的立法动议，要求修订现行的《燃料质量指令》，为用于生产和运输的燃料制定更严格的环保标准。从2009年1月1日起，欧盟市场上出售的所有柴油中的硫含量必须降到每百万单位10以下，碳氢化合物含量必须减少1/3以上；同时，内陆水运船舶和可移动工程机械所使用的轻柴油的含硫量也将大幅降低。从2011年起，燃料供应商必须每年将燃料在炼制、运输和使用过程中排放的温室气体在2010年的水平上减少1%，到2020年整体减少排废10%，即减少二氧化碳排放5亿吨。

5. 项目投资

2008年12月，欧盟各成员国一致同意，发起“欧洲经济复苏计划”。50亿欧元中的一半将用来资助低碳项目：10.5亿欧元用于七个碳捕获和储存项目，9.1亿欧元用于电力联网（协助可再生能源联入欧洲电网），还有5.65亿欧元用于开发北海和波罗的海的海上风能项目。2009年3月，欧盟委员会宣布将在2013年之前投资1050亿欧元支持欧盟地区的“绿色经济”，促进就业和经济增长，保持欧盟在“绿色技术”领域的世界领先地位。款项全部用于环保项目以及与其相关的就业项目，其中，540亿欧元将用于帮助欧盟成员国落实和执行欧盟的环保法规，280亿欧元将用于改善水质和提高对废弃物的处理和管理水平。

在当前国际金融危机和气候变暖的背景下，低碳经济已经成为全球经济和社会转型不可阻挡的新浪潮，英国、德国、意大利、日本、澳大利亚、美国等纷纷提出了本国的低碳发展政策。欧盟在低碳产业领域动作频频，自然是期望能够借此在后工业革命时代引领世界经济。而中国作为世界上最大的发展中国家，经济发展正越来越受到能源和环境问题的困扰，发展低碳产业也是必然的战略选择。欧盟的做法给我们带来的启示如下。

（1）要致力于提高低碳技术。低碳技术包括在可再生能源及新能源、煤的清洁高效利用、油气资源和煤层气的勘探开发、二氧化碳捕获与埋存等领域开发的有效控制温室气体排放的新技术，涉及电力、交通、建筑、冶金、化工、石化、汽车等众多产业部门。从欧盟的实践来看，已投入了大量资金进行技术研发，目标是追求国际领先地位，开发出廉价、清洁、高效和低排放的世界级能源技术，力图抢占低碳能源技术制高点。为此，中国也要组织多方力量联合开展有关低碳经济关键技术的科技攻关，制定长远发展规划，优先开发新型高效的低碳技术。

(2) 要建立健全法律制度体系。完善的法律制度体系是低碳产业发展的重要保障。欧盟在鼓励低碳发展的政策上不断推陈出新，已形成了灵活的市场机制和严格的法律体系，制定的很多计划和目标都具有法律约束力。为此，中国对于涉及能源、环保、资源等的法律也需要作进一步修改，包括可再生能源、环境保护的法律等，通过立法、修改法律和采取行动落实这些法律，推动整个社会走发展低碳经济的道路，为中国特色的经济走新型工业化的道路提供可靠的保障。

(3) 要注重建立排放交易的市场机制。欧盟十分关注总量控制和排放交易体系，认为碳定价是至关重要的“拉力”，以此来确保环保技术有一个健康良好的市场。排放交易是以最低成本来实现减排的重要工具，总量控制和排放交易计划在对企业提出政策要求的同时，又给企业一定的灵活性和自由，来探寻最有效和最经济的减排途径。欧盟认为，全球碳市场必须在2012年后全球气候变化协议中发挥核心作用，特别是在引导私人投资应对气候变化中占据重要地位。为此，中国应建立一个包括碳排放在内的排放权市场，整合各种资源与信息，通过市场发现价格，用市场化的方法去规范各个企业的交易行为，减少买卖双方寻找项目的搜寻成本和交易成本，增强中国在国际碳交易定价方面的话语权。

(4) 要激励企业发挥主体作用。发展低碳经济，需要企业发挥主体作用。2009年7月，欧盟委员会宣布在2013年之前将通过公私合作方式投资32亿欧元，用于创新型制造技术、新型低能耗建筑与建筑材料、环保汽车及智能化交通系统等三个领域的科技研发，全部投资的一半来自欧盟预算，另一半来自相关私营企业。为此，中国也应激励企业对低碳技术进行战略投资，发展低碳技术，尽早实现技术升级；跟踪国际企业应对气候变化的情势，制定低碳产业与产品的技术标准，超前做出企业的低碳战略部署；在企业中推行低碳标识，规模化应用低碳技术，将企业社会低碳责任与产品质量、信誉结合起来；利用好国际低碳技术转让，加快实现跨越式技术发展。

(5) 要积极参与国际合作。欧盟在国际社会上不断宣扬低碳发展的理念，呼吁各国共同行动发展低碳产业，如敦促美国落实温室气体中期减排目标，希望中国能够积极参与制定中期减排，并要求其他发展中国家也制定详尽的低碳发展计划。欧盟还与众多国家开展能源与气候、环境合作，如2006年10月与美国达成合作协议，共同促进技术发展，以捕捉和埋藏由燃煤导致的温室气体，设定共同的生化燃料标准等；2007年2月与中国联合发起关于碳捕获与储藏的合作行动等。为此，中国发展低碳产业，也要积极参与全球应对气候变化体系中来，加强与发达国家的技术交流合作，引进、消化先进的节能技术、提高能效的技术和可再生能源技术。特别是要加强与欧盟的合作，双方在能源和气候安全方面具有相互依存性，约占全球能源消费总量的30%，温室气体排放也约占全球排放总量的30%，在低碳产业领域内有着广阔的合作空间。

二 加速中国低碳产业的发展

发达国家在低碳产业发展方面已经为我们提供了大量的教材，而我国的具体实践也为我们积累了宝贵的经验。未来的经济是低碳经济，未来的竞争是低碳产业之间的竞争。前瞻性地认识这一全球趋势带来的重大变革，借鉴发达国家的经验，根据中国国情，针对可能制定的国际制度和政策，提前作出部署，采取必要的发展措施，引导新兴产业朝着规范化、规模化、高水平、高效益方向发展，对于抢得先机、赢得未来的产业竞争优势，有积极意义。

（1）制定低碳新兴产业发展专项规划。从中国实际情况看，面对日益严峻的能源和环境约束，为避免经济建设和能源基础设施建设在其生命周期内的“锁定效应”，必须高度重视向低碳经济转型。为此，有必要制定低碳新兴产业发展专项规划，从前瞻、长远和全局的角度，明确低碳产业作为新兴产业在国民经济中的战略地位，部署新兴产业的发展思路、主要目标、重点任务和保障措施，在产业结构调整、区域布局、技术进步和基础设施建设等方面，为向低碳经济转型创造条件。

（2）调整产业结构，发展具有低碳特征的产业，限制高碳产业的市场准入。金融危机带来了一轮产业的洗牌，中国应抓住全球产业洗牌的机遇，着手强化节能效率优先的节能减排硬约束措施，并以此作为应对金融危机、实现经济持续增长和应对气候变化的重点之一，超前部署、超前投资，加快以低碳技术为主导的产业结构调整步伐，从源头上减少碳排放；加大重点行业节能减排技术改造力度，坚决淘汰能耗高的老旧设备，进一步严格控制高能耗、高污染项目建设，坚持严格执行项目开工的环境影响评价审批、节能评估审查和节能减排准入管理的标准和规定。通过这些措施，一方面，加快淘汰高耗能、高排放的落后产能，限制高碳产业的市场进入，改变能源的利用方式，避免产生长久不利影响；另一方面，大力增加对节能减排和环保技术的投入，为低碳产业发展创造条件。

（3）大力开发使用低碳能源，培育新的经济增长点。低碳能源是低碳经济的基本保证，清洁生产是低碳经济的关键环节。未来能源发展的方向是清洁、高效、多元、可持续。全球应对气候变化正在引发能源领域的技术创新。温室气体长期减排和经济社会可持续发展，关键在于发展清洁、低碳能源技术，建立低碳经济增长模式和低碳社会消费模式，并将其作为协调经济发展和保护全球气候的根本途径。顺应这种潮流，中国要加快发展新能源产业，大力开发节能减排技术，包括开发利用太阳能、风能、潮汐能、生物能、地热能等各种低碳或无碳的绿色能源，大力开发洁净煤、智能电网、新能源汽车、碳捕捉等技术，加快建筑节能步伐，积极培育以低碳排放为特征的新的经济增长点。

（4）积极构建促进低碳发展的政策机制，大力支持低碳技术的创新和应用。从国际经验看，政策机制和技术创新是向低碳经济转型必不可少的条件。中国也应该做好这方面的工作。首先，在政策机制方面，开征碳税和推行碳交易。碳税是一个混合型税种，它的税率由该能源的含碳量和发热量决定，不同的能源由于含碳量和发热量不同，会有不同的税负，低碳能源的税负要低于高碳能源的税负，因此，碳税对减少碳排放、促进低碳产业发展有明显的作用。国家有关部门应密切协作，调整税收政策，建立适应中国国情的支持低碳产业发展的税收体系。碳排放交易机制对促进各地区、各单位之间利益均衡、提高减排效率也有重要作用。其次，要多管齐下，支持技术创新，促进低碳技术的重大突破。以低能耗、低污染为基础的“低碳经济”，一个重要的支撑就是“低碳技术”，因此，发展低碳技术成为低碳经济的必然选择。从当前中国国内外低碳技术的现状来看，短期内，中国应该大力发展节能与能效提高技术，可再生能源和新能源技术等；从中长期看，中国的技术研究应当包括主要行业二氧化碳等温室气体的排放控制与处置利用技术，先进煤电、核电等重大能源装备制造技术等。对于各种低碳技术的研究、开发，要提供充分的资金支持。除了政府公共资金的投入以外，设立低碳基金也是重要途径。不仅要大力发展先进低碳技术，更要注重科技创新和低碳技术的应用，应该整合现有的低碳技术，通过技术交易等手段，促进其迅速推广和应用，鼓励企业开发应用低碳先进技术；鼓励企业创造适合国情，符合新兴产业发展规律的商业模式，推动新产品新技术的商业化进程，以利于推进整个国民经济的低碳化。

(5) 加强国际间交流与合作，积极争取发达国家对中国的技术转让与合作。发展低碳产业，科技创新是关键。要实现低碳技术发展的跨越式进步，必须始终站在国际技术前沿，研究跟踪国际新趋势，组织实施重大科技研发，力争在关键技术和关键工艺上有重大突破。虽然《联合国气候变化框架公约》规定发达国家有义务向发展中国家提供技术转让，但实际进展与预期相去甚远。一些发达国家通过鼓励和支持有实力的企业扩张、重组、转型，促进低碳产业集中度的提高，实现规模化、专业化、国际化，抢占全球低碳经济市场。因此，中国发展低碳经济，要立足自主创新，开发具有自主知识产权的关键能源技术，同时尽可能广泛地开展对外合作与交流，引进、消化、吸收先进适用的低碳技术，参与制定行业能效与碳强度的国际标准，使中国重点产业、重点领域的低碳技术、设备和产品达到国际先进乃至领先水平。

(6) 要适时出台政策措施，建立碳排放交易体系。碳排放交易体系的建立和发展，会鼓励企业使用和投资可再生能源、清洁能源，促成可再生能源领域新技术的开发与产业化投资的紧密结合，降低可再生能源的利用成本，促进可再生能源的规模化发展，为低碳经济提供持续的动力。目前国内的北京、上海、天津等地已经成立了碳排放交易市场，逐步建立符合低碳经济发展需求和中国国情、对接国际规则的自愿性碳排放交易体系，是中国发展低碳经济所面临的重要任务。有了碳排放交易体系，有了完善的供求、竞争、价格、风险等市场机制，有了相关的法律，才能创造相对公平透明的交易环境，才能利用市场机制促进低碳产业发展，确保环境资源在低碳产业中得到最有效配置，促进国家低碳技术的创新和应用。

三 走低碳产业集群发展模式

低碳产业集群是低碳经济时代产业集群发展的主要导向模式。产业集群是指一组在地理上靠近的相互联系的公司和关联的机构，它们同处或相关于特定的产业领域，由于具有共性和互补性而联系在一起。当前提出发展低碳产业集群，就是立足于全球低碳经济发展的宏观背景，立足于中国新型工业化、新型城市化道路的必然要求，立足于提高中国企业和产业竞争力的长远需求，其内涵的深刻性超出了以往所谓的资源节约型、生态环保型产业集群的范畴。

1. 发展低碳产业集群的宏观背景

改革开放以来，中国地方产业集群得到充分发展，成为区域与产业竞争力的重要来源。从区域分布上看，中国的产业集群主要分布于东南沿海地区，其中浙江、福建两省集群经济产出已占这两省工业的50%。中西部地区的产业集群也得到长足的发展。目前产业集群在新技术、新材料、新能源等领域也展示出强劲的活力。从企业组织结构来看，中国地方产业集群主要是以小型生产企业和服务企业为主体。在各方面的推动下，产业集群政策已成为许多地方中小企业政策的核心内容。

中国地方产业集群存在的主要问题之一是耗能较高，污染较重，对环境与资源构成较大压力。为应对这些问题，2007年11月，国家发展和改革委员会下发《关于印发促进产业集群发展的若干意见的通知》(发改企业〔2007〕2897号)。这是第一个在中央政府层面制定的促进产业集群发展的专门文件。该文件提出，要切实推进发展循环经济和生态型工业。选择若干产业集群开展循环经济试点，建立产业集聚区内物质能量循环利用网络，发展生态型工业和生态型工业园区。贯彻实施《清洁生产促进法》和《节约能源法》等法律法规，通过清洁生产、资源节约、污染治理和淘汰落后等手段，推动高消耗高污染型产业集群向资源节约和生态环保型转变。加强对废旧物资回收利用集群污染综合整治，对于排放集中、污染严重的产业集聚区，探索集中治理方式，推广节能减排共性技术，降低企业治理成本。

实际上，低碳产业集群是指通过技术创新与制度创新，实现清洁能源结构和高能源效率的产业集群。这里的技术创新指产业集群中被少数企业所试用或者被广泛采用的新型低碳技术；制度创新则可能包括一系列共性平台的使用或者约束机制和交易机制的建立，从而达到节能降耗的目的。

2. 发展低碳产业集群是产业集群转型升级的必然要求

从全球产业集群的分工体系上看，中国产业集群总体来看有一些显著特征。一是集中于生产制造环节，在设计、营销、物流等环节比较落后；二是从价值上看，处于全球价值链的底部。这样的产业集群显然具有明显的高碳特征。

研究表明，被锁定在低端的中国的产业集群架构起所谓的“世界工厂”的作用，这个工厂的产品用于满足美欧发达国家的需要。美欧发达国家一方面将高价值环节拿走，另一方面又将高排放高能耗的环节弃留在中国。这将对中国日后的减排工作造成巨大压力。英国广播公司2007年10月5日的一篇报道中指出“西方消费需求加剧中国碳排放”，它提供的一份研究报告认为：中国工厂生产同一件产品产生的二氧化碳比欧洲工厂多1/3，而且在运输这些产品的过程中产生了更多的二氧化碳。最近，还出现了一些国家的某些跨国公司为躲避国内的碳税，有意识地将高排放的粗加工制造环节转移到中国，又从中国进口初级产品到本国进行精加工。基于以上分析，为了从根本上应对低端高碳产业集群在我们环境与资源造成的长远压力，中国目前遍布于各地的高碳产业集群转型升级的基本方向就是发展低碳产业集群，逐步摆脱被“碳锁定”的局面。

低碳产业集群是企业提高竞争力的必然要求。中国经济增长方式存在“高投入、高消耗、高排放、不协调、难循环、低效率”的问题，在有些地区、有些行业、有些企业还相当突出。中国地方产业集群的快速增长在很大程度上是消耗大量物质资源实现的，存在着严重的高排放和高污染的问题。据测算，中国资源的产出率大大低于国际先进水平，每吨标准煤的产出效率相当于美国的28.6%；欧盟的16.8%；日本的10.3%。高碳产业集群的发展模式实质上损害了企业的竞争力。西方国家很早就研究所谓“绿色竞争力”，并利用其技术上的竞争优势，在国际上推行低碳贸易壁垒，限制高能耗、高排放的产品出口到这些发达国家去。面对这种贸易壁垒，我们既要保护自身利益，又要着眼长远，提高产品能源效率，降低排放，最终提高企业在国际市场的竞争力。

低碳产业集群是新型工业化发展的必然要求。中国地方产业集群在走新型工业化道路的过程中，重要的问题是处理与能源及环境的关系。要摒弃发达国家走过的老路子，也要清醒看待过去自身走过的老路子。这条老路子的基本特征就是高能耗、高排放的“高碳型”工业化道路。据统计，1900～2004年全球累计二氧化碳排放量中约80%是工业化国家排放的，美国、中欧和西欧约占全球累计排放量的58.98%，美国历史累计二氧化碳排放约占全球累计排放量的28.03%。就中国而言，对比国际上工业化进程初期的资料，在人均GDP处于500～3500美元时，中国人均碳排放量与日本同一发展阶段的人均排放量相当；略低于西欧的人均排放量。

低碳产业集群是新型城市化发展的必然要求。中国在应对城市发展一系列压力的过程中，开始新型城市化的探索。

新型城市化必然要求发展低碳产业集群。这个产业集群中的龙头骨干企业和数目众多的中小企业应以低碳经济为模式和方向；在产业集群中直接就业和间接服务于该产业集群的市民应以建设低碳社会，推行低碳生活为模式和方向；政府部门、行业组织应以提供低碳基础设施、实施各项低碳产品和行业标准为模式和方向；科研机构、大学和质检等机构应以提供低碳知识与技术，为低碳经济发展提供智力支持为模式和方向。总之，低碳产业集群是低碳城市的核心组成部分。

3. 发展低碳产业集群的若干模式探索

发展低碳产业集群对于实现中国低碳经济目标有着极其重要的意义。

第一，将传统制造业集群改造为低碳产业集群。印染行业是绍兴的支柱产业，也是能耗大户和高排放行业。节能降耗工作是绍兴面临的重要问题，绍兴提出以下四项措施。

(1) 严格执行各项环保法律法规，做到持证排放，达标排放，完成污染物削减任务；完善各项环保管理制度，建立污染治理设施运行台账，确保各项环保治理设施安全、稳定运行，坚决杜绝偷排、漏排行为。

(2) 积极推行清洁生产，大力发展循环经济，通过中水回用、污水预处理等措施，最大限度地削减污染排放量。引进气流染色机等低污染低排放的设备和技术，提高产品附加值，努力提升全县的印染产业档次。

(3) 推动争创“环境友好型”企业活动，做节约资源、保护环境的模范。

(4) 加强企业自律，建设规范排放口，安装在线监测和视频装置，自觉接受各级政府和有关部门监管，欢迎社会各界人士监督。

第二，将工业园区综合优化为低碳产业集群。上海化学工业区率先走在前列，其万元产值循环经济指标都远远领先于全国行业水平，能耗低于行业的1/2，耗水量低于行业的1/12，废弃低于行业的1/3，废水低于行业的1/8。化工区根据循环经济和可持续发展的要求，结合自身特点，创造性地提出了“产品项目、共用辅助、物流传输、环境保护和管理服务”五个“一体化”的开发理念，并融入开发建设的全过程中，形成园区“专业集成、投资集中、资源集约、效益集聚”的整体优势。目前，园区已经吸引了BP、巴斯夫、德固赛、拜耳等众多国际性化工大企业集聚于此。根据国际经验和产业上下游发展规律，工业布局以大化工为依托，打破现有行政区划界限，加大工业区的归并力度，重点发展化工、精细化工、合成材料、新型建材、生物医药、食品加工及其他轻工加工业。上下游产业区相互依托，并以物流、技术、信息等方面及时、到位、全面的服务相支持，形成区域整体性集群优势。

第三，将生产性服务业集群提升为低碳产业集群。浙江台州经过多年发展，已经成为全国四大摩托车板块之一，也是全国最大的医药化学原料药生产出口基地，中国的“模具之乡”、“塑料制品王国”、中国重要的家电及制冷配件生产基地、缝制设备生产出口基地，全国最大的阀门基地，中国工艺礼品之都等。台州市应立足于产业集群，发展生产性服务集群。

（1）立足制造业，发展生产性服务集群。重点发展现代物流业、金融保险服务业、信息服务业、技术服务业、商务服务业和会展业等生产性服务业。加快启动建设海门港等主要物流节点。深化金融创新，打造金融强市，建设台州特色的区域金融中心。以台州先进制造业服务集聚区列为全省首批服务业试点示范项目为契机，增强引导和示范效应。到2010年力争全市生产性服务业比重达到45%左右。

（2）立足沿海产业带集聚发展服务业集群。将服务业集聚发展与沿海产业带的建设相衔接，明确服务业集聚发展目标、建设规律和功能定位。重点抓好现代物流园、新型专业市场群、CBD、创业服务页园等几种形态的现代服务业建设。通过推进服务业集聚，为城市功能开拓提供服务，为工业园区建设配套，为先进制造业发展支持。

（3）依托台州港口资源，发展临港经济集群。通过发展现代物流业、金融服务业、信息服务业，大力提倡临港服务业，努力让台州建设成为区域性的物流、资金流、信息流的集散地。

（4）将新能源新材料行业定位于低碳产业集群。保定高度重视新能源与能源设备产业发展，坚持把“低碳”理念植入城市发展中，加快了光伏发电、风力发电、节电设备制造三大产业高速发展，并成为国家认可的可再生能源产业发展的战略平台。2009年，随着国家对光电建筑应用示范工程予以资金补助等政策相继出台，保定市积极行动，把保增长、扩内需与调结构、上水平有机结合起来，把握世界产业技术革命的新趋势，高起点规划了中国电谷产业布局，谋划大发展蓝图，完成中国电谷二期控制性详规编制和产业规划，搞好重大基础设施建设，按照《关于建设低碳城市的意见》，建设“太阳能之城”。

4. 发展低碳产业集群的措施

（1）加强产业集群地区中小企业节能减排工作。既要发挥全国性中小企业协会、行业协会的作用，又要发挥产业集群地区行业协会的作用，形成纵横交错的组织体制。各级政府要与行业协会形成合力，做好以下工作：①支持行业组织开展针对中小企业节能宣传与培训工作；②鼓励行业组织进行节能降耗的标准工作；③授权行业组织加大淘汰中小企业落后生产能力的力度；④政府通过行业组织实施一批中小企业节能的激励措施；⑤政府与行业组织、企业界共同努力构建中小企业节能服务体系。在众多的产业集群地区，政府和行业协会都要充分发挥行业协会和节能专业服务机构的作用，探索适应市场经济体制的节能新机制，积极推广节能自愿协议、合同能源管理及采用国外先进节能技术等节能管理新模式。

(2) 建设一批生产性服务业的产业集群。与历史发展阶段相适应，中国的产业集群的重心在工业制造方面。当前，要正确处理好工业立市和服务业兴市的关系，在有条件的地区先行一步，以生产性服务业为重心构建产业集群，这是发展低碳产业集群的重要方面。以生产业服务业为重心构建产业集群，就要着力解决生产性服务业内部结构层次不高的问题，推动生产性服务业成为现代服务业的领头行业。为此，围绕新型服务业产业集群建设，要抓好生产性服务业功能区块规划建设，抓服务业项目推进建设工作，抓服务业市场主体培育，抓发展服务外包产业突破，积极扩大服务业招商引资、完善服务业统计和形势分析工作。

(3) 利用各种政策手段支持环保节能产业集群健康发展。要确立低碳型农业、工业和服务业作为重点产业领域；研究低碳产业集群体系规划；编制有利于低碳经济发展的产业集群地区的交通与物流规划、市政设施规划；扩大产业集群地区的碳汇系统规划等。低碳产业集群规划试点既可以在特定的产业集群中展开；也可以结合部分市（县、区）开展的低碳城镇规划进行。规划试点工作要与低碳经济研究相结合，取得经验逐步推广。当前，发展低碳产业的核心技术大都掌握在发达国家手中，我们不能在低层次、低技术水平上盲目发展低碳产业。各地积极规划建设太阳能、风能、生物质能等产业基地或产业集群建设，是当前中国经济发展阶段的一个正常现象。关键是要加强政策调节，既要出台一些扶持性政策，支持这些地区以新能源为重点的产业集群建设，发展一批新型低碳产业集群；又要出台一些限制性政策或法规限制地方重复建设，鼓励创新开发更节能、更环保的低碳产业技术，率先打造一批技术先进的低碳产业集群。

四 中国发展低碳新兴产业的风险与规避

从全球来看，围绕低能耗、低排放、低污染来发展低碳经济，将成为一个不可逆转的潮流。而对我们国家而言，低碳、高效新兴产业和低碳经济的发展，仍然会面临巨大的挑战。目前，在城镇化、工业化的关键时期，这些挑战和风险是不容忽视的。因此，要科学地认识低碳经济条件下新兴产业发展中的这些风险，有效规避、防范和化解风险，力求以变应变。

1. 运作机制不合理

在运作机制上，与其他商品市场不同，政府在碳交易市场中扮演了重要的角色，中国目前节能减排政策体系以命令-控制为主。上海模式是通过环保局发放证书，控制一个排放总数，再把量配置到需求企业当中去。政府主导环境资源配置，会淡化市场在配置资源中的基础性作用。如果不能摆脱过分依赖行政手段的做法，创立依靠市场配置环境资源、促进节能减排的新模式，仍然重行政命令，轻市场手段；重视降低大单位 GDP 能耗，轻视降低社会总耗能，企业和个人将不会主动融入到低碳经济的框架中去。没有合理的运作机制，也就不可能通过市场手段产生中国本土的碳价格，应指导投资人、企业操作低碳的生产，给企业明确的信号，使企业能够坚持低碳模式的信心。20世纪70年代美国政府对空气污染控制的决心很大，但效果不佳，成本效益很不划算，且低估了负面的经济后果。后来美国通过市场手段减排二氧化硫取得了明显成效。我们应该吸取美国的教训，预防风险，通过完善运作机制，使政府和市场各司其职，相互配合，为低碳产业的发展创造条件。

2. 行业标准和技术不成熟

当前一些低碳新兴产业还处在产业发展的初级阶段，在全球范围来看都存在着行业标准和技术并不成熟的问题，即使现在采用最新的装备和工艺，随着标准的改变和要求的提高，也可能会被迅速淘汰。这些产业的特点就是要有持续的、不断的巨大投入。这种持续的、巨大的投入相对于有效的产出来讲，将会产生一个很大的不确定性。低碳新兴产业与其他产业一样，其成长也是一个从技术到产品、再到市场应用的过程。如果没有规范的行业标准、技术标准以及产品检验标准，在培育和发展低碳新兴产业的过程中，容易引发一哄而上的投资冲动，引发新一轮重复建设，带来新的产能过剩问题，这不仅会带来业内竞争常态化、残酷化、低效化，而且会导致产业链条的不畅，使上下游产业之间难以建立起比较协调有序的产业链，新兴产业的优势和价值也难以在市场上体现出来。

3. 外部环境的不确定和发达国家的责难

发达国家支持和鼓励发展低碳经济，但由于商业化利益以及其他方面的考虑，发达国家设置技术、标准壁垒，确保自身在低碳国际竞争中的优势。它们正在通过主导国际节能环保标准的制定，迫使发展中国家以高昂代价进口其技术装备，限制和阻碍发展中国家的产品输出。它们还试图通过新一轮的国际规则，新一代的技术领先，以节能环保产业为载体，确保其在国际竞争中的优势地位。低碳经济在中国的发展还处在起步的阶段，如果仅仅依靠自身的技术实力，很难真正发挥低碳经济的潜力，所以必须积极引进发达国家先进的低碳技术。但发达国家人为设置的各种障碍，使低碳技术在国际间转移进展十分缓慢。面对中国的快速发展，我们在利用国际优质能源、引进国外先进技术、开发水电、核电时经常遭遇误解和责难，面临着“中国能源威胁论”、“环境威胁论”的指责。如果这方面问题得不到好的解决，也将影响中国低碳新兴产业的发展。

4. 发达国家主导的国际贸易规则的变化和中国的被动适应

面对低碳经济发展模式，发达国家不但在建立国内碳排放交易制度、引入碳定价机制等方面走在前列，而且为了占有更大的碳交易国际市场份额，在未来再次主导全球低碳经济发展的制高点，它们还试图引导贸易规则的演化，一方面，为推动、扩大低碳产品和服务的贸易开绿灯，另一方面，依靠强势的低碳技术和新能源技术的研发及应用实力，阻碍、限制高碳产品和服务的贸易，这将有可能改变国际贸易的机制和格局，通过新的贸易保护主义和国际商品市场的新格局，从根本上解决发达国家经济的内需置换、贸易逆差问题，推进创新出口。近年来在低碳经济方面领先的发达国家，为引导消费者选用低碳产品，增强低碳产品的市场竞争力，它们引入了碳足迹、二氧化碳可视化等制度。随着越来越多的国家引入这些制度，其商业影响力将越来越大。发达国家还以限制碳排放为名征收碳关税，这有可能成为实施贸易保护主义的另一个借口，实际上，发达国家是想以此办法把中国等发展中大国拉入强制碳减排的行列，给发展中国家的经济增长设置障碍。随着国际贸易规则的变化，中国的贸易强国之路也需要用低碳化的产业基础加以铺垫，这需要一个适应过程。对中国的低碳新兴产业来说，如果企业对市场中的这些变化尚未做好充分准备，可能遭遇由此带来的困难和被动局面。

5. 中国的碳交易还很不成熟

中国有关碳交易的法律政策框架体系还没有建立起来，真正意义上的、市场化的碳交易还没有发生。中国的低碳企业主要通过联合国的CDM项目进行碳交易，其标准不由自己定，审核越来越严厉，审批程序非常复杂，对于国内碳交易市场没有大用。中国也没有一个像欧美那样的国际碳交易市场，伴随着一些大型的碳交易中心相继建立，如欧盟二氧化碳排放量交易体系、欧洲气候交易所等，低碳标准权和低碳话语权正在逐渐被欧美等金融发达国家控制，中国难以参与碳市场定价机制的确定，也很难充分发挥自己的话语权。虽然全球低碳交易蔚为大观，据联合国与世界银行预测，2008～2012年，全球碳交易市场规模平均每年可达600亿美元，2012年交易额预计将达1500亿美元，可能超过石油而成为世界第一大市场，但中国只能是被动参与，其结果是碳价越压越低，发达国家成为碳金融产品的主要交易者与标准制订者，最终，我们将被迫按照发达国家制订的“国际标准”进行碳测算和碳交易、缴纳碳关税，以高价向全球发达国家购买低碳技术和碳排放权。

第十三章　结合实际　打造特色低碳经济

中国发展低碳经济绝不能脱离中国各地的经济发展状况，要结合各地实际打造具有自身特色低碳经济。

第一节　中国区域低碳经济发展格局与建设

中国是世界上最大的碳排放国家之一。尽管目前尚未列入《京都议定书》第一批限定减排国家的名单，但中国碳排放变化却引起了各国的重视。由于种种原因，长期以来，人们对中国碳排放变化的研究几乎全部集中在国家总量的排放方面。从地理学的角度看，对于一个国家碳排放的研究不仅需要从总量变化方面评估，而且同样需要从区域格局变化角度把握。这样在进行国家碳减排目标和相关政策的制定时，才会具有更为明确的针对性和更为良好的操作性。

一　中国区域能源消费的碳排放空间格局变化

中国总体变化是指国家碳排放总量的过程变化。根据美国北达科他大学碳信息中心的研究资料，1952～2005年，中国国家碳排放总量增长了39倍。与之相比，中国经济和能源消费总量则分别增长了约53倍和45倍（图13-1）。

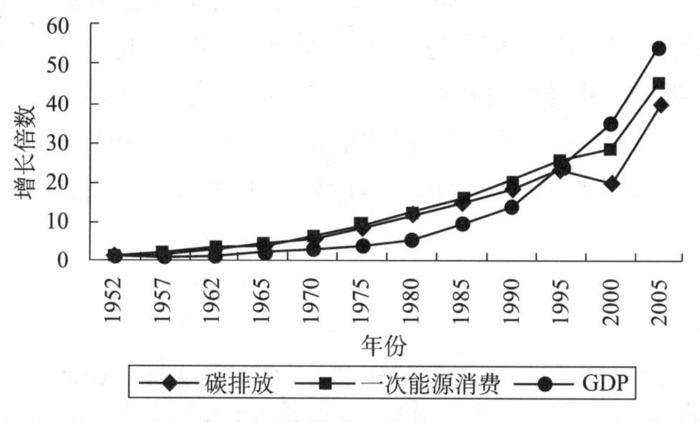

图13-1　1952～2005年中国碳排放、能源消费与GDP增长过程变化

直到20世纪90年代中期，中国碳排放与一次能源消费大体保持着同步增长的态势，但略快于经济发展增长速度。此后随着国家产业结构、能源消费结构的演进，碳排放的增速开始明显减缓，特别是1997年亚洲金融危机后。数据统计显示，1996～2005年，中国GDP增长了134.7%，而一次能源消费和碳排放总量则增长了78.1%和71.5%。

1. 中国三大区域能源消费与碳排放空间形状①

三大区地域系统变化是指以东、中、西三大区域划分的一次能源消费的碳排放空间格局变化。②

（1）东部地区。由于受经济发展程度和一次能源消费水平的影响，长期以来，东部沿海地带区的碳排放在全国始终占据着主导地位。20世纪60年代以前，东部沿海地区碳排放在全国的比重大体保持在50%左右。此后，随着国家安全形势的变化和内陆工业生产建设的大规模展开，东部沿海地区的经济发展和一次能源消费增长受到极大制约。其结果是，东部沿海地区的碳排放在国家的比重也开始呈现出逐步下降趋势（图13-2）。

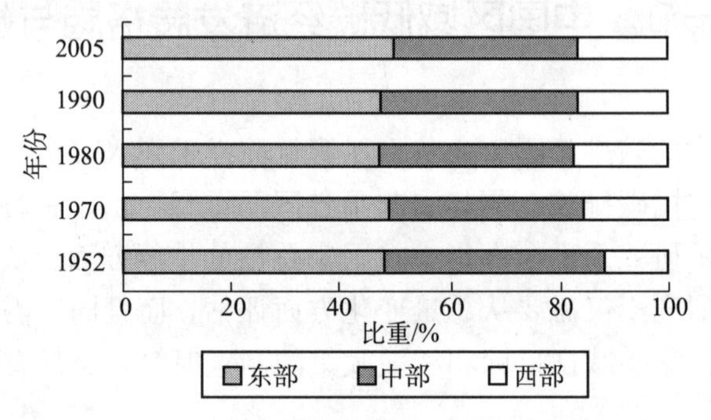

图13-2　1952～2005年中国碳排放的区域格局变化（区级变化）

20世纪80年代后，改革开放政策极大地激活了东部沿海地区经济发展和一次能源消费的巨大潜力。在快速的经济和一次能源消费增长带动下，东部沿海地区的碳排放增速也明显加快。2005年东部沿海地区碳排放在全国达到了45.2%，较1980年时增长了2.7个百分点。

（2）中部地区。总体而言，中部地区碳排放在全国的比重保持在稳中有降的态势。20世纪50年代初期至60年代中期，中部地区碳排放在全国的比重曾出现一次较大幅度的变化，降幅达6个百分点，从1952年的近40%下降到1962年的34%。20世纪60年代中期至90年代中期，中部地区碳排放的比重基本稳定在36%的范围内。此后尽管受到西部大开发政策实施的影响，中部地区碳排放的比重曾继续呈现一定程度的下降，但在当地经济快速发展的作用下，2005年时占全国比重已经重新上升至36.7%的水平，较2000年时增长了4个百分点。

① 张雷，黄园淅，李艳梅，等．中国碳排放区域格局变化与减排途径分析．资源科学，2010，(2)：211-217.

② 东部地区包括北京、天津、河北、辽宁、上海、江苏、浙江、福建、山东、广东、广西和海南等12省（直辖市、自治区）；中部地区包括山西、内蒙古、吉林、黑龙江、安徽、江西、河南、湖南和湖北等9省（自治区）；西部地区包括重庆、四川、贵州、云南、西藏、陕西、甘肃、青海、宁夏和新疆等10个省（直辖市、自治区）。

(3) 西部地区。近年来，西部地区碳排放在全国的比重基本保持着上升趋势。20 世纪 50 年代初期，西部地区碳排放在全国的比重不足 12%。至 20 世纪 70 年代中期，比重已逐步上升到近 16%。20 世纪 80 中期至 90 年代中期，受东部沿海地区开发政策的影响，西部地区碳排放增速明显减缓，在全国比重的下降（1985～1995 年西部地区碳排放在全国比重下降了近 1 个百分点）。此后受东南亚金融危机和西部大开发政策的影响，当地碳排放在全国的比重再次出现上升，并逐步趋于相对稳定的状态。2005 年西部地区碳排放在全国的比重为 16.6%，与 20 世纪 90 年代初大体持平。

2. 中国区域能源消费的碳排放空间格局变化过程①

根据中国省（自治区、直辖市）级碳排放变化特征，对中国省区碳排放规模进行了初步分类，其标准如下：

第一类为超重碳排放型，其碳排放规模超过 1 亿吨/年；

第二类为重碳排放型，其碳排放规模为（9999～3000）万吨/年；

第三类为一般碳排放型，其碳排放规模为（2999～1000）万吨/年；

第四类为轻碳排放型，其碳排放规模等于或小于 999 万吨/年。

50 多年来，中国省（自治区、直辖市）级的碳排放空间格局发生了很大变化，可分为三个阶段。

(1) 起始阶段（1952 年）。此阶段最大的特点是全国各省区碳排放全部处于轻型范围之内（≤999 万吨/年）。省区间的碳排放水平，除了辽宁省外，均无明显差距（图 13-3）。

图 13-3 中国地区能源消费起始阶段（1952 年）

(2) 初级分化阶段（1953～1980 年）。经过了近 30 年的大规模工业化发展，中国内地省区的碳排放规模开始呈现出明显差距。辽宁和山东两省已经快速跃进到重型碳排放行列；

① 张雷，黄园淅，李艳梅，等．中国碳排放区域格局变化与减排途径分析．资源科学，2010，(2)：211-217.

四川、重庆、黑龙江、河南、陕西、河北、北京、江苏、吉林等 14 个省（自治区、直辖市）跨入一般碳排放行列；天津、内蒙古、江西、甘肃、宁夏、浙江等 12 个省（自治区、直辖市）则继续保持在轻碳排放队伍中（图 13-4）。

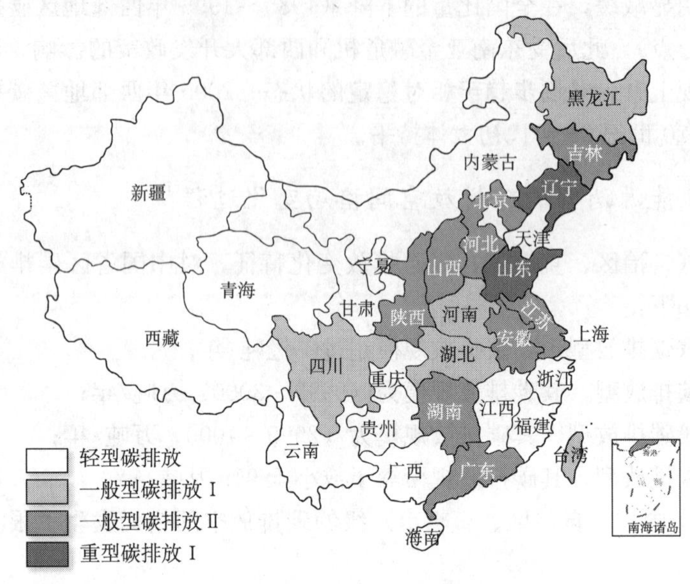

图 13-4　中国地区能源消费初级分化阶段（1980 年）

（3）快速演进阶段（1981～2005 年）。改革开放以来，在快速经济发展和一次能源消费增长的带动下，各省区的碳排放增量也呈现明显加快。其结果是，省（自治区、直辖市）级碳排放空间格局演进明显加快，类型发育趋于成熟。与 1980 年相比，2005 年，不仅新增超重碳排放型的省区数量达到了 3 个；重碳排放型的省（自治区、直辖市）数量增加了 14 个。相反地，一般碳排放类型的数量减少了 4 个；轻碳排放型的省区则减少了 10 个（图 13-5）。

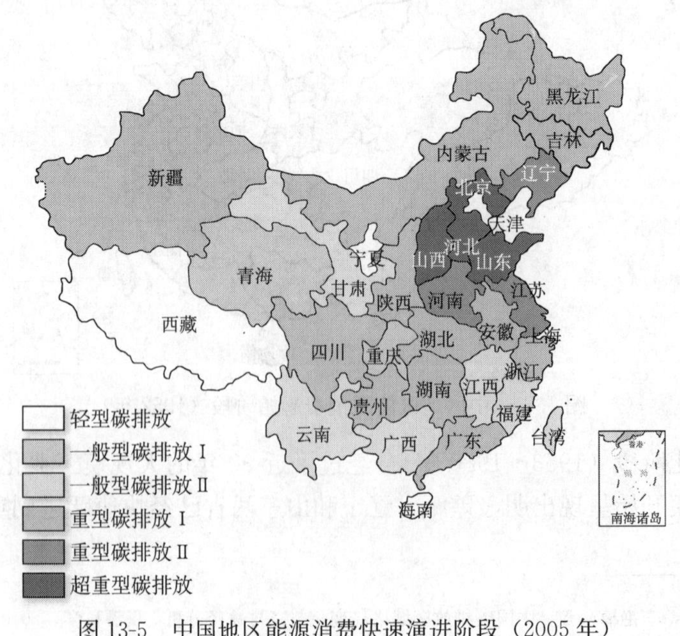

图 13-5　中国地区能源消费快速演进阶段（2005 年）

3. 产业结构演进与能源消费分析

上述结果表明，长期以来，无论是区级还是省（自治区、直辖市）级，产业结构演进与一次能源消费增长均保持着一种相同的基本特征，其主要体现在：①高相关性，即地区产业结构演进速率与一次能源消费增长保持长期紧密的关系。例如，1952～2005年，以东、中、西划分的区级的产业-能源关联相关系数超过了0.95；与此同时，28个省级单位（四川与重庆合为一个省级单位，西藏因缺资料无法计算）的产业-能源关联相关系数均值也达到了0.9337，这种高相关性与空间组织GDP增长、一次能源消费的情况完全一致。②消长异步，即地区产业结构多元化程度越高，一次能源消费增长速率则越低的异步特征。例如，1991～2005年，东、中、西部地区的产业结构多元化演进的年速率为8.02%、5.69%和5.21%，而这些地区同期的一次能源消费的年递增速率为5.30%、5.75%和5.98%。与之相比，当1952～1990年上述三大区产业结构多元化演进的年速率为4.46%、4.01%和3.79%时，其一次能源消费的年递增速率则分别为8.15%、7.92%和5.40%。在省（自治区、直辖市）级空间组织方面，除了辽宁外，其他省级单位则都保持着产业结构多元化的程度越高，地区一次能源消费增速也就越缓的局面。

研究表明，产业结构演进是决定一次能源消费增速变化的一个关键要素，同时也是决定地区碳排放增量变化的一个关键。碳排放与能源消费结构变化与产业-能源关联的特征相比，能源-碳排放关联的最大特征在于其相关性要低了许多。1952～2005年，以东中西部划分的区级能源-碳排放关联相关系数大体保持在0.41～0.83，均值水平仅为0.60，较区级产业-能源的相关系数低了37个百分点；省级能源-碳排放的相关分异特征更为明显，从最高的海南到最低的甘肃差距达数倍。在分析的29个省级对象中，能源-碳排放的相关系数均值为0.5860，仅相当于产业-能源关联的62.8%。此种情况与上述地区一次能源消费与碳排放的高相关特征相距甚大。显然，这是受国家长期以煤为主能源供应政策影响的一种必然结果。与产业-能源关联模型相同，能源消费结构的变化与碳排放的增长也存在着明显的异步特征。换言之，地区能源消费结构变化的程度越快，碳排放总量增长的速率则越低。例如，1975～2005年，山东、河北和山西三省的一次能源消费结构变化系数分别增长了21.4%、9.4%和0.0%，相应地，同期三省的碳排放总量则分别增长493%、676%和996%。

4. 结论与问题讨论

中国碳排放空间格局的变化特征明显。①产业结构对一次能源消费的影响主要通过自身演进速率的快慢来实现。区级和省（自治区、直辖市）级产业-能源关联模型的分析表明，地区产业结构多元化程度越是走向成熟，其一次能源消费的增速也就越是减缓；②与产业-能源关联的情况相比，中国地区的能源-碳排放相关程度要低许多。在国家以煤为主的能源供应政策下，进展迟缓的一次能源消费结构变化是造成地区碳排放增长无法实现大幅下降的一个关键因素所在；③与产业-能源关联模型相同的是，能源消费结构的变化与碳排放的增长也存在着明显的消长异步特征。因此，要控制地区碳排放的增长，一个重要的措施就是加快当地一次能源消费结构的变化速率。

由此，未来国家碳排放增长控制的政策应考虑：①积极引导第三产业的发展，加快产业结构的演进速率，以逐步减缓地区一次能源消费总量的增长；②在未来的20～30年内，应更坚定地推行现代能源矿种的资源国际化进程，最大限度地改善各地区、特别是东部沿海地区的一次能源供应结构，以此实现对地区碳排放增长的有效控制；③从现在起，逐步加大对非常规一次能源开发利用的研发力度，以便为更远未来的地区可持续能源供应保障及其结构改善奠定一个坚实基础。

二 中国碳排放的区域差异的原因分析

在中国不同的区域范围内，资源禀赋、经济发展水平、产业结构状况等不仅影响区域能源消耗，同时碳排放也显示出不同的区域特点，这些特点以能源消费数量、能源消费结构以及单位GDP能源消费强度等多项指标体现出来。

由于中国各区域之间的资源分布、经济发展极不均衡，虽然中国碳排放总量呈现增长趋势，但各地区碳排放的差异较大（图13-6）。2007年中国各省（自治区、直辖市）人均二氧化碳排放量处于前五位的是内蒙古、宁夏、上海、山西、天津，其中最高的是内蒙古，其人均排放量为17.14吨，而最低的海南人均排放仅为2.65吨，前者是后者的6倍多。从各省（自治区、直辖市）的人均排放量总体来看，除内蒙古、宁夏、山西等少数地区外，具有沿海发达地区高于内陆欠发达地区的特点。

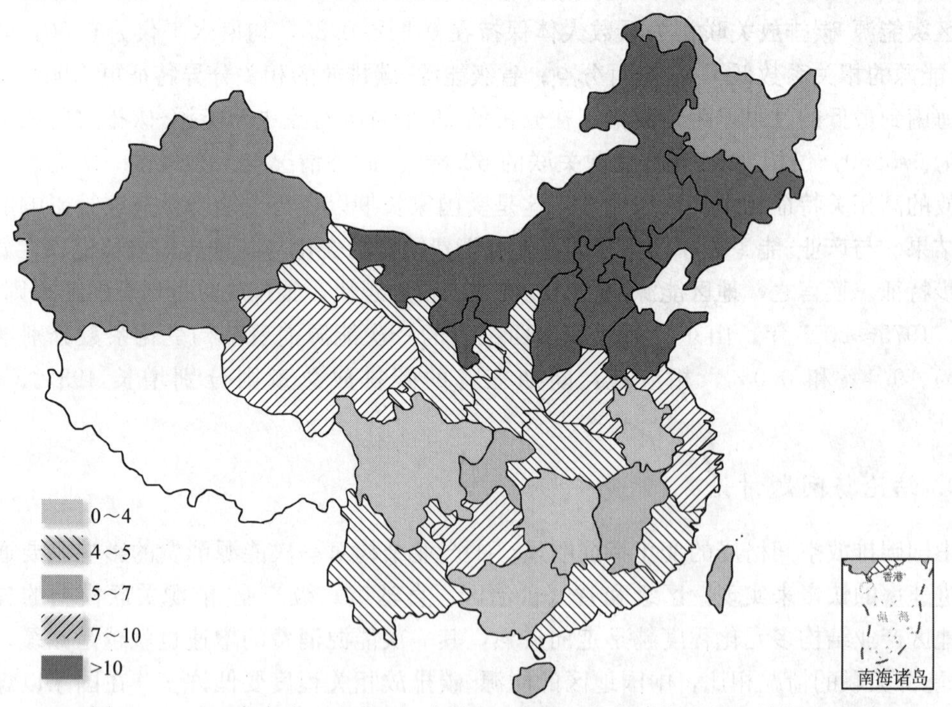

图13-6 2007年各省（自治区、直辖市）人均二氧化碳排放量（单位：吨）

注：不含西藏数据。

数据来源：国家统计局．中国统计年鉴2008．北京：中国统计出版社．2008；国家统计局能源统计司，国家能源局综合司．中国能源统计年鉴2008．北京：中国统计出版社．2009.

如果以二氧化碳排放密度指标，即单位国土面积上的二氧化碳排放量来衡量各省的排放情况，则全国二氧化碳高排放密度区主要分布在环渤海湾、长三角、珠三角等经济高度发达地区，其每平方公里的二氧化碳排放量均在2000吨之上。其中上海以33 450吨/平方公里的排放密度遥遥领先于其他各省区，其排放密度是位居第二位的天津的3.24倍，而西部地区每平方公里的二氧化碳排放量总体在500吨之下，其中新疆和青海的排放密度分别为88吨/平方公里和41吨/平方公里，不到上海的1/350。[①] 但是，在东部地区人均二氧化碳排放、二氧化碳排放密度高于中西部地区的同时，二氧化碳排放强度也明显较低（图13-7）。宁夏、贵州和内蒙古等中西部省（自治区）居于高排放强度行列，排放强度的分布趋势总体上表现出西北和西南地区高，而中东部地区低的特征，东南-华南沿海一线的排放强度明显处于全国较低的水平。

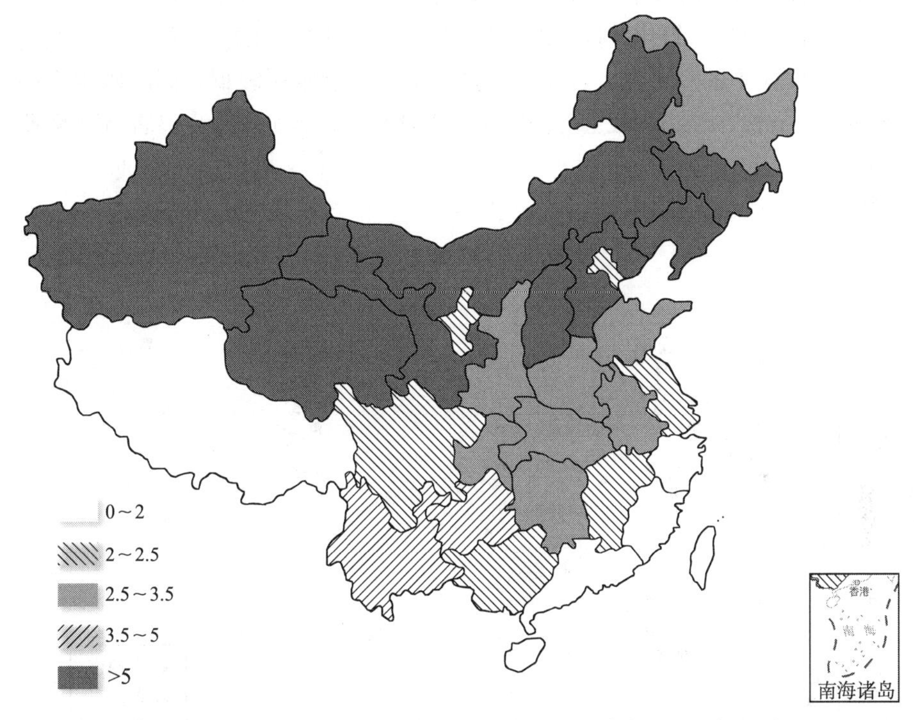

图13-7　2007年各省（自治区、直辖市）碳强度（单位：吨二氧化碳/万元）

资料来源：国家统计局．中国统计年鉴2008．北京：中国统计出版社．2008．

国家统计局能源统计司，国家能源局综合司．中国能源统计年鉴2008．北京：中国统计出版社．2009．

造成中国省份之间碳排放差异巨大、东部发达地区人均排放量和排放密度较高而排放强度较低的格局，主要有经济发展水平、经济结构、技术水平和地区经济战略等几个方面原因。

1. 经济发展水平和技术水平

历史数据表明，社会经济发展水平与碳足迹呈明显的正相关关系。社会经济发展水平高的国家，其碳足迹水平相应也较高。社会经济发展背后重要的支撑因素是收入和消费水

① 由中国人类发展报告2009/10课题组在《中国统计年鉴2008》、《中国能源统计年鉴2008》数据基础上计算。

平，而收入的增长和消费水平的提高，又会造成碳足迹深度发生变化。由生活能源消费如私人汽车产生的直接排放会增加；在单位产品和服务的碳排放没有显著降低的情况下，对产品和服务的更高消费所导致的间接二氧化碳排放量也会迅速上升，并成为碳足迹的主要来源。

技术开发和技术水平是低碳产业大力发展的核心。建议建立协同控制技术开发、技术制造和技术使用“三位一体”的创新机制；在环境友好型技术清单基础上建立协同效应型技术清单数据库，并根据国际社会技术变动趋势，定期更新技术需求清单；另外，还可以制定相关经济激励政策，鼓励协同控制型技术的开发和扩散，减少异协同控制型技术的使用。

东部地区经济发展水平、人均收入高于中西部地区，相应的居民消费水平也更高，并带来了更高的人均排放。对比不同地区间居民的人均消费支出，可以发现，不论是城镇居民还是农村居民，基本都呈现出东部地区＞中部地区＞西部地区的形势。

在中国的各省之间，已经呈现出经济社会发展与碳排放相对脱钩的趋势。从图 13-8 可以看到，碳生产率（单位二氧化碳排放的经济产出）和 HDI 呈正相关关系，贵州、青海等西部省份，位于图 13-8 中的左下角，经济水平较落后，发展水平较低，同时碳生产率也较低。而东部的经济发达省份，经济和社会经济发展水平都较高，碳生产率也显著高于西部省份。

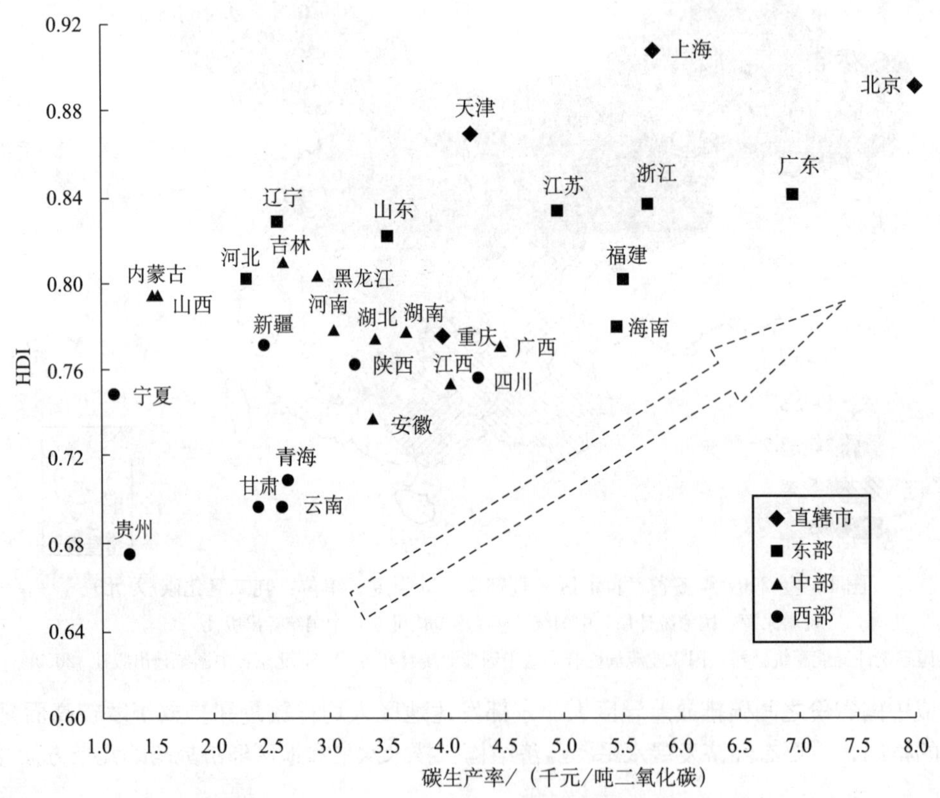

图 13-8　中国各省（自治区、直辖市）碳生产率和 HDI

资料来源：国家统计局．中国统计年鉴 2008．北京：中国统计出版社，2008．

各省 HDI 数据由课题组计算（西藏数据不可得）。

2．经济和产业结构

世界主要国家二氧化碳排放量的部门分布是：电力与热力、制造业和建筑业、交通、生活、其他能源工业、其他。第二产业比第一产业和第三产业同时具有更高的能源强度，所以第二产业比重较高的省份同时可能具有较低的碳生产率。东部地区，高附加值、低能耗、低排放的技术密集型产业比重较高，因而东部地区的单位GDP产出排放了相对较少的二氧化碳，即碳强度较低。2007年，东部地区煤炭、原油、天然气产量和发电量分别占全国的11%、37%、13%和43%，但同期消费却分别占这些能源消费总量的1/3～1/2。[①] 2008年单位工业增加值能耗最低的5个省（直辖市），则基本都位于东部，中国第三产业比重排名前5位的省（直辖市），除贵州碳强度较高外，其余的北京、上海、广东和浙江主要位居东部，碳强度均低于2吨二氧化碳/万元，大大低于全国平均水平。

中西部地区企业生产工艺和技术水平相对落后，碳排放较高的能源密集产业在西部地区产业结构中仍占较大比重，如贵州、宁夏和内蒙古这三个地区，它们的共性就是第二产业比重高、技术水平相对较低、同时向其他地区输出能源和电力。第三产业比重排名后位的省份，则以中西部省份居多，加之能源利用效率较低，使得其排放强度高于东部地区，其碳强度指标基本都要高于全国平均水平。

3. 地区经济战略

2008年中国单位工业增加值能耗排名前十的省份，全部位于中部和西部，中西部省份碳强度普遍高于东部省份，这与整个国家经济发展的战略布局有关。在现有国家经济发展的布局下，东部地区主要为能源净输入区域，而西部地区则成为主要能源输出区域，形成了能源生产与消费的空间分离的格局。目前中国碳强度较高的几个省份，如内蒙古、山西、贵州等，均为主要的能源和电力输出大省。

国家明确提出要继续实施西部大开发，振兴东北老工业基地，促进中部地区崛起，鼓励东部地区率先发展。与此相对应，可以在中国三大经济地带的基础上，将中国划分为四大区域，即东部、中部、西部和东北地区。由于中国目前没有碳排放量的直接监测数据，因此大部分的测算研究都是基于对能源消费量的测算得来。同时，考虑到区域不同能源结构下单位能源消费所产生的碳排放水平不同，因此，利用碳排放因素分解公式，计算了各地区平均碳排放系数，课题所用数据也是据此计算得来（表13-1）。

表13-1　2006年中国四大区域经济发展状况

区域	能源消费总量/万吨标准煤	平均碳排放系数/（吨碳/吨标准煤）	碳排放量/吨	能源强度/（吨标准煤/万元）
北京	5 981.41	0.69	4 127.18	0.76
天津	4 659.93	0.80	3 727.95	1.07
河北	22 096.51	0.91	20 107.83	1.90
山东	27 177.23	0.79	21 470.01	1.23
上海	9 049.84	0.87	7 873.362	0.87
江苏	19 285.77	0.75	14 464.32	0.89
浙江	13 601.53	0.69	9 385.06	0.86
福建	6 906.40	0.66	4 558.22	0.91

① 国家统计局. 中国能源统计年鉴2008. 北京：中国统计出版社，2008.

续表

区域	能源消费总量/万吨标准煤	平均碳排放系数/（吨碳/吨标准煤）	碳排放量/吨	能源强度/（吨标准煤/万元）
广东	20 203.65	0.71	14 344.59	0.77
海南	952.83	0.57	543.11	0.91
东部合计	129 915.10		100 601.62	
山西	13 725.34	1.44	19 764.48	2.89
河南	16 744.60	0.78	13 060.79	1.34
安徽	7 200.16	0.88	6 336.14	1.17
湖北	11 083.89	0.78	8 645.43	1.46
湖南	10 233.14	0.70	7 163.20	1.35
江西	4 777.95	0.86	4 109.04	1.02
中部合计	63 765.08		59 079.08	
广西	5 750.76	0.68	3 910.51	1.19
内蒙古	11 561.84	1.05	12 139.93	2.41
重庆	4 786.94	0.63	3 015.77	1.37
四川	12 939.44	0.63	8 151.85	1.50
贵州	7 275.02	0.78	5 674.51	3.19
云南	6 843.48	0.84	5 748.52	1.71
陕西	6 450.85	0.81	5 225.19	1.43
甘肃	5 006.46	0.68	3 404.40	2.20
宁夏	2 913.41	0.81	2 359.86	4.10
青海	2 002.37	0.45	901.07	3.12
新疆	6 370.68	0.63	4 013.53	2.09
西部合计	71 901.25		54 545.14	
辽宁	16 420.79	0.74	12 151.39	1.78
吉林	6 801.72	0.76	5 169.30	1.59
黑龙江	8 738.73	0.73	6 379.27	1.41
东北合计	31 961.23		23 699.96	

注：表中西藏自治区的数据暂缺。

资料来源：国家统计局．中国统计年鉴 2007．北京：中国统计出版社，2007．据此计算得出。

碳排放总量反映了一个地区总体的碳排放水平。从能源消费总量看，排在前三位的是东部地区的山东、河北和广东，从前面的分析可知，能源消费与经济发展呈正相关关系。但是在考虑碳排放系数后，山西上升到了第三位，山东和河北仍然位居第一和第二位，而一些西部省份，如青海、宁夏及海南碳排放总量较低，排放水平低的原因主要是经济发展滞后、能源消费量小，同时能源消费结构中清洁能源比重较大。如海南、青海的煤炭比重仅为 12%和 22%，其中海南是一比较特殊的省份，其虽处于东部沿海地区，但受自然环境和经济基础的影响，经济发展水平较低，海南的能源消费主要依靠石油，占消费总量的 30%。因此这些省份应以经济发展为主，在经济发展的同时保持清洁能源的使用，并积极开发可再生能源。

与能源消费相比，考虑碳排放系数后，山西、河北、安徽、江西、内蒙古等碳排放量有所增加，尤其是山西和内蒙古。作为煤炭大省（自治区）的山西和内蒙古，煤炭在能源消费结构中的比重很大，因此山西、内蒙古等可以通过发展低碳能源和可再生能源进行能源结构的优化和调整。而广东、四川、浙江、福建、湖南和北京等在考虑碳排放系数后，碳排放量明显降低，说明它们的能源结构有助于减少碳排放。

降低单位 GDP 能源消耗即能源强度，是中国“十一五”期间要重点解决的问题之一。

从能源消费强度来看，中国不同省区能源强度差异很大。2006年能源强度排在前三位的全部处于西部地区，分别是宁夏、贵州和青海，而山西和内蒙古次之；能源强度低、能源利用效率较高的分别是广东、北京、上海、浙江和江苏等，全部处于东部地区，这其中有四个省(直辖市）2006年消费强度下降幅度最大，即北京（5.25%)、上海（3.71%)、浙江（3.52%）和江苏（3.50%)。

能源强度反映了一个地区能源利用效率的高低，体现了该地区经济增长依赖高能耗产业的程度。能源强度的变化直接影响该地区二氧化碳的排放。从以上数据可以看出，经济发展水平越高的地区，能源利用效率越高、能源消费强度越低，同时单位GDP碳排放量越小。因此，能源强度较高的地区应该在今后的经济发展中关注能源的利用效率问题，通过产业结构调整、节能技术的应用等手段降低能源消耗、减缓二氧化碳的排放。

随着中国工业化和城市化步伐的不断加快，第二产业尤其是工业发展较快，而工业中又以重工业占主导，高耗能产业增长加剧了能源的过度消耗，以煤为主的能源结构和能源的大量消耗造成中国环境问题突出，二氧化碳排放量居世界第二位。目前国家已经将合理利用资源、节能降耗、保护环境作为一项基本国策，并提出转变经济增长方式和可持续发展的战略。“十一五”规划也提出了“构筑稳定、经济、清洁、安全的能源供应体系”的总体目标。因此，针对中国各地区制定不同的能源强度改善和能源结构低碳化目标，不仅是减少二氧化碳排放的重要选择，也对中国实现“十一五”期间单位GDP能耗降低20%的目标具有重要的现实意义。为构筑清洁、安全的低碳能源体系，中国实施了CDM项目，通过开展温室气体减排配额买卖机制，让开发新能源的企业可以通过减少温室气体排放以获得更多的收益。

三 中国低碳型区域发展模式

从国际间的比较可观察到这样一个现象，同为发达国家，其人均二氧化碳排放呈现两种不同的模式：一种是以欧洲各国和日本为代表的一类国家，它们在达到较高的人类发展水平的情况下，人均二氧化碳排放相对较低；另一种则以美国、澳大利亚和加拿大为代表，这些国家较高的人类发展水平对应着很高的人均二氧化碳排放。中国未来的发展路径，是沿着“高发展高排放”还是“高发展低排放”的轨迹，或者走出一条属于中国自己的新路径，对中国社会经济的可持续发展及其应对全球气候变化都将具有十分重要的意义。

低碳型区域发展模式主要有低碳型城市发展模式、低碳型园区发展模式和低碳型社区发展模式。从区域角度讲，园区是发展低碳经济最小的单位，建立低碳型园区发展模式就是依据工业园中各个企业在园区中所处不同的地位和角色，建立起各个企业间能源利用和废弃物排放以及综合利用的稳定的联系，以期实现能源的综合利用和废弃物排放的减量化。低碳型城市发展模式则是在城市发展低碳经济，创新低碳技术，改变生活方式，最大限度减少城市的温室气体排放，彻底摆脱以往大量生产、大量消费和大量废弃的社会经济运行模式，形成结构优化、循环利用、节能高效的经济体系，形成健康、节约、低碳的生活方式和消费模式，最终实现城市的清洁发展、高效发展、低碳发展和可持续发展。应对资源节约和环境友好的产业进行倾斜和优惠，而对传统的高污染和低附加值的产业给予限制，从而促进低碳经济的发展，实现产业的低碳化。

1. 低碳型城市发展模式

低碳城市（low-carbon city）是以低碳经济为发展模式及方向、市民以低碳生活为理念和行为特征、政府公务管理层以低碳社会为建设标本和蓝图的城市。发展低碳经济，构筑低碳城市是一个长期实践过程，需要以政府为主导推动，企业为主体驱动，百姓为基础自觉行动，共同作出不懈的努力。建设低碳城市是顺应城市低碳化、生态化发展趋势的重要战略抉择，是转变发展方式、践行科学发展观的重要举措。低碳城市是城市的又一张金名片，将为城市发展带来更多的机遇。各个城市在发展低碳经济，打造低碳型城市，有其独特的资源优势和环境优势，充分发挥优势，形成各自独特的特色，例如，以建筑节能和新能源利用为主导的上海模式、以低碳产业带动低碳城市的保定模式、以示范区为龙头的全面动员和侧重推进的杭州模式等。例如，深圳首个低碳产业园区正式在深圳龙岗新木盛低碳产业园落户。在 2010 年 6 月 9 日举行的开园仪式暨现场招商会上，深圳市和龙岗区各级领导、相关行业协会和企业家 400 余人见证了这一历史时刻。深圳新木盛低碳产业园不仅是龙岗区首个低碳产业园区，也是深圳市首个以低碳为主体的绿色高新技术产业园区。据悉，为吸引高科技企业入驻龙岗，深圳龙岗区已经出台了一系列政策扶持企业的发展。具体包括租金补贴、税收补贴、科技经费奖励、无息贷款等一揽子优惠政策。位于深圳龙岗平湖新木大道的新木盛低碳产业园，总面积 11 万平方米，地理条件优势，与传统的产业园相比，新木盛低碳产业园不仅硬件设施完善，生活配套设施齐全，园区还建有公共服务平台，着力为入驻企业打造产品展示中心、品牌宣传中心、技术市场交流中心等服务平台。机荷高速直通园区入口，毗邻华南城，交通和物流极其方便，是一个集高新研发、生产、休闲、娱乐、购物、医疗、学习、运动生活及具有现代服务理念为一体的创意式的绿色高新技术产业园区。

2. 低碳型园区发展模式

目前我国的低碳经济模式还处于摸索期，低碳高端产业园区的开发、建设与运营相关的低碳评估标准研究与实践都还不完善。在此背景下，多个城市相继提出发展低碳园区的发展构想，“低碳工业园”、“低碳科技园”、“低碳产业园”等形式相继出现，成为区域内产业发展模式升级的主战场。从国际上来看，率先开展低碳经济的国家已经形成集技术开发、成果转化、碳金融、碳咨询等多方面于一体的综合园区模式，且掌握了低碳领域的高精尖技术，低碳经济规模业已形成。目前国内存在的低碳园区形式主要有低碳科技园、低碳产业园/工业园/物流园、低碳技术应用示范园/生态园、低碳 CBD、综合性低碳园区/社区等模式。低碳园区的发展不仅要借他山之石，还应根据各城市、各地区现有的特点，在充分论证分析的基础上，提出既具地方特色、又能优势互补的系统性建设规划。尤其是在领先技术的开发、运营机制的完善和相关行业的融合方面进行探索。例如，苏州工业园区提出了要建设“全国首个低碳经济示范园区”的目标。在推进转型升级时，园区将迎来“二次创业”的全新时代。2010 年 3 月 6 日，“低碳是一种创新的动力、创新的元素，把低碳作为一种提高企业区域产业包括整个国民经济的创新动力，在这一点上来说，苏州和欧洲，苏州和美国，苏州和世界没有什么区别”。苏州具备将低碳经济从理论投入实践的条件。园区发展低碳经济的体系主要包含低碳指标、低碳产业、低碳城市、低碳环境、低碳文明等五个方面。其中低碳指标的目标是经济增长速度大于二氧化碳排放增长速度。并将从优化产业结构，提升产业层次，推进循环经济、节约降耗等方面实现低碳产业。在低碳城市方面要引导城市向紧凑型发展，大力发展低碳交通和低碳建筑。同时要大力开发可再生能源，控制城市各类污染物排放，提升绿地生态效能来实现低碳环境。在社会中推崇生态价值观和自觉的生态意识，把低碳经济的理念渗透到社会各个领域，形成良好的发展低碳经济的社会氛围和舆论环境，打造一种低碳文明。

目前，全国各地发展低碳经济正处于起步阶段，只有部分城市提出了建设低碳城市、发展低碳产业园的愿景。园区正在充分发挥中新合作优势、生态基础优势、先行先试优势，顺应苏州大力发展低碳经济的态势，正积极探索工业园和新城区相结合的低碳经济发展道路，争创“全国首个低碳经济示范园区”。目前园区正在争取国内首家低碳经济技术转让平台落户，还将设立能源管理中心，科学统筹各类能源的使用，同时就清洁能源指标争取、可再生能源推广应用、用能单位节能管理、智能电网建设等进行统筹管理。为争创全国首个低碳经济示范园区，园区制定了更高标准的低碳经济发展目标，到2020年，碳排放量强度比2005年下降50％～55％。经过多年的发展，园区已经形成了以绿色交通与绿色建筑为经脉构建低碳城市，以新能源利用与污染控制为两端营造低碳环境，以产业聚焦与管理平台为抓手做强低碳产业的低碳经济发展体系。

北京CBD东扩目标：打造全球首个低碳商务区

全球首个“低碳商务区”

打造全球首个“低碳商务区”是此次CBD东扩区的目标。传统的低碳概念，即低能耗、低污染和低排放。而此次CBD东扩对低碳概念有了新的解读。东南大学建筑学院副院长、城市空间研究所所长段进介绍说，此次CBD东扩，涉及的范围更加广泛，拓展到了绿色能源供应、高效能源输配、低碳的工作和生活方式、绿化系统、建筑建设的低碳标准5个方面。

根据上述5个新标准，此次CBD东扩规划将全方位践行低碳理念，使之渗透到东扩规划的每一个环节：从太阳能、生物能等绿色能源的利用，到减少能源损耗的高效能源输配；从鼓励人们步行、自行车出行减少汽车尾气排放，到建筑建设上实行低碳标准节能；从单一的平地绿化，到建立屋顶绿化等多层次、立体化的绿化系统，将低碳理念深入到人们的工作方式和生活方式中，把CBD建成一个高效、节能的循环经济示范区。

“低碳经济不意味着企业需要支出更高的成本，相反，从整体上来说节能环保能减少企业的很多支出，”朝阳区副区长、CBD管委会主任吴桂英说，“打造世界首个低碳商务区的规划，实现可持续发展，可以为将要和已经进驻北京发展的包括世界500强在内的诸多企业，提供一个双赢的机遇。”

发展环行有轨电车改善交通

打造低碳商务区的理念，无疑对交通系统提出新的要求。一直以来，北京交通拥堵不仅给上班族和居民出行带来不便，更制约了CBD原核心区的发展。私有车辆流量大，公交系统不完善，不同程度地导致了交通拥堵的现象。前不久公布的东扩规划方案对交通系统的改善提出了大胆而可行的构想，引起了社会的极大关注。

倚重公共交通系统，发展环状有轨电车，完善地铁系统，鼓励步行和自行车出行，减少私有汽车出行，是此次交通系统改善的一大亮点。由美国SOM建筑师事务所设计的一号方案在众多规划方案中拔得头筹，正是突出了这一特点。一号方案计划在CBD东扩区中间建造3座美丽的公园，通过绿色林荫大道把3座公园连接在一起；拟修建一条从机场途经CBD至北京南站的快速轻轨；另外修建3条内部有轨电车，形成一个环状，连接CBD区域各写字楼。

美国SOM建筑师事务所该项目负责人Richard A. Wilson还着重提到，在交通系统中必须非常重视行人和自行车，希望在未来东扩区域内划定自行车线路，鼓励步行和自行车出行，倡导健康生活的理念。

打造国际金融文化传媒中心

早先北京朝阳区有关负责人透露，北京正计划将国内外金融机构总部齐集到首都。CBD东扩区将重点发展国际金融、总部经济以及高端商务等产业，加快形成以国际金融为龙头，现代服务业为主导，文化传媒产业聚集发展的产业格局。此次东扩提出的低碳商务区的打造，交通系统的完善，都为此提供了崭新的空间。

吴桂英介绍说，北京CBD历经10年发展，基础设施的完善为金融业、传媒业的发展提供了良好的基础设施环境。本月举行的“北京CBD国际金融论坛”，公布了一系列优惠政策，正如吴桂英所说，“金融业作为首都经济发展首推的产业，正在提速”。

北京市朝阳区金融服务工作办公室主任常树奇表示，此次东扩在发展金融产业的政策方面，力度将进一步加大，比如降低金融机构的落户成本。朝阳区区长程连元介绍说，发展总部经济，要立足于更大的区域来发展产业，在更大的范围内来策划一个产业链的衔接，拓展金融企业的潜在业务空间，为金融业的发展提供良好的生态环境。

另外，打造文化传媒中心，CBD东扩将在中央电视台和北京电视台的布局基础上，吸引传媒企业和文化创意产业企业的入驻，加快形成各种市场交易中心，此举又可以为金融企业发展提供新的业务空间。

北京CBD东扩区的产业格局定位为金融行业的发展提供了广阔的发展空间，重点发展国际金融、总部经济和高端商务等产业的产业发展政策对低碳商务区的建设也有着积极的推动意义。

资料来源：魏琦思，谢建磊．北京CBD东扩目标：打造全球首个低碳商务区．http：//www.eedu.org.cn/news/region/huabei/bj/200911/41422.html.2009-11-09.

3. 低碳社区发展模式

低碳社区是指具有较高的能源使用效率、紧凑的空间结构、居住建筑低能耗、公交系统和步行优先小于汽车使用、社区居民低碳环境意识和生活方式一致并有效的公众参与能力的社区。低碳社区的组成部分之一是能源结构的循环，一个领先的小气候和可持续能源的社区。例如，科技部与上海共同合作构建崇明低碳社区示范模式。

第二节 低碳城市崛起与中国城市发展选择

低碳城市是一个在国际和国内都比较新的理念，其基础是建立低碳能源系统、低碳技术体系和低碳产业结构，要求建立与低碳发展相适应的生产方式、生活模式和鼓励低碳发展的相关政策、法律体系和市场机制，其核心是技术创新和制度创新。向低碳经济转型已经成为世界经济发展的大趋势，城市能否在未来几十年里走到发展的前列，能否顺利转变经济增长方式，能否建成宜人居住的城市，很大程度上取决于其在低碳经济时代来临时的应对调整能力。

一 低碳城市的内涵、特征与实现途径

1. 低碳城市

低碳城市发展是指城市在经济高速发展的前提下，保持能源消耗和二氧化碳排放处于较低水平。目前，全球各地的城市容纳了世界总人口的一半以上，所排放的温室气体占总量的75%。城市对资源的需求和碳覆盖领域的扩张都远远超出其所能承载的界限，严重影响了它的继续发展及其在当地和全球环境、经济中的作用。然而，尽管高密度的城市环境和高频率的各色活动使城市对资源有巨大的需求，它们仍承担着发展低碳经济的重任。人口的密集，居民的聚居，各种商业和产业活动，使之比低密度地区更能有效地控制人均资源占有量和能耗。因此，在政策制定、落实方面，有着强大区域性权力的大城市，其政治和制度的架构使之在发展低碳经济方面有着更大的优势。这也是发展“低碳城市”的意义所在。低碳经济是实现城市可持续发展的必由之路。低碳城市就是在城市实行低碳经济，包括低碳生产和低碳消费，建立资源节约型、环境友好型社会，建设一个良性的可持续的能源生态体系。

2. 低碳城市发展的特征及支撑体系

2009年的《中国可持续发展战略报告》绿皮书将低碳城市的特征概括为以下几点：经济性、安全性、系统性、动态性、区域性。低碳城市的基本支撑体系是：①低碳城市的产业结构体系，实现工业向服务业的转变和重化工业化向高加工度化的转变，利于我国减少能源消费，发展低碳经济；②低碳城市的基础设施体系，需预先做好城市基础设施的总体规划，保证城市基础设施设计的低碳化；③低碳城市的消费支撑体系，为实现城市的低碳发展，人们要改变以往高消费、高浪费的生活方式；④低碳城市的政策制度体系，制定合理、正确的制度和政策，依托和整合现有政策体系及手段，确定低碳城市发展的长期目标，向社会大众表明政府联合全社会一起实现低排或零排放的决心。

3. 低碳城市发展的途径

科学的城市规划是建设低碳城市的第一步。低碳城市的规划设计应该使城市经济具有蓬勃发展的活力、清洁的环境质量和生态保护、便捷舒适的交通系统、适合居住的绿色建筑、清洁高效的低碳能源、健康理性的生活方式。

实施循环经济和清洁生产是低碳城市建设必须坚持的原则和方向。城市是经济增长的重点，新型的工业布局可为城市的经济发展注入活力，提供就业机会。因此，低碳城市的工业产业布局应低碳化、循环化。

积极发展第三产业和“绿色能源”。低碳城市就是要促进第三产业发展和新能源利用。对于当前我国的经济结构调整来说，重点目标是改变现有的资源的高投入、高污染和低效率的模式，构建绿色能源、绿色交通体系、发展绿色建筑，倡导和实施公共交通优先和主导的交通模式。低碳城市的交通战略可从两个方面实现：控制私人交通出行的数量；降低单位、私人交通工具的碳排放。绿色建筑是指在建筑的全寿命周期内，最大限度地节约资源（节能、节地、节水、节材），保护环境和减少污染，为人们提供健康、适用和高效的空间，与自然和谐共生的建筑。

构建绿色市政体系，实现低冲击开发模式，促进资源的循环再生和利用。在城市防洪体系，市政道路、广场及绿地系统的规划建设中，要注意雨洪利用；在污水系统布局中，要注意污水、中水等废水的再生利用；在垃圾处理中要注意分类和资源化等，努力减少城市对资源的消耗，倡导绿色消费。有关研究显示，1999～2002 年，城镇居民生活用能已占每年全国能源消费量的大约 26%，二氧化碳排放的 30%是由居民生活行为及满足这些行为的需求造成的。城市应当倡导和实施一种低碳的可持续的消费模式，在维持高标准生活的同时尽量减少使用消费能源多的产品。

二 低碳城市的建设

低碳城市的建设包括以下几个方面：开发低碳能源是建设低碳城市的基本保证，清洁生产是建设低碳城市的关键环节，循环利用是建设低碳城市的有效方法，持续发展是建设低碳城市的根本方向。

（1）新能源利用。面对即将到来的能源危机，全世界都认识到必须采取开源节流的战略，即一方面节约能源，另一方面开发新能源。面对能源危机，许多国家都在下大力气研究和开发利用“绿色能源”，包括太阳能、生物质能源、风电、水电的新技术新工艺。绿色能源可概述为清洁能源和再生能源。从狭义上讲，绿色能源指氢能、风能、水能、生物能、海洋能、燃料电池等可再生能源，而广义的绿色能源包括在开发利用过程中采用低污染的能源，如天然气、清洁煤和核能等。

目前“绿色能源”在全球能源结构中的比重已占 15%～20%，今后由石油、煤炭和天然气能源唱主角的局面将得到改善。目前世界上对“绿色能源”开发比较重视，拥有先进技术并已取得良好效益的国家主要集中在欧美。仅 1989 ～1992 年，美国 800 多家再生能源公司年收入每年递增就达 16%，由此可见，“绿色能源”的发展正方兴未艾。人类必须大力发展“绿色能源”以适应低碳城市发展的要求。

(2) 清洁技术。实现低碳生产，就必须实行循环经济和清洁生产。循环经济是一种与环境和谐的经济发展模式，它要求把经济活动组织成一个“资源—产品—再生资源”的反馈式流程，其特征是低开采、高利用、低排放甚或零排放。它要求所有的物质和能源在经济和社会活动的全过程中不断进行循环，并得到合理和持久的利用，以把经济活动对环境的影响降低到最低程度。清洁生产是在资源的开采、产品的生产、产品的使用和废弃物的处置的全过程中，最大限度地提高资源和能源的利用率，最大限度地减少它们的消耗和污染物的产生。循环经济和清洁生产的一个共同目的是最大限度地减少高碳能源的使用和二氧化碳的排放，这与低碳城市的要求不谋而合。因此，实施循环经济和清洁生产是低碳城市建设必须坚持的原则和方向。

(3) 绿色规划。科学的城市规划是建设低碳城市的第一步。城市能源消耗会直接影响到周边区域的环境污染，城市规划除了考虑单个城市自身特点外，还应结合城市所在区域和国家的发展战略来进行考量。第一，产业规划。在城市发展规划中，要降低高碳产业的发展速度，提高发展质量；要加快经济结构调整，加大淘汰污染工艺、设备和企业的力度；提高各类企业的排放标准；提高钢铁、有色、建材、化工、电力和轻工等行业的准入条件。也就是说，要从决策源头上保证城市总体规划符合可持续发展原则，在规划阶段就推动向低碳城市的方向发展。第二，交通规划。低碳城市的交通战略可从两个方面实现：一方面是控制私人交通出行的数量，如果这个数量是下降的，那么在单位排放为一定的情况下，城市交通的碳排放就降低；另一方面是降低单位私人交通工具的碳排放，如果私人交通出行的数量是一定的，那么只要持续降低单位汽车的碳强度，就可以降低整个城市交通的碳排放。以上两个方面说明，低碳城市需要倡导和实施公共交通为发展战略辛章平等：低碳经济与低碳城市主导的交通模式。在这一点上，巴西的库里蒂巴堪称成功的例子。

(4) 绿色建筑。建筑施工和维持建筑物运行是城市能源消耗的大户，低碳城市的一个重要组成部分是绿色建筑。绿色建筑需要既能最大限度地节约资源、保护环境和减少污染，又能为人们提供健康、适用、高效的工作和生活空间。绿色建筑的建设包括：建筑节能政策与法规的建立；建筑节能设计与评价技术，供热计量控制技术的研究；可再生能源等新能源和低能耗、超低能耗技术与产品在住宅建筑中的应用等；推广建筑节能，促进政府部门、设计单位、房地产企业、生产企业等就生态社会进行有效沟通。在减少碳排放的进程中，绿色建筑的普及和推广将具有重要的意义。

(5) 绿色消费。减少二氧化碳排放不仅仅是政府的责任，而且个人也应当承担责任。我们应当倡导和实施一种低碳的消费模式，一种可持续的消费模式，在维持高标准生活的同时尽量减少使用消费能源多的产品。在减少碳排放方面，个人的行动非常重要，我们的衣食住行都可以帮助减少碳排放。从日常生活做起，节省含碳产品的使用，实行可持续的消费模式，我们就可以为实现低碳经济、建设低碳城市做出贡献。

三 中国低碳城市的实践尝试

中国政府是第一个将节能减排列为国家发展重要目标的发展中国家。“九五”计划明确表明国家将节能率确定为每年5%，并削减主要的污染物排放量。结合中央政府提出的建设资源节约型和环境友好型社会、确立科学发展观，以及加强生态文明建设的战略目标，地方政府，特别是城市一级政府在建设低碳城市方面进行了多方面积极有益的实践：发展可再生能源产业、创立环保产业、构建生态城市规划、发展可持续交通、绿色建筑、推动节能高效的低碳生活方式等，都在不同的城市里得到推广。事实上，国内的很多城市，也纷纷从低碳建设的角度调整城市发展方向，如表13-2所示。

表13-2　中国城市的低碳尝试

城市	目标设定	规划与行动
珠海	低碳经济区	推动液化天然气公交车和出租车的使用
日照	“气候中和”网络城市成员	普及居民太阳能热水器；公共照明设备使用太阳能光伏发电技术，在农村推广太阳能保温大棚、太阳能灶
保定、无锡	低碳城市	鼓励太阳能光伏设备生产企业的发展，进行公共照明和高速公路的太阳能照明工程
杭州	低碳产业、低碳城市	免费向市民和游客出租公共自行车，提倡低碳出行
上海	低碳社区、低碳商业区、低碳产业区	世博会建筑、临海新城的太阳能光伏发电示范项目和崇明生态岛上的碳中和规划区域
贵阳	生态城市战略规划	LED节能照明试点项目

以保定为例，该市充分认识到在加快推进工业化和城市化的过程中，既不能为了发展而牺牲环境，也不能为了保护环境而放弃发展的机会，而是要“探索一条城市经济以低碳产业为主导、市民以低碳生活为理念和行为特征、政府以低碳社会为建设蓝图，符合发展实际、具有自身特色的新型工业化和城市化道路”。并在国家的“十一五”减排计划之上提出了自己的减排目标：到2010年，万元GDP二氧化碳排放量比2005年下降25%以上；人均二氧化碳排放力争控制在3.5吨以内；新能源产业增加值占规模以上工业增加值的比重达到18%。

国际组织也已经开始行动，通过不同的项目在我国推行低碳城市。2007年4月，世界自然基金会在我国选择了保定和上海作为低碳城市的试点，分别从可再生能源产业发展的角度和建筑节能的角度尝试城市建设的新模式。WWF同时在北京开展了相关政策的研究与普及，从一个侧面说明政府的力量和政策的引导在低碳城市发展中的重要地位。气候组织（Climate Group）指出，在未来的3～5年，要在我国推进15个低碳城市的建设。该组织特别强调：除了北京、上海、天津等大城市外，项目主要选择在二、三级城市中探索低碳的发展模式，以二氧化碳减排作为城市发展新的契机，通过提升生产力、创造就业、改变消费模式，应对气候变化和国际范围内的金融海啸。

付允、汪云林、李丁从系统论的角度建立了低碳城市的发展路径（图13-9）。其主要分为四个系统：①能源低碳，主要提倡减少煤炭使用，充分利用各类新能源和可再生能源；②经济低碳，主要优化产业结构，严格限制高耗能产业的发展，积极发展第三产业；③社会低碳，主要通过调整交通战略和空间战略来促使人们养成依赖步行、自行车及公共交通的绿色交通方式，同时改变以往高消费、高浪费的生活方式；④技术低碳，主要是通过发展二氧化碳捕捉以及清洁能源开发等技术来作为发展低碳城市的支撑体系。

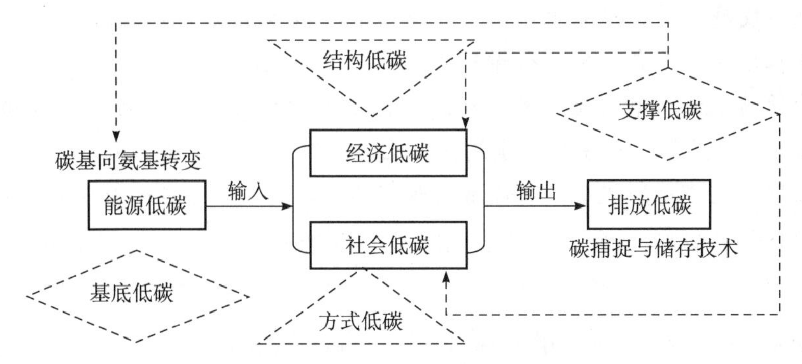

图 13-9　低碳城市发展路径系统框架图

资料来源：付允，汪云林，李丁．低碳城市的发展路径研究．科学对社会的影响，2008，(2)：5－10.

低碳之路为中国城市的可持续发展提供了一条新的途径。首先，低碳城市发展预示着世界范围内生态文明发展模式的兴起。随着光能、风能等可再生能源的大规模应用，人类社会必将从以高碳为特征的工业文明走向以低碳经济和低碳社会为主导的生态文明时代。这场涉及生产方式、生活方式和价值观念的世界性革命，也为中国建设低碳城市提供了一个前所未有的巨大发展机遇。其次，建设低碳城市响应了国家可持续发展的需求。在"科学发展观"和"建设生态文明"等国家战略调整的宏观背景下，节能减排日益深入人心。为此，国家发布了节能减排综合性工作方案，从生产、流通、消费、分配等各个环节提出了多条政策措施，各地也纷纷出台了一系列具体措施。可持续发展的国家战略和措施使得各地开展低碳城市建设具备了更好的政策空间。最后，作为快速城市化进程中的发展中国家，中国发展低碳城市的经验必定会对所有正在寻求发展的国家和城市提供宝贵的实践经验。另外，我国城市具有多样性和复杂性，因而发展低碳城市也将会是提升地方政府治理能力、完善中央政府政策调控方式和寻求中央-地方共同治理的绝好机遇。

在我国快速城市化的背景下，能否从产业结构、空间形态、消费模式和日常运行等多角度建设低碳城市是我国抓住低碳发展机遇、应对全球气候变化挑战的关键。将低碳理念植入城市发展的新思维积极地回应了全球应对气候变化、发展生态文明的市场机会，和国家建设"资源节约型、环境友好型"社会的战略机会，必将掀起一场中国城市产业发展布局、节能减排甚至包括人们生活方式的深刻变革，在中国的能源安全和应对气候变化方面发挥重要作用。

厦门出台全国首个低碳城市总体规划纲要

为进一步推动低碳减排，厦门先行先试，在全国首家编制出台《低碳城市总体规划纲要》，着力推进低碳排放。厦门将重点从占碳排放总量90%以上的交通、建筑、生产等三大领域探索低碳发展模式。根据规划，预计到2020年，厦门的单位GDP能耗在2005年的基础上下降40%，达到0.39吨标准煤/万元GDP，二氧化碳排放总量将控制在6864万吨。

根据规划，厦门低碳城市的建设侧重在城市规划、可再生能源利用、建筑节能、地下空间开发、生态城市建设、低碳交通等重点领域，从而实现全市统筹、综合布点、协同推进。在低碳城市发展的对策措施上，厦门将全力推进城市生活低碳化，积极倡导生活简单、简约化，引导人们在衣、食、住、行等日常生活中节约能源。

厦门作为低碳先试城市，还将充分利用已为发展中国家低碳项目建设提供巨额资金支持的CDM来实现碳交易，充分利用建筑、工业、交通、公共机构等领域的节能，在单体或系列项目中做好节能减排的组合，将碳减排量用于申请CDM的国际资金资助。

资料来源：孙毅．平安福建网．厦门出台全国首个低碳城市总体规划纲要．www. pafj. net. 2010－06－07.

中国低碳城市的实践。2008年1月28日，全球性保护组织——WWF在北京正式启动“中国低碳城市发展项目”，上海市和河北保定市入选首批试点城市，并将在建筑节能、可再生能源和节能产品制造与应用等领域，寻求低碳发展的解决方案，以总结出可行模式，向全国推广。

在低碳城市发展项目的计划里，WWF将与上海市建设与交通委员会、上海市建筑科学研究院合作，对建筑的能源消耗情况进行调查、统计，从办公楼、宾馆、商场等大型商业建筑中选择试点建筑，公开能源消耗情况，进行能源审计，找出提高大型建筑能效的途径；同时，对公共建筑的物业管理人员进行培训，提高其节能运行的认识和能力。此外，WWF还将与合作伙伴一起研究关于生态建筑发展的政策建议，并选择具体的项目实施和示范。在保定，WWF将与保定（国家）可再生能源产业化基地、保定高新开发区联手打造“太阳能示范城”和新能源制造基地，建设可再生能源信息交流与技术合作网络，促进可再生能源产品的投资与出口。

保定打造中国首个低碳城市“样板”

作为“中国低碳城市发展项目”试点唯一中等城市，保定与世界自然基金会（WWF）签署了“2010～2012年低碳城市发展合作框架协议”。最新规划显示，保定市将用10年时间把“中国电谷”建成年销售收入1000亿元以上的国际化新能源及能源设备制造基地，在3年内完成全市区生产生活等领域的基本太阳能综合利用，并在2015年前全部完成市级ZHENG府及部门办公大楼低碳化改造。预计到2020年，该市万元GDP二氧化碳排放量比2010年下降35%，新能源产业增加值占规模以上工业增加值的比重达到25%。

近年来，保定积极实施太阳能之城、城市生态环境和办公楼低碳化运行、低碳化社区和低碳化城市交通体系整合等重点工程，并在其国家级高新区“中国电谷”内逐步形成光电、风电、节电、储电、输变电与电力自动化六大产业体系，建成了中国首座应用太阳能发电的“电谷大厦”。目前，保定市区已有102个主要交通路口亮起了太阳能信号灯，市政府办公区域、大院及159个小区采用了太阳能照明，有36个工程项目应用了太阳能热水系统，还有500多辆天然气公交车和出租车每天在市区穿梭。

资料来源：吕子豪．中国新闻网·河北新闻．www. heb. chinanew. com. cn/baoding/11/2010－06－30/24516. shtml. 2010－06－30.

上海和保定作为首批试点城市，既有不同城市规模，又有不同发展特色。上海是大都市，保定则是中小城市。建筑节能是整个节能减排中的重要环节。那么在建筑密集的城市当中，北京、上海、广州等大城市可供选择。而上海正好有我们所需要的科技团队作保障。对于保定这样的城市，我们看中的是它可再生资源发展的特色。保定国家高新区用10年建设了中国第一个“国家可再生能源产业化基地”，有其独特的技术和经验优势。在保定，WWF将与保定（国家）可再生能源产业化基地、保定高新开发区联手，打造“太阳能示范城”和新能源制造基地，建设可再生能源信息交流与技术合作网络，促进可再生能源产品的投资与出口。中国作为能源消耗和碳排放大国，在全球减少温室气体排放的行动中扮演着非常重要的角色。低碳发展是中国在城市化和工业化进程中控制温室气体排放的必然选择，也会是全球应对气候变化的重要行动之一。

第三节 中国低碳社区的建设与发展

一 低碳社区的含义与类型

社区是人们生活、居住的主要场所，透过低碳社区建设低碳经济更具效果。低碳社区指在社区内除了将所有活动所产生的碳排放降到最低外，也希望通过生态绿化等措施，达到零碳排放的目标。

低碳城市社区可以理解为构建低碳城市中城市空间结构具体领域的概念延伸。低碳城市社区作为城市社区发展的新理念，是低碳理念在基层的城市社区层面的实践。因此，低碳社区具有较高的能源使用效率、紧凑的空间结构、居住建筑低能耗、公交系统和步行优先小于汽车使用、社区居民低碳环境意识和生活方式一致以及有效的公众参与能力。

现代大都市社区是内部凝聚和外部协调的对立统一体。低碳社区的充分利用能源、优化内部结构、减少外部效应，符合可持续社区和一个地球生活社区的要求，是实现可持续发展的具体形式。

二 低碳社区的建设的成功案例

全球各地已出现了不少低碳社区或碳中和社区，典型的有英国的贝丁顿零能源消耗社区（BedZED）、德国的弗班区（Vauban District）和瑞典的韦克舍（Växjö）。这些地区都有计划地以低碳或可持续的概念来改变民众的行为模式，来降低能源的消耗和减少二氧化碳的排放。

1. 贝丁顿——英国的零能源消耗社区

零能源消耗社区——贝丁顿，又被称为“贝丁顿能源发展”计划。此计划在2000～2002年完成，自始至终贯穿着可持续发展及绿色建筑理念。贝丁顿零能源消耗社区的设计原则包括：零能源消耗，只使用基地内生产的可再生能源及树木废弃物的再生能源；高品质，提供高品质的公寓；能源效率，建筑面南，使用三层玻璃及热绝缘装置；水效率，雨水大都回收再利用，并尽可能使用回收水；低冲击材料，材料来自35英里范围内的可再生及回收资源；废弃物回收，设有废弃物收集设施；共乘制及鼓励生态友善的运输，鼓励居民以共乘方式取代自行开车；电动及LPG油气双燃料车比汽柴油车享有优先路权，停车场提供电力充电设备等。

贝丁顿社区六年多來的实际经验与运行模式，验证了此模式社区的高可行性，使用者也能获得相当的满意度，彻底落实了“一个地球生活”的十大可持续原则，成为碳平衡值趋近于零的社区。贝丁顿证实了可持续生活可以是简单的、负担得起的、具有吸引力的。技术层面与可持续观念的成熟，使得可持续生活已经可以不用再像以前那样高不可攀，生活品质更不会因为环保而被牺牲。

2. 弗班——德国可持续社区的标杆

德国弗赖堡市郊的弗班区被誉为德国可持续社区的标杆，弗赖堡享有“欧洲太阳能之都”及“欧洲环境之都”的美誉，也是全球率先实现可持续发展理念的城市之一。“学习型规划”奠定了弗班区成功发展的基础，它结合民众参与和共同治理的精神，让市区规划能够有最大的弹性，同时也让市民能够进入决策过程。由“弗班论坛”所策动的广泛民众积极参与的各项活动，推动了“弗班可持续模式”计划，以合作参与方式、可持续社区理念来实践可持续发展理念。

“弗班可持续模式”计划在节能减排、减少交通、社会整合及创造可持续邻里方面都取得了相当成功的经验。例如，使用80％木屑及20％天然气的高效热电联产再生能源装置提供弗班区的供暖系统，通过好的隔热及有效的暖气供应大约可减少60％的二氧化碳排放；提倡“生活不需有车”的交通概念，减少了35％的车辆。与此同时，社区提供各种替代的运输方式（如共乘、便利的大众运输）；通过弗班论坛负责的社会工作，居民可参与更多的社区活动，如创造合作社商店、农民市场及邻里中心等。

3. 韦克舍——瑞典的绿色城市

韦克舍是瑞典克鲁努省的省辖市，是相当成功的低碳城市，其市政愿景是希望所有市民享有休闲、富裕且不需化石燃料的好生活。韦克舍的政府官员早在1996年便决定将该市建设成为不使用化石燃料的城市。韦克舍的发电厂和暖气系统有90％使用再生能源，发电厂以当地木材工厂剩余的薄木片取代传统的燃油，燃烧过程中变热的水，正好可以用于家用和办公室的供暖，燃烧木片的灰烬则可以拿到森林施肥，冷却发电设备后产生的温水亦用于家庭供暖。

这一套整体设计使资源的循环利用得以实现。维克舍市还建造了许多木头房屋，因为这些房屋的周围均为森林，在建造时可就近取材，降低运输费用，而且木材与水泥、钢铁等建材相比，产生的温室气体更少。为了提高能源效率，韦克舍市政府要求该市所有公共住宅和私人企业都必须修建节能型房屋，现在该市所有公共浴室的热水供应已经都采用太阳能加热；倡导公共交通车辆使用清洁能源，如沼气、酒精、太阳能等；对于驾驶环保车辆的车主，政府则免费提供停车场。

三 低碳社区建设的途径

低碳社区建设的核心是零能源消耗系统，零能源的设计理念在于最大限度地利用自然能源，减少环境破坏与污染，实现零化石能源使用的目标，实现能源需求与废物处理基本循环利用的居住模式。

1. 建造节能建筑

只有居民协力实施节能降耗的行动，人类才能实现远大的环境目标。当代技术的不断更新，如更具绝缘和节能特性的供热系统的推出，使得现有的住宅建筑效率利用率更高，极大地降低了对环境造成的负面影响。低能耗、低环境冲击的设计，显示了未来的城市设计方式。

为了减少建筑能耗，贝丁顿社区的设计者探索了一种零采暖的住宅模式，通过各种措施减少建筑热损失及充分利用太阳热能；采用三层窗户，而且所有的房子都坐北朝南，以最大限度地储存热量；采用自然通风系统来最小化通风能耗；经特殊设计的“风帽”可随风向的改变而转动，以利用风压给建筑内部提供新鲜空气和排出室内的污浊空气，而“风帽”中的热交换模块则利用废气中的热量来预热室外寒冷的新鲜空气。根据实验，最多有70%的通风热损失可以在此热交换过程中挽回。

弗班社区是全欧洲“被动式能源建筑”密度最高的地区。弗赖堡市政府在弗班社区初期规划时就制定了每年65（千瓦·时）/平方米的建筑能源标准，目前已经有接近150栋达到“极低耗能”标准（每年15（千瓦·时）/平方米）的被动式能源住宅。弗班社区有超过65%的住户用电来自区域供电系统，并大量推广太阳能及社区能源循环系统，这让弗班社区更加节省电力，并且减少了二氧化碳的排放量。

2. 利用新能源

可再生能源的开发以及对生物质能的积极利用，使得能源供应更多地脱离了传统化石燃料。同时，小型热电联产、太阳能、风能装置具有分散式能源的特点，综合供暖、供电，更具能源效率，且无污染性。贝丁顿社区充分利用了太阳能和生物能。首先整个小区的生活用电和热水的供应由一台130千瓦的高效燃木锅炉来提供，燃木来源于包括周边地区的木材废料和邻近的速生林；其次，交通工具的能源需求由太阳能电力来满足。弗赖堡很早就开始发展替代能源，截至2007年，弗赖堡的太阳光电板铺设面积已达11 000平方米，同时运作时可生产7300千瓦电力。维克舍的供暖所用燃料来自废旧木料，如“森林或锯木场的木片、树皮或树枝”。1980年，瑞典开始引进生物能源技术。20多年后，生物能源已在这个北欧国家得到普及。

3. 采用环保材料

贝丁顿社区为了减少对环境的破坏，在建造材料的取得上，制定了“当地获取”的政策，以减少交通运输，并选用环保建筑材料，甚至使用了大量回收或是再生的建筑材料。项目完成时，其52%的建筑材料在场地56.3平方公里范围内获得，15%的建筑材料为回收或再生的。例如，项目中95%的结构用钢材都是再生钢材，是从其56.3平方公里范围内的拆毁建筑场地回收的。选用木窗框而不是UPVC窗框，则减少了大约800吨UPVC在制造过程中的二氧化碳排放量，相当于整个项目排放量的12.5%。韦克舍有大量的木屋，木材将成为未来瑞典的主流建材。之所以如此，是因为制造钢筋、水泥等建材需耗费大量能源，而培育森林能耗则基本为零。而且瑞典境内森林资源丰富，发展木结构民居可谓得天独厚。此外，树木还能吸收二氧化碳，而混凝土则做不到这一点。

4. 优化社区结构

在贝丁顿社区，对建成房产进行了有组织的分配：1/3的房子用于社会公共设施；1/3用于出租，所得收入归中间人——慈善机构或民间团体所有；另外的1/3则以传统的售房方式上市销售。这样的分配使用方式搭建了住宅小区与外界的桥梁，促进了小区居民与当地团体的交流。为了让这些以不同方式入住的居民们生活得更团结、更和谐，设计师预见性地设置了很多公共场所以及设施，如幼儿园、图书馆以及Zed吧。

5. 倡导绿色交通

减少私人汽车使用。例如，弗班区开展了“无车社区”活动；贝丁顿社区汽车俱乐部则让居民们共享轿车；建立便利的公共交通设施。改善交通能耗。贝丁顿社区的每一间朝阳温室都装有太阳能电池板，为生态村的电车和滑行车提供电力；韦克舍的公共交通车辆使用清洁能源，如沼气、酒精、太阳能等等。

6. 倡导公众参与

居民参与社区的可持续发展的设计过程是建设可持续社区的重要环节。“居民参与”的落实，可以让大家得以凭借沟通协调的设计过程感受到社区发展中一直为人们所寻求的“归属感”与“亲切感”，让社区的每一分子都有可以打破藩篱、彼此教育、相互约束及相互鼓励的机会；全面自主性的决策过程，也让人为的决策风险彻底分摊，这样做让居民们真正学会了承担责任——不是只为自己负责，也要对社区负责。在弗班，三大组织构成了这样的行政运作平台：最上面的是市政府执行单位，最下面的是社区居民所组成的弗班论坛，而介于市政府与社区居民之间，负责信息交换、讨论与决策准备的平台，则是专属的市议会。原则上，只要市政府与弗班论坛双方取得同意，政策就可以实施，整体决策的风险也明确由所有居民共同分担。弗班社区的居民在规划之初就得以参与整个社区运作，他们充分拥有决定建筑物形式、开放空间比例与细部设计的权力。所有人在规划之初也因此熟识，继而是沟通讨论的过程，一个稳定的社区架构在规划过程中便逐步建立了。“无车社区”和“零容忍停车政策”也是弗班居民自行讨论出来的政策。这项政策的核心理念是使用者付费，也就是说，所有空间的使用权，包括道路，都应该是全体居民共享的。弗班居民认为，个人自用车辆占用公共空间，同时制造的噪声和尾气又损及社区民众的生活品质，因而是最后的交通选择。为了达到这个目的，在规划社区公共空间的配置时，参与弗班论坛的团体就达成一致共识，将学校、托儿所、儿童游乐园、市场纳入考量，让所有住户都能步行抵达这些场所。弗班的经验告诉我们，低碳、低能耗的可持续社区不一定要靠政府来推动，有时候让民众参与规划，管理家园，反而才是最佳的做法。

低碳社区是未来的居住形式。在能源日趋紧张的状况下，低碳社区减少了对外部的依赖，因而是可持续的。同时以贝丁顿、弗班及韦克舍这样的低碳社区提供给未来的居民居住，在低能耗的同时而不降低生活的舒适度，相信是能够得到人们的青睐的。

更为重要的是，低碳社区可提高城市可持续发展的能力。低碳社区的建设涉及新能源技术、节能建筑技术、新材料技术等。这些技术的应用必将推动城市低碳经济的发展，并最终通过生产技术水平的提升，提高城市可持续发展的能力。

首个低碳生态社区在北京五里坨开建

纳入北京“十二五”规划重点项目的石景山五里坨生态社区建设昨天正式启动。七八年后，这片31.25平方公里的区域将大变样，融汇低密度住宅、人工湿地、太阳能供暖照明、风能发电等在其中，成为本市首个低碳生态社区。

“引下”天泰山绿带，住区变景区

未来的五里坨生态社区，包括现在的五里坨街道和广宁街道，面积占到了石景山区大约1/3。依天泰山而下，这里属于浅山地带。新社区建设贯穿生态理念，将从天泰山“借绿”。园林建设者会从山上“引下”三条绿化带，直接深入住宅区。每条绿化带还将向两侧延伸、拓展，最终汇集在建设区中心地带的中央公园内，形成绿化轴心。

净化雨水建湿地，山脚形成人工湖

雨水的排放、利用，在生态社区中受到重视。按照规划，大大小小的雨水收集系统将遍布整个地区。这里将重点建设地表沟渠，引雨水排放进入不同区域的小水池。部分水池可能建成人工湿地，种植各种水生植物，养殖各种鱼类等，力争实现水系内较为完整的食物链。经湿地净化后的水，最终可能汇集到山脚下，形成人工湖。

低密度住宅，局部首层架空

这一地区现有的危旧平房将被改造，新建低密度住宅，未来人口总量将不超过7万人。社区建设完全采用环保建筑材料，从根本上杜绝污染，并充分利用地温资源采暖。区西部建设办相关负责人透露，一些建筑将有可能采用首层局部架空的形式，使绿化得以从底部穿过。社区将重点发展公共交通，形成清洁能源公交网络。社区内还会配有电瓶车，方便居民出行。

新建大公园，增设太阳能发光塔

五里坨中心区拟建一个中央公园，设置一座高108米的“太阳塔”，它白天由太阳能蓄热，晚间通过光电转换发光。这座真正的太阳能发光塔将成为生态社区闪亮的地标。在能源利用上，新“五里坨”将全部采用天然气等清洁能源。太阳能将成为供热、照明的辅助方式。社区内还会建设小型风能发电厂。

投资一亿元、日处理能力2吨的污水处理厂，也将在这里新建，用于处理居民生活污水。处理后产生的中水，用于社区绿化浇灌、洗车、道路洒水和景观用水。

资料来源：首个低碳生态社区在北京五里坨开建．www.beijing.gov.cn/zfzx/qxrd/sjsq/t106776.2009-07-23.

第十四章 科技创新 抢占低碳发展制高点

发展低碳经济就是要彻底改变以化石能源为主的全球能源利用的结构，而低碳技术则是实现低碳化发展的关键手段。低碳技术涉及电力、交通、建筑、冶金、化工、石化等部门以及在可再生能源及新能源、煤的清洁高效利用、油气资源和煤层气的勘探开发、二氧化碳捕获与埋存等领域开发的有效控制温室气体排放的新技术。可以说，低碳技术几乎涵盖了国民经济发展的所有支柱产业，从某种意义上说，谁掌握了低碳核心技术，谁就将赢得商机和主动。目前低碳技术已成为新的经济增长点，以低碳技术为核心的产业发展，对中国经济发展具有重要意义。

第一节 低碳技术的含义及其发展

一 低碳技术的含义与类型

1. 低碳技术的内涵

低碳技术是指为实现低碳经济而采取的技术，主要包括清洁能源技术、节能技术和碳排放降低技术。清洁能源技术具有无碳排放的特征，是对化石能源的彻底取代。其主要包括风力发电技术、太阳能发电技术、水力发电技术、地热供暖与发电技术、生物质燃料技术、核能技术等。节能技术主要是指以提高包括化石燃料在内的能源使用效率，尽可能降低碳排放的技术。其主要包括超燃烧系统技术，超时空能源利用技术，高效发光技术，高效节能型建筑技术，新一代半导体元器件技术，高效电网传输技术，高效火力、天然气发电技术，热电联供技术等。而碳排放降低技术是指以降低大气中碳含量为目的的技术，主要包括二氧化碳零排放化石燃烧发电技术、碳回收与储藏技术等。

显然，低碳技术主要是那些有助于降低经济发展对生态系统碳循环的影响，实现经济发展的碳中性的技术。

2. 低碳技术的类型

低碳技术可分为三类：①减碳技术，是指高能耗、高排放领域的节能减排技术，煤的清洁高效利用、油气资源和煤层气的勘探开发技术等。②无碳技术，如核能、太阳能、风能、生物质能等可再生能源技术。在过去10年里，世界太阳能电池产量年均增长38%，超过IT产业。全球风电装机容量2008年在金融危机中逆势增长28.8%。③去碳技术，典型的是二氧化碳捕获与埋存。

3. 碳中和技术的主要类型

IPCC认为低碳或无碳技术的研发规模和速度决定未来温室气体排放减少的规模。低碳或无碳技术也称为碳中和技术。[①] 碳中和（carbon-neutral）这一术语是伦敦的未来森林公司于1997年提出的，是指通过计算二氧化碳排放总量，然后通过植树造林（增加碳汇）、二氧化碳捕捉和埋存等方法把排放量吸收掉，以达到环保的目的。碳中和技术主要包括以下三类。

（1）温室气体的捕集技术，主要有三条技术路线，即燃烧前脱碳、燃烧后脱碳及富氧燃烧，燃烧前脱碳的关键技术是转化制氢，涉及高温下氢的膜分离技术，包括膜式转化装置、膜材料等方面的技术开发；燃烧后脱碳的技术核心是胺吸收脱除二氧化碳，难点在于分子水平吸附剂的开发。此外，低能量二氧化碳吸附、溶剂、小型高效压缩机、过程标准化等均待进一步研究。富氧燃烧技术属于提高能源效率的范畴，技术的关键是氧气供应及高技术涡轮机的开发。

（2）温室气体的埋存技术，即将捕集起来的二氧化碳气体深埋于海底或地下，以达到减少排放温室气体的目的，目前的研发工作主要集中在探索地下盐水储层、采空的油气藏储层、不可开采的煤层以及深海下的地层作为二氧化碳储库的可能性。

（3）低碳或零碳新能源技术，如太阳能、风能、光能、氢能、燃料电池等替代能源和可再生能源技术。目前，碳中和技术仍处于研发阶段，从技术经济角度来看，其离全面推广应用还有很大距离。明白了低碳经济的发展方向、方式和方法，接下来就是制订具体的发展规划。

二 低碳技术发展阶段及其面临的障碍

按照发展阶段，低碳技术可分为战略性/前瞻性技术、创新性技术、成熟技术和商业化技术。政策的制定应充分考虑各类型技术的发展现状和障碍，找到成本最有效的切入点，以降低政策成本并实现收益的最大化。

1. 战略性/前瞻性技术

战略性/前瞻性技术是尚处于基础研究期，但未来有巨大应用潜力的或代表世界科学发展趋势的技术，核聚变、海洋能、天然气水合物和CCS等技术属该范畴。此类技术在国际上尚处于探索阶段，中国应紧密跟踪国际前沿并进行战略性自主研发，并大力支持原始创

① Metz B，Intergovernmental Panel on Climate Change，Working Group Ⅱ. Climate Change 2001：Mitigation：Contribution of Working Group Ⅲ to the Third Assessment Report of the Intergovernmental Panel on Climate Change. Cambridge University Press，2001.

新，争取未来能够引领世界。

2. 创新性技术

创新性技术指处于应用研发期，并已进行了少量示范的技术，电池电动汽车、氢燃料电池汽车、新型薄膜太阳能电池和海上风电等技术属于此范畴。企业是此类技术创新和扩散的主体，政策应致力于推动企业创新行为和创新能力建设，并为未来技术产业化打好基础。

3. 成熟技术

成熟技术主要指技术已基本成熟，并开始进行大规模示范推广的技术，主要包括提高车辆燃油效率、改进现有风能和太阳能技术以提高其经济性、改进工艺以提高 LED 照明的发光率和寿命等。此类技术主要通过市场竞争来占有市场并实现成本下降，对于近期不具备市场竞争力但出于减排考虑而需求迫切的技术，政府需要进行扶持。

4. 商业化技术

商业化技术指技术具备经济性并实现商业化，但其大规模应用仍可能面临其他障碍的技术。政府需要坚持以市场为导向，辅以相关政策，方能快速推动此类技术的大规模商业化应用。

低碳技术的发展不同阶段均可能面临技术障碍、成本障碍及其他障碍，低碳技术在不同发展阶段所面临的障碍有所差异（表 14-1），依据关键的低碳技术在全球发展的先进水平，识别出目前面临的主要障碍。

表 14-1　重要技术发展的障碍

领域	技　术	技术障碍		成本障碍		成本有效，但仍面临其他障碍
		研发	示范	推广（增大规模）	推广（经济刺激）	
能源供应	水电				●	●
	生物质发电	○	○	○	●	
	地热发电	○	○	○	●	
	风力		○	●	●	○
	太阳能光伏	○	●	●	●	
	聚光太阳能	○	●	●	●	
	海洋能	●	●	●	●	
	氢能	●	●	●	●	
	先进的煤蒸汽循环	○	○	○	●	
	整体煤气化联合循环		●	●	●	
	CCS+IGCC（煤）	●	●	●	●	
	核能（四代）	●	●	○	●	
	大规模高效储能技术	●	●	●	●	
交通	车辆燃料经济性改善				○	●
	混合动力汽车	○		●	○	
	电动汽车	●	○	●	●	
	乙醇燃料车辆				●	
	氢燃料车辆	●	●	●	●	
	生物质液化制取的生物柴油				●	
	谷类、淀粉和糖类制取乙醇				●	○
	纤维素制取乙醇	●	●	○	●	

续表

领域	技术	技术障碍		成本障碍		成本有效，但仍面临其他障碍
		研发	示范	推广（增大规模）	推广（经济刺激）	
建筑	区域供热供冷系统				○	●
	建筑物能源管理系统	○	○	○	○	●
	LED 照明	○	○	●	●	●
	地源热泵			○	○	●
	家用电器			○	○	
	建筑物保温技术	○	○	○	○	●
	太阳能供热和制冷		○	○	●	●
工业	热电联产技术				○	○
	电机系统					●
	蒸汽系统				○	●
	基础材料生产工艺创新	●	●	○	○	
	燃料替代				●	
	原材料替代	●	●	○	○	
	工业二氧化碳捕集与封存	●	●	○	●	
	工业能源中心			○	○	●

注：根据 IEA2008 年报告、中国科学院能源战略研究组的研究结果进行整理。● 表示在目前很重要的障碍，○ 表示在目前不太重要但是仍有影响的障碍。

资料来源：中国科学院战略能源研究组．创新 2050：科学技术与中国的未来．北京：科学出版社，2009.

中国低碳技术研发基础与国际先进水平的差距在 7～10 年或者更长，技术发展面临更加复杂和严峻的障碍。由于科研单位、产业内部和终端用户所接触到的信息和所关注的利益点不同，各方对具体技术发展现状的判断也有所差异。准确判断技术现状是识别发展障碍的重要基础，但目前尚缺乏全面而深入的研究，这是未来研究工作中一个值得关注的方向。

三 低碳技术引领经济发展方式的转变

1. 技术是低碳经济革命的原动力

发达国家不太可能把技术转让给甚至是卖给竞争对手中国，尤其在中国企业制造能力很强的前提下，其多半还只是将有关的设备卖给中国。因此，国际转让可能性小，自主化势在必行。以火电领域最先进的超临界/超超临界（SC/USC）技术为例，中国已成为该技术的领跑者，中国也是发达国家之外唯一广泛采用该技术的发展中国家。低碳技术的发展进程决定中国的竞争优势，中国需要找到一个最佳的、优化的技术方案、技术战略来支持我们建设低碳经济，因为技术选择在一定程度上也决定了中国未来的排放水平。

低碳经济竞争主要反映在低碳技术竞争和国际碳市场主导权竞争两个方面，其中低碳技术竞争将直接决定未来气候变化国际博弈的格局和走向。抢占未来低碳技术制高点对世界各国经济可持续发展都具有重要战略意义。近年来，世界各国加大低碳技术研发投入，主要发达国家都在致力于新能源技术和清洁能源技术的开发利用，以期抢占低碳经济发展的制高点。到 2013 年为止，欧盟计划投资 1050 亿欧元用于绿色经济；美国能源部最近投资 31 亿美元用于碳捕获与封存技术研发；英国于 2009 年 7 月公布了《低碳产业战略》。中国科技部、教育部、国家自然科学基金委员会、中国科学院和许多省市已经部署了发展低碳技术的计划，中国科学院于2009年启动了《太阳能行动计划》。IPCC报告指出，未来全球能源基础设施投资预计到2030年超过20万亿美元。据国际能源机构估算，2001～2030年，中国能源部门需要投资2.3万亿美元，其中80%用于电力投资，约为1.84万亿美元。

看谁能成为主流技术，就要看谁率先突破。低碳技术的面很广，大的技术类型包括节能技术、无碳和低碳能源技术、CCS技术等。低碳技术的创新和和产业化周期比较长，需要长期的研发、积累和沉淀。目前市场上的减排技术，第一类是用以实现高耗能产业的节能，如在钢铁、水泥、机械制造等工业部门中使用的节能技术，这种技术量大面广；第二类是用以实现建筑节能，如在空调、供暖、照明、家用电器等方面改善能效指标；第三类是交通、铁路、汽车等采用的节能和低碳燃料技术，这三个主要领域所涉及的低碳技术实用且适于广泛推广。发展低碳技术的捷径是不存在的。我们能做和必须做的就是要投入大量的研究：对于现在还不可预见的技术要开展原创性的探索；对于已经知道技术原理的前瞻性技术要加强技术基础研究；对于已有基础技术但尚未应用的，要努力突破关键技术研发问题，进行技术集成创新，努力降低成本，实现产业化。

未来究竟哪种低碳技术能成为主导，必须通过能源技术之间的竞争而产生。如核能，从应对气候变化、解决资源和环境问题的角度来看，它是一种非常理想的低碳能源，但目前的应用限于核裂变方面，核聚变的攻关还未解决，中国、美国、欧盟、日本等合作进行的“国际热核聚变实验反应堆计划”（ITER），仅实验装置就花费100亿美元。相较风能、太阳能，核电比较容易形成规模效益，一个核电站的装机容量可达100万千瓦。太阳能被认为是取之不尽、用之不竭的清洁能源，但太阳能技术近期没有很大的突破，发电成本仍然很高，发电上网还存在稳定性问题。风能也是如此，陆地风能比较容易获取，但要在海上建风场还有一系列技术问题有待解决。

许多无碳、低碳能源技术前景都很广阔，拥有各自的应用范围和优势，但将来哪一种能够成为主流技术，关键看谁能够率先被突破，并且能被普遍应用。中国地域广阔，不同地区具有不同的自然条件和资源禀赋，不同新能源技术在不同地区可能有不同的相对优势，发展新能源产业要因地制宜。对重要新能源技术发展要统筹规划，合理布局，形成具有中国特色的先进能源的技术路线和工业体系。

2. 发展低碳经济的核心是低碳技术的应用

人类发展的历史，是技术不断发展进步的历史，技术上的每一次飞跃，都会给人类社会带来巨大的改变，技术从根本上影响着人类社会。从本质上来看，正是低碳技术的广泛深入应用，才导致了社会发展模式从传统到“低碳经济范式”的根本性转变，而且，低碳技术融入于新的能源利用方式之中，从一定意义上来说，低碳技术已成为低碳经济范式下能源利用方式的代名词。由此可见，发展低碳经济的核心同样是低碳技术的应用。

世界主要发达国家近年来都在致力于新能源技术和清洁能源技术的开发利用，以期抢占低碳经济发展的制高点。没有低碳技术的广泛应用，发展低碳经济将是一句空话。可以说，低碳技术几乎涵盖了国民经济发展的所有支柱产业，从某种意义上说，谁掌握了低碳核心技术，谁就将赢得商机和主动。但低碳技术的获得不是一日之功，也没有捷径可走，需要我们坚持不懈地自主创新。同国外发达国家相比，我国能源利用效率还有较大差距，应重点实现低碳能源技术突破，建立低碳经济发展模式和低碳社会消费模式。发展低碳经济，科学决策是前提，技术创新是关键，资金投入是保障，全员参与是核心。应整合社会各种资源，调动各方面积极性，建立激励和约束机制。

3. 低碳技术能引领能源利用方式的转变

发展低碳经济，就是要彻底改变以化石能源为主的全球能源利用的结构，而低碳技术则是实现低碳化发展的关键手段，将导致能源利用方式的根本改变。当今，低碳技术的开发应用，将颠覆以化石能源为基石的工业文明发展模式，带来能源利用方式的全新革命，这便是核能和可再生能源逐步应用并最终取代化石能源的新时代（图 14-1）。

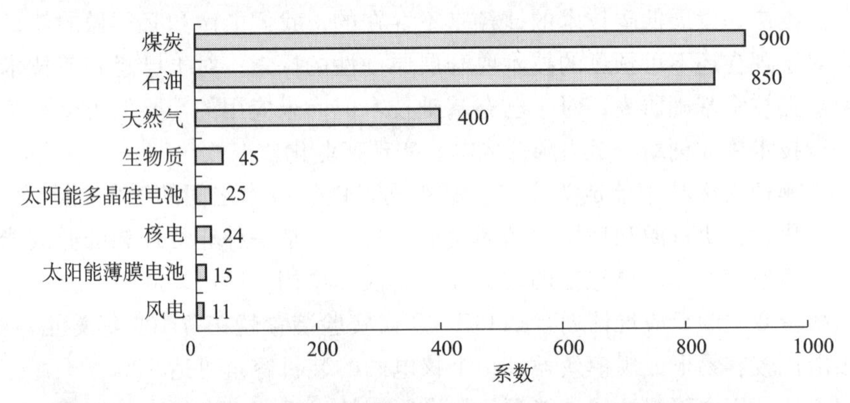

图 14-1　清洁能源发电碳排放系数远低于化石型燃料

资料来源：肖世俊，李元，国都证券研究所．去粗存精，攻守兼备——低碳板块 2010 年度投资策略．2009.

低碳经济的实质是能源效率和清洁能源结构问题，核心是能源技术创新和制度创新，目标是减缓气候变化和促进人类的可持续发展。在发展低碳经济方面，国内外学者基本取得了一个共识，就是通过开发和使用低碳技术来减少排放的一个关键途径。因此，技术创新是实现低碳经济的关键。如果低碳技术不能很好地实现商业化与产业化，那么低碳技术在影响经济发展模式和气候变化方面的作用就微乎其微。因此，加强技术创新，不断完善低碳技术创新才能实现经济发展模式向“低碳”的转变。

4. 低碳技术投资将成为经济增长的一个重要推动力

低碳技术不仅能够带来经济效益，还对经济具有正外部性，因此低碳技术具有保护环境和发展经济的双重功效。碳排放负外部性的存在使得低碳技术的研发投资具有正外部性，一方面私人部门对低碳技术研发投资的收益常常低于其成本，而另一方面，低碳技术的研发投资给全社会带来的效益又往往大于私人部门的成本，这就使得政府在低碳技术研发和投资中应发挥重要作用。

首先，在政府直接投资方面，2007 年麦肯锡公司预测，为实现温室气体排放控制目标，每年大约有 100 亿吨的减排成本为正，由于不存在经济利润，这一部分减排不可能由市场自发实现，因此，为实现这部分目标，各国政府必须发挥重要作用，而政府直接投资正是这部分低碳技术投资的重要资金来源。

其次，在利用鼓励政策及措施等间接方法来促进低碳技术投资方面，各国政府已经或者正要采取多种手段：第一，征收碳税。碳税是针对二氧化碳排放所征收的税种，其目的在于按碳含量比例征税以减少化石燃料消耗和二氧化碳排放。第二，建立碳基金。碳基金是由政府投资并按企业模式运作的独立公司，其资金来源主要为碳税收入，它是低碳技术研发的一个重要资金来源。第三，完善碳交易市场。碳交易即把二氧化碳排放权作为一种商品进行交易，这是一种旨在减少全球二氧化碳排放的市场机制，《京都议定书》将这种市场机制视为实现减排目标的最有效途径。

综合来看，考虑到私人部门对低碳技术投资的不断增加以及各国政府对低碳技术的直接投资和扶持鼓励政策，麦肯锡公司2009年预计，2011～2015年，全球对低碳技术的投资额将达到每年3170亿欧元，而这一数字在2016～2030年将会增加至8110亿欧元，低碳技术投资将成为经济增长的一个重要推动力。①

5. 低碳技术将成为未来国家核心竞争力之一

发展低碳经济出路在于系统低碳技术。低碳技术不是简单地对一个产品的开发或者某一个环节的技术，而是技术链（包括研发阶段、产业链各个环节、市场链），应该把研发链、产业链、市场链联结在一起形成一个良性循环。如能源问题，是一个解决多元化的能源解决方案，包括清洁能源、再生能源，能源的利用效率提高，多元化的能源供给，能源的管理以及减少奢侈浪费，提高能源利用效率。因此，除了技术的开发之外，有些规则也要纳入整个技术开发体系之中。这种方式将对整个产业链产生影响，企业会更多地采用低碳技术，因为含碳量高的产品竞争力不强。未来，谁掌握了先进的低碳技术，谁就拥有了核心竞争力。

正是因为发达国家有了先进技术，发展中国家有了很多传统技术，因此有很多技术转化工作相当重要。目前世界范围内，技术成果转化还有所缺位，产品工程设计非常少，做得不够，有些技术的价值评估体系还没有建立起来，有些标准和规范还需要进一步进行工作。

四 中国低碳技术发展的现状、问题与优势条件

1. 中国低碳技术发展的现状与问题

联合国开发计划署近日在北京发布《2010年中国人类发展报告 迈向低碳经济和社会的可持续未来》指出，中国实现未来低碳经济的目标，至少需要60多种骨干技术支持，而在这60多种技术中，有42种是中国目前不掌握的核心技术。这表明，对中国而言，70%的减排核心技术需要“进口”。

从目前来看，中国还达不到发达国家的先进水平，而基础设施建设又停不下来，用落后技术建成的固定资产不可能在短期内推掉重建。这就将形成一个能源基础设施在其生命周期内的资金和技术“锁定效应”，因此造成的高排放问题将很难解决。如表14-2所示。

---

① McKinsey and Company. Pathways to a Low-Carbon Economy. http://www.mckinsey.com/clientservice/ccsi/pathuays-low-carbon-economy.asp.2009.

表 14-2　中国新能源技术发展现状及存在的问题

种类	发展现状	存在的问题
太阳能	家用太阳能热利用市场相对成熟，太阳能发电系统研发已经起步，太阳能光伏成长很快	太阳能热发电系统的技术规范、技术产品质量国家标准和认证标准以及相应的法规和质量监督体系还没有形成；高质量、高效率的太阳能建筑一体化技术研究较少；硅基太阳电池，乃至部分薄膜太阳电池等生产的关键设备，均依赖进口；先进的光伏技术发展缓慢，高效、低成本、环保的光伏技术有待进一步突破
风能	风电场建设和产业化发展很快，兆瓦级风机机组生产已基本实现国产化	兆瓦级风电机组的总体设计技术和一些关键设备仍然依赖国外；先进的地面试验测试平台及测试风电场尚未形成
生物质能	已经经历燃料取热、沼气热电联供、生物质直燃、气化发电、制取液体燃料和化工燃料等过程，技术日趋成熟，先进的能源植物研究、纤维素制液体燃料研究与国际相关研究同步	农林业废弃物的能源化利用率低；能源植物的筛选、培育相关研究工作需进一步深化；藻类生物质能转化技术研究与国际先进水平有差距；纤维素转化为液体燃料的生物酶及催化剂的研究开发水平落后于国际先进水平
水能	技术基本成熟	环境影响方面研究仍需加强
地热能	地热资源的开发与利用历史较长，勘查技术较为成熟，有基于热泵技术的浅层地热利用市场	深层地热资源开发与利用技术与国际水平有很大差距；用于深层地热能利用的增强地热系统的成套技术仍需开发；与浅层地热利用有关的大功率热泵技术仍需依赖进口
海洋能	海洋能研究全面展开，尤其是波浪能发电技术达到国际先进水平	抗风浪、耐腐蚀材料、独立发电系统等问题有待进一步研究和开发
核能	拥有比较完整的核工业体系，核电站建设速度加快，实验快中子增殖堆和高温气能试验堆等多项关键技术取得了重要进展	尚不具备独立自主规模化生产核心设备的能力；对第三、第四代先进堆的研究与国际先进水平差距仍较大
氢能	氢能的研究基本与国际同步	制氢技术和储氢技术研究有待加快，燃料电池研究尚未规模化，制氢、储运氢和供氢的网络没有形成

资料来源：中国科学院能源领域战略研究组资料，国元证券研究中心整理。

以高能效技术来看，发达国家的综合能效，也就是一次能源投入经济体的转换效率达到45%，而中国只能达到35%。作为发展中国家，尽管中国在气候有益技术上起步较晚，但近年来取得了很大进步。与2000年的情况相比，2007年绝大多数能源密集工业产品的能耗都有所下降。但是整体来看还是很落后，而且发展十分不平衡（表 14-3）。

表 14-3　能源密集工业产品能耗的比较

能耗指标	中国			国际先进	2007 年差距	
	2000 年	2005 年	2007 年		能耗	比例/%
火电发电煤耗/[克煤当量/（千瓦·时）]	363	343	333	299	34 1	1.4
钢可比能耗（大中型企业）/（千克煤当量/吨）	784	714	668	610	58	9.5
电解铝交流电耗/(千瓦·时/吨)	15 480	14 680	14 488	14 100	388	2.8
铜冶炼综合能耗/(千克煤当量/吨)	1 277	780	610	500	110	22.0
水泥综合能耗/(千克煤当量/吨)	181.0	167	158	127	31	24.4
平板玻璃综合能耗/(千克煤当量/重量箱)	25.0	22	17	15	2	13.3
原油加工综合能耗/(千克煤当量/吨)	118	114	110	73	37	50.7

续表

能耗指标	中　国			国际先进	2007 年差距	
	2000	2005	2007		能耗	比例/%
乙烯综合能耗/(千克煤当量/吨)	1 125	1 073	984	629	355	56.4
合成氨综合能耗/(千克煤当量/吨)(大型)	1 699	1 650	1553	1 000	553	55.3
烧碱综合能耗/(千克煤当量/吨)(隔膜法)	1 435	1 297	1 203	910	293	32.2
纯碱综合能耗/(千克煤当量/吨)	406	396	363	310	53	17.1
电石综合能耗/(千克煤当量/吨)	NA	3450	3418	3 030	388	12.8
纸和纸板综合能耗/(千克煤当量/吨)	1 540	1 380	NA	640	650*	115*

*为 2006 年数据；国际先进是居世界领先水平的国家的平均值；钢、建材、石化、纸和纸板 2006～2007 年能耗为估算值。

资料来源：中国能源和碳排放研究课题组．2050 中国能源和碳排放报告．北京：科学出版社，2009.

如果分领域来看，电力行业中煤电的整体煤气化联合循环技术、高参数超超临界机组技术、热电多联产技术等，中国已经初步掌握，而且这两年进步很快，但仍不太成熟，产业化还有一定问题。在可再生能源和新能源技术方面，大型风力发电设备、高性价比太阳能光伏电池技术、燃料电池技术、生物质能技术及氢能技术等，与欧洲、美国、日本等发达国家相比，也还有不小差距。尽管最近几年中国风电装机容量每年都翻番，中国风机制造企业占国内的市场份额也超过了 50%，但如果仔细分析这些专利的实际申请人，会发现这些专利大多数都是由外国企业在华子公司所申请的。在中国风电专利申请数排名前三的都是来自发达国家的企业，前 10 位则只有 3 位中国申请人。可见尽管大量风电设备是由中国企业生产的，但其真正的技术拥有方却是外国（主要是发达国家）公司（图 14-2）。

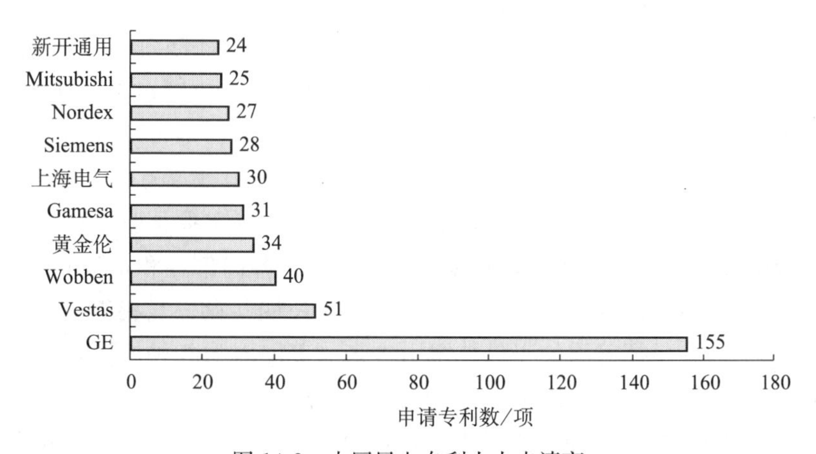

图 14-2　中国风电专利十大申请商

资料来源：中国国家知识产权局专利数据库．http：//www.sipo.gov.cn/sipo2008/zljs/.

在交通领域，如汽车的燃油经济性问题、混合动力汽车的相关技术等，我国虽然掌握了一些技术，但短时间无法达到产业化的水平。对于冶金、化工、建筑等领域的节能和提高能效技术，在系统控制方面，还无法达到发达国家的水平。

2. 中国低碳技术发展的有利条件

在碳排放空间逐渐成为稀缺资源的背景下，低碳技术将成为未来国际竞争力的核心。

中国如果在低碳技术上取得重大突破，将会在大幅度提高其技术的国际竞争力的同时，有助于提供缓解中国就业压力的绿色就业机会。中国如果在一些研发上抢先突破，就具备了最核心的竞争力。从减排技术角度考虑，主要涉及能源效率，清洁能源，碳捕获与封存和非二氧化碳温室气体管理措施（如煤层气和废弃物甲烷管理），农林碳汇（吸收并储存二氧化碳）等四大技术途径，各技术途径至 2030 年的中国碳减排潜力各约 24 亿吨、24 亿吨、14 亿吨、5 亿吨（图 14-3）。

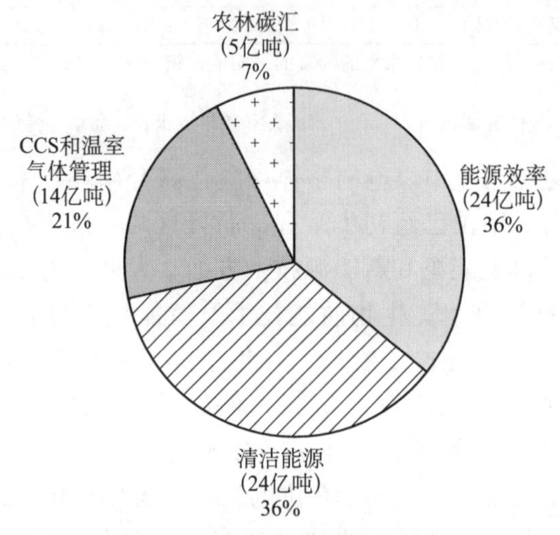

图 14-3　中国四大减排技术潜力

显然，中国在发展低碳技术方面有下列有利条件。

第一，中国经济实力逐渐提高，完善的装备制造业基础已初步形成，新增生产容量多，有利于新技术研发推广，并形成配套工业体系；很多领域，我们在跟发达国家同步研发。企业研究机构、大学等，现在在先进技术的研发上非常活跃，不少技术的发展、产业化相当快，有的已经在向其他发展中国家出口。

第二，中国有一个独特的有利条件，就是市场大。市场需求是驱动技术发展的一个很好的动力，市场需求大，研发的成本也容易分摊。现在各国都在积极进行低碳技术创新，我们可以跟国外联合研发，或引进技术，也可能形成长期共存、互相组合、协同发展的局面。如核电，我们现在是把美国的先进技术引进来（美国因为各种原因，第三代核电技术还没有应用），然后国产化，发展得很快。现在全球核电装机容量是 3 亿多千瓦，中国到 2050 年有可能接近这个装机容量。中国人口多，市场容量大，如果核电真正发展起来，形成一个工业体系，将来完全有可能再向美国、欧洲出口。

第三，中国很多新能源技术领域，如光伏发电、生物燃料、电动汽车、第四代核电站等，与国外同时起步，与国外差距比传统产业和传统技术小，可发展有自主知识产权技术的产业。

第四，国家对低碳技术的扶持政策和对可再生能源的补贴力度加大，并对企业进行了节能奖励。中国现在有一定的经济实力，创新能力和企业转型的能力都比较强。如果目标、体制、战略、技术适当，一方面政策很好地引导、配合，另一方面集中力量把低碳技术块做好，从而走出中国式低碳道路来，将不仅顺应了人类社会发展的趋势，而且也将解决自身发展的难题——能源资源和国内环境的制约所带来的发展瓶颈问题。

第二节　低碳技术创新模式与运行机制

一　低碳技术创新模式与优化

1. 低碳技术创新的特点

根据传统的创新理论，按照创新的强度，可以将创新分为渐进性创新与突破性创新。渐进性创新（incremental innovation）指对现有技术的非质变性的改革与改进，是基于现存市场上主流顾客的需要而进行的线性、连续的过程。突破性创新（radical innovation）是相对于渐进性创新来说的，是含有显著的技术进步的创新，旧的技术不论是在规模的增长、效率或设计上都无法与突破性创新带来的新技术竞争，突破性创新使旧的技术过时，并引致出现或改变整个产业或市场。[①]

以可再生能源技术为主体的低碳技术相对于传统化石能源技术而言，是一种突破性创新。新的能源技术是对能源生产技术的革命性变化，而现有的技术具有严重缺陷，无助于稳定全球气候。更激进一些的观点是将低碳技术看做一种技术范式的转变，是要对传统能源技术以及建立在传统能源技术之上的社会、经济系统进行一种根本性的改变。

传统的碳基技术使得社会经济技术系统形成了路径依赖，这种依赖来自于建立在传统能源技术之上的技术锁定和制度锁定。采用老技术的递增收益导致了锁定，从而阻碍了新的能源技术替代优势的形成。能源的生产和消费系统同样面临递增收益导致的技术系统锁定的问题。制度锁定可以理解为规范人类行为的所有约束变量。这包括正式的约束，如法律、经济规则与合同，以及非正式约束，如社会习俗与行为规范。低碳技术创新就是一个通过技术范式的转变来实现对原有技术经济系统进行解锁的过程。只要进一步拓展现有技术的应用，人类在21世纪上半叶将可以解决碳排放和气候问题。

低碳技术创新是包含渐进性创新的突破性创新，无论是风能、太阳能等可再生能源技术，还是节能、CCS技术，都有一个学习效应，随着产业扩大而逐渐发挥作用的过程，学习效应的发挥就意味着渐进性创新的形成。但相对于传统的化石能源生产与使用而言，低碳技术具有根本性的不同，它对于能源的生产与应用以及相应的技术经济系统会带来一场深刻的革命。以并网的风力发电为例，要使风能真正成为整个国家能源系统的重要组成部分，不仅需要在风机、叶片等的设计与制造方面不断改进，同时还需要对整个电网系统进行改造，如应用智能电网（smart grid）技术，甚至需要消费者调整消费行为（如自愿购买绿色电力），从电力需求侧提供支持。因此，这是一个既有渐进性创新，又有突破性创新的

---

① Tushman M, Anderson P. Technological discontinuities and organizational environments. Administrative Science Quarterly, 1986, (31): 439-465; Kaplan S. Discontinuous innovation and the growth paradox. Strategy&Leadership, 1999, (27): 16-21.

过程，而突破性创新是其本质特征，其创新过程体现了技术范式的变迁。

2. 低碳技术创新模式

所谓低碳技术创新是以低能耗、低污染、低排放和高效能、高效率、高效益为基础，通过技术创新实现节约能源资源、保护生态环境和节能减排的技术创新模式，在宏观层面是以低碳发展为创新方向，在中观层面以节能减排为创新方式，在微观层面以碳中和技术为主要创新方法，如图 14-4 所示。低碳技术创新模式转向顺应了工业经济向知识经济转变的时代要求，低碳技术的技术创新必然成为协调人与自然关系、促进经济社会和人的全面发展的助推器。与以获取经济利益为单一目标的传统技术创新不同，低碳技术创新是在以经济增长为中心的前提下以促进自然生态平衡协调，节能减排、社会生态和谐等为基本目标，这种追求是科学发展观的内涵在微观层次上的具体化，可从以下几个方面来解读。

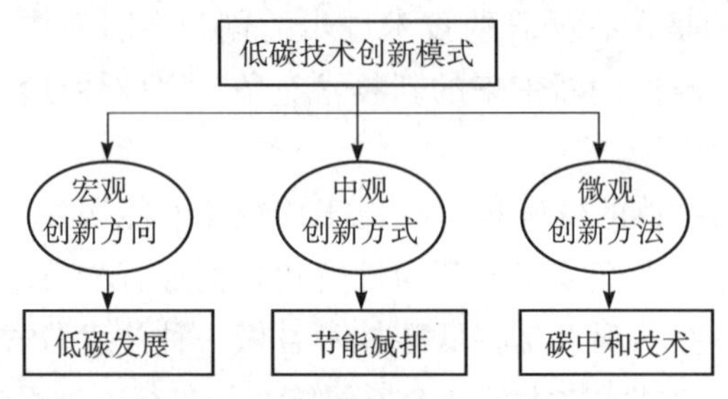

图 14-4　低碳技术创新模式

低碳技术创新模式体现了以下三方面内容。

（1）追求多元目标的全面发展。传统的技术创新观坚持“增长优先”的发展观，把发展简单地理解为经济增长，在某种程度上加剧了生态危机和社会危机。低碳技术创新则力图避免单一的思维决策，认为发展包括经济、政治、文化、生态环境等全面协调、多元目标整合的发展，要追求生态效益、社会效益和人的生存与发展效益。

（2）遵循协调发展的基本原则。协调发展原则是低碳技术创新的基本原则。它是科学发展观协调发展思想在技术创新实践过程中的具体化。科学发展的根本要求是统筹兼顾，从系统论的观点出发，低碳技术创新所理解的统筹兼顾是指系统内部诸要素以及各子系统之间在时空上的协调。低碳技术创新所遵循的协调发展的基本原则，要求在全面建设小康社会的实践中要缩小城乡差距、地区差距，缓解人与自然之间日益加剧的矛盾，最终实现经济发展的速度、社会发展的程度、自然生态保护的力度之间的协调，实现发展中不同社会阶层和利益群体的利益关系的协调。

（3）坚持可持续发展的基本理念。低碳技术创新提出的基本动因就是为社会的可持续发展提供现实可能性。它坚持可持续发展观的基本思想：①确立经济、社会、环境协调发展的目标。②保障自然资源的永续利用。自然资源的永续利用是保障社会经济可持续发展的物质基础。可持续发展主要依赖于可再生资源特别是生态资源的永续性。必须把发展置于当代人之间，当代人与后代人之间公平、合理、持久利用自然资源的基础之上，即发展应是“不损害未来世代满足其发展要求和资源需求前提下的发展”。③建立以人的全面发展为核心的低碳价值观。可持续发展的核心是解决人与自然之间的矛盾、冲突，建立二者之间的互利共生、协同演化机制，确认自然的价值，环境的价值，肯定人内在于自然、依赖于自然，人与自然之间有着共同的利益和命运。低碳技术创新在理念上认同并支持可持续发展，其核心目标在于实现人的全面发展的低碳发展理念。同时，它的转向只有接受科学发展观的指导，才能克服传统技术创新观使人“异化”的内在缺陷，真正使低碳技术创新成为社会发展的持久动力。

3. 低碳技术创新的社会建构性

“社会建构”一词是于20世纪70年代在S&TS（science and technology studies）中流行开来的。S&TS最初从彼得·伯杰（P. Berger）和托马斯·吕克曼（T. Luckmann）的一篇有关知识社会学的论文引入，即知识社会学热衷于对实在的社会建构进行分析。[①] 热衷于科学技术论的学者把社会建构论推向各个领域，事实、知识、理论、现象、科学、技术甚至社会本身都被宣称是建构起来的。默顿及其追随者研究了科学制度是怎样组织起来的，并试图说明科学活动的社会作用。低碳技术创新强化了技术创新与社会发展的互动，确立了基于节能减排的技术创新作为社会发展的内生变量的重要地位。低碳技术创新正是切合了现代社会发展所提出的对社会系统的调适、优化与整合的内在要求，其实现过程要受到一系列与经济过程相关的社会因素如政策、制度和文化规范等的管制与约束。而贯彻落实科学发展观，是要求经济、社会、自然的可持续发展，需要强调技术创新的经济利益与社会利益的统一。在科学发展观视野下，必须强化对低碳技术创新的社会整合，建构低碳技术创新系统，并有效配置各种资源，引导低碳技术创新的存在方式、发展方向和发展效益等，如图14-5所示。

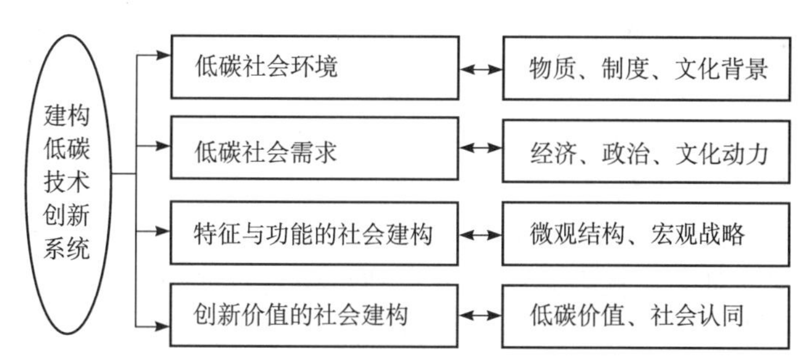

图14-5　低碳技术创新的社会建构性

资料来源：刘立，陆小成，李兴川．科学发展观视野下的低碳技术创新及其社会建构．中国科技论坛，2009，(7)：48-52.

低碳技术创新离不开一定的社会环境。低碳技术创新作为关于节能减排的创新文化现象，其创新资源的获取、创新动力的激发、创新运行机制的构建均离不开相应的社会环境支撑，需要获得社会的广泛认同和大力支持，不能超越现有的社会资源和社会条件的制约。

低碳技术创新动力来源于低碳社会需求。低碳社会需求为低碳技术创新提供了最根本、

① Berger P，Luckmann T. The Social Construction of Reality：a Treatise in the Sociology of Knowledge. New York：Doubleday，1966：1-21.

最持久和最强大的动力。作为技术创新动力的社会需求是多层次和多方面的。社会需求具有多样性，表现为经济的、政治的和文化的需求等。

低碳技术创新特征和功能的社会建构。社会建构是指作为一种社会行动或行动系统。低碳技术创新由于其目的、手段、条件和规范的差异而存在着不同的行动取向和行动方式，即技术创新存在着多样化的社会方式，且这些社会方式将依据技术创新过程和条件的推移而呈现不同的特征和形态。低碳技术创新社会方式的多样化表征了技术创新在满足提高经济绩效、促进科技与经济相结合、资源能源利用与环境保护的一体化发展等社会经济系统功能需要上的多样化。从功能分析的角度来看，低碳技术创新的任何一种社会方式均完成其一定的经济功能和社会功能。技术创新既有其正功能的结果，也有其负功能的影响。有效发挥低碳技术创新的正功能而限制其负功能影响，需要加强新的整合模式构建。即在微观层面，要求以企业为主体的低碳创新主体需要对其组织、目标、制度等进行调整和整合，构建相应的低碳创新文化，促进低碳技术创新的评估、选择、激励，在宏观层面，各级政府需要高度重视低碳创新的资源节约、环境友好的社会功能，政府作为公共利益的代表需要作出相应的低碳创新战略、政策设计和制度安排等方面的调整，引导低碳技术创新的方向，强化和彰显低碳技术创新的社会生态功能及其长远利益。

低碳技术创新价值的社会建构。低碳技术创新需要与一定的社会规范和价值观念相适应。建构与低碳技术创新行为相关联的新行为规范和价值理念是低碳技术创新的重要前提条件。社会建构主义认为，技术创新发展囿于特定的社会情境，技术创新活动受到主体的利益、文化选择、价值取向和权利格局等社会因素的影响。

4. 探索低碳技术创新社会建构的途径

低碳技术创新的实现有赖于低碳技术的社会建构与整合。依据社会建构论的基本观点，社会的各种政策、制度、规范和价值是相互联系、相互制约的完整系统。低碳技术创新的价值取向和实践方式的实现，需要树立低碳技术创新的行动准则、低碳制度规范和低碳文化价值观念，发挥社会各因素对低碳创新的规范和导向作用。低碳技术创新作为一项高度组织化、系统化的社会行动，是在特定的社会结构中实现的，与既定的社会关系和环境因素密不可分，社会系统的整合和型塑将有效引导和控制技术创新的发展方向。强化社会整合、注重社会建构对于促进低碳技术创新的社会实现具有重要作用。以科学发展观为指导，探索低碳技术创新社会建构的途径主要包括以下几个层面，如图 14-6 所示。

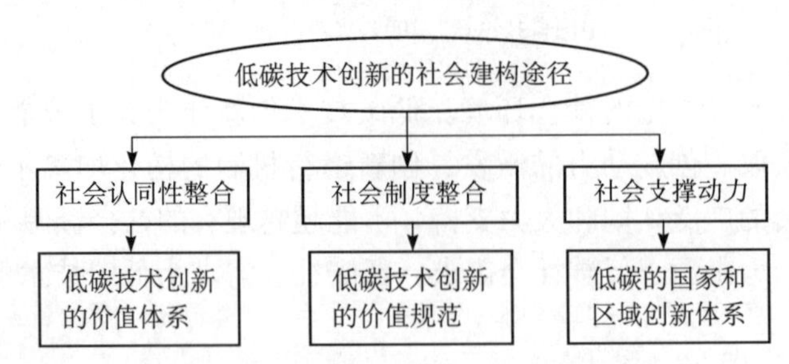

图 14-6 低碳技术创新的社会建构途径

（1）强化低碳技术创新价值体系的社会认同性整合。社会认同，即个体认识到他属于特定的社会群体，同时也认识到作为群体成员带给他的情感和价值意义。[①] 社会认同是社会成员共同拥有的信仰、价值和行动取向的集中体现，与利益联系相比，注重归属感的社会认同更加具有稳定性。社会认同性整合是在认识论领域里进行的，目的是让人们在社会互动过程中达成认识上的一致。低碳技术创新观提供了合乎社会发展目标的技术创新价值和行为模式。在自然生态层面上，立足于人与自然和谐发展的创新观，以转变经济发展方式为契机，把实现与自然生态的相调适与和谐共进的低碳文明追求纳入技术创新的目标体系，发挥低碳技术创新在解决经济发展与资源节约、环境保护相统一的良性循环和先导互动作用；在经济社会层面，把单纯追求经济增长和以GDP为增长衡量指标的片面技术创新观，转向更加关注创新的整体社会效益和资源能源-环境-生态等的和谐，使低碳经济发展成为促进社会和谐的推动力量。

（2）推动低碳技术创新价值规范的社会制度整合。低碳技术创新必须针对制约创新的不利因素进行变革，通过加强技术创新的制度性社会整合来协调和调整社会利益关系，对技术创新功能在制度建设层面加以引导和约束，强化价值关怀在低碳技术创新过程中的制度约束。建立适应低碳技术创新的企业经济和管理制度，把生态环境保护的外部效益内部化，调整现行的市场经济体制，重新调整技术创新的利益分配机制，把资源利用与低碳需求纳入到企业的技术创新活动之中。构建低碳政策法律环境，促进低碳技术创新开展。通过政府低碳政策和法律的引入，构建低碳激励约束机制，抑制技术创新主体过渡滥用资源和破坏环境欲望，加大对企业在资源环境使用上的低碳制约和对资源环境保护的低碳法律责任。政府应对低碳技术创新行为给予各种可能的政策支持和法律保障，通过政府主导的自上而下的诱导性制度创新，形成良性的激励机制。重视非正式制度在低碳技术创新中的重要作用。非正式制度指伦理道德、传统文化、风俗习惯、意识形态等，乃是人们在长期交往中自发形成并被无意识地接受的行为规范。低碳技术创新的非正式制度安排是通过伦理道德的软约束，激发人们内心理念来实施低碳创新的经济行为，塑造低碳技术的管理理念和创新文化，实现节能减排、社会和谐和经济发展的和谐统一。

（3）构建低碳的国家和区域创新系统，为低碳创新提供社会支撑动力。国家和区域低碳创新系统的构建，目的是服务于国家和区域低碳经济、低碳社会发展要求，提升区域低碳技术和低碳制度的创新能力和创新效率，是政府、企业、大学、研究院所、中介机构等多种社会部门为了一系列共同的社会和经济目标，通过建设性的相互作用而构成的复杂社会网络。构建面向低碳技术创新的国家或区域创新体系，不仅是新型工业化对低碳技术创新的要求，也是技术创新体系自身低碳化的必然需要。制定低碳创新战略，把低碳追求纳入国家技术创新体系的功能结构之中，把低碳追求纳入国家技术创新目标体系，明确技术创新体系的目标是以经济增长为中心，追求自然生态平衡、社会生态和谐有序；制定完善的低碳知识产权保护措施，保证低碳技术创新战略的实施，制定有关低碳技术创新成果的评估标准，推动低碳技术的研究和应用；健全激励低碳技术创新的财政、金融、信贷等优

---

① Tajfel H. Differentiation Between Social Groups：Studies in the Social Psychology of Intergroup Relations. London：Academic Press，1978：10－24.

惠政策，鼓励低碳技术创新中介服务业的发展，完善激励人才创新创业的机制，加强低碳技术创新的基础设施建设；优化调整低碳科技创新资源配置，构建低碳技术创新体系，促进区域经济社会协调发展，整合中国区域资源、促进区域之间的协调发展、缩小区域间的发展差距，各地区必须根据本地区的区域特色、资源条件、历史现状等实际情况，建立区域低碳技术创新体系。

二 低碳技术创新系统及运行机理

1. 低碳创新系统运行

所谓低碳创新系统指的是在特定区域内，与低碳技术创新全过程相关的政府、企业、高等院校、科研机构、中介服务机构、金融机构等组织机构和制度与机制等实现条件构成的网络体系。区域低碳创新系统的构建，为节能减排、发展循环经济、构建和谐社会提供了操作性诠释，是落实科学发展观、建立节约型社会的综合创新与实践，是创新系统概念的新发展。

低碳创新系统运行机理，如图 14-7 所示，在“低碳技术创新—低碳生产与制造—低碳排放与消费—废物处理与碳汇”的创新循环与利用，实现创新的低碳经济功能；在该创新系统中引入了“废物处理者”，即碳汇（carbon sink），指的是某些土地利用和森林项目能够起到固碳作用，可以被用于充抵减排义务，对于创新系统内成员分解不了的废物和副产品，通过区域“废物处理者”的碳汇功能系统，使其变成再生资源循环利用，维持区域创新系统与环境的相容性，避免区域创新系统中一级结构成分“分解者”的缺损而造成的系统失调，实现区域创新系统低碳经济发展。“废物处理者”作为“分解者”的功能主要在于找到新的废物利用途径，改变工艺流程，使废物得到回收利用。

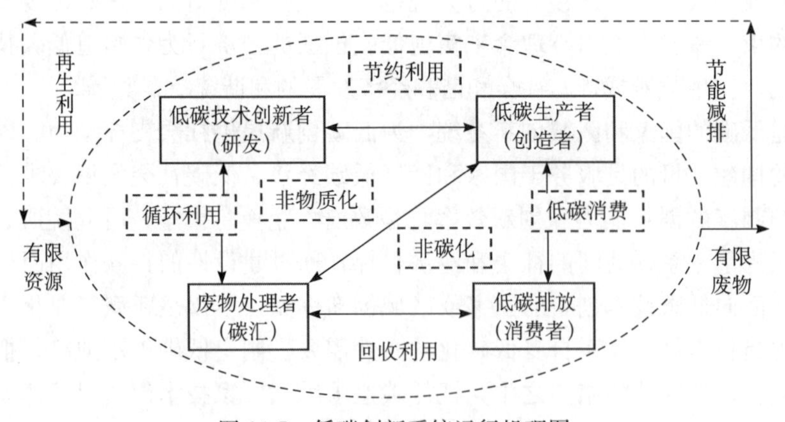

图 14-7　低碳创新系统运行机理图

2. 低碳创新系统构建的重要基础——技术预见

技术预见（technology foresight），从各国技术预见的理论和实践来看，其中的“技术”已不是单纯的技术，而是与科学、经济、社会、环境紧密结合的“大科技”意义上的技术；

其中的“预见”内含科学预期未来、理性选择未来、主动重塑未来等含义。英国技术预见专家马丁（B. Martin）认为，技术预见是对未来较长时期内的科学、技术、经济和社会发展进行系统研究，其目标是要确定具有战略性的研究领域，以及选择那些对经济和社会利益具有最大化贡献的通用技术。OECD认为，技术预见是系统研究科学、技术、经济和社会在未来的长期发展状况，以选择那些能给经济和社会带来最大化利益的通用技术。技术预见是一种技术发展的整体化预测、系统化选择、最优化配置、合理化政策，是在对科学、技术、经济、社会和环境的长远发展进行整体化预测，系统化选择战略性的研究领域、关键技术和通用技术，利用市场的优化配置作用和政府的合理化政策支持来实现的。

技术预见提供了一个强化国家或区域创新体系的手段。现代科学技术往往是一把“双刃剑”，在创造繁荣机会的同时也可能会带来一系列影响区域经济社会发展的低碳经济问题。技术预见为区域低碳创新系统构建中政府、企业、研究者之间的沟通、交流与协作充当桥梁，搭建了知识共享的公共服务平台，为区域低碳创新发展指明了方向，实现低碳技术创新与低碳制度创新的有效互动。技术预见代表了政策制定过程中的前景分析，是制订和实施国家或区域低碳技术创新战略、识别低碳技术发展机遇的重要手段和重要基础（图14-8）。

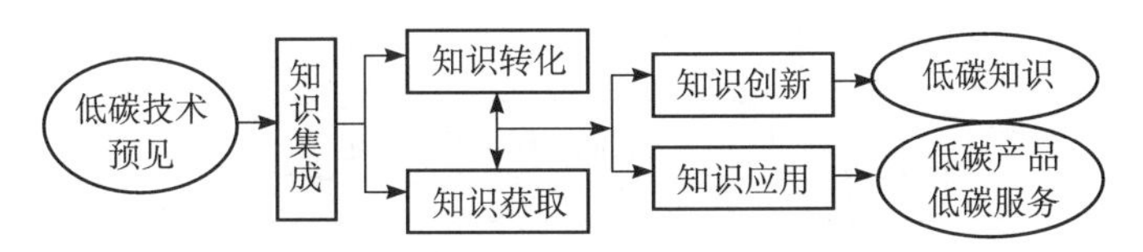

图14-8 基于技术预见的区域低碳创新系统知识集成图

技术预见对于区域低碳创新系统构建的基础性作用，主要表现在以下四个方面。

（1）低碳创新目标的指引。技术预见是面向未来的，对未来较长时期内的科学、技术、经济和社会发展进行系统研究与科学预期，在低碳创新目标、方向、内容等层面确定具有战略性的研究领域，选择和指引将出现的对经济和社会利益具有最大贡献的通用技术。

（2）低碳创新资源的整合。对于低碳创新实施来说，技术预见使得区域各类创新资源，能够有效地优化配置和高效利用，使得政府能够通过低碳发展的科技政策、基础设施以及低碳服务体系建设有效整合区域有限的物力资源、人力资源、制度资源等，鼓励并引导市场资源进入低碳创新领域，实现经济社会的资源整合与可持续发展。

（3）低碳创新知识的集成。区域低碳创新系统是由多个主体（如政府、科学共同体、企业、中介机构消费者等）构成的以信息流、技术流、知识流为传播媒介的知识体系，是由同类或不同类的企业的空间集聚，通过技术预见和专家知识的集成，建立区域内各种正式的和非正式的、定期的和非定期的、有关技术、供求等方面的知识联系，建立R&D机构与企业之间、政府与企业及其他组织之间各种有关技术、管理、经营等方面的知识集成网络，促进低碳技术与知识的交流共享和扩散。通过低碳技术预见专家和各知识主体之间的参与和互动，技术预见的前瞻性工作能够集成区域低碳创新系统知识，并通过知识转化和知识获取，实现低碳知识创新与应用，进而形成新的低碳知识、低碳产品和低碳服务。

（4）低碳创新社会网络的构建。创新网络就是地区的创新行为主体（科研机构、大专院校、中介机构、企业和地方政府等）之间在长期的正式与非正式合作与交流的基础上所形成的相对稳定的系统。技术预见活动极大地推动了区域创新社会网络的建设。技术预见活动促进了企业之间、产业部门之间以及企业、政府和学术界之间的长期、持续的沟通和交流。官、产、学、研互动合作过程，也是社会网络逐步建立的过程，技术的选择结果可称为技术预见的"正式产品"，社会网络的建设则是其"非正式产品"，在一定程度上它甚至比"正式产品"更为重要。创新社会网络侧重于区域内政府、企业、R&D机构、金融机构、协会、个人等为实现互动学习和创新活动，旨在促进学习和创新、减少快速市场变化和技术变化的所造成的不稳定性和风险所结成的社会网络。

三 基于技术预见的低碳创新系统构建

发展低碳经济，构建低碳创新系统的关键在于通过技术预见活动，实现低碳技术创新和低碳制度创新，而政府主导和企业参与是主要实施形式。应立足国情，充分利用节能减排与低碳经济的协同发展，建立与低碳发展相适应的技术创新方式、低碳生产方式、低碳消费模式、低碳政策体系和机制，通过低碳创新系统的各个要素的技术预见和共同参与活动，选择低碳的关键技术战略、低碳的创新机制、低碳的营销策略、低碳的创新服务体系等（图 14-9）。具体而言，主要包括以下四个层面。

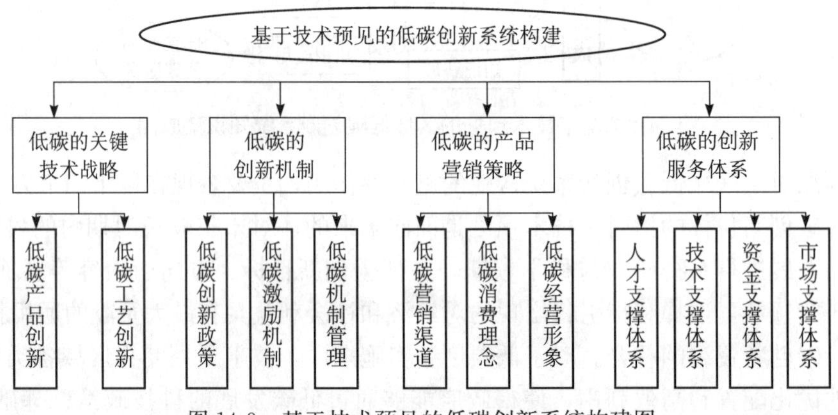

图 14-9　基于技术预见的低碳创新系统构建图

1. 实施低碳的关键技术战略

发展低碳经济的关键是要掌握低碳技术。低碳技术可分为两大领域：无碳或减碳技术、捕获和利用二氧化碳的技术。实施低碳的关键技术，首先是源头控制的"无碳技术"，即以大力开发的无碳排放为根本特征的清洁能源技术。这主要包括风力、太阳能、水力、生物质能，潮汐能、地热能、核能等发电技术，其最终理想是实现对化石能源的彻底取代。其次是过程控制的"减碳技术"，即实现生产消费过程的低碳，达到高效能、低排放。集中体现在节能减排技术方面，尤其是二氧化碳排放量大的电力、热力的生产和供应业、石油加工、煤焦及核燃料加工业、黑色金属冶炼及压延加工业、非金属矿物制品业、化学原料及化学制品制造业，应作为发展和应用减排技术的重点领域。再次是实现末端控制的"去碳技术"，即开发降低大气中碳含量为根本特征的二氧化碳的捕集、封存及利用技术最为理想的状况是实现碳的零排放。总之，要加快研究制定国家低碳经济发展战略，大力发展低碳经济，注重提高低碳技术与产品开发的自主创新能力。

通过技术预见，低碳的关键技术战略选择主要包括：低碳产品创新，即开发各种能节约原材料和能源、少用昂贵和稀缺资源的产品，并且在使用过程中以及在使用后不危害或少危害人体健康和生态环境的产品，以及易于回收、复用和再生的产品；低碳工艺创新，包括减少生产过程中污染产生的清洁工艺技术和减少已产生污染物排放的末端治理技术两方面。低碳的关键技术选择与创新，也是一种新的生产方式选择，既包括清洁生产、方式，形成以企业为主体的区域低碳技术创新体系。

2. 构建低碳的创新机制

一是构建低碳创新政策。低碳创新政策体系既包括低碳政策的建立，调整现有的政策体系（环境与生态保护的政策体系、资源节约使用的政策体系、经济生态核算与环境价值评价的政策体系），也包括低碳政策创新，即对原有的低碳政策因素进行新的组合，使之较原有的体系能发挥出更多的作用。二是健全低碳创新激励机制。通过技术预见，发挥产业低碳技术政策在市场激励中的作用，政府用政策激励和保护企业的创新积极性，通过市场化的方式来发挥政策的激励作用，适当增加环保投资，开展环境资源税和环境补偿税的收费，实行生产工艺排污许可证制度等。三是完善低碳管理机制。通过低碳管理的统计、核算、认证和标志等手段，来建立起低碳的国民经济核算体系和管理机制，分析管理成本的支出对经营效益的影响，以较低的管理成本获得较大的经营效果。

3. 采取低碳的产品营销策略

低碳营销是指以产品对环境的影响作为中心的市场营销手段；或以环境问题作为推进点而展开的营销实践，用市场拉动的办法促进低碳创新战略的实施，对于企业来说具有技术推动和市场拉动的双重效应，促进企业把生态与环保意识融入产品设计、产品包装、回收利用等环节，从而形成有利于生态环保的营销模式。低碳营销要通过技术预见，整合各方利益，让技术专家以及更多相关利益人参与预见和营销活动，进行积极、有效的低碳营销对话。基于沟通、协商、合作的低碳营销活动，提高技术预见的“合法性”和低碳营销的力度。通过技术预见，政府要促进低碳营销渠道畅通、低碳消费理念形成；企业应在低碳技术开发的同时，及时向消费者传递有关产品和服务的信息，引导消费者的低碳化购买方向，选择低碳销售渠道，倡导低碳消费理念，构建低碳经营形象。

4. 完善低碳的创新服务体系

低碳创新系统需要有组织网络化、功能社会化、服务产业化的社会服务体系的支撑，主要包括：

（1）低碳人才支撑体系。对科技人员进行低碳技术教育，拓宽和更新低碳知识构成；鼓励企业设立低碳“人才发展基金”；建立低碳人才激励机制。开发低碳技术和低碳产品，其关键就是要有掌握先进技术的科技人才。目前不仅中国低碳技术人才短缺，世界低碳技术人才也缺乏，加快低碳技术人才的培养势在必行。高等教育应把低碳能源技术、低碳能源和可再生能源方面的专业放在突出的位置，直接为企业培养大批急需的低碳技术人才，使他们掌握最优化的设计方法，提高研究、设计和创新能力，加快低碳产品研发速度，缩短低碳产品的研发周期。

（2）低碳技术支撑体系。低碳技术涉及面广，即有冶金、化工、石化等传统部门，也涉及可再生能源、新能源、煤的清洁高效利用、二氧化碳捕获与封存等众多新领域。低碳技术几乎涵盖了国民经济的所有支柱产业。作为发展中大国，中国要尽快建立有特色的发展低碳经济的技术支撑体系，包括制订低碳技术标准，加快低碳技术的研发、增强自主创新能力，整合现有低碳技术，加速科技成果的转化和应用，建立低碳技术的引导和激励机制，加快低碳技术人才的培养和国际低碳技术的交流与合作。

（3）低碳资金支撑体系。采取政府投入为引导、企业投入为主体、社会资本为补充的低碳创新资金支撑体系，强化对低碳科技的财政投入，建立低碳高新技术（或技术创新）发展基金；建立中小科技企业担保低碳基金；发展低碳技术风险投资事业，建立低碳技术风险投资基金等。

（4）低碳市场支撑体系。通过技术预见，强调需求导向，建立常设技术市场，联合高等院校、科研院所和企业建立“网上低碳技术交易市场”，举办多种形式的低碳技术成果洽谈会和展示会，畅通低碳技术和低碳技术产品的流通渠道，促进国家和区域低碳创新系统的构建。

第三节　技术创新下的中国低碳社会经济

在发展低碳经济方面，国内外学者基本取得了一个共识，就是通过开发和使用低碳技术是减少排放的一个关键途径。中国政府非常重视技术进步和技术创新在应对气候变化、发展低碳经济方面的作用，《中国应对气候变化国家方案》明确提出，要依靠科技进步和科技创新应对气候变化，“要发挥科技进步在减缓和适应气候变化中的先导性和基础性作用，促进各种技术的发展以及加快科技创新和技术引进步伐”等。技术创新是实现低碳经济的关键。

一　主要发达国家低碳技术路线的选择及启示

通过技术改变能源消耗、产出和温室气体排放之间的比率，使经济增长和碳排放沿着脱钩方向演进。虽然低碳技术种类繁多，但是主要发达国家和地区对低碳技术的侧重点并不相同。

1. 欧盟：走清洁能源技术优先发展

欧盟对低碳技术的选择侧重点在清洁能源技术方面。为了发展低碳经济，欧盟成立了“欧洲能源研究联盟”和“联合欧洲能源研究院”，执行发展低碳经济的6项计划：“欧洲风力计划”、“欧洲太阳能计划”、“欧洲生物质能计划”、“可持续核裂变计划”、“欧洲电网计划”和“欧洲二氧化碳回收与储藏计划”。在这6项计划中，与清洁能源技术直接有关的就有4个。从投入方面来看，以2007年为例，法国、德国、意大利与英国是低碳投入的主要成员国，这些国家在低碳技术上的总投入为15.8亿美元，其中绝大部分用于清洁能源技术。2010～2020年，欧盟将投入总量达到530亿欧元，进行低碳技术的研发与应用研究，其中60亿欧元用于风能研究，160亿欧元用于太阳能技术研发，90亿欧元用于生物质能研究，70亿欧元用于核能研究，20亿欧元用于电网研究，130亿欧元用于二氧化碳捕捉和储藏示范项目[①]，对清洁能源技术的投资也占据了绝大部分。欧盟国家在清洁能源上的巨大投入使得欧盟在可再生能源技术方面、技术开发水准和产业技术能力方面，水平明显高于日本和美国，在全世界居于领先地位。

欧盟选择可清洁能源技术作为低碳技术发展重点的原因是多方面的。首先，第二次世界大战以后，欧盟地区在科技水平和经济实力方面，与美国相比明显处于劣势。为了扭转这种局面，以英国、德国为首的欧盟在20世纪末期，以传统工业文明给地球环境的巨大影响为由，发动能源利用方式的根本性变革。清洁能源可以从根本上杜绝碳排放，实现无碳经济，是实现这种变革的理想选择。因此，欧盟以清洁能源技术为重点，希望在清洁能源技术上主导世界经济竞争的格局。其次，主要欧盟国家传统的经济发展高度依赖于化石燃料。与美国相比，欧盟国家在化石燃料的控制力上明显欠缺。欧盟化石燃料高度依赖进口，这不仅制约了欧盟国家的发展，也对欧盟国家的经济安全构成了严重威胁。在这种情况下，寻找替代能源，研发清洁能源可以改变这种能源依赖的被动局面。再次，以英国为首的欧盟国家虽然经济实力大不如美国，但是在数百年的发展过程中，积累了丰富的科技人力资本，发展清洁能源技术有助于发挥欧盟地区在科技实力上的比较优势。最后，英国自2003年在其能源白皮书中正式提出实施低碳经济以来，其相继出台的一系列政策及措施都很好地促进了低碳技术的发展，如2005年的《使用化石燃料的碳减排技术的开发战略》、2007年的新能源白皮书等，同时英国建设ETS、成立“碳基金”、建立英国能源研究中心、能源技术研究所等，这些措施也都极大地促进了低碳技术、新能源技术的创新与商业化发展。

2. 美国：走全面发展低碳技术道路

美国着手发展低碳经济较欧洲来说晚一些，但其发展却异常迅速。随着全球气候恶化程度的加深，美国最终认识到低碳经济是大势所趋。美国低碳技术的研发方向主要包括能源基础理论与应用，如太阳能、风能、生物质能、地热能、氢能和核能、智能电网等技术，节能型交通工具及建筑技术、碳处理技术。从这些侧重方向可以看出，美国的低碳技术不仅包括清洁能源技术，还包括节能技术和碳排放处理技术。美国选择的是全面推进的低碳技术发展路线。从美国研发投入的分布上看出，以2010年度美国的预算为例，基础研究的投入占总投入的23%，清洁能源的研发投入占总投入的30%，节能技术的研发投入占总投入的17%，碳回收技术研发的投入占总投入的30%左右。

美国在低碳技术上采取全面发展的路线，既与美国在低碳经济方面所面临的压力有关，又与美国科技政策的传统有关。欧盟在低碳经济理念、低碳技术等方面的先发优势对美国

---

① 蔡林海．低碳经济大格局．北京：经济科学出版社，2009.

世界经济的主导地位构成了潜在威胁，因此，美国自2006年以来以积极的姿态发展低碳经济。选择全面发展的低碳技术路线，既可以实现与欧盟、日本展开错位竞争的意图，又可以展示其超级大国的形象。2006年，美国政府发布《气候变化技术项目（CCTP）战略计划》，计划内容大力支持包括节能、减排、二氧化碳的捕获、封存等低碳技术在内的各种前沿科技和应用技术的研究开发，2007年提出"10年20%计划"（10年减少20%的汽油消耗）等。2007年7月，由美国参议院提出了《低碳经济法案》，这一法案如果通过，对建立低碳技术合作与技术转移体系、关键性技术的突破，以及低碳经济的建设都将有重大的推动作用。同时，在美国主权战略的指导下，美国的科技政策的目标一直都是占据全球技术的最高点，美国的科技政策历来都具有明显的"使命导向"型特征。在全球范围内，美国要做"低碳经济的领袖"。本着这一目的，美国发展低碳技术并没有采取以点带面的策略，而是凭借雄厚的综合国力，在低碳经济的主要技术上与欧盟、日本等国展开全面竞争，希望维系、巩固美国在全世界的主导地位。

3. 日本：走节能技术重点发展

日本低碳技术的研发方向和投入主要集中在五个方面：超燃烧系统技术、超时空能源利用技术、信息生活空间创新技术、交通技术、半导体元器件技术。与化石燃烧相比，超燃烧系统技术可以实现热能利用效率极大的提高。超时空能源利用技术是为了减少因时空的局限造成的能源浪费。信息生活空间创新技术主要是包括高效发光的LED新光源技术、节能型显示屏技术。通过汽车电动化等交通技术降低交通运输部门的能源消费；由于半导体的应用相当广泛，所消耗的电力相当大，因此，节能型半导体技术成为日本低碳技术的主攻方向。从日本低碳技术的构成可以明显看出，日本节能技术走的是重点发展的低碳技术路线。此外，日本还高度重视碳回收与储藏技术的研发与应用。

日本低碳技术的节能路线是与日本的技术传统一脉相承的。日本的自然资源相当贫乏，因此日本具有节约能源的传统。在经历了20世纪70年代的石油危机后，这一传统得到强化。日本比任何一个国家都注重节能技术的开发与应用。也正因如此，日本在能源效率方面的优势在全世界处于领先水平。以单位GDP能耗为例，2007年日本这一指标为169油当量/百万美元[①]，而同期世界平均水平高达292油当量/百万美元。日本走节能技术重点发展的低碳技术路线有助于发挥日本的技术传统和比较优势。

日本低碳技术的飞速发展也得益于本国政府各项政策的推动。在日本，政府于2007年制定了《COOLEARTH能源革新技术计划》，以巨资预算推动全新炼铁技术、太阳能电池技术、提高发电效率等节能与新能源技术，2008年，政府又通过了"低碳社会行动计划"，明确提出了积极推进低碳技术的开发，如二氧化碳回收储存技术、新能源应用技术、新能源汽车普及等，以支持低碳社会的建设。

4. 发达国家低碳技术发展的启示

发达国家紧扣低碳经济发展的战略，根据本国经济发展的现状、技术的传统和技术上

---

① 崔民选．中国能源发展报告（2009）．北京：社会科学文献出版社，2009.

的比较优势确定本国的技术路线。我国在进行低碳技术的选择时，既要结合当今世界低碳技术的变化趋势，又要结合我国经济发展的状况、能源结构和技术传统，注意发挥我国的比较优势，制定适合我国国情的低碳技术路线。

从这些发达国家的实践来看，一是非常重视政策的作用。在金融危机的背景下，一些国家尤其是美国更是将以低碳产业为主体的新能源产业视为未来产业发展的战略高地，出台了一系列政策加以扶持。毫无疑问，政府政策对于新能源这样的“幼稚产业”是至关重要的。只要政策适当，那么新的能源技术将很快获得有利的市场地位。同时学者们也强调，政策工具设计过于复杂以及朝令夕改都是不可取的，政策应该明晰并具有稳定性与持续性。二是综合运用了两种类型政策，推进低碳经济的技术创新，即技术推动政策和需求拉动政策。技术推动政策目的在于降低企业创新成本，主要有政府主导的研发、企业投资研发的税收抵免、提高知识交流的能力、支持教育和培训事业的发展、投资示范项目等几个方面。需求拉动政策是政府通过提高企业创新成功后的收益来激励企业投入创新。政策工具主要包括知识产权保护、税收抵免和新技术的消费抵免、政府采购、技术授权、管制标准等。欧盟、美国和日本等发达国家在促进低碳技术创新的过程中，都综合运用了技术推动和需求拉动这两种政策。三是政策与技术的生命周期相配合。发达国家在低碳技术发展的不同生命周期阶段，政策的选择也有所区别。低碳技术创新的发展是具有周期性特征的，低碳技术发展的生命周期可以分为R&D、示范推广和产业化应用三个阶段。政府根据这三个不同阶段来提供相应的激励政策。在R&D阶段，政府的激励政策将发挥关键性的作用。政府出台鼓励研发的激励政策，通过资金支持、提供技术平台等，以鼓励社会研发力量如研究院、高校、企业等参与技术的研发，某些前期投资大、研发周期长的大型研究项目需要政府直接投资进行。

二 中国低碳技术发展路线图

中国正在走低碳发展的道路，提出到2020年单位GDP二氧化碳排放比2005年降低40%～45%的宏伟目标。从中长期来看，中国若要实现控制温室气体排放的目标，现有的和前瞻性低碳技术的部署与应用至关重要。因此，合理规划技术路线图，包括明确重要技术发展目标、重要技术领域、识别关键技术发展路径、探索技术创新的政策保障，是成就中国特色低碳之路的重要保障。

1. 中国低碳技术的发展目标

低碳技术是低碳经济发展的动力和核心，低碳技术的创新能力，在很大程度上决定了中国能否顺利实现低碳经济发展。应制定低碳技术和低碳产品研发的短期、中期、长期规划，重点着眼于中长期战略技术的储备，使低碳技术和低碳产品研发系列化，做到研发一代，应用一代，储备一代；加大科技投入，积极开展碳捕捉和碳封存技术、替代技术、减量化技术、再利用技术、资源化技术、能源利用技术、生物技术、新材料技术、绿色消费技术、生态恢复技术等的研发。

技术创新是实现低碳经济的关键，如果低碳技术不能很好地实现商业化与产业化，那么低碳技术在影响经济发展模式和气候变化方面的作用就微乎其微。因此，需要通过制定中国近中远期发展的阶段目标，应用各种政策手段，激励技术创新，才能实现经济发展模式向“低碳”的转变。结合中国实际，有针对性地选择一些有望引领低碳经济发展方向的低碳技术，如可再生能源及新能源、煤的清洁高效利用、油气资源和煤层气的勘探开发、CCS、垃圾无害化填埋的沼气利用等有效控制温室气体排放的新技术，集中投入研发力量，重点攻关，促进低碳技术和产业的发展。表 14-4 是中国新能源科技创新近中远期发展的阶段目标。

表 14-4　中国新能源科技创新近中远期发展的阶段目标

时间	技　术
2020 年前后	突破新型煤炭高效清洁利用技术，初步形成煤基能源与化工的工业体系；突破轨道交通技术、纯电动汽车，初步实现地面交通电动化的商业应用；在充分开发水力能源和远距离超高压交/直流输电网技术的同时，突破太阳能热发电和光伏发电技术、风力发电技术，初步形成可再生能源作为主要能源的技术体系和能源制造业体系；逐步提高核能、可再生能源和新型能源占总能的比重
2035 年前后	突破生物质液体燃料技术并形成规模商业化应用；突破大容量、低损失电力输送技术和分散、不稳定的可再生能源发电并网以及分布式电网技术，电力装备安全技术和电网安全新技术比重将达到 90%，初步形成以太阳能光伏技术、风能技术等为主的分布式、独立微网的新型电力系统；突破新一代核电技术和核废料处理技术（ADS），为形成中国特色核电工业提供科技支撑；实现核能、可再生能源和新型能源的大规模使用
2050 年前后	突破天然气水合物开发与利用技术、氢能利用技术、燃料电池汽车技术、深层地热工程化技术、海洋能发电等技术，基本形成化石能源、核能、新能源与可再生能源等并重的低碳型多元能源结构

资料来源：中国科学院能源领域战略研究组相关研究数据，国元证券研究中心整理。

2. 技术路线图研究

低碳技术发展的路线图是当前国内外研究机构的关注点之一，相关研究主要采用两种思路：以模型情景分析为核心和以技术预见为核心。

以模型情景分析为核心的低碳技术路线图，在对低碳技术特性和潜力进行详细分析的基础上，通过模拟政策措施和技术发展情景对未来能源消费和温室气体排放所产生的影响，认清技术发展过程中的关键问题，从而对技术发展路径提出建议。代表性的研究有全球能源科技发展路线图、中国中长期能源与温室气体排放情景和技术路线图等。[①]

以技术预见为核心的技术路线图则是在综合考虑保障能源安全的需求和实现社会经济可持续发展要求的前提下，以技术预见结果为主要依据，得到的关键技术发展目标和实现路径。国家科技路线图的相关研究多以技术预见为基础，代表性的研究包括中国科学院能源领域战略研究组编制的“中国至 2050 年能源科技发展路线图”、国家技术前瞻课题组绘制的节能减排技术路线图等。

技术路线图的研究能够帮助中国把握创新方向、提高创新效率。目前的研究大多比较宏观，目的是为国家的战略选择提供建议。更加细致的信息，包括核心技术发展方向、中国与国际先进水平的差距、国际先进技术的潜在获得渠道等，对于提高研发主体（尤其是

① IEA. Technology energy perspective 2009：scenarios&strategies to 2050. Paris：IEA，2008；IEA. Energy technology roadmaps：charting a low-carbon energy revolution. Paris：IEA，2009.

企业）的创新效率非常重要。在未来，除了战略层面的技术发展路线图外，为研发主体服务的技术路线图也是一个值得关注的方向。

3. 关键技术选择

低碳创新的关键技术领域包括能源供应、交通节能、建筑节能以及工业节能。中国在低碳发展过程中，将低碳技术、污染控制技术和能源安全技术的战略部署紧密联系在一起。从整体的战略部署来说，由于资源禀赋的限制，应继续在煤炭清洁高效利用方面进行技术创新和应用；除了清洁能源发电和能效技术之外，对保障可再生能源并网与高效利用的电网安全稳定技术也应当给予高度重视；在推动现有技术的研发和应用的同时，需要将国际前沿的新型能源技术纳入战略目标当中。另外，由于科学技术发展具有不确定性，先进技术（如 CCS、新一代生物燃料、可再生能源的规模化应用、纯电池电动汽车等）的研发和应用存在延迟或失败的风险，低碳技术的战略选择应面向一系列关键技术的组合，从而确保实现能源安全和减排目标具有可选择的弹性。表 14-5 给出了中国低碳发展的关键技术和大规模应用的时序。

表 14-5 中国低碳技术的关键技术和大规模应用路线图

时间	第一阶段 （2010～2020 年）	第二阶段 （2021～2035 年）	第三阶段 （2036～2050 年）	远期 （2050 年以后）
能源供应	水力发电 第一代生物质利用 超超临界发电 IGCC 单/多/非晶硅光伏电池 第二代和第三代核电	风力发电 技术薄膜光伏电池 太阳能热发电 电厂 CCS 分布式电网耦合技术 第四代核电	氢能规模利用 高效储能技术 超导电力技术 新概念光伏电池 深层地热工程化	核聚变 海洋能发电 天然气水合物
交通	燃油汽车节能技术 混合动力汽车 新型轨道交通	高能量密度动力电池 电动汽车 生物质液体燃料	燃料电池汽车 第二代生物燃料	第三代生物燃料
建筑	热泵技术；围护结构保温；太阳能热利用；区域热电联供；LED 照明技术；采暖空调、采光通风系统节能	新概念低碳建筑	新概念低碳建筑	新概念低碳建筑
工业	工业热电联产 重点生产工艺节能技术 工业余热、余压、余能利用	工业 CCS 先进材料	工业 CCS 先进材料	工业 CCS 先进材料

资料来源：根据中国科学院能源领域战略研究组 2009 年报告、中国发展低碳经济途径研究课题组 2009 年报告、国家技术前瞻课题组 2008 年报告整理。

低碳技术变迁既符合技术变迁的一般规律，又与其他技术不同，即低碳技术的应用扩散可能更为重要。根据气候组织发布的报告《以技术构建低碳未来》，低碳技术目前大多已经存在，如果世界各国能够关注于某些特定的低碳技术解决方案，那么 2020 年前将显著地减少温室气体排放。因此，对于大多数国家尤其是研发能力极其薄弱的发展中国家来说，低碳经济发展的关键并不在于低碳技术的创新，而在于有效的使用。

4. 技术创新路径

与传统领域相比，低碳技术被认为是中国在经济发展过程中实现“弯道超车”的机遇，但中国同时也面临着自主创新、突破核心技术的压力。应根据国内技术创新的优势和劣势，考虑市场需求的变化，扬长避短，选择合适的技术创新路径。例如，对于中国尚无完整研发支撑体系或自主研发在时间上已经无法满足需求的技术，需要以“引进-消化-吸收”为主；在中国与合作方都有巨大潜在市场时，科研投资过大的战略储备技术或中国有一定研究基础的技术，可将联合开发作为主要途径；战略性的、尚处于科学探索阶段的、中国有望掌握核心部分的或国外实行技术封锁的技术，需要以自主研发为主要途径。

从政策的角度来看，要把好新建项目和产品关口，严格执行并逐步提高能效标准；淘汰落后产能，鼓励低能效产品以旧换新；积极引进国外先进能效技术，进行消化吸收和创新。要着手安排部署新一代低碳技术的研究开发和示范运营。详细的时间安排如表 14-6 所示。

表 14-6 低碳技术创新和应用的路线图

	第一阶段（“十二五”）	第二阶段（2010～2030 年）	第三阶段（2030～2050 年）
大规模应用	目前成熟先进的能效技术、节能建筑、太阳能热利用、热电联产、热泵、超超临界锅炉、第二代加核电、混合动力汽车	第三代核电、风电、太阳能光伏发电、电动汽车、IGCC	第四代核电、CCS、太阳能发电、第二代生物燃料
研究开发和促进商业化	第三代核电、风电、电动汽车、IGCC、太阳能光伏发电	第四代核电、CCS、第二代生物燃料	核聚变、第三代生物燃料、先进材料
基础研究	第四代核电、CCS、太阳能热发电、第二代生物燃料、先进材料	核聚变、第三代生物燃料、先进材料	

技术创新是低碳经济发展的动力源泉，只有运用系统的思维谋求技术及其相关制度的创新，才能最终实现中国低碳经济的发展目标。中国的低碳技术在质和量上都远远不能满足实现低碳经济的要求，未来需要大量的先进技术。表 14-7 所示是中国亟待加强培育多项低碳核心技术，以占据产业制高点。

表 14-7 中国亟待加强培育多项低碳核心技术

低碳领域	细分行业	重点需突破的核心技术或产品
清洁能源	太阳能	太阳能建筑一体化技术及热水器建筑模块技术：太阳能采暖和制冷技术；太阳能中高温（80～200℃）利用技术 新型高效、低成本新型及薄膜太阳能电池技术：非晶硅薄膜电池，化合物薄膜电池，纳米染料电池，异质结太阳电池，有机太阳电池，低倍和高倍聚光太阳电池 并网光伏技术：与建筑结合的光伏发电（BIPV）技术，大型（千瓦级以上）荒漠光伏电站技术，光伏建筑专用模块，并网逆变器，专用控制、监测系统，自动向日跟踪系统等 太阳能热发电技术：高温（300～1500℃）太阳能热发电技术、产品和工程开发，包括塔式热发电，槽式热发电，碟式热发电和菲涅尔透镜聚光式太阳能热发电等
	风能	大型海上及潮间带风电关键技术与装备：变速变矩控制系统、大型数据采集与控制系统、动态载荷激励与测试系统、风速测试系统 风电场配套技术：风电场设计和优化、风电场监视与控制、风电接入系统设计及电网稳定性分析、短期发电量预测及调度匹配、风电场平稳过渡及控制等技术
	核能	百万千瓦级先进压水堆核电站关键技术：大型铸锻件、核级泵、核级阀门和核岛数字化控制系统等关键设备，铀浓缩技术及关键设备、高性能燃料零件技术、铀钚混合氧化物燃料技术，先进乏燃料后处理技术
	水电	大容量高水头水电机组：大容量高水头混流式水轮发电机组、大型灯泡贯流式水轮发电机组（发电机电磁设计、低速重载卧式轴承及调速、励磁系统）、大型抽水蓄能机组（水泵水轮机、发电电动机、控制系统成套装置）

续表

低碳领域	细分行业	重点需突破的核心技术或产品
清洁能源	新型动力电池（组）	实现中试或产业化生产的动力电池（组）、高性能电池（组）和相关技术产品：镍氢电池（组）与相关产品；锂离子动力电池（组）与相关产品；新型高容量、高功率电池与相关产品；电池管理系统；动力电池高性价比关键材料等
	燃料电池	包括小型燃料电池的关键部件及相关产品、直接醇类燃料电池的关键部件、实现热电转换技术的关键部件及其相关产品等
	地热能	高温地热能发电和地热能综合利用技术：地热蒸汽发电系统、双循环地热发电系统和闪蒸地热发电系统（后两者适用于中低温地热资源）及利用地源热泵实现采暖、制冷空调等技术
	氢能	天然气制氢技术，化工、冶金副产煤气制氢技术：低成本电解水制氢技术，生物质制氢、微生物制氢技术，金属贮氢、高压容器贮氢、化合物贮氢技术，氢加注设备和加氢站技术，超高纯度氢的制备技术，以氢为燃料的发动机与发电系统
	海洋能	海洋能发电及其成套装备技术：潮汐发电、波浪能发电、海洋温差/盐差发电和海流能发电及其成套装备
	生物质能	生物质发电关键技术及发电原料预处理技术、非粮生物液体燃料生产技术、生物质固体燃料致密加工成型技术、生物质固体燃料高效燃烧技术、生物质气化和液化技术
高效节能	工业、建筑节能	能源系统管理、优化与控制技术：工业、建筑领域的能量系统优化设计、能源审计、优化控制、优化运行管理软件技术，特别是能量系统节能综合优化技术 节能量检测与节能效果确认技术：工业、建筑领域节能改造项目节能量检测与节能效果确认（M&V）软件技术 钢铁企业低热值煤气发电技术：高炉煤气余压能量回收透平发电技术（TRT）、低热值煤气燃气轮机联合循环发电技术（CCPP） 低温余热发电技术：水泥、冶金、石油化工等行业低温余热蒸汽发电关键技术 蓄热式燃烧技术：工业炉窑和电站、民用锅炉的高效蓄热式燃烧技术等 废弃燃气发电技术：沼气、煤层气、高炉煤气、焦炉尾气等工业废弃燃气发电关键技术 蒸汽余压、余热、余能回收利用技术：冷凝水、低参数蒸汽等回收利用新技术
	电力系统信息化与自动化	输配电系统和企业的新型节电装置：采用新原理、新技术和新型元器件，能够补偿无功功率、提高功率因数、减少电能损耗、改善电能质量的新型节电装置及其综合管理系统，用于输配电系统的先进无功功率控制以及区域在线动态谐波治理装置等 电力系统应用软件：电力系统优化控制软件；新型输配电在线安全监控及决策软件；电力系统调度自动化软件；电力设备管理及状态检修软件，继电保护信息管理及故障诊断专家系统软件；电力建设工程项目管理软件；节能运行管理专家系统软件；用电管理软件以及电能质量在线评估、仿真分析软件等
污染控制与减排	大气（污水、固废）污染控制与综合治理	煤燃烧污染防治技术：高效低耗烟气脱硫、脱硝技术：燃煤电厂烟气脱硫技术及副产品综合利用技术，烟气脱硫关键技术，烟气脱硝选择性催化还原技术；煤、煤化工转化过程中的废气污染防治技术；高效长寿命除尘技术 机动车排放控制技术：机动车控制用高性能蜂窝载体、柴油车净化技术、颗粒物捕集器及再生技术、催化氧化与还原技术等 工业可挥发性有机污染物防治技术：高效长寿命的吸附材料和吸附回收装置；高效低耗催化材料与燃烧装置；低浓度污染物的高效吸附-催化技术及联合燃烧装置；恶臭废气的捕集与防治技术；油气回收分离技术：针对油库、加油站油气的挥发性有机化合物（VOCs）控制技术 其他重污染行业空气污染防治技术：高性能除尘滤料和高性能电、袋组合式除尘技术；特殊行业工业排放的有毒有害废气、二噁英、恶臭气体的控制技术；工业排放温室气体的减排技术，碳减排及碳转化利用技术

资料来源：肖世俊，李元．国都证券研究所．去粗存精，攻守兼备——低碳板块 2010 年度投资策略．2009.

5. 成本与投资

中国实现能源强度降低的目标面临着巨额投入所带来的挑战。“十一五”期间，中国每年为减排技术的应用投入的成本接近GDP的1%，且随着减排的深入和正成本技术应用比例的增加，所需投入将持续增加。对于具体技术来说，其应用成本或前期投资较高，也对技术的推广提出了不同的挑战。例如，建筑、交通运输领域的资本密集型的负成本技术的规模化应用需要实现较大的融资规模，而电力、钢铁和化工等领域前期投资较低的正成本技术的推广则需要政府给予充分的经济激励。

与此同时，中国还面临很多机遇来实现减排目标：①中国潜在的市场规模巨大，且政府一直致力于推进技术本土化，这使得减排技术在规模化应用时的低成本成为可能；②在中国建立新企业新设备的成本低于在发达国家改造更新旧企业旧设备的成本；③目前中国资金相对充裕，可以满足资本密集型的负成本技术在推广过程中所需要的高投资；④在政府的合理引导下，原本投向高碳领域的资金可能转而投向低碳技术，使得对额外投资的需求减少。

无论是对于全球还是对于中国而言，低碳技术的创新与应用都是未来实现温室气体减排的重要保障。国际社会主要以减少温室气体排放为出发点，呼吁各国政府全力部署低碳技术的发展；中国则将节能技术、污染控制技术和能源安全技术紧密结合在一起进行战略部署，"生态文明"、"绿色经济"和"低碳经济"等理念一脉相承，这是根据中国国情做出的正确选择。虽然随着减排行动的深入将需要越来越多的资金投入，但中国仍面临着很大的机遇能够成功地完成政府所制定的宏伟目标。

中国在低碳技术领域，整体还比较落后，低碳技术仍以中低端为主，但我们在某些技术上已经走在了世界的前列，处于领先地位，要加快现有低碳技术尤其是优势技术的推广和应用。包括加快氢能技术产业化，中国氢气年产量已近900万吨，成为仅次于美国的世界第二大氢气生产国，氢能开发技术方面已走在世界前列；积极推进风能发电的产业化，中国已经掌握了兆瓦级风电机组的制造技术，初步形成规模化的生产能力，为提高风电机组的国产化率提供了技术支持；加快太阳能光伏技术示范和推广和清洁煤技术的推广和应用。

三 中国低碳技术创新中的"锁定效应"与对策

低碳经济发展的关键是技术创新，即那些有助于降低经济发展对生态系统碳循环的影响，实现经济发展的碳中性的技术。技术的产生和发展需要系统对创新能力的支持，然而系统中存在着的"技术-制度锁定"现象会在一定程度上阻碍技术创新的产生与实现。因此，需要从创新系统的视角探索有效防治"锁定效应"的途径。

1. 低碳技术创新面临的"锁定效应"

低碳技术创新成功与否依赖于其发展的路径。一种技术的市场份额不只取决于市场偏好和技术可能性，而且还依赖于报酬递增和历史小事件，两者联合作用可能导致次优技术占主导地位，从而产生某种"锁定效应"。现代技术系统深深嵌入在制度结构之中，导致技术锁定与制度锁定的因素相互作用，加剧了技术锁定。工业经济处在碳锁定的状态，尤其是锁定在碳密集的化石燃料能源系统，这是由技术和制度共同演进的过程中路径依赖的报酬递增所引起的。碳锁定是一种产生于工业国家历史发展路径的状态，这种状态也称为“技术-制度复合体”（tecno-institutional complex，TIC），它是由技术系统和管理其扩散和应用的公共与私营机构组成的。技术和制度相互联系、互相依存地存在于系统之中，一旦稳定的技术制度系统得以形成，就会要求保持稳定并抵制变化的发生。因此，受益于长期递增报酬的以碳为基础的能源系统可能会产生“锁定效应”，妨碍低碳、可再生能源等低碳技术的创新。同时，受益于现有制度的参与者将试图维持该种制度，这就进一步强化了现存技术系统的锁定。目前工业化国家以碳为基础的能源和运输系统形成了锁定的技术-制度复合体，相应地也是碳锁定。

碳锁定会阻碍发展低碳经济所需要的新技术研发及其普及。新技术对于稳定温室气体浓度有着至关重要的作用，没有新技术的支撑，低碳经济难以实现。事实上，如果能尽早研发新技术并配合以相应的措施，那么稳定温室气体浓度的成本将大幅下降。如将二氧化碳稳定在500体积浓度，相比正常情况下的技术变化率，加快技术创新和应用可有效降低所花费的成本。

碳锁定及由此形成的障碍主要表现在：现有技术的支撑系统阻碍了低碳技术创新；相比现有技术，低碳技术创新面临更大的不确定性；低碳技术创新伴随高昂的成本支出。

2. 以创新系统有效化解“锁定效应”

低碳技术创新需要创新系统的支持，中国的能源消费结构中，煤炭占有较大比重，二氧化碳的排放强度也相应较高。从目前形势看，低碳技术将是未来全球竞争中的战略制高点。发达国家很可能会利用其技术优势，推行与碳有关的交易规则，来制约中国等发展中国家的发展。因此，大力发展中国的低碳技术创新是十分必要的。

技术创新需要国家对系统或区域创新能力的支持。以往研究表明，对单个技术及其发展方式最恰当的理解就是将其作为更广泛的技术和创新系统的组成部分。创新不只是从R&D到新产品的单向、线性的流程，而是将技术可能与市场机会相匹配的过程，该过程还涉及多种类型的交互作用和学习类型。低碳技术创新需要创新系统的支持，这一创新系统涉及国家、区域、部门创新系统以及技术系统等诸多方面。

创新系统对低碳技术创新的促进作用主要表现在：创造和传播新知识；指引低碳技术探索的方向；提供人力、物力和财力等资源；促进知识与信息的交流，创造外部经济；推动低碳技术及产品市场的形成。在建设低碳创新系统的过程中有两点需要注意：①创新过程中，面临着未来市场、技术潜能及政策与监管环境的不确定，由于未来的不确定性以及知识与信息的不完备性，企业的学习过程对于创新过程有关键作用。只有全面考量和处理低碳创新系统的各个要素，才能有效推动低碳技术创新。②低碳创新系统的制度因素对创新速度和方向的影响，既包括法规与合约等正式约束，也包括社会传统等非正式约束。创新系统建设需要将制度设计纳入其中。

技术创新可以降低不确定性，提供替代方案，提高相关问题的解决速度，并创造一系列正外部效应。所以，技术创新有助于克服系统中存在的碳锁定或解锁出更加清洁高效的新技术，即技术创新既受“锁定效应”的制约，又有助于“锁定效应”的解除。

（1）建立整体的技术创新系统。创新系统填补了知识与其内在技术可能性之间的差距，并使这些技术可能性符合市场需求。低碳经济转型要求现存社会经济制度的创新，因此有必要设计一个迎合该需求的整体技术创新系统。一个技术创新系统必须包括所有影响其发展、扩散和应用的因素，主要分成三个方面：供应方的技术水平和研发能力；需求方的市场吸收能力；制度框架（包括宏观环境稳定性、金融市场成熟性、风险资本可得性等）。与此相应，促进向低碳经济转变的创新也需要这几方面的共同作用。其中，供应方面，技术发展和创新提升了向低碳经济转变的潜能。需求方面，扩大市场对新技术的需求，提高新技术研发的动机和投资。制度框架方面，建立整体的低碳创新政策体制，提高政策工具组合的连贯性和整体性，关注社会效益、环境效益与长远发展；设计向低碳经济转变的综合评价指标体系，运用制度手段将低碳经济转变过程中产生的外部效益内部化；采用学习机制，提高制度的适应性。

(2) 近期重点发展碳收集和封存技术。碳捕获和储存技术可以在现有技术-制度框架的约束下运作，也有利于促使当前主导企业和政府机构的利益与低碳经济的目标相一致，通过捕捉、储存和管理，使用化石燃料所排放的二氧化碳来缓解气候变化危机。一般而言，碳捕获主要是从火力发电厂等较为集中的碳源捕捉二氧化碳，碳储存可将二氧化碳注入地下，或者将其变成碳酸矿物。碳捕获和储存技术保留了现有大部分能源基础设施，如电网、生产和传输设备以及终端技术，其在碳锁定的情况下是基本可行的。“富煤、少气、缺油”的资源条件决定了中国能源以煤为主，电力供应主要来源于煤炭发电，短期内从化石燃料转变为替代能源是不现实的。CCS 技术兼顾了现实条件和各方需求，有利于形成广泛利益联盟，对于碳锁定条件下的低碳技术创新有推动作用。

3. 长期战略利基管理

战略利基管理（strategic niche management）是通过试验，为新技术创建和管理受保护的空间（利基）的过程，在这个空间中，新技术得以运用和发展。战略利基管理之所以在“碳锁定”状态下仍然可行，是由于利基市场的利润不能满足主流市场大企业及其股东的要求，因此被认为对现有“技术-制度复合体”的利益不构成威胁，并可用于实现政府的某些社会管理需要，还可用于应对各方要求针对气候变化问题采取行动的政治压力。这种策略的运用可为低碳技术提供一个喘息的空间，至少使其部分地与主流市场的竞争隔离开来。低碳技术受益于学习效应，从而为成本缩减、绩效改进与低碳技术价值的展示创造了机会，长此以往，低碳技术的竞争优势将日益凸显。中国可通过战略利基管理促进太阳能、风电等清洁能源技术的创新。

从理论上看，碳捕获和储存技术与战略利基管理这两种对策似乎可以在“碳锁定”条件下，有效促进中国向低碳经济的转变；从实践中看，一些国家也已取得了部分成效。其中，碳收集和储存技术可以在现有技术-制度框架的约束下运作，也有利于促使当前主导企业和政府机构的利益与低碳经济的目标相一致。值得说明的是，某种技术是否理想不是由其运用的难易程度决定的，而且低碳经济的实现也绝不是单依靠某种技术或方法就可以的，它需要整体创新系统的支撑，采用一整套混合的、连续的技术和制度工具，并依靠知识和信息反馈回路不断学习和改进。

四 中国低碳技术的发展途径

以低能耗、低污染为基础的“低碳经济”，一个重要的支撑就是“低碳技术”，发展低碳技术成为低碳经济的必然选择。低碳经济的核心在于通过能源技术和减排技术的创新，以及由此而致的产业结构调整、制度创新以及人类消费观念的根本性转变，有效控制碳排放，防止气候变暖，促进和保持全球生态平衡。这一切都以低碳技术的研究、开发、普及和推广为基础。因此，技术创新是解决环境和能源问题的根本出路，也是低碳经济发展的本质所在。为此，中国发展低碳技术应采取如下措施。

1. 制定低碳技术标准

低碳技术标准对于低碳技术的研发至关重要。目前，国际上对低碳技术的界定并无明确定义和标准，但随着气候变化谈判的不断深入以及各国履行减排义务，有关低碳技术、低碳产品认定等诸如此类的国际规则、标准等将逐步成熟。中国应尽早开展相关方面的研究和分析，参与国际标准的制定、标准的研究、提出、讨论、确定、实施、完善等各个程序和环节，获得话语权。同时，我们还应建立国内低碳技术标准。要依据国际标准，把国际低碳技术的新理念、新创造引入中国，并结合中国低碳技术的研发实际，制定具有中国特色的低碳技术标准，对低碳技术的产品及生命周期进行分析、评价，使低碳技术的研发制度化、规范化，避免盲目、无序。

2. 加快低碳技术的研发，增强自主创新能力

中国实现低碳经济的根本出路还在于提升自身的自主创新能力。要将引进、消化、吸收与自主创新有机结合起来，实现经济的持续增长和向低排放模式的转变。技术创新能力是一个国家自主创新能力的重要体现，也是增强产业竞争力的关键环节，提升技术创新能力，是保障低碳产业持续发展的重要举措。能力建设的内容很多，包括技术标准、技术信息、技术数据、设备仪器、计算软件、技术咨询、产品认证、技术培训等。能力建设要由企业、科研机构、高等院校，包括国家重点实验室，国家工程技术研究中心等在内，联合起来，共同对资源进行整合、共享、完善和提高，通过建立共享机制和管理程序逐步做到资源有效利用，并在此基础上建立低碳公共技术服务平台，成立国家级的低碳产业研发中心等。

国际间的低碳技术转让很重要，已有先进技术从发达国家流入发展中国家是发展中国家能够发展低碳技术并最终向低碳经济发展的必要之路。技术的国际间转让能够很好地解决发展中国家低碳技术的缺乏，促进关键低碳技术的不断突破，从而加快世界低碳经济建设的脚步。但是，在国际间的技术转让特别是发达国家向发展中国家进行低碳技术转让实践中，我们看到，其间依然面临着一些障碍，例如，第一，发达国家向发展中国家推广或转让的可能是过时或者落后的技术。第二，技术吸收能力有限。由于受让国在技术基础设施以及人力资源、制度法规等方面的限制，有限的技术吸收能力难以消化转让过来的技术，使得这些低碳技术在受让国得不到应有的作用，有时甚至还会浪费大量社会经济资源。第

三，知识产权保护阻碍应对低碳技术的市场化。知识产权的保护与低碳技术迅速市场化存在着矛盾，保守的知识产权保护极大地阻碍了低碳技术的市场化。

3. 建立低碳技术的引导和激励机制

借鉴国外经验，建立绿色证书交易制度。绿色证书交易制度是建立在配额制度基础上的可再生能源交易制度。在绿色证书交易制度中，一个绿色证书被指定代表一定数量的可再生能源发电量，当国家实行法定的可再生能源配额制度时，没有完成配额任务的企业需要向拥有绿色证书的企业购买绿色证书，以完成法定任务。通过绿色证书，限制高碳能源的使用，引导企业研发和采用低碳技术，发展低碳的可再生能源；制定和实行低碳产品优先采购政策，优先采购经过生态设计并经过清洁生产审计符合环境标志认证的产品，通过低碳产品优先采购引导企业对低碳技术进行战略投资，大力开发低碳产品，提高产品竞争力；通过制定和实施低碳财政、税收、融资等优惠政策，引导企业淘汰落后产能，加快技术升级，有效降低单位 GDP 碳排放的强度，实现低碳发展。

4. 增加碳汇利用潜力

近年来，中国陆地生态系统碳储量平均每年增加 1.9 亿～2.6 亿吨碳。增加碳汇以提高对温室气体的吸收也是减排的重要途径。增加碳汇有三个领域：森林、耕地及草地。同时，每个领域有三种方式如表 14－8 所示。

表 14-8　增加碳汇的主要途径

土地类型	增加碳汇	保护碳贮存	碳替代及其他
森林	造林和再造林 森林施肥 延长轮伐的时间	减少砍伐 防止因集约农业和放牧毁林 火灾管理 病虫害管理	以其他生物能源替代薪柴 木产品深加工 延长木产品使用寿命 木产品和纸的循环使用 发展替代产业
耕地	秸秆还田 施肥管理 免耕 退耕还林和还草 退化土壤恢复 施有机肥	防止土壤退化 施肥管理 水管理 植被保持	发展生物燃料 发展替代产业
草地	人工造林、种草 草地恢复 草地施肥、灌溉	防止过度放牧 围封草场	采取合理的畜牧业管理措施 发展替代产业

加强对一些地区森林、草原、湿地、农田、沙漠等生态系统碳循环的科学研究，通过长期定位观测，获取生态系统碳汇数据，摸清碳汇家底，提出生态系统固碳、减排的方案，提出增加碳汇的具体办法举措；建立碳汇科研机构，开展基础研究和政策研究，建立碳汇基金、碳汇评估机构和交易机构，引导碳汇产业健康发展。

5. 加强国际低碳技术的交流与合作

积极参与国际上关于低碳能源和低碳能源技术的交流，尤其是要加强与欧盟、美国和日本的低碳技术交流与合作。通过各种交流合作，引进、消化、吸收发达国家先进的节能技术、提高能效的技术和可再生能源技术；同时，应充分利用广阔的市场条件，制定一些特殊的优惠政策，吸引国外的先进技术和资金到中国来，共同示范，共享成果，争取双赢，为中国低碳技术发展创造条件。

尽管在《联合国气候变化框架公约》中，发达国家应该向发展中国家转让环境友好技术，尽管这是发达国家的义务和发展中国家的诉求，但转让核心技术的可能性很小，因为美国、欧盟等发达国家无一不把中国看成未来技术竞争的主要对手，其不会助长对手的实力。中国发展低碳技术主要依靠自主创新，吸收国外先进低碳技术的主要途径仍是商业性的技术转让。低碳技术的商业转让在不断发生，如国家核电技术公司从美国西屋公司引进的 AP1000 第三代核电技术，中国以建设 AP1000 三代核电为依托项目，同时在引进技术基础上进行三代核电技术的自主创新和关键设备国产化的工作，最终形成 CAP1400 这样一个具有自主知识产权的大型核电技术品牌。

6. 发挥政府作用，综合运用相关政策工具

政府在技术创新体系中的作用不仅仅是资金、人力、技术平台等的投入，而且担当着社会资源开发与优化配置、要素与价格机制的完善、技术市场竞争格局的建立等任务。政府是低碳技术创新的推动者，在促进低碳技术创新方面具有不可替代的作用。政府要在国家低碳技术创新体系的建设上充分发挥宏观调控作用，促进与低碳技术创新有关的制度建设、文化建设与行为引导。同时，加强创新主体的有机联系，对企业、NGO、研究机构、大学等机构进行有效的组织与协调，充分调动和发挥创新主体（企业）的积极性。政府要综合运用各种政策工具来促进低碳技术创新。可以借鉴西方发达国家的经验，结合中国的实际，从技术推动和需求拉动两个方面并结合技术的生命周期来搭配政策工具，深入研究这些政策工具的传递机制与实际绩效，进而建立起适应中国社会主义市场经济体制的低碳技术创新政策体系。结合中国低碳经济发展的实际情况，中国低碳经济的技术推动政策应该把重点放在加强低碳产业创新能力建设、建立低碳公共技术服务平台上。

第五篇

中国低碳经济发展的前景预测与政策抉择

走低碳发展之路是全球各国共同的发展方向。中国作为发展中大国，低碳经济发展方式更是必经之路。中国对低碳经济发展的认识正在逐步加深，正在可持续发展理念指导下，通过技术创新、制度创新、产业转型、新能源开发等多种手段，尽可能地减少煤炭石油等高碳能源消耗，减少温室气体排放，达到经济社会发展与生态环境保护双赢的一种经济发展形态。

第十五章　中国发展低碳经济的预测

节能减排是我国低碳经济发展的重点，低碳经济未来的发展前景很大程度上依赖于高碳能源消耗的减少，依赖于耗能产业的结构调整。从整体来看，中国低碳经济发展前景看好，不仅是因为低碳经济是中国能源与环境和谐发展的助推器，也是因为低碳经济是中国经济与环境融合的最佳选择，更是成为引领经济发展的引擎，低碳经济发展与我们追求的可持续发展前景是一致的。

第一节　中国能源消费与碳排放预测

本节基于灰色预测模型，测度了中国能源消费量和二氧化碳排放量在未来10年中的变化趋势。

一　中国能源消费量预测

1. 灰色预测GM（1，1）模型

运用灰色预测模型可以避免相关数据不足的缺点，也可以避免个人经验、知识和偏好的影响而造成的主观臆断，通过相对少量的数据建模，较好地把握系统的演变趋势与规律。因此，可以借鉴该方法对中国未来的能源消费及二氧化碳排放量总量进行预测。建立GM（1，1）模型，通过这个模型对我国能源消费量未来变化作一个预测。设$x^{(0)}=(x^{(0)}(1),x^{(0)}(2),\cdots,x^{(0)}(n))$，为能源消费总量在各年的取值，$x^{(1)}=(x^{(1)}(1),x^{(1)}(2),\cdots,x^{(1)}(n))$，为$x^{(0)}$的一次累加序列，即AGO生成数列，其中，$x^{(1)}(k)=\sum_{i=1}^{k}x^{(0)}(i)$，定义$x^{(1)}$的灰导数为$d(k)=x^{(0)}(k)=x^{(1)}(k)-x^{(1)}(k-1)$，$z^{(1)}$为序列$x^{(1)}$的均值数列，有

$$z^{(1)}(k)=\frac{(x^{(1)}(k)+x^{(1)}(k-1))}{2}$$

则可建立灰色预测GM（1，1）模型如下：

$$d(k)+az^{(1)}(k)=b$$

经简化为

$$x^{(0)}(k)+az^{(1)}(k)=b \tag{1}$$

其中，a 为发展系统；b 为灰作用量；$z^{(1)}(k)$ 为白化背景值。

此时，将 $k=2$，3，…，n 代入（1）式，可得

$$\begin{cases} x^{(0)}(2)+az^{(1)}(2)=b \\ x^{(0)}(3)+az^{(1)}(3)=b \\ \quad\quad\cdots\cdots \\ x^{(0)}(n)+az^{(1)}(n)=b \end{cases}$$

用最小二乘解此线性方程组得

$$u=(B^{T}B)^{-1}B^{T}Y \tag{2}$$

$$u=(a,b)^{T},Y=[x^{0}(2),\cdots,x^{0}(n)]^{T},B=\begin{bmatrix}-z^{(1)}(2) & 1 \\ -z^{(1)}(2) & 1 \\ \vdots & \vdots \\ -z^{(1)}(2) & 1\end{bmatrix}$$

其中，对于GM（1，1）的灰微分方程（1）对应的白微分方程为 $\frac{dx^{(1)}}{dt}+ax^{(1)}(k)=b$，可求得

$$x^{(0)}(k+1)=\left(x^{(0)}(1)-\frac{b}{a}\right)e^{-ak}(1-e^{a}) \tag{3}$$

2. 中国能源消费总量预测结果及模型检验

表 15-1 显示了中国能源消费总量的灰色预测模型预测结果，模型预测的平均相对误差为 3.7%，模型拟合得较好。表 15-2 是中国能源消费总量到未来 2020 年的预测值。可以看出，如果能源消耗量不加以控制，到 2020 年中国能源总消耗量将达到 94 亿吨标准煤，是 2008 年的近 3 倍。

表 15-1 中国能源消费总量模拟值

年份	1999	2000	2001	2002	2003	2004	2005	2006	2007	2008
原始值/万吨标准煤	133 831	138 553	143 199	151 797	174 990	203 227	224 682	246 270	265 583	285 000
模拟值/万吨标准煤	120 874	133 312	147 029	162 158	178 844	197 246	217 542	239 927	264 614	291 842
相对误差/%	−0.10	−0.04	0.03	0.07	0.02	−0.03	−0.03	−0.03	0.00	0.02

资料来源：据 EIA 世纪证券综合研究所相关资料得出。

表 15-2 中国未来能源消费总量预测值 （单位：万吨标准煤）

年份	2010	2011	2012	2013	2014	2015
模拟值	354 992	391 520	431 806	476 237	525 241	579 286
年份	2016	2017	2018	2019	2020	
模拟值	638 893	704 634	777 138	857 104	945 297	

中国能源消耗量目前正呈持续增长趋势。到 2020 年，随着中国社会经济持续稳定地增长，能源消耗量增长明显。若要实现较低的能源消耗来支撑快速增长的经济系统，需要付

出相当大的努力，包括优化经济结构和能源结构、建立和完善能源市场等。而由于结构调整的刚性和市场建设的长期性，随着能源消费量的增长，中国能源活动所引发的温室气体排放量预计也将同样处于上升趋势。

二　中国二氧化碳排放预测

本书运用灰色预测 GM（1，1）模型预测我国未来二氧化碳排放量。表 15-3 是模型的模拟值，与原始值的相对误差为 6.19%，拟合效果较好。表 15-4 为中国从 2010 年到 2020 年二氧化碳排放量的预测值，从结果可以看出，如果中国不采取措施有效控制二氧化碳排放，在未来 10 年里对环境将造成不容忽视的负面影响。

表 15-3　中国二氧化碳排放量模拟值

年份	1999	2000	2001	2002	2003	2004	2005	2006	2007	2008
原始值/百万吨	2909	2872	2992	3492	4102	5132	5558	5862	6247	6534
模拟值/百万吨	2741	3041	3374	3743	4153	4607	5111	5671	6291	6979
相对误差/%	−0.06	0.06	0.13	0.07	0.01	−0.10	−0.08	−0.03	0.01	0.07

资料来源：据 EIA 世纪证券综合研究所相关资料得出。

表 15-4　中国未来二氧化碳排放量预测值　（单位：百万吨）

年份	2010	2011	2012	2013	2014	2015
模拟值	8590	9530	10 573	11 730	13 013	14 437
年份	2016	2017	2018	2019	2020	
模拟值	16 016	17 769	19 713	21 870	24 263	

我国的经济增长主要依赖于第二产业的发展，产业结构严重不合理，低能耗和低碳排量的服务业发展相对滞后，比重偏低。世纪证券新能源研究报告指出①：2005 年，发电行业二氧化碳排放量在各行业中位居首位，达到 3589 百万吨；工业行业指标居第二位，为 2014 百万吨，民用服务业和交通运输业分别位居第三、第四位，但距发电行业和工业行业二氧化碳排放量相差较大。由预测可以看出，到 2030 年，行业二氧化碳排放量排位发生了变化，交通运输业二氧化碳排放量超过了民用服务业，居第三位，2005～2030 年，年均增长率高达 5.4%，增长率是所有行业中最高的。而且交通运输业和工业二氧化碳排放量的差距有所缩小，由 2005 年的近 1/5 增长到 2030 年的近 1/2，可以看出，在未来 20 年中，交通运输业二氧化碳排放量将呈现上升趋势（表 15-5）。

表 15-5　中国各行业与能源有关的二氧化碳排放量

年份	1980	2000	2005	2015	2030	2005～2030 年均增长率/%
发电/百万吨	652	2500	3589	4450	6202	3.7
工业/百万吨	800	1430	2014	2186	2373	2.0

① 陆勤，黄伟，颜彪，等 . EIA 世纪证券综合研究所：新能源行业之低碳经济篇：人类的绿色革命 . http://www.p5w.net/stock/lzft/hyyj/200908/t2488777.htm. 2009-08-04.

续表

年份	1980	2000	2005	2015	2030	2005～2030年均增长率/%
交通运输业/百万吨	121	337	486	664	1255	5.4
民用和服务业**/百万吨	479	468	550	622	715	1.7
其他行业***/百万吨	191	365	585	709	903	3.7

* 年均增长率。** 包括农业。*** 包括其他转化和非能源消费。

资料来源：EIA 世纪证券综合研究所。

根据研究发现，如果我国不实施减排政策，即不实施任何气候保护政策、照常排放的情况下，按照我国学者对中国经济增长基准情景的预测，2020 年我国 GDP 总量将达到 51.9 万亿元，需要约 151 亿吨二氧化碳排放空间。按照目前全球减排的主要推动者——欧盟倡导的减排目标（到 2050 年将大气中温室气体浓度稳定在 550 ppm），2020 年全球排放必须控制在 400 亿吨，其中我国所能获得的最大配额为 104 亿吨，占全球的 26%，这是目前分配方案中我国所能获得的最大份额。[①] 因此还将存在 47 亿吨缺口。由此可见，中国如果不采取措施，面临的压力将不断增大。

第二节　中国低碳经济发展的趋势

一　世界低碳经济发展的趋势

一方面，目前，主要发达国家加快向低碳经济转型，如美国奥巴马政府推行绿色新政，培育新能源产业；欧盟促经济复苏与低碳经济转型战略结合；日本投资低碳革命。低碳经济作为新的发展模式，成为后危机时期世界经济增长的重要推力。主要发达国家凭借低碳领域的技术和制度创新优势，制定和实施发展低碳经济的中长期战略规划，力图在新一轮的世界经济增长中获得强有力的竞争优势。

另一方面，全球碳交易市场迅速扩大。根据世界银行统计，2005～2008 年，全球碳交易额年均增长 126.6%。世界银行预计 2012 年全球碳交易额将达到 1500 亿美元，有望超过石油市场而成为世界第一大市场。在全球碳交易中，欧盟排放交易体系一直占主导地位。2008 年，欧盟排放交易体系交易额为 919.1 亿美元，交易量为 30.9 亿吨二氧化碳当量，分别比 2007 年增长 87.3%、50.1%，占全球的比重分别为 72.7%、64.2%。清洁发展机制仅次于欧盟排放交易体系，其交易额和交易量分别占全球的 26%和 30.3%。从市场规模上看，清洁发展机制与欧盟排放交易体系相比有很大差距，但清洁发展机制的增速不可小视，2008 年，清洁发展机制的交易额和交易量分别比 2007 年增长 154.5%、84.5%，远超过欧盟排放交易体系和全球碳交易的平均水平。在共同而有区别责任的原则下应对全球气候变

① 刘燕华，葛全胜，何凡能，等．应对国际二氧化碳减排压力的途径及我国节能减排潜力分析．地理学报，2008，(7)：675-682.

化，清洁发展机制是目前比较有效和成功的方法。减排成本的巨大差异，使发达国家愿意向发展中国家转移资金、技术。发达国家在向发展中国家转移低碳技术的同时，也促使其自身技术的创新和再出口，因而是一种双赢的机制。中国是目前清洁发展机制下项目交易的主要供给方，2008 年占全球的比重高达 84%，印度和巴西位列第二和第三，占全球比重分别为 4%、3%。①

在低碳经济发展的繁荣景象背后，我们也应该看到，发达国家的温室气体减排行动试图通过世界经济贸易的传导机制，给尚未承担减排义务的发展中国家带来影响。如果欧美等发达国家将应对气候变化与国际贸易挂钩，实施所谓的碳关税，将改变国际贸易竞争格局，对发展中国家出口贸易构成严峻挑战。

我国作为一个处于工业化和城市化阶段的发展中大国，经济和贸易增长与资源、环境约束的矛盾日益突出，随着世界低碳经济趋势深入发展，传统的高碳经济和贸易发展模式面临严峻挑战。我们要迎接低碳经济的挑战，更要抓住低碳经济的机遇，应从战略的高度重视低碳经济发展，积极借鉴发达国家低碳经济发展经验，逐步建立我国发展低碳经济的政策框架，走上新型工业化发展道路。

二 中国低碳经济发展的趋势

1. 我国低碳服务业迎来大发展

目前，在世界经济结构中，第三产业增加值占 GDP 比重平均为 68%，在低收入国家第三产业平均也占其 GDP 的 52%，而在中国，除了北京和上海等城市的第三产业在 GDP 中的比重刚刚超过了 50%以外，绝大部分省市第三产业比重还很低。第三产业主要是绿色产业，占用能源少，资源消耗低，创造的是绿色 GDP，发展空间非常大。

低碳经济带来的经济环境的良性推进，将给第三产业创造良好的经济环境，也将产生新的需求。一些地方加快推进商贸、物流、旅游、金融、房地产、餐饮、技术咨询等服务业项目的发展，做大做强服务业；积极培育健身、休闲等消费热点，鼓励大型娱乐城、商务会馆建设；积极引进金融保险、电子商务、社区服务、信息中介、服务外包、会展等新兴服务业的发展，有效促进服务消费；把发展第三方物流作为服务业的重中之重，引导企业优化资源配置，实施第二、第三产业业务分离，鼓励各类企业和新分离组建的公司单独进行工商登记和税务登记。服务业的迅速增长将会促进就业和低碳化发展双重目标的实现。因此，在发展第三产业的问题上，各地方政府需要明白的是，发展工业固然能够带动就业和增加税收，服务业同样也能，甚至还会更多。

2. 中国新能源产业投资加快

低碳经济将催生新的经济增长点，成为带动新一轮经济增长的强大力量。目前，新能源产业已经成为新一轮经济竞争的战略制高点，新能源很有可能引领第四次产业革命。为

① 李艳君．世界低碳经济发展趋势和影响．http：//www.chinaacc.com/new/287 _ 291 _/2010 _ 4 _ 17 _ wa74621814 29171401028298.shtml. 2010 - 04 - 17.

了应对全球金融危机，世界主要国家都将刺激经济的重点放在新能源开发、节能技术、智能电网等领域，通过扩大政府投资和私人投资来实现向低碳经济的转型。①

具体就我国而言，发展低碳经济和低碳能源技术的实质是发展可再生能源和提高化石能源的洁净、高效利用，特别是要大力发展气候影响较小的低碳替代能源，包括核电、天然气和可再生能源。只有发展低碳经济，发展清洁能源和新型能源，才能降低能源消耗，积极优化能源结构，并且保护生态环境，减少环境污染。在低碳经济时代，对可再生能源、风电、核能开发及新能源汽车的投资都代表我国投资新趋势，也是我国能够可持续发展的必要选择。

（1）可再生能源投资。可再生能源对发展低碳经济有着不可忽视的作用，也必将成为我国投资的热点。2005 年 2 月，全国人大常委会通过的《中华人民共和国可再生能源法》，奠定了可再生能源发展的法律基础；2006 年 1 月，《中华人民共和国可再生能源法》生效，有关部门陆续出台了 10 多项实施细则，保证了可再生能源法的实施；2007 年 6 月，中国政府颁布《中国应对气候变化国家方案》，将风能、太阳能、生物质能等可再生能源发展纳入其中；2007 年 9 月，中国政府颁布了《中国可再生能源中长期发展规划》，正式提出了国家可再生能源发展目标；2007 年 12 月，中国政府发布了《中国的能源状况与政策白皮书》，将可再生能源发展作为国家能源发展战略的重要组成部分。

（2）风电投资。中国目前电力结构主要由火电、水电、风电、核电、生物质发电等构成，其中火电是我国最重要的能源电力。目前，中国发电装机总容量已达 7.13 亿千瓦，位居世界第二。但在发电装机中，77%以上是能耗比较高、排放比较多的火电。我国风电资源十分丰富，据统计总计约有 10 亿千瓦，潜力巨大，在能源结构调整及提倡节能减排的大背景下，我国的风电行业面临良好的发展契机。同时，风电是可再生能源中技术最成熟的，通过不断的技术更新来降低成本，增强经济性。目前，全国风电设备整机制造商有 70 多家，风电叶片生产企业 50 多家，风电塔筒生产企业有将近 100 家，超过市场容量，风力发电设备生产呈现出明显的产能过剩，风电设备厂家竞争异常激烈。风电行业产业链中某个单一环节利润已经逐年低，并且有继续下降的趋势，因此，风电行业孕育着巨大的投资潜力。

（3）核电投资。2007 年我国的能源白皮书《中国的能源状况与政策》指出，中国的能源战略应坚持节约优先，立足国内、多元发展、依靠科技、保护环境、加强国际互利合作，努力构筑稳定、经济、清洁、安全的能源供应体系，以能源的可持续发展支持经济社会的可持续发展。为保证我国能源的长期稳定供应，核能将成为必不可少的替代能源。发展核电可改善我国的能源供应结构，有利于保障国家能源安全和经济安全。2007 年国家发展和改革委员会发布了中国的《核电中长期规划》，积极推进核电建设，大力发展可再生能源。目前核电站我国装机容量的 1.6%，2020 年规划目标是占 4%，达到运行 4000 万千瓦、在建 1800 万千瓦的目标。

（4）新能源汽车投资。对汽车产业来说，新能源的发展必将带来全球汽车技术和产业

---

① 马翠梅．他山之石　世界低碳经济发展态势及对我国的启示．http：//founder.china.cn/minge/index/txt/2010-03/17/content_3422253.htm.2010-03-17.

的发展，谁能够率先将新能源在汽车上应用，谁就能够占据未来发展的先机。现在全球各大汽车公司都在积极研发推广新能源汽车。我国政府也越来越重视发展新能源汽车，科技部提出了“十城千辆”计划，即通过连续3年对国内10个以上有条件的大城市，进行千辆新能源汽车的试验，并形成新能源汽车供应设施的规模市场，使我国到2010年节能与新能源汽车的规模达到1万辆。新出台的汽车产业振兴规划，国家就非常推动电动汽车及其关键零部件产业化，中央财政还安排补贴资金，支持节能和新能源汽车在大中城市示范推广。目前，明确在北京、上海、武汉、深圳、合肥等13个城市开展节能与新能源汽车示范推广试点工作后，财政部进一步发文确认了中央财政对购置节能与新能源汽车给予补贴的对象和标准，其中购车补贴标准最高的为最大电功率比50%以上的燃料电池公交客车，每辆车可获60万元的推广补助。在利好政策的刺激下，国内至少有30家客车生产企业进行了新能源车方面的研究。新能源客车产业化发展已经形成一定的市场空间。国家对新能源客车的投资，正是低碳经济时代下，本着节能环保绿色的主题采取的可行性行动。①

3. 中国低碳税收将发挥重要作用

目前发达国家在开征环境税和碳税的过程中积累了许多有益的经验，为我国制定相关低碳政策、征收相关税种提供了良好的借鉴。随着我国市场经济体系的建立和完善，以及30年来我国复合税制的不断发展，我国开征环境税、碳税的经济条件和税制条件已经基本具备。但是，由于种种原因，开征环境税的呼声多年无果，而今，碳税却有望率先破题。碳税作为国际通行办法，已经在多国实现了征收，故而在国内也具有实施的理论依据。针对美国“碳关税”的潜在威胁，我国经济学家樊纲提出了一个新的观点，即“对国内企业首先征收碳税，使美国的碳关税失去合理性，拿自己征收这部分钱来补减排的中国企业”②。

实际上，碳税除了有助于解决能源环境，特别是二氧化碳排放问题外，作为一种直接有效的经济手段，有一些明显特点：①碳税能够带来可观的财政收入。根据荷兰研究机构荷兰环境评估局（MNP）公布的数据，2007年中国的二氧化碳排放量为67.2亿吨，居世界第一位，约占全球排放量的1/4。③ 以每吨征收碳税100元计算，将可获得超过6720亿元的税收收入。②碳税的征收可操作性强，成本低。碳税可以在化石燃料进入经济循环的开始环节征收，如港口、石油炼化厂、天然气提供商、煤矿。这样一来，只需要对很少的一些经济体征税，就能够覆盖全国所有的化石燃料消费。在美国，据专家计算，只需对2000个左右的经济体征收碳税就可以覆盖全国所有的化石燃料消费，覆盖美国温室气体排放的82%。

碳税制的征收将意味着中国从传统税制向绿色税收、绿色财政的方向转变。从长远看，中国碳税必将对经济发展起到促进作用。

---

① 方虹，冯哲．低碳经济时代中国投资的新趋势．中国科技投资，2010，(3)：74－76.

② 熊焰．低碳之路——重新定义世界和我们的生活．北京：中国经济出版社，2010.

③ 2007年全球二氧化碳一半由中国和美国排放．http：//www.stnn.cc/society _ focus/200806/t20080617 _ 797038.html. 2008－06－17.

第三节　中国低碳经济和谐发展前景分析

发展低碳经济没有现成的道路可走，也没有已有的经验可以借鉴，但我们同样也可以走出一条中国特色低碳之路，因为从根本上讲，低碳经济与中国的传统理念、与中国的可持续发展理念是相同的。

一　中国低碳经济发展前景看好

1. 低碳经济是中国能源与环境和谐发展的助推器

能源是经济增长的引擎，中国经济的高速增长使其对能源需求始终保持强劲增长的态势。在中国经济的高速发展过程中，能源安全（持续稳定供应）越来越成为制约中国经济持续增长的瓶颈，尤其是石油的可获得性。从1993年起，中国成为石油进口国，1996年成为原油进口国，目前中国已经成为仅次于美国的世界第二大石油消费国，成为世界上最大的石油进口国之一。2007年石油的进口依存度达到46.6%。2003年以来，国际原油市场的原油价格不断攀升。虽然中国非常注重能源结构的清洁化，但国内替代选择方式有限，以煤炭为主的能源结构在相当长的一段时期难以改变。考虑到国际社会对中国石油进口的过度敏感，以及中国从西方国家在第一次和第二次石油危机时期获得的经验，中国必须重视能源供给安全。节能减排、发展低碳经济有助于中国能源安全目标的实现。

在能源瓶颈问题日益突出的同时，环境生态的压力更为严重，工业废水、废气和固体废弃物的排放量均保持较高的增长率。经济运行成本和社会成本进一步扩大。中国大量的大气污染物排放如二氧化碳、二氧化硫、氮氧化物等都是由燃煤引起的。2001年世界银行发展报告列举的全世界20个空气污染最严重的城市中，有16个在中国。世界卫生组织指出，中国30%的地区受到严重的酸雨影响。2004年，中国只有31%的城市符合世界卫生组织的空气质量标准。而发展低碳经济可以调整能源结构，改变能源利用方式，提高能源利用的效率，有助于中国保护环境目标的实现。①

2. 低碳经济是中国经济与环境融合的最佳选择

发展低碳经济，是中国经济与环境融合的最佳选择。在全球气候变化的大背景下，发展低碳经济正成为各级部门决策者的共识。节能减排，低碳经济的发展，既是解决全球变暖的关键措施，也是落实科学发展观的重要手段。解决我国的环境问题关键在于要落实科学发展观，把经济与环境的融合落实在行动中。有效利用能源，实施节能减排是低碳经济发展的核心内容，制定低碳经济发展战略，促进可持续发展，是低碳经济的发展方向。这就要求进行科学的规划，发展低碳经济，高效利用土地、能源、资源，保护环境，实现工

---

① 王立庆．中国能源环境战略与对策．http：//www.zhb.gov.cn/info/ldjh/200604/t20060414_75790.htm.2006-04-14.

业布局低碳化、循环化。低碳经济是绿色经济的重要内涵，需要构建绿色经济系统，绿色交通体系，绿色物流体系，绿色农业体系，发展绿色建筑，倡导绿色消费。我国最近大力发展风能、潮汐能、太阳能和核能，但是65％～70％的能源来自燃煤的事实难以改变。因此，在国民经济的各个层面，全面采取一切措施发展低碳经济，才能达到“中国的二氧化碳排放量在2050年以后不会上升”的目标。[①] 低碳经济有助于实现经济、环境、社会发展的目标。

3. 低碳经济是中国实现可持续发展理念模式

低碳经济是将能源、环境、经济三者联系起来的一种可持续发展理念和模式。低碳经济以降低对自然资源依赖为目标，以能源可持续供应为支撑，在发展的过程中注重生态环境的保护，是可持续发展的经济。发展低碳经济就是要在保持现有经济发展速度和质量不变甚至更优的条件下，通过改善能源结构、调整产业结构、提高能源效率、增强技术创新能力、增加碳汇等措施实施碳排放总量和单位排放量的减少以及能源的可持续供给。换句话说，低碳经济的发展理想状态是不会损害能源可持续供应、践踏生态环境的，低碳经济的发展只会进一步增强能源的可持续供应能力，进一步优化生态环境，确保能源、环境、经济三大系统的和谐发展。[②]

发展低碳经济是中国解决能源、资源和环境问题的内在要求，中国只有积极发展低碳经济，才能实现发展目标与气候目标的融合，实现经济发展与减排“双赢”。

二　低碳技术将成为中国引领经济发展的引擎

促进经济向低碳排放模式转型，已成为新一轮国际经济竞争的主要着力点。不过中国仍然面临着极大的挑战，离低碳社会还有着不小的差距，其主要原因之一就是低碳技术仍以中低端为主。目前发展低碳经济的核心技术以及国际资本的主动权，毫无疑问还不在中国。这注定将是一个追赶和不断自主创新的过程。[③] 而中国低碳技术正循序突破，近期国家重点发展的领域包括清洁煤技术、新能源汽车、智能电网、新能源规模发电等。[④] 中国为了提高低碳技术，积极采取了如下措施和应对策略。

（1）高度重视碳回收与储藏技术的研发与应用。虽然低碳经济的发展将改变世界能源的供应结构，但是考虑到清洁能源技术商业化运用的长期性及当今世界以煤炭为基础的能源结构的“锁定效应”，未来很长的一段时间内，化石燃料仍将是世界各国使用的主要能源之一。基于这样的判断，阻断化石燃料燃烧后进入大气的碳回收与储藏技术对低碳经济的发展具有现实意义。在低碳经济发展的要求下，碳处理有广阔的市场需求，这项技术的

---

① 曹凤中，李丽萍，姬庆．发展低碳经济是我国经济与环境融合的最佳选择．黑龙江环境通报，2009，(3)：1-3.

② 朱有志，周少华，袁男优．发展低碳经济　应对气候变化——低碳经济及其评价指标．中国国情国力，2009，(12)．4-6.

③ 褚君浩．发展低碳经济必须以核心技术为支撑．http：//202.123.110.5/2010lh/content_1551664.htm. 2010-03-09.

④ 低碳技术成为中国经济新起点．http：//info.china.alibaba.com/news/detail/v0-d1007178816.html. 2009-10-14.

突破必将催生新的行业，成为我国新的经济增长点，为我国经济的持续增长提供坚实的基础。积极谋求与发达国家的技术合作，在碳回收和储藏技术上采取高强度投入是十分必要的。

(2) 重点关注节能技术的研发与应用。长期以来，我国能源的利用效率一直很低。以可比汇率计算，2007 年，我国单位 GDP 能耗为 819toe/百万美元。同期美国、日本、欧盟这一指标分别为 244 toe/百万美元、169 toe/百万美元和 148 toe/百万美元，世界平均水平为 292 toe/百万美元，能源利用效率远低于世界平均水平。高耗能的现状为我国低碳经济的发展留下了巨大的空间，也低碳技术的选择提供了方向。我国要重点研发应用节能技术，这是由我国能源利用的现状与低碳经济发展的目标决定的。与发达国家相比，我国在尖端低碳技术比如核能生产技术、太阳能生产技术方面并不具有优势。虽然这些领域在能源战略中占据很高的地位，但是笔者认为，从完成碳排放承诺的角度来看，大力研发与应用节能技术对我国发展低碳经济具有现实意义。考虑到国际部分节能技术已经相对成熟，要善于发挥改革开放以来，我国技术模仿的重要经验，与节能技术发达的国家（主要指日本）展开紧密合作。将节能技术率先应用于高碳排放行业（比如钢铁冶炼等黑色金属加工业）将有效降低碳排放，通过节能技术的逐步应用还可以体现我国改革的渐进特征，避免清洁能源替代化石能源可能造成的经济波动。

(3) 密切关注清洁能源技术进步的国际动向，同时积极参与清洁能源技术的研发，注重清洁能源研发人才的储备与培训。虽然在短期来看，清洁能源技术的发展还有相当多的路要走，但是从战略角度来看，化石能源终有枯竭之日，清洁能源、可再生能源必将完全取代化石能源。因此作为长期战略，我国在可再生能源技术领域占有一席之地对我国能源战略地位的实现具有长远意义。①

三 中国碳交易国内市场将进一步发展

目前，中国碳排放权交易的主要类型是基于项目的交易。我国是《京都议定书》的非附件一国家，因此我们并不能直接开展基于配额的交易。对于中国而言，碳交易及其衍生市场发展前景广阔。中国拥有巨大的碳排放资源，碳减排量已占到全球市场的 1/3 左右，居全球第二。据世界银行测算，全球二氧化碳交易需求量超过 2 亿吨。发达国家在 2012 年要完成 50 亿吨温室气体的减排目标，中国市场出售的年减排额已达到全球的 70%，这意味着未来至少有 30 亿吨来自购买中国的减排指标，特别是 CDM 市场潜力巨大。中国的 CDM 潜力占到世界总量的 48%。而就现实情况来看，我国在联合国气候相关机构成功注册的项目也居于世界第一。我国成功注册的 CDM 项目居世界第一位，总量达到 622 个，占 34.78%。此外，世界银行的分析数据显示，截至 2012 年，我国预期每年将会产生超过 1.84 亿的减排额度，占到了实际每年减排额度的近 60%，远远超过了其他发展中国家。在这个“碳时代”中，中国无疑将会成为一个极具影响力的国家。

从项目规模上看，中国大型和超大型项目竞争力强，提供的碳减排量大，可开发潜力

① 徐大丰．低碳技术选择的国际经验对我国低碳技术路线的启示．科技与经济，2010，(2)：73－75.

大。碳减排潜力低于 10 000 吨二氧化碳/年的小型 CDM 项目数量很可观，但是相比大型 CDM 项目而言，其交易成本占总项目成本的比率就显得很高，小项目在经济上缺乏足够的竞争力。

与此同时，中国在未来碳市场上面临着交易机制的变化，碳交易所的建立使中国有望参与碳价的制定。在我国建立统一的碳交易市场，完善各种金融体系，中国将逐渐参与国际市场碳价的制定，中国碳交易市场有望进一步发展。

第十六章 中国发展低碳经济的政策抉择

世界各国的实践证明，离不开竞争、有序的市场机制建立，也离不开政府强有力的支持与推动，尤其是在低碳经济的发展初期，系统、科学的政策体系对于国家低碳经济的发展至关重要。

第一节 低碳经济发展中的市场与政府

市场的无形之手与政府的有形之手似乎一直是经济生活中的一对矛盾，但在低碳经济这一领域内，这两只手却应当紧紧地握在一起。①

在低碳经济发展过程中，单靠市场之手的功能并不能很好地发挥作用，甚至在某种程度上，市场之手还会阻碍新兴低碳行业的发展。如以磷酸铁锂电池为主要动力的电动车将在未来3～5年进入黄金发展期，但由于目前市场规模过小，许多行业内的企业无法较快实现成本的合理化，而唯一合理且现实的方法就是由政府帮助企业扩大市场、降低成本。而如果能对政府之手恰当加以运用，市场之手将可以在正确的方向上发挥更大的作用。从国际层面来看，目前我国承担着二氧化碳减排义务的巨大压力，这也使得这些市场无法等待自然成熟过程的到来。

但是，尽管亟待发展的低碳经济产业急需政府有形之手推上一把，但是这只手也不能乱伸，要保证产业结构的健康，还需要政策的合理调节。在这种盲目的发展冲动下，政府的有形之手很容易失去对方向的掌控而仅剩下强悍的推动力，而这种蛮力只会严重透支低碳经济未来巨大的发展潜力。目前我国低碳经济的发展战略不明确、部分配套政策不足，导致了一些地方盲目发展。甚至一些新型的产业如风电设备、多晶硅等低碳新能源产业也已经出现了产能过剩的问题。

可见，在低碳经济发展的过程中，处理好市场与政府的关系，让两只手能够更密切地合作，发挥更大作用，是低碳经济取得决定性成功的关键之一。

一 低碳经济发展的市场体系构建

实现减碳与发展的双重目标，关键在于建立较完善的低碳市场体系，以新型市场为纽

① 证券时报．低碳经济：市场与政府在这里握手．http：//finance.ifeng.com/roll/20091125/1503463.shtml. 2009-11-25.

带带动全新的产业链。[①]

1. 建设低碳发展的基础市场——碳源-碳汇交易市场

碳源-碳汇交易市场有两种基本形态。①碳源与碳汇额度直接交易。这种交易一方面推动产业结构调整，减少碳排放，另一方面带动碳汇林业等吸收二氧化碳的产业发展。由于二氧化碳排放影响的外部性，碳汇价格形成机制与宏观政策，和国家级市场关联，目前地方只能选择性地对需要调整的产业和高耗能需求实施，引导其入市交易，以利于地方结构调整，大幅度减少排放指标，促进结构调整和碳汇林业产业化。②碳源-碳汇交易派生市场。通过其他市场及机制体现碳源碳汇交易宗旨，如价格机制，土地出让方式等。它的优点是政策具有普适性，通过市场机制进行选择，避免行政手段偏差和矛盾；在更广泛领域内引入市场竞争的强制力，形成市场运作的内生性驱动力；作用力度可调控。

2. 建设低碳转型发展专业市场

专业化分工的高效及低成本需要新型产业分工，依托专业市场形成产业链，因而会催生新能源发展的专业市场。相对于基础市场而言，这些市场可谓低碳发展的次级市场。

（1）发展可再生能源的专业市场。①政府新能源研发扶持经费的竞争市场。②风险投资市场。③光伏等新能源产业协作和服务市场。推进“产学研”之间的联系，促进企业做强核心技术工艺，完善企业之间的服务能力。

（2）节能减排专业市场。①节能减排服务市场。催生节能减排专业和中介组织发展，降低减排难度和减排成本。②围绕节能减排的产业重组市场。形成产业置换、产权交易等市场，促进产业集聚提高节能减排能力。③循环产业链延伸的专业市场。围绕资源循环利用，形成分工协调，产权优化的新型产业链。

（3）低耗产业发展专业市场。①高新产业服务市场。促进高新产业的相互补偿。加快高新技术带动传统产业转型，通过产业升级实现减排。②创意产业专业市场。依托片源市场集聚文化发掘和创意资源，推进文化内涵提升，促进产业分工协作。③服务外包专业市场。促进知识密集资源替代矿物能源消耗和碳排放。

（4）碳汇专业市场。①碳汇用地市场。促进节地、无地（立体绿化、工业固碳等）和高效率碳汇产业发展。②碳汇技术服务市场。加快碳汇产业服务和产业链完善的各种市场及组合。③碳汇产权交易市场。主要涉及发展碳汇林业涉及碳汇林地林分结构、林种优化、地价变化，以及专业化分工需要等因素，由此引发的林木或林地产权交易。

二 低碳经济发展的政府导向与支持

西方发达国家在低碳经济发展的战略规划中，政府的主导作用是有目共睹的。自2003年英国政府在白皮书《我们能源的未来：创建低碳经济》最早提出发展低碳经济战略之后，德国、日本、美国等发达国家陆续跟进。德国政府先后出台了5期能源研究计划，以能源

① 张晓理．构建杭州低碳城市特色的市场体系研究．杭州科技，2010，(2)：43-46.

效率和可再生能源为重点，为“高技术战略”提供资金支持；澳大利亚在2008年发布的《减少碳排放计划》政策绿皮书中提出减碳计划三大目标，其长期减排目标是2050年降到2000年气体排放的40%；日本环境省于2004年发起“面向2050年的日本低碳社会情景”研究计划，为2050年实现低碳社会目标提出了具体的对策，2008年6月，日本政府提出著名的“福田蓝图”，成为日本低碳战略形成的正式标志。可见，市场机制对资源配置起着最基本的调节作用，但是在低碳经济系统的建设及其运行过程中，政府的参与是必不可少的，特别是在低碳经济的起步阶段，政府应发挥强有力的主导作用，通过制定法律法规、完善创新政策体制、建立激励机制等措施大力推动低碳经济的发展。①

一方面，中国走低碳经济的道路别无选择，且急需国家层面的规划，出台技术规范，加强统筹协调。低碳经济的发展离不开深入和广泛的调研，离不开科学合理的发展战略。而为保障战略的更好实施，需要组织力量编制好低碳经济发展总体规划和专项规划。目前，各地以发展低碳经济为名上马了大量项目，这在促进经济发展的同时，也造成了一定的资源浪费。应尽快出台国家层面的规划和规范，避免各地在低碳概念的吸引下出现一哄而上，随后又因投资得不到理想回报一哄而散的现象。而对于各地区来说，发展低碳经济要经历较长的过程，必须从长计议，提前做好科学规划，做好充分准备，要按系统工程理念来发展，务求在科研、教育、产业、商贸等方面有机结合。可以说，战略与规划的编制既要满足我国社会主义现代化建设的战略需求，又要努力在一些关键技术和产业领域占领制高点。

另一方面，我国低碳经济发展还处于初期，必须依靠政府的管理和政策的引导，因此，制定清晰、稳定的鼓励支持政策是必不可少的。第一，制定并实施切实可行的激励政策。在低碳经济战略的导向下，出台鼓励企业进行低碳创新、节能减排、可再生能源使用的政策，采用征收能源税、财政补贴、税收减免、贷款优惠、价格、收费及许可证等经济手段，鼓励有关研究机构和企业增加对低碳技术的研究、开发与生产投入。第二，鼓励与引导低碳产业的发展。制定和实施低碳产业发展规划，大力发展可再生能源产业和清洁能源产业，提高其在产业结构中的比例；调整能源结构，积极引入风能、太阳能、地热能和生物质能等可再生能源，减少煤炭在能源消费结构中的比重；强化能源节约和高效利用的政策导向，提高资源利用率，逐渐形成以低碳农业、低碳工业、低碳服务业为核心的新型低碳产业经济体系。②

第二节　国内外发展低碳经济的政策措施

无论哪个国家，在低碳经济发展的过程中，都必须设计一套符合自身发展国情、符合低碳经济发展规律的政策措施。这一系列措施的实施，不仅能够弥补市场之手无法企及之处，充分发挥市场的活力，更重要的是在低碳发展过程中能够最大限度地发挥政府的引导、支持和规范、约束作用，更好地促进低碳经济发展。

---

① 熊春兰．低碳之路，政府先行——浅议政府在低碳经济发展中的主导作用．中国集体经济，2010，(4)：31-35.

② 方伟成．发挥政府积极作用 促进低碳经济发展．资源再生，2009，(11)：44，45.

一 发达国家低碳经济政策的借鉴

在温室气体排放过多的情况下，越来越多的国家在国内外各种压力下担负起国际责任，提出低碳经济发展战略或者保护气候变化的方案。低碳经济政策的目标具体体现在碳减排、化石能源消费、可再生能源生产、低碳技术应用等方面，其首要目标是碳减排，它的争议也最大，目前各国的目标都是单方面承诺。如英国提出，2010年，二氧化碳的排放量在1990年的基础上减少20%，到2050年减少60%。在技术方面，各国都提出了低碳技术的研发计划，由于创新的不可预测性，低碳技术政策最直接的体现是用于研发低碳技术的公共支出数额不断增加。表16-1是主要发达国家发展低碳经济的文件、法案列表。

表16-1　主要发达国家发展低碳经济的文件、法案一览表

英国	1990年“非化石燃料公约”；1999年《可再生能源义务令》；2000年《气候变化计划》；2003年《能源白皮书》；2004年《能源法》；2006年《能源回顾》；2007年《能源白皮书》、《气候变化法草案》等
德国	2000年《可再生能源法》；2002年《环境相容性监测法》；2004年修订可再生能源法；2009年“二氧化碳捕捉和封存”的法规等
意大利	1999年绿色认证；2005年白色认证；2007年能源效率行动计划、2015年工业法案等
欧盟	2007年“欧盟能源技术战略计划”；2009年《关于促进和利用来自可再生供给源的能源条例草案》、欧盟关于禁用白炽灯和其他高耗能照明设备的法规等
澳大利亚	2008年《减少碳污染计划绿皮书》等
美国	1997年碳封存研究计划；2003年碳封存研发计划路线图；2005年能源政策法；2006年总统《国情咨文》“先进能源计划”；2007年参议院《低碳经济法案》；2009年美国加利福尼亚州“低碳燃料”标准、奥巴马的新能源政策、“总量控制和碳排放交易”计划等
日本	2004年《面向2050的日本低碳社会》；2008年《面向低碳社会的12大行动》、《“福田蓝图”》；2009年《绿色经济与社会变革》政策草案等

资料来源：宋德勇，卢忠宝．我国发展低碳经济的政策工具创新．华中科技大学学报，2009，(3)：85－91.

各国的低碳经济政策有以下四个着重点。①低碳能源政策，包括可再生能源政策、节约能源政策、能源技术政策等；②低碳技术政策，包括碳减排技术研发、应用和转让政策，碳封存技术政策，低碳技术标准等；③低碳产业政策，包括鼓励低碳产业发展、低碳产品生产、限制高碳产品生产与进口等政策；④低碳消费政策，包括绿色包装、绿色采购、绿色物流、绿色社区等政策。发达国家的低碳政策以鼓励新能源开发和提高能效为重点，尤其是低碳技术研发、应用和转让更是重中之重。发达国家为实现其低碳经济的战略目标，设计了各种有效的低碳政策工具，这些工具的显著特点是充分利用了市场机制，尽可能地调动微观经济主体（企业、消费者）的积极性，政府发挥制定规则和弥补市场失灵的作用。发达国家低碳政策工具的主要类型如表16-2所示。①

① 宋德勇，卢忠宝．我国发展低碳经济的政策工具创新．华中科技大学学报，2009，(3)：85－91.

表 16-2　发达国家（地区）低碳政策工具主要类型

低碳政策工具类型	具体案例
政府管制	德国、丹麦、英国等国可再生能源强调入网、优先购买义务；建筑物节能标准；欧盟强制淘汰高能耗照明设备等
碳排放税	英国大气影响税、日本环境税、德国生态税等
财政补贴	德国、丹麦等对可再生能源生产、投资补贴
碳基金	英国节碳基金；亚洲开发银行“未来碳基金”等
碳排放交易	欧盟碳排放交易；美国芝加哥碳排放交易市场等
标签计划	意大利白色认证、绿色认证等；丹麦绿色认证等
自愿协议	日本经济团体联合会自愿减排协议等
能源合同管理	美国等能源合同管理公司
生态工业园规划	丹麦卡伦堡生态工业园等

资料来源：宋德勇，卢忠宝．我国发展低碳经济的政策工具创新．华中科技大学学报，2009，(3)：85-91.

二　中国的低碳经济政策演化

不同于西方发达国家的经济发展程度与应担负的历史责任，我国发展低碳经济更多强调“节能”与“减排”并举，坚持“共同但有区别的责任”原则，谋求适合自身经济发展的低碳之路。

1. 中国碳政策经历了三个转变、四个阶段①

(1) 三个转变。1991～2009 年的 19 年间，中国在国际气候变化谈判中的立场稳中有变，比过去更灵活、更合作，但坚持不承担量化减排二氧化碳的义务。第一，在对待三个灵活机制方面，尤其是清洁发展机制方面，由过去的怀疑转变为现在的支持；第二，在资金和技术方面，由过去一味强调发达国家必须向发展中国家提供资金和技术援助，转向呼吁建立双赢的技术推广机制和互利技术合作；第三，从过去专注于《联合国气候变化框架公约》及其《京都议定书》，转向对其他形式的国际气候合作机制持开放态度。

(2) 四个阶段。中国碳减排将经历从易到难的四个阶段：第一阶段，自愿承诺相对减排；第二阶段，有条件强制性相对减排；第三阶段，有条件自愿承诺绝对减排；第四阶段，强制性绝对减排。第一步，所谓自愿承诺相对减排，指中国按照自己选择的某种方式进行不具约束力的相对减排，逐步降低二氧化碳排放增加的速度，如逐步降低中国的单位 GDP 碳排放强度。第二步，随着国际压力的增加，可考虑在满足中国提出的一定条件（如资金、技术支持）下承担有约束力的相对减排。第三步，如果国际压力进一步增加，中国可以考虑在一定条件下进行不具约束力的绝对减排。第四步，在中国发展到一定阶段后，加入到发达国家的有约束力的绝对减排行列。

2. 节能减排政策逐渐完善

中国的减排政策是以环保部门为主体建立起来的，20 世纪 70 年代末以来，环保政策逐渐由“老三项”（排污收费、环境影响评价、环保设施与主体工程“三同时”）、“新五项”

① 胡振宇．低碳经济的全球博弈和中国的政策演化．开放导报，2009，(10)：15-19.

(城市环境综合整治定量考核制度、环境保护目标责任制、排污申报登记与排污许可证制度、污染集中控制制度、污染限期治理制度)向“环境经济新政”(绿色税收、环境收费、绿色资本市场、生态补偿、排污权交易市场、绿色贸易、绿色保险)延伸,其他部门的参与度不断加强,呈现如下特点:①投资补贴和消费补贴相结合。②税收优惠和税收强制相结合。③实施价格优惠政策。[①] 我国减排政策不断完善,也加快了我国节能减排的步伐。从1998年我国开始实施《中华人民共和国节约能源法》至今,每年都会有节能减排政策的出台。2010年,是完成“十一五”减排目标的最后一年,也是中国提出减排40%~45%目标的第一年。2010年的政府工作报告,将节能环保确定为六大战略性新兴产业之一。结合我国发展现状,近期的国务院工作会议重申将较快经济增长方式转变,节能减排与新兴能源产业的战略地位将愈加突出。[②]

2010年节能减排的主要任务涉及以下四个方面。①以工业、交通、建筑为重点,大力推进节能,提高能源效率。扎实推进十大重点节能工程、千家企业节能行动和节能产品惠民工程,形成全社会节能的良好风尚。今年要新增8000万吨标准煤的节能能力。所有新建、改建、扩建燃煤机组必须同步建成并运行烟气脱硫设施。②加强环境保护。积极推进重点流域区域环境治理及城镇污水垃圾处理、农业面源污染治理、重金属污染综合整治等工作。新增城镇污水日处理能力1500万立方米、垃圾日处理能力6万吨。③积极发展循环经济和节能环保产业。支持循环经济技术研发、示范推广和能力建设,抓好节能、节水、节地、节材工作。推进矿产资源综合利用、工业废物回收利用、余热余压发电和生活垃圾资源化利用。④积极应对气候变化。大力开发低碳技术,推广高效节能技术,积极发展新能源和可再生能源,加强智能电网建设。加快国土绿化进程,增加森林碳汇,新增造林面积不低于8880万亩。要努力建设以低碳排放为特征的产业体系和消费模式,积极参与应对气候变化国际合作,推动全球应对气候变化取得新进展。[③]

3. 低碳经济试点工作正在展开

开展低碳试点工作,是中国积极应对气候变化采取的一项重大举措,对于促进可持续发展,积极探索中国工业化城镇化快速发展阶段既发展经济、改善民生,又应对气候变化、降低碳强度的成功做法,积累在不同地区推动低碳绿色发展的有益经验,具有重要意义。国家发展和改革委员会2010年8月18日在北京启动国家低碳省和低碳城市试点工作。承担低碳试点工作的广东、辽宁、湖北、陕西、云南5省和天津、重庆、深圳、厦门、杭州、南昌、贵阳、保定8市政府有关负责人承诺将研究编制低碳发展规划,加快建立以低碳排放为特征的产业体系,积极倡导低碳绿色生活方式和消费模式,为全球应对气候变化作出贡献。[④]

---

① 胡振宇.低碳经济的全球博弈和中国的政策演化.开放导报,2009,(10):15-19.

② 魏葳.节能减排政策如何更好落地.华东科技,2010,(5):32-39.

③ 温家宝.2010年要打好节能减排攻坚战和持久战.http://www.china.com.cn/news/2010-03/05/content_19528850.htm.2010-03-05.

④ 江国成.发改委启动国家低碳省和低碳城市试点工作.新华网.http://news.qq.com/a/20100819/000809.htm.2010-08-19.

第三节　发展低碳经济的政策体系

低碳经济作为一种全新的发展模式，需要建立一个完善的政策体系。当前我国低碳经济政策出现了政出多门的现象。如我国能源产业的能源管理职能分散在多个部门，包括国家能源局、国家发展和改革委员会、国土资源部、中共中央组织部、国务院国有资产监督管理委员会、商务部、财政部、科技部、环境保护部、国家安全生产监督管理总局等十多个部门，我国目前缺少集中能源宏观管理部门和统一的能源法律和政策，相关企业竞争无序，相互掣肘。因而为了更好地促进低碳经济的发展，我国急需一个统一的政策体系，明确哪些行业需要实现低碳经济，如何实现低碳经济，政府在全国推行低碳经济时应该采用哪些政策工具等相关问题。

政策体系主要包括政策主体和政策客体。政策主体主要是指整个政策周期中进行能动活动的组织和成员，主要包括政策制定主体、政策执行主体、政策评估主体。政策目标能否实现，除了政策制定者与执行者的因素外，与广大政策对象有着直接关系。低碳政策体系是低碳政策制定和实施的基础，既决定着低碳政策主体的基本行为，又决定着低碳政策目标的实现。我国现有促进低碳经济和社会的政策包括三个层面，即国家战略、部门政策和地方实践。如图 16-1 所示。战略和政策主要是由中央政府部门负责制定，这些部门主管建立节约能源、提高能效以及推进低碳消费的宽泛原则。而政策的最后落实则主要由地方政府负责，同时地方政府也必须保证当地低碳发展战略与中央政府政策的高度一致性。

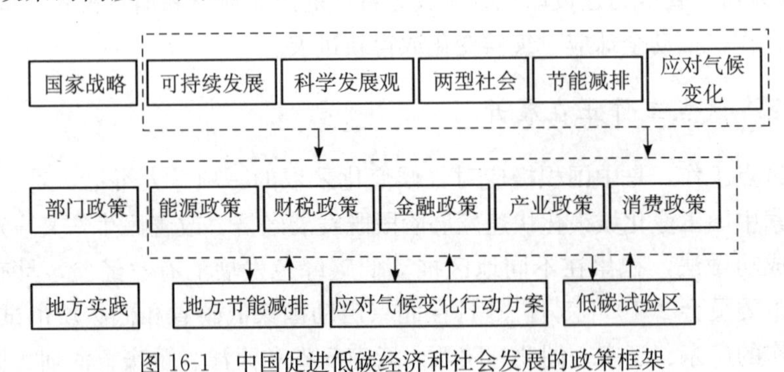

图 16-1　中国促进低碳经济和社会发展的政策框架

一　国家战略体系

低碳经济正在成为一场改变人类生产模式、生活方式、价值观念的革命，正在成为世界各国应对气候变化、保障能源安全、维护本国权益的基本途径和战略选择。向低碳经济转型已经成为我国的重大发展战略。而向低碳经济转型，推进节能减排，转变经济增长方式，积极应对气候变化，是贯彻落实科学发展观的要求，是建设资源节约型和环境友好型社会的任务，是关系经济社会可持续发展全局的课题，是对政府执行力和公信力的考验，也是中国对国际社会应该承担的责任。

将中国特色低碳发展道路确定为经济社会发展的重大战略，需要在战略层面上进行综合部署。①组织有关方面力量，以科学发展观为指导，认真研究低碳发展与节能减排、清洁生产、循环经济、两型社会建设、生态文明建设、可持续发展等战略部署的关系，明确中国特色低碳发展道路的核心要求、实现方式和战略目标。②将低碳经济作为新的经济增长点，将中国特色低碳发展道路作为应对气候变化、推动经济发展的重大战略，在列入“十二五”规划的同时考虑更长远的规划，重新调整经济结构、规划产业发展布局、转变发展方式、优化能源结构、提高能源利用效率。有效整合节能减排、循环经济、清洁生产、两型社会建设、生态文明建设、可持续发展等战略部署。[①]

二 行业政策体系

在营造低碳经济发展外部环境基础上，政府需要为低碳经济发展提供机制保障和政策保障，主要在能源、财税、金融、产业和消费等方面制定合理的政策。[②]

1. 能源政策

从优化能源结构和保护环境的角度看，发展低碳和零碳能源，促进能源供应的多样化，是减少对化石燃料的依赖、降低排放的必然选择。因此，我国能源政策的重点应体现在两个方面。①限制政策，对石油、煤炭等碳基能源的发展实行开发与保护并重的政策，不能追求过快发展，要考虑到此类能源的中远期利用问题；②鼓励政策，鼓励新能源的开发利用，特别是风能、太阳能等无污染、功效高的能源，应给予大力支持，但也要防范规模扩张过度。

2. 财税政策

开征碳税和推行碳交易是富有成效的政策手段。由于碳税的税率由能源的含碳量和发热量决定，低碳能源的税赋要低于高碳能源的税赋，因此它对促进低碳经济发展有明显的作用。中国可以考虑引进碳税，调整税收政策。碳排放交易机制有利于各地区、各单位之间实现利益均衡、提高减排效率。

3. 金融政策

低碳经济发展离不开金融支持，银行、非银行金融机构、大型企业和机构投资者：一方面，应该努力提高自己的环境与社会责任；另一方面，要善于捕捉越来越多的低碳经济发展机会，在发展低碳经济的过程中，研究开发环境和金融互动下的金融工具创新。为了进一步发展环境金融，政府应鼓励银行、基金公司等金融机构提高自身的环境责任意识、增强捕捉低碳经济下的商业机会的积极性；推动适合中国国情的环境金融产品逐步兴起和蓬勃发展。

---

① 苏琳．九三学社：推动我国经济社会低碳发展．中国经济网．http：//finance.sina.com.cn/roll/20100313/10547560007.shtml：2010－03－13.

② 宋雅杰．我国发展低碳经济的途径、模式与政策选择．特区经济，2010，(4)：237，238.

4. 产业政策

加强对钢铁产业、石化产业、建材产业、造纸产业、印染产业等高碳产业的行业监管，提高高碳产业的准入门槛，制定高碳产业的节能减排目标和任务是今后一段时期我国产业政策调整的重点。同时，还要为低碳产业的发展提供良好的政策发展环境，并对以新能源为代表的新兴战略性产业发展提供配套政策支持。

5. 消费政策

知识经济、信息经济是当前时代的主题，要利用人们向注重健康、安全消费的观念转变的时机，正确引导消费潮流，减少消费增长对环境的负面影响，形成低碳消费的社会风尚，提倡并崇尚绿色消费。同时，对企业的生产性消费，政府要制定有关的法律和制度保障体系，如绿色信贷等，使企业尽量节约资源，减少污染，加强对低碳消费和低碳生产的立法和执法是真正实现低碳消费的保证。

三 地方行动体系

国务院2007年印发的国家发展和改革委员会同有关部门制定的《节能减排综合性工作方案》（以下简称《方案》），明确了2010年中国实现节能减排的目标任务和总体要求。《方案》指出，到2010年，中国万元国内生产总值能耗将由2005年的1.22吨标准煤下降到1吨标准煤以下，降低20%左右；单位工业增加值用水量降低30%。“十一五”期间，中国主要污染物排放总量减少10%，到2010年，二氧化硫排放量由2005年的2549万吨减少到2295万吨，化学需氧量（COD）由1414万吨减少到1273万吨；全国设市城市污水处理率不低于70%，工业固体废物综合利用率达到60%以上。

为完成“十一五”节能减排的目标，全国节能减排的任务已经落实分解到各个省市、各有关部门。各地依此方案，并结合各地实际，因地制宜，开展了一系列有成效的节能减排的举措。归纳来看，各地取得成功的经验做法有以下几点：

（1）各级管理部门高度重视，逐步构建全面推动节能工作的政策法规体系，进一步强化了政府责任。许多地区成立了地区节能减排工作领导小组，加强领导干部节能监督考核，层层落实节能责任，奠定节能减排工作的组织基础和思想基础；同时，完善节能政策法规，为推进节能减排工作构建制度保障；强化节能目标责任考核和问责，对行政不作为、措施不力和没有完成任务的市县和部门，追究主要领导的责任；进一步完善和强化节能减排工作的组织领导和协调联动机制，建立健全节能减排工作的长效机制和标准。

（2）抓好重点领域，强化治本管理。突出重点地区、重点工程、重点行业和重点企业，抓好源头控制，强化治本措施，严把项目准入关，严格执行节能评估审查和环评制度，积极引导各方面加大对低能耗、低排放、高附加值的延伸加工项目等新兴产业项目的投资力度。同时，建立重点领域节能示范工程，以重点领域示范作为推进节能工作的突破口和带动力，全力推进节能重点工程。

（3）优化调整产业结构和能源结构，加快转变经济发展方式。以产业结构调整促进节能减排，在推动发展、积极调整、转变方式中推进节能减排；坚决淘汰落后产能和严控高耗能、高排放行业发展。许多地区对未完成关停任务的地区，都暂停项目的环评、供地、核准和审批，并且追究主要领导人的责任。对“两高”和产能过剩行业新上项目，强化项目管理，加强审核，严把审批程序关；加快节能技术改造和开发应用。突出工业领域，发展清洁生产和循环经济、低碳经济，实施重点节能项目；加快发展服务型经济和高技术产业，因地制宜地开发低碳新业态，努力形成低能耗、低排放的经济结构。

（4）搭建碳交易平台，优化市场机制。着力打造与国际协调、自主创新的自愿减排市场体系，使企业、个人都可以在网上进行碳交易，在自愿减排的同时，达到宣传环保和碳中和的目的。可以成立相关绿色产业投资基金，分阶段地对基础社会节能改造进行投资。

（5）强化技术引领作用，加大技术推广力度。重点在三个层面进行低碳技术开发与利用：①减碳技术，即高能耗、高排放领域的节能减排技术，煤的清洁高效利用、油气资源和煤层气的勘探开发技术等；②无碳技术，如核能、太阳能、风能、生物质能等可再生能源技术。③去碳技术，典型的如二氧化碳捕获与埋存等。加快低碳技术改造和开发应用，加大政策、资金支持力度，鼓励和引导企业积极引进和应用新工艺、新技术，实施节能减排技术改造。

（6）搭建全方位多角度节能宣传教育体系。倡导在社会开展节能减排自愿协议试点。试点企业可就一定期限实现一定节能减排目标，自愿与政府部门签订协议并作出承诺，由此可优先申报国家节能减排项目的有关专项，优先获得节能专项资金支持和中介机构的政策、技术、管理等咨询服务。政府将协调金融机构为试点企业解决节能减排项目的融资、担保等问题。此外，可通过节能环保相关展览会、公益活动等进行宣传教育活动，努力提高公民自觉节能意识。构建以政府为主导、企业为主体、全社会共同参与的节能减排工作格局。

从整体来看，尽管各地区在节能减排方面做出了一定的贡献，但是中国总体的节能减排任务仍然非常艰巨。“十一五”规划提出单位GDP能耗降低20%左右的目标。前四年全国单位GDP能耗累计下降15.61%。但由于一些地方高耗能、高排放行业增长过快，2010年上半年全国单位GDP能耗同比不降反升0.09%，全国有7个地方单位GDP能耗也出现上升。这就使得2010年下半年，必须完成降耗4.48%的目标。随着“十一五”末期的临近，尚未完成节能减排任务的地方心急如焚，纷纷采取强制性限产、限电措施。自2010年7月底开始，浙江、江苏、河北、山西等省，此起彼伏地掀起了节能减排大冲刺，对“两高”行业开始大范围限电甚至断电。甚至在有些地区，不仅对工业限电，居民、医院甚至红绿灯也遭停电。这种情况的出现，一方面是重压之下的不得已举措，另一方面也说明了节能减排战略目标、行业政策与地区实践之间存在着较长的磨合期。

第四节　中国发展低碳经济的措施建议

发展有中国特色的低碳经济必须以科学发展观为指导，坚持全面、统筹、可持续的原则，注重以下措施。[①]

一 调整经济结构，转变发展方式

1. 调整投资、出口和消费的重点和方向

按照低碳经济低能耗、低排放、低污染的要求，调整投资、出口和消费这“三驾马车”的重点和方向，进一步优化经济结构，依靠“三驾马车”的强劲牵引，破解日益突出的资源能源环境难题，促进经济社会稳定持续发展。

加强低碳产业的投资。在产业战略发展上，国家应选择低碳经济相关产业作为未来发展方向，并在财政、信贷等多方面进行大力扶持，使低碳经济真正成为我国经济发展新的增长点；扩大低碳产品的出口。调整我国目前技术含量、环保标准和附加值都比较低的出口产业结构，鼓励能效较高的产品出口，以应对各类环境贸易壁垒。这是提高我国产品国际竞争力，有效地扩大国内出口的需要；鼓励低碳消费方式。消费是需求，是动力，低碳消费也是起到引擎和拉动作用的重要环节。应在道路、广场、公园等公共场所率先实施低碳消费，以各种可能的形式鼓励私人低碳消费。政府要率先低碳化运作，实行“网络化”办公，使用节能减排型设备和办公用品，推行政府节能采购。引导家庭合理消费，养成家庭消费的低碳化、低能耗的消费模式和习惯。培养绿色消费的意识，对消费的废弃物要进行循环利用与绿色处理，拒绝传统的“抛弃式”的简单处理。

2. 加快产业结构的战略性升级

2008年，我国第一、第二、第三次产业占GDP的比重约为1∶5∶4。虽然国内纵向比较，产业结构已经在不断改善，但国际横向比较，能源密集度较低的第三产业的发展，明显落后于世界平均水平，目前全球服务业增加值占GDP比重达到60%以上，主要发达国家达70%以上。要加快产业结构的战略性调整，推动产业升级，首先使服务业，特别是知识、技术和管理密集型的现代服务业，成为拉动经济增长的主要力量。

在工业内部，我国正处于工业化中期，“重化工业”加速发展，资源能源消费加剧，要在短期内实现产业结构的有序进退，淘汰落后产能、加快结构调整存在难度。要实现新型工业化的道路，必须加大调整高碳产业结构，逐步降低高碳产业特别是“重化工业”经济在整个国民经济中的比重；培育发展新兴产业和高技术产业，节能环保产业、电子信息产业、技术密集型的制造业等高加工度产业替代能源原材料工业，使之成为拉动经济增长的重要动力。

3. 优化交通体系，引导低碳出行

随着汽车工业的发展，交通用能迅速增加，已在总能量需求中占30%的比例。汽车交通用能大量消耗液体燃料，加剧了宝贵石油资源的快速消耗。

---

① 刘燕华，冯之浚．走中国特色的低碳经济发展道路．科学学与科学技术管理，2010，(6)：5，6.

应优先考虑在短期内放慢排放量增长速度，同时开发替代的新技术和交通方式。①大力发展公共交通系统，提高公共交通的分担率，控制私人汽车无节制增长；②加快发展城市轨道交通和城际高速铁路，形成立体化的城市交通体系，200 万人口以上有条件的城市都应鼓励发展城市轨道交通；③通过不断提高强制性的汽车燃油效率标准，促进汽车改善燃油效率，同时，大力发展混合燃料汽车、电动汽车等低碳排放的交通工具。除技术变革之外，行为的改变也可以带来可观的收益，如乘坐公共汽车、地铁等公共交通工具，合作乘车，环保驾车、文明驾车，或者步行、骑自行车。

4. 推进建筑节能，开发低碳建筑

我国城乡民用建筑面积约为 400 亿立方米，每建成 1 平方米的房屋，约释放出 0.8 吨二氧化碳，建筑能耗已占总能耗的 28%。为此，我们必须加强建筑节能技术和标准的推广，开发低碳建筑。①引入建筑物能效标准和标识制度，提高建筑节能标准，加大标准的检查、执行力度；②对既有高耗能建筑开展节能改造，鼓励能源服务公司对既有公共建筑进行改造；③支持对重要的节能建筑材料开展研发和产业化；④利用财税政策鼓励开发商和消费者投资、购买节能低碳建筑，对购买节能低碳建筑的消费者给予减税优惠；⑤开展节能低碳建筑示范。

二 积极开发低碳技术，提高能效水平

国际金融危机促使人们反思此前的经济增长模式，并研究判断今后的经济复苏走势。从增长周期角度看，世界经济史上存在着由重大科技创新所主导的周期性经济波动，依靠重大技术创新的形成，催生集群式产业发展，方能走出经济衰退的困局。目前，新能源、生命科学、生物技术不断取得重大突破，相关的新产品、新产业快速发展，可再生能源、绿色能源正处在替代化石能源的前期，循环经济、低碳经济方兴未艾，在未来一段时期内，这些领域的技术将成为推动全球发展的新的动力。因此，政府要加大对节能减排和新能源技术领域科技创新的支持，当前要积极支持开发先进低碳技术，推广应用先进成熟技术，提高能效水平。

我国目前的物理能源效率比发达国家低 20%～40%。从政策的角度来看，要把好新建项目和产品关口，严格执行并逐步提高能效标准；淘汰落后产能，鼓励低能效产品以旧换新；整合市场现有的低碳技术，加以迅速推广和应用；理顺企业风险投融资体制，鼓励企业开发低碳等先进技术。“十二五”期间，应大规模推广应用目前成熟先进的能效技术、节能建筑、太阳能热利用、热电联产、热泵、超超临界锅炉、第二代加核电、混合动力汽车等；着手安排部署新一代低碳技术的研究开发和示范运营，如第三代核电、风电、电动汽车、IGCC、太阳能光伏发电技术，加快其商业化进程；同时，开展第四代核能、CCS、太阳能热发电、第二代生物燃料、先进材料等技术的基础研究。

同时，应加强与发达国家在碳捕获与封存技术、生物固碳技术等控制温室气体排放关键技术的交流合作，促进发达国家对中国的技术转让，加强消化吸收和创新，共同构筑全球能源资源和生态环境的技术合作平台，形成互利共赢、技术共享、资源集成的局面。

三 优化能源结构，大力发展低碳能源

我国 90%的温室气体排放来自化石燃料的燃烧排放，因此，优化能源结构、大力发展低碳能源、提高能源转化效率可以有效降低二氧化碳排放，是节能之外的另一个实现减排的主要途径。应逐步降低煤炭消费比例，加速发展天然气，保障石油安全供应，积极发展水电、核电和可再生能源先进利用，改变能源结构单一的局面，优质能源比例明显提高，到 2020 年实现非化石能源占一次能源消费的比重达到 15%左右，到 2050 年新增能源需求主要由清洁能源满足，同时建立起智能电网等与可再生能源发展相适应的基础设施系统。具体途径如下：

(1) 集约、清洁、高效地利用煤炭。我国煤炭资源丰富，在一定程度上鼓励了我们对煤炭的过度依赖。为此，要控制煤炭的过快增长，大力发展先进燃煤发电技术，提高煤炭转化效率；大力推进热电、热电冷联供等多联产技术，提高煤炭资源的综合利用效率；集中利用煤炭，提高电气化水平。

(2) 优化石油天然气供应。大力发展电动汽车、生物燃料等节能与新能源汽车，加快发展公共交通，控制石油消费的过快增长。通过扩大国内天然气资源的开发利用和进口周边国家天然气以及 LNG，增加天然气对煤炭和石油的替代，提高天然气在能源消费中的比重。

(3) 大力发展低碳能源。低碳能源是低碳经济的基本保证。与化石能源相比，可再生能源是低碳能源，应重点开发。可再生能源包括生物质能、水能、风能、地热能、潮汐能等。可再生能源开发需要对开发过程的全生命周期能耗进行分析。例如，太阳能光伏电池，要计算硅材料生产中所排放的二氧化碳量和光伏电池的使用寿命期间的发电总量，以得出正确的评价标准。核能在扣除核材料生产和废物处理过程中所消耗能量后可视为无碳排放能源，欧洲（如法国等）的核电比例较大，对推进低碳经济起了很大作用。我国也要逐步加大核电站的建设。届时中国能源结构实现三分天下的结构，即煤炭占 1/3、油气占 1/3、低碳能源占 1/3，实现能源供应的多元化、清洁化和低碳化。

(4) 构建坚强的智能电网。随着低碳能源在能源供应中的比重越来越大，对电网的基础设施和调度能力提出更高的要求。①建设坚固的电网骨架，扩大资源配置的范围，将大风电、大核电等新能源基地的电力输送出来。②提高配电网对供需信息变化的反应能力，特别是和电动汽车、蓄能装置利用等需求侧管理结合起来，增加可再生能源消纳能力，就地利用可再生能源。

四 改善土地利用，扩大碳汇潜力

近年来，我国陆地生态系统碳储量平均每年增加 1.9 亿～2.6 亿吨碳。增加碳汇以提高对温室气体的吸收也是减排的重要途径。增加碳汇有三个领域：森林、耕地以及草原。同时每个领域有三种方式：增加碳库贮量、保护现有的碳贮存和碳替代。

(1) 增加森林碳汇。森林碳汇是最有效的固碳方式，每年增加的碳汇在 1.5 亿吨碳左

右。为进一步增加碳汇，应通过造林和再造林、退化生态系统恢复、建立农林复合系统、加强森林管理以提高林地生产力、延长轮伐的时间增强森林碳汇；通过减少毁林、改进采伐作业措施、提高木材利用效率，以及更有效的森林灾害（林火、病虫害）控制来保护森林碳贮存；通过沼气替代薪柴、耐用木质林产品替代能源密集型材料、采伐剩余物的回收利用、进行木材产品的深加工、循环使用来实现碳替代。努力实现2020年森林面积比2005年增加4000万公顷，森林蓄积量比2005年增加13亿立方米的目标。

（2）增加耕地碳汇。耕地土壤碳库是整个陆地生态碳库的重要组成部分，也是最活跃的部分之一。我国农田土壤的有机碳含量普遍较低，南方为0.8%～1.2%，华北为0.5%～0.8%，东北为1.0%～1.5%，西北绝大多数在0.5%以下，而欧洲农业土壤大都在1.5%以上，美国则达到2.5%～4%。因此增加或保持耕地土壤碳库的碳贮量有很大的潜力。

（3）保持和增加草原碳汇。保持和增加草原碳汇的关键在于防止草原的退化和开垦。具体措施将包括降低放牧密度、围封草场、人工种草和退化草地恢复等。另外，通过围栏养殖、轮牧、引入优良的牧草等畜牧业管理也可以改善草原碳汇。

第五节　发展低碳经济的配套支持体系

为了有效地贯彻实施低碳经济的相关法律法规，政府应出台与各种政策相配套的制度。目前欧美国家已开始实施促进二氧化碳减排的法律和政策，如征收碳税，对节能、可再生能源等二氧化碳减排技术给予税收优惠或财政补贴。[①] 我国低碳经济的发展呈现了良好的增长趋势，为保证这种良好势头的发展，政府也应该不断细化、完善各种配套支持体系。

一　完善低碳经济相关法律体系

作为由国家制定和执行的社会行为准则，法律对推动低碳经济发展具有重要的作用。目前，我国在促进低碳经济发展的政策法律体系方面仍处于薄弱的状态，中国有关立法在体系上并不完善，如石油、天然气、原子能等主要领域的能源单行法律仍然缺位，同时也缺少能源公用事业法，这会导致能源与环境相协调的作用领域不够全面，为此我国制定了《煤炭法》、《电力法》、《节约能源法》、《可再生能源法》、《清洁生产促进法》、《循环经济促进法》等法律，另外，我国还积极制定并实施了减缓气候变化的《节能中长期规划》、《可再生能源中长期发展规划》、《核电中长期发展规划》等一系列约束性目标，显示了中国政府高度重视应对气候变化、保障能源安全、实现低碳发展的决心，也为低碳经济在中国的发展创造了良好的法律与政策环境。[②] 但是，中国法制建设有“易粗不易细”的传统，现有的能源立法规定不够详细，缺乏足够的操作性，另外，法律、规划规定的执行措施上虽然也涉及税收优惠、补贴等奖励手段来激励公众与企业自愿实行有利于低碳经济发展的行为，

---

① 黄海．发达国家发展低碳经济政策的导向及启示．环境经济，2009，(11)：19-22.

② 刘颖杰．低碳经济——中国相关法律及其完善．商场现代化，2010，6（上旬刊）：112，113.

但是却没有规定细化的奖励手段与程序，导致在现实中不能产生广泛的影响。

为此，我们可以借鉴发达国家的立法经验，完善我国低碳经济发展的相关法律体系。①建立和完善基本的法律体系。由于低碳经济涉及广泛，相关法律较为多样，应该理顺现有法律体系，对需要进行立法的，必须进行广泛的调研，对问题进行深入分析，明确相关法律法规的指导思想、基本原则、具体的法律制度和权责体系，对已经颁布实施的专项法律，要适时进行合理修改制定其相关配套的实施细则；通过立法，明确政府、企业、公众在推行低碳经济方面的义务和职责，逐步将低碳经济发展工作纳入法制化轨道，使低碳经济发展达到有法可依、有法必依、执法必严、违法必究。②制定配套的实施细则。在建立基本法律的基础上，应逐渐发布一系列符合各地实际情况、具有较强可操作性的实施细则。

二 发挥财政对低碳经济发展的促进作用

税收是一种基于市场的政策工具，它通过明确的价值信号，鼓励生产者和消费者调整生产与消费模式，实现节能减排；同时，又能对市场提供持续性的激励。我国当前税制对实现节能减排的作用比较有限，因此，发挥税收促进低碳经济发展的政策思路是：①在现有税制框架内对有关税种进行重构，将资源税、消费税、增值税、企业所得税、车船税等涉及节能减排的部分，都列入可调整的范围，包括扩大征税范围、提高税率、改变计税依据等；②实施以低碳经济为导向的税收优惠政策，除运用税率式优惠外，应更多地运用包括加速折旧、税前列支、投资抵免等税基式优惠政策，调动各方面发展低碳经济的积极性；③考虑开征碳税，碳税是针对二氧化碳排放的目的税，以减少二氧化碳排放为目的，以煤、石油、天然气等化石燃料的含碳量或企业的二氧化碳实际排放量为计税依据，对发展低碳经济具有直接的促进作用，也是发达国家比较推崇的一个税种。①

政府对有利于低碳经济发展的生产者或经济行为给予补贴，是促进低碳经济发展的一项重要经济手段。发达国家大多都采取财政补贴来促进新能源和可再生能源产业的发展。借鉴发达国家经验，我国应该对低碳相关产业给予一定的补贴，但应该注意：①补贴应该在特定群体的消费环节而不在流通环节体现。如果财政补贴补在流通环节，会进一步加大价格体制的扭曲程度，如果补贴降低了能源产品的终端价格，会导致比没有补贴时更多的能源消费和更大的污染排放，同时也会使财富分配向企业倾斜，达不到调节公平的目的。②补贴的方向在高端而不在低端。2009 年年底将出台的新能源产业振兴规划，目前已经在国务院审核过程中。由于新能源产业可以享受国家补贴政策，所以出现很多地方一窝蜂上新能源项目的情况。但目前国内新能源产业技术水平比较落后，行业竞争力不强，行业内企业在产业链的低端环节盲目扩张。有些项目根本不具备起码的技术条件，也不进行项目的评估，这实际上与国家的财政补贴政策不明朗有直接关系。因此，对于补贴政策应该有一条界线，国家在发展新能源，审批项目的时候要设立一定的标准，避免不计成本的、不计投资效益的无序竞争，不能只要与新能源搭上边就可以享受补贴，补贴政策应该明确体

---

① 张德勇．促进低碳经济发展的财政政策．税务研究，2010，(6)：13-16.

现国家的政策导向，应该补贴技术研发，而不应补贴低端的生产加工。[①]

三　低碳经济发展的金融支持政策

碳交易正逐渐催生一个新兴的、规模快速扩张的碳金融交易市场，包括直接投融资、碳指标交易和银行贷款。在这种形势下，金融机构迫切需要开发关于碳排放权的商品并提高金融服务水平。目前，国际温室气体排放交易日益活跃。许多知名金融机构活跃在这些市场上，包括荷兰银行、巴克莱银行、高盛、摩根士丹利以及瑞士银行等。碳排放信用之类的环保衍生品正逐渐成为西方机构投资者热衷的新兴交易品种。围绕碳交易提供金融服务和不断开发金融衍生产品成为金融创新的一个新趋势。为碳交易提供中介服务是商业银行环境金融创新的一个常见途径。此外，商业银行还直接参与开发与碳排放权相关的金融产品和服务，并通过贷款、投资、慈善投入和创造新产品及新服务等手段，刺激公司客户开发可持续环保产品和技术的积极性，进一步促进现有环保技术的应用和能源效益的提高，推动绿色环保产业的发展。最后，借助于碳交易和碳金融交易，风险投资基金开始开展节能减排的投资、融资业务。目前，国外投资机构和从事碳交易的风险投资基金已进入中国，对具有碳交易潜力的节能减排项目进行投资、融资。瑞典碳资产管理公司、英国益可环境国际集团、高盛、花旗银行和汇丰银行等都已在中国开展节能减排投融资业务。[②]

中国面临的节能减排形势日益严峻，运用金融杠杆，推行“绿色金融”不仅是助力低碳经济的现实需要，也是顺应国际潮流，实现中国金融业与国际接轨的必然选择。2007年以来，环境保护部会同中国银行业监督管理委员会、中国保险监督管理委员会、中国证券监督管理委员会等金融监管部门不断推出“环保新政”，相继出台“绿色信贷”、“绿色保险”、“绿色证券”等“绿色金融”产品，从而在中国掀起了一场“绿色金融”风暴。然而随着碳金融逐渐成为抢占低碳经济制高点的关键，为了顺利地推进我国低碳经济政策的顺利实行，我国应进一步发展低碳经济金融政策支持体系。[③] 可从以下三个方面着手，逐渐完善我国低碳经济发展的金融支持政策。

第一，制订碳金融发展的战略规划。政府应充分认识碳资源价值和相关金融服务的重要性，准确评估面临的碳风险，从宏观决策、政策扶持、产业规划等方面来统筹碳金融的发展，加大宏观调控力度。发展碳金融是系统性工程，需要政府和监管部门按照可持续发展的原则制定一系列标准、规则，提供相应的投资、税收、信贷规模导向等政策配套。进一步出台鼓励支持政策，开辟CDM项目在项目审批、投融资、税收等方面的绿色通道，营造有利于碳金融发展的政策环境。

第二，健全碳金融监管和法律框架。我国碳金融的发展尚处于起步阶段，因此，金融监管机构要更新服务理念，转换监管方式，探索监管创新服务新思路。金融监管当局应规范碳金融管理机制，并积极吸取国际上的先进经验，对相关碳金融业务的具体风险因素进行分

---

① 孙亦军．对发展低碳经济的财政补贴政策研究．财政研究，2010，(4)：59，60.

② 王志伦．低碳经济将成未来世界经济模式制高点．经济参考报．http：//content. caixun. com/NE/01/h2/NE01h2272. shtm. 2009-08-17.

③ 陈柳钦．低碳经济发展的金融支持研究．资源节约与环保，2010，(3)：24-29.

析，出台相关的风险控制标准，指导金融机构合理地开展碳金融业务。国家有关部门应当加强协调，要制定和完善碳金融方面的法律法规，用法律法规来保障碳金融市场的规范化。

第三，建立碳金融市场。由于低碳产业有赖于高标准技术创新的支持与推动，其技术密集型要求与知识密集型要求更高，因此，简单的金融市场不能满足其高级化金融需求，必须加快高级化金融市场。目前，北京、上海、天津、广州、徐州等城市已经通过碳交易所、环境交易所、产权交易所、能源交易所或者其他形式开始碳排放项目交易和绿色金融项目服务，但是还没有形成统一的、标准化的期货合约交易中心。我国应尽快建立和健全经济、行政、法律、市场四位一体的新型节能减排机制，引进先进的排放权交易技术，组织各类排放权交易，培育多层次碳交易市场体系。

四 加快制定低碳技术标准

低碳技术标准对于低碳技术的研发至关重要。目前，国际上对低碳技术的界定并无明确定义和标准，但随着气候变化谈判的不断深入以及各国履行减排义务，有关低碳技术、低碳产品认定等诸如此类的国际规则、标准等将逐步成熟。技术标准在全球市场上扮演着市场边界和围墙的角色。要防止中国低碳技术市场“被占”，就必须迅速建立低碳产业的中国技术标准平台，而且要努力把中国标准变成国际标准。

中国拥有巨大市场，有潜在的研发能力和量产能力，中国的崛起正提高着国际谈判能力，这三方面优势为我们在低碳领域创立国际技术标准提供了基础。我们要以长远和全局的眼光规划好低碳产业发展，应集中力量制定统一的技术攻关计划，同步实施创新战略、产业化战略和技术标准战略，特别要支持低碳技术设备制造企业以技术创新和技术标准占领市场的战略。

建立中国低碳产业的技术标准平台可以分几步走。首先，由于低碳技术不像信息技术那样有明显的网络特征，对兼容性要求不是非常高，这就为我们提供了建立中国技术标准的机会。其次，根据中国科技新的发展纲要，中国要在2020年成为技术标准的出口国。其中，低碳技术标准的输出应是一大重点。一方面，要在国际技术标准组织中力推中国标准；另一方面要鼓励西方主要生产厂家以中国技术标准生产产品，让中国标准借助中国企业和外国企业两个车轮进占国内和国际两个市场，进而成为国际标准。最后，要开展技术标准的国际合作，可根据中国的利益，利用自己巨大市场的优势，在国际上选择合作伙伴建立技术标准同盟。①

五 加强国际低碳技术的合作与交流

“低碳技术”是发展低碳经济的重要支撑，也是低碳经济政策体系得以实施的保证。目前，欧盟、美国、日本等国的低碳技术相对成熟，因而我国应加强国际低碳技术的合作与交流。②

---

① 杨剑．创立低碳技术的中国版国际标准．文汇报．http：//www.chinanews.com.cn/ny/2010/08-12/2463070.shtml. 2010-08-12.

② 金起文，于海珍．构建发展低碳经济的技术支撑体系．光明日报．http：//www.gmw.cn/content/2010-03/15/content_1072233.htm. 2010-03-15.

第一，在低碳技术研发方面。在低碳技术的研发中，欧盟的目标是追求国际领先地位，开发出廉价、清洁、高效和低排放的世界级能源技术。美国实施了清洁煤计划，开发创新型污染控制技术、煤气化技术、先进燃烧系统、汽轮机及碳收集封存技术等。日本重点开发削减温室气体的捕捉及封存技术，化石能源的减排技术装备，如投资燃煤电厂烟气脱硫技术装备，形成了国际领先的烟气脱硫环保产业。

第二，在低碳技术创新方面。低碳技术是低碳经济发展的动力和核心，低碳技术的创新能力，在很大程度上决定了我国能否顺利实现低碳经济发展。我国一方面应制定低碳技术和低碳产品研发的短、中、长期规划，重点着眼于中长期战略技术的储备，使低碳技术和低碳产品研发系列化，做到研发一代，应用一代，储备一代；另一方面，应加强国际交流与合作，积极开展碳捕捉和碳封存技术、替代技术、减量化技术、再利用技术、资源化技术、能源利用技术、生物技术、新材料技术、绿色消费技术、生态恢复技术等的研发；结合我国实际，有针对性地选择一些有望引领低碳经济发展方向的低碳技术，如可再生能源及新能源、煤的清洁高效利用、油气资源和煤层气的勘探开发、二氧化碳捕获与埋存、垃圾无害化填埋的沼气利用等有效控制温室气体排放的新技术，集中投入研发力量，重点攻关，促进低碳技术和产业的发展。

第三，在低碳技术的引导方面。我国应借鉴国外经验，建立绿色证书交易制度，它是建立在配额制度基础上的可再生能源交易制度。在绿色证书交易制度中，一个绿色证书被指定代表一定数量的可再生能源发电量，当国家实行法定的可再生能源配额制度时，没有完成配额任务的企业需要向拥有绿色证书的企业购买绿色证书，以完成法定任务。通过绿色证书，限制高碳能源的使用，引导企业研发和采用低碳技术，发展低碳的可再生能源；制定和实行低碳产品优先采购政策，优先采购经过生态设计并经过清洁生产审计符合环境标志认证的产品，通过低碳产品优先采购引导企业对低碳技术进行战略投资，大力开发低碳产品，提高产品竞争力；通过制定和实施低碳财政、税收、融资等优惠政策，引导企业淘汰落后产能，加快技术升级，有效降低单位 GDP 碳排放的强度，实现低碳发展。

低碳革命的大幕已经拉开，我国各级政府、各类企业和全体人民要高度重视温室气体减排导致的国际经济格局和贸易规则的变化，充分认识低碳革命给产业发展、国际贸易、生活消费等带来的一系列重大影响，切实转变发展观念，创新发展模式，提高发展质量。这不仅关系到我们的产业繁荣、国家实力和生存环境，也关系到我们每个人的财富、健康和未来。

后　记

经过一年的努力，“中国低碳经济发展研究”课题得以顺利完成。此项研究课题从立项、开题、形成初稿、修改稿，到定稿，中间经历了多次协商和讨论，非线性的过程虽使我们多次奔波往来，但也收获颇丰，许多新的想法由此产生，并不断激发我们创作的热情，最终使本书得以按时完成。在本书即将付梓之际，我们有一种如释重负之后的感激之情。

首先要感谢中国科协发展研究中心审时度势地立项，并积极推动课题研究；感谢北京航空航天大学经济管理学院师生的大力支持；感谢课题组的每一位成员，没有他们的努力与投入，我们的研究任务是无法完成的。其次要感谢冯之浚先生百忙之中为本书作序，并不厌其烦地指导我们解决研究中遇到的各种问题；感谢科学出版社胡升华、张凡等同志在书籍出版方面给予的建议和帮助。

因水平有限，纰漏和不足在所难免，敬请广大读者批评指正。

李士方　虹　刘春平

2011年1月于北京